COLLECTION
FOLIO CLASSIQUE

Arthur de Gobineau

Les Pléiades

Édition présentée et annotée
par Pierre-Louis Rey
Professeur à la Sorbonne
Nouvelle

Gallimard

PRÉFACE

Trois jeunes gens distingués d'allure et d'esprit se rencontrent aux abords du lac Majeur. Constatant leur supériorité sur la foule des humains, ils s'intitulent « fils de Roi » et décrètent qu'ils appartiennent à cette constellation d'individus qu'on nomme les « Pléiades ». Le conteur rapporte, en les complétant, les récits qu'ils se font de leur vie passée, puis les suit dans leurs déplacements, chacun d'eux semblant promis par son oisiveté à une existence vagabonde. Leurs voyages comptent moins, toutefois, que leurs errances sentimentales ; ainsi le lecteur apprendra-t-il que le bonheur est d'autant plus précieux qu'il a coûté de tâtonnements et de souffrances. Autour des trois jeunes gens gravitent, pour mieux nous en persuader, d'autres figures qui portent à neuf au moins le nombre des « Pléiades » : un prince, dont l'imaginaire royaume de Burbach offre un carrefour aux allées et venues des héros ; une comtesse slave d'un caractère insupportable, mais dont la passion rachètera les écarts ; une Anglaise qui cache sous un visage ingrat et un maintien modeste les trésors de son âme ; un sage désabusé qui se voue à l'étude par désespoir amoureux ; une jeune fille belle et pure comme on en voit dans les contes de fées ; une autre jeune fille enfin, écervelée mais si charmante que le conteur nous promet qu'elle mûrira bientôt. Je dis « le conteur », car il fallait la légèreté d'un ton de conversation plutôt qu'une machinerie romanesque pour lier avec élégance les fils de l'histoire ou, si l'on préfère, des « nouvelles » qui la composent. « Je n'ai pas expliqué assez nettement l'impression produite par la lettre de Mme Tonska sur Jean-Théodore », « J'ai nommé Aurore Pamina. Je n'en ai pas encore parlé », « Laudon s'ennuyait donc beaucoup à Paris » (ce « donc », on l'a deviné, est rien moins que logique) : voilà quelques aperçus de ce style de Gobineau qui charme ou agace.

En pleine ascension du mouvement naturaliste, son roman ne trouve guère d'écho auprès de la critique et du public. 1874, année de la parution des Pléiades, *est aussi celle de* La Conquête de Plassans. *Le succès de* L'Assommoir, *deux ans plus tard, consterne Gobineau ; il suffirait à le convaincre, s'il en était besoin, qu'il s'est trompé d'époque. Paradoxe, la réflexion pseudo-scientifique sur l'hérédité que mène Zola à travers ses* Rougon-Macquart *contribue à démoder celui qui s'est cru vingt ans plus tôt, avec l'*Essai sur l'inégalité des races humaines, *porteur de la science de son temps et s'en remet aujourd'hui, parce qu'il désespère du genre humain ou se refuse à désespérer de lui-même, au hasard des individualités d'élite. Autre paradoxe, cet incurable pessimiste conçoit avec* Les Pléiades *le seul grand roman du XIXe siècle qui se termine bien (tenons à part l'extravagante « Conclusion » greffée sur* Indiana *ou le dénouement des* Misérables, *qui appartient à un autre registre). Une fois que le sage du roman, Casimir Bullet (alias Candeuil), s'est éteint dans sa retraite, les autres « nouvelles » et l'histoire de Jean-Théodore, le prince amoureux de l'héroïne de conte de fées, se dénouent avec la grâce d'un ballet.*

Gobineau n'a pourtant pas de raison, quand il entreprend Les Pléiades, *d'être plus serein qu'à l'époque où il prononçait, en conclusion de l'*Essai, *le « Nous mourons » qui condamnait le genre humain. Au contraire : en 1855, alors que paraissaient les deux derniers volumes de l'*Essai, *il s'embarquait comme chargé de mission pour la Perse, pré-*

sentée dans son ouvrage comme le berceau de l'aryanisme. Il se croyait alors à l'orée d'une belle carrière. En mai 1872, quinze mois après avoir commencé Les Pléiades, *il est nommé ministre de France à Stockholm : après avoir vérifié que les Aryens avaient depuis longtemps dégénéré en Asie centrale, il va constater qu'on ne les trouve guère plus purs en Scandinavie. Si sa carrière est moins ratée qu'on ne le dit d'ordinaire (parti de moins bas, Stendhal s'en fût sans doute contenté), elle lui a imposé un séjour à Rio qui a définitivement délabré sa santé déjà fragile. Quand il revient du Brésil, la débâcle de 1870 et la Commune lui confirment que parmi les nations abâtardies de l'Occident, la France, creuset de toutes les races et coupable en conséquence d'avoir poussé à l'extrême les vices de la démocratie, vérifie mieux qu'une autre ses sinistres prédictions. Enfin, lui qui avait jadis souffert de la médiocrité et de la désunion de son milieu familial (un père obscur officier en demi-solde, une mère volage et poursuivie pour dettes), voit en ces années se déliter son propre foyer et se plaint amèrement de l'ingratitude de ses deux filles, dont on n'est même pas certain que la seconde soit la sienne.*

De son désespoir et de sa fureur, Les Pléiades, *en leur début surtout, portent la trace. La tirade de Wilfrid Nore au bord du lac Majeur, vouant aux gémonies l'ensemble de l'humanité pour n'en excepter que quelques centaines de « cerveaux bien faits et cœurs bien battants », dut être noircie par le spectacle de la Commune, auquel Gobineau a assisté avec un esprit moins partisan que la majorité des bourgeois bien-pensants puisqu'il renvoie dos à dos, avec un égal dégoût, Versaillais et Communards. Les imprécations de Nore prennent à leur façon le relais de* Ce qui est arrivé à la France en 1870[1], *superbe pamphlet dans*

1. Composé en novembre et décembre 1870, laissé inachevé. Publié par L. Schemann à Strasbourg en 1918, puis repris dans les *Études gobiniennes*, Klincksieck, 1970.

lequel Gobineau n'avait pas épuisé sa colère. À son vieil ami, le diplomate autrichien Prokesch-Osten, il annonce le 7 octobre 1872 « un roman très développé intitulé Les Pléiades, *ayant pour but cette idée qu'il n'y a plus de classes, qu'il n'y a plus de peuples, mais seulement dans toute l'Europe, quelques individualités, surnageant comme des débris sur un déluge ».*

C'est quelques mois plus tôt, en juin, qu'est arrivée à Stockholm la comtesse de La Tour, épouse du ministre d'Italie en Suède. Elle va inspirer à Gobineau sa dernière grande passion et sans doute influencer l'épisode de Jean-Théodore, quinquagénaire comme Gobineau et comme lui marié à une femme impossible, même si le prince du roman connaît grâce à la féerique Aurore un bonheur que la comtesse refusera toujours au romancier. Cette passion a-t-elle fait dériver l'inspiration entière du roman, au point d'expliquer qu'il s'achève sur une note heureuse après avoir débuté comme un pamphlet ? Rien n'est moins sûr. Les confessions de Wilfrid Nore et de Conrad Lanze préparent d'emblée, en contrepoint de leurs vitupérations, les méandres d'aventures sentimentales évidemment promises au bonheur ; à l'autre extrémité, aussitôt mis le point final au conte des fées, Gobineau ne rêve que d'accuser dans un roman suivant[1] *les traits dirigés contre ces « drôles », ces « brutes » et ces « imbéciles » qui avaient déchaîné la verve de Wilfrid Nore. « J'arriverai graduellement à égratigner ma proie, à l'écorcher un peu, à la blesser rudement, et, bref, à la mettre en mille lambeaux. Ce sera alors le plus beau de mes livres », confie Gobineau le 30 juillet 1874 à l'empereur du Brésil Dom Pedro II, dont l'amitié a adouci l'infernal séjour à Rio.*

Un autre séjour, celui d'Athènes (1864-1868), avait attendri le cœur de Gobineau. Il lui attribuera ce retour à une inspiration romanesque à laquelle il avait renoncé

1. Il devait l'intituler *Les Voiles noirs.* On n'en a jamais retrouvé la trace.

quinze ans plus tôt et qui s'épanouit surtout dans Akrivie Phrangopoulo, *seconde des trois nouvelles qui composent les* Souvenirs de voyage. *« C'est une* manière *que j'ai trouvée à Athènes, que je continuerai quelque temps, dont le point culminant sera* Les Pléiades *», écrit-il le 26 juillet 1872 à Marie et Zoé Dragoumis, les « sœurs athéniennes ». Zoé, la plus jeune, lui a inspiré la figure d'Akrivie. Si, à travers le personnage de Jean-Théodore, il confesse son démon de midi, il doit sans doute au souvenir de Zoé plus encore qu'à la présence de la comtesse de La Tour de concevoir celui d'Aurore Pamina. Les lettres qu'il envoie aux sœurs athéniennes débordent de tendresse et de récriminations contre le genre humain. Art du pamphlet et art de la nouvelle se conjuguent pareillement dans* Les Pléiades. *Si la nouvelle a le dernier mot, glissant même vers le conte de fées, elle ne dément pas pour autant les leçons du pamphlet : raconter le bonheur auquel accèdent les âmes bien nées, c'était encore une manière d'assener un soufflet à ses contemporains.*

*« J'entrais une fois en Italie par le Simplon ; j'avais avec moi quelqu'un qui n'avait jamais fait ce voyage, et passant à un quart de lieue des îles Borromées, je fus bien aise de les lui faire voir. Nous prîmes une barque, nous courûmes les jardins de ce lieu magnifique et cependant touchant. Nous revînmes enfin à la petite auberge de l'*Isola Bella *; nous vîmes qu'on mettait trois couverts à une table, et un jeune Milanais, dont l'extérieur annonçait beaucoup d'aisance, vint s'asseoir à côté de nous, en nous faisant quelques politesses. » C'est le début de la septième « Lettre » de la* Vie de Haydn, *de Stendhal. Gobineau s'en souvient-il quand il commence* Les Pléiades *? Dans un article de jeunesse*[1],

1. Dans *Le Commerce*, 14 janvier 1845. Article recueilli dans Gobineau, *Études critiques, 1842-1847*, éd. de Roger Béziau, Klincksieck, 1984.

il a mis «en regard» les Vies de Haydn, Mozart et Métastase *et* La Chartreuse de Parme, *à laquelle il rend explicitement hommage aux premières pages de son roman. Mais il se rappelle également son propre voyage, accompli au meilleur temps de son mariage; il avait lui aussi pris une barque pour se rendre à l'Isola Bella après avoir éprouvé devant les changements à vue du paysage cette alternance de déceptions et d'éblouissements qu'il prête aux «fils de Roi*[1] *». Le goût des voyages ne l'a jamais quitté (à moins que la Carrière ne l'ait obligé à faire contre mauvaise fortune bon cœur). Sur le tard, il le met au service de cet art de la «nouvelle» que* Les Pléiades *portent à son point culminant.*

Ainsi, les «fils de Roi» voyagent. Mais ce n'est pas un hasard si l'Anglais Wilfrid Nore, né à Bagdad et qui s'est aventuré jusqu'au Mexique, redoute moins les distances que le Français Louis de Laudon, surtout familier de la Normandie et convaincu qu'au fond, «Paris contient tout». L'universel métissage a pu frapper de vanité les déductions fondées sur l'hérédité, le mythe demeure: quoiqu'il n'y ait plus de «classes», de «peuples» et moins encore de race pure, les «Pléiades» tiennent leur humeur voyageuse des Vikings dont Gobineau s'affirmera lui-même l'héritier en droite ligne dans sa délirante reconstitution de la descendance d'Ottar Jarl[2]*. Aussi, dans ce roman baigné par la lumière et la culture de l'Italie, aucun Italien ne témoigne-t-il des vertus célébrées dans* La Renaissance[3], *époque des «Fleurs d'or» aujourd'hui révolue. Les «Pléiades» voyagent par goût de l'inconnu et de la Beauté; leurs rencontres en des lieux choisis révèlent leurs affinités électives; séparés de l'être aimé, ils vérifient mieux ainsi la solidité de leurs*

1. Voir lettre à son père et à sa sœur de novembre 1850, citée en note, p. 36, n. 1 et p. 38, n. 2.
2. *Histoire d'Ottar Jarl, pirate norvégien, conquérant du pays de Bray, en Normandie, et de sa descendance*, Didier, 1879.
3. *La Renaissance*, «scènes historiques», Plon, 1877.

sentiments. Mais ces déplacements servent de prélude à une stabilité conquise de haute lutte. La comtesse Tonska, qui s'égare en répandant à travers le monde son extravagante générosité, vivra retirée « dans un pli de montagne » quand elle aura trouvé le chemin de son cœur. Aurore met cinq jours pour atteindre un territoire que sa description désigne comme scandinave pendant que Jean-Théodore descend jusqu'à Palerme, avant que tous deux ne soient finalement réunis sur le seuil de leur maison. Au demeurant, les voyages n'offrent guère par eux-mêmes de prétextes à enrichir l'intrigue. Admirateur du personnage de Don Quichotte, dont Cervantès a eu tort de se moquer, Gobineau sait que le monde contemporain offre moins encore que le XVIe *siècle un théâtre propice à la bravoure et à l'idéal chevaleresque. Évoquant dans une lettre à sa sœur Caroline (20 juillet 1862) le temps où les gens comme lui allaient à cheval « avec de l'acier sur le dos et dans les mains », il explique que « la gymnastique corporelle a fait place à une gymnastique morale qui ne cesse jamais » et que les héros d'aujourd'hui « escaladent leur propre esprit », ce qui leur donne « une éternelle fraîcheur de jeunesse ».*

Réclamant énergie et oubli de soi, l'amour est la seule forme de conquête qui, dans un siècle voué à l'apparence et à l'éphémère, subsiste de l'âge d'or, c'est-à-dire du Moyen Âge. Il faut que cette époque soit suffisamment mythifiée dans l'imagination de Gobineau pour qu'il y inclue dans une égale admiration les conquêtes normandes qui s'échelonnent jusqu'au Xe *siècle (jugées par lui « barbares » au meilleur sens du terme) et une tradition courtoise (célébrée dans* La Cour d'amour, *nouvelle inachevée de son dernier recueil de* Nouvelles féodales*) qui ne remonte qu'au* XIIe *siècle et dont l'origine est provençale. « Je suis le Moyen Âge », lit-on au premier vers de son immense poème,* Amadis. *À la faveur de cette audacieuse synthèse, les « Pléiades » héritent de vertus dont on ne cherchera pas de trop près la filiation ethnique, mais qui dans tous les* *cas tournent à l'éloge des nations les plus nordiques de l'Europe.*

En dépit d'une réelle distinction de caractère, Louis de Laudon, parce qu'il est français, ne connaîtra jamais d'amour véritable. C'est plutôt une fatalité qui empêche Casimir Bullet, l'autre Français du roman, de le trouver dans le cœur de celle qu'il a élue, mais il reste qu'au moment de distribuer les récompenses, le romancier n'accorde à aucun de ses compatriotes celle qu'il juge la plus digne. De même, s'il admire après Stendhal que des couples, à la Scala, s'aiment jusqu'à un âge avancé sans crainte du ridicule, toutes les « Pléiades » qui suivent leur exemple sont exemptes du moindre soupçon de latinité. Descendants d'Ottar Jarl et des troubadours, les héros de Gobineau, à défaut de porter les armes comme leurs ascendants vikings, demeurent fidèles à la tradition courtoise. Mais comme leurs vertus s'exercent dans un monde qui les réduit à l'inaction, ils se muent en intarissables causeurs au point que les dissertations où brille leur supériorité de cœur et d'esprit en font, suivant une comparaison de Barbey d'Aurevilly, les personnages d'une « bergerie[1] *». L'expression nous fait cette fois descendre jusqu'au* XVII*e siècle, mais elle ne dut pas déplaire à Gobineau puisqu'il avoua plus d'une fois que* L'Astrée *était son « livre favori*[2] *». On se dit parfois que les nuances qui séparent l'affection (mot préféré du romancier) de l'entraînement, de l'attrait, exceptionnellement de la passion, dessinent une Carte du Tendre, mais cette référence un peu mièvre affadirait le don quichottisme intérieur de héros qui, loin de jouer avec les sentiments, y éprouvent les souffrances nécessaires à la réalisation d'un vrai bonheur.*

L'amour figure aussi, au cœur des Pléiades, *un rêve*

1. Voir ci-dessous p. 437.
2. Par exemple dans une lettre à Zoé Dragoumis du 23 décembre 1869.

d'éternité que Gobineau exprime souvent ailleurs sur le mode plaisant[1]. *Sentiment en lui-même éternel, comme le signifie le mythe de Don Pierre de Luna (livre III, chapitres 2 et 3), il procure une nouvelle jeunesse et permet cette fois de retrouver les vertus des Vikings : en recouvrant son énergie à un âge où les êtres médiocres voient leurs forces décliner, Jean-Théodore amoureux s'apparente à Ottar Jarl qui mourut sur le champ de bataille « à environ quatre-vingt-six ans*[2] *». La vie du prince se prolongera même au-delà du roman par la grâce d'un enfant au prénom riche de résonances : le fils de Hugues IV, premier de la branche des Gournay dont Gobineau revendique le blason dans l'*Histoire d'Ottar Jarl, *s'appelait déjà Renaud. Ainsi est promise une riche descendance à ce prince en qui le romancier, qui n'eut pas de fils, a mis le plus fou de ses rêves.*

*Alors que l'*Essai, *étudiant les généralités, se refusait à considérer « l'élévation isolée des intelligences individuelles*[3] *»,* Les Pléiades *placent celles-ci sur le devant de la scène. Les présupposés idéologiques peuvent rester les mêmes : changer de perspective, c'est changer de vision du monde. Au pessimisme de la conclusion de l'*Essai *s'oppose l'optimisme du dénouement du roman. Mais la lumière qui baigne les héros des* Pléiades *est d'autant plus éclatante que s'est encore assombri le tableau du genre humain, relégué à l'arrière-plan. Si on doute parfois que* Les Pléiades *soient bien un roman, c'est d'abord en raison de l'effacement de ces figures que Wilfrid Nore, du balcon de son hôtel, réduit d'autant plus facilement au néant que la nuit les rend invi-*

1. « Comme tu me sais immortel, ma chère petite » (à sa sœur, 4 août 1878), « Je suis éternel comme les dieux » (à la même, 12 novembre 1880), bravades émouvantes venant d'un homme de santé fragile qui mourra en 1882.
2. *Histoire d'Ottar Jarl*, p. 16.
3. Gobineau, *Œuvres*, Pléiade, t. I, p. 218.

sibles. Quand ceux qu'il vitupère peuplent enfin la scène, le trait du conteur les réduit à l'état de « nullités ». Qui sont ces gens qui, à en croire aussi bien le prince Ernest que la comtesse Tonska, menacent Burbach d'une « révolution » ? La principauté des Pléiades *a moins d'existence encore que cette Parme où les critiques de Stendhal virent une cour d'opérette, et ce n'est pas le pauvre dialogue de l'indigne frère de Jean-Théodore avec le publiciste Symphorien Franier qui donnera consistance à un complot. Aux « nullités » cataloguées comme telles, il convient d'ajouter Henry de Gennevilliers et ses amis, parfois réunis en conversation en des lieux que le romancier se soucie moins encore d'esquisser que le palais de Burbach. « On a assez senti le soufflet violent que* Les Pléiades *ont donné à quelques-uns, à beaucoup. Ce sont dans ce moment les Gennevilliers qui s'en fâchent le plus et j'en suis bien aise, c'est à eux que j'en veux davantage », écrit Gobineau à sa sœur (2 juin 1874). On l'a senti à condition de savoir en quel mépris il tient ces nantis qui se dépensent pour l'« instruction des basses classes », « les lavoirs, les ouvroirs, les caisses d'épargne » (II, 6), bref ceux qu'on englobe sous l'étiquette de conservateurs libéraux. Le lecteur non prévenu verra en Gennevilliers et son épouse de braves gens à peine infatués de leur personne, dont l'intérêt dans le roman est moins de former contraste avec les porte-parole des valeurs gobiniennes que de donner lieu à l'excellent épisode comique de l'hôtel du Poisson; encore la comtesse Tonska, ressuscitée à son piano devant le couple médusé, assure-t-elle pour l'occasion l'essentiel de la mise en scène.*

Le génie de la comtesse est de nature à nuancer les réticences que suscite ce roman de causeurs. Non contente de voyager, elle gesticule, cherchant parfois dans le pauvre monde contemporain un théâtre digne du tragique de ses sentiments (II, 1). Si elle ne s'élève pas aussi haut que la Sanseverina, capable d'organiser à la fois un régicide et la fête populaire qui le saluera, c'est peut-être moins en raison de ses insuffisances personnelles que du scepticisme de Gobineau sur les possibilités de changer l'ordre du monde. Les autres « Pléiades » sont plus sages et Gobineau se soucie surtout de marquer leur position dans ces discussions où ils donnent le meilleur de leur talent : assis aux pieds de la bien-aimée, lui prenant la main, reculant leur chaise ou soignant leur pose sur une causeuse. On trouve aussi le romancier attentif à ces petits gestes inconscients et révélateurs auxquels on recourt quand on est embarrassé ou distrait : le prince Ernest touche le sucrier et dérange les flambeaux avant de demander de l'argent à Conrad Lanze, le prince Maurice suit les motifs du tapis avec le bout de sa canne en écoutant la semonce de Jean-Théodore, Nore déchire en mille morceaux la lettre de sa cousine au moment de prendre conscience qu'elle lui est devenue indifférente. Rien qui ne serve en priorité à orner ou éclairer les conversations. Si l'un des « fils de Roi » a passé quatre heures, une nuit de novembre, au sommet de la cheminée d'une dame russe qu'il idolâtrait (I, 4), l'aventure ne se déroule jamais que dans les marges de l'intrigue, à la faveur de ce délire d'invention qui saisit parfois le conteur, mais le lecteur est ramené au bout de trois lignes vers ce qui demeure l'essentiel de l'œuvre : l'analyse du cœur et de l'esprit des principaux personnages.

Jean Mistler, dans la préface de son édition, apprécie ces zones d'ombre que Gobineau ménage dans l'analyse de ses héros. Encore faut-il préciser qu'elles ne naissent pas, comme chez beaucoup de romanciers, d'une réserve ou d'une feinte ignorance devant telle pensée ou telle attitude mais, paradoxalement, d'une surabondance d'éclairages : monologues introspectifs, dialogues pour tirer les sentiments au clair, interventions du narrateur qui confirment ou rectifient l'analyse des personnages par eux-mêmes, recours enfin, quand les subtilités du vocabulaire psychologique ou moral ne suffisent plus, à des métaphores paysagères qui suggèrent l'ardeur ou la désolation de l'âme (« Cette vie ressembla à un paysage des pays du Nord », III, 3, ou le cœur semblable aux « sources turbulentes sourdant aux pieds des puissantes montagnes », IV, 2). De même qu'une description trop fouillée brouille l'objet qu'elle évoque, de même une analyse dérobe-t-elle un caractère si elle le couvre de nuances. Ressort alors l'acte même de la description ou de l'analyse. S'il n'abuse guère du premier, Gobineau joue à l'envi du second pour imposer la verve du conteur, usant d'effets oratoires quand il se corrige ou plaidant en faveur d'un personnage qu'il a maltraité (« Il ne faudrait pas en prendre une trop mauvaise opinion de Jean-Théodore », III, 4). La désinvolture est poussée à l'extrême dans le cas de la comtesse Tonska puisque, après avoir accumulé les indices qui la condamnaient à l'insensibilité, le narrateur les annule d'un trait : « Hélas ! non ! Pauvre femme, je la calomnie ! » (IV, 3). Au vrai, à l'exception de Casimir Bullet, martyr désigné du roman, toutes les « Pléiades » doivent *trouver le bonheur. Celui-ci paraît-il compromis ? Le romancier ne se contente plus alors de ménager des zones d'ombre à force de retouches, il fait basculer dans le néant toutes les nuances de ses analyses antérieures. On aura compris que, écrites à contre-courant du roman naturaliste,* Les Pléiades *ne préfigurent pas davantage le « roman psychologique » dont la vogue va s'imposer dans les années qui suivront la mort de Gobineau.*

Stendhal lui aussi guidait ses lecteurs (« Il ne faut pas trop mal augurer de Julien », « Nous avouerons avec peine, car nous aimons Mathilde », etc.), mais quoique très romanesques, ses caractères obéissaient à une logique que l'intrigue avait mission de mettre au jour. Chez Gobineau, les héros étant d'emblée catalogués comme des « Pléiades », les événements servent moins à leur épanouissement qu'à une vérification de leurs qualités. Du reste, à l'exception de la toute jeune et vacillante Liliane Lanze, ce sont tous, dès leur apparition, des adultes affirmés. N'étant à aucun degré un roman d'éducation, Les Pléiades *ne présentent pas la temporalité ordinaire des romans du* XIX*e siècle. Tan-*

dis que Le Rouge et le Noir *ou la* Chartreuse *racontaient des destinées individuelles sur un mode presque uniment linéaire, l'œuvre de Gobineau s'inscrit dans une durée qui n'est pas celle de la vie, mais de l'accession au bonheur des héros, et que distendent de profonds retours en arrière expliquant* a posteriori *pourquoi les « Pléiades » méritent ce nom. Seule déborde l'aventure de Jean-Théodore, dont l'errance géographique et sentimentale se poursuit alors que les autres « Pléiades » ont été placées sur orbite. Tandis que quelques mois à peine séparent la rencontre des « fils de Roi » du moment où, avec un bel ensemble, ils trouvent leur voie, il faudra une durée indéterminée (des mois ? des années ?) pour que le Prince et Aurore puissent s'aimer, puis quatre années encore pour que le petit Renaud coure vers les bras de sa mère. Il est vrai qu'en dotant le Prince d'une épouse légitime, Gobineau avait dressé devant son bonheur un obstacle plus encombrant que de simples incertitudes du cœur. Peut-être a-t-il tergiversé avant d'oser inventer l'événement le plus heureux de l'intrigue : le télégramme qui annonce à Jean-Théodore la mort de la princesse*[1]*. Peut-être aussi, en prolongeant les souffrances d'un héros vieillissant et en inscrivant dans la durée une histoire qui s'achève comme un conte, s'est-il donné, grâce à la fiction, les raisons de croire que pour lui-même, un jour, se produirait un miracle.*

*« Vous étiez fatigué à la fin de votre livre », lui écrit le comte Prokesch-Osten, le 19 avril 1874. Lui qui avait souscrit aux sévères analyses de l'*Essai sur l'inégalité des races *s'étonne de voir son ami faire la part aussi belle à l'amour, qui n'est à ses yeux qu'une maladie. « C'est la*

1. Il osera, ensuite, l'imaginer comme le dénouement rêvé de ses propres souffrances conjugales : « Ah ! le télégramme de la princesse mère ! » écrit-il le 13 août 1876. La lettre est adressée à sa sœur Caroline, mère Bénédicte en religion, abbaye de Sainte-Cécile, Solesmes.

maladie des âmes fortes et la montrer chez les imbéciles, c'est ce que l'histoire ne peut pas faire», lui rétorque Gobineau (28 avril 1874). Même étonnement chez Diane de Guldencrone, sa fille aînée : «Je ne le croyais pas si romanesque ni si pastoral», écrit-elle à sa mère, non sans perfidie, le 30 mai 1874[1] *; cette «bergerie» qui octroie à Jean-Théodore et Aurore un bonheur immoral a choqué ses principes, mais peut-être aussi révolté le respect qu'elle porte à sa mère. Wilfrid Nore lui avait d'avance répondu : «Romanesque ! Pourquoi ? Suis-je moins un homme parce que je vous semble différent du modèle sur lequel sont taillés mes contemporains ? [...] Je serais romanesque si, concevant mes désirs d'après une imitation puérile, j'y mêlais les choses de la vie commune, sans cesse préparé à abandonner ce qui ne serait que des rêves pour des réalités banales» (II, 5). L'amour élève idéalement ces rescapés du naufrage parmi lesquels Gobineau s'est toujours compté; devant plus aux charmes de la conversation qu'à l'éveil des sens (à moins que la sensualité ne se soit réfugiée tout entière dans la parole), il ne ressemble guère à celui qui donne leur chair à la plupart des grands romans français du* XIX*e* *siècle. Stendhal lui-même, pourtant si pudique dès qu'il écrit pour le public, marque toujours le moment de la possession physique chez ses héros (sauf quand il fait de l'impossibilité de la possession physique le sujet même d'un roman). Chez Gobineau, les «Pléiades» ne se lient que par le cœur et l'âme au point que sera rayée comme une tache sur ce ciel pur la seule occurrence significative du mot «maîtresse» qu'il ait laissé échapper lors du premier jet*[2].

Leurs rencontres ne se heurtent guère aux obstacles de la société : une allusion est faite aux sots qui voudraient contrarier le bonheur de Jean-Théodore et d'Aurore, mais le

1. Lettre citée par M.-L. Concasty, dans «À propos des *Pléiades*», *Études Gobiniennes*, 1970, p. 249.
2. Voir p. 191, n. 1.

romancier les tient aussi fermement dans l'ombre que ceux (probablement les mêmes) qui rêvaient de faire la révolution à Burbach. C'est avec Stendhal, une fois encore, que le rapprochement servira le moins à un contraste; mais même dans La Chartreuse de Parme, *où ils trouvent, en dépit de la tyrannie du pouvoir et du poids de la religion, les moyens d'un épanouissement personnel, les « happy few » doivent si bien compter avec les forces extérieures que le bonheur auquel ils avaient vocation leur est finalement ravi. Gobineau confirme en somme,* a contrario, *une conclusion que suggère la littérature romanesque de son siècle : pour que l'individu ait chance d'être heureux, il faudrait étouffer la société. Seul de tous les romanciers, il a osé le faire.*

À ceux qui prétendront que Gobineau s'excluait ainsi du territoire du roman, il a lui-même donné crédit. « Lytton[1] *a raison :* ce n'est pas un roman. *C'est tout autre chose et de quoi faire penser et sentir les gens, les irriter avec moi et les faire monter dans la même sphère de passion en leur montrant l'apologie et l'apothéose de leurs désirs et de leurs haines », écrit-il à la comtesse de La Tour, le 14 juillet 1874.* « Romance » *plutôt que* « novel », *avait dit Lytton, plus sensible à la « bergerie » qu'aux loups qui la menacent, à l'invention de nouvelles Dulcinées qu'aux batailles livrées contre les mauvais génies qui souillent la planète. C'est pourtant une complicité avec les deux aspects du don quichottisme que Gobineau veut lire dans l'article de son ami. « Est-il possible, grands dieux, que j'aie l'esprit si contredisant et si batailleur », se demandait-il en 1864. Pour écrire un roman qui eût pleinement rivalisé avec ceux de Stendhal, il lui aurait fallu plus de curiosité (à défaut d'indulgence) à l'égard de ses contemporains et un plus*

1. Robert Bulwer Lytton (1831-1891), poète et diplomate, le fils de l'auteur des *Derniers Jours de Pompéi*, fut un des plus fidèles amis et admirateurs de Gobineau. Voir bibliographie.

grand abandon à cette part de rêve qui l'habitait. Quand Julien ou Fabrice se réfugient en des lieux élevés, c'est pour s'y trouver seuls avec leur bonheur; Wilfrid Nore s'avance-t-il au balcon de l'hôtel qui domine le lac Majeur, il le transforme aussitôt en tribune. Jean Dutourd voit les choses autrement : « Il lui a manqué d'être en poste à Civitavecchia et d'y périr d'ennui[1]*. » C'est sans doute mal connaître Gobineau. À Civitavecchia, il aurait péri d'ennui, c'est tout. Une vie de voyages peuplée de mythes toujours désenchantés ainsi qu'une série d'infortunes, morales ou sentimentales, qui jamais ne laissèrent de place au repos ont aiguisé cette vivacité d'esprit et cette ardeur du cœur qui font le charme un peu anachronique des* Pléiades.

Pierre-Louis Rey

1. Jean Dutourd, *Domaine public*, Flammarion, 1994, p. 41.

Les Pléiades

LIVRE PREMIER

CHAPITRE PREMIER

JOURNAL DE VOYAGE DE LOUIS DE LAUDON

Il était six heures du soir à peu près, peut-être six et demie. La malle-poste filait entre la double ligne des chalets avec une verve renouvelée ; nous sautions sur les inégalités du pavé ; les bonnes gens se mettaient aux fenêtres ; ceux de la rue relevaient le nez avec une expression d'intérêt et de curiosité.

Enfin la machine roulante contint sa turbulente gaieté ; les chevaux, couverts de sueur et exhalant de leurs robustes croupes des nuages de vapeur, prirent le trot, puis le pas, et, soudain, s'arrêtèrent en désordre devant le perron de l'hôtel de la Poste. Nous étions à Airolo, avec quelque prétention d'y faire un dîner quelconque.

Conrad Lanze sauta à terre, et moi, riant de bon cœur à le voir saupoudré de poussière et blanc comme un pierrot, certain d'être tout semblable, je me battis de mon mouchoir, je frappai des pieds, je soufflai et exprimai avec passion le désir de trouver un bassin d'eau où plonger la tête et les mains. Mon compagnon s'unissait avec plus de modération à mon dithyrambe, ce qui ne l'empêchait pas de questionner les enfants assemblés autour de personnages aussi intéressants que le sont toujours des voyageurs tombant du ciel, et il eût sans doute obtenu sur ces petites créatures, leurs idées, leurs intentions, leurs pères et leurs mères, leurs ascendants, jusqu'à un degré d'une antiquité incroyable, les détails les plus complets, si l'hôtelier, M. Camossi lui-même, n'avait réussi, en joignant ses efforts aux miens, à lui faire entendre que deux aiguières, des serviettes, un repas complet, tout était prêt, que ce bien n'attendait que lui, et, enfin, que la malle-poste restait à Airolo une demi-heure, pas davantage.

Frappé de cette vérité et de ce qui en découlait de grave, le sculpteur se décida à interrompre ses communications avec la jeunesse tessinoise, enfonça la main dans sa poche, en tira une poignée de menue monnaie, la lança à toute volée au travers de la rue et, tandis que la bande des jeunes citoyens et des jeunes citoyennes du canton se précipitait en tas sur cette proie, nous faisions notre entrée dans l'auberge.

Conrad m'amusait, ou, plutôt, il me plaisait et m'intriguait; depuis quinze jours, nous étant rencontrés à Zurich, nous nous étions pris d'un bel amour l'un pour l'autre, et nous avions provisoirement uni nos destinées de voyageurs. Je ne découvrais pas en lui un seul côté qui me fût tant soit peu désagréable.

Il était artiste et ne portait pas de longs cheveux; il s'habillait comme tout le monde; il pratiquait les us et coutumes des gens bien élevés, sans aucune des protestations d'un bohème, ni des empressements d'un néophyte. Bien que nous convenant beaucoup l'un à l'autre, nous n'avions pas abordé le terrain des questions gênantes ou trop familières. Sa réserve, à tous égards, était parfaite, sans mystère d'ailleurs, et ne laissait surtout courir l'esprit sur la pente d'aucune expansion ridicule. Il ne m'avait rien dit de sa famille, ni du rang qu'il occupait dans le monde ; cependant, on reconnaissait sans peine, à première vue, que son génie ne s'était pas élancé d'une loge de concierge, et que la distinction de sa personne devait provenir de quelque chose d'héréditaire. Il ne m'avait encore exposé aucune théorie transcendante sur les arts, leurs progrès, leur décadence, non plus que pour ou contre tel maître illustre élevé dans l'Olympe ou plongé vivant sous les ondes du Phlégéton. Si je le savais artiste, c'est qu'une phrase incidente me l'avait appris. Nous avions parlé littérature, et je goûtais ses idées parce que je partageais ses préférences. Il me semblait accompli.

Une fois à table, Lanze me proposa de demander du vin d'Asti, de ce petit vin mousseux, me dit-il, célébré par *La Chartreuse de Parme*, et qu'il fallait absolument connaître[1].

Au premier mot, le garçon de l'auberge avait apporté la bouteille souhaitée. Conrad remplit mon verre et le sien, et, appuyant son coude sur la table et sa tête sur la main, il éleva à la hauteur de son œil le précieux breuvage.

« Avouez, me dit-il, que tels que nous voilà tous les deux attablés ici, nous sommes dans un des jours heureux de la vie et au moment le plus heureux, peut-être, d'un pareil jour.

— J'aimerais, lui répondis-je en touchant son verre du mien, vous entendre développer cette thèse. »

Et je bus et je remplis mon verre de nouveau, pour avoir le plaisir de voir pétiller la mousse.

Il prit l'air d'un homme résolu à faire pénétrer la foi dans l'âme de son interlocuteur, fût-ce avec le concours de quatre hommes et de leur caporal.

« Dites-moi, Laudon, de bonne foi, qu'avons-nous fait depuis ce matin où nos yeux se sont ouverts à la lumière du jour ? Ne sommes-nous pas montés sur le bateau à vapeur à Lucerne par une jolie matinée fraîche, humide, assez frissonnante pour nous donner à souhaiter le soleil et ses rayons ? Je ne vous rappellerai pas les beautés agrestes du lac, de la chapelle de Guillaume Tell, ni de Guillaume Tell lui-même, bien que nous dussions peut-être un tribut d'hommages au pays hospitalier dont les auberges nous ont déjà remis tant de notes. Mais, tout compris, avouez-le, l'ombre d'un souci nous a-t-il approchés pendant le temps que nous avons mis à traverser ces ondes pittoresques où les quatre libérateurs de la Suisse se sont donné tant de mal, et où Schiller, dans son drame, et Rossini[1], dans sa musique, ont réussi à trouver de si belles choses ? Non ! Laudon, ne soyez pas ingrat, ne niez pas l'évidence ; votre esprit n'a pas été couvert du moindre nuage, ni noir ni gris, pendant cette heureuse traversée. »

Je sursis à plonger un biscuit dans mon vin, pour donner mon plein assentiment à ses paroles. Mais il ne me laissa pas le temps de développer mon approbation et poursuivit avec un surcroît de gravité :

« Depuis Fluelen jusqu'ici, je ne crains pas de le dire, ce fut un crescendo de félicité.

— Oui, sans doute, exécuté dans une atmosphère où la poussière abondait plus que l'air vital, et où des tourbillons de mouches se sont livrés au jeu du djérid[2] sur nos personnes.

— Ingrat ! s'écria Lanze, rentrez dans votre vie de Paris et ne profanez pas de votre présence...

— Voyons, dis-je à mon tour, j'ai eu tort, j'en

conviens et je fais le bel esprit mal à propos. Je pense comme vous. Je suis ravi. Faut-il vous parler de ces pentes du Saint-Gothard, toutes couvertes dans leurs méandres, sur leurs crêtes, des buissons roses de ces rhododendrons en fleur ?

— Vous rappelez-vous, s'écria-t-il, ce pont du Diable, la Reuss, affolée, dispersant, dissipant son écume à des hauteurs si grandes, tandis que les masses sombres de ses eaux compactes comme des lames d'acier, plongeaient courbes dans les chutes du lit sonore de la rivière, et se relevaient courant au loin, échevelées en longs rubans d'argent ?

— Et ces gorges de rochers immenses, démantelés, noirs, farouches, aboutissant à des vallées d'un vert si gai et si calme ?

— Et ces tours féodales, que la force avait dressées et qu'a renversées à demi la violence[1] ?

— Au fond, conclut Lanze, nous nous trouvons honnêtement excités par ce que nous avons vu et senti ; nous avons été charmés, émus, éblouis, touchés, transportés, heureux, en un mot ; mais, comme nous sommes de notre temps, nous croirions nous manquer à nous-mêmes en n'étant pas les premiers à nous en moquer. Tant de gens ont fait des vers d'almanach sur le Saint-Gothard, que, ma foi, nous sommes secrètement embarrassés pour convenir qu'il y avait de quoi en faire de bons. Voulez-vous que je vous dise mon sentiment, Laudon ?

— Je n'y mets aucun obstacle.

— Les gens de notre génération sont de tristes sots.

— Amen », répondis-je.

Une soumission si nette le désarma, et il paraissait enclin à tomber dans une sorte de rêverie, quand le conducteur reparut et nous pria de rentrer dans notre boîte. Nous allumâmes en hâte nos cigares et reparûmes dans la rue.

Les enfants attendaient le retour de Lanze. Une foule de jolies attitudes, de pétillants regards lui paya généreusement sa libéralité. Il alla se mettre au milieu de ce petit monde, donna des tapes d'amitié sur quelques têtes bouclées, offrit encore quelques sous, accompagnés de recommandations sérieuses d'être sages; puis nous montâmes en voiture.

Il y eut un contraste charmant; notre postillon, un gros et vigoureux Helvétien, taillé à coups de hache, avec un visage rouge et carré, accommodait lourdement de ses grosses pattes le harnais de ses chevaux avant de monter sur son siège; un colporteur le regardait faire, et c'était un Lombard, grand, svelte, élancé, à la large poitrine, à la taille serrée, belle figure, dents d'ivoire, cheveux bouclés, ondoyants, magnifiques, un Bacchus, un Apollon, un Mercure. Il était campé fièrement sur une hanche, une jambe en avant, image parfaite de la grâce virile. Lanze le contempla tranquillement; mais ne dit rien et les chevaux partirent en galopant.

C'est une des heures les plus délicieuses du voyage, que celle qui suit le dîner, et lorsqu'on se laisse aller, tout réconforté et égayé par le repos et le repas, au mouvement d'une bonne voiture. J'ai tort de proclamer une vérité si banale, car chaque voyageur, je crois, en a dû faire la remarque. Nous étions devenus fort silencieux. Lui restait dans son coin, moi dans le mien, l'un et l'autre fumant, regardant par la portière et, probablement, lui, comme moi, mêlait à la sensation donnée par le paysage toutes sortes de tableaux venus d'ailleurs et de plus loin. Il est certain que dans la chambre obscure[1] de mon esprit, chaque chose se peignait en couleurs charmantes.

J'avais passé la soirée de la veille près de Lucie, à l'hôtel du Cygne, à Lucerne, et n'avais quitté cette ravissante créature qu'à minuit. Jamais, non, jamais elle ne m'avait montré tant de bienveillance.

Cette personne si accomplie, cette vraie gazelle, si jolie dans sa taille svelte, si fière dans chacun de ses traits, si adorable dans le moindre de ses mouvements, si malicieuse dans son esprit entier, si redoutable dans ses regards chargés tour à tour d'ironie ou de divination, avait été pour moi remplie de la plus sérieuse bonté. Je le lui avais dit et elle avait paru m'en savoir gré. Au moment de la séparation, je lui serrai la main. J'embrassai son mari... Cher garçon ! il s'était montré bien affectueux, lui aussi ! Et nous avions pris rendez-vous à Paris chez elle pour cet hiver.

De bonne foi, je n'ai jamais aimé que Lucie. Je ne dirai pas que ce sentiment apporte dans ma vie de bien grands troubles, ni qu'il m'arrête en beaucoup de choses, ni qu'il influe notablement sur mes résolutions ou ma conduite ; pourtant je le rencontre dans tous les coins de mon âme où il porte une fraîcheur extrême. C'est un aimable compagnon, mais pas un tyran.

Oh ! mon Dieu ! de son côté, Mme de Gennevilliers ne se rend pas fort malheureuse à mon endroit. Je le sais et ne lui en veux nullement pour ce que tout autre appellerait, sans doute, du nom d'indifférence ou de froideur ; ce serait injuste. Elle n'est envers moi ni indifférente ni froide ; au contraire, elle me comprend sans que je me sois jamais expliqué, et voit l'intérieur de mon âme qui ne lui a jamais été étalé, Dieu merci ! Nous sommes deux natures sympathiques, parce que, nous ressemblant, nous n'avons rien à craindre de nos exigences mutuelles. Pourvu qu'elle se sente aimée, elle est contente ; moi, pourvu que j'aime avec un certain degré de retour, et surtout rien d'exagéré, rien de faux, rien d'hypocrite dans ce qu'on me rend, dans ce qu'on m'offre, dans ce qu'on me donne, je n'ai nulle disposition à demander des extravagances, n'étant pas moi-même propre à en faire, et je me contente, et suis heureux de ce qui, pour un autre, ne serait assurément pas assez.

Rien n'est rendu estimable que par la durée ; et ces amours tapageuses, qui se jettent au travers de la vie d'une femme et d'un homme, comme la Reuss au travers d'une forêt de sapins, qu'y font-ils ? Ils ravagent tout, ils saccagent, brisent, détruisent, dispersent, et leur cours rapide s'est emporté trop vite pour qu'on puisse s'éprendre de sa fougue ; on reste seulement courbé sur de froids et malencontreux débris. Je ne dis pas que je raisonne à la façon des grands hommes, ni même de ces illustres passionnés dont on cite les folies en se promettant de n'en pas risquer l'imitation. Je raisonne comme un pauvre diable que je suis, heureux d'être au monde, fort désireux de ne rien gâter de ce que j'ai de bon autour de moi, et, pour cela, assez adroit pour distinguer entre le cœur et les sens, l'inclination et les emportements, l'affection et la rage, le dévouement raisonnable et l'abjection de toute volonté ; enfin, comme l'ont dit les sages, entre la fidélité et la constance. Je serais au désespoir de me créer des torts envers Gennevilliers. Lucie en mourrait, ou, si elle n'en mourait pas, je le payerais un prix tel que je ne veux pas l'y mettre. J'arrange ma vie pour l'aimer toujours, ne lui faire ni chagrin ni honte, et garder intacts la douceur et le charme de ce que je reçois d'elle.

Encore une fois, ce n'est pas de l'héroïsme, je le sais ; mais pourquoi irais-je m'accabler de travaux que ni les besoins de mon cœur, ni les volontés d'aucun Eurysthée[1] ne m'imposent ? Pourquoi jouer avec moi-même une dangereuse comédie, uniquement pour me guinder jusqu'à des couronnes que je pourrais fort bien manquer et dont, en définitive, je me passe ?

Eh ! puisque je suis fait ainsi, pourquoi me mentir ? La sincérité personnelle est une vertu plus rare que l'intempérance amoureuse et plus virile et plus mâle assurément, et celle-là, je me rends cette justice, je la possède ! Hé bien ! donc, c'est vrai ! la nature m'a doué d'une force essentiellement passive. Je suis contemplatif par essence, et c'est à l'examen des choses que se bornent mes capacités. Je suis, en face des vanités de ce monde, une sorte d'inspecteur aux revues. Je ne me mêle pas à l'escadron des passions, ni à l'infanterie des goûts, ni à l'artillerie des fantaisies, pour conduire les charges des unes, les attaques des autres, les évolutions des troisièmes. Non, je me mets là pour regarder tout, voir ce qui existe, ce qui fonctionne, et, bien que portant l'uniforme de l'armée, du moment que le tapage commence, je n'en suis plus, et mon état est de me tenir à l'écart, de distinguer ce qui tombe d'avec ce qui reste debout et d'en tenir registre. Sans vanité, je ne vois guère que les abeilles auxquelles je puisse justement me comparer. Je butine sur les surfaces.

Tandis que je me laissais aller à ces rêveries, j'éprouvais l'impression délicieuse d'une douce confession, où les faits avoués ne vous maltraitent pas, et cela ne doit pas constituer une volupté médiocre pour les saintes filles que la clôture monastique a dégagées des épines du monde. En outre, je voyais les perspectives de la vie s'allonger indéfiniment devant mes prévisions comme un large tapis vert de Versailles, toujours fraîches, toujours unies, toujours calmes, sans rien pour déranger les pieds de mes espérances, ni les forcer à baisser la tête avec chance d'être brusquement décoiffées. Non ! Il faut avouer que je suis né heureux.

Quelle nuit incomparable ! Les chevaux trottaient et secouaient leurs grelots en cadence ; de temps en temps, un mot d'encouragement du postillon les faisait doubler leur allure. Les côtés de la route passaient vite ; une pierre, une touffe d'herbe, un buisson se détachaient rapidement et venaient caresser mes yeux de quelque forme bizarre tout à l'instant empreinte dans ma mémoire ; les vallées profondes nous accompagnaient de leurs tournants, les montagnes nous escortaient en foule, les pics nuageux, ou blancs ou gris, tantôt se confondaient avec le ciel nocturne, tantôt faisaient comme un effort pour s'en détacher. J'étais plongé dans la plus douce extase.

Lanze alluma un nouveau cigare et, aussi silencieux que moi, continua à fumer à demi penché vers sa portière ; les rayons de la lune tombant en plein sur son visage me le montrèrent un instant et je fus frappé de sa physionomie ; ce n'était pas celle que je lui voyais constamment : plus de gaieté, plus d'insouciance, une mélancolie grave et certainement une teinte de douleur remplaçaient son agréable sang-froid.

« Que peut-il avoir ? pensai-je ; il aura perdu son argent à Bade, ou sa dernière statue a été maltraitée par les journalistes de Munich. »

Je ne pus m'empêcher de sourire de ma perspicacité. Dans notre société actuelle il n'est guère de place au fond des âmes que pour des chagrins précis, définis et tenant de près à la question de position.

Je m'amusai à broder sur ce thème, et à force de broder, je m'endormis le nez sur ma toile, ayant encore un brin pensé à Lucie et à mon bon et cher Gennevilliers.

Quand je m'éveillai, il faisait grand jour et Conrad Lanze, fumant son éternel cigare, me dit :

« Je vous félicite de votre adresse !

— Quelle adresse ?

— Vous ouvrez les yeux juste au moment le plus favorable pour vous procurer la sensation d'un changement à vue. »

C'était exact, j'avais perdu le sentiment de la réalité au milieu d'une scène nocturne, représentant les pittoresques violences d'une nature tourmentée, et maintenant, montagnes sauvages, pics escarpés et fendus, vallons rechignés et menaçants, ce décor avait disparu. La route passait à travers des pentes qui s'abaissaient sensiblement et avec complaisance vers un but encore caché mais que l'on pressentait charmant ; de toutes parts des mûriers, et parmi les mûriers, des vignes, et parmi les vignes, des plantations de maïs, serrées, drues, vigoureuses, florissantes, agitant leurs panaches sous les doigts d'un petit vent tiède, le vrai *Favonius*[1], l'ami de l'Italie antique. On était déjà en Italie, non pas de par la politique et les conventions d'État, mais de par la nature. C'était le petit bout du pied de l'Italie qu'on apercevait sous cette robe de verdure diaprée, pleine de fleurs, pleine de vie, élégante, séduisante… l'Italie, enfin ! Ce petit bout de pied annonçait les autres perfections sans nombre de la grande et sublime madone. Je me prosternai en pensée devant ce que je voyais et devant ce qui m'était ainsi promis.

« Au diable les louables Cantons[2] ! m'écriai-je.

— Pas d'exclusion ! » murmura Lanze d'un ton dogmatique, et là-dessus, nous commençâmes une dissertation assez subtile sur les formes du pittoresque, ce qui nous conduisit jusqu'à Magadino.

Ici, nous revînmes beaucoup de notre premier enchantement, les mérites du lac Majeur, dont nous venions de parler, avant de l'avoir vu, nous parurent médiocres. Une fois embarqués sur le bateau d'Arona, nous fûmes plus étonnés que charmés devant ces eaux noircies et comme épaissies par les ombres énormes de deux rives montagneuses dont les flancs attristés par les sapins n'ont rien que de monotone et même de maussade[1].

Tandis que nous pleurions notre déconvenue, un grand jeune homme blond et mince, à tournure distinguée, se trouvait à côté de nous ; il se mêla à la conversation d'une manière discrète, mais qui indiquait en même temps le désir de nouer relation.

Il n'était pas difficile de s'apercevoir que nous étions tous trois des poissons de la même espèce ou à peu près. La tentation de s'acquérir des compagnons de route, désir qui poignait évidemment l'inconnu, me prit aussi, et je vis que Lanze n'y répugnait pas ; j'engageai donc de plus près l'entretien, et je suis ravi de l'avoir fait, car notre nouvelle connaissance nous a fort aidés à passer aujourd'hui de bonnes heures. Il avait été comme nous pressé de voir, de contempler, d'admirer le lac Majeur et se désespérait de ne pas trouver ce à quoi il s'était attendu.

« Il me semble, nous dit-il, qu'un pèlerinage à ce lac célèbre est une sorte d'initiation à laquelle les âmes qui s'estiment ne sauraient se soustraire. Pourquoi tant de poètes, sans compter les prosateurs, pourquoi le président de Brosses[2] comme Jean-Paul, nous ont-ils à l'envi monté la tête sur des paysages, en somme, si insignifiants ? »

Tandis que nous déplorions notre malheur, nous avions cessé d'être attentifs ; tout à coup, notre recrue ayant levé la tête dans la direction du sud, s'écria :

« Mais voyez donc ! »

C'était un spectacle nouveau, sublime, adorable ;

nous nous étions trop hâtés ! nous n'avions pas eu confiance dans cette nature enchanteresse, magicienne rusée, habile à cacher sa richesse pour mieux en étaler les trésors, pour en faire miroiter les pompes à l'heure voulue, si belle, mais si grande artiste, par-dessus tout !

Nous fûmes éblouis et ivres d'enchantement, de joie, de bonheur ; nous nous fîmes conduire aux îles avec la résolution bien prise d'y passer au moins une journée et, peut-être, qui sait ? le reste de notre vie.

CHAPITRE II

CAUSERIES INTIMES DES TROIS VOYAGEURS

Louis de Laudon ne passa pas le reste de sa vie à l'Isola Bella et pas plus à l'Isola Madre, et lorsque avec ses deux compagnons, Conrad Lanze et Wilfrid Nore, il eut consacré la journée à parcourir ces lieux si séduisants, il ne put se tenir, avant le dîner, d'écrire les pages que l'on vient de lire et qui devaient, à son compte, servir de préface à beaucoup d'autres. L'effet ne suivit pourtant pas sa bonne volonté ; le manuscrit, serré dans son nécessaire de voyage, y resta indéfiniment et ne fut pas continué.

Laudon avait assez l'usage de commencer les choses ; mais une horreur naturelle l'empêchait de les continuer et encore plus de les finir.

Certaines parties du fragment qui précède ont pu faire pressentir ce trait de caractère. Leur auteur avait l'esprit fin, cultivé à peu près sur certains points, en friche sur d'autres ; il avait de l'honneur, un cœur de substance légère, facile à fêler, aussi facile à raccommoder; perspicace pour les petites choses, myope pour les grandes dont il ne découvrait que des parties, sans jamais saisir l'ensemble; mais, surtout, il était curieux, curieux à l'excès des affaires des autres, et l'intérêt réel, vrai, sympathique qu'il y prenait, le dédommageait du peu de sérieux de ses propres affaires.

Il s'était attaché à Lanze en découvrant en lui une foule de qualités étrangères à sa propre nature et qui l'étonnaient. Il se sentit de même attiré vers Wilfrid Nore, et celui-ci ne le méritait pas moins, bien que d'une autre manière.

Après avoir parcouru l'Isola Bella dans tous les sens, être entrés dans toutes les grottes, s'être assis sur tous les bancs, avoir contemplé tous les tableaux non moins que les palmiers nains et s'être extasiés comme il convenait devant cette majestueuse devise *Humilitas*[1], proclamée sur le fer doré qui en forme les lettres et la surmonte d'une couronne comtale, le tout formant une sorte de tableau gigantesque répété sur tous les coins des terrasses, les trois amis se rendirent à l'auberge où ils avaient annoncé l'intention de passer la nuit[2]. Là, ils commencèrent à dîner comme des gens qui resteront à table tant que le cœur leur en dira, c'est-à-dire, suivant toute probabilité, fort longtemps; non pas que leur fantaisie eût le moins du monde la concupiscence du boire et du manger indéfinis; au contraire, sous ce rapport, le nécessaire était assez pour eux, et ils étaient tous trois dans une telle disposition, que le superflu les eût révoltés. C'était de l'entretien convivial qu'ils avaient également faim et soif. La nature dans laquelle ils étaient transportés, la liberté et l'insouciance temporaires, mais d'autant plus enivrantes de la vie de voyage, leur rencontre fortuite, un goût mutuel pour leur compagnie, tout leur montait à la tête et les disposait aux épanchements.

Ce fut Wilfrid Nore qui le premier mit le pied dans la voie menant aux confidences. Le dîner dans sa partie sérieuse était fini ; on n'en était plus qu'à jouer avec quelques fruits et des bonbons, quand Wilfrid, jetant un regard sur la fenêtre à travers laquelle se montraient un magnifique soleil couchant et les eaux du lac et les rives piémontaises, s'exprima en ces termes :

« Si le Ciel vous a créés capables, l'un et l'autre, de dîner à l'Isola Bella, avec des gens que vous ne connaissez pas, mais pour qui vous éprouvez la plus réelle affection et surtout une confiance sans bornes, à l'Isola Bella, dis-je, au milieu de cet amoncellement inouï de constructions biscornues, de rocailles insensées, de tableaux tellement mauvais qu'on peut, sans nul inconvénient, les attribuer à Michel-Ange comme à Raphaël ; au milieu, dis-je, de cet accès de folie qui a pris un propriétaire anxieux de trouver un vrai moyen de prouver l'impossibilité de lutter contre cette nature incomparable et qui a atteint son but ! si vous êtes capables, je le répète, de vous contempler vous-mêmes sur ce sol où la duchesse Sanseverina a passé, où Liane a vécu[1], sans vous sentir transportés hors du monde vulgaire, sans devenir des espèces de rêves, des farfadets pourvus de corps, mais de corps absolument disproportionnés avec la puissance prépondérante de la partie pensante... si, je vous le déclare pour la troisième fois, vous vous prenez pour d'honnêtes bourgeois, pleins de réalités et astreints sérieusement aux usages, ordonnances, règlements de la vie commune, dans ce cas, que le diable vous emporte ! Je vais me retirer, et de rage je me coucherai en maudissant le jour où je me serai heurté, sur le lac

Majeur, contre des gens si peu dignes de traverser ses ondes ! »

Lanze et Laudon s'empressèrent de rassurer Nore sur l'état de leurs esprits. Il balança la tête un moment de droite à gauche d'un air grave, et poursuivit :

« Nous sommes trois calenders[1], fils de Rois ; vous me désobligeriez sensiblement en hésitant à accepter cette vérité. Que nous soyons également borgnes de l'œil droit, c'est un fait malheureusement incontestable ; ma crainte est que nous ne soyons même complètement aveugles, et c'est ce que nous ne saurons d'une manière certaine que vers la fin de notre existence, pour peu que nous acquérions d'ailleurs le sens critique dont je vous vois jusqu'à cette heure, ainsi que moi-même, assez mal pourvus.

— J'admets votre apologue, repartit Laudon ; je ne sais que trop à quel point mon œil droit me manque ; quant à être fils de Roi, c'est une autre affaire, et je n'y trouve aucune apparence.

— Ceci provient, répondit Nore avec vivacité, de ce que vous n'examinez la question que d'un côté unique, et précisément le plus insignifiant. Donnez-vous la peine de descendre au fond des choses, je vous prie. Quand le conteur arabe, prêtant la parole à son héros, débute dans ses récits par lui faire prononcer ces mots sacramentels : “Je suis fils de Roi”, il ne se trouve pas une seule fois sur plus de cent où le personnage ainsi présenté soit autre chose, quant à son extérieur, qu'un pauvre diable fort maltraité de la fortune : ou bien c'est un derviche, ou bien un naufragé mourant de faim ; souvent, comme dans le cas actuel, un estropié, et jamais surtout, jamais, dis-je, au grand jamais, soit que l'affaire tourne bien, soit qu'elle se termine au plus mal, il n'est question de la Majesté inconnue à laquelle le personnage prétend devoir la naissance. Pourquoi donc, à votre avis, faire de ce dernier un fils de Roi, puisqu'il ne lui est accordé à la suite de cette qualification rien de l'héritage paternel, ni palais, ni jardins pompeux, plantés de rosiers géants et de platanes, ni tapis du Khorassan, ni vases craquelés de la Chine, ni chevaux harnachés d'or et de turquoises, ni harem peuplé de Mingréliennes, ni rien enfin de ce qui consacre et, aux yeux de la foule, rend surtout désirable le fait d'être issu directement d'un souverain régnant ?

« C'est parce que, en prononçant cette parole magique : "Je suis fils de Roi", le narrateur établit du premier mot, et sans avoir besoin de détailler sa pensée, qu'il est doué de qualités particulières, précieuses, en vertu desquelles il s'élève naturellement au-dessus du vulgaire. "Je suis fils de Roi" ne veut donc nullement dire : "Mon père n'est pas négociant, militaire, écrivain, artiste, banquier, chaudronnier ou chef de gare..." Qui est-ce qui lui demande des nouvelles de son père, dont personne ne se soucie dans l'auditoire, intéressé uniquement par ce qu'il est lui-même ? Cela signifie : "Je suis d'un tempérament hardi et généreux, étranger aux suggestions ordinaires des naturels communs. Mes goûts ne sont pas ceux de la mode ; je sens par moi-même et n'aime ni ne hais d'après les indications du journal. L'indépendance de mon esprit, la liberté la plus absolue dans mes opinions sont des privilèges inébranlables de ma noble origine ; le Ciel me les a conférés dans mon berceau, à la façon dont les fils de France recevaient le cordon bleu du Saint-Esprit, et tant que je vivrai, je les garderai. Enfin, par une conséquence très logiquement issue de ces prémisses, je ne suis pas heureux de ce qui suffit à la plèbe, et je cherche dans les joyaux que le Ciel a mis à la portée des hommes d'autres bijoux que ceux dont elle s'affole[1].

« "D'où me viennent tant de distinctions, si fortes, si marquées, qui me mettent tellement à part de l'entourage, que cet entourage, assurément, me sent étranger à lui et ne m'en porte qu'une bienveillance des plus médiocres? Évidemment de ce que je suis fils de Roi, puisque la qualité royale a surtout cet effet de placer celui qui la possède en dehors et au-dessus du gros des subordonnés, des sujets et des esclaves."

— Je vous comprends, repartit Lanze, et vous avez raison plus que vous ne pensez. Être un fils de Roi, c'est tout autre chose que d'être un Roi. Un Roi! mon Dieu, un Roi, la plupart du temps, c'est un souvenir, un idéal; rarement peut-on reconnaître dans une personne humaine revêtue de ce titre la réalité du fait, au sens du moins que les anciens assumaient sur ce mot suprême; mais l'essentiel en reste fortement et éternellement attaché à la qualification de fils de Roi[2]. C'est celui qui a trouvé les qualités que vous avez dites, pendues à son cou dès le jour de sa naissance; celui-là, incontestablement, par un lignage quelconque, a reçu du sang infusé dans ses veines les vertus supérieures, les mérites sacrés que l'on voit exister en lui, que le monde ambiant ne lui a pas communiqués. Où ce monde les eût-il pris quand il ne les a pas? Où le nourrisson les eût-il saisis, puisque nulle part il ne les avait sous la main? Quel lait de nourrice les lui eût donnés? Existe-t-il des nourrices si sublimes? Non! Ce qu'il est sort d'une combinaison mystérieuse et native; c'est une réunion complète en sa personne des éléments nobles, divins, si vous voulez, que des aïeux anciens possédaient en toute plénitude, et que les mélanges des générations suivantes avec d'indignes alliances avaient, pour un temps, déguisés, voilés, affaiblis, atténués, dissimulés, fait disparaître, mais qui, jamais morts, reparaissent soudain dans le fils de Roi dont nous parlons.

— Bravo ! fit Nore.

— Vous m'inquiétez, interrompit Laudon. Ainsi, à votre gré, à tous deux, et pour préciser les choses, il y aurait, aujourd'hui, de par le monde, un certain nombre de personnes, hommes, femmes, enfants, de toutes nations possibles dans l'individualité desquelles les atomes les plus précieux de leurs plus précieux ancêtres auraient réussi à se réunir, en expulsant ce que des intrusions fâcheuses y auraient apporté de mélanges stupéfiants ou énervants pendant des séries plus ou moins longues de générations précédentes, et il en résulterait qu'en fait, ces gens-là, dans quelque situation sociale que le Ciel les ait fait naître, seraient les vrais fils survivants des hommes de Rollon et voire des Amâles et des Mérowings[1] ?

— Évidemment, répondit Nore, il en est comme vous le dites. Bien des siècles ont passé depuis que, les esclaves et fils d'esclaves relevant la tête, la société moderne a commencé son sabbat. Le nombre des coquineries a été incalculable. Les braves gens, poussés dans l'abîme par la foule des pieds plats, ne se sauraient compter. Pourtant, au fond de l'abîme, tous ne sont pas morts ; beaucoup ont vécu tant bien que mal ; quelques-uns se sont rattrapés, lentement, lentement, aux anfractuosités du roc, aux touffes d'herbes, aux branches des buissons. Ils sont revenus à la surface du sol, souillés, meurtris ; il a fallu du temps pour les débarbouiller ; d'ailleurs, je n'ai pas la prétention de dire qu'ils soient absolument parfaits, et c'est ainsi que je vous présente en ma personne unie aux vôtres, trois calenders, borgnes de l'œil droit et fils de Rois.

— Vous m'ouvrez un horizon qui me frappe et m'arrête, dit Laudon, et pour me servir du mot qui vous plaît, à quel nombre supposez-vous que puisse s'élever aujourd'hui dans le monde le nombre des fils de rois ?

— Peuh ! repartit Nore, que sais-je ? Vous me proposez là une question de statistique dont les moyens de solution sont assez maigres. Mais consultez un peu, dans votre mémoire, la liste des gens que vous connaissez de près ou de loin. Verriez-vous de la difficulté à admettre qu'en Europe, seulement, il peut se trouver environ trois mille à trois mille cinq cents cerveaux bien faits et cœurs bien battants ?

— Votre calcul me paraît fortement exagéré, objecta Conrad Lanze.

— Peste ! s'écria Laudon, et tous les millions qui restent, qu'en faites-vous ?

— Ce que j'en fais ? répliqua Wilfrid, et sa voix prit le mordant de l'invective ; ce que j'en fais ? Mais regardez plutôt ce qu'ils font d'eux-mêmes ! Tenez, allons à la fenêtre : je vais vous les montrer. »

Il avait la tête montée ; il ouvrit la croisée toute grande et s'avança sur le balcon, où ses deux amis le suivirent. Tous trois s'accoudèrent, les bras croisés, sur la balustrade de fer. Leur dîner, leurs entretiens, leurs discussions avaient duré longtemps ; il était près de minuit. Tout était calme ; la terre dormait. Les eaux du lac, striées de bandes lumineuses, ondoyaient sous la lumière nocturne.

« Je voudrais, dit Wilfrid en serrant les dents et parlant à voix basse, je voudrais qu'au lieu de cette scène de repos nous puissions voir ici à plein, des yeux du corps, les royaumes du monde et leurs magnificences. Mais regardons-les des yeux de l'esprit. Contemplons ces multitudes qui grouillent et s'amassent, pomponnées, ornées, parées ou en guenilles.

N'excluons personne. Reconnaissez-vous la barbarie toute pleine, non pas cette barbarie juvénile, brave, hardie, pittoresque, heureuse, mais une sauvagerie louche, maussade, hargneuse, laide et qui tuera tout et ne créera rien ? Admirez, du moins, sa masse ! Sa masse, en effet, est énorme ; admirez la belle ordonnance de sa division en trois parties ; en tête, la tribu bariolée des imbéciles ! Ils mènent tout, portent les clés, ouvrent les portes, inventent les phrases, pleurent de s'être trompés, assurent qu'ils n'auraient jamais cru… Voici maintenant les drôles[1] ! Ils sont partout, sur les flancs, sur le front, à la queue : ils courent, s'agitent, s'émeuvent, et leur unique affaire est d'empêcher rien de s'arranger ni de s'arrêter avant qu'ils ne soient assis eux-mêmes. À quoi sert qu'ils soient assis ? À peine une de leurs bandes se déclare-t-elle repue, que des essaims affamés et pareils viennent, en courant, prendre la suite de son commerce.

« Et maintenant, voilà les brutes. Les imbéciles les ont déchaînées ; les drôles poussent leurs troupeaux innombrables. Vous me demandez ce que je fais de ce pandémonium, Laudon ? J'en fais ce qu'il est, l'hébétement, la destruction et la mort.

— Ceci revient à dire qu'en dehors de vos trois mille ou trois mille cinq cents élus, dont le nombre paraît encore trop considérable à Lanze, vous n'apercevez rien qui mérite de vivre ?

— Je ne perçois, en effet, qu'un monde d'insectes de différentes espèces et de tailles diverses, armés de scies, de pinces, de tarières et d'autres instruments de ruine, attachés à jeter à terre mœurs, droits, lois, coutumes, ce que j'ai respecté, ce que j'ai aimé ; un monde qui brûle les villes, abat les cathédrales, ne veut plus de livres, ni de musique, ni de tableaux, et substitue à tout la pomme de terre, le bœuf saignant et le vin bleu. Voudriez-vous épargner cette tourbe, si vous teniez entre les mains un moyen sûr de la détruire ? C'est votre affaire ! En ce qui me concerne, prêtez-moi pour un instant les foudres de Jupiter ; je n'anéantirai que ce qu'il faudra de la masse irresponsable des brutes. Elle n'est pas faite pour rien discerner ; je ne lui reconnais pas d'âme[1], et ce n'est pas sa faute quand on ne la contient pas. Et non plus pas de sévérités outrées contre les drôles ! Je ne vous assure pas qu'ils soient le sel de la terre, mais ils en sont la saumure. On en peut, à la rigueur, faire façon, et, en pendant quelques-uns d'entre eux de temps à autre, le reste se peut employer, sinon dans les voies honnêtes, du moins dans les voies utiles. D'ailleurs, il faut en convenir, sans trop se faire prier, la planète les produit naturellement ! Le monde, quoi qu'il fît, ne parviendrait pas à s'en défaire, ni peut-être à s'en passer.

« Quant aux imbéciles, je serais impitoyable. Ce sont les vaniteux et sanglants auteurs, les moteurs uniques et détestables de la décrépitude universelle, et la pluie de mes carreaux de feu labourerait sans pitié ces crânes pervertis. Non, une telle bande ne mérite pas de vivre ; non, cette vermine coassante ne peut exister et laisser le monde vivre ordonné à côté d'elle. Les époques grandioses et florissantes furent celles où de pareils reptiles ne rampaient pas sur les marches du pouvoir. »

Un silence prolongé suivit cette déclaration. Les trois amis s'abandonnaient aux impressions de leur entretien, du milieu qui les enveloppait, de la situation d'esprit créée par le voyage. Lanze reprit enfin :

« Vous avez raison, sans doute, Nore ; je ne saurais m'intéresser à la masse de ce qui s'appelle hommes. Je suppose que, dans le plan de la création, ces créatures ont une utilité, puisque je les y vois : elles nous gênent et nous les poussons. Mais je ne me figure et je ne vois rien de beau et de bon que sans elles. Le monde moral, enfin, est en tous points semblable à ce ciel étoilé dont s'arrondissent en ce moment les magnifiques profondeurs. Mon regard n'y découvre, n'y cherche, n'y veut voir que les êtres étincelants qui, le front couronné de scintillements éternels, se groupent intelligemment dans les espaces infinis, attirés, associés, par les lois d'une mystérieuse et irréfragable affinité. Je sais qu'en dehors de ces astres, l'atmosphère entière, sans en laisser libre et vacant un seul point, est remplie, saturée d'existences invisibles à mes yeux. Tantôt c'est le bolide éteint qui sillonne le silence et va porter dans quelque recoin des abîmes inconnus un reste de matière, un souffle impur de soufre et de gaz délétères ; tantôt ce sont les myriades d'animalcules propagateurs de la peste et du typhus, tantôt les nuages de sauterelles qui, d'un continent à l'autre, promèneront la stérilité, la destruction, la famine et la mort. De toutes ces forces ignobles ou malfaisantes, je ne tiens nul compte ; mon regard, mon affection, mon respect, mon attendrissement, ma curiosité ne s'attachent qu'à ces êtres lumineux entrecroisant leurs pas dans les courbes célestes ; je ne m'associe qu'à ces intimités dont je les vois si occupés : constellations, réunions, groupes, soit fixes, soit errants, cela seul est digne d'admiration et d'amitié, et je trouve bien naturelle et bien juste cette idée présente, toujours, dans tous les siècles, sous toutes les formes de sociétés, sous toutes les conditions d'existence et avec toutes les lois religieuses, à la pensée des honnêtes gens, des gens de conscience et de puissance, des hommes qui savaient penser et exécuter, et qui n'ont jamais manqué, en s'isolant de la foule, de se qualifier de Pléiade[1].

— Sans compter, ajouta Nore, que s'ils ont omis de le faire, on n'a pas manqué de le faire pour eux. Oui, Lanze, il n'est sage, il n'est bon, il n'est sain que de s'attacher à ce qui vous ressemble et de laisser aller le reste, comme indifférent, ennemi, ou dangereux. On peut, à l'occasion, user de générosité avec ce reste, mais de générosité seulement; et maintenant, s'il vous plaît, descendons de ces hauteurs. La nuit s'avance, il serait ridicule de prolonger trop longtemps dans la matinée le repos auquel nous avons droit. Comme nous vivons dans les limbes depuis ce matin, aucun des trois n'a demandé aux autres ce qu'ils comptaient faire demain. Il est temps de le savoir.

— Pour moi, répondit Laudon, je vais à Milan; je dois y trouver des lettres, et de Milan il est vraisemblable que je me rendrai sans presse à Burbach, pour y arriver vers l'automne.

— À Burbach? demanda Lanze, avec un accent manifeste d'intérêt. Y connaissez-vous quelqu'un?

— J'y connais le prince régnant, avec lequel j'ai eu l'honneur de chasser quelquefois; c'est lui que je vais voir.

— Moi aussi, je serai, je pense, à Burbach, à cette époque, dit Conrad, après un court instant d'hésitation. D'abord je suis de cette ville, puis le prince m'a confié des travaux; quand j'aurai passé quelques semaines à Florence, je retournerai chez moi et, sans doute, j'y serai avant vous.

— Puisqu'il en est ainsi, s'écria Wilfrid Nore, je prendrai mon parti. Vous, Lanze, vous êtes un homme qui avez une occupation. Vous, Laudon, peut-être vous croyez-vous dans le même cas, ce qui revient presque au même; quant à moi, je ne nourris pas cette illusion. Rien ne m'oblige à tourner à droite plutôt qu'à gauche, au midi plutôt qu'au septentrion; en conséquence, j'accompagnerai celui de vous deux qui voudra de moi, jusqu'au moment où ce guide indulgent jugera opportun de se rendre au rendez-vous que vous vous êtes assigné, et à cette heure fatale, je le suivrai docilement à Burbach. Ne vous étonnez pas autrement de ma résolution ; le prince est mon cousin issu de germain, et je lui ferai volontiers une visite. »

Cette révélation fit sourire les deux auditeurs, et Wilfrid continua :

« Vous êtes certainement flattés l'un et l'autre d'avoir rencontré pour ami sur le lac Majeur un personnage de mon importance. Convenez qu'il y a même quelque chose d'assez mystérieux dans ma tournure. Comment un Anglais, voyageant sans la moindre escorte et qui ne paraît pas d'ailleurs avoir beaucoup plus de suite dans les idées que dans son train de maison, ne possédant à la face du soleil qu'une valise assez mesquine, de dimensions exiguës et sur le coin de laquelle on lit encore à moitié déchiré le papier blanc portant le mot *Maldonado*[1], ce qui prouve qu'elle arrive du Mexique, comment cet Anglais peut-il être le cousin issu de germain du puissant Jean-Théodore, prince régnant de Wœrbeck-Burbach ? Avouez qu'il y a là de quoi tenir toute imagination qui sait son métier, la bouche ouverte, un pied en l'air et le bras tendu comme pour attraper des mouches.

— Eh bien, qu'est-ce que cela signifie, s'écria Laudon, sinon que nous avançons naturellement vers le point où il nous faut aboutir de nécessité certaine ? Pouvons-nous, où nous voilà, garder nos masques ? N'est-il pas indispensable que nous nous connaissions davantage ? Enfin, pour tout dire, ne sommes-nous pas à ce moment où nous ne pouvons ignorer une minute de plus pourquoi et comment nous sommes, vous, moi, lui, calenders, fils de Roi et borgnes de l'œil droit ?

— Rien de plus juste ! » repartit le gentilhomme anglais d'un ton tranchant.

Lanze alluma un cigare et se mit à son aise dans un fauteuil de canne :

« Je vois que nous ne nous coucherons pas de cette nuit ; mais tout est si beau, ici, ciel et terre, que ce serait un crime d'y songer. Et maintenant, vous, Wilfrid Nore, commencez votre récit, nous vous écoutons de notre mieux. »

Wilfrid Nore s'assit de côté sur la table, la main gauche fermée soutenant son corps légèrement incliné, la main droite ouverte appuyée sur sa hanche, et les yeux fixés sur ses deux amis, il s'exprima en ces termes :

« Je suis né à Bagdad... »

Avant de suivre plus loin le narrateur, il est nécessaire de prendre une précaution qui va donner au chapitre suivant la forme et la portée les plus avantageuses.

CHAPITRE III

HISTOIRE DU PREMIER CALENDER FILS DE ROI

Wilfrid Nore raconta bien à Laudon et à Lanze la vérité vraie sur lui-même, mais il ne leur confia pas toute la vérité. Loin de là, il n'eût voulu pour rien au monde laisser pénétrer personne dans les recoins de son existence personnelle, de sorte qu'il s'en tint uniquement à l'énumération des faits extérieurs. Je dois dire que lorsqu'il eut terminé ce qu'il jugea convenable d'exposer, Lanze l'imita consciencieusement dans ses réticences, de sorte que, pour n'indiquer qu'une partie du terrain principal de leurs réserves à tous deux, on eût pu croire, on eût dû même rester convaincu, quand ils eurent fini, qu'ils n'avaient jamais de leur vie, ni l'un ni l'autre, regardé une femme.

Laudon ne fit pas comme eux. Sur tous les points, il se piqua d'être très explicite. Mais, comme en ce moment ce qui nous importe, c'est de connaître à un degré égal les personnages de cette histoire, de les connaître à fond, de les pénétrer complètement, de nous emparer de ce qui est à eux et d'eux, nous traiterons, avec le dernier dédain, l'impuissante trahison dont Nore et Lanze ont la prétention d'user ici vis-à-vis du lecteur[1] ; nous irons chercher leurs secrets dans le fin fond de leur âme, dont les contractions sournoises ne pourront rien nous dérober ; nous leur arracherons ce qu'ils veulent retenir, et afin de les châtier plus sensiblement de leur manie inopportune de dissimulation, nous leur ferons déclarer, à l'un et à l'autre, non pas ce qu'ils ont avoué, mais ce qu'ils sentaient et savaient d'eux-mêmes au moment où ils ont parlé. C'est ainsi que, dans un conte du dernier siècle, appelé *Le Palais de la vérité*[2], les visiteurs de ce malencontreux monument ne pouvaient rien garder sur leur langue. Tout partait ; les malheureux se compromettaient à cœur joie. Seulement, ici, le lecteur seul verra à la fois les deux côtés de l'étoffe[3] : dans l'auberge de l'Isola Bella, les auditeurs n'ont entendu ni su que ce que le narrateur a bien voulu leur confier.

Ainsi donc, Wilfrid Nore dit et pensa ceci :

« Je suis né à Bagdad, où mon père avait été envoyé pour les affaires de la Compagnie des Indes et où il résida longtemps. Je vous parlerai peu de lui ; mais encore faut-il que vous en sachiez quelque chose. Frère cadet de Lord Wildenham, il était entré jeune au service militaire de cette association de marchands que les Hindous prenaient pour une vieille dame, dont ils admiraient la prodigieuse longévité ; ils demandaient volontiers de ses nouvelles, quand l'occasion s'en offrait. Mon père devint lieutenant-colonel, réalisa une belle fortune et gagna une maladie de foie qui lui gâta le caractère. Ma pauvre mère, morte jeune et deux ou trois ans après ma naissance, en avait éprouvé, je crois, quelque chose. Cependant je ne saurais dire que, pour ma part, j'aie eu trop à m'en plaindre ; car, par une rencontre rare dans les familles anglaises de quelque considération, je n'ai jamais été brouillé avec l'auteur de mes jours, comme lui-même l'avait été avec mon grand-père et continua à l'être avec son frère aîné, au moyen d'une suite non interrompue de mauvais procédés qui, se poursuivant des deux parts avec la plus édifiante fermeté, ne se termina qu'à la mort de l'un et de l'autre. On doit supposer que les générations actuelles ont beaucoup dégénéré de l'humeur belliqueuse de leurs ancêtres, car je n'ai jamais cessé d'être fort lié avec mes cousins qui m'ont donné des marques d'amitié depuis que nous sommes entrés en relations.

« Vous autres Français, mon cher Laudon, vous vous êtes fait, de vos voisins d'Angleterre, un type, assurément le plus bizarre et le plus faux et qui répond le moins à la réalité des choses. Pour vous, un Anglais est un être ridicule, manquant de goût, original, dites-vous, mais, de fait, niais dans sa conduite, ne s'habillant comme personne, ne s'amusant comme qui que ce soit et d'une froideur au-dessus ou au-dessous de toute comparaison. Le sentiment des arts lui est à jamais interdit ; si on objecte que, dans aucun lieu du monde, il n'existe de plus riches collections de statues et de tableaux qu'en Angleterre; que, nulle part, on n'écrit plus de poésies, vous avez une réponse facile, et vous alléguez couramment les effets de l'orgueil britannique, réponse qui vous semble péremptoire.

« Mais, en maltraitant si fort nos grâces, vous nous douez d'une sagesse suprême. Nous possédons, suivant vous, une raison solide qui nous fait d'abord démêler notre véritable intérêt; on nous connaît la plus belle des constitutions politiques, et notre unanimité à la défendre est complète comme aussi notre soumission éclairée à la loi. Enfin, pour couronner l'édifice, rien n'égale l'amour grave et didactique que nous portons aux êtres légitimement désignés à notre affection.

« Ah ! mes pauvres amis, que vous êtes à côté de la vérité ! On découvrirait à peine un Anglais bien élevé exempt de la fureur des beaux-arts, et c'est pourquoi nous couvrons l'Italie de nos invasions annuelles. Nous sommes les gens les plus passionnés du monde et les plus foncièrement esclaves de notre premier mouvement. On le voit assez à notre histoire, pandémonium de violences et de crimes absurdes toujours commis sans réflexion. Notre respect pour la loi ne nous a jamais empêchés d'être le pays le plus insurrectionnel, je ne dis pas le plus révolutionnaire, que le soleil éclaire; notre amour de la famille se manifeste par l'invention des clubs où nous passons notre vie, et, bref, il y a plus d'écarts de fantaisie individuelle dans notre conduite privée et publique que chez aucune autre nation du monde. Quant à être ridicules, cette opinion prouve simplement que nous sommes faits autrement que vous et ne mérite pas la discussion[1].

« Je fus élevé au milieu des domestiques indiens et portugais, des cipayes, des marchands arabes et persans, de toute cette population musulmane, juive, chrétienne, bariolée de tant de peaux différentes et de costumes hétéroclites, qui peuple l'ancienne capitale de Haroun-Al-Raschid[1]. Aussitôt que je fus capable de réfléchir et de comparer, je pris ce monde en mépris et rien, assurément, n'était plus naturel, puisque je voyais chaque jour, dans les grandes comme dans les petites affaires, la distance qui séparait le résident, et même le moindre lieutenant anglais, du plus fastueux des dignitaires indigènes. Quoi ! le pacha lui-même, le chef de la province, n'avait qu'à dire amen quand, de notre maison, partait une injonction quelconque ! Cette première éducation, je l'avoue, ne m'a pas donné une haute idée de la valeur intrinsèque du dogme de l'égalité ; mais elle m'inspira, pour l'Angleterre et pour ce qui était anglais, un amour, un culte, une vénération, un attachement !... Je ne sais trop comment définir, d'une manière tant soit peu suffisante, la ferveur patriotique dont je fus graduellement saisi. L'Angleterre, c'était moi ; puis c'était un rayonnement qui, sortant de ce point central, englobait ma famille et les miens ; ensuite, me transportant en imagination au sein de nos domaines héréditaires, que je n'avais jamais vus, je me figurais nos fermiers, nos tenanciers, et je les entourais d'un véhément amour. J'entrais dans leurs cottages tapissés de lierres ; je les voyais, je les connaissais, eux, leurs femmes, leurs garçons, leurs filles, jusqu'aux marmots de cinq ans dont mon imagination amoureuse des détails et puissante à se les exprimer, me montrait les mains tendues vers le goûter distribué par la ménagère, et rien ne m'échappait du mobilier rustique de la chaumière comme du luxe pompeux du château. Les souvenirs d'enfance demeurés dans la mémoire de mon père m'étaient d'inestimables archives dont je demandais sans cesse à connaître les moindres minuties. Je savais le jour où cinquante ans en çà, le palefrenier James avait cassé la lanterne de l'écurie, ce qui avait déterminé chez le sommelier Ford une horrible explosion de colère, et ce qui s'en était suivi. Sur ce thème, je ne me lassais pas d'appliquer des méditations profondes.

« A la famille, à ses dépendants, je rattachais les gens du comté, et, de proche en proche, les habitants des trois royaumes se trouvaient rassemblés au complet dans ma tête sous les rayons caressants d'une sympathie, la plus affectueuse, la plus tendre, la plus passionnée que l'on puisse imaginer.

« Le pays habité par cette race heureuse, par cette nation d'élite, ressemblait prodigieusement au paysage que je m'étais fait du Paradis terrestre. En tout cas, il n'avait rien, absolument rien de commun avec la contrée éclairée autour de moi par le soleil asiatique. Des récits de mon père, homme, d'ailleurs, peu sensible aux impressions de la nature, et conséquemment médiocrement descriptif, j'avais composé des fonds de tableaux qui se perfectionnèrent graduellement par la contemplation assidue des dessins, des gravures, des peintures, amenés sous mes yeux par le hasard, et ce que j'appelais avec exaltation ma bonne fortune, de sorte que, non seulement le peuple anglais était le premier des peuples, mais l'île de la Grande-Bretagne était aussi la plus pittoresque, la plus imposante et la plus délicieuse des régions habitées.

« Je n'ai pas besoin de vous dire qu'avec une pareille tournure d'esprit, je lisais beaucoup, et ce que je lisais de conforme à mes préoccupations se gravait dans ma mémoire et faisait gagner en précision les formes de mon univers. Si j'étais né à une époque où les enfants n'avaient pas sous leurs mains la foule de livres qu'on y met aujourd'hui, je l'avoue, je ne sais quel homme j'aurais pu devenir. Je suis uniquement un produit des livres ; j'ai vécu dans eux et par eux. Je n'avais pas sept ans que tout ce que j'éprouvais me venait du papier et de l'encre. Il est probable qu'en l'absence de cette nourriture si adéquate à mon tempérament, je n'aurais jamais acquis un degré de vitalité intellectuelle quelconque. Je dois donc bénir mon heureuse étoile d'être ainsi apparu au milieu d'un monde propre à me sustenter. Mais, pour revenir à l'examen de moi-même, sachez que, de toutes mes lectures, livres d'histoire, romans, romans surtout (dévorés, dès mon plus jeune âge, avec une faim insatiable), conversations avec mon père, questions sans fin dont je poursuivais mes compatriotes, il était résulté que je ne voyais de l'Angleterre et de la vie anglaise, et que je ne voulais en voir autre chose, que le poème, et nullement la réalité. Ce n'étaient pour moi que chevaliers normands, hommes d'armes des Deux Roses, puritains et cavaliers, généreux Jacobites, des squires chassant et trinquant, des fermiers loyaux, des orateurs ardents, convaincus, majestueux, remplissant des accents de leur sagesse les voûtes de la Chambre des lords, ou faisant tressaillir d'enthousiasme les Communes profondément remuées. Les livres de Dickens n'existaient pas alors, et, s'ils avaient existé et que je les eusse lus, ils n'auraient pas fait la moindre impression sur mon optimisme obstiné.

« Quand j'eus atteint dix-huit ans, un changement sensible s'opéra dans la nature de mon rêve. Jusqu'alors les grands personnages ou les vertueux inférieurs avaient absorbé la somme entière de mes sympathies. C'était de ces seules individualités que je peuplais mes forêts, mes bruyères favorites, et je n'apercevais qu'elles dans les salles hautes des manoirs féodaux, aussi bien que dans les chambres lambrissées de chêne de mes bourgeois. Enfin je m'étais intimement lié avec Ivanhoe, Gurth et Robin Hood ; je ne m'étais pas encore aperçu de la présence de Lady Rowena[1].

« Je commençai à y songer, et ce fut ainsi que je sortis du domaine expérimental de l'histoire positive, pour compléter mon éducation par un cours de métaphysique.

« Je me demandai, avec un intérêt que chaque jour faisait croître, ce qu'au fond signifiait cet attrait singulier dont les femmes paraissaient être douées, et qui déterminait chez les Européens une explosion de sentiments si étranges. Le seul besoin de la propagation et du maintien de l'espèce humaine ne requérait pas tant d'appareil. Je voyais assez comment on s'y prenait autour de moi pour parer à ces nécessités. On épousait une fille de bonne maison ou bien on achetait une esclave au marché ; dans les deux cas, on claquemurait son acquisition dans un harem, d'où un enfant, deux enfants, trois enfants sortaient à des époques déterminées, et il n'en était pas autrement question. Je voyais bien, par les poésies du pays, qu'il était naturel et aimable d'adresser aux belles personnes une demande à laquelle on attachait, dans le moment, beaucoup d'importance. Mais je voyais aussi que les gens sérieux, de sens rassis, qui ne buvaient pas de vin, qui ne fréquentaient pas la société des danseuses, traitaient ces sortes d'affaires tantôt avec une raillerie méprisante, tantôt avec des éclats de colère dont les livres saints de toutes les sectes donnaient également le ton. Quoi de plus éloigné de l'amour ? J'avais lu jusqu'alors, je viens de le dire, beaucoup de romans ; j'en dévorai davantage en y cherchant tout autre chose que par le passé ; la passion de la poésie me prit à la gorge presque en même temps ; je ne me bornai pas à pâlir nuit et jour sur Byron et sur Wordsworth ; je me sentis forcé de reproduire, sous la conduite du rythme et de la rime, mes impressions personnelles qui me parurent n'avoir absolument rien de commun avec ce que l'humanité la plus raffinée avait senti jusque-là, et, fort de la conviction de mon originalité absolue sous ce rapport, ne doutant pas d'avoir découvert de nouvelles sources de sensibilité, j'osai me persuader dans mes vers que, non seulement je connaissais une certaine Sylvia dont les perfections anglaises étaient indescriptibles, mais encore que je l'aimais avec toutes les délicatesses dont moi seul étais capable, et, je le confesse en rougissant, que j'en étais, à la lettre, idolâtré ! Si quelque chose peut être allégué pour mon excuse, c'est que, sans cette dernière fiction, je n'aurais absolument pas pu décrire les délices ineffables dont je savais, de science certaine, qu'une âme d'élite est inondée par les aveux mutuels d'un amour vertueux.

« C'est ce que je communiquai à mon ami Georges Coxe, aspirant à bord de l'aviso à vapeur de la Compagnie, *Sutledge*, en station à Bagdad. Je trouvai quelques inconvénients à lui avouer la vérité pure sur Sylvia, et je préférai lui élaborer une histoire en vertu de laquelle mon héroïne était la fille unique d'un major qui, revenant de l'Inde, avait passé par chez nous, afin de visiter Alep et Damas. Elle était restée un mois à la résidence, et ce mois avait plus que suffi pour amener tous les incidents que je lui racontais. Il y aurait eu, en bonne conscience, de quoi défrayer dix ans des amours les plus mouvementées et les plus affairées. Mais Georges Coxe, le brave garçon, était si pénétré de l'exaltation de mes récits, qu'il en pleurait, et je lui avais décrit d'une manière si minutieuse la personne de Sylvia, depuis ses cheveux blonds bouclés et ses yeux bleus mourants jusqu'à ces deux fossettes agréables dont sa joue était caressée, qu'il m'écrivit trois ans après, de Londres, où il était en congé, qu'il avait rencontré ma belle dans le Strand, l'avait suivie, s'était informé de ce qui la concernait, avait appris que, depuis six mois, elle était mariée à un avocat, et il me suppliait de lui pardonner, ce que j'ai fait.

« Pour le moment, rien ne pouvant me donner lieu de pressentir une si terrible infidélité, je n'entretenais Coxe que du bonheur de ma passion et des tourments de l'absence. Il me fallait absolument parler d'amour, attendu que je ne pensais pas à autre chose. J'étais charmé de développer mes sentiments, d'abord à moi-même, ensuite à un auditeur qui me faisait l'honneur de les comprendre. Pourtant je n'aurais pas été fâché que mon ami possédât, de son côté, quelque expérience dans la matière, et pût me faire telle communication où j'aurais trouvé de quoi allonger le rayon de mes idées. Malheureusement, le pauvre enfant n'avait eu guère d'occasions de conquérir des cœurs. Outre que le Ciel l'avait créé assez laid et d'une timidité outrée, il passait sa vie depuis l'âge de dix ans à croiser sur toutes les côtes de l'Inde. De son existence entière, il n'avait dit trente mots de suite à une femme européenne. Pourtant il lui était arrivé ce qu'il considérait comme une aventure. Étant tombé amoureux, à Madras, d'une native de douze ans, extrêmement jolie, bien que très brune de peau et danseuse dans une pagode, il avait entrepris de la moraliser avec quelque espoir de l'amener jusqu'au baptême. Il entrevoyait de grands contentements dans l'exécution d'une pareille œuvre. Par malheur, la néophyte était partie le troisième jour de la prédication avec un conducteur d'éléphants. Tout cela ne pouvait m'apprendre grand-chose. Il n'en est pas moins vrai que Georges Coxe était marqué par la destinée comme devant être mon initiateur dans une vie nouvelle.

«Je l'avais conduit un jour à un campement de Mountefiks[1]. Après avoir chassé avec les Arabes, nous rentrions en ville au coucher du soleil, quand, dans une rue étroite, nous fûmes arrêtés par un concours de portefaix chargés de paquets. Nous considérions l'apparence évidemment européenne de ces malles, de ces coffres cloutés, des sacs de nuit innombrables et des caisses de bois chargées de lettres noires, quand, à la queue de la procession, apparut un monsieur, tête vénérable, coiffée d'un chapeau à large bord, avec de longs cheveux blancs bouclés, une cravate de même couleur, un ample habit noir, un gilet et des pantalons pareils, un clergyman, en un mot, certainement un missionnaire. Il n'est pas rare à Bagdad, ni dans aucune des principales villes d'Asie où existent des autorités britanniques, de rencontrer un fonctionnaire de cette espèce, ministre protestant ou agent des sociétés bibliques. Celui-ci donnait le bras à une dame complètement cachée par son chapeau de paille à large bord et son voile vert, et aussitôt que Georges Coxe eut regardé le personnage, il arrêta tout court son cheval, fit signe à un de nos domestiques de venir prendre la bride, mit pied à terre, s'avança vers le vieux monsieur et vers la dame et dit d'une voix posée :

« "Bonjour, mon père, comment vous portez-vous ? Harriet, j'espère que vous êtes bien ? Mon père, monsieur Wilfrid Nore ! Wilfrid, mon père ! Harriet, monsieur Wilfrid Nore ! Wilfrid, ma sœur Harriet !"

«Les présentations convenables accomplies de cette façon avec la tenue de rigueur, Georges continua en ces termes, M. Coxe n'ayant pas prononcé une seule parole, et s'étant contenté de secouer fortement la main de son fils, en levant les yeux au ciel :

« "Vous arrivez du pays des Birmans, mon père ?

« — Sans nul doute.

« — Vous venez résider ici ? poursuivit Georges.

« — Assurément ; quand vous aurez le temps, il me sera agréable de vous voir. Je demeure dans cette maison où sont entrés les porteurs. Monsieur Nore, si vous accompagnez mon fils, je vous recevrai avec plaisir."

« Je saluai, et nous nous séparâmes. Je n'avais pu découvrir un seul trait de Miss Harriet ; seulement, elle était jeune, j'en étais certain, et gracieuse, j'en étais sûr ! Elle était gracieuse, elle était jeune, elle était anglaise, anglaise non pas d'Asie, des colonies ou de Malte, mais anglaise d'Angleterre ! Je me fondais dans une sorte de ravissement intérieur, qui m'ôtait toute force nerveuse. Je me serais assis à terre pour un mot ! J'aurais crié, j'aurais pleuré, j'aurais ri, j'aurais fait toutes les extravagances imaginables pour peu qu'on m'en eût prié. Je me débarrassai le plus promptement possible, et sous le plus mauvais prétexte venu, de mon meilleur ami, dont la présence m'était insupportable, et j'allai m'enfermer dans ma chambre.

« "Qu'est-ce que ceci ?" me dis-je.

« Je tombai dans une profonde mélancolie. La nuit arriva, et je ne dormis guère ; mais je sentis, pour la première fois, la puissance de ces rêveries nocturnes par lesquelles tout, jusqu'à nos propres sentiments, se transforme au gré de la plus malsaine exaltation. J'attendais le jour, je m'en souviens, avec une ardeur extrême, persuadé que, dès l'aurore, j'allais être libre de me précipiter chez le révérend Coxe et de contempler sa fille, qui comprendrait à merveille, ainsi que son père, l'opportunité de cette visite matinale.

« Heureusement, ces sortes de folies sont guéries par les premiers rayons du soleil. Je me calmai quand je les vis paraître, et j'attendis, non pas sans piétinements intérieurs, mais enfin j'attendis sagement que Georges vînt me chercher pour faire une visite régulière.

« Nous trouvâmes le missionnaire occupé à s'établir dans sa nouvelle demeure. Le marteau à la main, il enfonçait des clous pour suspendre des cadres à la muraille. Par moments, transformant son instrument de travail en bâton de commandement, il indiquait du geste les différentes parties de la maison où il convenait de placer une armoire, une table, des chaises. Absorbé dans sa tâche, il nous accorda peu de minutes ; Georges se consacra à lui donner de l'aide, et moi, je m'attachai aux pas de Miss Harriet et lui servis de second dans le classement du linge. Le moment est arrivé de vous dire qu'elle était médiocrement jolie et plus âgée que moi de quelques années ; mais une distinction extrême donnait du prix à toute sa personne. Sa figure, un peu maigre, était expressive à un degré souverain : elle avait de la dignité, et je ne m'étais nullement trompé, au premier abord, en lui trouvant de la grâce. Je crois qu'elle n'aurait pas eu de grâce, que toute distinction lui eût manqué, et que ses yeux noirs admirables eussent été les plus insignifiants du monde, que j'en serais toujours devenu amoureux, par la raison que j'avais dix-huit ans, que mon cœur était affamé, que Mlle Sylvia, avec toutes ses perfections sublimes et ses bontés infinies, ne me suffisait pas du tout, et qu'enfin, raison sans réplique, je ne connaissais absolument pas d'autre femme. Je fus donc transporté au plus éthéré des sphères célestes pendant que j'allais d'une chambre à l'autre, distribuant le contenu des malles, suivant les indications de l'ange qui venait de descendre au milieu de ma vie.

« J'ai appris, depuis ce temps-là, que c'est une règle tracée en caractères ineffaçables sur les XII Tables d'airain de la nature, qu'il n'est permis à aucun adolescent de s'éprendre pour la première fois d'une femme, si elle n'est pas son aînée. Je ne saurais dire la raison de cette ordonnance ; mais la loi existe, elle est impérieuse, et, sans m'en douter, j'y obéissais. Quoi ! sans m'en douter ? J'en étais tellement loin, que je m'imaginai cette circonstance comme une des plus remarquables de ma destinée, et j'y vis un dernier trait par la grâce duquel j'achevais de me singulariser au milieu du troupeau des humains, de sorte qu'au lieu d'en concevoir le moindre souci, quant à la légitimité de ma passion, j'y vis, au contraire, une raison de plus, une raison flatteuse pour m'y abandonner tout entier. Je n'ai pas besoin de vous assurer qu'à dater de ce jour mille fois béni, soit avec Georges, soit tout seul, soit le soir, soit le matin, à toute heure enfin, je ne sortais plus de la maison de M. Coxe que pour y rentrer. »

CHAPITRE IV

SUITE DE L'HISTOIRE DU PREMIER CALENDER FILS DE ROI

« Le missionnaire n'était ecclésiastique à aucun degré. Issu d'une bonne famille, il s'était mis dans le commerce, où ses goûts ne l'attiraient guère, et y avait mangé son bien. Pour se refaire, il s'était marié à la quatrième fille d'un lieutenant irlandais en demi-solde, et cette excellente femme, sentant, au bout de quelques années d'une existence très médiocre, que son époux n'avait pas pris en la choisissant le meilleur chemin pour arriver à la fortune, se laissa mourir, sans doute par dévouement, en donnant le jour à Georges. Le malheureux Coxe comprit mal le service éminent que lui rendait la pauvre Kate. De chagrin, il faillit aller la rejoindre. Ses maigres ressources, qui ne provenaient que d'un métier précaire d'agent subalterne d'une compagnie d'assurances contre les épizooties, ne lui permettaient ni un splendide logement, ni un nombreux domestique, dans la petite ville du nord de l'Angleterre où il s'était retiré après son mariage. Il n'avait, pour soigner le *baby*, qu'une servante de douze ans, de sorte qu'en réalité il en prenait soin lui-même, et, pour montrer les choses sous leur vrai jour, Molly lui était d'une si complète inutilité, qu'il l'eût renvoyée sans doute, et la raison le lui conseillait; mais que fût devenue Molly, orpheline de père et de mère? De sorte que Coxe dirigeait Molly et Harriet. On le voyait, quand il faisait beau, se promener par les champs en tenant l'enfant au maillot entre ses bras, Harriet marchant à son côté, et enjoignant d'une voix paternelle à Molly de ne pas s'éloigner dans le but trop évident d'aller voler des pommes.

«J'aurais conscience de vous induire en tentation de faire des sottises, si j'avais l'air de vous insinuer que la Providence protège les excentricités; il arriva pourtant que quelques personnes furent touchées de la façon de vivre de Coxe. On en parla dans les bonnes maisons du pays; une dame, connue pour son exquise sensibilité, en fit même une romance, ce qui contribua plus à la gloire du patient qu'au perfectionnement de son ordinaire ; et, enfin, un architecte qui connaissait un évêque, obtint de ce prélat de recommander Coxe à un constructeur de navires, lequel parla avec chaleur à un directeur de théâtre, et celui-ci s'adressa à une danseuse ; la danseuse insista auprès d'un vieux général ; le héros laissa tomber quelques paroles dans l'oreille d'un antiquaire, et c'est ainsi que la proposition fut faite à Coxe de se charger d'aller répandre la connaissance du livre saint parmi les populations encore très arriérées, malheureusement, de la partie septentrionale du royaume d'Ava[1].

« Quand cette brillante ouverture fut présentée au pauvre veuf, il était à la tête d'une somme de deux shellings six pence, et, de plus, il devait son loyer. Comme sa compagnie d'assurances contre les épizooties avait omis de s'assurer elle-même contre la déconfiture, elle venait de tomber en faillite, de sorte qu'une fois les deux shellings six pence dévorés, ce qui ne pouvait pas prendre beaucoup de temps, Coxe ne savait absolument ce qu'allaient devenir Georges, Harriet, Molly et lui.

« Il accepta donc avec une gratitude exaltée l'emploi qui lui était offert, attendri jusqu'aux larmes par la sollicitude de la Providence, indulgente au point de ne l'envoyer chercher son pain qu'au bout du monde, quand il lui aurait été si facile de le laisser aller au diable, et il partit. C'est ainsi que, sans l'avoir jamais ni prévu ni voulu, il devint distributeur de Bibles ; et j'ai remarqué, depuis lors, combien c'est un effet ordinaire de notre grande civilisation, et je dirai même un de ses effets les plus constants, que de secouer si bien les hommes dans le sac de la Nécessité, comme des numéros de loterie dans le leur, qu'ils vont, le plus généralement, tomber la tête la première sur des professions où leur instinct ne les eût portés en aucune sorte. De là des prêtres qui sont des furibonds, des guerriers qui feraient mieux de paître les brebis, des poètes inspirés comme des mécaniciens, etc.

« Les gens malheureux deviennent ridicules ; c'est, à peu près, ce que voulait dire Plutarque, en affirmant que les plus grandes âmes perdaient de leur magnanimité dans l'esclavage. Coxe était donc un peu ridicule ; mais il avait du sens, un savoir étendu, de la fermeté, de l'honneur, et je n'ai plus à parler de sa bonté. Il remplit très bien les fonctions dont il était chargé. Les sociétés bibliques ont établi leur système sur cette notion que nul ne saurait lire l'Ancien et surtout le Nouveau Testament sans en être charmé, quel que soit, d'ailleurs, le milieu intellectuel dans lequel le lecteur a vécu, jusqu'au moment où le volume divin tombe entre ses doigts blancs, jaunes, rouges ou noirs. Par conséquent, il importe de répandre le livre dans un nombre d'exemplaires aussi grand que possible ; Dieu fera le reste. Par un raffinement de précaution, dernier terme où la sagesse humaine reconnaît devoir s'arrêter, on traduit l'ouvrage à peu près dans la langue du pays où on a l'intention de le déposer. C'est, généralement, l'effort de quelque philologue spécial, doué de plus de zèle que de grammaire. Il en résulte des effets de style dont les littérateurs indigènes sont consternés ; peu importe, la Grâce est censée veiller, et le miracle doit s'accomplir.

« D'ailleurs, les distributions se font avec une extrême facilité ; les peuples de l'Asie, un peu rétifs à l'abord, et n'acceptant le précieux volume que du bout des doigts savent maintenant fort bien le solliciter ; ils en font les commandes les plus considérables. Les Chinois s'en servent en guise de tuiles pour les maisons ; les Persans, plus littéraires, appliquent les reliures à l'habillement de leurs propres livres. Ce n'est de quoi décourager personne. La Grâce peut gîter dans le feuillet détaché que le vent fait tournoyer par les champs et plaque à la fin sur une eau stagnante ; de là il lui est facile, si elle le juge à propos, de sauter aux yeux du premier couly venu pour remplir son seau. Dans cette espérance fort naturelle, nos populations anglaises donnent leur argent, les sociétés bibliques donnent leurs places, les agents vivent à l'aise, et même richement, sur tous les points du globe, et notre corps consulaire recrute dans leurs rangs des représentants du Royaume-Uni, qui, généralement, n'ont aucune des qualités de M. Coxe.

« Celui-ci éleva bien ses enfants, fit entrer Georges dans la marine de la Compagnie et maria Molly à un tambour-major du 119e régiment des cipayes du Bengale.

« Quant à Harriet... elle consentit à m'apprendre l'italien et le portugais ! Toujours elle était occupée ; chaque fois que j'arrivais, elle avait en main quelque ouvrage ; ou bien elle cousait, ou bien elle rangeait, ou bien elle lisait. Je ne lui ai jamais vu de tapisserie ni de broderie, et elle m'avoua, une fois, que ce qui ne servait à rien ne l'intéressait pas. Elle tenait le Camoëns ouvert sur une table et nous lisions :

E, tu, Padre Oceano, que rodeas
O mundo universal e o tens cercado,
E com justo decreto assi permittes
Que dentro vivam so de seus limites...

« Et toi, père Océan, qui entoures le monde et, de toutes parts, le tiens enserré, et, par un juste décret, permets aussi que je vive en dedans de ses limites[1].

« Elle m'apprenait à prononcer cette langue si noble dans les pages enflammées du vainqueur de Dieu, si jolie à contempler des yeux, et qui, dans sa bouche, me semblait le plus délicieux des gazouillements, et, un jour qu'elle tenait le volume sur ses genoux et me faisait répéter une partie du sixième chant, que j'avais voulu apprendre par cœur, j'étais assis vis-à-vis d'elle, tout près et presque à toucher les plis de sa robe ; j'étais là, la tête basse, mes cheveux tombant comme un voile sur mon visage que je désirais lui cacher, et, quand j'arrivai à la stance quatre-vingt-onze et que j'eus dit ces deux vers :

Ella lhe prometteo, vendo que amavam
Sempiterno favor em seus amores...

« Elle lui promit, voyant que j'aimais, une faveur éternelle dans ses amours...

je m'arrêtai.

« "Avez-vous oublié le reste ? me dit-elle.

« — Non", répondis-je, et si faiblement que je ne sais si elle m'entendit. En tout cas, elle se tut à son tour, s'appuya sur le dos du fauteuil et le livre tomba à terre.

« Je ne le ramassai pas. Nous restâmes silencieux un grand moment. Puis, je me hasardai à la regarder. Je rencontrai ses yeux qui se fixèrent aux miens. Une larme y roulait, se détacha et descendit sur sa joue. Je voulus lui prendre la main ; elle la retira, mais sans vivacité. Je n'osai faire plus.

« "À quoi bon ? me dit-elle.

« — À être heureux !"

« Elle sourit avec une certaine amertume et ne me répondit rien. J'ajoutai alors :

« "Voulez-vous ?"

« Elle me considéra encore, et très attentivement, puis elle parut réfléchir ; enfin, elle mit sa main sur la mienne en me faisant signe des yeux de ne point parler. Si mon cœur battait, vous le pouvez croire ! Tout mon être, toute ma vie m'abandonnaient pour se presser vers elle !

« Après quelque temps, elle me demanda :

« "M'obéirez-vous ?

« — Jusqu'à la mort, et sans reculer jamais !"

« Elle sourit faiblement, et une certaine teinte rosée se répandit sur son visage. Elle était toute expression, toute pensée, elle était sublime !

« "Eh bien ! voilà ce que je vous demande : Vous ne parlerez à personne de notre engagement ; ni à votre père ni au mien, ni à Georges, à personne, entendez-vous ?

« — Pourquoi ? Nous finirons pourtant par le déclarer ?

« — Quand le moment sera venu ; moi seule j'en déciderai ; voulez-vous ?"

« Je n'étais pas content ; j'aurais désiré aller crier par la ville que je me mariais, et, quant à des oppositions ou à des résistances, ou même à des défenses, il ne manquait que cela pour me faire dépasser le comble de la joie ! J'essayai de raisonner ; mais Harriet secoua sa tête adorée et me dit avec un sourire :

« "Quoi ! nous ne sommes encore rien l'un à l'autre, et vous résistez déjà ?"

« Je me soumis ; cependant j'ajoutai avec un soupir :

« "Est-ce tout ?

« — C'est tout..., me dit-elle, pour cet instant !

« — Alors... Vous m'aimez ?

« — Vous m'en demandez trop long", répondit-elle avec un air de tête qui me rendit fou. Je voulus lui saisir les deux mains et les presser sur ma bouche ; elle s'y opposa en riant, et, dans ce moment, son frère entra.

« Je conçus le mépris le plus absolu pour ces misérables gens qui aiment des femmes plus jeunes ou aussi jeunes qu'eux-mêmes ! Je comprenais qu'une fille de dix-huit ans ne pouvait avoir ni une beauté complète, ni une âme absolument éclose, ni un cœur tout ouvert, encore bien moins une intelligence accomplie ! L'ascendant de mon astre m'avait fait rencontrer ces mérites, et à quel degré de perfection, grand Dieu ! Que j'aurais eu d'attrait à raconter ma félicité à la terre entière ! Mais mon serment me retenait vis-à-vis des hommes sans exception. Alors je le dis aux arbres, aux plantes, aux chevaux, à mes chiens, aux étoiles, aux étoiles surtout, et j'aurais voulu pouvoir sangloter de bonheur sur le cou de la lune.

« Chaque jour, Harriet devenait plus tendre et plus affectueuse. Elle voulut savoir ce que j'avais appris. Je lui racontai mes lectures ; je lui exposai mes idées, je tâchai de l'intéresser à mes préférences, et l'attention avec laquelle elle m'écoutait, le soin qu'elle mettait à m'interroger, l'intelligence merveilleuse qui lui faisait comprendre aussitôt la portée de ce que je n'exprimais qu'à demi, me donnaient de son affection la plus juste idée, en même temps que chacun de nos entretiens ajoutait à mon admiration pour ce que j'appelais alors, et ce que j'appellerai toujours son génie. Ce qui me surprit, c'est qu'en lisant mes vers adressés à Sylvia, elle voulut connaître jusqu'aux plus minimes détails de la biographie de cette jeune demoiselle, et plus je lui en racontais, plus elle en demandait, écoutant gravement ces récits, que je ne pouvais poursuivre moi-même sans des éclats de rire, et souvent, je la voyais me regarder d'un air triste et réfléchir pendant que je lui expliquais ces folies que chaque jour effaçait davantage, non seulement de ma pensée, même de ma mémoire. Harriet ! Je la mêlais à ma vie ; elle s'y prêtait de plein cœur. Je ne m'aperçus pas alors, mais j'ai bien reconnu depuis, que ses sentiments, ses croyances me pénétraient par chaque pore, et s'emparaient si bien de moi que je ne m'en suis jamais délivré. Dans les matières les plus délicates et les plus essentielles, elle me donnait, presque à mon insu, des lumières qui me les faisaient voir, juger et décider pour toujours, comme jamais je n'y fusse parvenu de moi-même ; en un mot, elle prit sur moi une autorité sans limites, et, tandis qu'en mon âme je m'enorgueillissais et chantais hosanna de ce que j'avais conquis l'amour d'une femme, j'étais conquis.

« Trois mois passèrent de la sorte. Notre unique sujet de querelle et qui amenait de ma part de fréquentes bouderies provenait de mon désir, de jour en jour plus prononcé, de publier notre engagement et de ses résistances de plus en plus positives. À mes raisons, aux argumentations infinies dans lesquelles je me plongeais et l'entraînais avec les supplications les plus véhémentes, elle avait coutume de répondre :

« "Je vous soumets à une épreuve ; si vous n'êtes pas capable de la supporter, ma confiance en vous est folie, elle s'évanouit et je renonce à vos promesses."

« Alors je me taisais. Le régime des épreuves, des gages, des victoires remportées sur soi-même me paraissant le comble de la morale chevaleresque, je n'avais absolument rien à opposer aux prétentions d'Harriet. Mais cette existence merveilleuse ne pouvait pas durer éternellement.

« Mon père me fit appeler un matin et me donna l'ordre de partir sous huit jours pour l'Angleterre où Lord Wildenham, me dit-il, ce misérable ! voulait me voir.

« “Les liens de famille, mon garçon, me dit le colonel, sont des choses sacrées ! On peut se détester réciproquement ; il n’en est pas moins vrai qu’on a le même sang et cela ne saurait s’oublier.”

« Mes idées tombèrent dans un trouble, dans une confusion que vous concevrez aisément. J’étais saisi de désespoir, et, en même temps, exalté par l’appel de vingt trompettes triomphales qui me sonnaient aux oreilles des fanfares de courage excité, de curiosité poignante, de promesses admirables. J’allais voir l’Angleterre, si j’y consentais ; mais c’était consentir à me séparer d’Harriet ! Je fais tous les amants du monde juges de ma situation.

« Je courus d’un trait auprès de ma conseillère, de mon idole ! Je tombai sur une chaise, j’étais pâle, pantelant, hors de moi. Je saisis sa main !

« “Ah ! mon Dieu ! Qu’avez-vous, Wilfrid ?

« — Mon père m’envoie à Londres !... Il veut que je parte sous huit jours avec le courrier du résident. Vous quitter ! Mille fois mieux mourir ! Lord Wildenham veut me voir ! Je vous ai dit qu’il habite notre manoir de famille... Que faut-il résoudre ? Voulez-vous partir avec moi ? Si vous m’aimez, Harriet, tout est facile et la douleur qui m’accable devient le comble de la félicité ! Sortir, mais avec vous, de ce monde de sauvages, c’est passer des ténèbres dans la lumière.”

« Je crois que je fus éloquent ; cependant Harriet resta inébranlable et opposa à ma fougue un secouement de tête patient mais résolu ; quand je m’emportais trop, elle me regardait avec le plus doux et le plus affectueux des sourires, et levait un doigt en l’air. Alors, ma fureur tombait et je balbutiais au lieu de commander.

« “Non, Wilfrid, non, dit-elle, vos discours ne sont pas raisonnables. Vous continuerez, vous me l’avez promis ! à ne parler de nous à personne ! Ce qui sera, sera ; il n'est besoin, à cet effet, d'aucune déclaration emphatique et précipitée. D'ailleurs, vous m'avez juré de vous taire, et si Wilfrid me trompe, en qui puis-je croire ? Puis vous partirez... Vous partirez dans huit jours !... Ne m'interrompez pas !... Comment ! cette Angleterre que vous chérissez tant, votre pays, celui de vos braves aïeux, cette terre que vous appelez depuis que vous êtes au monde !... Vous ne voulez plus rien faire pour elle ?... Être rien pour elle ?... Vous l'oubliez ?... Mais nous deux, dites-vous ? Attendre vous est-il impossible ? et si je ne veux d'engagement avoué qu'avec un Wilfrid digne de son nom, digne de lui-même, digne de moi, qu'avez-vous à répondre ?"

« Moitié supplications, moitié commandements, l'autorité qu'elle exerçait sur moi obtint tout. Elle me connaissait si bien ! Elle faisait jouer mes opinions, mes sentiments comme les touches d'un clavier et mon être entier agissait sous la pression de sa volonté, sans que j'eusse le pouvoir de m'en défendre. Il fut donc résolu que j'allais obéir, et, qu'en ce qui la concernait, notre amour resterait clos entre le ciel et nous.

« Ai-je vécu, n'ai-je pas vécu du tout pendant cette semaine ? Je l'ignore. Le temps s'écoula comme un rêve, et les heures marchaient cependant avec des pieds de plomb. Quand je pris congé d'Harriet, alors, seulement, par une sorte de révélation subite, je compris qu'elle souffrait. Elle était pâlie, elle était maigrie.

« "Que Dieu vous protège, Wilfrid", me dit-elle, et elle appuya son front sur ma poitrine.

« J'étais dans un tel abattement moi-même, que j'avais à peine conscience de ce qui se passait. Pourtant, je le sentis, elle me pressait légèrement de ses deux mains et son front se trouva sous mes lèvres... Adieu !... J'entends encore ce mot et l'accent avec lequel elle l'a prononcé.

« À dater de ce moment, je ne sais plus ce que j'ai fait : j'ai agi comme un somnambule. Je revins à moi au milieu du désert, galopant avec le courrier et l'escorte. J'étais entré dans la vie nouvelle, j'y étais entré, non pas comme je l'avais présagé autrefois, enseignes déployées et tambours roulants, mais contraint, poussé, jeté au milieu des splendeurs, me disais-je, ou des épines. Néanmoins, j'y étais, et à mesure que je me rapprochais de Beyrouth où je devais m'embarquer, mon profond chagrin se mélangeait davantage des questions que je m'adressais sur Wildenham et ses hôtes. Ne croyez pas que le souvenir d'Harriet se voilât le moins du monde. Il dominait tout ; elle était trop maîtresse de mon âme, de mon esprit ; elle se retrouvait trop dans mes pensées, comme dans mes idées, pour qu'une préoccupation quelconque pût me détacher d'elle un instant. Je restai à Beyrouth quinze jours, attendant sa première lettre. La lettre arriva et voilà ce que je lus :

« *Vous m'avez bien aimée, Wilfrid, et le Ciel vous en récompensera. Dans quelques semaines, dans quelques mois, le monde, ses nécessités, ses règles, ce qu'il a de bon, et jamais, j'espère, ce qu'il a de mauvais, s'empareront de vous. Des impressions d'autant plus fortes qu'elles seront plus absolument neuves, exerceront leur empire sur une nature sensible comme est la vôtre. Il ne serait pas bon que vous fussiez gêné par des débris de fleurs fanées. Je ne vous dirai pas que je vous rends votre parole ; je ne l'ai jamais acceptée. Je sais que vous penserez souvent à votre vieille amie. En ce moment, je suis chagrine de la peine que je vous cause, et vos larmes, cher, cher Wilfrid, tombent sur mon cœur. Mais, un jour, je sais aussi que je serai bien fière de n'avoir été pour vous ni un ennui, ni un obstacle, ni, peut-être, un remords. Laissez-moi me fortifier un peu de cette espérance. Écoutez-moi. Vous allez être bien fâché contre votre pauvre abandonnée... Ne voulez-vous plus l'aimer du tout ? Si vous avez le cœur trop gros, laissez passer quelques semaines, le moins possible, et, plus tard, quand vous serez devenu juste, revenez à votre sœur et parlez-lui de ce qui vous rendra heureux, et, encore bien plus, de vos soucis.*

HARRIET.

« Cette lettre m'entra dans le cœur comme une lame de couteau. Chaque phrase me poignit. Mais je ne sais comment cela se fit : il me fut impossible de maudire la main qui m'assassinait. Au contraire, de l'excès du désespoir sortait l'excès de l'admiration. C'était Harriet, c'était bien elle ! Cette noble créature, la plus digne d'être aimée et servie, la plus délicate, la plus intelligente que j'aie jamais rencontrée ! Elle a passé sa jeunesse dans le fond de la région la plus barbare et la plus abandonnée. Elle y a cultivé son esprit au-delà des bornes communes, comme le rossignol qui cultive sa voix pour chanter dans le désert. Elle a été la mère, la servante de son frère ; elle lui a tout appris, elle lui a créé et accordé son état. Elle a rendu à son père, avec usure, ce que le pauvre homme lui avait prodigué dans son enfance ; elle a trouvé, sur sa route, par hasard, un garçon de dix-huit ans, que son imagination entraînait peut-être à la dérive, elle en a fait, j'ose le dire, un brave homme, et, sans qu'il ait pu lui en coûter une rougeur, elle lui a fait connaître, de l'amour partagé, tout ce qu'il en saura jamais ; ô mes amis ! tout ce qu'il en existe de plus délicieux ! Hé bien ! à elle, qu'est-ce que le Ciel lui a accordé en retour de tant de bienfaits répandus autour de ses pas? Ma foi! je n'en sais rien... probablement quelque chose... que ma vue ne saurait saisir... Oui... peut-être mon affection et ma gratitude; mais s'il avait daigné seulement l'appeler en ce monde quelques années après moi, au lieu de me la donner pour devancière, combinaison qui, j'imagine, ne lui eût pas coûté beaucoup, j'aurais pu prodiguer à cette créature céleste un bonheur si fidèle qu'elle eût considéré comme bien payé ce qui, je le crains, ne le sera jamais!

« Ce que je lui dois surtout, c'est d'avoir eu pour première expérience qu'il existe des cœurs dévoués et des âmes héroïques. Les rencontres hideuses ou viles où je me suis heurté ensuite n'ont jamais prévalu contre cette conviction acquise; c'est celle-ci qui projette sur mon existence la lumière principale; Harriet m'a rassuré pour tout; elle m'a donné de la confiance pour tout. Je sais que je ne contemplerai jamais une autre Harriet; mais j'en verrai des copies plus ou moins approchantes et je trouve des Coxe et des Georges. Je ne veux pas me faire meilleur que je ne le suis; ce n'est pas tout d'abord que j'ai compris la grandeur de celle qui m'abandonnait. J'ai traversé les phases ordinaires en pareille aventure. Je me suis cru trahi, j'ai soupçonné de la coquetterie, de la perfidie, de la fausseté; ces crises nerveuses ont heureusement peu duré; elles sont parties pour ne plus revenir.

« Néanmoins, je restai longtemps soucieux. Harriet me conseillait, dans ses lettres, de m'attacher à une occupation suivie et elle me proposa même plusieurs partis à prendre. Jusqu'à présent, je ne me suis pas décidé. Certes, quelque infatué que je fusse des mérites de l'Angleterre, je ne m'attendais pas précisément à saluer, en descendant du paquebot,

Richard Cœur-de-Lion donnant le bras à Lord Cecil[1]; pourtant, j'étais moins préparé encore à contempler la décrépitude dont je découvris au bout de quelque temps les traces répugnantes. J'avais rêvé la vie politique; l'aspect des choses me repoussa. Je ne suis pas d'un âge à avoir pris un parti définitif; pourtant, je me sens peu entraîné : il faudra du temps pour me résoudre; en attendant, je voyage. J'étais l'année dernière à La Plata, j'arrive maintenant du Mexique; je visite le nord de l'Italie avec vous et, avec vous, j'irai saluer mon auguste parent en Allemagne. Harriet me presse de me marier. La vérité est que j'ai failli devenir amoureux de ma cousine, l'honorable Lady Gwendoline Nore; mais elle a une façon de chanter du nez qui m'est insupportable. Au point de vue des passions courantes, je suis cependant fort en règle; l'année dernière, à Bade, on eût pu me voir, quatre heures durant, pendant une nuit de novembre, au sommet de la cheminée d'une dame russe que j'idolâtrais. J'en ai failli avoir l'entreprise du ramonage de toute la ville, quand, le lendemain, à l'aube, les bourgeois matineux admirèrent ma prestance. »

C'est ainsi que Wilfrid Nore acheva son histoire, et Conrad Lanze, prenant la parole, raconta la sienne[2].

CHAPITRE V

HISTOIRE DU SECOND CALENDER FILS DE ROI

« Me considérer moi-même ! Me connaître ! Démêler et juger ce qui se passe depuis deux mois dans mon triste individu ! Le pourrai-je ? Je l'ai essayé vingt fois, et vingt fois j'ai échoué devant la violence de ma souffrance. Je n'ai, non plus, pour me guider qu'une raison malade dont la flamme vacille et n'éclaire pas.

« Cependant j'essayerai. Je suis loin de cette femme. Je ne sens plus aussi fort la corde tendue qui me tire vers elle.

« C'était un samedi soir vers sept heures, au mois de mai. Mon humeur était fort calme. J'avais travaillé tout le jour et résolu quelques difficultés dont, le matin, je n'étais pas maître. Je m'occupais alors de ce buste d'Anna Boleyn[1] acheté, depuis, par le ministre de Russie. J'entrai dans la boutique du bijoutier Neumeyer ; c'est là que se trouvent d'ordinaire les joailleries les plus achevées de Burbach. Le jour de naissance de ma sœur Liliane approchait ; j'avais l'intention de lui donner une bague, un bracelet, un collier, ce qu'enfin je trouverais de plus convenable à offrir à une fille de dix-sept ans[2].

Il y avait quelques personnes arrivées avant moi. Elles semblaient se faire montrer différents objets, parlaient et riaient. Je n'y pris pas garde et, m'adressant à un commis du magasin, je lui expliquai mes intentions. Il s'empressa de placer devant moi plusieurs écrins. Je venais de m'asseoir pour les examiner plus à mon aise, quand je m'entendis appeler. Je retournai la tête et, voyant une dame s'avancer en souriant, je me levai et saluai.

« Elle me parut belle. Je reconnus, bien moins encore à sa façon de s'habiller qu'à son air d'assurance, que j'avais devant moi une femme du monde et même une femme à la mode.

« "Monsieur Lanze, me dit-elle, je suis honteuse de me présenter moi-même. Pourtant, il le faut ; je suis la comtesse Tonska, et j'ai bien besoin de vous."

« Je saluai de nouveau. J'avais, comme tout le monde, entendu parler de Mme Tonska. Elle était polonaise ; on disait le prince régnant très occupé d'elle et beaucoup d'autres faisaient de même.

« "En quoi, madame la comtesse, pourrais-je être assez heureux... ?

« — Vous êtes disposé à être aimable, dit-elle en m'interrompant ; ainsi donc, s'il vous plaît, venez demain vers trois heures ; impossible de vous rien expliquer ici ! Nous causerons, vous ferez ce que je souhaite et, après vous avoir admiré de loin depuis deux ans, je pourrai vous remercier et du plaisir passé et du service futur."

« Là-dessus, elle me tendit cette main dont la beauté est justement célèbre, serra la mienne et sortit avec les amis qui l'accompagnaient.

« J'avais l'esprit parfaitement libre et j'achevai à loisir l'affaire qui m'avait amené, sans retourner la tête, sans me soucier de savoir ce que devenait Mme Tonska. Puis, je rentrai chez moi.

« En route, l'idée de ma visite du lendemain me revint au milieu de beaucoup d'autres et arrêta quelque peu ma pensée. Quel artiste ne connaît les empressements des dames russes et des dames polonaises ? Il en est de mauvaise humeur qui accusent ces admiratrices, toujours et constamment passionnées, de manquer de bonne foi, de n'aimer en réalité ni les arts ni la vie intellectuelle et de ne trouver, dans les extases auxquelles elles s'abandonnent, que des occasions de se poser en séraphins, en archanges, en madones, et de donner de leur sensibilité l'idée la plus avantageuse possible. D'autres vont plus loin ; ils prétendent que, très absolument indifférentes pour le dieu, ces prétendues croyantes recherchent le prêtre, dans l'idée souvent fausse que celui-ci possède la sincérité dont elles sont dépourvues, et que doué du plus franc enthousiasme, du plus naïvement irréfléchi, du plus chaud, du plus abandonné, il y a profit à enlever cet encensoir vivant à la muse pour s'en faire à soi-même honneur et plaisir.

« Je n'accepte pas ces jugements hostiles. La sensibilité peut être vraie dans tous les pays, avec des formes différentes. Les femmes du Nord-Est détaillent bien haut et par le menu et avec des attitudes, des jeux de regards, des inflexions de voix et des soupirs qui n'appartiennent qu'à elles, ce qu'elles s'imaginent ressentir ; les femmes de l'Occident emploient d'autres méthodes ; le résultat est identique. Je n'avais donc aucun préjugé contre la comtesse. Pourtant, j'étais ennuyé de me déranger le lendemain à une heure que réclamait mon travail et, probablement, pour un caprice. Je pris donc mon chapeau à regret quand le moment indiqué fut venu et j'allai chez Mme Tonska.

« Elle était sortie et m'avait laissé un billet d'excuses en me priant de venir dîner, en tête à tête, le lendemain. Pour le coup, je me fâchai et jurai de n'en rien faire. Mais, à la réflexion, mon impatience tomba.

« "Il faudra toujours en venir à la voir et à savoir ce qu'elle veut, me dis-je ; terminons cet enfantillage le plus vite possible."

« Le lendemain, je me rencontrai chez elle avec une douzaine de personnes. Je ne savais s'il fallait rire ou me fâcher. La comtesse fut charmante, ne parut, en aucune façon, avoir la plus petite idée qu'elle eût un tort à mon égard, et, comme, parmi les douze conviés qui me tenaient en échec, il y en avait quatre parfaitement aimables et huit très intéressants, je passai une soirée excellente et ne regrettai pas une minute le tête-à-tête. Mme Tonska était fort occupée d'un naturaliste norvégien récemment arrivé de Sumatra, et qui nous fit de ce qu'il avait vu des descriptions tellement saisissantes, empreintes d'une éloquence si vraie et si grandiose que, là, pour la première fois, je compris combien les hommes supérieurs grandissent au milieu des études spéciales, ce qui accable les esprits médiocres. Le professeur Stursen, avec sa tête de taureau mugissant, sa taille athlétique et ses recherches sur la mâchoire inférieure du bison, nous abreuva d'autant de poésie, et d'une poésie aussi élevée et aussi pure, aussi brillante et aussi sérieuse que l'aurait pu faire Eschyle lui-même, s'il était tombé du ciel au milieu de nous.

« Malgré ses attentions marquées et bien naturelles pour cet homme éminent, la comtesse ne m'oublia pas. Vers la fin de la soirée, elle vint à moi, me prit à part et me dit : “Êtes-vous fâché ? Au lieu de vous donner le maigre plaisir d'une conversation sans intérêt avec une femme maussade, j'ai voulu vous montrer comment je traite mes amis et vous en êtes, si vous voulez. Revenez me voir quand il vous plaira, tous les soirs, j'ai constamment du monde.”

« Je m'inclinai.

« “Mais, madame la comtesse, cela ne m'apprend pas ce que vous avez à m'ordonner.

« — Comment, cela ne vous l'apprend pas ? Mais

il me semble que vous le savez depuis que vous êtes ici. Regardez quelles gens vous entourent; croyez-vous que je fais au premier venu l'honneur de l'admettre en un pareil cercle ?"

« Elle prononça ces mots assez fièrement; elle avait une expression admirable et ressemblait plus à une Victoire qu'à une Muse.

« "Je suis bien petit pour ces grandeurs, répondis-je avec une humilité qui n'était pas feinte.

« — Si vous le pensez réellement, me repartit vivement la comtesse, vous n'en êtes que plus digne d'estime. Allez ! J'ai entendu parler de vous, je vous connais; j'ai vu vos œuvres, et cette maison est la vôtre."

« Là-dessus, je remerciai et je sortis. Il était clair que je ne pouvais que beaucoup gagner à vivre dans un pareil milieu. Toutefois la façon, à mon gré cavalière, dont Mme Tonska en avait usé à mon égard me déplaisait souverainement. Je n'acceptais pas cette autorité hautaine qu'elle s'arrogeait sur moi tout à coup, et je résolus de le lui faire sentir à la première rencontre, dût-elle s'en fâcher. J'y pourrais perdre; j'y perdrais probablement des soirées comme celle qui venait d'avoir lieu et qui m'avait fortement impressionné; mais j'y gagnerais le maintien de mon indépendance et la liberté de mes allures; rien ne vaut un pareil bien. L'occasion se présenta bientôt de repousser l'envahissement dont je me voyais l'objet. Une semaine environ après ma première présentation, la comtesse m'écrivit un matin de lui apporter, dans la journée même, des dessins qu'elle voulait montrer à une de ses amies. Je répondis de la façon la plus polie, mais la plus péremptoire, que j'étais retenu par mes occupations et que ce qu'elle demandait était impossible.

« Deux jours après, elle m'écrivit de nouveau pour

que j'eusse à l'accompagner à un château voisin; elle avait l'intention de l'acheter. Je refusai encore en ajoutant cette fois qu'aucune de mes journées n'était libre. Une troisième tentative plus difficile à repousser eut lieu la semaine suivante. La comtesse m'annonça un soir son intention d'aller chez moi, le lendemain, pour voir l'*Anna Boleyn*.

« "Excusez-moi, comtesse, lui répondis-je. Il y a encore trop de choses à faire au marbre.

« — Mais, s'écria-t-elle avec humeur, vous l'avez bien laissé voir, ce matin même, au lieutenant de Schorn.

« — C'est que Schorn est mon ami particulier et je n'entends pas montrer mon œuvre à personne autre, jusqu'à ce qu'elle soit absolument terminée.

« — C'est un caprice assez désobligeant.

« — Soit", répliquai-je d'un ton sec.

« La comtesse me regarda d'un air tellement insolent que je me promis de ne plus remettre les pieds chez elle, et, en effet, je n'y reparus pas pendant un mois. Je trouvai mes soirées un peu plus longues, je fis des remarques un peu plus sévères sur les maisons où je retournai, je regrettai quatre ou cinq personnes de l'intimité à laquelle je renonçais; mais, en somme, j'étais enchanté de cette rupture. La comtesse était fort belle assurément, mais d'une beauté dominatrice qui ne me plaisait pas[1]. Puis, elle m'obsédait! Je n'avais d'autre imagination que de lui résister, même quand elle ne voulait rien, et ce que j'eusse cédé de bon cœur à toute autre, j'avais une tentation furieuse de le lui refuser. En somme, et pour tout dire, elle m'était antipathique.

« Je finis par rencontrer sa voiture, un jour que je traversais la promenade. Elle fit arrêter. Il était impossible de ne pas aller la saluer.

« "Vous me fuyez? Vous avez raison! me dit-elle.

J'ai été insupportable avec vous. Les gens du monde ont de la peine à comprendre que les artistes ne sont pas désœuvrés comme eux, et leur habitude de tout prendre à titre de distraction les rend aveugles sur les mille délicatesses dont, vous autres, vous êtes doués. Enfin, j'ai eu tort, que puis-je confesser davantage ? Ne me pardonnerez-vous pas ?"

« Je me trouvai ridicule et me jetai dans mille protestations pour lui persuader que c'étaient seulement des affaires, des embarras de famille, un voyage, qui m'avaient empêché d'aller chez elle depuis si longtemps.

« "Voilà bien des mensonges, dit-elle en m'interrompant. Vous étiez fâché et vous en aviez sujet."

« Je protestai de nouveau.

« "Alors, vous ne m'en voulez plus ?

« — Oh ! comtesse !

« — Donnez-m'en une preuve !

« — Tout de suite. Laquelle ?

« — Montez et venez causer un instant, de bonne amitié, avec moi. Puis vous resterez à dîner. Est-ce bien ainsi ?"

« Elle avait un accent presque suppliant et si affectueux, si amical, que l'idée de me dérober encore ne me parut plus admissible. Le valet de pied ouvrit la portière et nous rentrâmes à l'hôtel.

« Je n'oublierai jamais, non, quelle que soit l'amertume dont ma vie puisse être saturée désormais, je n'oublierai jamais combien cette journée me parut délicieuse ; elle restera pour moi comme une image du plus saisissant bonheur.

« En arrivant dans le salon, la comtesse riait avec une gaieté d'enfant.

« "Je vous ai reconquis, me dit-elle (et son regard semblait me demander pardon de ce que ce mot pouvait avoir de blessant pour mon orgueil), je vous ai reconquis, mais uniquement pour vous prouver à l'avenir que j'ai un bien meilleur caractère que vous ne supposez. Nous n'allons pas rester ici ? Ce grand salon, ne le trouvez-vous pas trop majestueux pour nous deux, tout seuls ?"

« Elle me prit la main et m'entraîna, comme si j'eusse résisté, dans un boudoir tendu en moire grise. Elle s'assit sur une causeuse.

« "À côté de moi, dit-elle, et elle tapotait la place qu'elle me destinait. Vous me permettrez bien d'ôter mon chapeau ?

« — Je vous en prie, comtesse !

« — Jean, faites descendre Lucile."

« Lucile était la femme de chambre française. La comtesse l'avait auprès d'elle depuis dix ans.

« "Mon enfant, dit Mme Tonska à la cameriste, pendant qu'elle lui remettait avec son chapeau, son ombrelle et tirait ses gants et les lui donnait, tu diras en bas que je suis sortie pour toute la journée..., pour toute la journée et toute la soirée !... Tu entends bien ?... Toute la soirée aussi !... Puis, tu avertiras Prévot que monsieur dîne ici et qu'il nous fasse quelque chose de bon... Voyons, monsieur Lanze, qu'aimez-vous le plus... Voulez-vous ?... Voyons, aide-nous, toi, Lucile.

« — Ma foi ! moi, madame, je ne sais pas !" répondit Lucile en riant.

« Je ris également :

« "Chère comtesse, ne cherchez pas, je vous en prie ! Prévot n'est déjà qu'un trop grand génie en cuisine pour mon petit savoir.

« — Enfin, puisque vous ne me servez à rien ni l'un ni l'autre, tu lui diras de nous donner de ce vin qu'il a reçu l'autre jour de je ne sais où. Va, ma fille !"

« Elle me montra une quantité de choses ; des

bijoux curieux, des armes qui appartenaient au comte Tonski, des armes magnifiques ! Elle alla chercher elle-même une collection de camées d'une singulière beauté, qui lui venaient de sa grand-mère. En considérant chaque objet, nous nous perdions dans des conversations qui n'avaient pas de fin et atteignaient à tous les sujets à la fois. Je n'avais jamais si bien observé à quel point son esprit était subtil et aiguisé. Elle comprenait tous les menus détails d'une idée avec la plus rare perfection, et ses yeux semblaient aller au-devant de ce qu'on lui montrait. En beaucoup d'affaires, elle en savait plus long que moi et je ne me lassais pas de l'entendre. Je ne sais par quels détours, nos propos sur un onyx représentant une tête de Cléopâtre nous amenèrent à parler des femmes slaves, en général ; c'est, du reste, un point de discussion assez recherché par les intéressées.

« "Je ne voudrais pour rien au monde, me dit la comtesse en rejetant sa tête en arrière sur le dossier de la causeuse, tandis que les pierres précieuses restaient étalées devant nous, je ne voudrais pour rien au monde me faire accuser d'une partialité exagérée ; mais, croyez-moi, les femmes slaves n'ont pas de rivales en ce monde, ni pour le cœur, qui passe avant tout, ni pour l'intelligence et tout ce qui s'ensuit ; nous savons le mieux aimer, parce que nous savons nous soumettre, et notre dévouement, qui n'a pas le caractère réfléchi et calculé d'un devoir, emprunte une douceur et une noblesse incomparables à cela seul qu'il est une abnégation complète. Nous sommes anéanties, dans l'être aimé, parce que nous sommes heureuses de l'être ; nous ne voyons rien au-dessus de ce que nous chérissons ; peut-être avons-nous tort de transformer ainsi la créature en un Dieu dont toutes les pensées sont bonnes et les actes justes, par cela seul que pensées et actes émanent de lui ; mais convenez aussi qu'un tel travers, et si vous le voulez, un tel vice, ne saurait être condamné par celui qui en profite.

« — Vous m'étonnez un peu, répondis-je ; j'étais disposé à croire, au contraire, et sur des exemples frappants, que, nulle part, l'esprit de domination n'était plus ordinaire aux femmes qu'en Russie et en Pologne, et non pas une domination exercée dans la sphère domestique ou n'ambitionnant que le domaine des affections, ce qui serait compréhensible ; non ! je parle d'une tyrannie s'établissant sur les terrains les plus réservés à l'homme par la façon de voir admise dans tous les pays et dans tous les temps. Ainsi, par exemple, n'est-il pas notoire que les dames polonaises sont passionnées par les questions politiques ? N'ont-elles pas joué, en maintes occasions, les rôles les plus décisifs dans les conspirations, les révolutions ? Et les mères, les filles, les sœurs, les épouses, les maîtresses, n'ont-elles pas jeté sciemment les existences suspendues à la leur, au fond des cachots qui les ont dévorées, dans l'exil qui les a éteintes, au-devant de la balle qui a percé tant de poitrines ?

« — C'est vrai, répondit la comtesse, et elle me regarda d'un œil étincelant : nous aimons les grandes choses et, pour tout dire, l'héroïsme nous est familier. Nous avons envoyé nos hommes au-devant des périls, et nous le ferons encore ; mais savez-vous que nous y étions à leurs côtés, et pensez-vous que jamais nous quittions cette place ? Ce qui est grand nous plaît ; dès lors, quand nous aimons et plus nous aimons, plus notre penchant est invincible à y porter nos idoles afin de dresser leurs temples au milieu des splendeurs !

« — Quant à moi, repartis-je en riant, je ne suis

pas polonais et, par conséquent, je n'ai aucune chance de devenir jamais un libérateur. L'occasion, dût-elle même s'en offrir, et aurais-je le droit de songer à des ambitions si vastes, je suis un pauvre homme, je l'avoue, et, probablement, cette tâche ne me séduirait pas.

« — Vous avez un autre emploi dans ce monde, me répliqua Mme Tonska avec un sourire, et pourvu que vous exécutiez de belles œuvres, on n'a rien à vous demander. Mais croyez-vous que les conseils ou les encouragements d'une amie puissent vous être inutiles dans la voie laborieuse où vous marchez ? Êtes-vous sûr de vous ? N'avez-vous jamais connu le découragement ? Voyez-vous toujours également clair dans votre âme ? Ne craignez-vous jamais d'être au-dessous de vous-même, de vouloir et de ne pouvoir pas, de pouvoir et de ne vouloir plus, de manquer d'inspiration ou de science ? Ne redoutez-vous aucune de ces maladies intérieures qui ont paralysé et perdu tant de penseurs, ou qui les ont fait vivre dans le désespoir, dans l'ennui, et que, sans doute, le dévouement d'une femme aurait détruites, ou prévenues, ou du moins adoucies ?... Enfin, pour une âme en quelque sorte prophétique, comme doit l'être celle d'un artiste, n'estimez-vous pas que ce soit un bien que d'être soutenu, dans les profondeurs de l'éther, par ce séraphin brillant et puissant qui est l'affection ?"

« Je fus ému à l'entendre parler de la sorte ; mais je ne voulus pas qu'elle s'en pût apercevoir, et je répondis froidement :

« "Il serait assurément convenable de vous concéder tout ceci ; mais, pardonnez-moi, je suis sincère et ne me masquerai pas. De tous les maux que vous étalez sous mes yeux, je n'en connais aucun ! Il se peut que, plus tard, un jour, je ne sais quand, mon tempérament ou mon caractère soient atteints par quelqu'une de ces misères; aujourd'hui, je n'en trouve pas en moi le moindre germe. Il paraît que ce sont des éventualités possibles et redoutables. J'en ai beaucoup entendu parler; j'ai eu des compagnons fortement préoccupés des symptômes qu'ils en découvraient en eux. Les livres, surtout, me paraissent pleins de lamentations à cet égard, et il en résulterait qu'un artiste est, à peu de chose près, une sorte de convulsionnaire toujours au moment de se pâmer pour des défaillances ou des découragements tombant de l'air. J'ai considéré, je vous l'avoue, ces sortes de questions comme l'histoire du perce-oreille qui entre dans la tête des enfants endormis sur l'herbe avec l'intention arrêtée de leur perforer le cerveau. Je n'ai réellement jamais vu de cerveaux perforés par les perce-oreilles, et les artistes anéantis sous les souffrances morales et supernaturelles, nées de leur sensibilité, auraient mieux fait, je crois, et plus modestement, de s'avouer qu'ils manquaient de force, de verve, d'imagination ou d'intelligence, et qu'ils n'étaient que des moitiés, des quarts, des diminutifs d'artistes. J'ai produit beaucoup de mauvaise sculpture dans ma vie; aussitôt que je m'en suis aperçu, j'ai tâché de me corriger. Je travaille comme je peux, autant que mon naturel m'en rend capable; je m'efforce d'apprendre. Si je m'élève jamais jusqu'à un chef-d'œuvre, j'en bénirai le Ciel, et, certainement, j'en jouirai avec plénitude. Si ce bonheur ne m'arrive pas, je me consolerai, et, n'ayant rien à me reprocher, je vivrai en paix avec moi-même. Dans toutes les hypothèses possibles, soyez-en sûre, la femme la plus attachée à mes intérêts ne pourrait me donner du talent, si j'en manque, et comme je ne suis jamais découragé, parce que jamais je ne présume de moi beaucoup au-delà du vrai, je ne voudrais ni ne pourrais donner à personne l'ennui de soigner un pauvre être souffrant des enflures douloureuses de la vanité.

« — Alors, donc, je ne vous consolerai pas!" s'écria la comtesse en riant de bon cœur. Je l'imitai et lui offris mon bras, car on venait de nous annoncer le dîner.

« Nous fûmes extrêmement gais à table; n'étant que nous deux, tout seuls, nous parlâmes de différentes personnes de la société et, comme j'étais assez content de la manière dont je me maintenais vis-à-vis de ma belle adversaire, je me laissai aller, après la victoire, plus que je n'avais fait encore depuis les premiers jours de notre connaissance. Je m'amusais beaucoup; elle paraissait s'amuser également; je trouvai délicieux ce vin de Tokay dont elle avait parlé à Lucile; je m'animai, et quand, sortis de table, nous fûmes revenus dans le petit salon, je me mis au piano, pendant qu'on apportait le café, et jouai à la comtesse une valse de ma composition dont je lui offris la dédicace, qu'elle accepta avec beaucoup de mines de remerciements et en me présentant en échange une tasse de café, sucrée par ses belles mains sur mes indications précises, données en même temps que je plaquais des accords.

« Au bout d'un instant, Mme Tonska prit ma place et se mit à chanter. On m'avait beaucoup parlé de sa voix; jusqu'alors je ne l'avais pas entendue. Ni le timbre, ni la méthode ne me plurent. J'y trouvai de la dureté et une affectation de largeur qui me rappela le théâtre. Rien n'est plus funeste au charme de la musique de salon qu'un effet semblable. Pourtant j'étais de si bonne humeur, si excité, si disposé à trouver tout bien, que je me révoltai contre ma sensation, et je me dis :

« "Les partis pris sont ineptes quand ils sont portés

au point où m'entraîne ma défiance contre cette bonne et charmante femme ! Il est constant qu'elle chante comme peu de personnes en sont capables. Jouissons-en, et ne soyons pas imbécile !"

« Je m'assis à côté de la cantatrice. Peu à peu mes fausses impressions cédèrent au charme que j'éprouvais. Soit que mon esprit morigéné se tût et laissât libres mes sensations, soit que je parvinsse réellement à saisir ce qu'il y avait de vraiment beau dans ce que j'entendais, je fus frappé, ému. Quand Mme Tonska voulait finir, je la suppliais de recommencer ; elle me fit connaître les airs les plus nouveaux pour moi, des airs serbes, cosaques, tcherkesses ; elle me fit entrer et planer dans le monde le plus fantastique, le plus étrange ; je n'avais jamais rien imaginé de semblable ! Elle chantait, et tout en même temps, elle causait. Elle était ravissante ; de sa personne, de ses cheveux noirs, tordus en tresses, s'échappaient des arômes d'un parfum subtil et inanalysable, qui épaississaient autour de moi une atmosphère magique ; ses adorables mains, d'une forme allongée et exquise, d'une blancheur solide comme celle du marbre, si vivantes, si agiles, si adroites, me donnaient des vertiges en courant sur l'ivoire du piano. Vraiment, je n'étais plus bien à moi ! Les chants des Serbes m'avaient fait errer dans les forêts de l'Herzégovine où les descriptions de la comtesse m'avaient conduit ; j'avais traversé les steppes de l'Ukraine à la suite du convoi de mort du Cosaque ; j'étais entré à cheval dans l'*aoul*[1] du Tcherkesse et j'avais soulevé le voile de son harem. Non, je n'étais plus à moi !

« La comtesse avait cessé de jouer ; une de ses mains faisait encore frissonner les touches ; elle me parlait ; je ne me suis jamais souvenu de ce qu'elle me disait alors. Le sang bourdonnait dans mes oreilles ; si j'avais voulu me lever, je n'aurais pu ; toutes mes forces s'étaient enfuies dans mon cœur, abandonnant mes membres. Ce que je sais, c'est que je la regardais et elle me regardait aussi; je ne pourrais dire à quel moment nos yeux se rencontrèrent; mais ce que je sais trop, c'est qu'une fois réunis, ils se saisirent, ils s'embrassèrent, ils ne se séparèrent plus! C'était à la fois un bonheur vif et une douleur poignante; j'étais pris par les yeux, comme peut l'être, par les pieds, un animal pris dans un piège; seulement, je ne voulais pas me dégager, et je tombai brisé et meurtri, quand, après un long temps et soudain, la comtesse me ferma, pour ainsi dire, l'accès du gouffre où je me noyais éperdu, en changeant l'expression de son regard, et s'écriant avec brusquerie :

« "Mais, enfin, qu'est-ce que vous me demandez?"

CHAPITRE VI

SUITE DE L'HISTOIRE DU SECOND CALENDER FILS DE ROI

« À cette question, je revins un peu à moi.

« "Rien!" répondis-je.

« J'étais troublé, épuisé, comme renversé, et, surtout, j'étais honteux.

« "Est-ce que vous m'aimez?

« — Non", lui dis-je.

« Si elle m'avait fait la question inverse, je lui aurais probablement répondu de même, tant ma prostration était grande et mon esprit ahuri.

« "Vous vous trompez, Conrad, me dit-elle; vous m'aimez et c'est un grand malheur. Tâchez de prendre sur vous-même; éloignez cette impression et ne me forcez pas à vous perdre ; car, moi, je vous aime, bien qu'autrement."

« Il me descendit dans le cœur comme un rayon de joie. Je fus ravi de l'entendre me dire qu'elle ne m'aimait pas. Quel démon m'avait assailli ? À quelle tentation avais-je cédé ? La vérité était que je ne l'aimais pas du tout. Pourtant, maintenant que je me voyais en sûreté, après l'orage passé, quoique la tempête grondât encore, il m'eût été extrêmement pénible de me trop brusquement détacher d'elle, et, puisque, encore une fois, il n'y avait plus de risques à courir, je la laissai croire ce qui avait des apparences.

« "Pourquoi ne voulez-vous pas m'aimer ?"

« Je le répète : cette question n'avait d'autre but que d'arranger ma retraite, et si, en ce moment, je calculais quelque chose, c'était, et rien de plus, de ne pas lui paraître offensant et de conserver son amitié. Elle me répondit en me saisissant la main :

« "Ne prenez pas trop à cœur mes paroles : je ne puis vous aimer parce que je ne suis pas libre, bien que je n'appartienne à personne, entendez-vous bien ?"

« Je ne saurais affirmer que cet aveu m'ait blessé ; mais il m'égratigna, et je m'écriai avec amertume :

« "Ah ! je sais !... C'est donc vrai !... le prince ?

« — Que vous importe ?" répliqua la comtesse durement.

« Je m'inclinai sur sa main pour la baiser, d'abord afin de demander mon pardon, ensuite pour dissimuler un sourire ; car, de seconde en seconde, il me semblait que je revenais à moi, et je fus plus sûr que jamais de conserver ma liberté. Je m'enhardis, et, poussé par un certain sentiment de rancune, car madame la comtesse m'avait fait rudement trébucher, je me mis à jouer la comédie et je murmurai :

« “Le prince !... Contre un prince on ne lutte pas !

« — Allez-vous-en ! Il est tard, me dit Mme Tonska ; allez, Conrad, ne pensez plus à tout ceci. C’est un enfantillage. Je vous aime bien ; je viens de vous en donner la preuve. Il y a longtemps que je vous aime, ingrat ! mais ne me demandez pas ce que je ne peux pas donner.

« — J’ai du moins votre sympathie ?

« — Tout entière ! Mais allez !... allez ! Déjà plus de minuit ! Si l’on s’en doutait ! Passez par la petite rue !

« — Votre main seulement !”

« Elle s’inclina vers moi, me tendit son front et je partis.

« “Qui est-ce qui, de nous deux, n’a pas d’amour ?” me demandai-je en route.

« Le lendemain matin, au moment où j’achevais de m’habiller, ma mère m’ayant apporté une tasse de café au lait, comme elle en avait l’habitude chaque jour, me dit :

« “Conrad, ton père veut te parler avant que tu ne sortes. Ne manque pas d’aller dans son cabinet.”

« Je trouvai mon père, enveloppé dans sa robe de chambre de flanelle, fumant une grande pipe d’écume et lisant un livre de sa profession. Le docteur Lanze est non seulement un médecin par métier, il l’est encore, et surtout, par passion. En m’apercevant, il leva les yeux, me sourit et posa son livre sur le coin de la table.

« “Assieds-toi, Conrad. Il faut que nous causions un peu. Tu vois beaucoup Mme la comtesse Tonska ?”

« Je me mis à rire :

« “Mon Dieu, oui ! Je suis resté un mois sans aller chez elle et je viens justement d’y dîner hier. Est-ce que vous croyez utile de me donner quelque avertissement à son sujet ?

« — Je n'en sais trop rien. Je voulais seulement te prévenir qu'hier au soir, après être resté une heure ou deux avec le prince et avoir parlé de choses et d'autres, suivant notre habitude de tous les jours, Son Altesse m'a dit en propres termes : 'Lanze, tu es bien savant, mais tu me fais l'effet d'ignorer que les très belles dames sont de mauvaises conseillères pour les jeunes gens. Rappelle cela à Conrad de ma part.' Ce propos, comme tu peux le penser, me fit tomber des nues ! Je répondis : 'Altesse, est-ce que mon fils se dérangerait ?' Mais le prince feignit de ne pas m'entendre et, se laissant tomber dans un fauteuil auprès de la cheminée, il appuya sa tête sur une main, et, me tendant l'autre, me dit brusquement : 'Bonsoir ! à demain !' Et, comme j'avais déjà ouvert la porte et allais la franchir, il me rappela vivement et s'écria : 'Lanze ! Lanze ! Tout réfléchi, laisse Conrad en repos et ne lui dis rien.' Voilà ce qui m'est arrivé hier au soir. Le prince était visiblement ému ; je le connais trop pour m'y méprendre, et, malgré sa recommandation, j'ai jugé utile de te raconter cette scène pour que tu m'apprennes ce que je dois en penser."

« Avant de rapporter quelle fut ma réponse, il est nécessaire de faire connaître les rapports existants entre mon père et le prince régnant de Wœrbeck-Burbach. Ils ont été élevés ensemble dès le berceau, comme leurs pères l'avaient été et leurs grands-pères auparavant, et, pour tout expliquer d'un trait et n'y plus revenir, sachez qu'en 1494, un certain Samuel Lanze, architecte et sculpteur employé aux travaux de la cathédrale de Cologne, devint une sorte de favori du comte immédiat[1] de l'empire Jean de Wœrbeck, partagea plus tard la prison de ce seigneur enfermé par Charles Quint dans la grosse tour de Nuremberg, se maria le même jour que lui, le même jour eut un fils, Sébald Lanze, qui devint prédicateur de la cour, et ne quitta jamais non plus Guillaume de Wœrbeck, fils de Jean, qui précède. Depuis lors, les générations des Wœrbeck et des Lanze se sont toujours suivies sans jamais se séparer ; ce n'est pas assez dire : sans qu'il se soit passé un seul jour de leur vie où les Wœrbeck et les Lanze n'aient échangé quelques paroles. On a vu quelquefois, et même assez souvent, des membres de la famille régnante se porter des sentiments très condamnables de haine ou de jalousie ; mais un Wœrbeck qui n'aimât pas les Lanze, ou un Lanze qui ne se crût pas principalement créé et mis au monde pour idolâtrer les Wœrbeck, c'est ce qui ne s'est jamais rencontré ; et voilà pourquoi mon père restait tous les jours au moins une heure chez le prince, après l'avoir accompagné dans ses voyages, après s'être assis sur les mêmes bancs, pendant leurs années d'université, qui avaient succédé à une enfance où mon père et mon oncle avaient eu l'honneur de se battre, tantôt avec l'un, tantôt avec l'autre des jeunes rejetons de la maison souveraine.

« Je répondis donc au professeur Lanze :

« “Cette affaire est facile à comprendre, et j'aurais cru que le prince vous avait dès longtemps tout confié. Il aime la comtesse et il en est aimé, du moins à ce que je suppose. Pour moi, j'admire fort cette dame comme maîtresse de maison, comme femme d'infiniment d'esprit et de savoir ; autour d'elle et par elle on s'amuse beaucoup. Elle m'a donné une soirée délicieuse où je l'ai entendue chanter des choses ravissantes. Elle m'a montré des camées antiques de la plus rare perfection. Mais, en tant que femme, je ne partage aucunement le goût du prince et elle ne me plaît pas. Ses hauteurs, ses humilités, son exaltation dont je suspecte la sincérité, tout en elle me repousse ; assurément je n'irais pas le lui dire en face et lui déclarerais même, au besoin, tout le contraire, comme c'est mon strict devoir d'homme bien élevé ; mais, heureusement, il n'en est pas question, et je la crois absolument absorbée dans le sentiment que le prince a réussi à lui inspirer. D'après ce que vous racontez, il semblerait que Son Altesse a eu, à mon endroit, comme un frisson passager de jalousie ; c'est sans sujet ; d'ailleurs, je n'ai pas besoin de vous protester que ce n'est pas de moi qu'un souci justifié, de quelque nature que ce soit, pourrait arriver à Son Altesse Royale.

« — Je le pense bien, mon enfant, répliqua mon père en fumant avec application. Mais il y a en ceci des choses qui ne me plaisent pas."

« Il resta un moment pensif, et s'écria brusquement :

« "D'où vient cette idée, d'aller, à son âge, s'amouracher d'une Polonaise[1], voire même d'une Chinoise ! Il a tout au plus un ou deux ans de moins que moi, et encore ! Je sais bien que la princesse est intolérable, pauvre femme ! mais après tout !... Ah ! je ne connaissais pas cette nouvelle équipée, et depuis la rupture de notre homme avec la marquise Coppoli, je croyais que nous étions francs pour le reste de nos jours. Il paraît que non ! Je lui en ferai mon compliment bien sincère ! En ce qui te concerne, je ne vois pas non plus très clair. Qu'est-ce que c'est que ce goût subit qui te prend pour une étrangère bavarde, prétentieuse, maniérée, dont le système nerveux, toujours surmené, est évidemment dans le plus pitoyable état ! Ces femmes-là t'amusent, toi ?

« — Je ne dis pas qu'elles m'amusent ; d'abord, vous exagérez singulièrement les défauts de la comtesse : ou bien elle n'a pas ceux que vous lui prêtez, ou bien elle ne les laisse voir qu'à un degré très supportable. En tout cas, je ne peux pas répondre à une femme qui m'attire chez elle que je ne veux pas y aller. Et pourquoi n'irais-je pas, puisque, je vous l'assure, je n'en suis nullement amoureux, ni, ce qui est encore plus fort, disposé à le devenir ?

« — Je te crois ; pourtant, j'ai une mauvaise idée de tes relations avec cette femme-là. Je n'ai jamais compris, pour ma part, cette manie de rechercher les femmes, excepté pour le strict nécessaire, c'est-à-dire le mariage ! Hors de là, que l'on connaisse sa mère, sa sœur, ses filles, ce sont des obligations auxquelles on ne peut pas se soustraire ; mais, de son propre choix et de son libre arbitre, qu'on se laisse approcher par une de ces créatures, sauf celle dont les usages, la loi, les bonnes mœurs, vous forcent à faire votre compagne, suivant l'expression reçue, c'est ce qui me passe !

« — Mais aussi, ce qui doit vous rassurer, mon père, c'est que, comme nous n'avons jamais été galants dans la famille, et que je ne sache pas mon sang dégénéré sous ce rapport, vous n'avez à craindre nulle folie de ma part. Je vous prie seulement de tranquilliser le prince à mon endroit.

« — Je vais le faire dès aujourd'hui."

« L'entretien n'alla pas plus loin. Mon père reprit sa lecture, et moi je sortis pour me rendre à mon atelier.

« J'étais sûr de ne pas aimer du tout Mme Tonska ; si je ne pensai qu'à elle toute la journée, ce fut pour me féliciter de m'être si complètement tenu à l'écart du péril, et surtout d'avoir un tel rival qu'en tout cas un abîme existait entre elle et moi. J'étais dans une sorte d'excitation qui me rendait le travail facile. Ce qui est curieux, c'est que, de même que j'avais dormi la nuit passée fort paisiblement et, à mon réveil, songé à elle sans aucune souffrance, je ne m'occupais de ce qui la concernait qu'en gros, et les incidents de la soirée tourbillonnaient dans ma tête, tous ensemble, ne me présentant que des formes indistinctes.

« Je rentrai à la maison vers huit heures pour souper, et quand je trouvai dans le salon mon père, ma mère et ma sœur Liliane, j'étais dans la disposition la plus gaie du monde.

« Comment se fit-il que mon esprit changea peu à peu ? Le professeur Lanze, sérieux comme à son ordinaire et mangeant presque sans rien dire, absorbé dans ses pensées scientifiques, mon excellente mère, avec son bonnet à coques de rubans roses et sa robe verte, ma sœur Liliane, avec son air doux et tranquille, n'y furent certainement pour rien. Néanmoins, tout changea ; je me sentis triste jusqu'à la mort, et je vis apparaître, dans la chambre obscure de mon esprit, deux rayons d'une lumière intense qui me parurent s'entortiller autour de mon cœur et lui causer une sorte de cruel bonheur. C'étaient les yeux de la veille auxquels les miens s'étaient tenus attachés si longtemps ! D'où cette sensation fatale me revenait-elle ? Pourquoi l'avais-je oubliée ? Comment se pouvait-il qu'une si horrible obsession m'eût fait grâce pendant tant d'heures ?

« Le dîner terminé, mon père sortit et alla passer la soirée au palais ; ma mère se mit à tricoter ; Liliane s'assit au piano. Je m'enfonçai dans un fauteuil et pris un roman. Je ne lisais pas.

« J'étais effrayé de mon injustice. J'en arrivais à haïr la comtesse ! Elle me semblait odieuse ; ses regards, qui ne se détachaient pas des miens, me faisaient indignement souffrir et jusque dans la moelle de mes os. Quelle folie, quelle frénésie était la mienne ! Qu'est-ce que cette femme m'avait fait, après tout, pour la détester de la sorte ? Elle avait été aimable, bonne, affectueuse, tendre, et je lui avais dit que je l'aimais.

« Le lui ai-je dit ? Oui, je crois que je lui ai dit : “Je vous aime !”

« Et comme je ne pouvais pas me délivrer de ses regards, je répétais machinalement en moi-même : “Je t’aime ! je t’aime !” au moment où je me blâmais de la détester si fort !

« Presque à mon insu, la musique que faisait ma sœur parvenait à mes sens troublés et servait de thème à de nouvelles divagations. Liliane jouait comme une enfant qui n’a encore rien senti, et je comparais ce qu’elle savait produire à ce que j’avais entendu la veille et qui m’avait tant déplu d’abord et tant enivré ensuite ! Je me sentis très malheureux.

« “En réalité, elle m’aime, pensai-je. Que ce soit un caprice de cette imagination blasée et malade, c’est probable. Mais enfin elle m’aime, et les caprices contrariés, que deviennent-ils dans ces âmes étranges ? Quelquefois des passions, et quels excès...”

« Je n’osai pas penser si loin.

« “Tu es bien absorbé ce soir, me dit Liliane.

« — Est-ce que ce matin ton père t’a contrarié ? demanda ma mère en me regardant par-dessus ses lunettes.

« — Nullement ; j’ai une migraine affreuse, et je vais me coucher.”

« Je les embrassai l’une et l’autre et me retirai dans ma chambre. Il était dix heures. Ma mère m’apporta de l’infusion de violettes. Je posai la tasse sur la commode et me déshabillai pour me mettre au lit ; une demi-heure après[1], j’entrais chez la comtesse. Elle avait beaucoup de monde et j’en fus désespéré.

« Je m’assis dans un coin et restai là sans rien dire à personne, peut-être un bon quart d’heure. Mais, subitement, la réflexion me vint que, pour peu que les yeux de quelqu’un tournassent de mon côté, mon air accablé prêtait aux commentaires. Je me levai donc brusquement, m'efforçai de donner à mon visage l'expression la plus insouciante et la plus délibérée, et m'avançant vers le conseiller intime de Tropf, je lui demandai avec insistance des nouvelles de son violoncelle. Nous étions lancés dans cette conversation, lorsque la comtesse, venant derrière moi, me toucha légèrement le bras gauche de son éventail.

« "Venez ! que je vous dise un mot !"

« M'incliner d'abord, la suivre ensuite dans le petit boudoir tendu en moire grise, ce fut une minute.

« "Nous n'avons pas beaucoup de temps à nous, murmura-t-elle en s'asseyant ; mettez-vous ici ; écoutez et ne m'interrompez pas."

« Elle me regardait fixement et d'un air à la fois sérieux et bon :

« "Je suis une coquette. J'ai voulu vous tourner la tête hier au soir et j'y ai réussi. Je parle de votre tête, poursuivit-elle avec un sourire triste, et pas du tout de votre cœur, bien que vous ayez fait semblant de me l'offrir. Vous ne m'aimez pas le moins du monde ; je ne sais si c'est heureux ou malheureux, mais je ne vous aime pas non plus ; nous y appliquerions tous nos efforts, l'un et l'autre, que nous n'y réussirions guère ; cependant je parviendrais trop aisément à vous faire beaucoup de mal. Je ne veux pas. C'est un jeu déloyal, j'ai eu tort de le commencer ; il n'est pas trop tôt pour le finir. Levez-vous, partez, ne revenez jamais ici, et souvenez-vous, si vous avez toute la valeur que je vous suppose, de la preuve sincère d'estime et d'amitié que vous recevez de moi en ce moment."

« J'étais abasourdi. La comtesse me serra la main et quitta le boudoir. Dans ce même instant et comme je figurais assez bien un homme qui, précipité violemment à dix brasses sous l'eau, remonte à la surface et n'a pas encore eu le temps de reprendre haleine, je vis le chambellan de Lehne se glisser dans le salon, en poussant sa petite taille en avant de l'air discret à lui particulier et cherchant de ses yeux de fouine. Il aperçut Mme Tonska, vint à elle, la salua, s'inclina, et je ne sais par quel instinct diabolique, par quelle double vue, je restai certain, mais certain, convaincu, pénétré, qu'il lui avait dit tout bas certaines paroles qui n'étaient que pour elle seule.

« Le chambellan de Lehne passait pour être en beaucoup de choses le confident de Son Altesse. C'était un brave homme, doux, obligeant, parfaitement honnête, et la preuve en était qu'il n'avait aucune fortune. Sa femme, une bonne dame excessivement longue et maigre, ornée d'un nez rouge proéminent, lui avait donné onze enfants, et, pour lui, il était le modèle des époux, et on n'avait jamais eu à le suspecter du moindre égarement; mais il aimait ceux des autres; il mettait de la passion à montrer au premier venu la mauvaise route et, pour peu qu'on l'en priât et même de son propre mouvement, il servait de guide dans les sentiers réprouvés, de telle sorte qu'avec lui il n'était plus moyen d'en sortir. Cette singulière disposition naturelle ne lui ôtait rien de la gravité solennelle, du sourire dignement bienveillant, de l'air compassé qui impressionnaient tout le monde, et lui auraient valu plus de considération s'il n'avait été trop public qu'en dehors de ses aptitudes spéciales il était parfaitement nul.

« Aussitôt que le chambellan eut achevé le salut par lequel il termina son court compliment à Mme Tonska, il tourna sur lui-même, étendit le bras vers un plateau chargé de glaces que présentait un domestique, et tout en faisant jouer la cuillère de vermeil dans le rose et le blanc, il gagna la galerie ; arrivé là, il posa discrètement la soucoupe sur une console et s'esquiva par la petite porte.

« Voulez-vous savoir ce que je fis ? Eh bien, je le suivis ! Mon Dieu, oui ! que voulez-vous ? En êtes-vous à vous apercevoir que je suis né sans l'ombre de discernement ? Ces choses-là, ridicules, ineptes, odieuses en tout temps, en toutes occasions, sont du moins compréhensibles, sinon excusables de la part de quelqu'un qui aime. Mais que pouvez-vous en penser quand c'était moi qui m'abandonnais à une pareille ignominie, moi qui n'aimais pas, et qui haïssais au contraire, et qui méprisais (oh ! avec quelle plénitude de fureur je la méprisais !) et qui méprisais, je le répète, cette femme, en définitive sans beauté, sans grâce, sans sincérité, sans bonté ; bah ! disons la vérité tout entière, sans honneur, évidemment ! et qui ne valait pas la peine qu'on la vît passer dans sa perversité !

« Ce n'est pas que j'attachasse à ce qu'elle pouvait faire ou dire la moindre importance ; il s'en fallait de tout ! Mais j'étais bien aise, j'étais curieux, par pure fantaisie, de toucher du doigt la mauvaise foi et la méchanceté de ce monstre. Elle ne m'aimait pas ? Elle avait bien raison, certes, et grandement ! Moi non plus, je ne l'aimais pas ! Mais le prince venait de l'appeler à un rendez-vous, là, sous mes yeux mêmes, et cet odieux Lehne remportait la réponse !

« Vous me direz certainement... Qu'est-ce que vous me direz que je ne me sois pas dit ? Je n'en descendis pas moins les escaliers sur les pas de cet homme. Je le vis traverser la place ; je le suivis dans la rue du Marché, il tourna à droite, comme je m'y attendais bien ! entra dans la rue Frédéric et, par une petite porte, s'insinua dans le palais.

«Je fus très content de ma perspicacité, et cette épreuve m'amusa beaucoup. Mais ce n'était pas fini ; ce n'était pas tout ! Un rendez-vous assigné de la sorte, avec une telle précipitation, n'était certainement pas pour le lendemain ; c'était pour le soir même ! Ne trouvez-vous pas que j'avais raison de haïr cette personne comme je le faisais ?

«Je pris ma course et revins justement à la maison de la comtesse au moment où un coupé fermé en sortait. Cette voiture tourna la rue à gauche. C'est à Monbonheur ! Monbonheur, pensai-je, est un petit château de plaisance à une demi-lieue de la ville, où le prince a ses livres, ses cartes, où il donne des rendez-vous de chasse. La princesse n'y met jamais les pieds. Je ne fus donc nullement surpris que Monbonheur fût l'asile de toutes les félicités !

«J'avais accumulé jusque-là assez de sottises et il était temps de m'arrêter ; je n'y songeai pas. Dans cette nuit misérable, une folie furieuse s'était emparée de moi, et de quelle façon ? Pour quelle cause ? Qui le pourrait dire ou seulement soupçonner, puisque, encore une fois, je n'aimais pas la comtesse !

« Quand je vis cette voiture qui, j'en suis certain, était la sienne, prendre la route de Monbonheur, je me mis à courir, et, comme il existait un chemin de traverse, je me flattais de devancer les chevaux, peut-être de dix minutes.

« Plus je courais, plus ma tête se perdait. Je manquai la porte, j'arrivai à un saut-de-loup ; je descendis dans le fossé, je grimpai contre le mur d'escarpe en me cramponnant aux pierres et je me disais : Si le factionnaire m'aperçoit, il va me prendre pour un voleur !

«Je parvins en haut et je sautai sur le terre-plein. Dans ce moment, une main se posa sur mon bras et me saisit avec colère.

« “Où allez-vous, monsieur ?”

« C’était Son Altesse. Je fus atterré. Je verrai toujours mon maître, dans cet horrible moment où mon angoisse atteignait un sommet qu’elle ne saurait guère dépasser. Je verrai toujours, dis-je, cette taille si noble et si imposante, ce beau front chauve et légèrement rosé, ces longues moustaches blondes descendant aux deux côtés de la bouche en ondulant, ces yeux bleus fixés sur les miens, et me couvrant du feu de leur indignation. Je me réveillai. Je me fis l’effet de sortir d’un cauchemar.

« “Altesse, si je n’étais pas un fou, je serais un misérable ; mais je suis un fou !

« — Et un méchant fou, s’écria Jean-Théodore avec une colère mal contenue, plus méchant et plus fou que vous n’avez l’air de vous en douter !”

« Si ! je m’en doutais. Aux absurdes sentiments qui m’avaient conduit là, je sentais que l’orgueil blessé était tout prêt, tout disposé à joindre ses sorties violentes. Mais un instinct moins bas parlait encore, cependant, au fond de cette conscience dévoyée, et je l’entendais murmurer : “Il ne te manque plus que d’être insolent !”

« La sueur me couvrait le visage. Les larmes roulaient dans mes yeux. J’aurais voulu que le prince me poignardât ; en tombant, j’aurais eu du moins le droit de lui dire… de lui dire quoi ? J’avais tort partout et en tout !

« “Oui, vous êtes méchant, continua Jean-Théodore, plus méchant que tous les autres dont je suis entouré, et, comme eux, vous êtes lâche. Oseriez-vous, sans cause, sans prétexte, que celui d’un amour ridicule que peut-être même vous ne ressentez pas, envahir la maison d’un de vos égaux ? Oseriez-vous l’espionner ? Oseriez-vous, sciemment, déclarer à la femme aimée d’un de vos amis que vous l’aimez ?

Vous savez bien que non ! Cet homme vous châtierait ; il aurait le droit, le devoir de le faire, et chacun lui donnerait raison. Mais, moi, que puis-je pour me défendre ? Rien ! Si je vous frappe, je suis un tyran et vous un héros !... Par surcroît, c'est le fils de votre père qui me prouve ainsi que je ne peux pas l'écraser !

« — C'est vrai, Altesse. Qu'est-ce qu'elle vous a raconté, Mme Tonska ? »

« Dans ce moment, les rayons de la lune nous enveloppaient. Je voyais le prince aussi clairement qu'en plein jour et lui me voyait de même.

« Il parut surpris de ma question et me regarda bien en face, non plus comme un Dieu prêt à me foudroyer, seulement comme un homme étonné. Il est vrai que les larmes couvrant mes joues, je devais avoir un air bien étrange.

« Savez-vous ce qu'il fit ? Il tira son mouchoir de sa poche, m'essuya le visage et me fit asseoir sur un banc où il se mit à côté de moi ; mais je tombai sur mes genoux, je laissai aller ma tête sur les siens et je sanglotai amèrement ; amèrement, sans doute, mais avec un soulagement profond.

« “Ce qu'elle m'a dit ? poursuivit le prince sans prendre garde à ce qui arrivait, elle m'a raconté ce qui s'est passé entre vous depuis la rencontre chez le bijoutier. Elle prétend que tu es amoureux d'elle, mais que tu ne veux pas et que tu ne peux pas le comprendre. Elle m'assure qu'elle ne t'aime pas plus qu'elle ne m'aime moi-même et qu'elle n'a jamais aimé personne ; mais que, se trouvant envers moi des devoirs qu'envers toi elle n'a pas, elle a l'intention de rompre vos relations.

« — Elle l'a fait.

« — Elle l'a fait ?

« — Elle m'a défendu ce soir de reparaître jamais chez elle.”

« Ici, il y eut un silence. Après quelques instants écoulés, le prince me dit :

« "Veux-tu partir demain pour Florence ?

« — Certainement, et je ne reviendrai que sur votre ordre.

« — C'est bien, pars donc."

« Il me souleva doucement la tête et je me relevai. J'étais un autre homme. Encore bien ému, bien troublé, je n'avais pourtant plus à rougir de moi.

« "Adieu", me dit Jean-Théodore, et il me tendit la main. Je voulus la baiser ; il la retira et, me faisant un signe amical, il s'éloigna. J'étais resté à la même place, quand tout d'un coup il m'appela ; je courus à lui, il m'embrassa, et, d'une voix basse, me dit à l'oreille :

« "Pardonnons-nous l'un à l'autre ; notre faiblesse est égale."

« En rentrant à la maison, je réveillai mon père, et lui racontai mon histoire sans en oublier un seul mot. Je ne me ménageai pas.

« Le docteur Lanze m'écouta avec la plus vive curiosité ; de temps en temps, il me tâtait le pouls, m'auscultait, écrivait une note. Quand je me tus, il eut un petit rire de satisfaction.

« "Mon cher enfant, me dit-il, remarques-tu que ton cas est absolument semblable à d'autres envahissements de la même maladie signalés au Moyen Âge et dans l'Antiquité, comme ayant été déterminés par des philtres, des maléfices, l'absorption de certaines plantes infusées ou distillées, ainsi que la verveine, par exemple ? Remarques-tu encore que, dès le temps d'Hérodote, les femmes scythes, c'est-à-dire slaves, passaient pour avoir de grands talents en sorcellerie et que les maladies d'insanité amoureuse venaient principalement de leur pays ? Je t'engage à relire le passage de l'historien d'Halicarnasse relatif à ce fait ; dans ta position particulière, il ne peut que t'intéresser puissamment. J'irai demain au palais et causerai avec Son Altesse. J'engage Mme la comtesse Tonska à ne pas m'envoyer chercher si jamais elle est malade ! Je la mettrais hors d'état de nuire ! Là-dessus, fais tes malles ; nous allons t'aider."

« Je partis cette nuit même, après avoir embrassé les miens, mon excellent père, ma mère et ma sœur Liliane. Le prince m'a écrit, à Zurich, que la comtesse n'était plus à Burbach et m'a permis de revenir. Qu'est-il arrivé ? Je le saurai à mon retour et assez tôt, car Mme Tonska ne m'intéresse guère. Elle m'a étourdi, elle m'a rendu malade ; mais, positivement, je ne l'ai jamais aimée et je ne l'aime pas ! Si je pouvais me débarrasser de la vision de ses yeux qui me revient constamment, je crois qu'alors je n'y penserais presque plus. Tout ce mal aura une fin. Je serais, cependant, curieux de savoir où la comtesse peut être en ce moment, et si le prince a conservé sa passion pour elle. »

Ici finit l'histoire de Conrad Lanze. C'était à Louis de Laudon de prendre la parole. Il le fit en ces termes :

CHAPITRE VII

HISTOIRE DU TROISIÈME CALENDER FILS DE ROI

« Mes chers amis, tout spirituels que vous puissiez être, vous avez, l'un et l'autre, un grand malheur : vous êtes étrangers.

— Étrangers à quoi ? dit Nore.

— Dans tous les pays du monde, quand on n'est pas français, on est étranger, continua Laudon sans se troubler, et je vous dirai franchement ma conviction : ce fait ne vous prive certainement d'aucune vertu cardinale, mais il vous rend inaptes à posséder jamais une foule de délicatesses, de perfections petites mais charmantes, de raffinements particuliers auxquels l'esprit français peut seul prétendre. Je n'en tire pas vanité pour mes compatriotes ni pour moi-même. Mais, croyez-moi, ce que je vous affirme, l'expérience des siècles le démontre. C'était l'avis de Charles Quint; ce fut celui de Frédéric II de Prusse; l'empereur Joseph d'Autriche l'a pensé et la grande Catherine l'a proclamé. Inutile, puéril même de s'élever contre des autorités pareilles.

« Je ne vous dissimulerai donc pas que, toute ma vie, j'ai eu cet idéal supérieur devant les yeux, et j'ai fait effort pour le réaliser autant qu'il est en moi. Je ne me pique pas d'être un parangon de mérite en aucun genre; mais je serais désolé de manquer de distinction, d'à-propos, de tact, de mesure et, dans l'acception la plus élevée du mot, de ce que nous appelons bon sens, et ce sont là les qualités françaises par excellence. Vous me trouvez certainement assez avantageux de vous étaler de pareilles déclarations de but en blanc; mais vous voulez mon histoire: consentez à ce que j'éclaire le théâtre sur lequel elle va se passer.

« Mon père était un homme des plus distingués, excellent officier dans sa jeunesse, assez à la mode, et le bruit de ses aventures a duré longtemps. Entre nous, il avait été plus que bien avec la belle duchesse d'Arcueil, et elle lui donna une grande preuve de dévouement, en le mariant, un peu sur le tard, avec Mlle Coëffard, fille d'un entrepreneur célèbre. C'est de là que vient notre fortune, car mon pauvre père avait mangé, et bien mangé, son patrimoine. L'union de mes parents fut médiocrement heureuse, je suis forcé d'en convenir. Cependant le public n'eut jamais la confidence entière de leurs discordes, et, en somme, tout se passa à merveille ; quand ma mère mourut (il y a de cela une quinzaine d'années), mon père alla recevoir son dernier soupir à Plombières, et, depuis, il n'a jamais parlé d'elle que de la façon la plus convenable, je dirai même la plus généreuse.

« Pour moi, comme j'étais né avec une complexion délicate et que ma santé exigeait des soins, on m'avait confié, presque dès ma naissance, à une vieille tante, sœur de mon père, Mme Louise de Laudon, chanoinesse, qui m'a toujours gâté, dont je dois hériter et que j'aime beaucoup.

« Ensuite, vers neuf ans, je fus mis au collège. C'est, à mon sentiment, une chose excellente que ce contact hâtif avec la vie pratique. Les enfants apprennent d'abord, dans nos grands établissements d'instruction, à voir l'existence comme elle est. Ils sont là, pêle-mêle avec des camarades appartenant à toutes les classes de la société ; ils assistent, sans s'en rendre compte, au petit spectacle, à la comédie des ruses, des vices ; ils sont victimes, ils sont trompés, il sont battus... ils sont vainqueurs et oppresseurs à leur tour. Ils apprennent à se défier, à comprendre ce que parler veut dire, et l'expérience (la science la plus précieuse et la plus nécessaire de toutes), ils l'acquièrent à leurs dépens, avant d'avoir de la barbe au menton. Je vous dis là les choses comme elles sont et sans vous aligner des phrases ; je vous indique l'avantage effectif et inappréciable de la vie des lycées, et vous fais grâce des tirades sur les amitiés d'enfance, sur le mélange heureux des castes différentes, etc., etc., toutes déclamations privées de vérité. Mais, afin d'en arriver au point suprême, tenez pour certain que c'est à l'éducation publique que nous, Français, nous devons le trait principal de notre caractère moderne, celui qui nous suit de l'enfance à la tombe, la peur horrible de passer pour dupes, et la résolution bien arrêtée de tout faire au monde afin d'éviter un pareil malheur.

« Quand j'eus terminé mes études, je dois avouer que je ne savais pas grand-chose de précis ; je possédais seulement une idée générale de toutes les questions, et, ce qui me paraît suffisant pour un homme du monde, j'apercevais des lueurs de tout qui me permettaient d'en causer et me mettaient même en état, pour peu que le cœur m'en dît, d'approfondir un jour, à mon gré, tel ou tel point, au moyen de la lecture des journaux et des revues. Il n'en faut pas davantage chez un esprit généralisateur, comme est le mien, et je dois dire qu'après avoir complété mon éducation par les moyens que je viens de vous indiquer, je me trouve aujourd'hui fort compétent en matière de philosophie politique et sociale, et capable de raisonner sur les arts avec originalité.

« Mon père, que j'aimais infiniment, était doué de trop de tact pour se mêler de ma conduite. Il m'avait fait arranger, au rez-de-chaussée de l'hôtel, un délicieux appartement et m'y laissait complètement libre ; il avait ses affaires, j'avais les miennes ; jamais il ne m'a refusé d'argent, et, quand nous étions à Paris, l'un et l'autre, nous dînions assez souvent ensemble.

« Bien qu'il ne voulût pas se montrer officiellement dans la direction de ma vie, mon père, cependant, y joua quelque rôle, par cela seul qu'il me confia aux soins intelligents de notre cousin de Hautebraye, un des hommes les plus sérieux que j'aie jamais rencontrés.

« Celui-ci me dit :

« “Vois-tu, Louis, je ne te ferai pas de capucinades. Il faut comprendre la vie comme elle est. Tu as une belle fortune. Amuse-toi, mais ne la mange pas. Ne commets pas la sottise immense d’entrer dans la vie active par les grandes portes pourvues sur leurs frontons d’inscriptions comme celles-ci : *École militaire, Ponts et chaussées, Affaires étrangères, Magistrature.* Cela te mènerait tout simplement à être capitaine à quarante ans, à pleurer pour la croix et à servir de volant à une certaine quantité de raquettes maniées par un plus ou moins grand nombre de pleutres, tes supérieurs éternels, et, de plus, chaque révolution nouvelle t’accuserait d’avoir dévoré la sueur du peuple. Pas de ces sottises-là ! Je vais te faire recevoir aux Moutards[1]. Tu y trouveras des gens qui te présenteront à ce qu’il importe de connaître. Dîne avec tout le monde, soupe avec tout le monde. Ne sois pas trop sage, cela ennuie ; ne sois pas vicieux, cela effraie ; ne sois pas spirituel à tout propos, cela blesse ; impose de suite l’idée que tu n’es pas facile à attraper, cela donne un air capable ; et puis laisse venir. Mais, pour rien au monde, ne t’engage avec un parti politique ; tu te casserais le cou. Sois légitimiste avec modération ; les républicains aiment assez cela.”

« Hautebraye me mena chez Mme Olympe Berbier. Elle avait alors pour ami principal un immense Américain qu’on appelait Buffalo. Dieu ! que nous avons fait de bonnes parties dans cette maison ! Un soir, il fallut appeler la patrouille pour mettre dehors un prince japonais qui ne voulait pas s’en aller. J’étais honnêtement féru de la sublime Olympe, d’autant qu’il est de fait qu’elle me préférait, et je ne sais vraiment pas où cette histoire-là m’aurait pu conduire, malgré les avertissements de mon cousin, si la dame ne s’était avisée, un matin, de venir chez moi tout en larmes, parce que, me disait-elle, son propriétaire la menaçait de saisir ses meubles. Elle voulait quinze mille francs.

« Elle prétendait que Buffalo s'était brouillé avec elle à cause de moi et que je la réduisais à la misère. D'abord, j'en conviens, je fus ému du désespoir de Mme Berbier, sans compter qu'elle était adorable au milieu de ses larmes ! Heureusement, j'eus peur d'être attrapé ; cette réflexion me remit dans mon bon sens. Je consolai la belle de mon mieux ; je lui promis de songer à sa demande et de lui remettre ma réponse dans la journée. Elle me le fit jurer et me dit adieu. Ma foi ! savez-vous ce que j'imaginai ? Je lui envoyai un bouquet de roses blanches ! Le soir, je racontai mon aventure au club et j'en eus un vrai succès. La pauvre Olympe reçut le lendemain une avalanche de fleurs de tous ses amis. Il n'en est pas moins certain qu'elle ne m'avait pas menti ; mais comment distinguer le vrai du faux ?

« La vie élégante ne donne pas seulement à l'intelligence cette netteté, cette précision, cette sûreté de jugement dont les gens du monde ont seuls l'usage, elle fournit surtout les moyens d'apprécier les choses à leur valeur véritable et de ne rien surfaire. C'est par là qu'on ôte aux passions ce qu'elles ont d'aveugle et d'entraînant. Vous souriez et pensez que je m'amuse à manier des paradoxes ? En aucune façon, je vous jure ; je parle très sérieusement, ainsi que vous allez en juger par mon exemple. Vous comprenez à peu près dans quel monde féminin j'étais lancé. Il ne se peut rien voir de plus raffiné. Eh bien ! qu'en résulte-t-il pour moi comme pour mes pareils ? Que, dès notre plus jeune âge, nous avons été bronzés, trempés dans les eaux du Styx et rendus tous aussi incapables de subir les séductions de l'amour que les plus rigides parmi les Pères du désert. Le diable qui tenta saint Antoine perdrait avec nous son latin, son grec et même son hébreu, et sa mise en scène et son petit ballet feraient, je vous le jure, un fiasco des plus misérables. Pourquoi? Parce que nous connaissons les femmes; toutes les candeurs du monde n'ont rien pour nous séduire, sachant ce qui réside au fond, et notre imagination éclairée *a giorno* ne nous égare dans les ténèbres d'aucune illusion.

« Ce que je dis de l'amour, je le dis du jeu. Fort peu de nos amis se mettent au tapis vert par passion; je n'en connais même pas de cette espèce; on joue parce qu'il faut jouer, parce que c'est reçu; ce ne serait plus reçu que personne ne jouerait, absolument comme, à des époques successives, il est de bon goût de se battre et de bon goût de ne se battre pas. Vous m'objecterez que, chaque année, un certain nombre de pigeons se font plumer. Que voulez-vous que je vous réponde? Ce sont des idiots, il y en a toujours; ils se sont laissé attraper; ils méritent leur sort; ce dont je puis vous répondre, c'est qu'ils n'ont pas la passion du jeu.

« J'ai vécu, ainsi que je vous le dis, fort paisiblement pendant quelques années. Je ne prétends pas avoir compté parmi les hommes vraiment forts, qui savent réduire les autres à les servir; en réalité, je n'avais pas besoin d'éveiller en moi de si grandes facultés, n'ayant aucun motif d'en faire l'application; je ne me vante pas d'avoir tenu le premier rang parmi les illustres, mais je n'ai pas non plus été relégué au dernier; on me compte; enfin je suis quelqu'un; mon opinion a du poids au club, et un cheval dont je parle mal n'est pas coté haut dans les paris, si ce n'est par les entêtés. Si j'avais voulu m'appliquer à quelque chose, à je ne sais quoi, j'ai une vague idée que j'y aurais réussi tout aussi bien que la bonne moyenne des gens ordinaires. Car, vous le remarquerez, je suis absolument libre de tout enthousiasme pour quoi que ce soit au monde ! Je considère hommes, femmes, choses et idées, comme à peu près également indifférents, sauf l'usage qu'on en veut faire, et c'est, à mon sens, un grand élément de triomphe que de voir bien, juste et froidement. Il n'y a pas de danger que je m'emporte !

« En somme, n'éprouvant rien qui me pressât de me mettre en scène, je n'ai rien fait, et il ne m'est rien arrivé depuis que je suis au monde. J'ai beaucoup examiné, quelque peu réfléchi, point agi. Aller au club, en revenir, quelques déplacements de chasse, tous les ans quelques mois d'habitation chez moi, en province, je ne me vois aucun incident digne de mémoire dans les années qui ont précédé celle-ci. Je n'étais même jamais sorti de France ; à quoi bon ? Paris ne contient-il pas tout[1] ? La fantaisie que je me passe en ce moment, et qui me vaut le plaisir de souper avec vous, est la première de ce genre depuis que j'existe, et je vous dirai tout à l'heure à quelle cause elle doit la naissance.

« Au commencement de l'hiver dernier, je me suis trouvé, pour la première fois de ma vie, dans une situation désagréable. D'abord je m'aperçus, et, après examen, il me fallut bien le constater, que ma fortune se dérangeait. Cela me surprit ; je n'avais rien fait absolument qui dût me préparer à cette découverte. Vous savez que je n'ai pas de passions. Néanmoins je vérifiai que j'avais perdu quelques paris qui ne laissaient pas que d'être assez considérables ; que le whist de chaque soir, whist très bourgeois et très paisible, m'avait emporté une assez grosse somme ; que, tout en me rendant un compte parfait du manège de Flora Mac-Ivor et en n'étant nullement sa dupe, je lui avais donné depuis trois mois beaucoup plus que je ne l'aurais soupçonné, et qu'enfin Hautebraye, à qui je croyais avoir emprunté quelque argent, m'en devait.

«Je lui en parlai, et il en résulta entre nous une discussion d'autant plus désagréable que je crus m'apercevoir qu'il m'exploitait. Il n'en était rien ; j'en ai acquis la certitude. Ce serait plutôt moi qui, à certains égards, aurais abusé de son extrême candeur en bien des choses, car je suis infiniment plus fort que lui ! Mais vous comprenez que, du moment où l'on se croit trompé, on devient furieux. Nous eûmes donc une prise terrible et nous restâmes brouillés !

« Ma vie se trouvait ainsi désorganisée, quand il m'arriva une autre histoire. Jean de Gordes, sans vouloir écouter personne, épousa cette danseuse des Délassements-Comiques[1] que toute l'Europe connaît sous le nom de Saute-Ruisseau. N'allez pas vous imaginer qu'il était amoureux d'elle ! D'abord elle n'est rien moins que jolie, légèrement gâtée par la petite vérole, et je lui vois, haut la main, trente-sept ans ; mais mon pauvre ami avait là ses habitudes, et je crois, sans en être sûr, qu'elle lui avait fait signer des billets pour une grosse somme. Ces raisons n'empêchèrent pas le duc, l'oncle de Jean, d'entrer dans une sacro-sainte fureur. On s'en prit à moi, comme confident intime du coupable, parce que je ne l'avais pas détourné de cette sottise, et surtout parce que je n'avais pas prévenu la famille. La vérité est que l'événement n'étonna personne plus que moi ; Jean ne m'avait rien confié de ses intentions, et, depuis plus d'un mois, Saute-Ruisseau, prudemment, m'avait, par un billet de l'orthographe la plus précieuse, interdit de jamais mettre les pieds chez elle.

« Cette catastrophe, les ennuis qui m'en arrivèrent, ma querelle avec Hautebraye, le dérangement de mes affaires, ce n'était pas encore assez ; il fallut que mon père mourût. J'en éprouvai le plus grand chagrin que j'aie eu de ma vie. C'était le meilleur des hommes, le plus gai, le plus facile à vivre ; toujours amusant et si peu poseur ! Je suis resté, sans le quitter d'une minute, près de son lit pendant les trois derniers jours. Je le vois encore étendu sur ses oreillers, avec cette tête toujours belle, toujours intelligente, si fine, et… ma foi ! C'était un vrai gentleman !

« L'avant-veille de sa mort, il me fit signe des yeux de me pencher vers lui. Il ne parlait plus guère et ne pouvait pas élever la voix.

« "Louis, me dit-il, on a de la religion ou on n'en a pas. Envoie Poinsot me chercher un abbé quelconque."

« Comme il vit que les larmes me gagnaient, il ajouta :

« "Voudrais-tu que je finisse autrement que je n'ai vécu ? Suis-je ou non un homme comme il faut ?"

« J'envoyai Poinsot à la paroisse. Il ramena presque aussitôt un jeune prêtre, d'une bonne tenue, que je laissai avec mon pauvre père.

« Au bout d'une demi-heure, l'abbé sortit de la chambre et je me contentais de le saluer, pensant que nous n'avions rien à faire ensemble, quand, après une certaine hésitation, il s'arrêta, et me conduisant dans l'embrasure d'une fenêtre :

« "Monsieur, me dit-il, voulez-vous me permettre de vous demander votre concours dans l'intérêt de votre père ?"

« Je fus étonné et mis en défiance par ce début. Cependant je m'inclinai.

« "Votre père, continua l'abbé, est un homme meilleur et il a plus de cœur qu'il ne le croit. Malheureusement, il ne sait rien de sérieux, et le moment où il est arrivé…"

« Il me regarda d'un air grave. Je baissai les yeux et me sentis mal à l'aise. C'est extraordinaire comme ces gens-là ne respectent rien et ne veulent pas être simples !

« "Que puis-je en ceci ? lui dis-je un peu sèchement.

« — Je voudrais que vous lui parliez de votre mère", me répondit-il.

« C'était fort délicat, et je fus choqué de cette intervention d'un étranger dans nos affaires de famille. Il dut me trouver froid ; il me salua et sortit.

« Mon père était assez tranquille.

« "Je crois, murmura-t-il à mon oreille, avoir accompli ce qui se doit en pareille circonstance. L'abbé reviendra ce soir et je serai en règle. Je t'assure que j'en suis bien aise. Maintenant laisse-moi te donner un conseil, Louis. Veux-tu me croire ?

« — Très volontiers, répliquai-je.

« — Ne t'avance pas trop, continua-t-il, avec une ombre de sourire où se reflétait encore son charmant esprit. Eh bien, donc, quand tu seras marié, tâche de ne pas faire trop de sottises, hein ? parce que, vois-tu..."

« Il n'en dit pas davantage, et, depuis ce moment, il ne me souffla plus mot.

« J'eus la douleur de le perdre. Je me trouvai dans une disposition tout à fait nouvelle, ne sachant que faire, ni de moi-même, ni de mon temps. Je n'avais nulle envie de retourner au club où j'avais jusqu'alors passé ma vie, et, les premières semaines écoulées, quand je sentis qu'il fallait pourtant reprendre à quelque chose, je ne trouvai que le vide. Le matin, je fumais deux ou trois cigares, je lisais un ou deux journaux, je m'habillais, je sortais, j'errais de droite et de gauche. Je ne savais personne que j'eusse la moindre envie de regarder.

« Ce fut dans cette triste disposition qu'un jour je rencontrai Gennevilliers. Je l'avais connu au club quelques années auparavant; mais il n'y venait presque plus depuis son mariage et s'était fait nommer député. Il m'emmena chez lui et me présenta à sa femme.

« La semaine suivante, j'y dînai. Il n'y avait personne ; je passai la soirée là. Certainement, un mois auparavant, je m'y serais fort ennuyé ; je ne sais comment, le temps ne me parut pas trop long et je me trouvai bien. Gennevilliers n'a pas précisément ce qu'on peut appeler de l'esprit ; mais on aperçoit en lui de la bonté. La politique est sa grande affaire. Il prétend que, si l'on n'y prend garde, la société est en train de se perdre. Il s'occupe d'un tas de choses auxquelles je n'avais jamais songé. Il parle bien et, en somme, est intéressant. Je crois qu'il a pour moi la plus sincère amitié et je la lui rends. Ce qui est également vrai, c'est que je ne saurais plus vivre sans lui et sans sa femme.

« Ah ! quant à elle, croyez-moi, c'est une perle ! Je ne sais pas s'il existe ou non, dans le monde, beaucoup de personnes qui lui ressemblent ; vous savez que j'y ai peu vécu ; ce n'est pas l'usage parmi mes contemporains ; mais si Mme de Gennevilliers n'est pas unique dans son espèce, il faut avouer que notre nation se montre bien admirable encore ! Lucie est jolie à ravir, blanche, fraîche, délicate comme une fleur ; les plus beaux yeux et les plus sincères, les plus candides ! Je ne sais comment je m'y prendrais pour lui dire un seul mot qu'elle ne voudrait pas entendre. Elle s'unit à tout ce que pense son mari et se passionne pour ses idées, non comme une prophétesse qui entraîne, ce qui accuserait beaucoup de force et peu de grâce ; mais comme une ravissante disciple ! Elle est très élégante dans ses habitudes, dans ses toilettes, dans l'aménagement de sa maison, et un ordre merveilleux règne autour d'elle ; il semblerait que les choses se classent et s'accommodent ainsi toutes seules, par la seule vertu de sa présence. Je ne lui ai jamais vu déployer, si peu que ce soit, la pédanterie de la ménagère. Ses enfants sont doux, paisibles, bien élevés, et elle ne gronde jamais. Quand je dis qu'elle ne gronde jamais, cela ne s'étend pas à moi, qu'elle gronde assez souvent, et elle me réduirait au désespoir si son mari ne venait à mon aide et ne me défendait pas.

«Je suis amoureux d'elle, il n'y a pas de doute ; mais comme je serais fâché qu'elle le fût de moi ! Pauvre enfant ! Ce serait le plus grand malheur qui pût nous arriver à l'un et à l'autre ! Je m'arrange de façon à ce que rien de semblable ne se produise, et j'évite avec le plus grand soin de la voir seule, hormis les circonstances où il ne saurait en résulter aucun inconvénient. D'ailleurs, avec sa droiture extrême, elle est prudente, elle connaît le monde, et, je le vois, elle ne veut rien risquer. Mon existence a pris ainsi une direction nouvelle.

« Quand je suis à Paris, je passe à peu près chaque soirée chez Gennevilliers. Lucie et lui m'engagent à me préparer à la vie publique ; ils entendent, sur ce point, les choses autrement que je ne le faisais. Je croyais suffisant de me laisser nommer à une position quelconque, soit par les électeurs, soit par le gouvernement. Avec mon bon sens naturel et mes connaissances générales, j'étais assez sûr de me bien tirer de tout. Ils pensent différemment, et quand je leur ai exposé mon système, qui est universellement admis et pratiqué, Gennevilliers a souri avec amertume et Lucie s'est indignée.

« "Monsieur de Laudon, m'a-t-elle dit, ce sont les sophistes comme vous qui perdent et ruinent tout !

« — Ma chère amie, a interrompu Gennevilliers, ce sont les prédicateurs comme vous qui font les hérétiques obstinés. »

« Je me suis défendu quelque temps ; mais, comme mes moments sont peu précieux, qu'ils me pesaient beaucoup et que j'avais peur de tomber dans la mésestime de Lucie, je me suis mis peu à peu à examiner de plus près certaines questions ; Gennevilliers m'a offert d'assez gros livres ; et, comme Lucie souriait en me les voyant prendre et jurait que je ne les lirais pas, je me suis piqué d'honneur ; j'en ai parcouru quelques pages, et il est de fait que je ne m'ennuie plus autant. Je me surprends même çà et là à étudier pour le plaisir de le faire, indépendamment de la gloire de défendre ma science contre la taquinerie mutine de Mme de Gennevilliers.

« Elle a passé une partie de son enfance à Naples. Depuis son mariage, elle a fait conjugalement un voyage en Espagne, un autre en Orient ; maintenant elle est en Suisse. J'ai remarqué que d'avoir vu beaucoup de singularités a certainement implanté quelques idées originales dans cette petite tête, et, bien que toujours convaincu que tout est dans tout, et que la meilleure cervelle du monde peut avoir la somme de ses mérites pleinement épanouis sans s'être fait chauffer par des soleils différents, je ne suis pas fâché de me mettre au pair avec Lucie et de lui arracher cette supériorité factice qu'elle m'impose. D'ailleurs, j'étais heureux de l'accompagner cette année pendant une partie du chemin. Maintenant, je vais connaître Milan, je me rendrai à Burbach et visiterai, en allant et revenant, ce côté de l'Allemagne ; l'année prochaine, je serai en Égypte, et, sans en rien dire, vous me voyez résolu à pousser jusque dans l'Inde, afin d'avoir le plaisir, le reste de mes jours, d'offrir de temps en temps, à ma persécutrice, une historiette qui commencera par ces mots : "Lorsque j'étais à Bombay", ou bien : "L'usage des habitants de Ceylan est de...". Par ce moyen, je me mettrai au moins au pair avec elle et je vivrai tranquille.

«Je ne sais pas si, vous autres, vous comprendrez qu'avec cet amour, tel qu'il est, je m'estime fort heureux. Il faut savoir que les Français sont de tous les peuples du monde celui qui se contente à moins de frais. Les Anglais, les Allemands, les Italiens vont courir les terres et les mers pour gagner de grosses fortunes. Dans ce genre de turbulence, les Américains tiennent école. Il se peut que ces aventuriers réussissent, mais souvent aussi ils échouent, et, dans tous les cas, la plus grande partie de leur existence se passe à être ballottés d'incertitudes en périls et de périls en chocs violents. Cela leur plaît et nous est odieux. Aussi, nous voyez-vous, dans toutes les classes, constamment soucieux de nous arranger une bonne petite médiocrité héréditaire. Le paysan s'occupe beaucoup moins d'améliorer son sort, en risquant un peu de ce qu'il a, que de trouver une cachette sûre pour y enfouir et conserver son mince trésor. L'homme de catégorie moyenne a végété sa vie entière, afin de devenir juge en province ou médiocre employé ; mais il prépare obstinément ses fils à l'imiter, en vue de la retraite, aussi certaine que misérable, au moyen de laquelle lui et eux termineront leur carrière. Un bon tiens vaut mieux que deux tu l'auras, et c'est pourquoi vous me voyez enchanté de moi-même et des autres. »

Ici Laudon frappa sur le genou de Lanze d'un air amical et déclara son histoire terminée.

CHAPITRE VIII

Le jeune voyageur anglais, voyant Laudon considérer Lanze d'un air assez triomphant, lui dit avec douceur :

« Seriez-vous disposé à vous formaliser, si j'ajoutais à votre récit biographique un petit bout de commentaire ?

— Personne n'est moins susceptible que moi, et je me livre pieds et poings liés à vos piqûres.

— Mon intention n'est pas de vous martyriser ; seulement, comme je suis étranger, ainsi que vous l'avez remarqué vous-même avec infiniment de vérité, il est naturel que je considère sous un jour qui m'est particulier plusieurs faits que vous apercevez sous un autre, et de là il résulte que ce qui vous paraît rose me semble noir.

— Dites-moi donc votre avis sur moi-même sans plus de préambule, puisque c'est de moi qu'il s'agit !

— Pas du tout ! Il s'agit de l'espèce à laquelle vous appartenez, et nullement de l'individu. Je remarque que le grand pivot de l'existence française roule sur la peur d'être attrapé ; attrapé par les hommes, attrapé par les sentiments, attrapé par les passions[1]. En un mot, vous voulez tous être de subtils personnages auxquels personne ni rien au monde ne saurait en faire accroire. À cet effet, vous trouvez fort à propos d'enlever à l'enfance sa candeur, à la jeunesse sa confiance, à l'âge fait son enthousiasme, et comme, naturellement, étant gens d'esprit et d'exécution, vous réussissez dans la tâche que vous avez entreprise, tout ce qui est humain dans votre âme se trouve arraché, flétri ou mutilé, et fait place à une sorte de sagesse en métal de composition dont on ne saurait dire au juste si c'est de l'alfénide ou du similor[1]. Ceci m'explique pourquoi vous coupez le cou à vos monarques naturels et chassez vos princes héréditaires, afin de vous remettre pieusement aux mains du premier venu.

« Ceci m'explique encore pourquoi, étant constamment sur vos gardes, vous êtes le pays où les fraudes de toute espèce réussissent le mieux, pourvu toutefois qu'elles s'appuient sur l'absurde. Outre que l'intéressante assemblée des fripons de l'Europe n'a pas une meilleure auberge que votre capitale, je ne vous rappellerai pas qu'il y a un certain nombre d'années, cette même capitale, Paris, la ville éclairée par excellence, n'a pas douté pendant plusieurs semaines qu'on avait découvert des hommes dans la Lune ; mais je vous remettrai en mémoire qu'avant-hier, votre Académie des sciences, réunion d'hommes graves ou qui pourraient l'être, s'occupait à examiner l'authenticité d'un certain nombre de manuscrits, parmi lesquels il s'en trouvait de la main de Salomon[2].

« Vous-même, et vous me pardonnerez de vous citer en compagnie d'aussi illustres exemples auxquels on ne saurait être associé sans gloire, vous-même, à quoi cela vous a-t-il servi de ne croire ni à l'amitié, ni à l'amour, ni à rien ? Cela vous a servi à être dupé par monsieur votre cousin, dupé par Mlle Flora Mac-Ivor, dupé par M. Jean de Gordes, et vilipendé par l'aimable Saute-Ruisseau qui est marquée de la petite vérole. À la vérité, vous avez échappé au ridicule de prendre au sérieux l'autorité de monsieur votre père, que vous aimiez cependant beaucoup, et surtout l'abbé ne vous a pas pris sans vert, quand il a essayé de vous faire rentrer en vous-même. Vous avez échappé, dis-je, à ces périls avec une adresse qui me fait vous absoudre d'avoir perdu tant d'argent au club sans aimer le jeu.

— Ce petit discours vaut son pesant de persiflage, s'écria Laudon en riant aux éclats, et il est d'autant plus méchant que j'y prête ; mais vous avez tort de me croire incapable de ressentir de l'amour. Qu'est-ce donc que mon sentiment pour Mme de Gennevilliers ?

— Si c'était de l'amour, vous commenceriez par vous en taire ; mais là je retrouve encore une de ces singularités qui nous étonnent, nous autres étrangers. Les mots, chez vous, n'ont plus leur sens vrai. Vous n'êtes pas du tout amoureux de la femme de votre ami, et même, comme vous l'expliquez fort bien, vous seriez désolé de l'être. Ce que vous ressentez pour elle, c'est l'affection douce et tendre qu'une aimable personne fait naître, et qui a tous les droits à s'appeler amitié. Mais, justement, vous autres Français, vous avez émis cet axiome : “Il n'y a pas d'amitié possible entre homme et femme.” Ce qui revient à proclamer que tous les messieurs que vous rencontrez dans un salon ont sur la maîtresse du logis, pour peu qu'elle soit jeune, les prétentions les plus étendues, ou, ce qui est beaucoup plus vrai, prétendent se réserver le droit de les avoir s'il leur convient ; on n'use pas de cette prérogative ; ces redoutables séducteurs sont les meilleures gens du monde, et souvent, les amis les plus réels et les plus solides ; mais, que voulez-vous ? Il faut avoir l'air vainqueur, et les bonnes gens répéteront l'axiome national et l'approuveront devant leur victime, très rassurée, avec une naïveté dont ils ne jouissent pas ; et voilà pourquoi et comment vous êtes amoureux de Mme de Gennevilliers. »

Laudon leva les épaules.

« Je l'avais prévu ! s'écria-t-il, je vous l'avais dit ! Il y a dans tout ceci des nuances, des délicatesses extrêmes, qu'un Français seul peut saisir !

— C'est mon avis, répliqua l'inexorable Nore ; et maintenant, allons nous coucher. Il est trois heures du matin. »

Les voyageurs gagnèrent leurs lits, où ils dormirent fort bien jusque vers neuf heures. Alors ils se levèrent. La matinée était ravissante. Un vent tiède courait sur les eaux du lac et les fronçait par grandes ondes. En haut du ciel, à peine quelques petits nuages blancs floconneux dormaient au sein de l'azur, et, dans tous les arbres fleuris des rivages, les oiseaux menaient un tel train de chants, de gazouillis, de trilles précipités et de cris aigus, chacun y était si affairé, volant et se mêlant aux bandes tumultueuses, qu'évidemment c'était le jour des demandes en mariage dans ce petit monde de vagabonds.

Après avoir bouclé leurs valises, les trois calenders prirent congé les uns des autres. Nore, ayant décidé qu'il accompagnerait Laudon, partit avec lui pour Milan, et Lanze continua solitairement sa route vers Florence. Quand il se trouva seul, ses pensées reprirent leur cours naturel. L'attraction que les esprits de ses compagnons avaient exercée sur le sien cessa de se faire sentir. Il retomba dans une mélancolie sombre, et il arriva dans cette ville, misérable, résolu à faire son devoir, ne prenant aucun plaisir ni à la vie, ni à son art, ni à rien.

Il était installé à l'hôtel depuis deux jours, tâchant de s'occuper de ses travaux, quand un matin, en traversant une rue, il s'entendit appeler d'une voix forte, et, se retournant, il aperçut à dix pas de lui le prince Ernest de Burbach, frère de son souverain. Comme il mettait le chapeau à la main et s'avançait avec un sourire respectueux, mais contraint, Son

Altesse, qui donnait le bras à un gros homme assez commun, lui cria :

« Qu'est-ce que tu fais ici ? Je n'imagine pas que notre despote t'ait chassé du pays pour ton libéralisme ? Tu ne te mets pas dans des cas pareils, ni toi ni ton bonhomme de père ! Tenez, Franier, voulez-vous un type accompli de codin[1], de réactionnaire, d'ultra, d'aristocrate, d'écrevisse humaine, bref, de cette espèce, quel que soit le nom qu'on lui donne, dont toutes les pensées marchent à reculons ? Laissez-moi, dans ce cas, vous présenter M. Conrad Lanze, fidèle sujet et serviteur dévoué de Jean-Théodore, principicule de Wœrbeck-Burbach ! Conrad, voici M. Symphorien Franier, publiciste du premier mérite, dont le nom ne t'est certainement pas inconnu. »

Ce fut précisément parce que ce nom n'était pas inconnu à Conrad, qu'il éprouva un sentiment particulièrement désagréable en voyant le prince en pareille compagnie. Il s'inclina néanmoins, et ôta son chapeau, car, Dieu merci, on a, de tous côtés, vu et éprouvé tant de choses, l'eau bénite s'est trouvée si souvent sans forces, et la flamme de l'enfer a si fréquemment lâché sa proie, que chacun ayant la conviction de ne pouvoir détruire l'autre, si le Saint-Esprit se rencontrait avec l'Esprit malin, tous deux se salueraient.

M. Symphorien Franier offrit un cigare à Lanze qui le refusa, et un autre au prince qui l'accepta, et ce dernier se plaçant entre ses compagnons et les prenant chacun par-dessous les bras, on se mit en promenade.

« Voyons, décidément, Conrad, quand aurons-nous une constitution un peu sensée dans notre pauvre pays ? » Ce furent les premières paroles que prononça Son Altesse après avoir allumé son trabucco[2] à celui de Franier. « Est-ce que mon nigaud de frère ne comprendra jamais que le parlementarisme a fait son temps ? Que la démocratie est la seule force existante ? Que ce qui n'est pas avec elle est contre elle et sera broyé ? Que le temps des petits États est fini, archifini, et que l'avenir appartient aux grandes agglomérations d'intérêts ? Voyons ! il ne comprend donc rien ? C'est donc une brute, que ton honoré maître ?

— Monseigneur, repartit Conrad, si Votre Altesse n'a rien à m'ordonner, je lui demanderai la permission de me retirer.

— Un seul mot ! Pourquoi monsieur mon frère ne répond-il pas à la lettre que je me suis fait l'honneur de lui adresser, par la voie des journaux, en faveur des sociétés ouvrières ?

— Je ne le lui ai pas demandé et, dans tous les cas, le prince ne me l'aurait pas dit.

— Tu entends, Franier, ce sont tous des esclaves comme celui-là, dans notre pauvre Burbach !

— Ni monsieur ni moi, répondit Franier, en grasseyant, nous ne comprenons pourquoi tu t'emportes. Monsieur Lanze, Wœrbeck est un cœur chaud et vraiment humanitaire ; il ne faut pas lui en vouloir et, d'ailleurs, il a reçu une éducation de prince, c'est-à-dire qu'en quoi que ce soit, il ne connaît la vraie façon de s'y prendre. »

On eût assené à Conrad un coup de poing sur la tête qu'on ne lui eût pas fait éprouver une sensation plus odieuse que celle qui l'envahit en entendant un M. Franier tutoyer le prince. Celui-ci n'eut pas l'air d'en prendre le moindre souci, et le publiciste, comme il l'avait appelé, continua son petit discours conciliant.

« Vous êtes artiste, monsieur ?

— Oui, monsieur.

— Les arts sont la religion de l'avenir ! Quand l'homme se contemple dans sa propre pensée, il voit Dieu et, aussitôt, il se répand en œuvres magnifiques ! Je ne sais si vous êtes de mon avis, mais je boirais volontiers quelque chose.

— Allons boire quelque chose », dit le prince.

Conrad insista pour se retirer, et, malgré les efforts des deux associés, il réussit à se dégager et retourna chez lui. À peine y était-il que le prince Ernest entra dans sa chambre.

Il avait toujours l'air souriant. Cependant il arpentait l'appartement de long en large, et tantôt s'arrêtait devant la pendule, tantôt devant les lithographies ou gravures suspendues à la muraille ; il touchait aussi le sucrier et dérangeait les flambeaux ; bref, il avait quelque chose à dire et ne savait comment débuter. À la fin il prit son parti.

« Du diable si je me gêne avec toi ! s'écria-t-il ; je suis venu pour te parler sincèrement, là, et du fond du cœur ! Eh bien, je n'ai plus le sou ! Voilà le grand mot lâché ! Tu entends bien, je n'ai plus le sou, et, de gré ou de force, par contrainte ou par amour, il faut que mon frère ouvre sa bourse ! Tu peux le lui écrire de ma part, et c'est pour t'en informer que me voici. »

Conrad ne répliqua pas. Le prince Ernest, se dandinant d'un air gauche et ricanant en tortillant son cigare, poursuivit d'une voix aigre :

« Penses-tu, par hasard, que c'est pour mon plaisir que je me promène avec un citoyen Franier ? As-tu fait attention à ses bottes ? Elles ont déjà été usées par deux de ses amis et ne sont à lui qu'en troisièmes noces ! Mais il me faut de l'argent, et quand ces deux syllabes *il faut* se glissent quelque part, on obéit, mon pauvre Conrad !

— Je ne vois pas en quoi les bottes de M. Franier

pourraient donner à Votre Altesse ce qui lui manque.

— Ni moi non plus, mais le journal dudit monsieur et la bande de coquins attachée à ses talons ne sont pas des alliés à mépriser ; et, Conrad, je veux que le diable m'étrangle si je ne cours pas aux dernières extrémités, plutôt que de continuer à vivre comme je le fais ! Ne prends pas mes menaces pour vaines ! Garde-toi de les mépriser ! ajouta-t-il en levant le bras et devenant rouge comme un coq. J'ai des accointances plus puissantes que tu ne peux le croire ! On me fait, de bien des endroits, deux entre autres, des offres qui, si je les accepte, me donneront une situation bien autre que celle d'un faquin de petit dynaste comme mon frère !

— Alors, pourquoi Votre Altesse ne les accepte-t-elle pas ?

— Tu me demandes pourquoi je veux épuiser les moyens de conciliation avant de recourir à des moyens..., mais, là, des moyens qui ne vous feraient pas rire, vous autres ? Eh bien ! je te réponds que c'est parce que je mettrai jusqu'à la dernière heure le bon droit et les formes de mon côté. Finissons-en ! Tiens ! Écris de suite à Théodore ; il n'est que temps ! Qu'on paie mes dettes..., un million ! Quinze cent mille francs pour moi et je me tiens tranquille ! Sinon, prenez garde à vous, vous et bien d'autres ! »

Là-dessus, le prince Ernest sortit après avoir donné du poing sur la table.

Lanze était indigné, mais non surpris. L'auguste personnage qui venait de l'honorer de sa visite, de ses confidences et de ses commissions, lui était connu de tout temps. Il crut utile d'avertir son souverain de ce qui se passait et se montra ainsi messager diligent, bien qu'avec de tout autres intentions que celles dont son interlocuteur eût souhaité lui donner l'intelligence. Mais aucune amitié ne pouvait se rétablir jamais entre un Lanze et le prince Ernest. Le vieux docteur y avait mis bon ordre, dès longtemps, pour lui-même et son fils, au moyen d'une démonstration scientifique.

Un soir qu'au palais, le rejeton mal venu de la maison régnante avait, dans une scène violente, pris le serviteur de sa famille au collet et l'avait secoué comme un prunier dans la saison des fruits, le savant rentré chez lui et en possession plénière de son sang-froid, de sa robe de chambre et de sa pipe, avait dit à Conrad :

« Je suis ravi de ce qui vient d'arriver ! Quelle manifestation irréfragable de l'atavisme ! Malheureusement, la qualité du sujet s'oppose à ce que j'en fasse l'objet d'une communication à la *Revue médicale* ! Pendant que je me colletais avec ce jeune énergumène, je fus frappé de lui voir absolument les mêmes yeux qu'au portrait de son infâme trisaïeul maternel, Jérôme Weiss, devenu landgrave de Hütten pendant la guerre de Trente Ans, mais qui n'était qu'un pandour[1], et, sur cette indication précieuse, je lui ai retrouvé, pendant que je rajustais mon habit, les contours de la bouche et la forme du menton de sa quadrisaïeule, Philippine Hartmann, la fille du cordonnier, si lamentablement épousée par amour, et dont son mari ne légitima les enfants qu'à force d'argent prodigué aux conseillers auliques ! »

Cette doctrine avait pénétré l'esprit du sculpteur, et il considérait le prince Ernest sous le même jour qu'un tjandala[2] peut l'être par un Hindou. Le misérable est issu de Brahma, sans doute, mais des pieds du dieu.

LIVRE II

CHAPITRE PREMIER

Après la scène avec Conrad, Jean-Théodore avait regagné le château au travers des allées tortueuses du parc anglais, le front baissé, triste, songeur. En entrant dans le petit salon tendu de perse, qui fait suite à son cabinet, il avait trouvé la comtesse. Elle venait d'arriver. Elle était assise sur un canapé. Elle gardait son chapeau, ses gants, et se tenait les mains croisées, regardant droit devant elle.

« Je suis née pour mon malheur et celui des autres, murmura-t-elle, en réponse aux paroles affectueuses de Jean-Théodore.

— Que voulez-vous dire ?

— Je vais vous affliger !

— Mais encore ?

— Quittons-nous et pour toujours ! Je pars dans quelques heures.

— Y songez-vous ?

— Je songe à tout. Je vous aime, Théodore ! Vous le savez. Je ne me le cache pas à moi-même, je ne veux pas vous le taire ! »

Elle lui tendit les mains. Il les prit et les baisa. Elle

les retira de suite, et le considérant avec un sourire douloureux :

« Oui, je vous aime, mon ami, mon meilleur, mon plus cher ami, et si je ne vous en ai jamais donné d'autres preuves que des paroles, croyez-moi..., oui ! croyez-moi ! c'est que j'étais avertie par un instinct infaillible que ce cher lien serait tôt ou tard brisé par la fatalité qui me suit !

— Enfin ! expliquez-vous ! Vous m'effrayez ! Est-ce un caprice ?

— Un caprice ? Je n'en ai pas ! De l'affection, oh ! oui, plein le cœur et pour vous, pour vous seul et toujours, toujours, entendez-vous bien ? Ce sentiment unique me dominera, me conduira, m'aveuglera, fera à la fois mon désespoir et mon bonheur, aussi longtemps que je vivrai ! »

Jean-Théodore s'assit sur le canapé et prit de nouveau une main qui cette fois ne lui fut pas retirée.

« Au nom du Ciel, Sophie, avouez vite ce qui vous trouble ! Quel obstacle si puissant s'élève entre nous ? Quel désastre vous arrache à moi, au moment où j'espérais vous toucher ?

— Le devoir, répondit Mme Tonska, d'une voix ferme.

— Quel devoir ?

— Mon ami, ne vous affectez pas ! Vous êtes pâle, agité... Vous me tuez ! J'ai besoin de mes forces. Je suis plus à plaindre que vous ! »

Elle cacha sa tête dans les coussins du canapé, et de longs sanglots sortirent de sa poitrine. Un moment passa ainsi ; quand elle se releva, elle avait son beau visage inondé de larmes. On peut penser quel était l'état du prince. Il suppliait, il conjurait.

« Je vais rejoindre mon mari, dit-elle.

— Votre mari ! »

Il fut stupéfait.

« Oui, cette parole doit vous surprendre. Cet homme, qui ne m'a épargné aucune douleur, aucune humiliation, je suis à lui, pourtant, Théodore, et je quitterai pour lui le meilleur, le plus délicat, le plus chevaleresque des amis ! Vous devez estimer, vous, tout ce qui sort du sentier commun et savoir que plus une tâche est difficile, plus aussi elle s'impose à des consciences comme les nôtres.

— Je ne comprends pas un mot à ce que vous me dites ! s'écria enfin le prince, et je vous supplie de vous expliquer. Depuis quand votre mari a-t-il un droit quelconque sur vos résolutions ?

— Depuis qu'il a atteint le fond de l'abîme où ses vices et ses erreurs l'ont précipité. Vous savez que, pour certaines raisons inutiles à vous rappeler, il avait été exilé de Pétersbourg, il y a un an, et envoyé comme major à l'armée du Caucase. Ce châtiment ne l'a pas corrigé. Il a continué son genre de vie. Il a joué, il a perdu, il a forcé la caisse de son régiment, il a dissipé ces dernières ressources.

« Appelé en présence du général pour rendre compte de sa gestion, comme il était ivre, il a insulté son supérieur. Celui-ci, généreusement, a cherché à étouffer l'affaire. Il a nié ce que chacun savait, mais, comme le scandale était immense, M. Tonski a été envoyé, simple soldat, à la frontière persane. Mon ami, c'est un lieu redoutable ! La fièvre y sévit toute l'année. À peine les tempéraments les plus robustes y tiennent-ils deux ans ; bon gré, mal gré, on meurt. M. Tonski le sait. Il m'a écrit ; le repentir le plus amer, la douleur la plus poignante respirent dans cette lettre. Tenez, la voilà, prenez ! lisez ! Pour moi, je pars, et j'irai consoler l'auteur de mes misères. »

Le prince saisit le papier que lui tendait Sophie. Ce qu'il y trouva, ce fut l'accablement, ou, pour mieux dire, la prostration d'un homme sans nerf et sans courage qui, chargé du loyer de ses fautes, succombe sous le poids, et crie bonnement aux échos, demandant merci et de l'aide.

Il s'efforça de faire passer sa conviction dans l'âme de son amie. Mais il n'y réussit à aucun degré[1]. Si le comte Tonski avait été simplement un malheureux, n'ayant de torts que ce qu'il en faut pour rendre légitimes les rigueurs du destin, sa femme se serait peu préoccupée de lui ; c'était précisément, uniquement la perversité excessive du cas qui allumait son imagination. Elle était d'autant plus emportée à un dévouement extraordinaire, que celui pour lequel elle le méditait le méritait moins ; de sorte que plus le prince la raisonnait, mieux il lui démontrait l'infamie de son mari, plus aussi il fortifiait sa romanesque résolution. Une sainte n'eût pas mieux fait. Elle était charmée de dépasser les saintes.

« Adieu, dit-elle, ne me pressez pas davantage. Adieu. Tout est inutile. Je suis résolue. Comme la Cour sera étonnée demain, n'est-ce pas ? Que de commentaires ! Les bonnes langues de la résidence ne vont guère m'épargner ! Ne vous en occupez pas. Laissez dire ! Une sorte de joie mélancolique résulte d'être mal jugé. Rappelez-vous toujours que je vous aime. Oui, Théodore, vous étiez l'époux de mon âme. »

Il faut l'avouer : le prince était plus étonné, et, en vérité, plus blessé, plus irrité qu'attendri. Ce que la comtesse considérait comme surhumain et sublime lui semblait insensé et presque odieux. Au bout d'un quart d'heure, la colère prit chez lui le dessus. Des supplications, des raisonnements tendres, il en vint aux apostrophes véhémentes et ne ménagea pas les sarcasmes. Sur ce terrain, il trouva une digne adversaire. Un orgueil de fer heurta le sien, et la plus violente des altercations éclata comme une tempête. Ce fut un tournoi à fer émoulu[2] où les deux tenants firent merveille. Des deux parts, on se visa en pleine poitrine. Le prince malmena rudement les comédiennes de vertu, récrimina sur un besoin d'émotions qui se satisfaisait par des scènes constantes et déplacées, et dénonça une coquetterie froide qui conduisait à des aventures comme celle de Conrad Lanze.

L'amante, pâle de fureur et se prenant au style le plus serré de l'étiquette, ne parlant plus ni à Théodore, ni à l'ami, ni à l'époux de son âme, mais à Monseigneur, à Son Altesse Royale, proclama en termes outrageants la bassesse bien connue des souverains, et étala avec raffinement la fameuse anecdote[1] en faveur de laquelle Dieu, après avoir créé l'homme, trouvant un reste de boue à sa disposition, en fit les laquais, puis les princes. Elle déclara que ce qui était généreux n'était pas du ressort de Son Altesse Royale. Elle avoua que si elle avait congédié Conrad, c'était pour son propre honneur, mais qu'au fond elle l'aimait et regrettait de n'avoir pas suivi son penchant pour une créature si noble; enfin, elle termina sa péroraison. Jean-Théodore, réduit au silence, n'ayant plus d'autre ressource que de se ronger les poings, était tombé morne dans un fauteuil.

« Monseigneur, un mot encore ! Bien que le plus parfait mépris ait succédé à une erreur que je pleurerai toute ma vie, je supplie Votre Altesse Royale de peser le dernier conseil d'une personne qui lui veut du bien. Je vous dois la vérité. L'illusion qui me faisait croire à vos qualités ne m'a jamais aveuglée sur l'insuffisance de votre génie. Vous ne comprenez pas votre époque, et la façon dont vous gouvernez ruinera et vous et votre famille. Vous courez les yeux fermés à une révolution ! Oh ! ne souriez pas ! N'affectez pas de me faire comprendre par ce haussement d'épaules votre dédain bien connu pour les femmes politiques ! Je ne suis pas à l'apprendre. Chaque fois que j'ai voulu, avec les ménagements de l'affection la plus méconnue mais la plus fidèle, vous amener devant la vérité, vous avez fermé les yeux davantage et affiché, avec moi, des airs de supériorité et essayé des railleries dont je ne m'offense plus désormais. Vous n'avez nul sujet de m'accuser de jouer à la Maintenon, puisque je vous quitte pour ne jamais vous revoir. Vous savez, vous sentez trop que la conviction la plus franche m'arrache seule mes paroles. Faites donc un effort ; rentrez en vous-même ; changez de système, renvoyez les laquais qui vous servent de ministres, et faites en sorte que, bientôt, du fond de mon exil, je puisse apprendre que l'homme qui m'a intéressée pendant quelques jours, n'était pas indigne de tous points du sentiment que j'abdique à cette heure ! »

En écoutant ces paroles, Jean-Théodore, froissé, redevint pour ce seul motif maître de lui. Il regarda froidement la pythonisse, et quand, à la fin de son discours, elle lui fit une profonde révérence et marcha à reculons vers la porte, il se leva, et salua à son tour, comme s'il mettait fin à une audience ordinaire.

Sur le seuil, la comtesse s'arrêta ; l'indignation enflamma ses yeux, gonfla ses narines, et voyant le prince impassible et ne lui disant mot, elle éleva les deux bras comme pour le maudire, et s'écria d'une voix stridente :

« Vous êtes un misérable ! »

Puis elle sortit. Il est fâcheux pour les sentiments tragiques que les formes de la vie moderne ne s'y prêtent pas. Quand Mme Tonska arriva dans la salle d'attente, elle n'y rencontra personne. Une lampe fumeuse éclairait fort mal, et elle eut quelque peine à trouver l'issue par laquelle elle devait sortir. Elle arriva comme à tâtons dans l'antichambre déserte. C'est qu'il était trois heures du matin. Elle dut aller de droite et de gauche, ouvrant les portes dans les ténèbres. Il lui fallut appeler. On peut s'imaginer ce que furent ces diverses opérations pour une personne dans sa disposition d'esprit et qui eût voulu garder sa dignité. À la fin, un valet de pied se montra. La comtesse demanda ses gens ; on réveilla les uns, on chercha les autres à l'office. L'empressement même qu'on mettait à se hâter rendait la situation plus prosaïque. Enfin, la voiture avança sous le perron, Mme Tonska y monta et partit, dans un désordre de sentiments, grands, petits, agacés, exaspérés, qui seraient extrêmement difficiles à débrouiller et à décrire.

Pour Jean-Théodore, une fois seul, il avait repris sa promenade.

Quand on a du chagrin, quand on a de la joie, c'est également alors que se font les examens de conscience. Le prince se trouva fort à plaindre. Tout revenait pour lui à dire : je voudrais être aimé. Il ne l'était pas. Il avait donné beaucoup et reçu rien. Tandis qu'il livrait son cœur, on jouait avec. L'indignation ne le tirait pas d'affaire. Il avait beau se répéter : je me consolerai ; en attendant, il souffrait.

Puis, qu'est-ce que c'est qu'un prince devant les soucis de l'existence commune ? Le plus désarmé des êtres. Il ne peut pas courir après celle qu'il veut ramener ; il ne peut pas crier quand on lui fait mal ; il ne peut pas demander ce qui lui manque. Il faut, bon gré mal gré, qu'il se prélasse noblement au travers de la vie, réglant la cadence de ses pas sur un air majestueux exécuté par l'orchestre des convenances, et, pour peu qu'il se hâte ou s'arrête, il fausse son métier, ce qui le déshonore. Ce n'est pas ainsi que régnaient jadis Théodoric, roi des Goths, ou le khalife Mansour[1]; mais c'est la mode actuelle, il faut s'y soumettre, et plus un prince agrée à son entourage, plus on peut être convaincu qu'il ressemble de près à une poupée dont les ressorts admirables disent : Mon peuple et ma dignité. On lui voit aussi remuer les yeux ; mais, sous la peau, il n'y a que du son.

Hélas ! le prince de Burbach était un homme ! Pendant une heure il se débattit contre cette vérité ; mais il la sentait. Il la subit.

Il prit un flambeau, passa dans son cabinet, et, s'asseyant devant une table, se mit à lire des rapports militaires, des documents sur l'agriculture, un projet d'agrandissement pour la Promenade, et en lisant il annotait. Par ce procédé appliqué obstinément et avec une ténacité cruelle, il parvint à maîtriser son agitation, assez pour qu'elle ne parût pas au-dehors. Mais, au-dedans, que de ravages !

Le jour était venu, et l'amant malheureux continuait sa tâche ; huit heures sonnèrent. Un valet de chambre entra discrètement, apportant du thé, et avertit Son Altesse Royale que M. le professeur Lanze arrivait. C'était l'heure de la visite quotidienne, aussi nécessaire à la vie du docteur, et à celle du souverain, que le pouvaient être les retours périodiques de la lune et du soleil pour l'ensemble de la nature.

« Bien, dit Jean-Théodore ; qu'il entre. »

Le professeur Lanze se présenta. Jean-Théodore lui fit un signe amical et acheva d'écrire la phrase commencée. Quand ce fut fait, il se tourna vers son homme lige.

« Altesse, lui dit celui-ci, je suis allé vous chercher en ville. On m'a assuré que vous aviez dû coucher ici. Je suis venu ici. Je le vois avec plaisir : vous avez daigné vous occuper cette nuit du bonheur de notre contrée et je vous en remercie. Ne pas se coucher du tout serait malsain pour de pauvres diables comme moi ; mais je n'hésite pas à penser que c'est une précaution admirable pour un prince et qui indique à coup sûr, chez lui, un excellent état de santé physique et morale, ce dont je vous fais mon sincère compliment.

— Je ne l'accepte pas, docteur : je ne me suis pas couché, simplement parce que je n'aurais pu dormir.

— C'est un effet que j'oserais dire galvanique, répliqua Lanze. Il n'est guère possible qu'une étoile se déplace sans qu'il en résulte un choc d'électricité.

— Cette façon de s'exprimer tend à indiquer, sans doute, qu'à ta connaissance la comtesse Tonska est partie cette nuit ?

— Vous me devinez parfaitement, Altesse. Cette dame est pour moi l'objet d'un intérêt particulier. Sujet précieux ! Elle a manqué rendre mon fils imbécile et porte mon souverain à s'exagérer ses devoirs envers ses humbles sujets au point de ruiner sa santé ! Je lui reconnais une influence supérieure à celle des tables tournantes.

— Comment as-tu su qu'elle était partie ?

— Ah ! mon Dieu ! j'ai honte de le confesser. Vous paraissez me considérer, en ce moment, comme un familier du Conseil des Dix[1]. Mon Dieu, non ! La laitière l'a dit à ma femme qui vient de me le raconter tout à l'heure, en me donnant ma tasse de café matutinale. C'est prosaïque, et je vous en demande infiniment pardon.

— Laissons ce sujet, j'ai quelque chose d'important à te communiquer. Mon ministère n'a plus la majorité dans les chambres. Il ne l'a plus parce qu'on veut le renvoi du baron de Storch.

— Pure sottise ! s'écria le docteur. Le baron est un digne homme et un homme de mérite. Je le considère comme le personnage le plus instruit et le meilleur administrateur que vous ayez. Sa grande fortune, il l'emploie à des fondations dont profitent les basses classes. Enfin, il est adoré des paysans, et je ne vois pas pourquoi vous lui donneriez son congé.

— Je lui donne congé, parce que l'avocat de bailliage Strumpf a ameuté tous les inutiles de notre Diète, et, comme c'est le plus grand nombre, il a avec lui ce plus grand nombre pour déclarer que Storch n'a plus la confiance du pays.

— Qu'est-ce qu'il a donc fait, ce malheureux Storch ?

— On n'allègue pas contre lui d'avoir précisément quelque chose de répréhensible ; mais on dit qu'il est usé.

— Je ne serais pas fâché d'apprendre ce que c'est que d'être usé. Car, pour autant que je pénètre le sens des mots, cette façon de s'exprimer n'indique pas une raison, c'est une comparaison. Si Storch avait quatre-vingts ans, je dirais : Storch est usé, parce que ses facultés ont diminué avec l'âge. Mais Storch a quarante-cinq ans, il se porte comme un charme et vient d'écrire un gros livre qui passe pour un chef-d'œuvre dans son genre.

— Tu peux avoir raison ; mais cela n'empêche nullement de dire qu'il est usé. Si ce mot ne te convient pas, je vais t'en dire un autre et t'affirmer que Storch n'est plus l'homme de la situation. Si tu m'objectes encore que tu ne sais pas ce que signifie : être l'homme de la situation, et que, sans être une raison, ça n'a plus même le mérite d'être une comparaison, je pousserai la condescendance jusqu'à l'excès en t'assurant que Storch ne répond pas aux aspirations et aux besoins de l'époque.

— Je donne ma langue aux chiens, j'avoue mon insuffisance et je m'obstine à ne pas pénétrer pourquoi le baron de Storch, qui administre le pays depuis quinze ans, qui, depuis quinze ans, a créé une foule d'établissements utiles et fait naître une prospérité dont chacun se rend compte, est usé, n'a plus la confiance du pays, n'est plus l'homme de la situation et ne répond pas aux aspirations et aux besoins de l'époque. S'il a tous ces torts mystérieux, existe-t-il, du moins, quelqu'un qui ne les ait pas?

— Évidemment!

— Et quel est ce mortel fortuné?

— Strumpf. Comment, tu ne vois pas que Storch n'est tout ce que je viens de t'expliquer que parce que Strumpf veut prendre sa place?

— Et vous allez mettre à la tête de nos intérêts et des vôtres un fripon, un coquin, perdu de dettes, séparé de sa femme qu'il battait ignominieusement, un joueur, un...

— Non... non... Calme-toi, je ne donnerai pas ce plaisir à Strumpf; mais s'il n'est pas assez fort pour me forcer la main à ce point, il l'est suffisamment pour me l'ouvrir et me contraindre à laisser aller l'excellent serviteur que je voudrais conserver. Il me faut donc former un nouveau cabinet et j'ai fait choix d'un homme tout à fait propre à y remplir le premier rôle.

— Qui donc?

— Toi. »

Le docteur bondit sur son siège. La consternation et la surprise se peignirent dans ses traits d'une façon si éloquente, que Jean-Théodore ne put s'empêcher de sourire.

CHAPITRE II

« Je vois, continua Son Altesse Royale, que ma proposition te surprend plus qu'elle ne t'agrée, et, je te l'avoue, je m'y attendais un peu. Je vais donc t'exposer ce que, de toi-même, tu ne me parais pas saisir clairement. Indépendamment des visées particulières de Strumpf, ce qu'il appelle son parti s'imagine qu'un étranger à la Cour est devenu indispensable. Or, tu es étranger à la Cour. Tu appartiens à la bourgeoisie, tu es professeur à l'Université, une des notabilités du pays, pour parler le langage adopté, et même j'ai lu quelquefois dans les journaux que tu étais remarquable par le libéralisme de tes idées.

— L'origine de ce compliment est, par parenthèse, assez curieuse, répliqua le docteur. J'ai empêché de mettre à la porte de l'hôpital militaire un interne bon travailleur et réellement très instruit, mais pourri d'idées socialistes. J'y ai tenu, parce qu'on prétendait le remplacer par un petit jeune homme fort sage, à qui l'on ne pourrait sans imprudence confier la guérison d'un panaris. Depuis ce temps, je suis devenu un ami avéré du peuple. C'est un axiome. Le fait est que je méprise souverainement la politique.

— Tu vois, tu en conviens toi-même, tu es populaire. Tu seras donc ministre de l'Intérieur et président du Conseil.

— Altesse, je vous supplie d'y réfléchir à deux fois : si je mettais jamais le doigt dans la machine gouvernementale, il est probable que j'en casserais tous les ressorts avant qu'il fût une heure[1]. À mon sentiment, personne n'a tort aujourd'hui autant que les gouvernements, lesquels font semblant de s'imaginer que les émeutes se calment avec de bonnes manières, que les drôles se désarment en leur opposant des machines en papier, et que les scélérats renoncent à leurs projets quand on leur fait des discours. Sachez, Altesse, qu'en 1674, tout le personnel d'une bonne et vraie révolution était sur pied en France. Il n'y manquait rien ; on y comptait un théoricien, Van den Enden ; un fier-à-bras, le sieur Latréaumont ; un intrigant, ma foi, très actif et de race classique, Sardan, le neveu d'un huissier ; enfin un grand seigneur pour mettre les choses en train et être pendu après, M. le chevalier de Rohan. La *Gazette de Hollande*, beaucoup d'autres gazettes encore soutenaient le tout avec renfort de libelles bien gentils, dans lesquels on ne ménageait pas le Grand Turc français, et même le régicide y fut prêché ouvertement en des termes comme ceux-ci : "Dieu ne tardera pas à rompre une tête si chargée de crimes énormes[1]."

« Pourquoi fallut-il attendre un siècle encore pour éclater ? Uniquement parce que la société de ce temps-là ne cédait rien à la canaille. Celle-ci levait la tête, on mettait le talon dessus. Elle allongeait une main, on la coupait. Nul gouvernement n'est possible à d'autres conditions, et c'est une chimère, et la plus inepte des chimères, que la créance en un futur état de choses où il n'existera que des gouvernés doux, patients, modérés, pleins de bon sens, de raison, d'instruction, et sachant la vérité des choses, pour s'embrasser avec des gouvernants intègres. Quant à moi, je refuse de passer mes journées à combiner des niaiseries dangereuses ou stériles, et vous ne me permettriez pas assurément de suivre la ligne de conduite tracée par mes convictions.

— Mon pauvre Lanze, si c'est ainsi que tu raisonnes, tu es propre à enfermer ! Admettons un instant que j'aie la moindre tentation de mettre le feu dans la principauté en appliquant des doctrines comme les tiennes ; les États voisins me laisseraient-ils faire ? Je recevrais conseils sur conseils, injonctions sur injonctions, et, si je m'obstinais, on mettrait garnison chez moi. Chaque temps a ses problèmes ; le nôtre est de placer en haut ce qui autrefois était en bas ; de confier la force aux faibles, et de dénouer ou, suivant ce que je vois dans tes yeux, de prétendre dénouer les situations malaisées avec des calembours. Que veux-tu ? Il faut se résigner, et c'est pourquoi M. le docteur Lanze, professeur à l'Université, l'ami du peuple et le coryphée du parti libéral conservateur, le docteur Lanze, dis-je, le partisan d'une sage liberté, s'appuyant sur le maintien loyal de nos institutions et de nos droits, va paraître ce soir dans la Gazette officielle comme chef du nouveau cabinet.

— Altesse, je vous promets qu'une heure après, Strumpf est arrêté, deux heures après interrogé par une Chambre étoilée[1], et, au petit jour, pendu sur les glacis de la citadelle ! Si cela vous convient, j'accepte ; sinon, je refuse.

— Voyons ! tu plaisantes, n'est-ce pas ?

— De ma vie je n'ai été si sérieux, et ce que j'en fais est uniquement pour démontrer à Votre Altesse l'impropriété de confier de grandes affaires à un être qui n'est pas un âne, ni un serpent, ni une oie, et qui a deux travers : d'aimer la vérité et son maître. Mais ne vous dépitez pas, Altesse ! Si je ne conviens pas à la place, elle convient à d'autres, et j'ai justement quelqu'un sous la main.

— Qui donc ?

— Le Conseiller de commerce Martélius.

— Il est trop lié avec l'opposition.

— C'est son principal mérite. Vous n'aurez d'autre

difficulté que de modérer son zèle pour votre service, et il jouera à colin-maillard avec tous les partis.

— S'il en est ainsi, ton avis vaut la peine d'être médité.

— Considérez attentivement la question sous chacune de ses faces. Martélius parle bien, pas trop bien ; il est intelligent, pas trop, et ne portera, pour ces deux chefs, d'ombrage à personne. Comme il ne connaît réellement aucune question, il n'a formulé, sur quoi que ce soit, une de ces opinions tenaces qui sont gênantes. Avec n'importe quel collègue, il s'entendra suffisamment, et en établissant les choses sur un tel pied qu'il soit bien convaincu de gagner plus à vous servir qu'à se mettre à la suite d'un autre intérêt, je crois qu'en le surveillant vous pourrez avoir en lui une confiance limitée.

— Ce que tu me dis là est de fort bon sens, et puisque tu ne veux pas payer de ta personne…

— Comment, Altesse, au moment où je vais enrichir ma patrie d'un homme d'État, vous me traitez de citoyen inutile !

— C'est bon, c'est bon, mais j'attendais mieux de toi. »

En ce moment, la porte du cabinet s'ouvrit et un nouvel interlocuteur parut sur le seuil. Il hésita une minute, regarda le souverain et Lanze, puis il entra. C'était le frère puîné de Son Altesse Royale, le prince Maurice.

Un charmant jeune homme ! Il avait de jolis yeux bleus à fleur de tête, le front un peu gros, le nez un peu gros, les joues un peu grosses, mais tout cela d'un rose, d'un frais, d'un velouté délicieux ! Et de jolies moustaches blondes, et une jolie barbe blonde, et de jolis cheveux blonds, avec de si jolies boucles ! Sa taille moyenne, bien prise, annonçait devoir épaissir promptement, mais en était encore à une rondeur très agréable. Monseigneur le prince Maurice portait une jaquette de drap bleu, un gilet blanc, un pantalon gris, une cravate bleu de ciel, des bottines vernies à guêtres, un chapeau blanc ; à la cravate, une épingle d'or en fer à cheval ; au gilet, une double chaîne d'or tenant la montre avec quelques breloques d'un goût exquis, et, à la main, une paire de gants de fantaisie, comme il convient le matin.

Le prince Maurice s'avança jusqu'à la table devant laquelle Son Altesse Royale était retournée s'asseoir, de sorte que ce meuble était entre eux. Il avait l'air embarrassé, et, voyant que son auguste frère ne lui disait mot, il se décida à parler :

« Tu m'as fait demander ; eh bien, me voici. Ça n'en est pas moins contrariant, parce que j'allais ce matin chez le photographe pour me faire prendre dans cet habit-là. Enfin, si tu n'en as pas pour longtemps...

— J'en ai pour longtemps ! répliqua rudement le prince en jetant sa tête en arrière avec une expression de hauteur et de commandement. Je vous ai averti deux fois déjà de rompre des habitudes qui me déplaisent. Vous avez cru devoir persister ; vous ferez six semaines d'arrêts forcés.

— Tu trouves cela juste, toi, Lanze ? » dit le jeune prince en se tournant vers le docteur.

Celui-ci attacha ses yeux sur le tapis et suivit les contours des fleurons avec le bout de sa canne.

« Qu'est-ce que c'est qu'une conduite comme la vôtre ? reprit Son Altesse Royale. Vous faites venir de Vienne une voiture d'un luxe absurde... je dis absurde ! car vous n'avez pas le sou ! C'est à peine si, en mettant tout bout à bout, vous vous trouvez quinze mille livres de rentes ! Je vous donne, comme aide de camp général, vingt mille francs sur ma cassette, mais ça ne fait jamais que trente-cinq mille francs, et je peux cesser demain. Que signifient donc ces inepties ? Une voiture ! Mais il y a un mois, vous en receviez deux de Berlin ! il y a trois semaines, une de Paris ! Croyez-vous que je ne m'aperçoive pas que vous éparpillez vos dettes pour les faire plus grosses ? Et ce mémoire de tailleur qu'on envoie de Londres ? Et qu'est-ce que cette note de fabricant de nécessaires ? Et ce bijoutier qui vous vend une quinzaine de bracelets, puis je ne sais combien de médaillons ? Vous portez des médaillons et des bracelets, vous ? Pourquoi tout ce commerce ? »

Monseigneur avait tour à tour saisi sur sa table les mémoires accusateurs, et, à mesure, il les présentait au prince Maurice, qui, ne semblant éprouver aucun genre de plaisir à cet aspect, baissait la tête d'un air contrit. Comme il ne faisait aucune observation et ne soufflait mot, Monseigneur détacha de lui son regard sévère et inquisitif et, rejetant les mémoires de créanciers sur son bureau, se mit à marcher dans le cabinet en continuant son discours :

« Je pourrais admettre les dettes, mais je n'admets pas la sottise qui les a causées. Je ne prends pas mon parti de voir mon frère, de voir un homme de mon sang, un prince ! qui mange ce qu'il a et ce qu'il n'a pas, et qui, un beau jour, aura recours aux usuriers, ou fera des indélicatesses pour le beau dessein de se harnacher de chiffons et de se produire à la vue du public en équipage de garçon tailleur ! Vous vous êtes peint tout entier dans le premier mot que vous avez prononcé en entrant : vous alliez faire faire votre photographie dans un nouveau costume ! Et c'est là l'emploi de vos journées !

— Il faut bien que je me distraie, ce pays-ci est ennuyeux et tu ne veux pas que je voyage.

— Voulez-vous voyager pour quelque sujet utile ? Je vous fais partir demain !

— Je ne suis pas un manœuvre.

— Non, mais vous êtes... Tenez ! je m'emporte et j'ai tort. Un seul mot ! Je vous défends de revoir de votre vie la femme avec laquelle vous avez soupé hier au Café suisse après avoir ricané au théâtre.

— Je savais bien que je verrais arriver cette histoire ! Je t'en fais juge, Lanze : Miss Turtle et moi, nous sommes allés au spectacle, nous avons soupé, nous n'avons pas fait le moindre bruit, ni rien dit à personne ; nous sommes rentrés. Si on nous a vus, ce n'est pas notre faute, mais je défie qu'on puisse nous accuser de nous être fait remarquer ! »

Jean-Théodore donna un coup de poing violent sur son bureau et fit sauter ce qui était dessus.

« Tenez ! je ne sais qu'admirer le plus ou de votre bassesse ou de votre ineptie ! Il n'y a rien à espérer de vous. Vous êtes aux arrêts, rendez-vous-y ! »

Le prince Maurice s'excita un peu, et avec une sorte d'animation qui le rendit tout rouge :

« C'est de la tyrannie ! s'écria-t-il ; tu n'as pas à te plaindre de moi ! Je ne me conduis pas comme Ernest. Si je vais voir Isabella Turtle, c'est absolument comme toi-même tu vas voir la comtesse Tonska. Ce que tu fais, je peux bien le faire ! »

Le docteur Lanze se leva précipitamment et n'eut juste que le temps de se mettre entre les deux frères. Jean-Théodore, pâle comme un mort, était saisi d'un de ces accès de fureur assez fréquents chez les meilleurs princes de sa famille, et dont on disait que, dans cet état, un Wœrbeck était capable de tout. Il semblait, en effet, sur le point de se livrer aux dernières violences contre le maladroit enfant qui venait, sans le savoir, sans le vouloir, sans y prétendre le moins du monde, d'enfoncer le doigt à l'endroit le plus sensible de sa plaie[1].

Le docteur lui dit à demi-voix et les mains jointes :

« Regardez-le bien, Monseigneur ! Un tel avorton ! »

À cette parole, Jean-Théodore s'arrêta et montra la porte au prince Maurice qui s'en alla tout contrit, sans se rendre compte aucunement de la tempête qu'il venait d'exciter, ni même chercher, il faut lui rendre cette justice, à en pénétrer la cause.

Il rentra au palais de la résidence, prit les arrêts comme un bon enfant qu'il était, écrivit à Mlle Isabella Turtle une lettre de rupture et sonnant son valet de chambre, se mit à étudier avec cet homme de confiance le problème suivant :

« Quels vêtements est-il convenable de porter quand on est aux arrêts ? »

Après avoir retourné cette question sous toutes ses faces et sur l'insinuation discrète de son conseiller, il ne résista pas à la tentation d'écrire un véritable mémoire, long et raisonné, à son tailleur, afin de lui indiquer des coupes et un choix de couleurs des plus propres à faire reconnaître au premier abord que l'infortuné qui en était recouvert ne pouvait se trouver que dans la position déplorable qui était la sienne.

Quand le prince se vit de nouveau seul avec son confident, il ne revint pas sur ce qui venait de se passer, mais prenant le ton le plus affairé, il lui parla du Conseiller de commerce Martélius et chargea Lanze de se rendre immédiatement chez l'indispensable personnage ; puis, ces mesures prises, il alla se mettre au bain, dans l'intention de monter ensuite à cheval pour visiter une nouvelle caserne.

Dix heures sonnaient précisément quand le professeur rentra chez lui, n'ayant eu aucune peine à faire accepter le ministère au grand Martélius et à le décider à courir chez le souverain. Ce service éminent une fois rendu à la chose publique, le négociateur demanda sa robe de chambre, que Mme la docteur Lanze s'empressa de lui apporter et dont elle lui aida à passer les manches. Cela fait, il décrocha une de ses pipes, celle qui servait le mercredi (on était, en effet, à ce jour-là), il la bourra, l'alluma, ouvrit le troisième volume d'un nouvel ouvrage sur les maladies nerveuses à la page 549, et s'engloutit à un nombre incalculable de pieds de profondeur au sein d'une lecture méditative.

Pendant ce temps, sa fille Liliane ayant achevé de ranger les tasses et les soucoupes et de peser le sucre à la cuisinière, avait ôté son tablier de ménagère, l'avait plié et serré dans sa chambre, avait mis son chapeau et ses gants, pris son ombrelle et un petit châle sur son bras, et se dirigeait vers la porte, quand sa mère qui avait ressaisi ses lunettes et son tricot et jetait de temps en temps un regard vers le double miroir placé en face d'elle en dehors de la fenêtre, ce qui lui montrait, sans qu'elle se dérangeât, le spectacle des deux bouts de la rue, quand sa mère lui dit avec une douceur indifférente :

« Reviendras-tu dîner, Liliane ?

— En vérité, je n'en sais rien. Cela dépendra des endroits où j'irai et il se peut que j'accepte une invitation. »

Là-dessus sa mère n'ajoutant quoi que ce soit et n'en pensant pas davantage, Mlle Liliane Lanze sortit de sa cage et s'envola.

C'était un des plus jolis petits oiseaux que l'on pût voir que Mlle Lanze. Elle avait dix-sept ans et était mince, fine, légère comme une fée ; ses beaux yeux bruns candides et curieux, sa bouche sérieuse, ses cheveux châtains ondulés et crépelés, tout en elle était délicat, mignon et respirait la grâce. Elle remontait la rue Frédéric en admirant l'épanouissement de la végétation. La rue Frédéric, à Burbach[1], possède beaucoup de fort jolies maisons dont la plupart ont leurs façades à doubles fenêtres peintes en rose ou en bleu clair ; d'ailleurs, on y admire au coin, placé en face du chemin de fer, l'hôtel de Bellevue, connu si avantageusement dans toute l'Europe comme un véritable palais, et, à côté, le Petit Parc, admirable succession de pelouses semées de bouquets de hêtres et de bouleaux, dont les feuilles minces et frêles produisent le plus ravissant effet au-dessus des massifs de fleurs.

Le temps était chaud ; on ne voyait pas un nuage au ciel. Les pinsons témoignaient leur joie dans les arbres ; sur la terre, couraient les petites filles de magasin portant leurs paquets, marchaient gravement les employés en route pour leurs ministères, passaient avec dignité des dames que Liliane saluait, sans s'arrêter, d'un petit signe de tête très gracieux et déférent, enfin circulaient, sans se presser et comme gens chargés d'examiner l'humanité sous ses différentes manifestations, messieurs les lieutenants de la garde, en petite tenue, tirés à quatre épingles.

À l'aspect de ces groupes belliqueux, Mlle Lanze se revêtit et s'arma de toute sa gravité. Il se trouvait que c'était une bonne, petite, gentille gravité qui la rendait plus adorable, de sorte que messieurs les lieutenants étaient transpercés à travers leurs plastrons et ne savaient quelle contenance tenir. Les uns devenaient rouges, les autres pâlissaient légèrement, quelques-uns prenaient un air victorieux ; mais ceux-là n'étaient pas les meilleurs sujets de l'arme. Il y en eut, et plus d'un, qui se jurèrent de passer la nuit à faire des vers, et deux seulement tinrent parole, parce que les autres ne purent jamais trouver que le premier hémistiche : « Ô Liliane ! »

Parmi ces admirateurs exaltés, Mlle Lanze ne voulut en distinguer qu'un seul, et son choix tomba sur le lieutenant de Schorn. Elle répondit à son profond salut par une inclinaison de tête à peine marquée, mais accompagnée d'un regard chargé de quelque chose de solennel. Il parut, du reste, le comprendre ainsi, car il prit immédiatement, pour sa part, un air pénétré, et, quand la jeune merveille eut tourné l'angle de la rue du Commerce, il s'arrêta, regarda sa montre, prit son portefeuille et écrivit : « 26 juin 185... 11 heures 40 minutes du matin[1] ! ma vie a désormais sa raison d'être ! »

Qu'elle l'eût ou non, il n'en est pas moins vrai qu'arrivée en face du palais, Mlle Lanze traversa la rue, passa la grille au-dessus de laquelle se voyait, au milieu d'un entrelacement de feuillages en fer doré, l'écusson des armoiries souveraines, et se dirigea vers l'entrée de gauche. Un chasseur et deux valets de pied se levèrent, saluèrent profondément, et le chasseur, précédant Liliane d'un pas noble et digne, monta un escalier, passa une antichambre, traversa un salon, et, ouvrant la porte d'un boudoir, annonça : « Mademoiselle Lanze ! »

Aussitôt une grande jeune fille, habillée de noir, qui lisait dans un livre noir, se leva avec vivacité, et, se jetant au cou de Liliane, s'écria :

« Sois mille fois la bienvenue ! »

Cette grande jeune fille était Son Altesse la princesse Amélie-Auguste, fille unique de Jean-Théodore.

Elle était jolie, avait dix-neuf ans, s'habillait aussi mal qu'elle pouvait, toujours en noir, en couleur capucine ou en lilas foncé, et, quand son père n'était pas présent, mettait des lunettes bleues. Elle se faisait gloire d'appartenir, et il est désolant d'avoir à convenir que Liliane, la ravissante Liliane, appartenait également à une secte protestante assez particulière.

Cette secte avait été importée à Burbach par un faquin appelé Schmidt. Dans certains pays, on appelle ceux qui en font partie « les Chrétiens gais », parce que, à propos de tout et de rien, ils se mettent à crier comme des échaudés sous prétexte de chanter des psaumes. Ils assurent que le cœur seul et l'amour de Dieu sont nécessaires pour le salut. La science n'est bonne qu'à développer l'orgueil, et, en conséquence de cette maxime, la police avait un jour surpris, au dire des méchantes langues, le sieur Schmidt au milieu d'une bande de ses partisans, tous se tenant par la main, dansant, gambadant et chantant autour d'un amas de livres d'école auxquels ils avaient mis le feu.

Naturellement, les Chrétiens gais se récriaient et traitaient cette allégation de fable. Ce qui est incontestable, c'est que Schmidt avait de l'éloquence[1] et de l'onction. Il était maigre comme un clou, noir comme une taupe, avec de grands yeux égarés ; mais, on ne sait comment, il plaisait aux femmes, et surtout aux jeunes filles. Ses adhérents, et surtout ses adhérentes, le comparaient aux vénérables personnages de la primitive Église ; les plus zélées, parmi ces dernières, n'y allaient pas de main morte et l'égalaient à saint Jean l'Évangéliste, à qui, suivant elles, il ressemblait trait pour trait. Il est lamentable d'avoir à convenir que la princesse Amélie-Auguste et Liliane étaient parfaitement de cet avis. Comme de l'exaltation des uns et des unes et de l'incrédulité des autres il ne laissait pas que de résulter un certain trouble dans les familles, la police avait mis plusieurs fois en délibération de prier poliment saint Jean d'avoir à s'en retourner à Pathmos ou dans tout autre séjour de son choix, hors des limites de la principauté ; mais le souverain, dont l'esprit était aussi modéré que le cœur était véhément, ordonnait encore d'attendre.

Néanmoins, il avait sévèrement défendu, la veille au soir, à la jeune princesse d'assister aux sermons de

Schmidt, et plus sévèrement de le laisser paraître au palais. C'était pour pleurer sur cette tyrannie, que Son Altesse avait écrit le matin à Liliane de venir la voir ; elle voulait consulter avec elle sur les moyens à employer pour obéir plutôt à Dieu qu'aux hommes.

Les deux jeunes néophytes eurent à cet égard une bien longue conversation, et, malheureusement, ne purent imaginer aucune ressource. Leurs deux petites têtes, en révolte théorique aussi flagrante que possible, ne leur fournirent absolument rien pour sortir de peine ; car le prince leur faisait, à l'une et à l'autre, une peur horrible, et, d'autant plus, surcroît de peine intolérable, qu'il avait exigé de la pauvre princesse Amélie-Auguste d'avoir à s'habiller à l'avenir d'une tout autre manière que sainte Paule ou sainte Monique.

Quand Son Altesse et sa confidente eurent beaucoup pleuré et déclamé contre l'injustice et l'aveuglement des esprits engagés dans les voies du siècle, elles résolurent de dîner ensemble, et se donnèrent le plaisir d'un repas tout à fait conforme aux saines doctrines, en ce qu'il n'y parut rien qui ait eu vie. Elles firent entrer modestement dans leurs petites bouches une quantité étonnante de gâteaux au beurre et de confitures avec des flots de thé et de lait. Et, toujours dissertant sur les habitudes bien connues des vrais chrétiens, lesquels vivaient, comme on sait, au fond des déserts, seul séjour possible pour une âme pieuse, elles avaient enfin l'ineffable bonheur de se sentir dans un tel état de sainteté, qu'elles en pleuraient d'attendrissement l'une sur l'autre, quand la princesse régnante entra chez sa fille et trouva les deux amies en larmes et s'embrassant à cœur joie. Son apparition fit l'effet d'un verre d'eau glacée jeté sur la tête des jeunes enthousiastes.

Son Altesse Royale, la princesse régnante de Wœrbeck-Burbach, née duchesse de Comorn, ressemblait à une incarnation de l'Almanach de Gotha. Ce n'était pas parce qu'elle savait par cœur ce livre excellent, ce n'était pas qu'elle fût trop vaine de son origine, que, naturellement, elle mettait au-dessus de toute comparaison, c'était parce qu'elle ne connaissait que les rangs et n'apercevait dans les gens que leurs alliances. Elle se montrait assez bienveillante pour Liliane et pour toute sa famille, les considérant comme des meubles du palais ; seulement, il ne lui venait pas à l'esprit que ces meubles, parlant et se mouvant, fussent, pour ces causes, plus précieux ou à considérer autrement que les autres meubles. Le degré d'intérêt qu'elle portait aux mortels se mesurait sur leur situation à la Cour, et son histoire naturelle se classifiait ainsi : les empereurs et les rois représentaient les grands mammifères ; les gentilshommes s'associaient aux quadrupèdes de moindre taille ; ce qui était fonctionnaire non noble dans l'État s'assimilait naturellement aux oiseaux et aux poissons, et tout le reste était insecte. La chère princesse ne voulait d'ailleurs aucun mal à pas une des créatures de Dieu ; elle ne leur voulait pas de bien non plus ; néanmoins, il ne lui tombait aucunement dans l'esprit d'incriminer un négociant sous prétexte que c'était une fourmi, ni un artiste, parce qu'il était l'équivalent d'un hanneton. Ce n'était pas elle qui avait arrangé les choses ainsi ; elle se bornait à adorer les ordonnances de la Providence divine et à en admirer les œuvres. Du reste, elle ne réfléchissait à quoi que ce soit et se laissait aller, une bonne partie du jour, à sa passion pour la tapisserie et la broderie au crochet. Elle ne détestait pas l'Opéra ni les grandes réceptions, attendu que beaucoup de lumières, des appartements ou un théâtre dorés lui paraissaient les milieux les plus naturels pour le développement de la vie de ses grands mammifères et de ses quadrupèdes ; seulement, aux pièces jouées devant elle, jamais elle n'avait soupçonné qu'il pût être utile de chercher un sens, et, quant aux personnes présentées, quand elle leur avait demandé des nouvelles de leur santé ou fait quelque observation sur l'état de la température, et accordé enfin les marques d'attention légitimement dues à leur rang sur l'échelle des êtres, elle tombait dans un mutisme souriant qui lui paraissait une juste récompense de la manière consciencieuse dont elle s'acquittait de ses devoirs. C'était une âme parfaitement d'accord avec elle-même, une âme exactement équilibrée ; c'était une femme heureuse.

Elle n'avait jamais éprouvé pour son mari un autre sentiment que celui d'une véritable répulsion. Jean-Théodore l'inquiétait ; elle ne comprenait pas un mot à sa façon de penser et d'agir. Elle n'entrait par aucun endroit dans ses idées. Elle aimait la paix, ou plutôt la torpeur, et elle éprouva un soulagement sensible quand elle vit ce turbulent personnage se détacher d'elle et aller porter ses flammes ailleurs. Elle ne souffrit aucunement de ses infidélités ; bien au contraire, car elle eut une révélation que beaucoup de gens la plaignaient, et, certainement, unir aux bénéfices de l'insensibilité ceux de la sympathie qu'on vous porte pour un malheur qui ne vous cause aucune souffrance, il n'y a rien de plus complètement agréable.

Elle n'aimait pas sa fille, elle ne la détestait pas non plus ; en somme, elle soupçonnait chez la jeune princesse des affinités choquantes avec Jean-Théodore. De toute la famille, celui qui lui agréait davantage et la dérangeait le moins, c'était le prince Maurice, parce qu'il arrivait quelquefois à celui-ci de passer une heure ou deux avec elle à dévider de la laine.

Son Altesse Royale enfin, pour achever un portrait qui ne saurait être fait avec trop de soin, en raison du respect dû à l'auguste modèle, possédait un moyen unique, mais bien puissant et bien précieux, de communiquer avec l'univers pensant ; elle était extrêmement cancanière.

En entrant chez sa fille, elle daigna répondre à la profonde révérence de Liliane, en embrassant sur le front la fille du docteur.

« Bonjour, ma petite, dit-elle avec un sourire éteint ; on m'a dit que tu étais chez Auguste et je suis venue précisément pour te parler. »

Liliane prit l'attitude de l'obéissance passive.

« Mon Dieu ! ce n'est pas que je m'intéresse le moins du monde à ce que je vais te demander. Cependant on n'est pas fâché de savoir ce qui se passe. »

Sur ces assurances de détachement, la princesse commença un interrogatoire, tout en continuant à faire mouvoir son crochet.

CHAPITRE III

« Pourrais-tu me dire s'il est vrai que ton frère soit allé à Londres acheter des chevaux pour le prince ?

— Non, Altesse Royale, Monseigneur l'a envoyé à Florence. Je pense qu'il s'agit d'y faire des études pour la salle nouvelle du musée.

— Je te dirai, petite, que c'est la comtesse Dalburg qui est venue me faire ce ragot. J'étais sûre qu'il ne pouvait y avoir un mot de vrai là-dedans, car ton frère ne doit pas s'entendre en chevaux. Je l'ai dit à la comtesse et lui ai soutenu qu'elle se trompait. Je vois avec plaisir qu'il en est tout à fait ainsi. Mais, dis-moi, que signifie ce départ subit de Mme Tonska au milieu de la nuit? On prétend que son postillon a failli écraser une sentinelle dans l'obscurité, et cela ne m'étonnerait pas. Est-il vrai que la comtesse ait été mandée en toute hâte à Saint-Pétersbourg, afin d'y devenir gouvernante d'une des jeunes Grandes-Duchesses? Je croirais plutôt qu'elle s'est mise en route pour l'Italie, à la suite de ton frère; car, entre nous, les gens bien renseignés assurent qu'il ne lui déplaît pas.»

La fierté de Liliane fut blessée. Cette petite âme sentit qu'il lui était fait là des confidences assez mal placées. La princesse Amélie-Auguste, elle, devint toute rouge, et une étincelle qui ressemblait au feu de la colère s'alluma dans ses yeux. Mais elle se mordit la lèvre avec force et ne dit rien. Mlle Lanze, après un instant de silence, répondit à Son Altesse Royale d'un ton respectueux, mais assez sec :

«Altesse, je ne crois pas ces choses-là; dans tous les cas, personne ne m'a dit rien de semblable.

— À ton aise, mon enfant, repartit la souveraine; si tu ne veux pas parler, je ne te forcerai pas; je t'avertis seulement que c'est le bruit de la ville, et on ne s'entretient d'autre chose.

— Il est tard, répliqua Liliane, avec un redoublement de raideur, et je dois rentrer à la maison. Je demanderai à Votre Altesse Royale la permission de me retirer.

— Fais ce qui te plaît, chère petite, et ne manque pas de transmettre mes amitiés à Mme la docteur Lanze. Je sais qu'elle a fait choix d'une nouvelle cuisinière qui sort de chez la comtesse Dalburg. Puisse-t-elle en être plus satisfaite que celle-ci ne l'a été!»

Liliane avait mis son chapeau, pris son châle et son ombrelle. Elle baisa la main de la princesse, Amélie-Auguste la serra vivement sur son cœur, et elle sortit.

Elle était révoltée, et considérait son frère comme une victime de la plus odieuse calomnie. Elle regretta amèrement, à cette heure, que des principes religieux pareils aux siens ne fussent pas présents au cœur de Conrad, pour le soutenir dans ce qu'elle considérait comme une terrible épreuve. Elle s'imaginait, en effet, que la ville entière était occupée, comme la princesse le lui avait fait entendre, à raisonner sur l'aventure du jeune sculpteur et de la comtesse polonaise, et elle voyait d'avance le pauvre jeune homme blâmé par chacun et en butte à la disgrâce du prince. En traversant la rue du Château, elle aperçut de loin, dans le grand café, sous les arbres et au milieu des jardins, le professeur Lanze, qui buvait de la bière et parlait science avec plusieurs de ses graves amis. Elle reconnut également le prince, accompagné d'un aide de camp et portant, comme à l'ordinaire, l'uniforme de petite tenue de son régiment de hussards; il venait de s'asseoir à une table pour prendre du café. Elle distingua encore beaucoup de jeunes gens de sa connaissance et répondit à leurs saluts avec sa sévérité accoutumée, puis elle rencontra quelques-unes de ses amies avec qui elle fit un bout de promenade, et dont elle attendait des allusions, plus ou moins couvertes, aux tristes propos dont elle était si préoccupée. Mais aucune de ces demoiselles ne lui en souffla mot, ce qui la consola un peu, et elle pensa, alors, que la princesse régnante avait sans doute exagéré, phénomène assez ordinaire dans les habitudes de l'auguste dame.

Enfin, Liliane rentra au logis. Elle aida sa mère à préparer le souper et à le servir. Ce n'était pas difficile, Mme la docteur Lanze considérant comme un dogme sacré le principe de n'allumer du feu à la cuisine que pour le dîner, le repas du soir se composait invariablement de choses froides. En allant et venant,

Liliane se résolut à ne rien dire à sa mère des propos de la princesse, moitié pour ne pas l'affliger, moitié, surtout, parce qu'elle aurait eu grand-peine à prendre sur elle-même de parler de semblables choses.

Bientôt le professeur rentra. On soupa dans un demi-silence. Le vieux Lanze prit sa pipe, se versa un grand verre de vin de Moselle, se fit jouer par sa fille quelques morceaux de musique favoris, lut avec onction une ou deux pièces de poésie de Lenau, déclara que c'était admirable et le produit d'une âme profondément humaine, et, à dix heures, donna le signal de la retraite. Liliane se retira dans sa chambre.

Là, une fois seule et tout à fait maîtresse d'elle-même, ayant eu soin de pousser le verrou, Mlle Lanze, au lieu de se coucher, s'assit devant son bureau, chargé de photographies et de fleurs, de souvenirs de toutes les formes et de petits volumes artistement dorés; elle ouvrit un tiroir au moyen d'une clef mignonne suspendue à la chaîne de sa montre, et mit au jour un assez fort cahier attaché avec des rubans feuille morte. C'était son journal.

Il suffira de reproduire ici les premières lignes de ce qu'elle écrivit dans cette soirée. Mlle Lanze s'exprimait ainsi :

« Ô mon âme ! ton élan vers le ciel est arrêté ! L'impiété se déchaîne autour de toi, et, comble d'horreur ! le démon, par ses artifices, enrôle au nombre des plus cruels persécuteurs le meilleur des souverains ! ! Ce n'est pas tout ! ! ! Une destinée implacable, acharnée contre toi, te montre ton frère adoré sur le penchant d'un abîme ; mais, que dis-je ? à cette heure, il a peut-être roulé jusqu'au fond, et, alors, il est perdu à jamais ! ! ! ! Pourquoi tant de maux ? N'était-ce pas assez déjà de mes chagrins ? Je suis bien jeune, hélas ! et, pourtant, j'ai dans le cœur une conviction profonde : le bonheur n'a pas été fait pour moi ! ! ! ! ! ![1] »

Cette triste conclusion était malheureusement probable. Mlle Lanze ne s'était jetée dans la religion la plus exaltée que parce que ses vœux les plus chers lui paraissaient impossibles à réaliser. Elle avait dix-sept ans, comme il a été dit plus haut, et son expérience lui démontrait que les hommes de ce siècle n'étaient pas dignes d'absorber des sentiments qu'elle voulait donner sans partage, mais en retour desquels elle prétendait, avec justice, recevoir le dévouement sans bornes de la nature humaine la plus sublime. Elle s'était assurée, par un examen réfléchi, que cette nature, faut-il l'avouer ? n'existait pas ; car le lieutenant de Schorn, lui-même ! elle en avait été témoin ! avait causé et ri avec un de ses camarades, un jour, au théâtre, pendant la plus belle scène de la *Marie Stuart* de Schiller, et au moment où, les yeux pleins de larmes, elle s'était tournée vers lui et l'avait regardé, afin de trouver une émotion amie qui répondît à la sienne, le lieutenant de Schorn ne s'était-il pas penché vers elle et ne lui avait-il pas dit, avec l'accent de la jovialité la plus vulgaire : « Regardez donc, mademoiselle, le nez de ce monsieur dans la loge d'en face ! » — Non ! c'en est fait ! les hommes n'ont pas de cœur !

Sans qu'elle s'en rendît aucunement compte, Mlle Liliane avait un idéal de héros irréprochables qui ressemblaient assez aux chevaliers en sucre candi exposés dans la boutique du confiseur de la Cour. Probablement, l'habitude de voir ces chefs-d'œuvre de l'art, chaque fois qu'avec son père, ou quelqu'une de ses amies, elle allait prendre du chocolat chez le Suisse, avait influé graduellement sur son imagination. Il est certain que les admirables tournures de ces statuettes, leurs cheveux en caramel, leurs visages en pâte de dragées, leur attitude fière, qui ne diminuait en rien ce qu'il y avait de délicieusement sucré et de foncièrement parfumé dans leur personne, ne laissaient pas que d'exprimer, pour une intelligence élevée et une âme d'élite, une quantité de perfections supérieures et tellement au-dessus des convenances de l'humanité, qu'on ne saurait s'étonner si elles ne sortent pas plus souvent du moule à confitures pour s'incarner dans la forme d'un homme véritable. Il paraît qu'autrefois il y a eu réellement de pareils êtres ; M. de Florian a constaté leur existence sous le règne heureux de Numa Pompilius[1], et même, à une époque assez rapprochée de nous, au temps de Gonzalve de Cordoue ; malheureusement, Niebuhr et Prescott[2] ne se sont pas mis d'accord avec lui dans ces questions si intéressantes, et il y aura toujours un doute flottant sur la ressemblance des portraits tracés par l'ancien page du duc de Penthièvre. En somme, et c'est à ce point surtout qu'il faut s'attacher, si Mlle Liliane eût personnellement connu Némorin, elle avait des raisons de croire que son âme s'en fût mieux trouvée. Désormais, elle était condamnée à la solitude pour sa vie entière. Elle allait même plus loin ; il ne lui eût pas été désagréable que Némorin se fût appelé, dans le siècle, le lieutenant de Schorn ; mais il n'y fallait plus songer, et Liliane était incapable de fléchir sur une question de principes. Voilà pourquoi elle écrivit son journal jusqu'à une heure du matin.

À ce moment, et comme elle entendait au loin la crécelle du guetteur de nuit crier au sommet de la cathédrale, elle se résigna à chercher le repos. Elle défit ses cheveux, les arrangea, les tordit, les enferma dans leur filet blanc. Elle se coucha, tira le drap jusqu'à son menton et mit sa main gauche sous sa joue. Une petite larme (pauvre petite !) glissa entre ses cils pressés l'un contre l'autre. Elle s'endormit ; c'est pourtant vrai ! Elle s'endormit profondément, et, en voyant comment allaient les choses, son ange gardien descendit du ciel, la regarda quelque temps avec un sourire, tira un peu plus les rideaux sur elle, se pencha, l'embrassa au front et s'envola chez lui, n'ayant rien à faire.

Maintenant que l'on sait comment tout se passe à Burbach, jetons un regard rapide sur ce que Wilfrid Nore et Laudon deviennent à Milan ; ce n'est pas là que nous allons nous arrêter, car les deux amis ne font absolument rien qui vaille la peine d'être rapporté. Ils visitent les musées, vont au théâtre, passent leurs soirées au café, discutent sur l'Italie, remplissent tous les devoirs de leur métier de voyageurs désœuvrés, et prennent un goût de plus en plus vif l'un pour l'autre.

Laudon devinait, malgré qu'il en eût, une nature efficace s'agiter dans ce personnage si différent de lui. Il le sentait, à chaque instant, résistant à la main[1] et d'un autre tempérament que le sien ; mais, en même temps, il avait de plus en plus l'impression de sa solidité. Quand Nore exprimait une idée, rarement Louis en apercevait la source et en voyait la portée ; généralement, cette idée lui paraissait plus étrange que juste ; car ce qu'il appelait justesse devait nécessairement être court, commencer dans le connu et finir dans le banal. Cette stérilité, que les Français décorent du nom de précision, indignait Wilfrid, mais ne le rendait pas aveugle pour le fond de loyauté et de droiture qu'une triste éducation et une fausse pratique de la vie n'avaient pas entamé chez son compagnon de route. De plus, il aimait sa gaieté et faisait cas de son esprit. De sorte que l'un réagissait sur l'autre, et Laudon était celui des deux qui y gagnait davantage. Laissons-les dans cette situation et reportons-nous au temps où, quelques années en arrière, Wilfrid Nore, partant de Bagdad, y avait quitté Harriet, bien résolue à rompre avec lui et si noblement perfide au milieu des tendresses de leurs derniers adieux. Quand elle s'était trouvée seule, la douleur de perdre Nore avait occupé la fille de Coxe et absorbé les premiers instants, les premiers jours, les premières semaines. Elle avait, toute sa vie, été forte et résolue, la pauvre Harriet ; cependant elle ne pouvait s'empêcher de penser à toute minute : « C'était l'heure où il venait ; hier, il était là ; il y a un mois, à ce moment-ci, il m'a dit telle chose... Il s'asseyait là... »

Un matin, en dérangeant un meuble, elle trouva un gant de lui. C'en fut trop ; elle saisit la relique, la pressa des deux mains contre ses lèvres et fondit en larmes. Cependant, sa lettre, que l'on a pu lire dans la première partie de ce récit, avait été écrite et était partie. La résolution dont elle était le gage, cette résolution de rompre avec Nore et de ne pas toucher à la liberté, à l'avenir de ce jeune homme, était venue à Harriet un soir qu'heureux près d'elle, il lui avait parlé, avec un enthousiasme excessif, de l'honneur de servir ses concitoyens. Il s'était abandonné à rêver tout haut devant elle. Il l'avait frappée par l'exaltation de son jeune courage, par la noblesse et l'élévation de ses désirs, et, tandis qu'il parlait et qu'elle l'écoutait, avec une tendresse dont il n'eût pu jamais, lui-même, entrevoir la grandeur, elle se disait :

« Et je voudrais m'attacher à lui comme une pierre fatale destinée à assurer la mort de ses espérances ? Cet être si beau, si vaillant, si plein de feu, de joie, de force, d'espérance, je le contraindrais à traîner péniblement au travers de ses triomphes une femme vieillie, qui n'a jamais eu de beauté, qui n'a pas vécu dans le monde et qu'on y trouverait déplacée, non sans raison ? Je l'aimerais comme je l'aime et je le verrais rougir de moi !... Non ! non ! jamais ! Il ne faut pas que cet enfant m'accuse, et, le premier moment d'illusion passé, me reconnaissant intéressée et coupable, ait le droit de me maudire ! »

Alors, elle voulut rompre ; alors, elle voulut se dévouer à son amant ; elle trouva un plaisir immense, bien que triste, à le voir s'enivrer de son amour pour elle ; elle s'offrit, pour ainsi dire en holocauste, dans ce qu'elle avait de meilleur[1], son âme, son esprit, sa raison, sa bonté, la sagesse que la souffrance et de longs chagrins lui avaient assurée, à cet adolescent qui entrait dans la vie couronné de toutes les fleurs, de tous les bourgeons de l'Espérance, et elle eût regardé comme un crime de le détromper, alors qu'il n'était pas encore utile de lui enlever la première de ses félicités.

Elle, pourtant, n'était pas tout à fait aussi ferme qu'elle le voulait bien croire. Le répit qu'elle accordait à Wilfrid, elle en jouissait ; oh ! comme elle savourait cette fraîcheur d'affection, cet emportement de tendresse si vraie, si sincère, si neuve, coulant comme les ruisseaux de lait d'une idylle au fond d'une âme dont rien encore n'avait troublé la limpidité ! Ce n'était pas seulement pour Wilfrid qu'elle ne se hâtait pas de mettre à exécution son acte héroïque ; c'était assurément pour elle-même. Elle était si bien aimée ! Elle était si complètement chérie ! Elle le sentait, elle le comprenait, elle le dévorait si avidement, cet amour-là ! Hélas ! comme il venait tard ! mais c'était, pauvre fille, c'était pourtant la première fleur de sa vie !

Le moment arrivé, Nore parti pour l'Europe, il fallut se résoudre. Elle avait éloigné de jour en jour l'absorption du calice. Il fallait le boire. Au moment d'écrire sa première lettre, ainsi qu'elle l'avait promis, elle devait choisir : continuer ou briser. Elle brisa. Elle brisa l'amour, mais s'attacha à l'affection ; elle se dit :

« Comme je lui cause des souffrances ! S'il éprouve seulement la millième partie de mon angoisse, qu'il doit me trouver cruelle, et à quel point je le suis ! Il est sauvé de moi sans doute, mais sur quel dur rocher je le jette ! mon Wilfrid ! mon unique bien ! »

Elle tomba dans une douleur si poignante, après avoir tranché le seul fil d'or qui eût jamais brillé dans la trame de ses jours, que, malade, épuisée, l'esprit troublé, elle perdit, pendant quelques semaines, la possession d'elle-même, et pour ainsi dire transformée, devint comme une autre Harriet, très différente de la véritable.

Elle revenait avec acharnement sur son bonheur anéanti. À ce bonheur qui, en définitive, n'avait jamais pris de réalité, elle disait : « Viens ! reviens ! » Elle retournait vers le rêve et lui tendait les bras avec désespoir. Dans la nuit, dans les ténèbres, dans le silence, elle s'écriait en elle-même :

« Non ! non ! non ! je veux être heureuse ! Pourquoi, moi seule, dans la nature entière, dans cette vaste, effroyable nature, pourquoi donc moi seule ne serais-je pas aimée ? Mais je le suis, je le suis, ombres vaines, fantômes misérables d'idées fausses et folles qui vous glissez entre lui et moi ! Je le suis ! Il m'aime ! Laissez-moi donc lui crier que je meurs dans ma passion pour lui ! Que vous importe que j'expire dans ses bras, sur son cœur, ou sur les plis trempés de larmes d'une couche abandonnée, puisque je veux bien mourir ? Pourquoi donc serais-je contrainte à repousser celui qui se donne à moi ? L'ai-je pris à quelqu'un ? L'ai-je détourné d'une autre route ? Il est venu, il m'a suppliée, il m'a pressée, il me veut, et j'ai dit non !

« Insensée ! J'ai dit non ! J'ai déchiré le cœur qui

m'aimait et le mien, et si j'avais demandé à Wilfrid, avant de le frapper : "Dis-moi ! Écoute-moi ! Réponds-moi ! Parle-moi dans toute la sincérité de ton âme ; veux-tu que je t'aime ? Mais nous mourrons de suite, car je ne veux pas de l'abandon !" Oui, Wilfrid se fût écrié, comme je le fais moi-même : "Eh bien, aime-moi et mourons !" »

La timide, la pure, la chaste Harriet était comme frappée de folie, et de cette folie sacrée que la déesse de Chypre faisait descendre en flammes vengeresses dans le sein des filles de Minos. Cette innocente et douce créature pensait ce qu'elle n'aurait jamais osé entendre et ce qu'elle n'aurait jamais su exprimer. Malade, réellement malade, elle avait peine à se lever, peine à se soutenir, plus de peine encore à se prêter au contact des réalités et à remplir les devoirs journaliers que le soin de son père et les devoirs domestiques lui imposaient ; cependant le premier ne se trouva jamais négligé, et les autres furent accomplis comme il était de coutume, de la manière voulue, à l'heure habituelle.

Pas un mot, pas un monosyllabe, pas une plainte, pas un geste ne trahirent à aucun moment la torture de la martyre. Elle ne perdit rien de sa dignité ; les tumultes de son âme ne purent soulever d'une ligne, dans leurs plus extrêmes violences, le poids de sa sagesse, et ainsi elle n'était pas une fille de Minos et elle ne ressemblait en aucune façon aux femmes turbulentes, violentes, expansives, qui, dans les temps du passé, ont fait retentir des lamentations de leurs amours, tantôt les bois, les sommets, les gorges du Cithéron ou de l'Hémus, tantôt les voûtes encaustiquées d'arabesques des palais de Sardes ou de Milet. C'était une fille saxonne[1], faite pour vaincre elle-même et les autres, et elle le faisait ; non sans souffrir, sans réclamer, se plaindre en elle-même, sans éprouver la cuisson de tous les piquants de l'imagination en révolte, mais sans faiblir une seconde dans sa résolution de ne pas rendre autrui témoin de ses défaillances.

Elle devint sérieusement malade, et, ce qu'elle se garda bien d'écrire à Nore, elle fut prise d'un anéantissement graduel qui paraissait dénouer ses membres et dissoudre ses forces. Le médecin du résident attribua cet état déplorable à l'influence de la saison et promit de réduire à rien, avec un peu de quinine, les symptômes inquiétants. M. Coxe, dévoré d'inquiétudes en voyant sa fille adorée dans cette situation, et craignant encore pis, se jeta avec ferveur dans la foi aux médicaments et se persuada qu'il fallait en attendre beaucoup. La quinine, en effet, est une bonne chose ; ce n'est pourtant pas la panacée universelle, et on ne s'étonnera guère que, recherchée par cet unique moyen, la guérison d'Harriet ait fait de minces progrès.

Pour mieux dire, ces progrès furent nuls. La santé d'Harriet était détruite. Il y a dans tous les tempéraments une sorte d'heure climatérique où, suivant l'action des circonstances, ils se fortifient ou se perdent. Harriet était arrivée à cette révolution fatale quand l'amour de Wilfrid vint la trouver. Elle avait vingt-six ans et quelques mois. Ayant habité, pendant de longues années, dans ces contrées malsaines des pays d'au-delà du Gange, où les natures les plus fortes s'usent à la longue, comme le fer sous l'application patiente de la lime, elle s'était, en apparence, défendue assez bien. Mais, en réalité, la fatigue l'avait gagnée ; elle aurait eu besoin de repos, de calme, de bonheur. Un état si doux, elle l'avait entrevu, possédé même par instants, quand Nore était auprès d'elle et que, fermant les yeux sur l'avenir, elle se contentait du temps présent qui ne pouvait durer. Désormais elle avait tout perdu.

Puis, dans le cours de son existence, que de soucis ! Elle en avait eu pour son père ; souvent, elle l'avait vu en danger de mille façons ; elle en avait eu pour son frère, dont la jeunesse lui avait causé tant d'inquiétudes ! Et encore, que de travaux l'éducation de cet enfant lui avait imposés ! Que d'études stériles pour le guider et le rendre capable d'exercer son métier ! Elle avait pâli de longues soirées sur des livres arides ! Pauvre, pauvre Harriet ! Elle avait été une exilée, une ménagère surchargée, une maîtresse d'école anxieuse ! Combien l'amour lui était nécessaire ! Comme il l'eût relevée, consolée, guérie ! Elle l'avait brisé sous les doigts de la raison et de l'honneur.

Après une année et plus, elle réunit ce qui lui restait de vie et de goût pour la vie. Ce n'était pas beaucoup. Cependant elle put se lever, se mouvoir, faire ce qu'elle faisait d'ordinaire. Son père, au comble de la joie de la voir debout, habillée, présidant aux repas, en conclut que bientôt la pâleur, l'émaciation de son enfant feraient place aux belles couleurs, à l'embonpoint qu'il lui avait connus, et, se disant toujours « elle va mieux, elle guérira ! » il attendit patiemment et s'accoutuma à la voir telle qu'elle était : de beaux grands yeux, une blancheur de cire, une expression de douceur céleste, quelque chose de noble, oui, de divin dans sa personne. C'était le sceau de la victoire posé sur celle qui avait bien combattu. Mais il ne le discerna pas, n'ayant pas connu la lutte ; il ne put que secrètement admirer sa fille telle que Dieu la lui laissait.

Les sculpteurs grecs ont connu la Beauté. Ils l'ont vue émue quelquefois, mais par des passions simples comme elle. Ils ont contemplé dans cette sublime image l'intelligence droite, cherchant peu, trouvant ce qu'elle voulait ; les fronts bas, aux tempes puissamment développées des statues et de toutes ces figures promenées au long des bas-reliefs, ne montrent pas davantage. La pensée de ces temps fournissait aux artistes un thème admirable et court. Peu de moyens existaient de le varier ; en le reproduisant sans cesse, sans cesse on en perfectionnait les détails peu nombreux, d'autant plus faciles à rendre, et c'est ainsi que l'art antique toucha à la perfection.

Mais nous, moins accomplis, moins élevés, nous occupons plus de points, nous voyons plus d'idées, nous savons davantage, et ce que nous devinons à demi s'étend infiniment plus loin. Ni les passions, ni les sentiments, ni les besoins, ni les instincts, ni les désirs, ni les craintes ne sont demeurés accroupis sur l'humble degré où la philosophie de Platon les trouva. Tout a monté, tout a multiplié. Ce peuple de génies ailés, qui nous mène, nous dirige ou nous égare, s'appelle désormais légion, et c'est lui qui, pétrissant les âmes, fait refléter sur la face humaine des expressions, des significations que ni Praxitèle, ni Phidias n'avaient pu connaître[1]. Ces maîtres n'auraient point regardé la physionomie d'Harriet si elle avait passé devant eux ; pour eux, ce n'eût pas été la Beauté.

C'était la Beauté pourtant, la Beauté d'une ère qui n'est pas celle de la joie, mais celle de la vie doublée et redoublée :

Un long cri d'espérance a traversé la terre[2].

Et cette espérance est celle d'échapper triomphalement aux étreintes du mal, en s'enfermant dans les murs solidement construits d'une volonté dominatrice. Voilà ce que faisait Harriet, et voilà pourquoi, n'étant plus jeune, n'ayant jamais été belle dans le sens classique de ce mot, elle était devenue, par l'exercice de la pensée, par l'effet de la souffrance, par la vigueur de la résolution, voilà pourquoi elle était devenue plus que belle.

CHAPITRE IV

Avec le temps, l'indomptable nécessité imposa une sorte de paix dans le cœur d'Harriet. La fille du missionnaire cessa de revenir sur ce qu'elle avait fait et de le discuter. Elle s'approuva, sans plus s'écouter, d'avoir pris le seul parti conciliable avec ce qu'elle considérait comme son devoir vis-à-vis de Nore. Elle eut cependant plus de peine à accepter la séparation. On renonce à augmenter un bonheur, à le faire autre qu'il n'est, à dire à la destinée : vous ne me donnez pas assez ! je veux plus ! On s'accommode de peu et on prend encore son parti de vivre avec ce peu ; mais la séparation ! mais l'absence ! Quel pays du vide et comme il se peuple de fantômes !

Si Nore avait été là, Harriet, sans nul doute, se fût accommodée de ne jamais l'épouser, action que sa droiture lui disait absurde et coupable ; il eût été là du moins. Elle pensait, et peut-être avait-elle raison, qu'elle eût consenti même à le voir s'occuper d'une autre femme. Dans son existence solitaire, avec un cœur si tourmenté, elle rêvait beaucoup, se détachant de la réalité autant qu'il lui était possible, et, sous les diverses images qu'elle ne se lassait pas d'évoquer et de changer, elle se figurait souvent un état de choses dans lequel il lui eût été permis de vivre auprès de Nore marié, et elle se disait qu'elle eût adoré ses enfants.

Mais qu'il ne fût pas là, qu'elle ne dût peut-être jamais le revoir, ou, tout au plus, dans un temps si éloigné que l'espérance s'usait à marcher sur cette route, elle avait peine à s'y résigner. Elle ne voulait de lui plus rien que le voir, et, ne pouvant pas et ne prévoyant pas quand cela se pourrait, son cœur, pourtant dompté, se serrait de nouveau, les larmes remplissaient ses yeux, et elle subissait, dans les tristes heures où sa pensée s'attachait à cette vérité cruelle, un tourment lent, sourd, prolongé, qui égalait presque en douleurs ses désespoirs terribles des mois précédents.

Les lettres de Wilfrid ne lui avaient pas apporté un grand soulagement. Le langage emporté, violent, accusateur de cet enfant déçu avait plutôt nourri sa passion, autorisé ses révoltes que satisfait son âme. Quand plus de calme apparut dans ces messages d'ailleurs moins fréquents, quelquefois Harriet le prit en mal, y soupçonnant une indifférence naissante et s'en offensant comme si elle ne l'eût pas elle-même commandée. Ensuite, la façon d'écrire de Nore devint celle d'un ami tendre, attaché, et aucune flamme n'éclata dans les mots ; la pauvre Harriet se dit alors que Wilfrid ne l'aimait plus. Elle trembla de voir cesser tout à fait une triste correspondance qui déjà ne la satisfaisait pas, et qui cependant projetait sur sa vie l'unique lueur qui pût encore y briller.

J'ai tort de dire, d'une manière si absolue, que les lettres de son ami ne la satisfaisaient pas. Parfois un mot, un mot seul, tout à coup découvert, vivement saisi, en illuminait les quatre pages. Ce que Nore lui disait l'intéressait toujours infiniment moins que ce qu'elle croyait découvrir par l'emploi de certaines expressions, par l'arrangement de certaines phrases, par la marche plus ou moins pressée, plus ou moins lente de l'écriture. Elle lisait entre les lignes des choses désolantes souvent, consolantes quelquefois, et, çà et là, poignantes par le bonheur qu'elles lui causaient. Sans doute, elle ne voulait plus être aimée de Nore comme elle l'avait été ; sans doute, sans aucun doute ; mais que voulait-elle ? Hélas ! les lettres de Wilfrid étaient des œuvres magiques, saturées d'une puissance redoutable ; elles ne disaient pas ce qu'elles disaient ; elles ne contenaient pas ce qu'elles semblaient contenir ; elles portaient la joie ou la douleur dans leurs plis. Pendant la nuit, la froide, la calme, la sévère Harriet serrait le mince papier avec passion contre son cœur et contre ses lèvres. Elle n'eût osé le faire en plein jour.

Cependant un grand événement arriva. Elle ne prévoyait rien de semblable ; elle n'y avait même jamais beaucoup songé, le croyant impossible. Son père, bien que ne devinant en aucune manière les sentiments qui l'absorbaient, avait cru comprendre que le séjour de l'Asie lui était devenu de plus en plus insupportable, et le médecin du résident, à bout de ressources, répétait avec emphase que Bagdad la tuait, et qu'un voyage dans son pays natal était pour elle une véritable nécessité. Coxe s'était d'abord épouvanté de cet arrêt. On l'avait envoyé en Asie pour y distribuer des Bibles ; il en distribuait et il vivait ; mais, s'il interrompait sa distribution un seul jour, il était clair qu'il ne vivrait plus, ni lui ni aucun des siens. S'en aller à Londres, c'était renoncer à l'opération commandée ; d'autre part, Coxe trouvait dur d'avoir à laisser sa fille mourir de langueur ou à mourir de faim avec elle.

Dans un embarras qui, pour cette nature affectueuse et aimante, devenait un véritable supplice, Coxe prit un parti violent, et dont lui-même ne se serait jamais cru capable. Il était timide au-delà de toute expression et n'avait jamais rien demandé à personne ; le pauvre homme n'imaginait pas qu'une pareille indiscrétion fût possible. Il le fit cependant ; sa tendresse pour Harriet l'emporta sur tout, et l'éleva jusqu'à l'héroïsme. Sans rien dire chez lui, comme un confesseur de la primitive Église qui se fût rendu tout seul à l'amphithéâtre, dans le but réfléchi de s'y faire dévorer par un tigre, Coxe, rouge, pâle, démesurément troublé, alla faire une visite au résident.

Celui-ci connaissait peu le missionnaire, mais le savait tout à fait digne d'estime. Il le reçut à merveille et se montra disposé à l'écouter avec bienveillance. Coxe appela à lui son courage et exposa que de malheureuses circonstances de famille lui faisaient désirer d'aller passer quelque temps en Angleterre. Il avait d'abord résolu de ne pas entrer dans les détails de ses peines, ni même d'en dire la cause, se bornant à les laisser entrevoir ; car, quelle apparence y avait-il à ce qu'un résident de Sa Majesté britannique, un si grand personnage ! pût condescendre à s'intéresser à la maladie de la pauvre fille d'un simple missionnaire ? Cependant il ne se tint pas parole ; il s'émut en parlant, et avoua qu'il avait peur de voir mourir son Harriet, s'il ne l'emmenait pas. Il était désolé ; car il n'avait pour vivre que sa profession, et s'il partait, que devenir ? Pourtant, que résoudre ?

Le résident l'avait écouté avec les marques d'un intérêt véritable :

« Il vous faut demander un congé aux chefs de votre Société. Depuis combien de temps êtes-vous en Asie ?

— Depuis dix-huit ans, monsieur.

— Et vous n'avez jamais interrompu vos fonctions ?

— Non, monsieur, répliqua Coxe, et je puis vous assurer que je les continuerais de mon mieux, comme j'ai fait jusqu'ici, sans le malheur sous lequel je succombe. »

Le résident comprit que Coxe considérait comme monstrueuse la prétention de solliciter un congé après n'avoir servi que dix-huit ans continus.

« Je me charge de cette affaire, dit-il ; j'écrirai moi-même à Londres, et vous ferai parvenir la réponse. »

Coxe remercia très mal, parce que la reconnaissance l'étouffa et lui coupa la parole, puis il rentra chez lui, garda le secret sur sa démarche et attendit dans une grande anxiété les résultats. En de certains moments, il voyait tout en rose ; alors, il se flattait d'obtenir neuf mois de congé, le temps de l'aller et du retour compris, et avec une demi-solde ; mais il estimait au fond cette imagination folle et exagérée. Quatre mois seraient bien suffisants, pour peu qu'Harriet les employât consciencieusement à se soigner.

Au bout de trois mois, le résident le fit appeler. Coxe devina ce dont il s'agissait. Il se sentit près de s'évanouir et eut toutes les peines du monde à arriver jusque dans le salon où il était attendu. Le résident lui remit une dépêche.

Il obtenait un congé de trois ans avec sa solde entière. Tout ce qu'il put faire, ce fut de serrer la main de son protecteur qui, comprenant ce qui se passait, le poussa sur un fauteuil où Coxe tomba plutôt qu'il ne s'assit, voyant le ciel tout grand ouvert, où, en manière d'anges, le résident et les directeurs et les actionnaires de sa Société voltigeaient sur les nuages. Les cœurs de cette espèce n'aperçoivent jamais que le bien qu'ils reçoivent et paient de suite en bénédictions et en gratitude, sans rechercher ni la façon ni les motifs. Enfin Coxe revint un peu à lui, trouva quelques mots à dire à son bienfaiteur, plus que payé déjà par l'expression de ce vieux visage vénérable, et s'en retourna chez lui. Maintenant, la grande affaire était de communiquer la nouvelle à Harriet.

Fallait-il la lui révéler tout d'un coup, là, brusquement ? Ô Ciel ! non ! Il risquerait de la tuer ! Qu'on juge de l'émotion ! Quelle surprise ! Elle ne savait pas même que son père pensât à rien de semblable. Et un tel succès encore ! Non, il fallait trouver un moyen adroit, procéder avec mesure, avec précaution ; ne pas trop en avouer à la fois, traîner la confidence pendant huit jours, et s'arranger de telle sorte que, lorsqu'elle serait faite, elle ne causât qu'un plaisir calme, tant les transitions auraient été habilement ménagées.

Coxe, s'étant ainsi préparé, entra dans le salon d'Harriet et vint s'asseoir auprès d'elle.

« Qu'avez-vous, mon père ? lui dit-elle. Vous semblez bien joyeux, et je ne vous ai jamais vu ainsi. »

Mais Coxe, s'enfonçant dans sa dissimulation, répondit avec profondeur :

« Non ! Harriet, je ne suis pas très joyeux. Je voulais vous dire seulement que j'ai pensé, il y a trois mois, à demander un congé pour aller passer quelque temps en Angleterre.

— Et vous avez reçu une réponse favorable aujourd'hui ? »

Coxe resta consterné.

« Qui vous l'a dit ? s'écria-t-il.

— Mais vous-même, mon père, répondit-elle en souriant. Vous m'annoncez ce que vous avez fait il y a trois mois, et je vous vois tout content. J'en conclus que l'on vous a accordé ce que vous demandiez. »

Coxe se murmura à lui-même le titre d'une ancienne comédie espagnole : *Une femme est un diable*[1], et il resta pensif, ne sachant s'il devait avancer ou reculer.

« Parlez donc, je vous en prie ! s'écria à son tour Harriet, en réalité fort émue ; que vous a-t-on dit ?

— Trois ans de congé et solde entière ! » repartit Coxe avec désolation, car il s'attendait à voir Harriet pâlir et perdre connaissance.

Elle ne perdit pas connaissance ; elle serra la main de son père et n'articula pas un mot. Elle avait couru de suite, dans sa pensée, vers l'autel de ses rêves : je vais donc le voir ! s'était-elle dit. Au-dehors il ne parut rien ; elle ourlait une serviette ; elle la continua.

Coxe, rassuré, fit des projets ; Coxe, pour la première fois, pensa à s'amuser ! Il exprima le désir de s'arrêter en Italie pour visiter les chefs-d'œuvre des arts ; il voulait les voir tous ! Il irait à la Vaticane ; il irait aussi à l'Ambrosienne ; il n'oublierait assurément pas la Laurentienne, et, Dieu garde qu'il ne prît pas d'une main tremblante d'émotion quelques notes sur les manuscrits mêmes de Saint-Marc ! En parlant ainsi, il regardait Harriet, cherchant à s'assurer qu'elle ne souffrait pas plus que d'habitude. Pauvre excellent homme ! Il ne se connaissait pas à ces choses-là ; il restait inquiet et aveugle ; sa fille lui répondait des lèvres ; le cœur était loin, et c'est ainsi que ces deux êtres qui se chérissaient n'étaient pas ensemble, bien qu'à côté l'un de l'autre, et traitaient presque comme un malheur le plus grand sujet de joie que le Ciel leur eût encore accordé.

Quand elle se trouva seule, Harriet chercha à comprendre sa situation et à prévoir. Il y avait maintenant six ans qu'elle était séparée de Nore. Il était en Amérique ; mais il allait retourner à Londres. Elle le verrait. Était-ce un bien ? Était-ce un mal ? Était-ce du bonheur ? Était-ce, au contraire, une préparation à de nouvelles souffrances? Assurément, quoi que ce fût, ce n'était pas du plaisir, mais bien une situation solennelle, d'impression violente, forte, sérieuse dans laquelle elle entrait. Elle ne songea pas un instant à revenir sur le passé, à essayer de rien changer à la position choisie par elle-même, ni à modifier l'affection passive et bien peu attachée qu'elle avait demandée à Wilfrid et qu'elle acceptait seule de lui. Il n'était pas question d'en attendre davantage. Mais elle, qu'allait-elle éprouver?

Réfléchie et prudente, elle connaissait l'étendue entière du péril; elle avait peur. Dans certains moments, elle eût préféré ne jamais revoir son amant et se contenter de vivre avec le passé et ce que les lettres du jeune voyageur lui apportaient encore des parfums chéris. Dans d'autres heures, elle se disait :

« Eh bien! je souffrirai; que fais-je autre chose? Un peu plus, un peu moins... Je l'aurai revu!... Il sera indifférent; non pas froid... moins que froid... indifférent! Il ne se demandera pas même si, par un hasard, je ne l'ai pas trompé; si ce cœur ne l'aime pas toujours, fidèlement, sans espérances! sans désirs, sans volonté de rien recevoir, oh! mais toujours!... Il ne se demandera rien de semblable!... Il me parlera d'autres personnes, de personnes qui lui sont plus que moi, comme il le fait dans ses lettres... Lady Gwendoline est si jolie!... Pauvre Harriet!... Oui, mais il sera devant moi, assis, là... devant moi... il me parlera... j'entendrai le son de sa voix... je verrai ses gestes... Que l'homme qui a succédé à l'adolescent doit être... Ah! folle que je suis!... »

Et en effet, d'avance, elle le voyait; les yeux fixes, la tête inclinée, elle le voyait, le regardait, l'entendait. Cette façon dont elle avait vécu depuis six ans... vécu!... oh! plutôt dont elle mourait, était une sorte d'extase qui, en ce moment, redoublait d'intensité.

Enfin, de quelque manière qu'elle prît ce que son père venait de lui annoncer, elle n'y pouvait rien changer, et il n'eût été ni raisonnable ni naturel de faire une opposition quelconque à ce qu'elle devait considérer, au jugement de tout le monde, comme l'événement le plus heureux pour sa famille et pour elle-même.

Elle se plia donc à admettre les compliments de ses compatriotes. Coxe écrivit à son fils, alors en station à Poulo-Pinang[1], pour l'informer de sa nouvelle situation, et, aussitôt qu'une occasion de voyager sans trop de fatigue eut été combinée, Harriet et son père quittèrent Bagdad et s'acheminèrent vers l'Europe.

Il y a bien des ingrédients divers et des ressorts compliqués dans la nature humaine. Harriet ne laissa pas que d'être vivement distraite et intéressée par ses premiers contacts avec cette Europe, abandonnée depuis tant d'années. En arrivant en Italie, elle eut des émotions charmantes. Son père, toutes les fois qu'il ne craignait pas de la fatiguer, l'emmenait dans les musées et sous les voûtes de ces merveilleuses églises dont le génie du Moyen Âge et celui de la Renaissance font encore parler les murailles, et de quelles voix, et pour répandre les effusions de quels génies ! Elle mettait dans ces promenades et ces visites moins d'enthousiasme, sans doute, que Coxe, mais elle en était pourtant émue aussi, et, d'ailleurs, voir son père si heureux, c'était beaucoup pour elle. Elle se prêtait donc à ce qu'il voulait d'excursions et d'études, autant que ses forces pouvaient le lui permettre.

Ils visitèrent ainsi les villes méridionales de la Péninsule, et, à peu près au moment où Nore revenant du Mexique débarquait à Southampton, ils arrivaient à Rome.

Un matin, ils achevaient de déjeuner. La fenêtre était ouverte ; le temps ravissant, une fraîcheur printanière se mêlait à la chaleur fécondante ; les jardins s'étendaient à perte de vue, avec leurs cyprès, et les dômes des églises et les pans de murs majestueux de quelques ruines faisaient passer les regards jusqu'aux horizons rougeâtres de la campagne romaine, sillonnée d'aqueducs. On apporta les journaux et les lettres, et parmi, il s'en trouva une de Wilfrid avec le timbre d'Angleterre.

Harriet la prit et lut ce qui suit :

Eh bien ! chère Harriet, vous vous êtes donc décidée à sortir de votre caverne asiatique, absolument comme je me tire moi-même de mon marécage américain. C'est bien fait à vous, assurément ; je ne l'espérais guère ; mais il ne m'est pas permis d'en douter, car je trouve ici en paquet, et, m'attendant depuis six mois, la série entière de vos missives relatives à ce grand événement. J'ai bien le développement complet de l'histoire : premier avis de Bagdad ; second avis du même lieu avec considérations critiques sur ce problème : ne vaudrait-il pas mieux ne pas partir du tout, par égard pour les habitudes prises et crainte des habitudes à prendre ; lettre de Beyrouth, lettre de Malte, enfin lettre de Bologne. Je vous écris maintenant dans la Ville éternelle, puisque aussi bien vous devez y être, et j'aime à penser que M. Coxe, fidèle à ses errements, qui ont dû devenir chez lui aussi impérieux que les autres mouvements de la nature, n'aura pas manqué d'aller offrir une Bible anglaise au Saint-Père.

Le Mexique, je vous l'assure, est un pays agréable ; on est à peu près certain d'y être assassiné dans un délai raisonnable. J'y reviendrai quand je serai las de la vie. En attendant, je suis fort gai. Je passerai quinze jours à Wildenham chez mon cousin, et, si vous le permet-

tez, je vous ferai ensuite une petite visite. Est-ce convenu ? Adieu.

W.N.

Cette lettre fut une de celles qui causèrent le plus de chagrin à Harriet. Elle n'aimait pas ce ton de persiflage qui s'était développé chez Wilfrid, et avait pris la place des éclats d'exaltation auxquels il s'abandonnait autrefois à tout propos. Elle ne comprenait pas que son ami avait subi l'action du monde ambiant; qu'il avait souffert beaucoup et ne se souciait plus d'exposer ce qu'il sentait au contact des sots et des méchants, et que, dérobant en lui-même son individualité, il la tenait garantie sous une carapace rugueuse et piquante d'ironie et d'agression.

Harriet était surtout blessée quand, dans ses légèretés de langage, Nore paraissait sortir, à l'égard de son père, du respect profond qu'elle-même portait à celui-ci, et non seulement elle en souffrait pour elle-même, elle accusait alors secrètement celui qu'elle aimait, d'avoir perdu le pouvoir de comprendre et de vénérer la vertu.

Enfin, et il ne faudrait pas jurer que ce dernier grief ne fût pas le plus considérable, elle souffrit de voir Nore aller à Wildenham, au lieu de lui demander (ce qu'elle eût trouvé inopportun, s'il l'avait fait) de venir la voir de suite en Italie, et cette faute, cette faute ? Non ! ce tort ?... Non, pas même ce tort, enfin cette action qu'elle ne qualifiait pas, était bien aggravée par la circonstance que Nore ne disait pas un mot de Lady Gwendoline et ne semblait pas y songer, tandis qu'au contraire, il était évident que c'était elle qu'il cherchait et voulait revoir de suite. Voilà où en était une femme qui ne prétendait pas à être aimée, qui l'avait déclaré, imposé, et qui, pour le salut de sa vie, n'eût consenti jamais à avouer un seul des mouvements de ce cœur qui, depuis sept ans, était servilement acquis à Nore et mis en grande voie de cesser de battre par désespoir d'amour. Mais de tout ce qui constitue le mécanisme humain, la partie la plus perfectionnée est assurément celle qui est chargée de troubler et de désappointer le reste.

Harriet ne voulut pas sortir ce jour-là. Son père, la trouvant plus pâle et plus concentrée que de coutume, se garda de la presser, et, en soupirant, s'en alla.

Alors, se voyant seule, Harriet se mit à une table et répondit ainsi qu'il suit, à la lettre de Nore :

Je suis bien aise, cher Wilfrid, que votre première pensée, en revenant en Angleterre, ait été de revoir vos parents. Je vous ai toujours pressé d'avoir là vos affections principales ; mon cœur, qui ne m'a jamais trompée quand il s'agit de vous, me le dit : votre bonheur futur viendra de ce côté. Je ne voudrais pas trop de hâte de votre part à venir ici. Mon père y trouvera sans doute beaucoup de plaisir et moi également, vous le savez. Mais, aussi, vous avez mieux à faire que de changer vos projets et de déranger votre vie pour rencontrer des personnes assurément en dehors de votre existence. Une ancienne et passagère affection, c'est leur unique droit à votre souvenir. Vous ne nous devez pas beaucoup, rappelez-vous-en bien. Probablement, nous nous reverrons. Il n'est pas nécessaire que ce soit demain, ni après, ni dans un mois, ni plus tard. Puisque nous devons rester trois ans en Europe, il ne faut pas vous presser. Mon père achève son grand ouvrage sur les Birmans ; il ira à Londres l'hiver prochain pour le publier. Si, à cette époque, vous n'êtes pas sur le continent, vous serez le bienvenu chez nous, à l'occasion. Écrivez-moi. Nous partirons pour Florence dans quelques semaines. J'aime à penser que je vous suis toujours de quelque chose. Je ne demande pas beaucoup, mais ne voudrais pas être oubliée tout à fait. Adieu, cher Wilfrid ; je vous ennuie peut-être en vous écrivant si longuement. Pardonnez à une vieille amie si bavarde.

HARRIET.

Cette lettre fut mise à la poste et ne trouva pas Nore en Angleterre ; il n'avait fait qu'y passer, n'était pas allé à Wildenham, et, de suite, avait pris son chemin vers l'Italie. Puis, tout à coup, il avait changé d'idée ; étant à Turin, il avait rebroussé vers Paris, et, à peine à Paris, était parti pour Naples ; mais il ne s'y était pas arrêté et s'était dirigé sur Corfou ; là, il s'était encore trouvé mal à l'aise probablement, car il avait conçu le projet de visiter Venise, et de Venise, il était venu aux lacs où nous l'avons rencontré. Ce fut à Milan que la lettre d'Harriet l'atteignit.

Un matin, avec Laudon, ayant demandé sa correspondance à la poste, il trouva les lignes de son amie et une autre missive encore. Son compagnon en eut une également. Ils s'assirent sur un banc, sous des arbres, et se mirent à lire chacun de leur côté.

Lorsque Nore eut achevé ce que lui disait Harriet, il resta pensif assez longtemps ; puis remit la lettre dans son enveloppe, l'enferma dans son portefeuille et plaça le tout dans sa poche de côté. Cela fait, il regarda la seconde et reconnut la grande écriture impérieuse et brouillonne de sa cousine Lady Gwendoline.

Au moment où il l'ouvrit, une odeur exaspérée de trente-huit mille parfums extraordinaires s'en échappa comme une légion de diables roses[1]. Le papier portait un chiffre de deux pouces de hauteur, rouge, bleu, vert, or, argent, et n'avait lui-même que trois pouces de long. La composition totale du chef-d'œuvre formait un manuscrit de dix pages :

Eh bien, mon auguste et sage cousin, que fait Votre Grandeur ? Sachez que depuis votre aimable déclaration que vous ne viendriez pas à Wildenham nous raconter vos méfaits mexicains, je me suis amusée au-delà de toute expression possible. Votre originalité affectée nous manquant, nous en avons été dédommagés par une invasion des originalités les plus véritables. Nous possédons de tout : des élégants de la première volée, des artistes, des militaires, des hommes politiques et un poète assez bon joueur de whist. Tous les soirs, c'est, dans le salon de ma respectable mère, un concert de platitudes à mourir de joie. Le gagnant du Derby de cette année m'a demandé ma main ! Je le trouve assez bon pour coqueter avec lui ; mais tout me fait prévoir qu'à la fin je me déciderai pour un autre de nos hôtes dont je ne vous dirai pas le nom, afin de vous intriguer. Il est bien honnêtement amoureux de votre servante, celui-là ! Avant de dire oui, tout à fait et sans rémission, il n'est cependant pas impossible que je vous soumette l'état de la question, pour m'éclairer de vos incomparables lumières. Seulement n'y comptez pas trop. Croyez-vous absolument nécessaire de faire le bonheur de quelqu'un, lorsqu'on est surtout résolue à faire le sien propre ? C'est subtil ce que je vous demande, mais, en même temps, pratique comme tout ce que vous devez attendre d'une personne aussi parfaitement distinguée et bien élevée que celle qui a l'honneur de se dire, mon cher Wilfrid, votre dévouée cousine,

GWENDOLINE NORE.

Le lecteur de cette épître resta pensif pendant quelques instants. Il était tellement absorbé dans ses méditations, que, certainement, il ne s'apercevait pas du travail de ses doigts. Ce travail consistait à déchirer si menu, si menu, les confidences de sa belle cousine, que ce monument de la papeterie moderne s'en alla joncher la terre en atomes. Du reste, les réflexions si profondes de Nore n'avaient peut-être pas pour objet Lady Gwendoline. Laudon rappela son ami dans ce bas monde, en s'écriant avec conviction :

« C'est un ange digne d'être adorée !

— Qui cela ? dit Nore.

— Mme de Gennevilliers, repartit Louis en lui montrant la lettre dont lui-même venait d'achever la lecture. Voulez-vous me permettre de vous lire ce que l'esprit peut avoir de plus délicat, le cœur de plus aimable ?

— On ne refuse pas de pareilles bonnes fortunes, répliqua Wilfrid. Je vous écoute.

— Voici ce que m'écrit cette ravissante femme, murmura Laudon :

Monsieur,

Vous nous manquez véritablement, M. de Gennevilliers ne sait plus à qui parler et je n'ai personne pour nous aider à choisir nos promenades. Nous parlons de vous et cela nous console. M. de Gennevilliers prétend que si vous voulez suivre ses conseils, il répond de votre avenir. Faites-le donc. Vous savez combien nous aurons de plaisir à vous voir dans le monde, y occupant la place à laquelle vous avez droit. Un homme dans votre position est fait pour rendre les plus grands services à la société, et ce n'est pas vous, assurément, qui voudriez vous y refuser quand une fois vous aurez réfléchi sérieusement, ce qui, je le crains, ne vous est pas encore arrivé. Mais comme nous vous ferons faire pénitence cet hiver ! Nous comptons sur vous, Monsieur. Et, à propos, Mme de Longueil me demande ce que vous devenez. Saviez-vous qu'elle a perdu sa tante et que la voilà maintenant avec cent mille francs de rentes et le beau château de Longueil en plus ? Cela console de bien des petites afflictions ! Qu'en dites-vous ? Adieu donc, et pensez quelquefois à des amis véritables, au nombre desquels vous me permettrez de me compter.

BLANCHEFORT DE GENNEVILLIERS.

« Comment trouvez-vous cela ? s'écria Laudon en fermant sa lettre.

— Délicieux ! répondit Nore. Il faut que je vous quitte pour quelques jours.

— Une affaire ?...

— Oui, une affaire. Mais je serai ici... voyons !... oui ! vers la fin de la semaine.

— Rien de désagréable, j'espère ?

— Aucunement.

— Eh bien, donc, quand partez-vous ?

— Tout de suite.

— Comment, tout de suite ? À l'instant même ? Restez là sur ce banc, relisez paisiblement cette lettre qui paraît vous charmer ; non, pas celle que vous avez déchirée ! l'autre !

— Non, merci bien ! Je n'ai pas le temps. Je m'en vais. Au revoir ! »

Là-dessus, Nore donna une poignée de main à Laudon un peu surpris, et s'en alla.

CHAPITRE V

M. Coxe et sa fille étaient depuis deux jours à Florence, quand, un matin, la porte s'ouvrit et Nore entra.

« Bonjour Harriet, dit-il, comment allez-vous ? »

Elle ne répondit pas ; elle donna sa main à l'arrivant et serra imperceptiblement la sienne, puis, au bout de quelques secondes, sourit doucement et dit :

« Comme vous êtes grandi, Wilfrid, et devenu fort ! L'enfant a disparu.

— Il était temps », répondit Wilfrid en s'asseyant près de son amie. Il tenait toujours la main de celle-ci et la regardait avec une profonde attention. Un silence complet s'établit. On entendait le battement régulier de la pendule.

« Comment se porte M. Coxe ? demanda Nore.

— Oh ! très bien. Il est allé visiter quelque musée.

— Cela l'intéresse ?

— Beaucoup.

— J'en suis ravi. Vous resterez trois ans en Europe ?

— Je le suppose, Wilfrid.

— Et ensuite vous retournerez à votre ancienne existence ?

— Assurément.

— Vous êtes contente de cette perspective ? Cette vie qui n'en est pas une, cette perpétuelle rupture avec tout ce qui pourrait vous plaire et vous attacher, cette déshabitude de ce qui vaut la peine de rester en ce monde, vous l'acceptez ?

— On vit comme on peut, où l'on peut ; l'important est de se soumettre à ce qu'on doit. »

Wilfrid s'approcha de la fenêtre et regarda sur la place.

Harriet se dit : « Il n'a pas même gardé d'amitié. Pourquoi est-il venu ? »

Comme s'il eût entendu cette question, Nore revint à sa place près d'Harriet, et, prenant un air désintéressé qui lui était devenu habituel, il lui dit avec le plus grand calme :

« Je suis venu, Harriet, pour savoir si vous ressemblez tout à fait à vos lettres. Celles-ci sont de la placidité la plus absolue. Elles semblent écrites par une divinité habitant au-dessus de la région des nuages, et par conséquent des orages ; ce qu'elles contiennent est sagesse, et, de cette sagesse, si on la pouvait distiller, on fabriquerait un élixir capable de transformer toute la race des hommes en philosophes impeccables et infaillibles. Permettez-moi de vous confesser que je vous trouve cependant pâle, changée, et si vous aviez employé à défendre votre santé une partie du temps consommé à perfectionner votre raison, je vous en féliciterais. »

Ce petit discours fit sur celle à qui il était adressé une singulière impression. Il changea les rôles. Elle y sentit de la force, et les femmes du Nord, principalement, adorent la force dans ceux qu'elles aiment. Ce grand garçon, assis devant elle à cette heure, n'avait pas seulement l'air résolu, il en avait aussi le propos. Jusque-là, elle l'avait considéré comme un enfant ayant besoin de son aide ; elle lui avait écrit sur ce ton ; il n'avait jamais réclamé ; elle comprenait son erreur ; il était un homme et elle une femme. Au fond du cœur, cette remarque lui plut, et elle abdiqua volontiers ; levant les yeux avec une sorte de timidité, elle répondit donc :

« C'est vrai, j'ai été un peu malade, Wilfrid. Mais je vais reprendre promptement. Il ne me faut guère que des soins.

— Vous n'en manquerez pas, dit Wilfrid ; et c'est moi qui m'en charge. »

Elle se mit à rire :

« Comme c'est bon à vous ! Pour combien de jours ?

— Pour le reste de votre vie et de la mienne.

— Quel sens voulez-vous que j'attache à des paroles si exagérées ?

— Elles ne sont pas exagérées le moins du monde ; j'ai l'intention d'obtenir votre main, et il me semble naturel qu'un mari s'occupe à perpétuité de votre bonheur personnel, trop négligé jusqu'ici. »

En parlant de la sorte, Nore regarda Harriet dans les yeux ; elle comprit que c'était sérieux et arrêté à l'avance, et qu'un refus n'allait pas trouver une soumission facile. Troublée de toutes manières, au moment même où elle se croyait certaine de n'avoir plus même la moindre parcelle du cœur de Wilfrid, ne s'étant plus attendue à le voir, le revoyant autre qu'elle ne l'avait connu, au fond, saisie dans la plénitude de son être par un transport de bonheur irrésistible, elle ne sut d'abord que baisser la tête, et, hors d'état d'articuler un mot sur ce qu'elle voulait ou pensait, jamais créature humaine ne se vit jetée plus loin et plus en dehors de sa propre possession.

Cependant, à la fin, elle mit ses mains sur ses yeux, appuya ses coudes sur la petite table placée devant elle et murmura d'une voix presque indistincte :

« Wilfrid, ne revenons pas sur ce qui est fini.

— Rien n'est fini, et je ne retourne pas à ce que je n'ai jamais quitté. Vous aimez la raison, Harriet ? Je vais donc vous parler raison. »

Il reprit sa main qu'elle défendit faiblement ; elle était trop émue. Pour lui, il avait légèrement rougi, ses yeux brillaient, son âme était tout entière dans ses regards et allait vibrer dans son langage.

« Pourquoi ne m'aimez-vous plus ? dit-il ; pourquoi ne m'aimez-vous pas ? Moi, je n'ai jamais aimé que vous, songé qu'à vous. Depuis des années, je vous ai quittée ; j'ai regardé par le monde si je trouverais une autre femme prête à me donner seulement la moitié de ce que j'ai vu et désiré en vous. Je l'ai cherchée de bonne foi, je ne l'ai pas rencontrée ; je sais qu'elle n'existe pas, cette nature si désirée de la mienne et qui peut me faire monter à l'unique espèce de bonheur créée pour moi. Que voulez-vous que je fasse sinon de vous répéter : Je veux vivre avec vous.

— Je ne vous aime pas ? murmura Harriet, tenant toujours la tête basse et avec l'accent qui repousse une allégation insoutenable.

— Oui, vous m'aimez ; mais je vous vois, je vous comprends, je vous connais ! Une générosité mal placée, un dévouement irréfléchi vous réduisent à un sacrifice qui vous navre. Parce que vous souffrez, vous croyez bien faire. Ne persistez pas ! Votre malheur et le mien, oui, le mien pour toujours, seraient l'unique résultat de votre misérable héroïsme. Vous êtes plus âgée que moi, et, dans quelques années, pensez-vous (peut-être allez-vous même jusqu'à vous dire dans quelques mois), le jeune mari n'éprouverait plus pour sa femme trop grave que le souci résultant d'une union mal proportionnée. Croyez-vous donc que je cherche en vous les amusements d'une lune de miel ? Que j'aie pour vous un caprice ? Que la résistance excite ma fantaisie ? Un tel enfantillage ne m'est pas du tout nécessaire[1] ; je ne puis me passer d'une amie. Il me faut une amie ! quelqu'un dont le cœur soit d'or, sûr, pur, éprouvé comme l'or ! J'ai trouvé Harriet ; elle a ce cœur-là ; je le connais, je l'ai deviné, je l'ai compris il y a des années. Quel aveugle serais-je de laisser un tel trésor enseveli dans son abnégation cruelle, lorsque je ne puis pas m'en passer ! Mon Harriet, ma bien-aimée, vous voulez des paroles de raison ? Vous voyez bien que je vous en donne. Laissez-vous persuader ; vous vous êtes défiée de l'enfant dont le caractère, en changeant avec les années, pouvait emporter l'amour ; le caractère a changé, sans doute, et l'homme a laissé tomber sur les chemins bien des rêveries ; mais, vous le sentez, n'est-ce pas ? l'amour est resté. C'est pour moi comme l'arche sainte était pour les Hébreux. Les générations des croyants mouraient successivement autour d'elle ; la maison divine, promenée partout au milieu des tentes voyageuses, dans les déserts, remisée au hasard dans les cabanes, voyait autour d'elle changer les paysages ; oui ! mais elle, elle ne changeait pas, et, un jour, elle se trouva placée dans le plus beau temple qui fût jamais ! Eh bien ! Harriet, vous êtes assurée maintenant qu'il en est de même pour vous ! Mon arche sainte, à moi, c'est l'affection que je vous porte. Je l'ai conservée toujours, je l'ai toujours vénérée ; elle m'a dirigé dans tout : c'est l'étoile de ma vie. Je veux me reposer à jamais sous ses rayons, la plus douce, la plus caressante des lumières ! Et si vous m'aimez, et si vous êtes juste, vous ne sauriez m'opposer des méfiances que je ne mérite pas. »

Harriet n'osa répondre directement ; son cœur était trop plein. Elle se sentait si faible devant le langage de Wilfrid, et le son pénétrant de cette voix, qui la remplissait d'émotion et l'attirait hors de toutes ses volontés !

« Que vous êtes resté romanesque, Wilfrid !

— Romanesque ! Pourquoi ? Suis-je moins un homme parce que je vous semble différent du modèle sur lequel sont taillés mes contemporains ? Qu'y a-t-il de commun entre eux et moi ? Romanesque ! Parce que je ne me soucie ni de leurs grandeurs, ni de leurs bassesses, ni de leurs distinctions, ni de leurs humiliations, ni de leurs élections, ni de leurs moyens de faire fortune, ni de leurs fortunes même, ni de leurs déboires ! Je serais romanesque si, concevant mes désirs d'après une imitation puérile, j'y mêlais les choses de la vie commune, sans cesse préparé à abandonner ce qui ne serait que des rêves pour les réalités banales, dont je n'aurais ni su ni voulu me détacher ; mais, grâce au Ciel ! rien de semblable n'existe, et vous le savez bien[1] ! Il se peut que la Création, qui jette pêle-mêle bien des germes disparates, se soit trompée à mon sujet, et, m'ayant préparé pour un tout autre milieu, m'ait, par inadvertance, laissé tomber dans celui-ci ; mais, de quelque manière que ce soit, m'y voilà ! Je suis moi et non un autre[2], sentant à ma manière, comprenant les choses avec mon intelligence propre, et aussi incapable de renoncer à ce que j'ai voulu une fois, d'abandonner la poursuite de ce que j'ai désiré, aussi incapable de me démontrer que j'ai eu tort que de renoncer une heure à respirer l'air ! Certes, Harriet, si je voulais vous oublier, je n'y parviendrais pas, et il me faudrait revenir, repentant, obstiné, à la trace que je n'ai jamais eu le pouvoir d'abandonner ! Est-ce là ce que vous appelez un trait romanesque ? J'eusse pensé, moi, qu'un caractère viril devait en être surtout marqué, mais je ne disputerai pas sur les mots ; romanesque, soit ; admettons que je le sois ; du moins, je le suis à demeure, et ce n'est assurément pas plus effrayant pour ceux vis-à-vis desquels je m'engage que si j'avais la passion effrénée de jouer à la Bourse ou de trier ma future compagne parmi les héritières. Prenez-moi comme je suis, assurée de la droiture de mon intention ; je ne peux pas vous tromper, je ne vous tromperai jamais, et… ne pleurez pas, ma chérie, et répondez-moi que vous me voulez bien ! »

C'était vrai ; des larmes coulaient doucement sur les joues d'Harriet, ce n'étaient plus des larmes douloureuses. La pauvre fille se sentait envahie par un bonheur qu'elle n'eût jamais cru possible. C'était une sensation puissante, forte, ravissante, assurément la même que celle dont les demi-dieux étaient pénétrés, quand, saisis par l'aigle céleste de l'Olympe, ils voyaient devant eux l'éternelle Jeunesse leur verser l'ambroisie ; le breuvage sacré, en coulant dans leurs veines, divinisait leur être. Être aimée ! quel mot pour une âme vivante ! Elle se sentit forte et répondit :

« Je vous crois ; on croit ce qui plaît, et d'ailleurs comment me défier de vous ? Mais, mon ami, je vous l'assure, le bonheur me vient trop tard ; je n'ai ni la force ni la volonté de le prendre. Je ne saurais plus qu'en faire ; je suis tellement accablée par celui que vous me donnez qu'en vérité je ne pourrais en recevoir davantage. Songez qui je suis et ce que je suis ; comment jamais devenir la femme de Wilfrid Nore ? J'espère, il est vrai, que mon cœur s'est maintenu un peu en dehors des mesquineries de l'existence à laquelle j'ai dû me soumettre ; mais, pourtant, mes habitudes s'y sont pliées ; je suis bien naturellement la fille d'un pauvre missionnaire des Indes ; j'en ai, dans la vie de tous les jours, et les idées, et les mœurs, et les précautions, et les prudences, et les parcimonies. Quand je rêve, il est possible que je me laisse emporter un peu plus loin, et peut-être pourrais-je vous suivre ; mais quand j'agis, alors, Wilfrid, je le sais trop, je suis méticuleuse, timorée, et je ne peux plus, malgré ma bonne volonté, cesser de pratiquer ce que j'ai dû apprendre et mettre en œuvre durant tant d'années, pour que mon père, Georges et moi-même, nous pussions vivre. Je déplore mon défaut et le juge d'autant mieux que, depuis quelque temps, il est devenu inutile, même dommageable à moi et aux autres ; pourtant, le pli persiste et je ne parviens pas à le défaire. Non ! en cela d'abord, en mille autres choses ensuite, nous ne nous convenons point. Croyez-moi, ne cherchez pas l'impossible, ne poursuivez pas ce qui ne vaut rien pour vous. Vous m'avez rendue très heureuse ! J'ai peut-être tort de l'avouer ; j'ai eu plus tort encore de le sentir. Arrêtons-nous, Wilfrid, et craignons d'aller plus loin.

— Êtes-vous décidée ? » s'écria Nore.

Il parut si sombre, et son visage laissait éclater un chagrin si manifeste qu'Harriet s'en effraya :

« Êtes-vous bien décidée ? continua-t-il pendant qu'elle le regardait fixement ; dans ce cas, je ne vous presserai pas davantage ; mais je ne saurais recevoir une blessure sans la rendre.

— La rendre ? À moi ?

— À quiconque me touche. Tenez, recevez votre châtiment : je vous jure, par ce qu'il y a de plus sacré au monde, que, vous considérant comme ma femme, malgré vos refus insensés, jamais, non, jamais, je ne demanderai à aucune autre...

— Pas de serments ! dit-elle en lui mettant la main sur la bouche, pas de serments ! Vous me soumettez à une étrange peine. Je n'eusse jamais supposé qu'une pareille épreuve pût s'adresser à moi. Enfin, Wilfrid vous le voulez ? Vous le voulez avec une force que vous ne me montrez que trop ?

— Assurément, je le veux.

— Eh bien, ne m'accusez jamais d'avoir cédé ! Seulement, je ne quitterai pas mon père ; que deviendrait-il ? Il ne peut tout seul retourner en Asie. Il faut lui laisser le temps d'arranger ses affaires, d'obtenir une pension.

— Tout ceci tend à des délais ; mais, si je m'insurgeais trop, vous diriez... Que ne diriez-vous pas ? Soit, vous voulez attendre encore ? Attendons ! Combien de mois ?

— Le sais-je ?

— Bien ! Je m'occuperai des affaires de votre père, et, ce point terminé, tout sera-t-il en règle ?

— Nous verrons ! répondit Harriet en souriant ; vous n'êtes pas devenu beaucoup plus raisonnable que vous ne l'étiez à Bagdad.

— Non ; mais, par un phénomène singulier, je suis devenu beaucoup moins patient. Au moins, vous avez cédé, de bonne foi, n'est-ce pas, sinon de bonne grâce ? »

Harriet lui tendit son front et lui serra la main ; tout fut dit.

Dans ce moment, Coxe entra. Il était dans une des dispositions les plus agréables où un homme puisse se trouver. Il venait d'admirer de fort beaux tableaux et avait mesuré avec soin les proportions d'une statue antique ; de plus, il avait lu les journaux et même le *Times.* Le jeu de ses facultés était en parfait état. Au moment où il ouvrit la porte, convaincu de trouver sa fille seule, et tout prêt à lui raconter les joies de sa journée, il aperçut Wilfrid, et non seulement il l'aperçut, mais il le vit tenant Harriet dans ses bras et embrassant cette chère fille.

C'eût été chose bien autrement facile à un chameau de se promener de long en large dans le trou d'une aiguille[1], qu'au pauvre Coxe de laisser pénétrer dans son âme candide l'ombre d'une mauvaise pensée ; de sorte qu'il s'arrêta sur le seuil, surpris, mais nullement scandalisé. Cependant les amants ne s'attendaient pas à être interrompus de la sorte, et ils restèrent un instant indécis. Ce fut Nore qui dit à Harriet :

« Ne voulez-vous rien raconter à votre père, ma chérie ?

— Mon père, M. Nore et moi nous sommes engagés. »

Coxe ouvrit des yeux démesurés, contempla sa fille avec ravissement, en fit autant de Wilfrid, et s'écria :

« Oh ! »

Puis, sans ajouter une parole, il croisa les mains sur sa poitrine et leva les yeux au ciel. Manifestement, le pauvre homme pensait avant toute autre chose à remercier Dieu. Nore lui serra la main ; Harriet l'embrassa et posa sa tête sur son épaule ; mais Coxe se dégagea doucement et se retira à pas lents vers sa chambre. Là, ayant fermé la porte, il se mit à genoux devant une chaise, cacha sa grosse tête dans ses mains, et ce qu'il dit à quelqu'un, il n'est pas trop aisé de le savoir, puisqu'il était tout seul ; mais si ce fut une méditation pleine d'attendrissement sur le huitième verset[1] du psaume 86 : « Seigneur ! il n'y a aucun entre les dieux qui soit semblable à toi, et il n'y a point de telles œuvres que les tiennes », il n'y a pas grand sujet de s'étonner.

Nore, en quittant Harriet, s'en alla le long de l'Arno. Il regardait autour de lui et trouvait sublime le spectacle déroulé sous ses yeux par la nature. Florence est belle, il est vrai, mais il voyait moins Florence que le milieu éclairé par sa joie, et il se fût trouvé dans les campagnes de la Beauce, qu'assurément il eût prêté à leur monotonie vulgaire un charme et une majesté suprêmes. Nore se répétait :

« Être heureux, ce n'est pas grand-chose, mais sentir qu'on est la félicité de ceux qu'on aime ! Être assuré que ce qu'ils veulent, c'est vous, et que vous leur êtes tout !... Quelles machines bizarres que les hommes ! Ils ont l'air d'autant de boîtes fermées et isolées, et il n'est pas un sentiment en eux qui ne soit cramponné à l'intérieur de quelqu'un d'autre. Si je me cassais le cou ou me laissais choir dans la rivière, je ne tuerais pas que moi seul ! »

Il se mit en quête de Lanze, et trouva sa demeure sans trop de peine. La rencontre fut des plus agréables à tous deux ; mais Nore s'aperçut vite de la mélancolie sombre qui dominait l'artiste.

« Quel genre de vie menez-vous ici ? lui dit-il.

— Je ne vois personne et je travaille.

— C'est un mauvais système. La solitude produit la fièvre et la morosité ; ces deux dames, à leur tour, mettent au monde des fantômes. Qui jamais eut un tempérament plus vigoureux que Michel-Ange ? Il a fini par ne plus concevoir que des créatures écorchées, des titans lançant des coups de pied dans le vide et honnissant les spectateurs qui ne leur avaient jamais rien fait. J'aime mieux Raphaël et sa sociabilité[1], j'aime mieux la sérénité des maîtres du Moyen Âge ; ils ne s'isolaient pas comme des hiboux, et vous n'oseriez condamner Phidias et Praxitèle ; ceux-là passaient leur vie sous les portiques, dans le stade, aux gymnases ou sur la Voie Sacrée, causant et riant avec les philosophes, les éphèbes, les jeunes filles, les bouquetières, les âniers et les marchandes d'herbes. Un livre qui n'est pas un manuel de jovialité a prononcé cet arrêt : "Il n'est pas bon que l'homme soit seul." Demain, je vous conduirai chez un de mes meilleurs amis, le docteur Coxe. C'est un brave homme ; il a une fille. Je suis certain que vous éprouverez pour elle beaucoup d'estime et de respect. D'ailleurs… »

Et ici Nore confia au sculpteur dans quelles relations il se trouvait vis-à-vis des personnes chez lesquelles il voulait l'introduire. Dès lors, Conrad, qui avait montré de la répugnance, ne résista plus, et, le lendemain, il fut présenté. Mais il convient ici de quitter Florence pour transporter le lecteur à Lucerne, où un pan entier de cette histoire attend la décision de l'architecte[2].

CHAPITRE VI

Henry de Gennevilliers, l'ami intime et le mentor de Laudon, était d'un caractère fort honorable. Il appartenait au parti conservateur ; en outre, il était libéral et attachait une importance extrême, comme tous les gens sages, à pouvoir dire à chaque contradicteur, avec un sourire attirant : « Nous sommes moins loin l'un de l'autre que vous ne semblez le croire ! » De cette façon, il avait des affinités avec les légitimistes ; il n'en avait pas moins avec les démocrates, et se balançait ainsi en inclinant, tour à tour, de tous les côtés, et cherchant à donner un peu raison à tout le monde.

Il passait sa vie à chercher la solution des problèmes sociaux. Il s'inquiétait de statistique, d'économie politique, d'institutions charitables, en faveur desquelles il dépensait quelque peu. Il organisait des sociétés d'ouvriers pour l'instruction des basses classes, favorisait les lavoirs, les ouvroirs, les caisses d'épargne. Il était un membre actif de la Société de Saint-Vincent-de-Paul et de celle de Saint-François-Régis pour la régularisation des mariages ; mais, surtout, il prêchait la transformation morale des prolétaires qui, à l'aide de saines doctrines, de renoncement et d'abnégation résultant de principes religieux aussi solides qu'éclairés, devaient, un jour, devenir sobres, chastes, patients, désintéressés, tout à fait désabusés sur les bals publics et irréconciliables ennemis du cabaret. Il ne croyait pas précisément ces choses-là crûment comme il faut les dire pour se faire comprendre. Il les espérait, il y travaillait, il y tendait ; c'est encore un mot moderne pour exprimer qu'on veut une chose sans la vouloir, parce qu'elle est impossible. D'ailleurs, en politique, je le répète, il eût aimé à tout concilier. Supposer de lui qu'il aspirait à un gouvernement fondé sur la force, c'eût été lui faire injure ; il ne voulait pas le moins du monde ce qui était hier ; à la vérité, il repoussait ce qui sera peut-être demain ; surtout, il proclamait avec énergie les dangers, la misère, l'odieux de ce qui est aujourd'hui. Cette façon de voir, générale parmi les gens raisonnables, s'appelle être conservateur. Gennevilliers se portait entièrement de ce côté ; ses convictions étaient inébranlables. Le tout reposait sur un fond de sable composé d'une grande douceur d'âme, d'une honnêteté timide, du culte pieux de la phrase, de beaucoup de faiblesse, de quelques doutes mal enterrés sous une couche de dogmatisme tranchant ; Gennevilliers était maire de son village, conseiller général de son canton et député de son arrondissement[1].

Dans le monde, on l'estimait ; son nom appelait naturellement l'éloge. On n'aime guère, nulle part, les tempéraments fougueux, amoureux fous de la vérité qui la cherchent dans des chemins peu battus[2]. De tels caractères ont l'air de croire et de faire entendre que les lieux communs ne les contentent pas ; ils blessent les amours-propres. Gennevilliers ne blessait personne. Il ne se promenait que sur les grandes routes et ne signalait que les points connus de chacun. Sa femme éprouvait pour lui une sympathie affectueuse. Comme il soutenait couramment et en bons termes les opinions incontestées dans le milieu où il vivait, elle était persuadée de sa valeur et en était fière. Cette façon de réduire en axiomes bien construits ce qui était dans toutes les bouches, lui semblait de l'érudition, et elle s'estimait heureuse d'être unie à un homme qu'on ne contredisait pas.

Mais on se tromperait si l'on allait croire qu'il existât ici de l'amour. Jamais rien de semblable ne s'était montré chez eux, ni avant ni depuis leur mariage. Ils avaient associé leurs fortunes et leurs situations, d'un plein consentement et sur l'avis et l'incitation des deux familles. Ils auraient eu grand tort de s'en repentir et s'en gardaient bien ; toutes les combinaisons prévues s'étaient jusqu'alors admirablement réalisées. Gennevilliers avait hérité d'un oncle et Lucie d'une tante, et de belles successions se préparaient encore des deux côtés sans encombre probable. Les deux époux ne se gênaient pas ; ils ne se taquinaient pas. Ils avaient les mêmes goûts, les plus inoffensifs du monde. Faire des visites, en recevoir, être à Paris l'hiver, l'été dans quelqu'une de leurs terres, puis en voyage, ils n'imaginaient rien d'autre ; dès lors, ils se trouvaient bien ensemble, et se préféraient mutuellement à tous les hommes et à toutes les femmes de leur connaissance, qui, d'ailleurs, vivaient exactement comme eux, renfermés dans les mêmes horizons. La passion, l'emportement, le trop en quoi que ce fût, on ne savait ce que c'était dans cette vertueuse maison, et l'amour c'est du trop !

En revanche, il faut aussi l'avouer, on s'ennuyait quelquefois. Ordinairement, on languissait ; c'est le lot du bonheur moderne, et y rien changer serait impossible. Quelque chose de fort et de bruyant doit être mêlé à la vie, si l'on veut qu'elle ne devienne pas atone. Quand les Romains avaient à se garder des Samnites, des Sabins, des Osques, des Umbres, et défendaient contre ces voisins conjurés, non leur vie, non leurs biens, mais l'existence nationale, mais les dieux de la patrie, certes, ni les Fabius, ni les Marcellus, ni les Servilius, ni la gens Marcienne ne s'ennuyaient ni ne languissaient. Quand le Moyen Âge[1], se montant la tête, allait jouer sang et fortune dans les déserts lointains de la côte d'Asie, ni la langueur, ni l'ennui n'effleuraient non plus l'imagination des chevaliers, et, quand, dans nos guerres civiles, les Montmorency et les Châtillon, les Guise et ceux de Navarre se poussaient les uns aux autres, l'épée et la dague à la gorge, pour essayer de devenir chacun le premier, on ne languissait pas davantage, et l'ennui n'avait point de place entre l'espérance du triomphe et les fureurs de la défaite. Descendons encore; quand, à défaut de l'amour de la cité, de la foi rayonnante, de l'ambition du premier rang, les générations déchues, mais non complètement énervées, se laissèrent rouler dans les divertissements maculés et les espérances folles du dernier siècle, il y eut de la violence, force expirante, à ces excès de soupers, à ces turbulences philosophiques; mais, de nos jours, les riches n'ont plus rien à vouloir; ils peuvent courtiser à leur gré les vanités de situation; l'orgueil de caste est trop haut placé pour leur petite taille; ils n'ont point de fanatisme religieux, ils sont trop honnêtes gens pour l'ambition échevelée, trop justement timorés pour la débauche; ce n'est pas de la passion que de craindre périodiquement la torche allumée de la canaille; ils se remuent un peu entre le tapissier, la lingère, le fabricant de voitures, la marchande de modes; paient des notes et s'ennuient. Il n'y a pas de théorie, si spiritualiste qu'elle soit, qui puisse les tirer de là.

Comme les femmes ont un sentiment plus délicat que leurs époux, elles subissent plus complètement aussi les conséquences de cette situation. Lucie s'ennuyait donc spécialement, et, sans y rien comprendre, souffrait du vide dans lequel elle était plongée. Elle n'éprouvait d'enthousiasme pour rien et n'admettait guère un pareil état de l'âme. C'est un grand malheur, quand un tel énervement devient ordinaire dans les hautes classes d'une nation, car, généralement, les femmes y résistent en dernier ; si elles y succombent, c'est que tout est perdu. Alors, une existence paisible, entortillée aussi complètement que faire se peut dans les langes du petit luxe, elles n'imaginent plus rien au-delà ; elles voilent le tout dans la gaze impalpable d'une religion modique, où l'on ne risque pas de se fourvoyer, puisqu'on ne fait qu'obéir, et, dans ce nid peu bruyant, on berce, on empâte et on endort les hommes déjà assoupis et qui ne demandent pas mieux que de l'être davantage.

Lucie, après son mari et ses enfants, voulait du bien à ses amis, et, parmi ceux-là, elle distinguait assez Laudon. Tandis que Gennevilliers était flatté de trouver en lui un élève, elle, de son côté, ne l'était pas moins de se connaître un admirateur marchant à sa suite, dont elle était certaine de n'avoir jamais rien à craindre. Il ne lui avait jamais rien dit, on le sait, d'un sentiment dont elle eût repoussé hautement l'aveu ; mais, dans son for intérieur, elle s'affirmait à elle-même que des adorations très vivaces existaient de ce côté-là. Elle n'en était pas fâchée. Comme elle savait bien que son mari ne lui avait jamais porté plus d'amour qu'elle n'en avait eu pour lui, elle ne se faisait pas scrupule, au contraire, elle était secrètement ravie d'avoir fait naître et, par conséquent, mérité un culte que le respect maintiendrait éternellement dans le silence, mais qui était fort exalté !

Ainsi, elle triomphait doublement ; d'une part, elle régnait sur l'âme d'un galant homme et la régentait en qualité d'idole, ce qui voulait dire qu'elle était jolie, aimable, séduisante et pourvue de tout ce qui peut inspirer des folies ; de l'autre, elle contenait les flots, tempérait les flammes, brisait le souffle des tempêtes par l'autorité de son aspect immaculé. Et ce n'était pas encore tout. Il y avait un dessous, un dessous à secret, dont on ne connaissait pas bien soi-même tous les recoins.

Dans ce dessous, s'amusait d'une manière innocemment ironique, ou mieux, ironiquement innocente, un tout petit instinct, dont les traits, comme ceux d'un bébé charmant, n'étaient pas nettement formés. Ce petit instinct, gracieux, un peu cruel, mais si jeune, si faible, en vérité, ne méritait, pour ces raisons, aucune réprimande. Puisqu'il faut s'expliquer, Lucie souriait en elle-même de ce qu'Henry ne s'apercevait pas de l'amour qu'elle inspirait ; Lucie jouissait surtout de cette imperceptible perfidie, quand elle entendait son mari ordonner à l'avance ce que ferait ou ne ferait pas Laudon d'après ses sages avis.

« Si je le veux ! » murmurait-elle bien bas.

En quelques rencontres, elle avait opposé, sans en avoir l'air, son autorité à celle du prudent Gennevilliers, et, au grand étonnement de celui-ci, et à son grand triomphe à elle, Laudon n'avait pas bougé de place.

En conséquence de tout ceci, Lucie agréait assez celui qu'elle considérait comme sa victime, et, afin de faire d'une pierre deux coups, elle avait conçu le projet de le marier à une de ses cousines à qui elle portait un certain intérêt. Cette cousine était une bonne petite personne, peu jolie, pas spirituelle, bien née, riche, sachant lire, écrire, compter, ayant appris par cœur une histoire sainte arrangée, une histoire de France composée et quelques extraits châtiés des poètes et des prosateurs auxquels elle n'avait rien compris, l'excellente enfant, sinon que ces choses-là, nécessaires pour constituer une bonne éducation, ne pouvaient prétendre à ce qu'on s'occupât d'elles une fois qu'on n'y était plus contrainte. Lucie, en contemplation devant tant de vertus dont sa bonne petite cousine était ornée, pensait, avec quelque apparence de raison, qu'après la noce comme avant, il n'existait pas le moindre motif pour qu'elle-même cessât d'exercer sur Laudon cette autorité salutaire, dont la vertu, la beauté et le mérite sans pairs constituent le privilège irréfragable. Mais c'est assez nous promener dans les corridors souterrains et sans lumières d'un aussi aimable cœur que celui de Lucie. Il faut s'arrêter là, en se bornant à dire que Mme de Gennevilliers s'était fait persuader par son mari de désirer le mariage de Laudon avec Jeanne de Blanchefort, et, en épouse soumise d'un si grand homme, elle avait consenti à engager la question aussitôt que l'hiver aurait ramené tout le monde à Paris ; car ce ne fut qu'à Lucerne, et après le départ de Louis, que Gennevilliers, habilement préparé depuis quelques semaines, fit lui-même la découverte de ses véritables intentions et les communiqua à sa femme étonnée.

CHAPITRE VII

Après avoir visité les Cantons-Forestiers, causé à fond avec une foule de landammans[1] et pris une quantité de notes sur les maisons de fous et les prisons, Henry de Gennevilliers et sa femme, continuant leur voyage, s'étaient dirigés vers le nord et étaient arrivés à Saint-Gall[2]. Les deux époux avaient le projet de s'arrêter dans cette petite ville au moins une semaine. Il fallait visiter les restes de l'Abbaye, ce qui, probablement, allait donner matière à un article sur les mérites économiques de l'administration des moines; il fallait aussi examiner en détail la fabrication des mousselines brodées, savoir le prix de revient et se mettre en état d'exposer la situation morale et physique des travailleurs et des travailleuses; autres articles. En conséquence, les Gennevilliers s'établirent confortablement à l'hôtel du Poisson, ce dont l'aubergiste fut ravi.

Ils étaient là depuis trois jours, quand ils entendirent, une nuit, un assez grand tapage dans l'hôtel. Les domestiques montaient et descendaient les escaliers avec rapidité; des voix étrangères se mêlaient à ce bruit, commandant, discutant, appelant. Gennevilliers, réveillé, se mit à la fenêtre. Il vit une chaise de poste arrêtée devant la porte. Cette voiture venait d'arriver; les postillons étaient encore en selle. Le maître de l'hôtel se tenait près de la portière, dans l'attitude la plus humble et avec cette profonde conviction de la puissance de la flatterie que les aubergistes possèdent seuls à un degré supérieur. Il assurait Son Excellence que l'appartement était tout prêt, et, sur une question que Gennevilliers n'entendit point, il répondit avec un nouveau salut :

« Oui, Excellence ! il y a une lettre. Cette lettre est arrivée hier et a été renvoyée de Burbach; elle porte le timbre du Caucase. »

En ce moment, un valet de chambre annonça à haute voix que tout était prêt dans l'appartement, et Henry vit alors descendre de la voiture une femme d'une taille élancée, enveloppée dans un châle; une autre femme la suivait.

« N'oublie pas ma cassette, Lucile, dit la première dame en se retournant.

— Non, madame la comtesse, je la tiens ! »

Et, comme toutes deux entrèrent dans l'hôtel, Gennevilliers allait se recoucher, convaincu qu'une haute puissance habitait, dès ce moment, sous le même toit que lui, et il se promettait d'en demander le nom le lendemain. Tout à coup un cri terrible et aigu pénétra la maison entière. Des clameurs succédèrent, Henry se précipita sur sa porte, l'ouvrit à demi et vit dans le corridor les domestiques, l'hôte, la femme de chambre, portant la dame, et, au milieu des « Ah ! mon Dieu !... quel malheur !... qu'est-il arrivé ?... soutenez-lui la tête !... », la procession entra dans le grand appartement de l'hôtel, et Henry le vit se refermer.

Son premier mouvement fut d'aller aux informations. Mais il pensa judicieusement que cette affaire ne le regardait pas. Il se recoucha et dormit. Au matin, aussitôt habillé, il sortit de sa chambre et chercha l'hôte. Après un entretien de quelques instants avec lui, il entra chez Lucie.

« Ma chère, lui dit-il, voilà quelque chose d'assez curieux et peut-être d'assez triste. Vous rappelez-vous la comtesse Tonska ?

— Pas le moins du monde, répondit Lucie.

— Comment ! vous ne vous rappelez pas qu'il y a deux ans, nous sommes allés au bal chez elle, à Paris ? Elle occupait un délicieux appartement dans l'avenue de l'Impératrice[1] ? Votre tante, Mme de Lanlay, nous avait présentés.

— Ah ! oui, je me souviens maintenant. Eh bien ?

— Eh bien, la comtesse Tonska est arrivée ici cette nuit. Elle a d'abord demandé s'il y avait quelque lettre pour elle. On lui en a remis une venant du Caucase et qui avait été la chercher à Burbach, d'où on la lui avait renvoyée à cet hôtel. Elle l'a ouverte précipitamment, et, après l'avoir parcourue des yeux, elle est tombée évanouie et a eu des convulsions. Depuis ce moment, la fièvre l'a prise ; on la dit fort mal.

— Pauvre femme ! répondit Lucie. Elle avait de bien belles dentelles !

— Ne pensez-vous pas, reprit Henry, que nous pourrions lui donner quelque marque de sympathie ? Elle a été fort polie pour nous, et je crois même me rappeler qu'après son bal, vous avez échangé des visites.

— Elle est venue chez moi et ne m'a point trouvée. Je l'ai aperçue aux courses. Que voulez-vous que nous lui disions ?

— Je ne sais, il y a peut-être ici du bien à faire.

— Mais, mon ami, réfléchissez ; je vous l'avoue, je n'aime pas beaucoup les étrangers. Aller au bal chez eux, rien de plus simple ; mais les voir, c'est assez grave ! »

L'hésitation se mit dans l'esprit de Gennevilliers. En ce moment, on frappa discrètement à la porte.

« Entrez ! » dit Henry.

C'était le maître de l'hôtel, suivi à distance par une femme de chambre qui resta dans le corridor.

« Qu'y a-t-il ?

— Monsieur le comte, Mme la comtesse Tonska, ayant appris que vous étiez ici avec Mme la comtesse, me charge de vous demander si vous n'auriez pas, par hasard, des globules homéopathiques de belladone ?

— J'en ai, répondit Lucie avec empressement. Si vous voulez entrer, mademoiselle, poursuivit-elle en s'adressant à la femme de chambre, je vous remettrai le flacon. »

Lucile se confondit en remerciements, et, tandis que Mme de Gennevilliers cherchait, ouvrait sa pharmacie portative et regardait alternativement les étiquettes des petits cylindres de verre, elle demanda :

« Comment va Mme la comtesse ? J'ai appris, avec beaucoup de peine, qu'elle s'était trouvée mal en arrivant !

— Mme la comtesse a été fort souffrante toute la nuit; elle se calme un peu. Elle a appris, si subitement et sans y être préparée, la mort de M. le comte!

— Ah! mon Dieu! que me dites-vous là? Quel affreux malheur! Henry, vous entendez? M. le comte Tonski est mort! C'est cette nouvelle qui est cause de l'état où se trouve Mme Tonska.

— J'en suis désolé, répondit Gennevilliers. Veuillez bien, mademoiselle, exprimer à Mme la comtesse la part que nous prenons à sa situation et ajouter que Mme de Gennevilliers et moi serions heureux de lui être bons à quelque chose. »

Lucile remercia et partit. Les deux époux déjeunèrent et montèrent ensuite en voiture pour aller à Appenzell, Rhodes-Extérieures[1], visiter un village dont presque tous les habitants font des broderies pour le compte des négociants de Saint-Gall. Ce fut encore une belle occasion offerte à l'homme politique. Il accabla de questions les gens qui l'approchèrent et leur exposa ses théories, ce dont ils furent très édifiés; quant à Lucie, elle acheta une robe brodée ravissante et une foule de jolies choses qu'on lui vendit très cher.

La nuit venue, ils s'en retournèrent, au travers des petits chemins les plus pittoresques du monde, mais aussi les plus rocailleux et dont les constantes montées et descentes n'amusent pas les chevaux. Il faisait sombre tout à fait quand ils descendirent de voiture, et d'abord, on les prévint que Mme Tonska serait très reconnaissante à Mme de Gennevilliers si celle-ci voulait bien se rendre auprès d'elle.

Lucie, avec sa prudence ordinaire, se montra peu disposée à accueillir ce qui la faisait sortir de ses habitudes; elle regarda son mari avec une certaine anxiété. Pour lui, répondant aussitôt à sa pensée :

« Mais, ma chère, vous ne pouvez guère faire autrement, il me semble. D'ailleurs, quel inconvénient y voyez-vous ?

— Je ne saurais que vous dire », répliqua Lucie, et, levant légèrement les épaules comme une personne contrariée, elle se dirigea du côté de l'appartement de la comtesse.

Elle resta une grande heure absente, et Gennevilliers, quelque peu affamé, ne savait comment s'expliquer la longueur de cette conférence et commençait à s'impatienter, quand Lucie reparut. On servit aussitôt. La jeune femme gardait un air concentré ; elle était visiblement affectée. Henry s'écria, aussitôt qu'ils se trouvèrent seuls :

« Au nom du Ciel ! ma chère, dites-moi ce que vous avez ! Vous n'êtes pas dans votre état ordinaire.

— C'est que ce que je viens de voir et d'entendre n'est pas ordinaire non plus. Je suis arrivée chez Mme Tonska. Sa femme de chambre m'a introduite. J'ai trouvé une personne pâle, les yeux étincelants, brûlée de fièvre, ses cheveux noirs (des cheveux admirables !) défaits et roulant de tous côtés autour de sa tête, donnant à ses traits quelque chose d'étrange. Tenez, Henry, je n'ai jamais rien contemplé de si beau de ma vie ! En m'apercevant, Mme Tonska s'est soulevée avec peine sur ses oreillers et m'a dit de la voix la plus mélodieuse et la plus touchante du monde :

« "Que vous êtes bonne !"

« Elle me tendait les mains, figurez-vous, Henry, mais avec un geste si doux, si charmant, si sympathique, que les larmes me vinrent aux yeux. M'apercevant qu'elle se fatiguait, je passai mon bras derrière sa tête pour la soutenir ; alors elle me saisit avec force et m'embrassa avec une sorte d'emportement en me disant :

« “Vous êtes mon bon ange !”

« Je restai tout interdite ; car enfin, Henry, je la connais très peu !

« Elle me fit asseoir sur le bord de son lit, ce qui ne me plut pas beaucoup ; mais elle voulait m'avoir tout près d'elle, et alors elle me pria de l'écouter avec grande attention. Voilà en substance ce qu'elle m'a dit :

« Elle va mourir, et elle n'a plus que peu de jours, peut-être quelques heures, à passer sur cette terre. Elle désire que vous fassiez mettre les scellés sur son appartement ; elle vous donnera un papier qui vous institue son exécuteur testamentaire et vous y trouverez ses dernières volontés. Elle vous prie instamment de ne pas lui laisser détacher du cou une petite chaîne d'or à laquelle est suspendu un médaillon contenant des cheveux de son mari. Impossible de la calmer, jusqu'à ce que je lui aie juré en votre nom une obéissance complète sur ce point. Alors elle m'a raconté des choses ! mais des choses ! Vous ne pouvez vous imaginer ce que c'est que Mme Tonska ! Je ne crois pas qu'il existe au monde une créature plus angélique ! Vous le savez ! Généralement je n'aime pas les étrangers et les étrangères encore moins. Mais, pour celle-ci, il ne se peut rien concevoir d'aussi bon, d'aussi tendre, d'aussi dévoué ! Elle est d'une piété céleste, et je vous avoue qu'elle me fait l'effet d'une sainte !

— C'est possible, répondit Gennevilliers d'un air contrarié, mais vous me mettez dans un grand embarras. Comment puis-je être l'exécuteur testamentaire d'une Polonaise ? Tout cela n'a pas le sens commun, et le moindre inconvénient que j'y voie, c'est de nous éterniser à Saint-Gall.

— Que voulez-vous ? je pense de même ; mais pouvais-je dire à une malheureuse créature, prête à expirer seule dans une auberge du coup mortel que vient de lui porter la mort de son mari, que vous ne voulez pas être le bon Samaritain ?

— C'est la mort de son mari qui la tue ? demanda Gennevilliers, sans ombre de malice.

— Elle était fort malade déjà, repartit Lucie en haussant les épaules, mais ce coup l'achève. Les sujets de plainte ne lui avaient pas manqué ; mais elle m'a dit en pleurant qu'elle se rappelait seulement en lui les années de sa jeunesse. Vous savez que ces femmes-là sont très romanesques.

— Ce que je sais, c'est que c'est fort ennuyeux », soupira Gennevilliers, et il prit un journal. Dans ce moment, un domestique de l'hôtel entra et remit à Lucie un billet plié en triangle. Il n'y avait que ces mots :

J'ai réussi à me faire porter sur le canapé. Si vous m'aimez un peu, amenez-moi votre mari. Vous le savez, je n'ai plus beaucoup de temps à moi.

SOPHIE T.

« Pauvre femme ! » murmura Lucie en essuyant ses yeux mouillés.

Gennevilliers, plus contrarié que jamais, était fort incertain.

« Qu'allons-nous faire ? dit-il à sa femme.

— Comment pouvez-vous hésiter ? répondit celle-ci.

— Eh bien, allons, puisqu'il le faut ! »

La comtesse était couchée sur un canapé entre deux fenêtres ; elle avait fait relever sa merveilleuse chevelure ; elle était vêtue d'un long peignoir de mousseline blanche. Incontestablement, elle était de la plus rare beauté, et sa pâleur y ajoutait une expression vraiment surnaturelle. Gennevilliers, ahuri, se mit dans un fauteuil qu'elle lui montrait de la main, tandis qu'elle attirait Lucie sur la chaise placée près de sa tête.

« Vous avez pour femme un ange ! monsieur de Gennevilliers, lui dit-elle. Vous l'aimez bien, n'est-ce pas ? Vous ne l'abandonnerez jamais ? Pardonnez à une mourante de vous parler de la sorte. On ne m'a pas aimée ; on m'a abandonnée et vous voyez ce qui arrive ! »

Henry était extrêmement mal à son aise ; mais il trouvait la comtesse belle au-delà de toute expression et se sentait jeté en dehors de ses habitudes.

Mme Tonska prit un papier sous le coussin :

« Ce sont mes dernières volontés, dit-elle d'une voix douce et ferme. Je regrette de vous avoir connus tous deux si tard. Mais que les desseins de Dieu soient bénis ! Mme de Gennevilliers a dû vous rapporter, monsieur, quelle était la chose à laquelle je tiens le plus ? »

Gennevilliers ne se trouva pas la force de parler et fit un signe d'assentiment.

« Merci, monsieur ; vous êtes bon ; vous êtes digne d'elle !... (Et elle serra la main de Lucie.) Vous trouverez dix mille francs en billets dans cette cassette. Veuillez les remettre à M. le curé de Sainte-Clotilde ; il me connaît ; il emploiera cette somme à dire des messes pour le repos de l'âme de mon pauvre mari. Je sais trop... Mais la miséricorde de Dieu est si grande, et peut-être, au dernier moment, Boleslas a-t-il réfléchi !... Pardon de prolonger cet entretien si peu intéressant pour vous... mais vous faites le bien, je vous connais mieux que vous ne pensez ; vous êtes de ces hommes courageux et utiles que le monde ne vénère pas assez. J'ai lu vos admirables travaux... Vous prendrez sur l'ensemble de ma succession une somme de cent mille francs pour votre *Asile de l'Enfant pro-*

digue... D'ailleurs vous trouverez l'expression de mes volontés dans ce papier. Et maintenant, adieu, ne m'oubliez pas... Lucie, priez pour moi... Monsieur, songez à moi ! Je ne vous importunerai plus ! »

Elle leur serra la main à l'un et à l'autre et leur fit signe de la laisser. Ils obéirent et se retrouvèrent dans le corridor, en larmes, confondus, hors d'eux-mêmes, et n'ayant jamais imaginé rien de semblable à ce qu'ils venaient de voir et d'entendre. Du reste, ils étaient parfaitement d'accord, désormais, que la comtesse Tonska était un être incomparable, descendu d'une sphère supérieure; qu'elle allait y remonter et que c'était un grand malheur pour notre planète. Ils se dirent enfin bonsoir, et allèrent se coucher, l'âme dans un triste état.

Au milieu de la nuit, vers trois heures du matin, Gennevilliers fut réveillé en sursaut. Il s'assit sur son séant et écouta, ne sachant trop ce qui le tirait de son sommeil. C'était une musique éclatante. Une voix prodigieuse de force et d'éclat, dirigée par la science la plus consommée, chantait un psaume de Marcello[1] en s'accompagnant sur le piano d'une façon qui eût fait honneur à un maître.

« Conçoit-on, se dit mentalement Gennevilliers, qu'il existe des gens capables de pareils caprices à de pareilles heures? Ce doit être un Anglais! Et cette pauvre femme, qui n'a plus besoin que de repos et de silence ! Je vais parler à cet homme ! »

Il s'habilla à la hâte et se mit en devoir de descendre à la salle commune; mais, en passant devant la porte de l'appartement de Mme Tonska, il entendit que c'était là qu'on jouait et qu'on chantait.

« Qu'est-ce que cela signifie ? »

Il resta un moment dans la stupeur; puis il se dit :

« Elle use ce qui lui reste de force nerveuse. Je ne dois pas le souffrir. »

Il frappa à la porte. Lucile lui ouvrit.

« Qui est au piano ? demanda-t-il avec l'autorité d'un exécuteur testamentaire.

— C'est Mme la comtesse, répondit la jeune fille.

— Elle se fait horriblement mal !

— Elle se tue, répliqua Lucile.

— Permettez-moi d'entrer ! Je dois empêcher cette folie. »

Il entra. Sophie était assise devant l'instrument ; dans sa robe blanche, tombant de toutes parts, à grands plis, elle avait l'air d'un spectre ; elle chantait et n'avait jamais eu tant de voix. Quand elle aperçut Gennevilliers, elle lui ordonna, à la lettre, elle lui ordonna par un geste impérieux de ne pas l'interrompre, et, ce qui est admirable, c'est qu'Henry s'assit docilement. Elle acheva son morceau, puis se levant toute droite :

« Vous avez bien fait de venir ! Je vous attendais ! Je savais que Dieu vous enverrait à moi ! Je ne suis pas ce que vous croyez ! J'ai été bien malheureuse ; mais aussi j'ai été bien coupable ! J'ai beaucoup à expier ; il faut que je souffre beaucoup ! Écoutez-moi ! je vous en supplie, je vous en conjure par tout ce qu'il y a de plus sacré sur cette terre ; écoutez-moi, conseillez-moi, et je ferai exactement ce que vous m'aurez ordonné, parce que vous êtes un homme droit, pur, et que je ne veux pas d'autre juge que vous. »

Gennevilliers se repentit d'être sorti de son lit ; mais, au fond, il était flatté d'être reconnu pour ce qu'il valait ; en même temps, il était curieux de savoir quels pouvaient avoir été les torts d'une aussi belle personne qui aimait tant son mari, et, en outre, comment dire non à une mourante ? De sorte qu'il resta, et la comtesse, appuyant son coude sur la table du piano, lui exposa ce qui suit.

CHAPITRE VIII

« Monsieur de Gennevilliers, les démérites les plus graves chez autrui ne nous paraissent tels que parce qu'ils proviennent de causes dont on ne se rend jamais assez compte. Si j'avais été à l'égard de mon pauvre mari celle que j'aurais dû être, je me serais moins scandalisée au début, j'aurais été plus indulgente, et bien des malheurs ne seraient pas arrivés. Le pauvre Boleslas n'était pas méchant. Il était faible ; il avait été beau, recherché, gâté. Il avait pris de fâcheuses habitudes. C'eût été mon rôle, celui d'une femme courageuse et aimante, de supporter quelques-uns de ses défauts ; j'aurais ainsi pu les contenir, et j'en aurais empêché d'autres de se développer chez lui.

« Je n'ai rien fait de ce qu'il était au moins de mon devoir d'essayer. Le comte, entraîné dans la mauvaise compagnie, avait pris l'habitude de boire avec excès. La première fois qu'il m'apparut en cet état, il m'inspira de l'horreur ; je le lui témoignai avec emportement. Il m'aimait ; j'aurais dû me servir de ce sentiment pour l'attirer dans une vie plus régulière. Mais, non ! je l'humiliai ; je l'offensai. Je m'amusai méchamment à marcher à pieds joints sur son amour-propre. Il patienta quelque temps ; puis, ce qui était trop naturel, il s'éloigna de moi. Je le sens maintenant, je vous le répète, avec plus de douceur, en lui rendant tendresse pour tendresse, en lui prenant généreusement la main, j'en suis convaincue ! je l'aurais tiré du gouffre. Je l'y poussai davantage par mes mépris coupables. Plusieurs fois, il voulut revenir ; je lui fis passer quelques soirées à s'entendre reprocher ses torts avec amertume. Alors il s'éloigna pour toujours. Les femmes ne sont pas bonnes ; sur cent, une à peine comprend qu'elle n'a autre chose à faire qu'à retenir, par tous les moyens, son mari auprès d'elle ; à être sa confidente, son amie, sa maîtresse… Non ! la plupart se font un idéal de grandeur et même de devoir absolument différent. Elles veulent être juges ; elles veulent commander, diriger, être craintes, et, allant au rebours de ce qu'on leur prêche, elles prétendent dominer le maître, rompre en visière au seigneur, et ne sont jamais si fières et si contentes que quand elles ont renvoyé l'amant honteux et insulté.

« Ce jeu ne dure jamais longtemps. Il a fini vite pour moi. Mon mari ne me maltraitait pas, ce qui arrive à d'autres ; il me préférait ouvertement la première danseuse venue ; encore une fois, c'était ma faute. Voyant celui que j'avais repoussé rejeter sa chaîne à son tour, je fus frappée dans mon orgueil ; je voulais bien l'écarter, je n'admettais pas qu'il me quittât. C'était arrivé pourtant ; je voulus m'étourdir, et on me fit la cour. J'y pris un plaisir malsain ; je n'aimai personne, je ne cédai à personne, en cela vous devez me croire ! Mais je voulais blesser celui qui m'abandonnait. Je me compromis tant que je pus. Alors, de l'ivrognerie et du désordre, Boleslas tomba dans le jeu ; le jeu le conduisit à pis… Maintenant, il est mort, désespéré. Voilà ce dont je suis responsable. Les illusions m'ont quittée depuis longtemps ; je suis profondément malheureuse ; je comprends tout : j'ai mérité les coups de la justice divine et je voudrais user de ce qui me reste de forces pour m'en préserver au moins dans la vie éternelle.

— Madame, répondit Gennevilliers, quand on s'analyse de la sorte, on a certainement un grand courage et une perspicacité égale ; mais on se fait mal à soi-même. Je ne veux pas rechercher si, par hasard, vous n'exagérez pas vos torts. Je suppose, pour vous plaire, qu'ils sont grands ; mais, puisque vous me faites l'honneur de votre confiance, à quoi voulez-vous aboutir ?

— À cette question même, répliqua la comtesse. Nous voilà sur le terrain. Je veux aboutir à laisser le passé pour ce qu'il est, après avoir reconnu que la responsabilité en pèse sur moi, et me consacrer à rechercher les moyens sérieux, non pas de réparer un mal irréparable, mais d'en faire naître des compensations. Quel parti dois-je prendre, suivant vous ? Au moment même où j'ai appris la mort du pauvre Boleslas, j'allais le rejoindre dans la résolution de ne plus le quitter. C'est tout vous dire : j'avais rompu avec mon existence ancienne, et je voulais devenir une femme nouvelle. Ce que je méditais ne m'est plus possible ; que puis-je mettre à sa place ? »

Gennevilliers la contempla avec étonnement. Mme Tonska bouleversait ses idées. Il s'était accoutumé à la pensée qu'elle allait mourir le lendemain, ou du moins qu'elle ne passerait pas la semaine ; maintenant, elle lui demandait de régler son sort. Il fut, au fond, bien aise d'accueillir l'espérance qu'une créature aussi accomplie d'esprit, de cœur et de corps, ne fût pas perdue, et il répondit :

« La question est grave, et je suis peu propre à la discuter. Mais si je pénètre tant soit peu dans ce qui s'agite en vous, il me semble que la vie conventuelle vous attire. »

La comtesse secoua la tête :

« Ce point-là est déjà décidé, répondit-elle ; que ferais-je désormais dans le siècle ? Ce que je prétends de vous, c'est de m'aider à démêler quel genre de vie religieuse me peut convenir davantage. Dois-je consacrer les talents que le Ciel m'a donnés à répandre l'instruction, en entrant aux Ursulines ou dans tout autre ordre enseignant ? Croyez-vous que je ne servirai pas mieux les desseins de la Providence en allant soigner les malades parmi les dignes filles de Saint-Vincent ? Puissé-je finir sur le grabat de la fièvre jaune dans l'Amérique espagnole ou du choléra dans quelque contrée plus lointaine encore ! Il est un troisième parti que je pourrais prendre : la vie contemplative ! Les austérités physiques et morales ! Je me suis égarée par l'abus de la volonté ; n'est-ce pas la preuve que ma vocation est d'ensevelir cette volonté sous la bure de la Carmélite ou de la Trappistine ? »

Gennevilliers ne put songer sans frémir à ce que deviendrait cette charmante personne au milieu des renoncements redoutables dont elle évoquait si résolument la triple image.

« Mais, madame, s'écria-t-il, pourquoi quitter le monde ? N'est-ce pas là, aujourd'hui, qu'il y a le plus de bien à faire ? Vous semblez un soldat qui, pour chercher des escarmouches, abandonnerait la bataille !

— Mon ami, dit la comtesse en appuyant ses doigts effilés sur la main de Henry ; je n'ai plus la force des grands combats, j'ai tout au plus celle de la souffrance ! »

Sur ces mots, elle parut s'affaisser ; Gennevilliers la soutint dans ses bras et appela Lucile à haute voix ; celle-ci arriva à moitié endormie et l'aida à porter la comtesse sur son lit. Sophie était sans connaissance. Pendant que la suivante lui faisait respirer des sels, Gennevilliers, hors de lui, courut réveiller sa femme.

« Venez, ma chère, lui dit-il, si vous voulez la voir encore ! Elle expire ! »

Lucie se précipita hors de son lit ; et enveloppée à la hâte dans une robe de chambre, elle suivit son mari.

Pendant trois quarts d'heure, tous les secours furent inutiles, et Gennevilliers agitait en son esprit la question de savoir si le moment n'était pas venu d'aller quérir les sacrements, quand enfin la comtesse ouvrit les yeux. Elle regarda autour d'elle d'un air absolument égaré ; puis elle se cacha le visage sous ses deux bras croisés. Enfin, elle les déplia, aperçut Lucie, et lui dit d'une voix éteinte et avec un faible sourire :

« J'espérais que c'était fini ! C'est vous, c'est votre mari qui me retenez ! »

Il n'est jamais désobligeant de s'entendre attribuer la vertu de ressusciter les morts ; de sorte que Lucie et Henry, fortement impressionnés, commencèrent à espérer l'un et l'autre que la comtesse ne mourrait pas, et que leurs soins, leur tendre sympathie, prolongeraient les jours de cette femme si intéressante. Ils s'établirent donc à demeure, l'une au chevet, l'autre au pied du lit, et les articles de revues et de journaux sur les classes ouvrières et les institutions charitables tombèrent dans l'oubli ; il ne fut plus question désormais, et pendant huit jours environ, que de la comtesse Tonska, suspendue, comme le tombeau de Mahomet, non pas entre le ciel et la terre[1], mais entre la vie et la mort.

Enfin, l'énergique sollicitude de ses amis l'emporta.

« Vous m'avez sauvée, leur dit-elle, d'une fin bien douloureuse ; maintenant sauvez-moi de moi-même ! »

Lucie n'avait jamais éprouvé pour personne un sentiment comparable à celui que lui faisait connaître sa belle malade. Quant à Gennevilliers, hum !... C'est tout ce qu'il est à propos de dire de la situation d'esprit d'un homme si parfaitement paisible et d'une humeur ordinairement si pondérée. Il lui montait au cerveau des idées, des bouffées d'impressions singulières.

Cependant Mme Tonska commençait à passer une partie de son temps sur une chaise longue. Elle se faisait porter auprès de la fenêtre et s'absorbait, disait-elle avec un sourire mélancolique, dans la contemplation de cette grande nature qui n'avait plus pour elle ni caresses ni espérances. À son grand regret, elle n'avait pas réussi à mourir physiquement, mais moralement il ne restait plus rien d'elle. Son âme, si souvent martyrisée, ne conservait pas une seule fibre qui vibrât encore ; elle ne comprenait désormais que le dévouement et n'imaginait quelque joie que dans le sacrifice.

Pendant tout ce temps, elle ne parlait guère à Lucie et à Gennevilliers que de ses souffrances et de son mari. Quand elle fut mieux, elle continua sans doute à détailler ses peines, mais elle s'occupa de moins en moins de l'infortuné Boleslas. Alors, du fond de sa confiance tout entière gagnée, sortirent d'abord quelques allusions amères à son affection trompée pour des hommes qui n'avaient pas su la comprendre ; et comme Lucie, en particulier, tout en conservant une mine discrète et austère, brûlait d'envie de connaître les aventures extraordinaires d'une personne si complètement différente du commun, et que sa curiosité, sous l'incognito d'une sympathie pieuse, ne laissait pas que d'être reconnue aisément, un beau soir que Gennevilliers avait été se coucher de bonne heure, parce qu'on l'avait renvoyé sous prétexte de fatigue, la malade, après avoir fait de la musique et chanté pendant deux heures, raconta à son incomparable amie sa vie, sa vie entière avec ses luttes et ses victoires, toutes plus douloureuses les unes que les autres. Lucie avait lu peu de romans et fut pétrifiée d'admiration.

Sophie lui exposa ce qu'elle avait essayé pour ramener à la vertu le prince de Deux-Ponts et comment elle avait misérablement échoué. Alors, sans hésiter, elle avait éloigné d'elle un homme sans principes, qui, sous le masque de l'affection, osait se flatter des projets les plus coupables. Un instant, le duc d'Olivarès, par les dehors chevaleresques qu'on lui connaît, par ce teint cuivré et ces cheveux noirs qui le font ressembler à un Abencérage, lui avait causé quelque illusion. Hélas! le prestige s'était vite dissipé! Le Castillan avait été renvoyé par la même route que le Bavarois. Enfin, Sophie avait connu Jean-Théodore, prince régnant de Wœrbeck-Burbach. Rien de plus séduisant que ce souverain. À beaucoup d'esprit, il unit beaucoup de cœur, il est capable de concevoir le bien et même de l'exécuter; pourquoi faut-il que d'aussi belles qualités soient annulées par cette étrange fantaisie de n'approcher les femmes que pour les perdre? La malheureuse situation de Son Altesse Royale, quant à sa vie intérieure, auprès d'une personne absurde, avait d'abord frappé douloureusement la comtesse, et elle s'était vivement intéressée à Jean-Théodore.

« Vous ne pouvez vous figurer, chère Lucie, disait-elle, quelle est la compagne à laquelle on a eu le courage de l'associer. C'est une portière bien née, voilà ce qu'on en peut penser de plus indulgent. La princesse héréditaire, de son côté, s'est donné les idées et les façons d'une gouvernante vaudoise et entre ces deux femmes le pauvre prince était comme un navire sans gouvernail, tournant sur lui-même, au milieu d'une mer inerte. Pour échapper à cette misère, il a formé à différentes époques des liaisons tout à fait indignes de lui. Ce fut d'abord une petite bourgeoise de Burbach, une Mlle Caroline Schmidt, aujourd'hui mariée à un riche industriel; ensuite vint une actrice extravagante, Mlle Lippold, à laquelle il trouvait du génie; enfin, une marquise Coppoli, intrigante au suprême degré, peu jolie et sans l'ombre d'une qualité. J'ai voulu le tirer de cet abîme... Ne faites jamais le bien, ma chère, ne le faites jamais!... si vous avez peur de souffrir! »

En prononçant ces paroles, Mme Tonska adressa au Ciel un regard de reproche et serra la main de son amie, puis elle continua :

« Le prince ne put se tenir de devenir amoureux de moi. Je vous l'ai dit, il est séduisant, éloquent, aimable, autant que ce mot a de sens. J'eus la faiblesse de lui permettre de me tout avouer, à condition qu'il ne demanderait jamais de retour. Il me le promit et ne put tenir parole. Il était exigeant, il était jaloux; des scènes continuelles me jetaient dans le plus affreux désespoir, et moi qui n'ai besoin que de repos et qui ne saurais vivre dans une atmosphère agitée, je dus perdre jusqu'à l'espérance de passer un seul jour sans querelle. J'aurais voulu le rendre heureux; j'aurais voulu surtout éclairer sa belle intelligence constamment obscurcie par les théories vaines et fausses de ministres sans portée, de conseillers indignes. Je passais mes jours à le supplier d'étudier les droits des classes souffrantes, d'abandonner des errements vieillis, de se mettre à la tête des réformes, de guider, pendant qu'il en était temps encore, les foules toutes disposées à marcher derrière lui, mais aussi à le renverser s'il résistait; il m'était impossible de maîtriser son attention. Il me peignait dans des discours insensés l'excès de ses sentiments pour moi, il se frappait la tête, il se mettait à mes pieds... Ah! Lucie, que d'extravagances chez les hommes, et combien les meilleurs sont peu de chose!

« Enfin, nous eûmes, il y a quelques jours, des scènes intolérables à propos d'un jeune artiste, M. Conrad Lanze, dont Son Altesse Royale daigna s'inquiéter à mon sujet. Ce jeune homme, que je connaissais à peine, est doué d'ailleurs du plus rare talent. Il est sculpteur. Vous avez sans doute entendu prononcer son nom ?

— Jamais que je sache ; mais je ne m'entends pas à ces choses-là.

— En tout cas, je fus très dure avec lui qui ne m'avait offensée en rien ; je lui défendis de revenir chez moi, et je crains de n'avoir pas assez ménagé à ce moment une nature profondément sensible, impressionnable et délicate. Mais, je vous le confesse encore, il me fallait la paix à tout prix. Vers ce même temps, m'arriva la nouvelle de la maladie de M. Tonski. Le prince se conduisit avec la plus rare ingratitude. Il me défendit de partir ; j'eus beau lui remontrer avec douceur, avec patience, avec une affection sans égale, à quel point mon devoir était précis ; je ne lui laissai pas ignorer qu'il s'agissait de sauver non seulement un corps, mais une âme, une âme immortelle, et que j'en étais responsable devant Dieu ! Pauvre prince ! Où je cherchais à éveiller un héros, un homme seul me répondait ! Un homme faible, pusillanime, incapable de renoncement et de grandeur ! Je le quittai en le bénissant. Vous ne saurez jamais, Lucie, vous qui avez pour mari un ange de bonté qui est en même temps un colosse de force ! vous ne saurez jamais à quel point on se sent attendri par ces pauvres êtres qui vivent de vous et vous déchirent en vous embrassant ! C'est là, je l'imagine, la volupté suprême de la maternité ! Enfin, je partis. Mais j'avais été faible à mon tour. Je m'étais laissée retenir un jour ; j'aurais dû m'éloigner à l'heure même où m'était arrivé le premier avis de l'état misérable où en était réduit M. Tonski. Le Ciel m'en a cruellement châtiée ! Vous savez tout maintenant. Je ne le reverrai jamais… jamais plus ! L'ami de ma jeunesse !... Celui-là seul que j'ai aimé ! Je l'aime toujours, Lucie ! Et, misérable que je suis, je ne peux pas mourir ! Je n'ai pas su être une femme forte et résolue ! Je n'aurai pas de pardon ! »

C'est ainsi que cette belle âme acheva de se confesser. Lucie était en larmes. Elle n'eût jamais imaginé qu'une créature aussi sublime pût exister sur la terre. Elle était anéantie devant tant de beauté, tant d'éloquence, tant de feu, tant de vertus, tant de repentirs, tant de perfections et un tel effondrement de malheurs et d'injustices du sort et des hommes amoncelés les uns sur les autres ! Et vous, cieux et terres, océans et rivières, divinités des bois, nymphes, aegipans, sylvains et satyres, n'en doutez pas une minute, Sophie Tonska croyait au pied de la lettre que tout ce qu'elle venait de raconter d'elle-même était rigoureusement vrai, et même qu'elle avait modestement diminué la magnanimité de ses actes et de ses paroles ! Si on fût venu lui lire un récit matériellement exact de son dernier entretien avec le prince de Burbach, récit attesté par quatre témoins et paraphé de deux notaires, elle l'aurait immédiatement argué de faux. Tout le monde plus ou moins est ainsi fait. Goethe a écrit l'histoire de sa vie sous le titre bien pensé de *Fiction et vérité*[1]. Il avait le sentiment net des choses et savait de science certaine qu'il allait se peindre en beau. Mme Tonska n'était pas un philosophe, et elle se voyait comme il lui était agréable de se voir. M. le prince de Deux-Ponts et M. le duc d'Olivarès n'étant pas des personnages de cette histoire, il est difficile de savoir exactement ce qu'ils pensaient eux-mêmes de la comtesse et jusqu'à quel point leur opinion était fondée[2]. Seulement on a pu entendre raconter souvent à Grégoire Smiloff, qui d'ailleurs n'est pas une bonne langue, que Son Altesse Sérénissime, laquelle avait connu Mme Tonska quand celle-ci n'avait que vingt et un ans, frissonnait encore d'épouvante en se rappelant que Sophie s'était fait enlever par lui en revenant d'un bal, à Pétersbourg, et l'avait forcé de prendre le chemin de Varsovie sous peine de ne la revoir jamais ; mais elle l'avait planté là à la première station, sous prétexte qu'il voulait la perdre de réputation, et avait eu une attaque de nerfs ; oh ! quelle attaque de nerfs ! Encore une fois, ce que dit Grégoire Smiloff et l'exacte vérité ont rarement des traits communs, et on ne saurait accorder aucune confiance à une anecdote aussi incertaine. Pour ce qui est du duc d'Olivarès, il s'est marié, et la duchesse a de l'esprit jusqu'au bout des ongles, mais elle n'est pas bonne non plus ; elle prétend que Mme Tonska faisait faire maigre à son mari et l'obligeait à lui lire les *Œuvres* de sainte Thérèse à haute voix. En tout cas, c'eût été une occupation dont il n'eût tenu qu'à lui de tirer de grands avantages. Ce qui était incontestable pour Mme de Gennevilliers, c'est que son amie était un ange.

CHAPITRE IX

Le lendemain de ces confidences prolongées jusqu'à trois heures du matin, et qui avaient mis Lucie dans un état nerveux très nouveau pour elle, Henry eut son tour. Mme Tonska pria la jeune femme de la laisser seule avec M. de Gennevilliers, afin qu'elle pût prendre les dispositions dernières et indispensables avant d'entrer en religion. Rien n'était plus naturel, de sorte que, vers minuit, la comtesse, s'étant réveillée d'une sorte de léthargie, dans laquelle elle était restée plongée depuis trois heures de l'après-midi, et ayant consenti à prendre un bouillon, se déclara de nouveau assez forte pour être maîtresse de ses idées, et fit asseoir Henry, avec du papier, une plume et de l'encre, à côté de son lit, d'où il lui avait été impossible de sortir.

Pour débuter, elle remercia M. de Gennevilliers de l'affection imméritée dont elle se voyait l'objet de sa part et de celle de sa femme, et, à cette occasion, elle exprima toute sa reconnaissance, avec la façon charmante, touchante et flatteuse qui lui était familière; elle émut fortement son interlocuteur, et se mit à parler de Lucie. Ce fut le tendre abandon et l'insistance d'une sœur et presque d'une mère. Elle s'étonna qu'une fleur aussi fraîche, aussi pure, aussi délicieuse eût pu s'épanouir au milieu des frivolités du monde. Elle montra un tact et une divination infinis dans l'analyse qu'elle présenta à l'imagination de l'époux heureux et flatté. Elle fit miroiter devant les yeux de Henry toutes les vertus et tous les charmes de la compagne de son existence. Assurément, il n'avait pas besoin qu'on les lui montrât; il les connaissait. Il ne put, toutefois, se défendre de les considérer de nouveau avec plaisir, d'autant plus que, de la manière dont ils lui furent offerts, il conçut la pensée secrète et bien caressante qu'il était lui-même, sinon le créateur, du moins l'éducateur de si rares merveilles, et, qu'entre des mains moins habiles, moins sûres, bien des nuances, bien des perfections se seraient effacées ou ne seraient jamais venues à bien. Il comprit sa propre valeur en matière de sentiment, et, bien que tout cela ne lui fût pas précisément dit par l'enchanteresse, il se trouva pourtant que l'apothéose de Lucie fut encore beaucoup plus la sienne, et il ne se défendit pas de savoir un gré infini à une personne qui le divinisait d'une manière si sûre, et, en même temps, si voilée.

Ce procédé conduisit naturellement Mme Tonska à demander à Gennevilliers l'histoire de sa vie. Henry n'avait jamais supposé jusqu'alors que sa vie eût une histoire ; mais, dans la situation morale où il se trouvait, dans l'état intellectuel légèrement surexcité où il se sentait, il comprit qu'on devait désirer vivement connaître le fond d'un homme tel que lui, et il eut une histoire, il eut même une légende et de plus un roman. Les incidents de son existence, jusqu'à ce jour fort simples à ses yeux, se présentèrent sous une lumière toute nouvelle. Il ne se trouva pas aussi prosaïque qu'il se résignait naguère à l'admettre. Loin de là ! une poésie fort acceptable monta de son cœur à sa tête ; il se reconnut une enfance rêveuse, une adolescence mélancolique, une jeunesse contemplative, un cœur rempli d'un amour inconscient, et, en outre, le goût comme l'habitude de papoter sur les classes ouvrières lui apparurent transfigurés en deux génies montant au ciel d'un vol égal, pour aller s'approprier la portion de feu céleste oubliée par Prométhée. Si une chose pareille est arrivée au sage, froid et méthodique Gennevilliers, uniquement parce qu'il était assis, la nuit, au chevet d'une très belle dame malade qui l'avait grisé en lui révélant ses vertus, on peut bien excuser cette belle dame de perdre assez complètement l'appréciation du réel toutes les fois qu'elle parlait d'elle-même ou qu'elle y pensait.

Quand deux interlocuteurs en sont sur des sujets pareils, c'est-à-dire que chacun d'eux s'explique, se dresse, se hausse, se monte, et, à chaque parole, donne un tour de plus au cric qui le dirige vers le ciel, l'entretien passionne et n'est pas près de finir. Ce ne fut donc guère que vers cinq heures du matin que les deux anges, placés en face l'un de l'autre, purent s'occuper du but de leur réunion, et Gennevilliers dit à Mme Tonska :

« Si vous m'en croyez...

— Ne vous servez plus jamais de cette phrase avec moi, mon ami, interrompit la comtesse. Soyons vrais entre nous, rien que vrais, toujours vrais, dans les petites choses comme dans les grandes ! Vous savez bien que je vous crois en tout ; n'ayez donc jamais l'air de supposer ce que vous êtes assuré qui n'est pas. Dites-moi : "Voici ce que je trouve bon pour vous", et, aussitôt, sans hésiter, je le ferai. Les âmes comme la vôtre ne se trompent jamais.

— Eh bien, donc, écoutez-moi. Je n'approuve pas que vous entriez en religion, pour le moment, du moins.

— Je vous en conjure, ne me rejetez pas dans le monde, j'y ai trop souffert !

— Vous ne retournerez pas précisément dans le monde, comme vous l'entendez ; mais pas de couvent ! La solitude, un retirement[1] trop absolu ne vous vaudraient rien.

— Est-ce vraiment votre avis ? demanda la comtesse d'un air intéressé, en appuyant son coude sur son oreiller et regardant en face son sage conseiller.

— Incontestablement, répondit celui-ci d'un air péremptoire, et je ne vous le donne qu'après y avoir mûrement réfléchi. Et non seulement je ne crois pas que le repos complet du cloître puisse convenir à une nature aussi ardente que la vôtre ; je vais plus loin ! Vous n'avez pas une vocation sérieuse. Oh ! je le sais ! Comme toutes les âmes d'élite, vous êtes persuadée du néant de tant de choses qui maîtrisent l'imagination du vulgaire et conquièrent sa révérence ; mais ce n'est pas assez ; il faudrait être morte à bien des impressions même aux plus nobles, et le *perinde ac cadaver* ne saurait s'appliquer à vous.

— Je ferai plier ce qui résiste et je le tuerai, s'il le faut, s'écria Sophie en se rejetant sur ses oreillers et croisant ses bras sur ses yeux.

— Ce n'est pas nécessaire, répliqua sévèrement Gennevilliers, si vous pouvez faire plus de bien en restant dans le siècle qu'en en sortant.

— C'est là un prétexte bon à cacher, à excuser, à glorifier même, la langueur et la lâcheté.

— Il n'en sera point ainsi pour vous, et de vrais sages et des héros de charité, comme Anatole de Bosse, par exemple, et plusieurs de nos amis, vous indiqueront assez ce qu'il convient de faire.

— Je ne veux de directions que les vôtres! Je me mets dans vos mains; je m'abandonne tout à vous! Ce vœu d'obéissance, que vous ne me permettez pas de proférer solennellement au pied des autels, c'est à vous que, confidemment, secrètement, je l'adresse à cette heure, et, croyez-moi, mon saint, mon digne, mon noble ami, il n'en sera pas moins tenu pour être fait et rester entre nous deux!

— Merci, répondit Henry avec onction. Je n'ai pas mérité une telle faveur du Ciel, une telle gloire, oserai-je dire, et, cependant, je l'accepte de vous. »

La conversation devint des plus élevées et s'étendit à l'infini sur ce thème. Les époques corrompues, y disait-on, voient naître des natures spéciales, aptes à lutter contre toutes les dépravations comme les messagers du Seigneur combattent tous les diables. Mme Tonska, belle, éloquente, accomplie, égale à tout ce qu'il y avait de plus considérable en Europe et possédant une fortune énorme, allait désormais compter dans les premiers rangs de ces puissances célestes, heureusement mondanisées, dont les salons remplacent aujourd'hui, avec tant d'avantages, la grotte de saint Jérôme, et même l'ancien rocher de Pathmos. Autour de la comtesse, sous sa direction, sous son inspiration, par son influence, avec son autorité, allait surgir, parmi les jeunes gens de la société, jusqu'ici sans emploi défini de leurs loisirs, une précieuse milice dont on pouvait tout attendre. Sur ces entrefaites, le jour commença à poindre, le prophète et l'initiée se séparèrent après avoir échangé de dernières paroles de paix et d'espérance. Gennevilliers s'en alla dans sa chambre. Il lui fut impossible de se coucher. Il se jeta dans un fauteuil, rêvant à ce qu'il venait d'entendre et surtout de dire lui-même, état singulier, tout à fait sans analogue dans sa vie précédente.

Positivement, Mme Tonska était une créature absolument exceptionnelle, se mouvant au sein d'un nimbe lumineux et rayonnant, et, comme il n'y a guère d'admiration possible sans comparaison, toutes les femmes qu'il avait approchées et plus ou moins connues, y compris la sienne, lui semblèrent ne valoir guère mieux que d'insignifiantes poupées vis-à-vis de cette merveille dont il avait fait la découverte. Pour lui, il se sentait autre qu'il ne s'était trouvé en aucun temps. Jusqu'alors, il avait souffert d'une sorte de timidité secrète ; cette lâcheté avait disparu. Il était un homme hors ligne, il n'en doutait plus, et Sophie ne le lui avait certainement pas dit, ni rien d'approchant : elle le lui avait démontré, et il venait de s'en expliquer vis-à-vis d'elle et vis-à-vis de sa propre conscience. Sophie était sublime, lui, supérieur, puisqu'elle se soumettait à lui et le suppliait de la diriger ; elle était forte, il était plus fort, puisqu'elle s'appuyait sur lui ; et, finalement, c'était lui qui venait de tracer la route magnifique où il allait désormais faire avancer les pas de cette femme adorable. Gennevilliers se rafraîchissait ainsi de sa nuit blanche, en se plongeant par-dessus la tête dans le bain le plus onctueux qui fut jamais : une pleine cuve de vertus parfumée du contenu de plusieurs flacons de vanité distillée.

Pendant ce temps, les choses ne se passaient pas ainsi du côté de Mme Tonska. Lorsque Gennevilliers fut sorti, elle se tourna et se retourna quelque temps dans son lit et essaya de dormir. Elle y parvint un instant et s'assoupit ; mais, sous l'action d'une tête trop active, elle se réveilla en sursaut, et, si complètement, qu'elle comprit l'inutilité de toute tentative nouvelle pour obtenir le repos. Alors elle se leva, passa une robe de chambre, ouvrit sa fenêtre et contempla les montagnes, déjà teintées de violet à leur base et de rose et de blanc sur les sommets nuageux que venait caresser le premier souffle du jour.

« Il est impossible, se dit-elle, de mettre plus de bonne volonté, plus de résolution, plus d'obstination même, et surtout de bonne foi, dans les efforts que je ne cesse d'accumuler pour me prendre aux choses de la vie. Impossible ! Tout me laisse froide et complètement, désespérément indifférente. Je n'ai jamais réussi à avoir d'amour pour personne ; je crois que j'eusse planté là M. Tonski au quatrième jour d'épreuve de mon dévouement, s'il n'avait à l'avance pris le parti de mourir, et, maintenant, voilà cet imbécile, à qui j'ai pourtant fait la partie bien belle, et qui n'a su ni me jeter dans un couvent ni me conquérir à sa philanthropie. Ce soir, je l'ai rendu amoureux de lui-même ; demain, il le serait de moi, s'il ne l'est déjà, et ce sera toujours à recommencer ! Mon Dieu ! pourquoi ne puis-je rien aimer ? Il faut pourtant que je vive, il faut que j'agisse ! Je ne suis pas une brute, je ne suis pas un être nul ; j'ai des idées, j'ai de l'énergie, j'ai des qualités de toutes sortes ! Mais, au nom du Ciel ! à quoi les dépenser ? Si je dois m'attacher à quelqu'un, mieux vaudrait encore le prince que les autres ; il a de l'esprit, du cœur, un rang élevé ; oui, mais justement pour ces motifs, séparés ou réunis, il voudrait me régenter; monseigneur, à force de se l'entendre dire, est persuadé de son infaillibilité; d'ailleurs, au fond de lui-même, il est également convaincu de l'immense honneur dont il m'accable en daignant s'occuper de moi ! Et encore, j'accepterais ces misères; mais quel ennui, quelle torture, de se sentir glacée et dure comme un marbre et de bâiller à l'avance à une exposition de sentiments toujours les mêmes dans tous les cœurs et empruntant, presque littéralement, les mêmes mots à toutes les bouches ! Comment se fait-il donc que moi, qui ne suis ni méchante ni hargneuse, qui ne suis pas, Dieu merci ! systématiquement incrédule, je puisse, encore plus que l'amour, maudire et exécrer ce langage absurde dont je m'abreuve à cœur joie depuis quinze jours ? Comme toute cette litanie sonne creux et faux ! Combien ce pauvre M. de Gennevilliers est charlatan, et, ce qui est le plus à sa charge, il l'est, le malheureux, sans le savoir ! C'est tout au plus, je gage, si, dans les minutes à demi lucides que lui accorde sa débilité de tempérament et d'esprit, il lui en passe dans la tête comme une révélation, pauvre fusée éteinte aussitôt sous une avalanche de phrases toujours prêtes, et qu'il n'a pas eu seulement le pauvre mérite d'inventer !... Dieu ! que je voudrais être comme lui ! J'aurais désiré me faire religieuse ! Je voudrais pouvoir lui faire, lui donner le salon qu'il rêve ! On y discuterait le mérite des candidats aux évêchés vacants; on y inventerait les prédicateurs de génie, on y ferait des greffes matrimoniales, pour servir à la propagation de la bonne cause, en unissant un jeune pied-plat, intrigant sans fortune, à une jeune oie millionnaire ! Non, il ne faut pas me lancer sur cette belle route ! Je ne saurais plus comment m'en tirer, et, en somme, me voilà à bout de voie, mourant d'ennui, ne voyant plus à quoi me retenir, et moi, la fierté, l'orgueil, l'audace, passant ma vie à jouer les comédies les plus aventurées, parce que je comprends tout et ne réussis à être sincère dans rien ! On m'a aimée ; je n'y tiens pas ! Je crois à tout ce qu'il faut croire et reste indifférente ! Je me sens incapable de rien faire de vil, de bas, de vulgaire, de rêver des distractions indignes de moi, en réalité, je suis la vertu, et je ne peux pourtant estimer quoi que ce soit de ce qui meuble la sphère d'où je ne voudrais pas sortir ! »

Pendant qu'elle se confessait avec cette amertume, car elle était dans un moment de crise et n'usait pas ordinairement, même en tête à tête avec sa conscience, d'une pareille sincérité, Mme Tonska se pénétrait de la nécessité de quitter l'impasse où elle s'était engagée. Cette situation, avec un caractère comme le sien, se reproduisait quelquefois ; alors elle passait invariablement par trois états : d'abord une révolte violente, comme celle à laquelle le lecteur vient d'assister ; insurrection complète, cris, fureurs, rupture du joug ; en second lieu, résolution ferme de jeter à la figure de la tyrannie répudiée tous les débris des gênes mises hors de service ; troisièmement, et sous l'impression rafraîchissante du sentiment de la liberté reconquise, un retour graduel, hésitant, mais enfin complet à la prudence et à la modération.

Car que faire ? Si l'on détruit tout, que restera-t-il ? Que voudra-t-on ? Où ira-t-on ? La vie est, en somme, enfermée dans un cercle, et, si l'anneau est rompu, comment exister ? Où ? de quoi ? par quoi ? On est libre, c'est bien ; cela console et détend. Mais pousser les choses aux derniers termes, ce n'est pas le fait des natures qui souffrent du scepticisme. Elle se refusa à aller trop loin. Triste, horriblement triste, elle demeura pénétrée de son impuissance et de son humiliation, et possédée plus que jamais du désir de changer. Elle prit une plume et écrivit :

Mon ami,

Vous avez prédit juste encore deux fois. Je ne vaux rien, ni pour les autres, ni pour moi-même ; j'ai peur que vous ayez raison jusqu'au bout. Ainsi, jamais je n'aimerais personne, et la glace de mon imagination resterait figée autour de mon cœur ? Je veux lutter pourtant.

Adieu.

COMTESSE SOPHIE TONSKA.

La suscription de cette lettre portait :

À Monsieur Casimir Bullet,
à Wilna.

Le lendemain, Sophie partit, laissant à M. de Gennevilliers un billet d'adieu, qui ne lui apprenait rien du tout et le plongea dans la consternation.

LIVRE III

CHAPITRE PREMIER

Le personnage auquel Mme Tonska s'adressait dans sa lettre, datée de Saint-Gall, pouvait passer pour un original. Le nom de Casimir Bullet ne lui appartenait que parce qu'il l'avait pris, et il s'en était accommodé, parce qu'après l'avoir considéré longtemps, il l'avait trouvé ridicule. En réalité, il aurait dû porter le nom très beau qu'il avait reçu de son père, et, au lieu d'habiter, dans un des faubourgs de Wilna, une petite maison en bois des plus exiguës, il n'eût tenu qu'à lui d'occuper un hôtel dans le faubourg Saint-Honoré ; il n'y songeait même pas.

Il avait ou n'avait pas reçu de la nature un esprit droit et judicieux ; c'est un point difficile à décider ; en tout cas, il était certainement doué d'une puissance d'obstination singulière et pouvait plier sa personne morale à tout ce qu'il projetait ; il avait d'assez grandes lumières, ayant considérablement lu, surtout l'histoire, et, à force d'examiner les séries des faits humains, il s'était dégoûté de ceux qui les fabriquent. Quand une chose lui apparaissait sous un jour vrai ou faux, mais admissible pour lui, il avait cette vertu, ce pouvoir de ne pas dévier, pour quelque séduction que ce fût, des conclusions qu'il en tirait et de la ligne de conduite à laquelle il s'attachait. Venu en Russie, à l'époque même où la comtesse Tonska cessait de se faire lire les ouvrages de sainte Thérèse par M. le duc d'Olivarès, Casimir Bullet lui avait été présenté dans un bal, et, à la suite d'une discussion, elle l'avait trouvé singulier et l'avait admis chez elle. Pendant un mois, elle en avait fait sa société la plus intime.

Au bout de ce temps, il lui avait paru inexplicable que Casimir, aimable, élégant, intelligent, ne lui eût fait encore, dans aucune forme, ni déclaration, ni même insinuation d'amour. À la vérité, s'il s'y fût risqué, il est certain qu'il n'aurait pas eu lieu de s'en réjouir. Pourtant, le voir se tenir parfaitement en repos et dans les limites de la discrétion la plus exacte étonna Sophie, et de s'en étonner à en vouloir pénétrer la cause, il n'y avait qu'un pas ; elle le franchit.

Elle voulut extraire le fond de l'âme de Casimir par les procédés les plus réguliers. Elle multiplia les occasions où il la trouvait seule ; elle lui parla beaucoup de lui ; elle manifesta, de la manière la plus flatteuse, de l'intérêt pour ses opinions, et affecta d'être en toutes choses de son avis ou de s'y ranger quand elle ne l'avait pas pressenti. Puis elle consentit à avoir avec lui des airs troublés et inquiets et des moments de taciturnité très significatifs. Il ne parut pas s'en apercevoir ; quand elle restait silencieuse, il l'imitait, et de longs moments se passaient ainsi ; quand elle parlait de lui, il entamait un autre sujet ; quand elle lui montrait de l'affection, il l'en remerciait ; mais elle ne pouvait découvrir s'il en était ému ou non.

Voyant qu'elle ne réussissait pas à le tirer de sa réserve, elle n'y tint plus :

« Je voudrais vous faire une question.

— Demandez, et il vous sera répondu.

— Serez-vous tout à fait sincère ?

— Est-ce vraiment utile ?

— Absolument nécessaire ; j'en appelle à vos sentiments d'honneur.

— Du moment que vous le prenez sur ce ton, ma véracité sera absolue.

— Je veux vous croire. Pourquoi n'êtes-vous pas amoureux de moi ?

— Pourquoi je ne suis pas amoureux de vous ?

— Oui, dites un peu.

— Je le suis.

— Vous êtes amoureux de moi ! Quelle plaisanterie !

— Je ne plaisante aucunement. Le mal a commencé il y a trois mois ; je vous aime à l'adoration.

— Vous me dites cela comme vous me raconteriez la gazette.

— C'est qu'en effet c'est une nouvelle, puisque vous ne le savez pas.

— Alors, pourquoi ne me l'avez-vous pas avoué ?

— C'est parce que vous ne me l'avez pas demandé.

— On vous demande donc ces choses-là, à vous ?

— Toute autre femme que celle dont j'ai l'honneur en ce moment de subir l'interrogatoire n'eût pas eu besoin de recourir à un moyen si peu usité, j'en conviens ; mais, avec vous, on ne peut faire autrement. J'ai eu beau m'ingénier et chercher d'autres biais, je n'en ai pas découvert.

— Je ne vous comprends pas du tout.

— Maintenant que la glace est rompue, je m'expliquerai tout à fait. »

Sur ce mot, Mme Tonska, intéressée, mais irritée aussi et n'attendant que le moment d'éclater, regarda son interlocuteur bien en face. Celui-ci recula sa chaise au lieu de l'avancer, mit à terre son chapeau qu'il avait jusque-là tenu entre ses genoux, et, prenant l'attitude d'un avoué qui explique une affaire :

« Madame, dit-il, du jour où je sentis que mon cœur se laissait prendre, je me permis de vous étudier avec soin. Vous êtes trop admirée pour qu'on ne parle pas beaucoup de vous; j'avais été peu impressionné par les commentaires courants de vos faits et gestes, et j'ai l'habitude de me créer des opinions d'après mes propres remarques, afin que, comme mes habits, elles m'aillent le mieux possible.

— Et quels furent les résultats de votre examen ?

— C'est, madame, que j'étais tombé dans le plus grand malheur qui me pût arriver.

— En quoi, je vous prie ?

— Je doute que vous puissiez aimer qui que ce soit, et, pour ma part, je suis certain que vous ne m'aimerez jamais. Comme toutes les personnes plus disposées à exercer la domination que la tendresse, si je m'abandonne, vous me piétinerez incessamment. Toujours à terre, j'aurai une existence dont je ne saurais vouloir, et c'est pourquoi je n'ai jamais eu l'intention de vous avouer ce que vous êtes pour moi.

— Si je vous comprends, et pour peu que vous sachiez ce que vous dites, vous ne me confiez en ce moment votre faiblesse que pour constater votre énergie ?

— Pas tout à fait. »

Ici Casimir se leva et poursuivit son explication avec une sorte de solennité qui parut à la comtesse l'indice d'une certaine agitation.

« Vous êtes loin, dit-il, d'être une personne ordinaire; vous êtes une personne stérile. Les grandes qualités dont votre âme est pourvue ressemblent à ce prince des *Mille et Une Nuits*, homme jusqu'à la ceinture, et de là, marbre jusqu'aux pieds[1]. Il était donc incapable de marcher ! Vos passions ne marchent pas. Je le répète, vous n'aimerez jamais personne et n'aurez jamais que des débuts. Cependant, comme, chez vous, le cerveau n'a pas été touché par la baguette de la méchante fée, et que le cœur est grand, je vais vous confier mon secret et vous demander un service. De cette façon, je vous aurai prouvé que je vous aime et n'aurai sollicité de vous que ce dont vous êtes capable. »

Mme Tonska eut ce sentiment singulier pour elle de se sentir comprise. L'attitude, l'expression de physionomie, l'accent de Casimir étaient sérieux ; elle fut convaincue de sa sincérité. La curiosité la tenait aussi. Elle garda le silence.

« Voici, madame la comtesse, ce dont il s'agit. J'ai eu le malheur prévu par Montaigne, qui, sans doute, en savait quelque chose par expérience, de prendre en méfiance ma religion naturelle. Je reste bon catholique, mais persuadé que cette doctrine, opinion plus vraie que les autres, est tout aussi impuissante à modifier les sentiments et les actes des hommes. Quand ils sont bossus au moral, elle les laisse tels. Comme tout au monde, comme vous, comme notre jeune homme de tout à l'heure, elle est de marbre depuis la ceinture jusqu'aux pieds ; elle théorise et ne marche pas. J'ai encore ce malheur, ce grand malheur, de porter le mépris le plus absolu et la haine la plus franche à cette partie de l'Europe où je suis né. Il ne m'agrée pas de voir un peuple jadis si grand, désormais couché sur le sol, impotent, paralysé, à moitié pourri, se décomposant, livré aux niaiseries, aux misères, aux méchancetés, aux férocités, aux lâchetés, aux défaillances d'une enfance sénile, et propre à rien, sauf à mourir, ce que je lui souhaite sincèrement, afin qu'il tombe hors des déshonneurs où il se vautre en ricanant d'imbécillité[1].

« Ayant sur ma religion et mon pays des idées aussi fâcheuses, mais qui me tiennent, il pourrait me rester une attache aux habitudes de la vie commune : ce serait d'embrasser une profession quelconque ou d'exercer un métier. Malheureusement, vous remarquerez que je n'en ai pas besoin. Non seulement les nécessités matérielles de la vie ne me l'imposent pas, mais n'ayant nul désir de parvenir à ce qu'on appelle se distinguer, tout stimulant me manque. Il me déplairait même, devenant militaire, de me faire casser la tête, ou, ce qui serait pis, estropier pour entendre apostropher mes chefs du titre de l'intrépide colonel Un tel, de l'habile général Un tel, et de l'étonnant ministre Un tel, le plus extraordinaire organisateur de cette époque incomparable, ou, au rebours, de lâche colonel Un tel, d'inepte général Un tel, et du traître ministre, suivant le journal ou les visées de la politique du moment. Je ne sortirai donc pas de ma quiétude.

« L'amour d'une femme m'aurait peut-être tenu lieu de ce qui me manque. Il est possible que le mysticisme d'un attachement dévoué remplace tout, tienne lieu de tout, et comble tous les vides. Je ne le saurai jamais. Vous ne pouvez pas m'aimer, et même vous ne pouvez pas aimer. Je ne me suis jamais senti amoureux que de vous ; mais le marbre, le marbre, voilà le grand obstacle ! L'écarter, le briser m'est impossible ! Je ne saurais m'abuser là-dessus. Un peu plus tôt, un peu plus tard, il faudrait en revenir à l'abandon, à la solitude où je suis aujourd'hui ; vous conviendrez qu'un tel voyage à reculons n'est pas à commencer !

— Bien, admettons tout. Pas de religion, pas de patrie, pas de métier, pas d'amour. Le vide est fait.

La table est rase. Il ne reste absolument rien. Que concluez-vous ?

— Je conclus qu'il reste l'homme, et s'il a eu la force de regarder sa propre volonté en face, et de la trouver solide, on est en droit d'affirmer qu'il possède quelque peu.

— Et quoi, je vous prie ?

— Le stoïcisme[1]. Ce n'est pas là une vision, ni même une étrangeté. Les temps comme celui-ci ont toujours produit cette autorité sévère. Marc-Aurèle, pour ne citer que des figures bien apparentes, était un stoïque. Il ne croyait plus au Panthéon ; il ne croyait pas au salut de Rome ; il avait une femme tendrement aimée qui lui préférait, de beaucoup, le premier grimacier venu, pourvu qu'il n'eût pas de cœur. Son grand malheur à lui, et qui m'est épargné à moi, de sorte que je suis comparativement heureux, était d'être empereur. Comme tel, il lui fallait passer sa vie dans les marais des Marcomans, tuant des gens plus honnêtes que ses soldats. Quand il revenait victorieux, on lui demandait pour boire, en récompense de la peine qu'il avait prise ; quand il embrassait Faustine, il savait qu'il dérangeait un rendez-vous avec le grimacier[2]. Si j'étais comme Marc-Aurèle, lié à un devoir positif, je l'accomplirais ; mais il n'en est rien, c'est ce qui me plaît.

« Mon intention est de renoncer au nom que je porte. Ce n'est plus désormais une valeur, mais uniquement une vanité. Elle ne me touche pas. Vous allez me dire qu'en prenant si bien mon parti sur ce point, je me détruis ; c'est ce que je prétends. Ma fortune, je ne sais qu'en faire. Je vous supplie de l'accepter, et je dépose là, sur cette table, l'acte notarié que voici et que je porte sur moi depuis quelques semaines, dans la prévision qu'une explication finirait bien par avoir lieu entre nous.

— Qu'est-ce que c'est que ce papier ?

— Une donation de mes biens.

— Vous perdez le sens !

— Aucunement. Vous êtes trop riche pour me supposer la prétention de vous faire un cadeau. Celui-ci ne vous servira à rien. Pour moi, j'ai besoin de me délivrer de ce que je n'estime pas, et ne connais que vous pour remplir la condition unique imposée à mon légataire. C'est d'avoir l'extrême bonté de me faire remettre à Wilna, où je vais aller m'établir pour n'en plus sortir, une rente perpétuelle de trois mille francs. À votre défaut, vos héritiers seront grevés de la même obligation.

— Vous êtes complètement fou. Faites-moi le plaisir de reprendre ce papier et de ne plus m'en parler.

— Permettez ! Vous ne jugez pas sainement de mes intentions. Comme j'ai eu l'honneur de vous le dire, je vous aime. Il est donc naturel que j'éprouve du plaisir à me mettre entre vos mains et à dépendre de vous seule. En allant m'établir à Wilna, je prends un parti raisonnable. Je ne connais pas du tout cette ville ; quand j'ai songé à me choisir une résidence, je n'ai eu en vue qu'un unique objet : c'était de m'établir quelque part où je fusse certain d'être inconnu. J'ai écrit le nom de sept villes différentes sur autant de billets ; je les ai mêlés, et j'en ai tiré un au hasard. J'irai donc demeurer à Wilna, puisque Wilna m'est tombé sous la main. Pour la pension que je vous demande, j'ai mis un chiffre probablement plus élevé que mes besoins, mais il faut tout prévoir ; il y a des années où les denrées alimentaires augmentent de prix ; en outre, les maladies peuvent venir ; bref, quand je voudrai de l'argent, je vous demanderai ce qu'il me faudra. D'ordinaire, très peu me doit suffire.

— Mais enfin, supposez un instant que je vous

serve de complice dans cet accès de frénésie, car on ne peut l'appeler autrement, qu'allez-vous faire à Wilna? Comment arrangerez-vous votre vie? Vous deviendrez fou dans une solitude pareille!

— Non! Je vivrai tranquille, sans les ennuis des déconvenues, sans les distractions écœurantes des à-peu-près dont je m'éloigne. Je vénère les brahmanes accoutumés à mener leur existence sous les ombrages d'une forêt perdue en se passant de tout. J'irais même les rejoindre, si je n'éprouvais une invincible horreur pour les imitations et les pastiches; mais j'observerai l'essentiel de leur doctrine et serai fort à mon aise à Wilna. »

Mme Tonska refusa la donation, et après des paroles très dures, renvoya Casimir. Il revint trois ou quatre jours après; la porte lui fut défendue. Son exil dura un mois. D'abord, Sophie fut indignée, presque humiliée. Elle considérait cet amant intraitable comme un fou, mais en tant qu'il n'était pas un fou ordinaire, elle y pensait; y pensant, elle s'y intéressait; s'y intéressant, elle crut l'aimer. C'était une progression assez naturelle. Quand elle l'admit auprès d'elle après son temps d'ostracisme, elle lui montra de la sensibilité, et sans, d'ailleurs, trahir ce que son imagination lui faisait croire vrai, elle le supplia de renoncer au plan de conduite qu'il lui avait exposé et de rester auprès d'elle, ne fût-ce qu'à titre d'épreuve.

« Je n'ai pas besoin d'épreuve, répondit-il, je sais ce qu'il faut savoir, et j'aurais tort de ne pas m'y tenir. En admettant, permettez-moi de vous le remontrer, que de certains sentiments féminins, mis en jeu par ce que ma situation peut avoir d'insolite, me rendissent assez intéressant pour vous porter à des impressions favorables, rien ne durerait et je deviendrais bientôt trop malheureux. Vous n'êtes pas capable de conserver longtemps la même volonté. Si vous sentez quelque amitié pour moi, donnez-m'en la preuve en consentant à ce que je désire. »

À la fin, Mme Tonska se laissa vaincre. Elle devint l'héritière anticipée de Casimir; et celui-ci, ayant arrangé son départ pour Wilna, se présenta pour prendre congé. Elle était troublée. Elle ne put s'empêcher de le montrer. Il lui baisa la main, sortit, et elle ne le revit plus.

Cette séparation lui fut plus pénible qu'elle ne l'aurait soupçonné à l'avance, non qu'elle ne pût se passer fort aisément d'un admirateur quelconque. Elle était d'ailleurs si entourée, jetée dans un tel tourbillon, que, si la moitié de son monde lui eût manqué, il lui en fût encore resté trop. Cependant, plus souvent qu'elle ne s'y serait attendue, elle voyait passer au fond de sa mémoire la figure sombre de Casimir. Chaque fois qu'elle eut de l'ennui, chaque fois qu'elle eut du chagrin, de suite elle pensa à lui, et ce devint une habitude. Plus tard, tout s'effaça un peu; quand elle était entraînée dans quelqu'une de ses grandes entreprises, quand elle ourdissait une de ces trames dont elle attendait de l'amusement, elle l'oubliait; mais un jour arrivait où, se trouvant au milieu des décombres, l'image du fanatique[1] réapparaissait en elle. Il lui arrivait de lui écrire comme on a vu qu'elle l'avait fait à l'auberge de Saint-Gall; il ne répondit jamais; elle eut beau le supplier, il ne sortit pas de son silence. Elle avait trop l'intelligence de ce caractère pour ne pas comprendre la désespérance assise au fond. Elle se résigna, et désormais, quand elle écrivit, ce fut uniquement pour crier à quelqu'un : « Je souffre », et dire la vérité sur elle-même. Non, il ne lui écrivit jamais, mais une fois par an à peu près, à des époques indéterminées, elle recevait une lettre absolument blanche. Elle reconnaissait sur l'adresse l'écriture de l'absent. Elle lui demanda avec supplication de lui expliquer cette fantaisie. Il ne le fit pas. Elle se persuada alors que cette page blanche, envoyée si rarement, était le sacrifice unique que le philosophe accordait à la nature humaine succombante ; elle crut que lorsqu'il était à bout et que la tristesse le dominait, ou, du moins, le gagnait trop, il s'accordait d'une main avare mais pourtant contrainte, le pauvre plaisir de tracer les lettres de son nom.

Elle, la femme toujours froide, mais toujours bouillonnante, toujours en révolte, toujours en quête de ce qu'elle ne se flattait guère de trouver, elle prit en estime et presque en vénération cette nature résolue qui parvenait à se dominer sans cesser de ressentir ; elle l'érigea peu à peu devant son propre sentiment, comme un modèle que, de quelque façon, il serait beau, il serait bon d'imiter.

Pour lui, il vivait comme un ascète, de presque rien, au physique et au moral. Il mangeait ce qu'il fallait, rien que ce qu'il fallait, et se servait lui-même.

Ne voyant personne de sa classe, quelquefois il causait avec des gens du peuple ou des voyageurs, mais ne formait aucune liaison, et on ne pénétrait pas chez lui. Il lisait beaucoup, écrivait, puis brûlait ses manuscrits, sans que nul ne les ait jamais vus.

Il rencontra une fois un sage qui faisait le tour du monde. Ce sage s'appelait Jean. Il n'était pas la lumière, mais il croyait servir de précurseur à la lumière.

Ce Jean lui dit :

« Monsieur, je tombe d'accord avec vous que beaucoup de choses de ce temps sont odieuses, mais leur œuvre destructive est nécessaire pour préparer la place nette aux perfections qui viendront ensuite. En d'autres termes, et pour me servir d'une phrase courante, nous sommes dans une période de transition.

— Je veux vous croire, mais je me soucie peu de ce qui sortira de vos ravages, surtout si c'est neuf. Je ne connais pas les mœurs futures pour les approuver, les costumes futurs pour les admirer, les institutions futures pour les respecter, et je m'en tiens à savoir que ce que j'approuve, ce que j'admire, ce que j'aime est parti. Je n'ai rien à faire avec ce qui succédera. En conséquence, vous ne me consolez pas en m'annonçant le triomphe de parvenus que je ne veux pas connaître. »

CHAPITRE II

« Puisque vous désirez le savoir, mademoiselle, dit Conrad à Harriet, ce que j'ai commencé ce matin, c'est une statue d'Ossian[1].

— Vraiment ? Pourquoi prendre un pareil sujet ? Ossian n'est plus guère à la mode.

— Il m'importe peu. Je conçois que la forme de ses poèmes ait vieilli et que leur phraséologie semble désormais caduque. Mais le personnage me charme.

— Quoi ! un homme de nuages ?

— De nuages, sans doute, et de nuages du couchant ! Ne voyez-vous pas ce cœur malheureux, rempli de l'image des héros et des temps qui ne sont plus, rempli de piété pour un passé qui s'efface ; poursuivant d'un regard triste et d'une affection douloureuse un soleil déjà pâli et qui va s'éteindre au sein des flots méchants d'une mer impitoyable ? Ne lui trouvez-vous pas toute la noblesse, toute la grandeur de l'invincible fidélité ? Il aime et il perd tout ; il aime et il va rester seul ! Il aime et il n'oubliera jamais ! Il aime et il ne s'attachera pas à ce qui triomphe ! Il aime et il ne veut rien savoir des qualités, des vertus, des mérites, des grâces, des séductions de ce qui va régner, parce que le nouveau maître aura pris la place de celui qu'il a servi ! Il aime enfin et il mourra, aimant toujours ! Pour le moins, une telle nature intéressera un petit nombre d'élus, et c'est à ceux-là que je parle. Je ne me représente pas le poète de Fingal comme un vieillard ; la vieillesse est froide, et n'ayant plus longtemps à vivre, ne s'occupe qu'à disputer aux doigts de la mort déjà étendus sur elle les fils épars d'une existence brisée et qu'elle va trancher tout à l'heure. J'en ferai un homme dans la force de l'âge, ayant encore beaucoup à souffrir, le sachant, l'acceptant, et inébranlable. »

Harriet regarda Conrad. Elle frissonna au souvenir de son propre passé.

« Vous souffrez ? » lui dit-elle.

Il avait parlé sans dessein. Il resta surpris lui-même des paroles sorties de sa bouche et de la chaleur qu'il y avait mise, et, par un effet naturel, pour les avoir prononcées comme pour les avoir pensées, il se trouva désarmé. La fougue de ses chagrins s'emparant de lui le bouleversa. Pâle, indécis, il appuya ses coudes sur la table, et regardant Harriet avec une expression que celle-ci ne lui avait jamais vue, mais qu'elle comprit d'abord :

« Vous êtes, lui dit-il, la fiancée de Nore. Voulez-vous faire pour moi ce que la sœur la plus noble, la plus vénérée pourrait faire ?

— Si je le puis, de suite !

— Faites-moi pleurer ; je ne sais pas pleurer. Depuis des semaines, depuis des mois, il me semble que si je pouvais réussir à tirer de mon sein un torrent de larmes, ces larmes brûlantes, amères, sanglantes, une fois sorties, je guérirais.

— Que dites-vous là, mon ami ? » s'écria Harriet. Elle fut envahie par la pitié la plus vraie et désira pouvoir consoler celui qui était là devant elle. Il suffit d'un pareil instinct, d'un tel mouvement, même lorsqu'il ne s'exprime que d'une manière imparfaite, pour agir sur un être misérable. Conrad sentit planer cette commisération bienfaisante, et lorsque Harriet lui prit la main, les larmes commencèrent à couler lentement sur son visage, grosses, troublées ; mais au lieu de lui faire du bien, cela ne servit qu'à accroître l'intensité de sa douleur. Il en arriva au point de ne pouvoir plus se maîtriser. Jusqu'alors il l'avait fait, ses forces y avaient suffi à peine, mais enfin elles y avaient suffi. Il avait toujours eu dans la pensée cette vision : « Si je pleure, l'angoisse constante qui me serre la gorge, qui m'étouffe, cessera. Les griffes qui me labourent le cerveau s'arrêteront. Toute cette agonie ne provient que des larmes qui ne veulent pas sortir. » Et il ajoutait : « Elles sortiront une fois et je serai délivré ; il me restera une tristesse morne, mais en cet état je pourrai du moins vivre, et je ne sais pas même si je voudrai guérir. »

Eh bien, nullement ! Les larmes sortaient et n'amenaient que la tyrannie de sa douleur ; elles étalaient sa torture et elles détruisaient sa résistance ; puis il était humilié ; humilié, il rendait les armes, il ne pouvait plus rien ; il laissait aller fierté, dignité, crainte du blâme ; quoi ! Pareil à un esclave battu, il s'étendait sur la terre et demandait grâce.

« Je me suis menti à moi-même, dit-il ; menti ! menti ! Je me jurais que je ne l'aimais pas... je l'aimais ! Pourquoi je l'aimais ? Je n'en sais rien ! Je vous raconterai comment c'est arrivé. Tout m'est bien présent à l'esprit. Tout est gravé dans mon être, et sous chaque trait de cette fatale histoire est un de mes nerfs meurtri et palpitant. La première fois que je l'ai vue, je l'ai mal vue. Elle était à contre-jour, avec sa voilette baissée... J'aurais dû m'apercevoir... je ne l'ai pas fait!... qu'une flamme électrique m'enveloppait tout entier. Je ne l'ai compris que plus tard. Elle m'a voulu, je me suis donné; je me suis donné en résistant, ou plutôt en croyant résister... mais elle est si fine! Elle ne s'y est jamais trompée! Je me suis donné. Alors... elle m'a... comment dirai-je?... Eh bien! elle m'a rendu jaloux; elle m'a dit de ne pas l'aimer; elle m'a dit de la fuir; elle m'a dit qu'elle était dangereuse, et pendant qu'elle parlait elle me scellait à ses pieds. Et ensuite, eh bien! ensuite, elle m'a dit qu'elle avait beaucoup d'amitié pour moi, et... comment vous dire?... Eh bien! oui, elle m'a chassé!

— Est-il possible? s'écria Harriet en joignant les mains.

— Je dis qu'elle m'a chassé. Elle m'a dit que... Enfin, elle m'a chassé! Je me persuade à moi-même toutes sortes d'erreurs! Je me persuade que je ne l'aime pas, que je ne l'ai jamais aimée, que je ne l'aimerai jamais!... Je me dis que je suis très heureux que cette histoire ait fini ainsi; que mon orgueil blessé doit bien me servir de bouclier; je me dis qu'en tout cas il n'y a pas de souffrances éternelles, et que les peines de l'amour sont fragiles; je me dis qu'on ne souffre pas quand on ne consent pas à souffrir, et qu'une douleur bien niée n'est pas une douleur. Du matin au soir, du soir au matin, je me prodigue les maximes les plus fermes. Je me prends à part, je me raisonne... Je m'empêche de penser à rien... Je fais ce que je peux... et... me voilà! »

Ce disant, il se leva, alla dans le fond de la

chambre, et se jetant la figure dans un coussin, il sanglota amèrement.

Harriet se rappelait d'elle-même. Si l'histoire de ses sensations ne ressemblait pas absolument à ce qu'elle venait d'entendre, un point était pareil, la douleur. Elle la connaissait autant que Conrad ; elle avait souffert, bien que par des causes très différentes, et la différence même de ces causes lui rendit le malheureux plus sympathique.

« Cette femme tant aimée a été trop dure, pensa-t-elle, et pourtant il ne l'accuse pas ! »

Elle se pencha vers lui et, par de douces paroles, chercha à calmer ses transports. Peu à peu il se remit.

« Je n'avais jamais aimé personne, car je ne saurais plus appeler de ce mot, maintenant que je sais trop bien ce que c'est, la sympathie, l'entraînement qui ont pu me porter vers telle ou telle femme. Je n'estimais pas beaucoup l'amour, je l'avoue, et le regardais même comme une de ces faiblesses auxquelles on a tort de céder ; j'appelais lâches ceux qui le font. Peut-être n'avais-je pas tort ; seulement ceux que j'appelais les lâches, je les méprisais. Maintenant le lâche par excellence, c'est moi, et je me plains profondément, et ne me méprise pas plus pour ma prostration, que je ne ferais un pauvre homme tombé écrasé sous le poids d'une roche. L'amour est trop fort ! L'amour est trop dur, l'amour est trop triste, l'amour est trop âpre ; ah ! l'amour est une torture trop raffinée pour que la frêle machine humaine[1], saisie par une puissance si terrible, réussisse à la combattre avec sa pauvre énergie ! Maintenant, j'aime, j'aime pour de bon, tout à fait ; je ne suis pas aimé ; que prétendez-vous ? M'irez-vous parler d'oublier ? Ou de changer ? Est-ce qu'on change ? Est-ce qu'on oublie à son gré ? Le jour où cela arrive, on n'a de consolation à demander à personne ; on est devenu un autre homme étranger de la tête aux pieds à celui qui souffrait, et dont le cœur, surtout, est bien différent.

— Regardez-moi, dit Harriet, et écoutez. »

Conrad obéit.

« Entrez en vous-même aussi avant que vous le pourrez. Contemplez-vous. Interrogez franchement vos sentiments, vos mobiles, et demandez-vous ce que signifie votre passion. Êtes-vous certain qu'il ne s'y mêle pas quelque dose de vanité ? Oui, lorsque vous avez été attiré vers cette femme, ne vous a-t-elle pas séduit par son rang, son élégance, sa beauté, son esprit, en tant qu'elle était remarquée par les autres ? N'avez-vous pas été surtout charmé des attentions qu'elle donnait à votre amour-propre ? Et quand l'enchanteresse s'est retirée de vous, demandez-vous bien sérieusement si la blessure n'a pas surtout atteint votre orgueil ?

— Non, mille fois non ! Je n'ai vis-à-vis d'elle aucune préoccupation d'aucun genre. Je l'aime, et c'est tout.

— Vous l'aimez, et c'est tout ! Êtes-vous certain également que devant son indifférence, une certaine obstination, une roideur refusant de plier n'est pas la cause de votre chagrin ?

— J'en suis également sûr ; car, à vous parler franc, convaincu de n'être pas aimé, à quelle espérance voudrais-je attacher le fil de mon entêtement ?

— Ainsi, vous l'aimez purement, absolument, avec le cœur, la tête, l'imagination, non avec les vices ou les travers de l'esprit ?

— Je l'aime avec moi-même et ne saurais dire plus.

— Reconnaissez alors la vérité la plus consolante qui se puisse trouver sur cette terre. Continuez librement d'aimer, sans contestation, sans combats, sans vous demander s'il le faut. Vous ne la verrez pas, le temps passera entre vous deux comme un ruisseau rapide, et cette passion qu'il traversera subira bien sur ses bords quelques dérangements ; stérile à cette heure, mais baignée par le flot, la verdure poussera sur ces rives et des fleurs au milieu. Il y a de l'idolâtrie, je le sais, dans ce que je vous conseille ; mais l'idolâtrie, même pour un théologien, vaut mieux que le désespoir. Aimez-la, croyez-moi, aimez-la bien avec toute votre force, toute votre âme, tout votre abandon. Si vous devez guérir, cette condescendance désarmera, adoucira la passion bien plus qu'une résistance furieuse n'y saurait réussir ; si vous devez rester ce que vous êtes, eh bien ! restez-le ! Tenez, Conrad, moi, je vous l'avoue, j'ai connu ce que vous souffrez et je vous plains du fond de mon âme ; eh bien ! moi, j'aurais aimé jusqu'à la mort et n'aurais voulu changer jamais ! Mais ce n'est pas tout encore ! Pour aimer, il faut quelque espérance, comme la piété religieuse ne va pas sans la foi. Espérez ! je vous le proteste, moi, parce que j'en suis certaine : si vous êtes bien résolu, la grâce même de votre résolution vous conseille d'espérer !

— Quoi ? dit Conrad.

— Je ne sais pas quoi, mais espérez ! C'est beaucoup que de vouloir. Avez-vous jamais lu l'histoire de don Pierre de Luna, comme l'a racontée, il y a quelque vingt ans, un certain Lord Feeling[1] ?

— Jamais, répondit Conrad, secouant la tête d'un air préoccupé.

— Asseyez-vous ici, je ne veux pas que vous l'ignoriez. »

Harriet cherchait à distraire son malade, à l'arracher à sa torpeur.

« Don Pierre de Luna, dit-elle, était, au temps de Philippe III[2], un gentilhomme que sa famille voulait marier avantageusement. Longtemps il s'y refusa ; enfin, las de bien des aventures, il se soumit et accepta d'avance la femme qu'on lui proposerait. M'écoutez-vous, Conrad ?

— Je vous écoute, répondit-il en se passant la main sur le front.

— Vous serez bientôt plus attentif. Don Pierre sollicita la main de doña Isabelle ; il l'obtint. Le Roi l'ayant nommé gouverneur d'Alhama, ce fut là que se firent les noces. Je me hâte, Conrad, je me hâte d'arriver à ce qui va vous intéresser.

— Ne vous pressez pas ; tenez ! croiriez-vous que le son de votre voix me fait, seul, plus de bien que je n'en ai éprouvé depuis des mois ?

— Le son, c'est de la musique et la musique exprime l'affection ; il faut aussi accueillir les paroles. Parmi les réjouissances, il y eut un combat de taureaux. Le marié, la mariée, les invités, la noblesse, les bourgeois, les paysans, le peuple occupaient le pourtour de la place où se dressaient de brillants échafauds ; on en était à la seconde course, quand, soudain, des cris épouvantables s'élevèrent. Les tribunes s'écroulaient, précipitant, parmi des flots de poussière, un amas affreux de blessés et de morts.

« Don Pierre se jeta au plus fort du tumulte, sous les poutres et les planchers croulants. Au milieu des cris de détresse, il trouva une femme et l'emporta. Il ne l'avait pas regardée ; il ne l'avait pas vue ; au moment où il la déposait à terre, hors du danger, au coin d'une ruelle, à moitié sans connaissance, elle lui jeta les bras autour du cou et lui dit : "Sauvez-moi !"

« Don Pierre, la contemplant alors, se sentit saisir en même temps que par ces deux bras réunis, par une puissance étrange qui l'enveloppa tout entier. Il lui entra dans le cœur et dans la tête comme une flamme, et, sur son esprit, il tomba un voile. Tout se troubla en lui et se transforma. Il lui sembla qu'un nouveau don Pierre se mettait à la place de l'ancien, et, tandis qu'il considérait avec intensité la divinité qui, inconsciente, le maîtrisait, et qu'il s'éblouissait à l'aspect de ce visage, il entendit une voix qui lui criait :

« "Seigneur gouverneur ! Je vous dois ma fille !"

« Une vieille dame, les larmes aux yeux, lui baisait les mains ; il se dégagea sans dire mot et s'éloigna. Il était comme fou. Il retourna vers le désastre, dégagea encore quelques personnes, puis il rentra chez lui.

« C'était le dernier jour des noces. Les invités comprirent que son air sombre et son silence provenaient du malheur public. On loua sa sensibilité, et la nouvelle épouse en prit raison de l'aimer davantage. Le lendemain, chacun partit. Don Pierre demeura plongé dans une torpeur singulière, et on ne saurait dire qu'il se rappelât distinctement les traits de celle qu'il avait tenue dans ses bras. Il me semble que vous commencez à m'écouter !

— Poursuivez ; que fit don Pierre ?

— Il restait sans désirs, sans idées, sauf celle-ci, que sa femme était bonne et qu'il devait se consacrer à elle. Au bout de la semaine, il se mit à parcourir la ville en tous sens. Il se fit donner les noms des différentes familles et le nombre de personnes qui les composaient. Un matin, à la messe, il aperçut la vieille dame et, près d'elle, sa fille. Un éblouissement le prit. Il faillit tomber. Cependant, quand le service fut à sa fin, il s'approcha et demanda des nouvelles de sa protégée.

« On le remercia avec effusion. Il apprit que la dame se nommait doña Pilar de Menezès, et demeurait dans un des faubourgs. La jeune personne, Carmen, il osa à peine la regarder. Tout son sang remontait et gonflait son cœur. Après une journée et une nuit d'angoisses, il arriva chez doña Pilar et exposa qu'ayant compris, à différents indices, la gêne honorable d'une famille de militaires mal récompensés, il offrait ses services.

« Doña Pilar commença un long récit de ses embarras. Pendant ce temps, don Pierre contemplait Carmen ; celle-ci, innocemment, lui souriait. Cette candeur le mettait hors de lui ; il en comprenait le sens et se disait : "Elle ne m'aimera jamais ! Elle ne se doute pas même que je l'adore !" Tout à coup, un mot le ramena à la réalité.

« "Il serait d'autant plus heureux pour nous, continuait la dame, d'obtenir votre protection, que Carmen va se marier dans deux mois avec un lieutenant du régiment d'Alcala."

« C'était la foudre qui tombait sur don Pierre. Il prétexta une violente migraine et voulut se retirer, promettant de revenir le lendemain.

« Les dames, un peu surprises, le laissèrent aller, puis elles se félicitèrent d'avoir trouvé un ami si digne et si zélé.

« Pour don Pierre, il courut la campagne, s'arrêtant, marchant, se cherchant. "Qu'est-ce que je fais ? qu'est-ce que je pense ? mon Dieu ! qu'est-ce que je veux ? Enfin... voyons !... Raisonnons !... Où suis-je ? Suis-je moi-même ? Suis-je fou ? Ma femme, ma pauvre femme !... Et elle, elle, Carmen !... Qu'est-ce que je prétends ? La perdre ! la rendre un objet de honte ! Misérable !... Reviens à toi ! reconnais-toi ! Qu'imagines-tu ?... Non ! je suis malade, j'ai la fièvre, j'ai des visions... Il n'est pas possible que je m'arrête à de telles infamies !..."

« Il rentra chez lui, se promena encore toute la nuit dans sa chambre, et résolut de se dominer. Il s'attacha fortement, par toutes les prises de sa raison, de sa droiture, de sa vertu, à l'impérieux devoir de ne plus songer à Carmen, et, très résolu à ne pas céder, se trouva tout à coup chez elle.

« Sa folie devint dès lors lucide et continue. Elle s'était fixée et raisonnait avec sa logique de folie. Par un hasard, que l'on ne peut dire ni heureux ni malheureux, car tôt ou tard il se serait présenté, doña Pilar étant à l'église, don Pierre se trouva seul avec Carmen.

« "Je vais vous adresser une prière ; ne l'accueillez pas mal... Je vous supplie de ne pas vous marier.

« — Pourquoi ? demanda Carmen en ouvrant ses beaux yeux tout grands.

« — Je vous aime à l'adoration."

« Et, comme la jeune fille se levait, rouge et indignée, pour sortir de la chambre, don Pierre continua :

« "Écoutez-moi jusqu'au bout ! Je suis marié depuis quelque temps, c'est vrai ; mais j'ai résolu de poursuivre en cour de Rome la nullité de mon union.

« — Sous quel prétexte ? demanda Carmen.

« — Sous tous les prétextes et par tous les moyens ! Je ne peux pas vivre sans vous.

« — Eh bien, mourez !" répondit Carmen, et elle sortit.

« Don Pierre aurait dû revenir à lui devant une déclaration si dure. Il n'en fut rien. Au contraire, une sorte de joie l'enivrait. D'abord, il avait avoué son amour ; c'était un pas ; ensuite il admirait la fierté de celle qu'il aimait et avait trouvé Carmen si belle dans sa colère, qu'il oubliait de s'en affliger.

« Il ne dormait plus, il ne mangeait plus, il n'avait plus de repos ; tout le jour, il allait d'une place à une autre, distrait, étonnant sa femme et ses domestiques par la constance de son silence. Il devint maigre, pâle, effrayant; on continuait à attribuer cet état à l'impression laissée par l'accident survenu le jour des noces; pourtant, une sensibilité si exagérée commençait à lasser chacun.

« Sa femme lui confia un jour qu'elle serait bientôt mère. Il lui répondit :

« "Je veux vous avouer aussi quelque chose. Vous êtes ma meilleure amie; pour personne au monde je n'éprouve autant d'estime. Sachez donc que j'aime une dame; je suis résolu à l'épouser. Vous et moi, nous sommes un peu parents à un degré prohibé; nous pourrons donc facilement obtenir notre séparation, et je vous prie de ne pas vous y opposer."

« Doña Isabelle prit d'abord ce langage pour une plaisanterie; mais, quand elle vit que rien n'était plus sérieux, elle éclata en sanglots, se jeta aux pieds de son mari et le supplia de renoncer à un projet aussi déshonorant.

« Il écouta tout, et ne fit d'autre réponse que de secouer la tête. Doña Isabelle considéra, sagement, comme un très mauvais symptôme, qu'il l'embrassait de temps en temps d'un air triste, et ne se fâchait pas des paroles violentes que, dans son indignation, elle ne pouvait retenir. Enfin, vaincue par ce quelque chose d'étrange, d'irrésistible, de fatal, empreint sur toute la contenance de son mari, elle s'écria :

« "Puisque vous le voulez, soit! Séparons-nous; quittez votre femme, votre enfant, faites ce qui vous plaît! Quand vous serez trop malheureux, vous reviendrez peut-être à moi!"

« Après ces paroles, elle crut mourir.

« Il alla rôder, suivant sa coutume, autour de la maison de Carmen. Le soir était venu. Il trouva, devant la fenêtre, un jeune homme accompagné de musiciens; ceux-ci accordaient leurs instruments pour donner un concert.

« Don Pierre comprit que les fiançailles étant faites, le moment du mariage approchait. Il se cacha dans un recoin obscur, entre deux maisons, et la sérénade commença. Lorsqu'elle fut achevée, le jeune homme salua respectueusement la fenêtre. Don Pierre se dit : “Elle était là !...”

« Est-ce que ce récit vous fatigue ? demanda Harriet.

— Poursuivez ! poursuivez ! je vous prie, répondit Conrad dont les yeux brillaient.

« Don Pierre aborda le jeune homme, et, s'inclinant, lui dit :

« “Seigneur lieutenant, je me nomme don Pierre de Luna et suis le gouverneur de la ville. J'aime doña Carmen ; on a l'intention de vous la donner, et, si vous daignez me faire cette faveur insigne de renoncer à elle, je vous remercierai à deux genoux ! Il n'est sacrifice autre que celui-là dont je ne sois prêt à vous faire hommage ; sachez, en outre, que je ne médite rien d'offensant. Mon mariage va être rompu ; j'ai l'intention de mettre mon nom aux pieds de la fille de doña Pilar.

« — Seigneur gouverneur, repartit le lieutenant, en toute autre rencontre, je suis votre esclave. En celle-ci, j'oublierai, par respect, ce que vous venez de proférer.

« — Je vous en conjure, cavalier, épargnez-moi ! Je vous en supplie, écoutez-moi ! Soyez généreux ; vous n'aimez pas Carmen comme je l'aime !

« — Don Pierre, un mot de plus, et je me tiens pour insulté.

« — À Dieu ne plaise ! J'ai tous les torts ; mais je n'y puis rien. Cédez-moi !...

« — Puisque vous persistez, vous et mon honneur ne pouvant rester en vie, l'un des deux va disparaître.”

« À ces mots, le lieutenant se mit en garde.

« Don Pierre en fit autant avec une répugnance extrême ; mais, comme son adversaire le pressait un peu trop, l'instinct lui fit serrer son jeu[1], et, après quelques secondes, le fer entra dans le corps du jeune homme qui tomba, ne prononça pas un mot, et expira. Une ronde de nuit se précipita sur les combattants, c'est-à-dire sur le mort et le survivant, et quand la qualité du coupable eut été reconnue, les gens de police n'osèrent pas même hasarder une question ; ils emportèrent le cadavre, et don Pierre rentra chez lui.

« Le lendemain, la ville entière apprit ce qui venait d'arriver. Doña Pilar accourut, pleurante, chez doña Isabelle et lui dénonça le crime et la cause du crime, que la malheureuse femme ne connaissait déjà que trop. Elle venait, de son côté, d'appeler sa famille auprès d'elle. Elle avait écrit de même aux parents de don Pierre, et les amis du lieutenant arrivèrent pour demander justice. Doña Isabelle raconta ce qui s'était passé entre elle et son mari ; doña Carmen, d'après l'ordre de sa mère, révéla sa conversation avec le coupable. On aurait voulu le faire arrêter ; mais il était l'autorité suprême du pays ; il fallait un ordre de la Cour ; d'autre part, solliciter cet ordre, c'était bien grave. On passa plusieurs jours à délibérer. Il arriva un incident qui précipita les choses. »

CHAPITRE III

« Don Pierre, perdant toute retenue, s'était décidé à une violence. Une nuit, vers trois heures du matin, il s'en alla pour faire sauter la porte de doña Pilar et enlever Carmen. Il avait avec lui deux hommes et se mit à l'œuvre sans beaucoup de précautions, croyant n'avoir affaire qu'à des femmes. Mais il se trompait. Le frère de Carmen, don Juan, était arrivé le soir. Au premier bruit, il se précipita dans le vestibule, et quand l'issue fut ouverte, don Pierre se vit en face de lui.

« "Hors d'ici, misérable !" s'écria don Juan avec fureur.

« Don Pierre pensa : "il faut le persuader doucement ; en tout cas, pas de violence ; c'est son frère !"

« Mais, avant d'avoir pu ouvrir le bouche, don Juan marcha sur lui, l'épée haute :

« "Défends-toi !" lui cria-t-il.

« Don Pierre se jeta de côté, tira son épée, la cassa en deux, en rejeta les morceaux derrière lui et murmura :

« "Contre son sang, jamais !"

« Alors, le frère, en présence des deux soldats, frappa don Pierre au visage, et, se jetant sur lui, le renversa sur le pavé de la rue.

« Le lendemain, tout le monde connut le nouvel attentat, et on jugea don Pierre, non plus seulement comme un débauché de la pire espèce, un assassin, un magistrat prévaricateur, un bourreau de sa charmante femme ; ce fut le dernier des lâches.

« La mesure était comble. Les quatre familles intéressées écrivirent à la Cour pour solliciter la déposition, le confinement dans une forteresse, de l'homme convaincu de tant de désordres. Doña Isabelle eut beau supplier ; la requête partit.

« Alors don Pierre se dit : "Si l'on m'arrête, je ne pourrai même plus chercher à la voir."

« Il se décida à fuir. Réunir des ressources était impossible. Il n'eût trouvé, à ce moment, personne qui lui voulût rien prêter. Il prit son parti de s'en aller, de se cacher, de vivre comme il pourrait et d'exécuter cette résolution à peu près vers le temps où la réponse de Madrid devait arriver.

« Cependant, de leur côté, doña Pilar et Carmen, à demi mortes de frayeur, et ne pouvant toujours garder don Juan auprès d'elles, ne crurent pouvoir mieux employer sa présence qu'en se faisant conduire par lui en Portugal où elles voulaient s'enfuir.

« Don Pierre, toujours aux aguets, eut vent de cette résolution. La même nuit, il disparut. Doña Isabelle le fit chercher partout. Ses ennemis, guidés par un tout autre sentiment, multiplièrent également leurs efforts. On ne put le retrouver. Alors la pauvre femme du fugitif tomba malade. L'état où elle se trouvait contribua à accroître ses souffrances, et, malgré les soins qui lui furent prodigués, elle mourut, suppliant les siens de pardonner à son meurtrier ; car, disait-elle, il n'a ni la volonté de mal faire, ni le pouvoir de se soustraire à ce qu'il fait.

« Pendant ce temps, don Pierre errait dans les montagnes sur la route du Portugal, à une vingtaine de lieues d'Alhama. En quelques jours, ses vêtements étaient devenus des haillons ; le peu d'argent qu'il possédait s'épuisa. Il demanda l'aumône. Il passait son temps sur la grande route, guettant le passage des voyageurs, cherchant, au milieu d'eux, Carmen. Un jour, il fut content. Carmen apparut entre sa mère et son frère ; elle l'aperçut d'abord, debout sur une roche, la considérant avec passion. Elle fit un geste d'effroi, don Juan suivit la direction du regard de la pauvre fille, il vit ce dont elle était épouvantée, coucha en joue son arquebuse, et fit feu. Don Pierre, atteint, tomba, se releva, s'enfuit, et Carmen vit le sang rougir la chemise. Elle cacha son visage dans ses mains en poussant un cri d'angoisse. Mais le malheureux homme eut la force d'échapper.

Il ne pouvait être question de le poursuivre à cheval dans les sentiers pierreux où il se traîna.

« Le soir, arrivé à une auberge, don Pierre, ayant bandé tant bien que mal sa blessure, entendit des muletiers raconter la mort de sa femme ; on couvrit son nom de malédictions et, ajoutait-on, la Sainte-Hermandad[1] le cherchait. Il se coucha à terre dans un coin et pleura amèrement toute la nuit. Le lendemain, il prit la direction du Portugal, s'arrangeant de façon à ne pas perdre les traces de celle qu'il voulait voir à tout prix.

« Les deux dames s'établirent à Cintra. Don Pierre trouva de l'emploi dans une ferme aux environs. Il se cachait le jour ; la nuit, il errait autour de la maison qui renfermait son trésor ; le dimanche, il réussissait quelquefois à apercevoir Carmen à la messe. On ne peut dire que cela le satisfît beaucoup ; pourtant il vivait. Don Pierre de Luna devenu un manœuvre, un homme de la classe la plus abjecte, nourri de pain grossier, couchant sur la paille, vêtu de lambeaux et, qui plus est, se sachant en horreur à tous ceux qui avaient jamais entendu parler de lui, ce don Pierre pouvait-il être un objet d'envie ? Mais encore il vivait, et d'apercevoir Carmen, de loin en loin, suffisait pour qu'il préférât cette misérable existence à toute autre. Cela dura deux ans.

— Deux ans ! murmura Conrad.

— Oui, deux ans ! Un soir, don Pierre, retiré dans de grandes herbes, à moitié caché par un arbre, en face de la maison, vit le frère de Carmen arriver à cheval avec un jeune homme, élégamment vêtu. Quelques serviteurs en livrée les accompagnaient.

« Don Pierre frémit. Il en avait sujet. Don Félix de Souza venait de demander la main de Carmen, et l'avait obtenue. C'étaient les fiançailles qu'on allait célébrer. Elles eurent lieu, en effet, pendant que don Pierre s'étant approché ardemment de la porte, apprenait ces détails de la bouche des gens de la maison. Il fut comme étranglé par la douleur, et, bien qu'il tâchât de se contenir, les mouvements de sa physionomie étaient tels, qu'ils appelèrent l'attention. Un des hommes de don Juan reconnut le malheureux, le dénonça à ses camarades ; ceux-ci, à leur tour, avertirent les Portugais ; on se jeta sur lui, on le renversa malgré sa résistance, on le garrotta. Ils coururent prévenir leurs maîtres de la capture.

« Don Juan de Menezès et son ami sortirent aussitôt.

« "C'est bien lui !" s'écria don Juan, sans daigner adresser une parole au captif. Mais don Félix, considérant don Pierre, lui dit avec hauteur :

« "Que veniez-vous chercher ?

« — Seulement sa vue, répondit don Pierre, en baissant la tête.

« — Ne parlez pas à cet homme ! s'écria don Juan, c'est un assassin, un lâche.

« — Non ! c'est un amant comme on n'en connut jamais !"

« Les deux cavaliers ne répondirent pas et, montant à cheval ils firent marcher leur prisonnier devant eux. Ils le conduisirent à Lisbonne et le livrèrent au juge de police. Puis, le lendemain, ils se rendirent au palais, où ils racontèrent tout au roi en demandant le châtiment du coupable, soit qu'on le livrât à la justice espagnole, soit qu'on le déportât dans les Présides[1] d'Afrique.

« Le roi, ayant écouté le récit de don Juan, témoigna vouloir mettre fin à l'odieuse persécution dont doña Carmen était victime, et afin que l'affaire ne traînât pas en longueur, il donna l'ordre d'amener à l'instant dans une salle du palais où il se rendit avec la reine, les seigneurs du Conseil et toute la Cour, les différents personnages participant à cette affaire.

« De sorte que, le moment de l'audience arrivé, on vit d'un côté, doña Pilar, Carmen, avec son frère et son fiancé don Félix, de l'autre, des soldats entourant don Pierre, celui-ci, pâle, en désordre, les fers aux mains, et tandis que le roi faisait asseoir les dames et les cavaliers, lui, on le laissa debout comme un malfaiteur.

« "Vous êtes, lui dit le roi d'une voix sévère, vous êtes don Pierre de Luna, de la maison de Benavidès, ancien gouverneur d'Alhama ?

« — Je l'étais il y a longtemps, je ne suis plus rien de pareil.

« — Qui êtes-vous donc, vous que la honte sépare de vous-même ?

« — Je suis un homme dont le chagrin a blanchi les cheveux et détruit la vie.

« — Cette jeune fille vous a-t-elle trompé ? Que lui reprochez-vous ?

« — Elle m'a toujours détesté, toujours méprisé ; je n'ai pas eu d'elle un regard.

« — Votre excuse ?

« — J'aime !... Ne me parlez pas davantage, faites-moi emmener... Non ! vous êtes le roi, vous pouvez tout ! obtenez d'elle que je puisse seulement la regarder un instant... et ensuite... Eh bien, ensuite, on fera de moi ce qu'on voudra !...

« — Quelle impudence ! murmura don Juan.

« — Faites retirer ce criminel, dit le roi, il est incorrigible ; demain, on le livrera aux Espagnols."

« Les soldats mirent la main sur l'épaule de don Pierre pour le faire marcher. Mais, à ce moment, doña Carmen se leva de son siège. Elle était très émue, et ses yeux brillaient :

« "Sire, dit-elle, je serai la femme de cet homme ! Pour vous, don Félix, je vous remercie de votre attachement ; vous me donniez votre nom, tout le bonheur d'une affection fidèle. Il n'est pas de reconnaissance qui m'acquitte envers vous. Mais vous êtes riche, brillant, gai, heureux, sans remords... vous n'avez pas besoin de moi ; tandis que lui, regardez-le ! C'est une ombre effrayante ! Et ce qui l'a réduit à n'être plus qu'un tel fantôme, c'est son amour pour moi... Sans moi, il mourra... Sans moi, il n'eût pas fait ce qu'il a fait... Venez, don Pierre."

« Et elle lui tendit les deux mains. Mais don Pierre n'était pas en état de les prendre ; il était tombé évanoui sur le plancher. »

Ce fut ainsi qu'Harriet termina son histoire. Elle n'avait pas l'intention sérieuse d'inspirer des espérances folles à Conrad ; elle cherchait seulement à distraire son attention et à le tirer de l'engourdissement où elle le voyait. Elle supposait que, par l'exagération même du récit qu'il venait d'entendre, il reviendrait de lui-même à plus de raison et, dans quelques jours, serait en état d'envisager sa situation d'une manière plus calme.

En tout cas, elle réussit à rendre son ami moins malheureux. Il se prit, à l'exemple de don Pierre, d'une résolution aveugle qui lui valut mieux que son désespoir sans volonté. Ce ne sont pas les faits extérieurs, les impressions positives, heureuses ou funestes, qui causent les transports ou les convulsions dont s'affecte une âme amoureuse. Ce sont plutôt ce qu'on pourrait appeler les visions qu'elle se crée à elle-même, en son intérieur[1]. Rien ne s'était passé depuis que Conrad avait épuisé l'agonie de larmes si amères versées sous la douce pitié d'Harriet ; pourtant il s'était accalmi[2]. Il s'en retourna chez lui, goûtant, avec une sorte de joie, les mille imaginations que l'histoire de don Pierre lui suggérait, et se reconnaissant moins à plaindre qu'il ne l'avait été jusqu'alors dans cette lutte désespérée soutenue pied à pied contre un amour dont il ne pouvait réussir à faire plier la tête.

Il arriva ainsi à sa demeure et monta dans son atelier. Ses dispositions étaient si bonnes, qu'il avait résolu d'écrire ce soir même à son ami, le lieutenant de Schorn, pour lui donner de ses nouvelles, ce qu'il n'avait pas fait encore.

En s'asseyant devant sa table, il vit une lettre. Son cœur battit ; c'était l'écriture de Mme Tonska. Elle l'avertissait de son arrivée, lui donnait son adresse, et le priait de venir la voir.

Il n'hésita pas ; il obéit de suite.

« Quoi qu'il arrive, se dit-il, je ne peux pas être plus malheureux. Elle a ma vie, eh bien ! qu'elle la prenne, la ranime ou l'étouffe. Elle en est maîtresse. »

Sophie le reçut avec la simplicité la plus affectueuse.

« Mon ami, lui dit-elle, je fais mal, peut-être, en vous rappelant à moi, et si j'en avais pu douter jusqu'à ce moment, je le comprendrais à l'expression de votre visage, et je ne me dissimule rien. Je tâcherai d'être bonne et de vous faire souffrir aussi peu que possible. Mais quand on aime, il faut souffrir, le savez-vous ?

— Très bien, répondit Conrad, et je suis prêt.

— J'ai réfléchi depuis quelques jours, poursuivit Sophie en passant la main sur son front. Je suis dangereuse, et d'autant plus perverse que c'est avec bonne foi. La vérité de ma nature est d'être fausse. Je suis ma première dupe. Mais je voudrais changer. L'honneur et la bonté, dont je ne suis pas dépourvue, réclament depuis des années contre mes mensonges, et, si ma tête est coupable, je crois, je sens que mon cœur l'est beaucoup moins. De toutes les victimes de mon inconsistance, aucune n'a tant souffert que vous, j'en suis sûre. C'est pour ce motif que je vous ai écrit. Je tâcherai de réparer mes torts, en étant la meilleure des amies. Ne me demandez rien de plus, n'exigez rien au-delà, et alors, vous pourrez, Conrad, vous pourrez me donner du calme, du repos, l'estime de moi-même. Je vous devrai tout. Voulez-vous de ce marché ?

— Je veux ce que vous voudrez. Laissez-moi seulement vous rappeler un point. Pourquoi suis-je à Florence ? C'est que le prince m'a envoyé loin de vous. Je ne saurais le tromper. »

La comtesse eut un mauvais sourire ; mais, tout aussitôt, se couvrant les yeux de ses mains, elle rentra en elle-même, réfléchit, prit un parti.

« Vous avez raison, dit-elle ; c'est moi qui avertirai Son Altesse Royale. Revenez demain. J'ai tant à vous dire ! »

Le lendemain, Conrad était assis vis-à-vis d'elle. Elle lui raconta, sans ménagement pour elle-même, sa scène avec Jean-Théodore, et, cette fois, jugea sainement le dévouement faux qu'elle avait cru ressentir pour son mari, mais qu'elle s'était imposé, et elle finit par sa rencontre avec les Gennevilliers. Dans cette dernière partie de son récit, il lui revint des bouffées d'ironie dont elle reconnut le méchant caractère.

En finissant, elle mit sa main sur celle de son ami, et le regardant avec douceur :

« Assez d'égoïsme, maintenant. Parlez, c'est de vous qu'il s'agit. Travaillez-vous ?

— Peu et mal.

— Il faut travailler beaucoup et bien ! En cela, je vous servirai. Je prétends devenir utile à qui m'aime, puisque je ne peux rien de plus. À dater d'aujourd'hui, confiez-moi ce qui vous touche, vous occupe, vous inquiète. Je serai dans votre vie comme un flambeau d'une douce lumière. Je veux vous devenir nécessaire.

— Eh bien ! dit le pauvre Conrad, que Dieu vous bénisse pour toutes ces paroles et vous rende au centuple votre charité envers moi ! »

Quand Jean-Théodore reçut la lettre où la comtesse lui rapportait la reprise de ses relations avec le jeune sculpteur, il fut irrité ; l'orgueil offensé du souverain dépassa de beaucoup la déconvenue de l'amant. Pendant plusieurs jours, il se laissa aller à des mouvements de mépris qui confinaient à la haine, mais il ne prit pas de confidents ; il se répéta cette maxime de la sage Antiquité : « Tout personnage placé haut doit s'interdire les mouvements vifs[1]. » Il ne dit rien au professeur Lanze ; il ne dit rien à personne. Bientôt un dédain absolu remplaça les brusqueries de la première irritation ; puis sa générosité naturelle, le tour chevaleresque de son imagination achevèrent de lui imposer le calme. Voici un passage de la lettre par laquelle il répondit à Mme Tonska :

En tant que j'en aurais quelque droit, je vous rends donc toute votre liberté à l'un et à l'autre, et souhaite sincèrement que ce soit pour votre bonheur. Je n'en veux point à Conrad. Il a mon amitié entière. Loin de moi l'idée d'être vengé. Je le serai pourtant. Vous ne vous convenez en aucune façon. Plus tard, je vous donnerai les motifs de mon opinion, quand il sera bien évident que mes explications ne sont pas des plaintes. Adieu.

Pour bien exposer, dépeindre, faire comprendre la vie qui commença entre l'amie et l'amant, il faudrait trouver une comparaison dont l'exactitude laissât peu à désirer. Cette vie ressembla à un paysage des pays du Nord. Une terre froide, humide, tourbeuse, sombre, mais couverte d'un gazon court, vert comme l'émeraude. Des lacs infiniment prolongés, embrassés dans des bois silencieux ; dans ces bois, le feuillage rigide des sapins, les troncs rouges des pins, les masses flexibles, tombantes, argentées, éplorées des bouleaux, de grands chênes, des rochers couverts de mousses et des sentiers perdus. Un ciel bleu et pur, mais si triste ! Un soleil clair, mais si froid ! Des sourires, pourtant, dans toute la nature, de la bonté partout, et partout, comme âme de cette création d'un Dieu souffrant, une inénarrable mélancolie.

Il est fort ordinaire à une femme qui aime ou croit aimer de s'écrier avec attendrissement : « Dis-moi tout ce qui te regarde ! Confie-moi tes peines ! Fais que je sois au courant de tes travaux, de tes affaires, de tes soucis ! Je veux être ton amie, ta conseillère et ta sœur ! » Rien de plus affectueux que cette ambition ; rien de plus difficile à mettre en œuvre et de plus rare à voir se réaliser. Dans l'homme aimé, il arrive le plus ordinairement qu'on ne s'est épris que de l'amour. On n'a pas écouté ce que dit la musique, on s'est complu uniquement dans les sons qui flattent l'oreille, et du merveilleux opéra que l'on se donne, on goûte surtout le ballet. Pour sortir de cette sphère enchantée et s'aventurer bravement dans le domaine des préoccupations positives de son ami, il faut de la force de caractère, un dévouement réel, un détachement complet de ce qui amuse, et une suite dans les idées que bien peu d'êtres féminins possèdent. Sur vingt femmes, il s'en trouve à peine une seule pour qui l'exclamation si charmante : « Dis-moi tout ! » soit autre chose qu'une jolie phrase. Quelquefois même cette phrase n'est qu'un déguisement. Alors elle a une utilité fatale. Elle sert à masquer l'absence de la tendresse même sous une apparence imposante d'intérêt sérieux. On ne donne pas d'amour, mais on prétend mettre à sa place quelque chose de bien meilleur et de plus digne. C'est de la monnaie de singe. Alors le brevet de cette pension vous est délivré avec solennité, et, après quelques minutes d'attendrissement qui en accompagnent, de toute nécessité, la remise, votre généreuse protectrice se tient libre de toute obligation et ne s'occupe pas autrement de celui qu'elle a confiné dans une situation purement honoraire.

Mme Tonska, tempérament essentiellement rebelle jusqu'alors à toute application suivie, n'était guère préparée à aborder une tâche austère. Cependant elle avait beaucoup de cœur. Elle désirait sincèrement faire du bien à Conrad. Elle avait une horreur profonde des exagérations et des folles recherches d'émotions dans lesquelles elle avait jusqu'alors gaspillé sa vie et compromis sa sincérité. Elle se mit à l'œuvre de tout son cœur, et comprenant très bien ce qu'elle avait à faire, elle commença à suivre jour par jour, heure par heure, et, pour ainsi dire, pulsation par pulsation, tous les mouvements de la vie morale de son ami ; et celui-ci, qui jamais n'avait été expansif, ni confiant, qui avait toujours repoussé avec un orgueil assez farouche l'idée que le cœur gagnait à s'ouvrir et à déverser son trop-plein dans un autre cœur, Conrad éprouva, avec la joie la plus naïve, non seulement un soulagement complet de ce qui retombait d'ordinaire de fatigue sur ses forces surmenées, il sentit que relevée, rafraîchie, soutenue, rassérénée, son âme augmentait l'envergure de ses ailes, et, pareille aux êtres mystérieux de l'Apocalypse, rapprochés du Saint des Saints, en ajoutait, aux deux qu'elle avait déjà, de nouvelles, plus brillantes de couleur, plus palpitantes et plus fortes[1].

En peu de temps, Sophie put apprécier la valeur de son œuvre. Conrad, lui, était transfiguré. Ce n'était plus cet homme soupçonneux, susceptible, réservé, cassant, que, d'abord, elle avait connu ; ce n'était pas davantage cet amant triste et acrimonieux qu'elle avait eu le temps d'entrevoir. Le bien qu'elle faisait lui apparut grand comme il l'était ; elle aima ce bien qui venait d'elle ; et l'homme qui le recevait et en profitait, elle l'aima de même. Elle n'en fut pas amoureuse ; son être moral était trop endolori par l'existence qu'elle avait menée jusqu'alors pour lui permettre une sensation si vivante, et on a vu que, dans ses pires écarts, elle avait toujours été au-dessus des fantaisies basses. Elle n'aimait donc pas Conrad dans le sens absolu du mot, mais elle commençait à s'attacher à lui, et elle le lui expliqua, et il ne se fit pas d'illusion, et il fut triste, et il préféra cette tristesse à toutes les joies, et Sophie, à cause de lui et par lui, en voie de se réconcilier avec elle-même, l'écouta quand il lui dit un jour :

« Je remarque que, de tous les sujets d'entretien, celui qui vous entraîne davantage, c'est celui dans lequel vous vous accusez. Vous répétez volontiers, et je suis sûr que vous ne l'avez pas dit qu'à moi : "Je suis une coquette, prenez garde ! je suis fausse, je suis perfide ; ma nature variable recherche le mal pour le seul plaisir de nuire." Vous vous êtes ainsi créé une sorte de justification commode de vos inspirations les pires, et même, en définitive, une sorte d'orgueil d'une véracité dont le véritable mérite, à vos yeux, est, sans que vous vous en rendiez bien compte, d'autoriser tous les caprices et tous les écarts.

« Je ne crois pas qu'il soit utile de dire à un homme : "Fuyez-moi, je suis coquette, je vous ferai mal !" Si cet homme est médiocre, il en conclut seulement que vous lui accordez une coquetterie de plus, et il s'en encourage. S'il vous est réellement attaché, vous le faites souffrir ; mais vous ne l'éloignez pas. Je préférerais que, dans le fond de votre conscience, vous vous répétiez sans cesse : “Je suis grande, je suis généreuse, je suis hardie, je suis fière, et étant tout cela, et parce que je le suis, je suis bonne ! C’est mon imagination, ce n’est pas mon cœur qui m’entraîne dans les sentiers tortueux, et, si je veux seulement me rappeler d’employer ce que je suis à ne pas rougir de moi-même, je quitterai tout ce qui me rabaisse. Je n’en ai pas besoin, et toutes les fois que je m’y suis livrée, cela ne m’a menée ni à des folies avilissantes pour lesquelles je n’ai jamais eu de goût, ni à des plaisirs que je ne recherche pas, mais seulement à des impasses où je me suis froissée et meurtrie, retombant sur moi-même et n’éprouvant que l’ennui du vide où je m’étais plongée de gaieté de cœur.” Voilà, je crois, ce que vous devriez vous dire, et j’imagine que vous en seriez plus heureuse. »

Ces paroles coïncidaient pour Mme Tonska avec ses propres réflexions. Il lui sembla que ce langage était la voix même de la Sophie intérieure qui, pour la première fois, saisissait le pouvoir de réclamer tout haut contre celle du dehors. Ce jour-là, quand le sculpteur l’eut laissée seule, elle se trouva dans une disposition d’esprit qu’elle n’avait jamais connue.

Le lendemain, elle confia à son tour à Conrad ce qu’elle éprouvait, et ajouta :

« Une seule chose m’étonne. J’ai l’âme croyante, j’aime Dieu, et il ne m’apparaît nullement en tout ceci. Ce n’est pas à lui que se rapportent les mouvements intérieurs que je ressens. Je me crois, je me sens sur le point de valoir mieux que je ne valais ; mais, pour bien vous expliquer ma pensée, je ne suis pas avertie par un redoublement quelconque de ferveur ou de piété, que ce soit ce qu’on appelle une conversion.

— Ce n'en est pas une en effet, répondit Conrad. Vous ne devenez pas autre que vous n'étiez. Vous restez vous-même. Vous ne prenez pas des dieux nouveaux et ne les placez pas sur l'autel, brisant les anciens. Seulement, une partie de vous-même, et, j'ose le dire, la meilleure, la vraie, acquiert graduellement l'énergie de plier celle qui l'est moins.

— Ces sortes de prodiges, repartit la comtesse, peuvent arriver, mais non sans une cause déterminante d'une puissance assez grande. Or, je n'éprouve aucune impulsion spéciale. À défaut de la religion, il me faudrait l'amour, et je ne vous aime pas.

— Vous ne m'aimez pas ?

— Pas du tout. »

Il fit bonne contenance, mais il souffrait. Il se domina pourtant, prit la main de Sophie, et, avec un sourire qu'il voulut rendre gai, il lui demanda :

« Pourtant pas moins qu'il y a un mois ?

— Si, peut-être moins. »

Elle accompagna ces mots d'un regard glacé.

Conrad devint pâle et se sentit profondément atteint. La comtesse continua :

« Quittez-moi ; je vous fais mal, c'est inutile. Je serais incapable en ce moment de vous donner la moindre consolation.

— Viendrai-je ce soir ?

— Non, je vais au théâtre. Je l'ai promis à la marquise Balbi[1]. Je veux causer avec son frère. Qu'avez-vous ? Êtes-vous jaloux ? Que prétendez-vous ? dites ? Si vous devenez tel, je vous en avertis, vous me serez odieux avant longtemps. »

Conrad prit son chapeau et se dirigea vers la porte. Là, il s'arrêta, hésita un instant, puis revint vers Sophie et lui tendit la main. Elle lui donna froidement la sienne.

Il partit. La tête lui tournait ; tout l'enchantement

avait disparu. Une ou deux fois, il fut sur le point de tomber sur les pavés et se retint aux murailles. Les passants circulaient à côté de lui emportés par un tourbillon ; il ne distinguait rien, il ne discernait rien, il était comme au milieu d'un monde absolument différent de lui et étranger à ses sens comme à son cerveau. Il rentra, resta accablé pendant plus d'une heure. Il ne pensait pas, il souffrait. Ensuite, il sortit de nouveau, poussé par cet instinct qui porte les malades à changer de place, comme si leur douleur en pouvait diminuer. Il eut l'idée d'entrer au théâtre, mais il n'osa pas ; il eut peur :

« Elle me renvoie, parce qu'elle aime ce jeune homme. Elle l'aime, c'est certain ! je suis sûr qu'elle l'aime ! Elle arrivait peut-être de chez lui ; elle lui avait peut-être donné rendez-vous ; j'en suis convaincu… elle l'aime… Elle est à lui[1] ! »

Il fit un plan. Ce fut de la surveiller, de la suivre, d'entrer avec elle chez son rival, de les voir dans les bras l'un de l'autre ? Après ?… après ?… Quoi ?…

« Elle peut faire ce qu'elle veut, se dit-il, elle ne me doit rien… elle ne m'a jamais trompé. »

Il revint sous ses fenêtres. Une heure du matin sonnait à toutes les horloges. Il s'assit sur une borne et resta là, regardant. Un rayon de lumière passait à travers les volets de la chambre à coucher de Sophie.

« Il est là ! Elle l'a gardé ! »

Une sueur froide l'inondait. Il combina les possibilités, les vraisemblances.

« S'il n'est pas là, se dit-il, elle est chez lui. J'irai voir. »

C'était assez loin. La pluie tombait à torrents. Il était épuisé de fatigue. Il y a alla pourtant. Arrivé devant la maison, il n'aperçut de lumière nulle part.

« Ils auront tout éteint pour ne pas se trahir », pensa-t-il.

Quant à être assuré qu'elle était là, il l'était. Il les voyait, il lisait dans leurs yeux ; il entendait leurs propos, il comptait leurs baisers.

Tout à coup, la porte de la maison s'ouvrit. Un homme et une femme sortirent, se donnant le bras.

« Les voilà ! pensa-t-il. Les voilà ! J'ai bien fait de venir ! Je vais les tuer ! Je n'en ai peut-être pas le droit ; c'est égal, je les tuerai ! »

Il s'avança rapidement et se trouva en face de deux inconnus qui le regardèrent avec surprise. Il passa et retourna chez lui machinalement[1].

En entrant dans sa chambre, il trouva une lettre. Elle était de Sophie et datée de onze heures du soir.

Je ne suis pas allée au théâtre. J'ai eu tort avec vous. Je m'en repens. Venez demain matin. Si je n'ai pas d'amour, j'ai du moins beaucoup de tendresse. Ne soyez pas malheureux, venez !

S.

Tous les fantômes s'évanouirent. Il y a de tels hommes, pas beaucoup, heureusement, dont l'existence est comme un fil terminé par un crochet. Ce crochet s'attache aux mains d'une femme ; ils vivent et ils meurent selon ce qu'elle décide.

Sophie dit au pauvre Conrad :

« Comprenez bien les choses, et aidez-moi. Je n'ai jamais aimé ; on m'a dit que j'en étais incapable ; je le crois. Ce n'est pas pour vous, c'est pour moi que je tente cette épreuve de renoncer à mes habitudes. Si je peux vivre à côté de vous, être à votre égard une amie utile, ferme, désintéressée, je serai sauvée, je le crois, et la bonne partie de moi-même, comme vous le dites, prendra la haute main sur la mauvaise. Mais, Conrad, il ne faut pas s'attendre à ce qu'une pareille transformation s'achève en un jour. Je vous causerai souvent des chagrins, et, je vous le déclare, peut-être à la fin, serai-je forcée de vous quitter, reconnaissant l'impossibilité de réussir. Soyez patient, soyez indulgent ; pensez que chaque fois que je serai dure pour vous, c'est que je le serai pour moi. Je vous ai préféré au prince ; n'est-ce pas quelque chose ? Vous avez mon affection ; je vous jure que je ne désire rien tant que de la voir durer.

— Mais de l'amour, Sophie, de l'amour !

— Ah ! pour cela, nous en sommes si loin !... »

Elle lui serra la main, et le regarda d'un air si bon qu'il baissa la tête et répondit :

« Je vous adore, faites de moi ce que vous voudrez. »

CHAPITRE IV

Je n'ai pas expliqué assez nettement l'impression produite par la lettre de Mme Tonska sur Jean-Théodore.

Au milieu de grandes et belles qualités, il y avait dans le souverain de Burbach certaines préoccupations que, sans injustice, on pourrait qualifier de mesquines. Il avait considéré la conduite de la comtesse envers lui comme un manque de respect autant que comme un manque d'amour ; et, s'il avait souffert du second, il avait été particulièrement blessé du premier. Jean-Théodore n'admettait pas qu'on pût lui manquer de respect. Il nourrissait, à ce sujet, une susceptibilité maladive, et qu'il condamnait lui-même dans son for intérieur ; malheureusement il avait, en tout, plus de tempérament que de raison.

Le départ de Sophie lui paraissait insolent ; cette

sensation avait beaucoup calmé sa fougue. La générosité ne lui fut donc pas très difficile, bien qu'au premier moment il y eût quelque chose d'amer dans la préférence donnée au jeune sculpteur, préférence dont la comtesse n'avait nullement daigné lui expliquer la nature et les limites. Elle eût cru, en le faisant, se manquer à elle-même. De sorte que Jean-Théodore en garda une muette rancune à la femme qui l'avait humilié. Il lui en voulait encore pour un autre motif. Sa vie était triste et maussade. Il ne croyait pas à l'avenir de sa principauté. Il savait que, tôt ou tard, dans une occasion ou dans une autre, à la suite d'un remaniement européen ou d'une négociation inévitable, ses domaines iraient se fondre dans les territoires d'une grande monarchie voisine[1], et une telle conviction le dégoûtait des travaux de la puissance souveraine. Puis, il ne devait pas laisser de fils. Au moyen d'un pacte de famille, il espérait réussir à faire passer la couronne sur la tête de sa fille et de son futur gendre ; mais il craignait les menées du prince Ernest et les ambitions que ce méchant homme trouverait, sans doute, disposées à le seconder. Ainsi beaucoup de peines, peu d'avenir, pas de résultats. Son peuple devenait chaque jour moins maniable, et, précisément parce que ces gens-là étaient fort heureux, ils se montraient disposés à toutes sortes de séditions. Sa noblesse se disait dévouée ; mais elle accomplissait religieusement le programme de toutes les noblesses modernes ; elle se maintenait avec soin dans un état intellectuel et moral propre à rendre peu de services, et, par conséquent, Jean-Théodore ne comptait pas sur elle. L'eût-il fait, à quoi bon ? Il en revenait là par tous les chemins possibles[2].

Dans un autre ordre d'idées, sa femme lui pesait. C'était pour lui un grand malheur ; car, souvent, dans le cours de ses erreurs, et, le plus généralement, aux moments de désillusion, il aurait été disposé à revenir à elle, à se contenter de peu, à ne demander qu'une amitié muette mais bienveillante. Du moins, il croyait que ce lui serait assez. En cela, sans doute, il se trompait. Il était trop ardent pour se satisfaire à si bon marché, et, au bout de quelques mois, il aurait froissé toutes les négations formant le caractère de la princesse. Pourtant, il s'était cru de bonne foi disposé à la conversion. Il ne lui fut jamais possible même d'essayer, d'abord parce que l'auguste épouse ne se souciait pas du tout de voir son mari revenir à elle, ensuite parce que l'envie n'en dura jamais assez longtemps chez celui-ci. Après la rupture avec Mme Tonska, et quand il fallut renoncer à cette liaison, Jean-Théodore se retrouva en face de lui-même.

Défauts et qualités compensés, il n'était pas très innocent ; en revanche, il était très malheureux. Il se jugeait, il se condamnait quelquefois ; pourtant, il lui fallait s'accepter et sa position en même temps. Cheminant dans le vide et s'efforçant de ne pas s'y agiter, de peur de devenir ridicule à ses propres yeux, il représentait assez bien ce qu'on pourrait appeler une âme sans corps.

Dans cet état d'esprit, il vit arriver à Burbach Nore et Laudon. L'automne était venu ; il se rappelait avoir invité le gentilhomme français à ses chasses ; pour son cousin, fils d'une de ses tantes, il n'avait jamais eu avec lui de relations antérieures. Quand donc les deux amis eurent envoyé leurs noms à l'aide de camp de service et que celui-ci les eut placés sous les yeux de Son Altesse Royale, ce fut avec une complète indifférence, et, uniquement, pour se conformer aux usages, que Jean-Théodore donna l'ordre d'inviter les voyageurs à dîner pour le surlendemain.

Cependant Wilfrid et son compagnon, mettant à profit une lettre de Conrad pour son père, ne tardèrent pas à se présenter chez le professeur et y furent parfaitement accueillis. Mme la docteur prit d'abord en amitié les brillants amis de son fils ; Liliane fut portée vers eux par ce charmant instinct qui attire les femmes vers ceux qui peuvent les aimer. Aussi, la maison du savant physiologiste devint-elle bientôt le quartier général où les deux étrangers allaient, chaque jour, se recueillir et se retrouver.

Le dîner de Cour n'eut rien de remarquable. Le prince se montra très affable, mais surtout prince, inspiré par cette idée qui lui prenait souvent de maintenir la distance. Dans cette préoccupation, il ne remarqua pas la saveur de l'esprit de Laudon et ne fut pas touché de l'originalité de vues qui marquait la personnalité de Nore. Celui-ci, même, l'inquiéta, en ce qu'il le sentit capable d'oublier un peu, dans le fond, non dans les formes, l'autorité de la parole souveraine, et cette sorte de crainte le maintint sur une défensive peu propre à lui laisser goûter le mérite de son hôte anglais. Il ne faudrait pas en prendre une trop mauvaise opinion de Jean-Théodore[1]. La conversation fut assez maigre avant, comme pendant et après le dîner. Le papotage ordinaire des demoiselles d'honneur et des aides de camp resta la note dominante, et, quand la cérémonie fut à bout, et que Nore et Laudon se trouvèrent chez le professeur, assis dans de bons fauteuils, ils s'estimèrent infiniment plus à leur aise, et même en veine de sarcasmes auxquels le vieux Lanze s'empressa de couper court.

« Vous ne connaissez pas celui dont vous parlez, leur dit-il, et vous ne savez pas davantage quelles peuvent être les circonstances de toute nature qui opèrent sur lui pour le gâter. Vous arrivez dans un mauvais moment. Par des raisons inutiles à énumérer, le prince n'est pas lui-même. La crise passera et alors vous le jugerez mieux. »

Ainsi parla le philosophe, et, comme si le hasard eût tenu à venir à son aide, Laudon, le lendemain, étant allé se promener seul dans les jardins du palais, à une heure fort matinale, pendant que Nore écrivait des lettres, se trouva, au détour d'une allée, face à face avec Jean-Théodore qui fumait un cigare d'un air assez absorbé. Louis, à cet aspect, salua et voulut se retirer, mais le prince le retint et lui dit :

« Êtes-vous si pressé que vous ne puissiez faire un tour avec moi ? »

Laudon s'inclina de nouveau et la promenade continua. Jean-Théodore, plus communicatif ce jour-là, eut bien vite appris que Louis et Nore s'étaient rencontrés sur le lac Majeur, et de quelle façon ils s'étaient liés, et comme quoi Conrad Lanze, recruté antérieurement à Zurich par le Français, avait formé la troisième personne d'une trinité fort amusante, assurait le narrateur.

Le nom de Conrad répondait sans doute d'une façon quelconque aux réflexions que poursuivait le prince ; car, de ce moment, il se laissa aller davantage à la conversation et y prit visiblement du goût. De son côté, Laudon était en belle humeur ; il avait de l'esprit, il avait de la verve, il dérida son auguste interlocuteur, et les choses tournèrent si bien que celui-ci, en dépit de toute étiquette, lui proposa de l'emmener déjeuner à Monbonheur et fit prévenir Nore de les y rejoindre. À dater de ce moment, le prince fut séduisant comme sa nature lui rendait facile de l'être ; il s'abandonna, il charma les deux amis, et ceux-ci, à leur tour, lui plurent infiniment.

« Monseigneur, disait Laudon vers la fin du déjeuner, je dois avouer, sans prétendre à me rendre trop intéressant, qu'aucun esprit n'a été tiré à plus de chevaux ni aussi cruellement écartelé que le mien. M. Nore, ici présent, m'assure du matin au soir qu'il est désormais impossible de professer une doctrine politique pratique, attendu que, de nos jours, les États, devenus très grands, marchent tout seuls en vertu de certaines lois de pesanteur, se cassent sans qu'on puisse les raccommoder, cheminent sans qu'on puisse les arrêter, ou s'embourbent sans qu'il existe un moyen humain de les tirer de la fange. En conséquence, il conclut que, devant des évolutions si fatales, tout intérêt s'évanouit et qu'il n'est que de laisser faire, se garant, toutefois, d'être écrasé par les soubresauts irréguliers fréquents dans ces lourdes machines. D'un autre côté, je possède un autre conseiller, lequel professe que, par des moyens d'éducation, par une application constante à faire pénétrer certaines lumières dans les masses les plus nombreuses, les plus opaques, les plus ténébreuses de l'ordre social, on arrivera, à la longue, à modifier tellement leurs instincts, que le règne de la vertu s'établira sur la terre. Il n'y aura, dès lors, plus besoin de compression ; les lois seront des liens fragiles, mais personne ne songera à abuser d'une liberté immense, et quelque chose de doux et de pur comme les sentiments du pays d'Utopie éclairera la vie terrestre.

— Je conçois que deux alternatives[1] aussi différentes vous tiennent en perplexité, répondit le prince, mais je crois remarquer encore un point assez significatif. Il y a une vingtaine d'années, tout le monde se plaignait de vivre dans une époque de doute et de cruel examen. On estimait que rien ne restait solide au fond des consciences. L'existence de Dieu, les différentes variétés de foi religieuse se rattachant à ce dogme, le mérite relatif des constitutions d'État, la monarchie, la république, ne trouvaient plus que des croyants distraits, et une mélancolie universelle envahissait, disait-on, les âmes dévoyées. Byron fut le poète de cette débilité ; Shelley en était le fanatique. Au fond, je ne crois pas que l'on ait bien vu ce qui se passait. Le monde se détournait de l'idéal, sans doute, mais pour se donner de plus en plus à la vie positive, et, tandis qu'on se plaignait de n'avoir plus de guide, on en suivait un fidèlement ; c'était la passion de la jouissance matérielle, et voici où elle a conduit les hommes : ils croient maintenant, ils croient fermement ; leurs pieds reposent sur un terrain solide, et, désabusés du mysticisme, de la foi au surnaturel, de la poésie du cœur, des grandes visions apocalyptiques de la pensée, ne feignant plus même de chercher les fraternelles étreintes d'une liberté de convention, ils conçoivent une organisation dans laquelle les peuples, bien nourris, bien repus, bien vêtus, bien logés, formeront un vaste, un immense troupeau de bétail, admirablement dirigé, entretenu, engraissé d'après les règles les plus savantes, et seront menés de haut par des pasteurs tout-puissants, devenus des dieux mortels auxquels on ne pourra pas répondre, contre lesquels il sera insensé de discuter, qui auront tous les droits, qui appliqueront toutes les disciplines, et que devront bénir d'un hosannah perpétuel les générations de brutes entretenues par leurs soins. Je ne sais si ce thème réussira, ou, plus sincèrement, je le crois impraticable. Le monde en a eu déjà quelques spécimens dans l'antique Égypte et sous le sceptre des Incas ; mais il a fallu, pour rendre possible l'application de pareils systèmes, des populations homogènes de peuples enfants, et l'Europe moderne contiendra toujours assez de sang bouillant, impatient, généreux ; l'imposition définitive d'un régime aussi stupéfiant n'est donc pas possible. Ce qu'on en verra, ce seront des essais ; les essais avortés mènent aux luttes, les luttes au sang, et le sang, versé de cette manière, à la plus sauvage et la plus dégradante anarchie.

— C'est ce que je pense, s'écria Nore. Tout sera inutile, sauf la fabrication permanente et assidue d'expédients qui introduiront des moments plus ou moins courts de paix et de repos dans le grand corps malade du monde européen. Les hommes d'État ne seront plus que des manutentionneurs d'emplâtres assez ineffectifs, des distillateurs d'opium, de morphine, de chloral et autres panacées soporifiques, et, au bout de quelques mois, de quelques années, ils verront leur patient retomber dans les convulsions. Croyez-moi, Laudon, ce ne sont pas les petits livrets moraux de M. de Gennevilliers et de ses pareils, ni leurs conférences pieuses, ni leurs prédications, ni leurs prédicateurs, qui arrêteront les progrès d'un mal dont le nom seul montre le caractère incurable, car ce mal n'est autre que la sénilité.

— Pourtant, s'écria Laudon, la religion ! La religion n'est-elle pas toute-puissante ? Et si on parvenait à la faire refleurir, ne serait-ce pas d'un excellent augure ? Or, remarquez-le, les églises sont pleines de fidèles ; la foi renaît dans une mesure inattendue... Jamais on n'a montré tant de vénération, et une vénération si générale pour les choses saintes.

— La foi n'a pas sauvé le monde ancien, répliqua le prince en secouant la tête. Lorsque toutes les calamités fondirent à la fois sur l'empire de Rome, le paganisme se trouva plus purifié, plus sage, plus élevé dans ses idées et dans ses dogmes qu'il ne l'avait été à aucun moment de son histoire. Sa morale s'était sublimée, ses croyances s'étaient raffinées ; l'idée d'un Dieu unique, très bon, très grand, s'était dégagée de la façon la plus noble du chaos mythologique, et ce n'étaient pas seulement quelques philosophes obscurs, répandant leur éloquence dans les écoles, c'étaient de riches sénateurs, c'étaient d'opulents chevaliers, qui édifiaient le monde par des principes et une conduite également exemplaires. Et pourtant, le monde se mourait. La vertu de quelques-uns ne lui rendait ni la vie, ni la verdeur, ni l'énergie, ni l'autorité ; il était vieux, lui aussi, il était vieux comme notre monde à nous l'est devenu ; il mourait, il lui fallait mourir, et tous les mérites possibles n'empêchaient pas que le sang de ses veines ne fût stagnant et refroidi.

— Ah ! s'écria Laudon, c'est que toutes ses croyances étaient erreurs et que l'erreur porte la mort avec elle !

— En êtes-vous bien certain ? répliqua vivement le prince. L'empire entier n'avait été florissant, énergique, dominateur que précisément lorsque ses erreurs s'étaient montrées le plus dignes de condamnation et leurs vertiges poussés jusqu'à la folie ; que dis-je ? Les fêtes de Vénus, les Lupercales, la dépravation d'une part, la brutalité de l'autre, n'avaient jamais enrayé une minute le char triomphant des prospérités romaines. Croyez-moi, l'univers ancien mourait non parce qu'il avait tort, mais parce qu'il était au bout des temps marqués pour son existence et que la jeunesse verdissante mettait le pied sur son corps flétri par les siècles.

— Monseigneur, s'il en est ainsi, vous donnez raison à Nore ! Il vous écoute avec une satisfaction visible et se garde de prendre la parole dans sa propre cause si bien défendue.

— Je suis charmé que M. Nore soit de mon avis, repartit Jean-Théodore en souriant, et cela me donne du courage.

— Vous êtes trop bon, Altesse, dit Nore en s'inclinant.

— Et moi, me voilà réduit au silence, s'écria Laudon, et je dois conclure que désormais il n'y a plus rien à faire, qu'il faut s'abstraire de tout, s'asseoir à terre dans un coin, et, autant que possible, auprès d'une eau courante, car, en tournant ses pouces, on aura du moins la seule distraction rationnelle, celle de voir couler quelque chose.

— Vous vous trompez, reprit Jean-Théodore, et, plutôt que de me résumer de la sorte, je conseillerais certainement à tout le monde, je dis au monde qui vaut la peine de recevoir un conseil, de s'employer jusqu'à la mort, sans y être contraint, dans la fabrique d'expédients dont je parlais tout à l'heure.

— Alors, demanda Wilfrid, devinant à demi, que pense donc Votre Altesse Royale ?

— Je pense que l'honnête homme, l'homme qui se sent une âme, a plus que jamais le devoir impérieux de se replier sur lui-même, et, ne pouvant sauver les autres, de travailler à s'améliorer. C'est essentiellement l'œuvre des temps comme le nôtre. Tout ce que la société perd ne disparaît pas, mais se réfugie dans des existences individuelles[1]. L'ensemble est petit, misérable, honteux, répugnant. L'être isolé s'élève, et, comme dans les ruines égyptiennes, au milieu d'amas de décombres, débris mutilés, méconnaissables, enceintes écrêtées, effondrées, souvent difficiles à restituer, il survit, il s'élance vers le ciel quelques colosses, des obélisques dont la hauteur maintient l'idée la plus noble, et peut-être même une idée supérieure à ce qu'était jadis le temple ou la ville nivelée à jamais, de même, les hommes isolés, mais plus remarquables, plus dignes de notre admiration que leurs devanciers ne le furent, contribuent à maintenir la notion de ce que doivent être les plus nobles et les plus sublimes créatures de Dieu. De ces êtres, il y en eut aux plus mauvais jours de la décadence antique ; il y en eut beaucoup ; il y en eut plus que jadis on n'avait pu en apercevoir ; il y en eut parmi les païens comme parmi les chrétiens. Car il ne faut pas croire que tout ce qui professait la foi nouvelle fût également dégagé des misères de l'époque ; la légende fait illusion sur ce point. La plupart des zélateurs du culte venu de Judée faiblissaient devant l'adversité et plus encore devant la prospérité. Si déjà, au temps des apôtres, on connut des Anania et des Sapphira[1], combien en vit-on davantage sous les successeurs de Constantin ! Les Pères de l'Église ne ménagent ni leur indignation ni leurs sarcasmes au luxe, à la coquetterie, à la bassesse de cœur des dames chrétiennes ; ils nous les montrent étonnant les villes de l'étalage de leur mollesse et du bruit de leurs scandales. Les grandes âmes étaient rares ici, et chez les païens tout aussi rares. Mais il y en eut dans les deux camps, et c'est de celles-là que je parle, et c'est à celles-là que je dis qu'il faut ressembler ; et c'est comme celles-là que je dis qu'il faut agir ! Travailler sur soi-même, élever ce qu'on a de bon, rabaisser ce qu'on a de mauvais, étouffer ce qu'on a de pire, ou du moins l'enchaîner ; voilà désormais le devoir et le seul devoir qui serve.

— En un mot, repartit Laudon, en regardant Nore avec un sourire, s'ingénier de façon à compter parmi les Pléiades ? »

Nore fit un signe d'assentiment et on raconta au prince les détails de la conversation du lac Majeur. Il y prit plaisir. Son estime pour Nore augmenta. À la suite de ces confidences, l'entretien devint de plus en plus intime.

On ne sera pas étonné d'apprendre que depuis que Wilfrid avait conquis le bien que, pendant tant d'années, il s'était attaché à poursuivre, il avait, lui-même, subi dans son humeur d'assez notables modifications. Son esprit était, dans l'essentiel, resté le même ; mais le fond d'irritation, la contention nerveuse qui, sans cesse, agissait sur lui, tout s'était apaisé, amorti, avait cédé devant le succès et l'aspect prochain du bonheur. Dès son retour à Milan, auprès de Laudon, celui-ci avait éprouvé quelque étonnement de ne plus le voir se livrer que rarement à ce courant d'ironie, marque d'efforts constants pour ne pas se noyer dans l'amertume de ses pensées. Wilfrid n'avait plus de peines ; il ne faisait plus d'efforts ; les flots de son cœur et de son esprit ne s'épanchaient plus en cascades tourmentées, en cataractes turbulentes, ils coulaient largement et doucement sur une pente unie. Il n'avait plus fait difficulté de raconter à Laudon l'histoire vraie de sa vie, le but qu'il avait en vue, et comment enfin, par la seule puissance de la patience soutenue et de la volonté, il était arrivé à ce qu'il souhaitait et avait conquis la main d'Harriet.

Ce récit n'avait pas laissé que de produire sur l'esprit de Louis une impression vive. Il se trouvait, lui aussi, hors de ses habitudes d'intelligence. Il considérait Nore comme un homme digne du nom d'homme, et avait été étonné de lui voir sacrifier, c'était l'expression qui rendait le mieux sa pensée, de lui voir sacrifier sa vie pour s'unir à une femme plus âgée que lui et qui n'allait pas apporter dans la vie commune l'appoint de fortune, de rang, de crédit extérieur que lui-même avait jusqu'alors dogmatiquement considéré comme la condition indispensable, comme la seule condition respectable du mariage.

S'il s'était agi de tout autre que de Wilfrid, il se serait dit purement et simplement : c'est de la folie, c'est une fantaisie, c'est une ruine étourdiment cherchée, étourdiment voulue et qui ne produira que des regrets et des remords ! Mais, à travers le long dessèchement que son éducation et ses attaches ordinaires avaient pratiqué sur son caractère plus encore que sur son cœur, Laudon gardait un fond de sensibilité qui ne lui permettait pas de conclure ainsi pour quelqu'un qu'il estimait et qu'*in petto* il reconnaissait supérieur. Il trouva dans la situation à laquelle il assistait un sujet de réflexions telles que son esprit en fut vraiment modifié, et, sans qu'il s'en aperçût, il alla songer à de telles choses que, trois mois auparavant, il ne s'en serait jamais avisé.

Voilà ce qui l'animait dans sa conversation avec le prince. Il fut moins étonné des idées de celui-ci qu'il ne l'eût été auparavant, et il plut davantage à Jean-Théodore. Presque toute la journée se passa dans des entretiens du même genre. Un bien très grand en résulta pour celui-là même qui avait le plus élevé le niveau des idées dans ces communications amicales. Il avait parlé d'abord, plutôt pour se persuader, se calmer, se prêcher, en un mot, que par une conviction bien arrêtée. Voyant ses paroles accueillies avec tant de confiance de la part de Nore, avec tant de complaisance du côté de Laudon, il en éprouva un degré de plaisir et de consolation qu'il n'avait pas espéré. Je l'ai déjà montré ; ce n'était pas une nature vulgaire, tant s'en fallait. Il avait, comme on disait dans le langage du XVIIe siècle, de grandes parties ; certains côtés de son tempérament étaient plus que dignes d'éloges ; il avait aussi ses lacunes, ses défaillances, ses petitesses. Une si particulière communauté de vues qu'il rencontrait là refoulait la fraction moindre de son être et élevait l'autre, la plus noble. À dater de ce moment, il voulut voir Nore et Laudon chaque jour, et, tantôt par les chasses, tantôt par des rencontres à Monbonheur, tantôt par des occasions fortuites qu'il se plaisait à faire naître, il travaillа à les attirer de plus en plus dans son intimité. Les deux amis n'eurent pas, comme il était naturel de s'y attendre, un succès égal, ni même un succès quelconque auprès des autres membres de la maison régnante. La princesse éprouva pour Nore une répugnance instinctive. Elle le reconnut de suite comme un être étranger à sa propre façon de vivre et le craignit. Laudon ne lui fut guère plus agréable ; d'ailleurs, à part toute autre considération et avant même qu'ils n'eussent eu l'honneur de lui être présentés, les nouveaux venus étaient goûtés par son auguste époux, et c'était suffisant pour qu'elle prononçât à jamais contre eux la plus absolue des condamnations.

La princesse Amélie-Auguste ne cédait pas au même courant d'idées ; mais elle avait ses préventions, son système, son cadre de perfections ou d'imperfections, de défauts véniels, de défauts qui ne l'étaient pas. Elle ne découvrit pas sur le front de Nore, encore moins sur celui de Laudon, le signe de l'Agneau ; peut-être même y aperçut-elle vaguement quelque chose qui lui fit l'effet de pouvoir être le sceau de la Bête ; elle se garda d'approfondir et se plaça dans une situation de malveillance polie qui constitue ce que les gens très jeunes prennent pour une prudente réserve.

Le prince Maurice eut franchement de l'antipathie pour Nore ; mais, trouvant Laudon élégant, il l'eût volontiers attiré dans ses conseils et consulté sur les matières délicates dont il faisait son unique étude ; Laudon, malheureusement, ne s'y prêta pas. Il trouva Maurice par trop inepte et ne fut pas amusé par son bavardage puéril ; en conséquence, on le prit en aversion, avec cet abandon, cette sincérité et cette plénitude de haine, que les dissemblances morales inspirent si facilement aux petits génies.

À l'aspect de si hauts exemples, la Cour, depuis le grand-maréchal jusqu'à l'aide de camp dernier nommé, en passant par tous les chambellans et gentilshommes de la Chambre, ne vit qu'avec une humeur difficilement réprimée, deux intrus aspirer à la faveur du souverain. Il y eut, à huis clos, dans les salons, dans les loges de service au théâtre[1], chez l'excellente Mme de B***, chez le comte R*** dont on est si sûr, vu sa discrétion éprouvée, il y eut, dis-je, des colères, qui seraient devenues peut-être redoutables, si ceux qui s'y abandonnaient n'avaient pris soin auparavant de fermer portes et fenêtres et de comprimer leurs éclats terribles dans le silence le plus discret.

Au milieu de l'animadversion générale, il y eut deux exceptions.

CHAPITRE V

Le duc Guillaume de Wœrbeck était oncle du prince régnant et frère aîné de son père. Sa naissance l'avait désigné pour porter la couronne, et il avait été considéré comme prince héréditaire pendant la plus grande partie du règne du feu souverain. Cependant, longtemps avant la vacance du trône, il s'était voulu dépouiller de son avantage d'aînesse en faveur du cadet. Jamais il n'avait consenti à donner au public d'autres explications à cet égard que son peu de goût pour le gouvernement; mais la vérité était autre.

Il aimait tendrement son frère et avait remarqué à plusieurs reprises à quel point celui-ci éprouvait les souffrances d'une ambition contrariée. À peine ce puîné, Jean-Philippe, avait-il atteint l'âge de comprendre la différence existant entre le prince héréditaire et lui, qu'il en avait éprouvé un chagrin violent. Dans l'enfance il pleurait, plus tard il devint hargneux. Guillaume, tout différent, ressentait peu le bonheur de son privilège. Il prit pitié de Jean-Philippe, et soumit à son père l'intention de ne jamais régner. Le prince se montra, au premier abord, très peu favorable à un tel projet.

« Vous ne connaissez pas votre frère, lui dit-il, vous le jugez à travers les brouillards d'une affection exagérée. Je n'affirme pas qu'il soit méchant ; mais, au point de vue du cœur, dont vous avez beaucoup trop, je le crois d'une grande infériorité. Ce n'est pas d'ailleurs, il s'en faut, un de ces mortels rares, chez qui la soif de dominer n'est que l'indice de grandes facultés et la promesse d'actions mémorables. C'est un esprit de la catégorie la plus ordinaire ; il est vain, dépensier, incapable d'ordre et de suite dans ses projets. Croyez-moi ! il ne serait pas même reconnaissant. »

Ce refus avait désolé les deux parties.

« Ne m'abandonne pas ! » s'écriait Jean-Philippe suppliant à mains jointes.

Guillaume revint constamment à la charge auprès de son père, et le premier résultat qu'il obtint fut d'inspirer à celui-ci l'aversion et le mépris le plus absolus pour son second fils. Puis, à la longue, devant l'invincible obstination de Guillaume, le prince, d'ailleurs affaibli par l'âge, se laissa vaincre et, après une dernière et violente scène, signa le rescrit qu'on lui demandait. Peu de temps après il mourut, et Jean-Philippe devint le maître de l'État.

L'hiver fut cette année, à la Résidence, admirablement employé pour le plaisir. Le jeune souverain fit venir d'Italie une troupe d'opéra, et n'y voulut que des sujets de premier mérite. Il manda aussi de Paris une compagnie comique chargée de lui jouer le drame, la comédie, le vaudeville, et s'amusa fort des gémissements poussés par les journaux français, déplorant le départ d'artistes irremplaçables. À force de surenchérir, il enleva au théâtre de Berlin une cantatrice idolâtrée de l'Allemagne entière ; et, grâce à celle-ci, on donna *Fidelio*[1] à Burbach, comme il n'a jamais été donné nulle part. Puis c'étaient les bas, bals au palais, bals à Monbonheur, bals à l'Hôtel de Ville, bals chez le gouverneur, bals partout et tous les soirs et deux ou trois à la fois, et afin que les choses en fussent plus magnifiques, le prince, par-dessous main, payait au moins en partie, les plaisirs qu'on était censé lui procurer.

À la fin de cette saison si bien employée, le prince partit pour Vienne, et de là, poussa jusqu'à Constantinople. Un souvenir vague de ses profusions survit encore en plusieurs mémoires. Bref, Jean-Philippe s'amusa beaucoup, et lorsqu'il se maria, une année après son avènement, les solennités furent tellement splendides, que de longtemps on n'avait ni vu ni appris rien qui pût leur être comparé ; mais aussi, ce fut le coup de grâce pour les finances. Il fallut reconnaître et avouer que l'on était criblé de dettes. Les ressources dont on disposait ne devaient pas couvrir le déficit, et ne servaient qu'à démontrer, par leur triste insuffisance, à quel point la banqueroute finale était imminente.

Lorsque le prince eut compris sa situation, il fit ce qu'il avait fait toute sa vie ; il recourut à son frère. Celui-ci, maître d'une immense fortune, était beaucoup plus riche que Jean-Philippe. Il n'avait pas laissé, depuis son renoncement au trône, que d'être souvent blessé par les airs de supériorité qu'affectait à son égard le prince régnant. Très négligé, son cœur avait saigné au point que ses yeux s'étaient enfin ouverts ; il avait reconnu le bon jugement de son père, et conçu pour Jean-Philippe des sentiments où l'ancienne affection n'entrait plus que comme un souvenir. Cependant, quand l'ingrat, revenant à lui avec inquiétude, lui peignit, rendu éloquent par la peur, la misérable situation à laquelle était réduit, en sa personne, le chef de la famille, et lui montra, dans un avenir prochain, quelque chose comme le déshonneur pour le nom qu'ils portaient tous deux, Guillaume s'exécuta. Il livra ce qu'il possédait et ne se réserva que le strict nécessaire. Les dettes furent payées, et Jean-Philippe avait été tellement épouvanté, qu'à dater de ce jour il devint avare avec autant d'emportement et d'égoïsme qu'il avait été prodigue.

Guillaume, dégoûté, quitta Burbach. Il entra au service d'Autriche. Son rang lui assurait des déférences mais ne lui donna pas de faveur. Il ne voulut pas vivre à la Cour ; on l'employa comme on eût fait tout autre militaire, et hors qu'il parvint assez vite au grade de général-major d'où il ne bougea plus, rien ne distingua sa carrière de celle de ses compagnons étrangers.

Pauvre, digne, ayant besoin non d'hommages mais d'estime, il fit strictement son devoir et mena une vie des plus exemplaires. Pendant la durée d'un long commandement exercé en Dalmatie, il eut l'occasion de connaître une jeune personne de bonne naissance, au moins aussi pauvre que lui, sinon davantage, et l'ayant aimée avec une chaleur que les déconvenues n'avaient pas éteinte, il demanda sa main et en fit sa femme. Ce fut surtout ce qui l'empêcha de devenir feld-maréchal-lieutenant, car cette union fit scandale. S'il avait choisi une cantatrice, quelque femme douteuse, mais très en vue, on se serait récrié contre sa folie ; cependant, suivant la façon dont le monde raisonne, on aurait confessé l'entraînement des passions et on se fût montré indulgent. Mais un prince s'allier à une pauvre petite demoiselle, née, élevée dans une bourgade dalmate ! Bien élevée, mais si obscure ! Charmante, mais d'une beauté de province ! Vertueuse, mais, mon Dieu, de quelle vertu bourgeoise ! Le prince Guillaume était un pied-plat ; sa conduite tombait au-dessous du vice. Le prince régnant, Jean-Philippe, jeta feu et flammes ; lui et sa femme écrivirent dans toutes les Cours pour dénoncer la conduite de celui qui les déshonorait. Une ordonnance rendue *ad hoc* interdit à jamais au couple proscrit la faculté de paraître dans le pays. Jean-Philippe en fit tant qu'il se rendit ridicule. Il y avait encore par-ci, par là, quelques personnes qui se rappelaient ce que le condamné avait fait pour le juge et le racontaient aux autres. Néanmoins, Guillaume passa quinze ans avec Catherine Pamina dans sa garnison dalmate, et, ce qui est triste à confesser, il l'aima tant que cela le rendit d'une indifférence absolue au tapage que l'on faisait à son propos.

Quand Jean-Philippe mourut, un des premiers actes, sinon le tout premier de Jean-Théodore, avait été d'écrire à son oncle, avec lequel, par l'intermédiaire du professeur Lanze, il entretenait depuis des années la correspondance la plus tendre, pour le supplier de revenir. Le duc résista quelque temps. Il avait ses habitudes, il ne lui manquait rien, il était accoutumé aux petites combinaisons du service ; il craignait de se voir entraîné dans des cérémonies et affaires de Cour où il n'éprouverait qu'ennuis. Sa femme le décida à partir. Il écrivit donc à son neveu qu'il arrivait ! Pourtant six mois se passèrent avant l'exécution de cette promesse. Le plus grand des malheurs venait de fondre sur le pauvre homme : Catherine, sa chère Catherine, était morte, ne lui ayant donné que de la joie et de la paix, et il restait seul avec une jeune fille.

Le coup fut dur, trop dur ; la plaie n'en devait jamais guérir. Quand on vit arriver à Burbach l'oncle du prince, un grand corps maigre, une longue moustache grise, un front dégarni, l'expression de la plus pure bonté sur le visage, et, à côté de lui, Aurore Pamina, car le mariage était morganatique, les courtisans sourirent, la princesse régnante se crispa, Amélie-Auguste se réserva, et Jean-Théodore, profondément ému, se jeta dans les bras du frère aîné de son père et lui demanda son affection.

« Je n'en ai plus beaucoup à donner, répondit le vétéran ; une partie est dans la terre, l'autre, la voilà », et il regarda sa fille. « Mais ce qu'il en peut rester, mon neveu, je vous la dois ; elle est à vous. »

Il fut créé le jour même lieutenant-général et commandant en chef de l'armée. Jean-Théodore comprenait que les titres les plus brillants du monde ne causeraient pas grand plaisir à Guillaume, mais les devoirs qui s'y rattachaient allaient lui rendre une vie à peu près semblable à celle qu'il avait perdue, et lui feraient sinon le tout, du moins une partie de sa vie ancienne. Puis il fallait, vis-à-vis du public, que l'oncle prodigue, dont on avait tant médit, fût innocenté par le souverain. Quant à Aurore, elle fut créée comtesse Pamina et eut rang à la Cour après la famille régnante.

Toutes ces attentions ne laissèrent pas que de toucher l'endroit vulnérable du cœur de Guillaume. Il aimait déjà son neveu, il l'adora, et quand celui-ci, devinant un vœu secret, eut fait venir les cendres de l'épouse tant pleurée, et eut ordonné de les placer sous un mausolée magnifique parmi les tombeaux de la maison régnante, Guillaume se dit secrètement à lui-même :

« Misérable drôle ! tu as bien su ressentir les procédés de ton frère et les injustices du Conseil aulique, mais tu n'as pas assez d'honneur pour avoir deviné ce que vaut cet enfant ! »

À dater de ce jour, Guillaume retrouva le calme et s'organisa une existence suivant ses goûts. Chaque matin on le voyait arriver, en petite tenue, à l'État-Major général. Il y travaillait, recevait et présidait des commissions, assistait à des expériences. Ensuite, il visitait les casernes, surveillait les exercices, donnait des audiences. Après son dîner, il se promenait dans le parc, le bras de sa fille passé sous le sien ; le soir, il causait avec le vieux Lanze pour lequel il avait repris son affection d'enfance, jouait aux échecs avec Aurore, et à dix heures l'embrassait sur le front et s'en allait dans son cabinet où, jusque vers une heure du matin, il se livrait à des études de minéralogie pour lesquelles il était passionné. Quand son neveu lui eut parlé deux ou trois fois de Nore et de Laudon, il vint à Monbonheur un matin que ceux-ci y étaient, prit plaisir à la conversation, et invita les deux amis à dîner. Le professeur Lanze se trouva de la partie. Aurore remplissait, comme de raison, les fonctions de maîtresse du logis. On divagua énormément, à la vive satisfaction du duc, dont l'imagination était aussi vive que l'extérieur compassé et l'habitude régulière. Nore s'était pris pour lui d'une véritable passion ; il lui raconta ses voyages, et comme il s'était acquis des connaissances étendues en histoire naturelle et en physique, l'enthousiasme du vieillard devint tel que, saisissant un flambeau, il voulut mener de suite ses nouveaux amis au milieu de ses collections.

« Aurore, tu viendras avec nous ! » s'écria-t-il.

La comtesse Pamina sourit, appela un domestique, donna l'ordre d'apporter des lampes dans la galerie, et continuant sa conversation commencée avec Laudon, suivit son père qui marchait en tête, tenant le bras de Nore et le serrant pour mieux faire sentir une démonstration. À la queue du convoi venait le professeur Lanze, qui criait à tue-tête :

« Ainsi vous partagez les opinions d'Agassiz[1] quant à la formation de certains terrains de l'Amérique du Sud par l'effet des dépôts glaciaires ? »

Mais Nore n'avait pas le temps de lui répondre, et on arriva au milieu des pierres et des cristaux admirablement classés par leur savant propriétaire ; la clarté des lampes et des bougies y faisait miroiter mille feux. Ces cailloux avaient l'air de comprendre qu'on s'occupait d'eux, qu'on les regardait, qu'on les interrogeait, et ils répondaient par leurs plus beaux scintillements.

Dans de pareils moments, l'esprit se dégage de ce qui l'attriste ou l'inquiète ; il s'élance dans une sphère où le chagrin n'atteint pas, où le désir n'énerve plus, où ce qui manque disparaît. Alors on ne vit pas dans un passé funéraire, ni dans un avenir voilé d'obscurs et tourmentants secrets ; on est tout au présent ; on le tient, et non pas le présent transitoire, mais l'éternel Présent dans lequel s'épanouit la nature, qu'elle étend sur vous au moment de cette communication si étroite où vous vous trouvez avec elle. Vous lui parlez, elle vous embrasse ; vous l'aimez, elle vous aime et vous entraîne au plus haut de ses cieux, et quand vous êtes plusieurs compagnons ainsi occupés à l'interroger et à l'entendre, et que vous comprenez ses réponses de la même manière, à peu près au même degré, vous pouvez vous dire que vous jouissez du plus pur et du plus délicieux des festins ; vous êtes aussi près du bonheur qu'il est accordé aux hommes d'y arriver.

À dater de ce jour, Nore devint le favori déclaré du duc Guillaume, et l'on devine assez que, du côté d'Aurore, la faveur ne laissa pas que de se prononcer également. Cependant la jeune comtesse préférait un peu la facilité d'esprit, de façons et de langage que Laudon possédait si bien. Peut-être sa raison, dans toute la plénitude de la réflexion et de l'équité, eût-elle accordé la supériorité réelle à Wilfrid, mais il n'y a pas que de la raison dans le jugement que nous portons les uns des autres, et l'amabilité sémillante de Laudon faisait son chemin et primait des qualités plus essentielles. Deux camps ne se formèrent pas pour cela ; il n'y avait pas opposition de couleurs et de drapeaux. Ce n'étaient que des oscillations du goût, et l'harmonie la plus complète régnait dans le petit groupe. Les deux amis se trouvaient si bien chez le duc qu'ils y revenaient sans cesse. Jean-Théodore s'en aperçut. Il s'en réjouit et ne chercha nullement à les retenir dans son domaine exclusif. Bien au contraire, il se joignit assez régulièrement à eux chez son oncle. Ce salon voyait presque chaque soir s'écouler deux heures délicieuses pour cette petite intimité. On se séparait inexorablement à dix heures, le duc étant d'une ponctualité inflexible. Souvent, le prince emmenait alors Wilfrid et Louis dans la partie du palais où il avait ses appartements. Autrement, ils accompagnaient Lanze et trouvaient moyen de lui faire passer la moitié de la nuit dehors en l'excitant sur ses sujets de discussion favoris. Alors, il les ramenait à leur hôtel et de leur hôtel, eux le ramenaient chez lui, et continuaient jusqu'à ce qu'il fût sur les dents.

La matinée se passait chez le professeur, et ils y dînaient quelquefois. Dans ces occasions, Mme la docteur déployait le luxe de ses nappes ouvrées et de ses serviettes exceptionnelles, mais elle parlait peu à table et se contentait d'offrir de tout. Elle eût peut-être trouvé ces déviations à la vie ordinaire un peu fatigantes, si jamais elle eût pu songer à réclamer contre ce qui plaisait à son seigneur et maître. Rien de pareil n'était à craindre, tant la discipline maintenue de tout temps par Lanze était sincèrement adoptée chez lui et regardée comme d'institution divine. Une personne reste à examiner dans ce cercle, c'est Liliane ; elle aussi, elle avait un avis ; elle aussi, elle observait et, sans qu'elle s'en rendît bien compte, son observation devenait chaque jour plus intéressée et dominait davantage ses pensées.

Les deux étrangers étaient pour elle des apparitions uniques. Elle considérait leur rang dans le monde ; elle les voyait estimés de son père ; elle les entendait parler et constatait qu'ils soutenaient bien l'assaut de ce colosse d'érudition ; l'un, Nore, de pied ferme et armé comme un hoplite argien, de la lance, de la cuirasse et du bouclier ; l'autre, Laudon, à la légère, lançant de çà de là des traits peu assurés, mais qui brillaient fort et ne laissaient pas quelquefois que de rencontrer juste. Puis, elle n'ignorait pas que le prince et le duc Guillaume partageaient les préventions du professeur en faveur de ces personnages exotiques. Ils passaient une partie de leur temps auprès de la jeune comtesse Pamina, c'était un point qui la faisait réfléchir ; pour tout au monde elle eût voulu savoir ce qu'Aurore pensait d'eux, mais il n'y avait guère moyen de s'en assurer ; ce qu'elle pouvait faire, c'était de se perdre à cet égard en commentaires infinis avec la princesse Amélie-Auguste, et de ces commentaires il résultait de plus en plus pour les deux jeunes filles cette conviction que le prince, d'accord avec son oncle, avait fait venir Nore et Laudon, et que l'un des deux allait être d'un jour à l'autre fiancé à Aurore. Le fait était devenu indubitable. Seulement, il s'agissait de savoir lequel serait choisi.

Ici, la princesse Amélie-Auguste prononçait avec un dédain sévère qu'il lui importait peu d'en apprendre davantage ; que de pareilles unions, n'étant pas de celles qui dérivent des sentiments les plus élevés du cœur, ne sont pas bénies de Dieu, et qu'il n'y a qu'à plaindre et à mépriser ceux qui les contractent. Elle déclarait Nore un homme du siècle, un homme de chair et de sang, orgueilleux et sans âme, sans générosité et sans noblesse, prêt à épouser une fille de rien, le fruit du plus coupable mariage, pour quelque avantage d'argent. Quant à son associé, elle ne voulait pas le juger, par respect pour elle-même ; il lui suffisait pourtant qu'il fût français, et, dès lors, elle savait qu'en penser ; ce ne pouvait être que le vice incarné. Le jour où elle se prononça d'une manière si précise et rendit, sans appel, un arrêt aussi sévère contre deux hommes qu'elle ne connaissait pas, la chère princesse croyait simplement donner à sa confidente une nouvelle preuve de sa perfection et de l'irréconciliable pureté de son âme. Elle atteignit un tout autre résultat ; elle blessa Liliane sensiblement.

Celle-ci n'aimait pas la comtesse Pamina, mais uniquement pour partager l'antipathie de sa royale amie ; d'ailleurs, connaissant fort peu Aurore, elle n'avait aucunement à se plaindre d'elle ; toutefois, depuis que Nore et Laudon avaient été décrétés par les deux observatrices comme fiancés éventuels de la fille du duc Guillaume, Liliane s'était mise à détester particulièrement, cordialement et pour son propre compte, celle qui devait accaparer un des deux amis ; car Dieu sait celui qu'elle prendrait, et, pour tout révéler, Liliane avait trouvé son idéal. Le lieutenant de Schorn était mis à l'écart. Sa vie pouvait avoir désormais son but et sa raison d'être ; on ne pensait plus à lui. On n'y songeait plus du tout ; il ne figurait plus à aucune page du journal, ni en bien ni en mal. Liliane avait la tête montée ; elle se disait qu'elle aimait Wilfrid Nore, et, voir traiter celui-ci aussi cavalièrement, aussi despotiquement par la princesse, lui paraissant le comble de l'injustice et de l'iniquité, elle repoussa de son cœur l'amie de sa jeunesse, la confidente ancienne de ses pensées, et se prit à la juger à son tour avec une dureté au moins égale à celle que son ennemie se permettait vis-à-vis de l'objet de sa secrète admiration.

Comme la race humaine se promène dans les ténèbres ! Tandis que la chère petite Liliane se livrait avec tant de charme à ses rêves, espérant, par instants, que la comtesse Pamina choisirait Laudon et lui laisserait Nore, et n'imaginant pas d'autre danger pour ses désirs, Nore était occupé à insister auprès d'Harriet sur une idée que, depuis quelque temps déjà, il lui avait communiquée. Il voulait la voir venir avec son père à Burbach ; c'était là qu'il prétendait faire célébrer leur mariage, et il arriva qu'un jour, le jour même de la fête de la princesse régnante, Laudon n'ayant, pour ainsi dire, pas quitté la comtesse Pamina de toute la soirée, chacun ayant répété autour de Liliane que, décidément, c'était le comte français qui l'emportait et qu'il allait épouser Aurore, la fille de Lanze s'abandonna tout entière à cette conviction et fut au comble de la joie, et, ce jour-là même, au bal, Nore portait sur lui une lettre d'Harriet où celle-ci annonçait son arrivée.

CHAPITRE VI

J'ai nommé Aurore Pamina. Je n'en ai pas encore parlé[1]. Elle était grande, mince, svelte, faite à ravir, délicate, souple. Les plus beaux cheveux blonds du monde et des yeux bleus d'une douceur et d'une profondeur infinies, avec cela étonnés et charmants. Un sourire divin éclairait son joli visage. Un air de prendre intérêt à tout, de la grâce dans tout ce qu'elle faisait, dans tout ce qu'elle disait, et un caractère, mélange d'esprit pétillant, de raison, de sensibilité, d'entraînement et de retenue, qui en faisait l'être le plus séduisant de tous les êtres.

Jean-Théodore, la première fois qu'il l'avait vue, avait été frappé. Mais c'était sa cousine, c'était la fille de son oncle, d'un homme pour qui l'on avait été si ingrat, et envers lequel il se sentait obligé à beaucoup réparer. Que faire ? Devenir amoureux d'Aurore ? Se laisser aller à le lui dire ? Souffrir parce qu'il ne serait pas aimé, et, de plus, se voir méprisé pour une tentative vraiment des plus coupables, ou bien souffrir parce qu'il serait aimé, et perdre, tôt ou tard, de réputation, une créature angélique sur laquelle chacun tenait les yeux fixés ? La méchanceté serait heureuse de la déchirer à belles dents. Il fallait, à tout prix, éviter de pareils malheurs, un pareil crime. Ce fut alors qu'il se lia avec la marquise Coppoli.

Cette intrigue parvint à le distraire. Il s'amusa, et, comme il n'était pas dans son tempérament d'aimer sans être un peu malheureux, il souffrit aussi, et, pendant ce temps, ne songea pas à Aurore. Mais, quand les circonstances l'eurent séparé de la marquise, et que les regrets commencèrent à s'amortir, il s'aperçut qu'il y avait quelqu'un dans son cœur, et, en regardant, il y trouva Aurore. Alors, il recommença à se raisonner comme il l'avait fait une première fois, repassa tous les arguments irrésistibles qui l'arrêtaient sur la pente d'une passion inacceptable, et tomba dans la tristesse jusqu'au jour où il connut la comtesse Tonska. Il vit là son salut, et, pour sortir du courant qui l'entraînait, il nagea avec vigueur vers la nouvelle lumière et vint échouer sur un rocher stérile. Il y rencontra ce qu'on a vu, les caprices, les hauteurs, les colères, et enfin l'abandon. Quand le calme lui revint et que, du fond de ces ténèbres de tristesse où il avait été plongé, il vit se dégager un ciel paisible, la première étoile qu'il aperçut lui montra encore une fois la figure enchanteresse de la fille de son oncle. Il n'était pas le premier des humains que la Destinée eût voué au culte de l'impossible.

« L'impossible ! se disait-il, très peu de jours avant l'arrivée de Nore et de Laudon ; l'impossible ! mais, en définitive, qu'est-ce que c'est que l'impossible ? C'est ce que je n'atteins pas aujourd'hui ; mais qui me dit que je ne peux pas l'atteindre demain ? »

Théodore prit sa tête dans ses mains, et, les yeux fermés :

« Je l'épouserai un jour ! Comment ? Je ne sais pas. Mais elle sera ma femme. Aucune de celles que j'ai cru aimer ne m'a donné cette vision. Mais, pour elle, c'est ma femme, ce n'est pas autre..., je ne la veux pas autrement. Je l'aurai ! J'ai été toujours si malheureux ! Il me faut aussi un peu de bonheur ! »

Il ne se demandait pas si Aurore l'aimait, si elle l'aimerait. Pourquoi ? Existe-t-il dans l'amour convaincu un magnétisme qui connaît sa propre puissance ? ou bien Théodore était-il un peu fou ? Exalté, il l'était à coup sûr, et cela venait tard. Il avait dépensé les énergies extérieures de son être, et, à en juger par des raisonnements superficiels, il aurait dû être fatigué, repu de passion. Mais le fond n'avait jamais été touché. Là, les richesses avaient dormi intactes. Les pièces d'or brillaient, les perles ruisselaient, les diamants étincelaient ; rien n'avait été manié, mis en circulation, profané. C'était un cœur de vingt ans, maître de ses trésors, et, lui-même, il en sentait le prix. Tout appartenait à Aurore, à Aurore uniquement, à Aurore seule. Pourquoi n'en eût-elle pas voulu ? Il ne se demandait pas ce qu'elle lui rendait. Il aimait, et son amour, qui affrontait l'impossible, ne s'arrêtait devant aucun autre problème. On a vu, déjà, lors de son entretien avec Nore et Laudon à Monbonheur, combien il était changé, combien sa pensée avait pris de hauteur, son imagination d'élan ; il pouvait planer désormais au-dessus de bien des considérations dont il avait été uniquement frappé jusqu'alors. Et, pourtant, il n'était pas plus raisonnable, parce que la froideur du jugement ne se trouve guère là où on se dévoue.

Il se promettait aussi d'aimer et de rester muet. Était-ce possible ? Et quand même un autre homme en eût été capable, ce n'était pas lui qui pouvait y réussir ! Lui, Théodore, l'être fougueux, impatient, accoutumé à voir tout plier et céder devant ses fantaisies ! Un rôle passif n'était pas son rôle, et la première épreuve le démontra.

Les conciliabules de la Cour avaient trop bien décidé le mariage imminent d'Aurore avec Wilfrid ou Laudon, pour que quelque bruit n'en vînt pas aux oreilles du prince. Mais, comme la base de l'hypothèse était toujours que lui-même préparait cette union, et cela dans le but de créer une situation mixte à une personne qui, tout en lui tenant de près, sortait d'une origine, sinon irrégulière, du moins regrettable, il savait à quoi s'en tenir et ne prenait pas au sérieux de pareils bruits. Néanmoins, ils lui donnaient à réfléchir, et il se demandait si, après tout, Aurore ne se marierait pas quelque matin. Cette conclusion vint battre en brèche tous les projets résultant de la logique de son amour, et il était déjà dans une incertitude fort douloureuse, quand soudain la main d'Aurore lui fut confidentiellement demandée. Il lui fallut prendre un parti.

Le prétendant était parfaitement digne de ce qu'il recherchait. Grand propriétaire, issu de bonne maison, même d'une maison alliée trois fois à la famille régnante ; il était noble, aimable, et, d'aucune façon, on n'avait rien à lui reprocher. Le prince répondit que le parti lui semblait acceptable ; qu'une seule difficulté se pourrait présenter, le refus d'Aurore. On répliqua que cet obstacle n'était peut-être pas à prévoir, attendu la bienveillance avec laquelle la comtesse Pamina traitait la personne en question.

Le prince déclara alors que, s'il en était ainsi, son consentement serait donné, et, congédiant le négociateur et certain de trouver Aurore seule chez elle, il ne réfléchit plus à rien ; il écarta toutes considérations de prudence, de réserve, de convenance, et il entra chez sa cousine dans cette disposition obstinée et hardie qui lui prenait si facilement.

Aurore n'était pas dans son salon ; on alla la prévenir. Pendant quelques instants, Théodore regarda ces tentures, ces meubles, ces objets... Tout cela était à elle, elle le touchait, elle s'en servait. Il contempla ce tapis que ses pieds foulaient, cette table à écrire auprès de la fenêtre, la chaise qu'elle y occupait, les livres ouverts. Tout ici vivait d'elle ; sa vie à elle emplissait cet espace. C'était un temple, le plus sacré des temples. Théodore respirait cet air avec une émotion indicible. Puis, à travers une enfilade de pièces, il vit venir Aurore. Cet aspect l'enivrait toujours. Elle était si légère ! elle marchait comme une fée ! Elle semblait toucher à peine le sol ; elle était la Grâce, la Beauté ; non, bien plus encore ! le Charme ! Et ses airs de tête qui la rendaient pareille à une colombe, et la vivacité divine de ses gestes qui faisaient penser à la bergeronnette voletant au travers des saules, rasant les berges, se posant sur le sable des ruisseaux !

Théodore lui dit brusquement :

« Veux-tu te marier ?

— Non !

— Tu ne veux pas te marier ?

— Non !

— Jamais ?

— Jamais est un grand mot... » Et Aurore, qui s'était assise sur un coin du canapé, devint pensive.

« Alors tu te marieras demain ? après-demain ? dans un mois ? dans un an ? Réponds, réponds-moi, je t'en prie ! »

Aurore leva les yeux sur lui :

« Je ne me marierai jamais. »

Théodore sentit que son cœur l'étouffait, et, d'une voix que l'émotion concentrait, il reprit :

« Tu as une raison pour un parti semblable ?

— J'en ai une.

— Tu aimes quelqu'un ?... Tu aimes quelqu'un, avoue ! Aurore ! Aurore ! est-ce moi ? »

Aurore le regarda bien sincèrement et lui répondit de sa voix mélodieuse :

« Qu'est-ce que tu appelles aimer ? As-tu été aimé dans ta vie ? Ce que telle et telle femme t'a donné, était-ce ce que tu appelles de l'amour ? Si je t'aimais ainsi que tu me le demandes, est-ce ce que tu voudrais de moi ? À ton tour, réponds !

— Je te répondrai quand tu l'auras fait toi-même... Dis... dis... m'aimes-tu ?

— Eh bien oui, je t'aime[1]. Et maintenant à ton tour de parler ! Crois-tu que ce que je viens de t'avouer ait le même sens que ces mêmes paroles ont pu comporter dans d'autres bouches ?

— Je suis tellement rempli de mon bonheur, s'écria le prince, que je ne saurais te répondre. Crois-moi seulement : puisque tu m'aimes, n'importe de quelle façon, tout est bien, tout est bon ! Je n'attends rien d'autre, je ne veux rien d'autre. J'ai assez avec cela. »

Et il la regarda avec une tendresse que véritablement on n'éprouva jamais. Il sentit encore mieux, beaucoup mieux qu'il n'aurait su l'exprimer, qu'il était pour elle à la fois un amant, un ami, un frère, un père, et que tous les sentiments de dévouement et de tendresse que peut contenir le cœur de l'homme se fondaient en un précieux lingot d'affection consacré tout entier à elle. Et, ce qui était très nouveau pour l'impétueux Wœrbeck, il était prêt, disposé à tous les renoncements, à tous les sacrifices, et ce qu'il voulait seulement, ce dont il était résolu à se contenter, ce dont il était heureux, c'était uniquement d'aimer et d'être aimé.

Il n'attendit pas qu'Aurore lui imposât des conditions. Il alla au-devant de ce qu'elle pouvait lui ordonner. Il reconnut ce qu'il aurait à ne pas prétendre, et déclara qu'il n'y prétendrait point. Ce qu'il demanda, encore une fois, ce fut d'être aimé, et il l'était. Il l'était pour toujours, comme lui aussi se donnait pour toujours.

C'est un dogme qui fleurit dans l'Europe occidentale surtout, que l'amour n'est pas durable et que quelques mois ou au plus quelques années suffisent pour détruire jusqu'à la racine une plante aussi fragile. Cependant, pas loin de là, dans un pays qui n'est pas absolument aux confins de la terre habitée, en Italie, on rencontre des femmes et des hommes, des amants qui, depuis de longues années, ont dépassé les sentiers verts de la jeunesse et continuent à cheminer au milieu des froideurs de l'âge, toujours aussi indissolublement attachés l'un à l'autre. Le soir, à la Scala de Milan, comme à San Carlo de Naples, on en voit, de ces couples, qui s'adorent et n'ont pas et n'auront jamais l'idée d'y renoncer. Les mœurs du pays permettent de reconnaître cette vérité ; mais, si ailleurs il en est différemment et que ce qui se montre là y soit contraint de se voiler, combien de vieilles amitiés ne sont-elles pas le déguisement touchant d'une affection ancienne et immuable[1] ! Théodore était précisément entré dans l'ordre d'émotions et de tendresse qui conduit à cette stabilité du cœur.

Cependant, de leur côté, le docteur Coxe et Harriet venaient d'arriver depuis deux jours et s'établissaient dans une maison commode, louée et arrangée pour eux. Une lettre de Conrad à sa mère parlait d'Harriet de telle sorte que le désir de la voir se changea tout de suite en affection dans la famille du professeur. Comme aussi Conrad ne s'était pas cru le droit de devancer les confidences de Wilfrid, Liliane ne conçut pas même le soupçon d'avoir auprès d'elle une rivale ; rien donc ne l'empêcha de s'abandonner à son goût pour la nouvelle arrivée. Elle commençait la vie ; elle avait une disposition vive à chercher, à voir, à comparer, à admettre ; elle se donnait un peu, elle se reprenait ; elle se trompait, elle recommençait. Mais, pour cette fois :

« J'ai trouvé en Wilfrid, se disait-elle, l'idéal de mes rêves ; voilà pour l'amour, pour le mariage, pour ma félicité ; maintenant, il me faut une amie, afin d'éclairer ma raison et, un jour, quand je serai sûre d'elle, partager avec moi le dépôt de mes secrets. J'aime Wilfrid ; j'aimerai Harriet. Quant à la princesse Amélie-Auguste, elle est froide, elle est sèche, elle est méchante, elle est incapable de s'élever jusqu'à comprendre Wilfrid. Je n'aurai plus pour elle que du respect et de la froideur. »

Le souvenir du lieutenant de Schorn la troublait un peu. Au fond, elle était inconstante, elle était infidèle. Elle s'en fâchait contre elle-même, et eût voulu pour beaucoup n'avoir jamais songé à celui qu'elle abandonnait. Elle lui en voulait de la mettre dans un tel embarras. Elle lui cherchait des défauts pour se justifier à ses propres yeux, et lui en trouvait sans peine parce qu'elle lui en faisait. Dès lors, la raison avait évidemment conseillé le rejet d'un homme aussi indigne. Par malheur, elle réussissait mal à se le persuader ; quelque chose en elle murmurait le mot injustice. Elle ne pensait plus à Schorn parce qu'elle pensait à Wilfrid.

À celui-ci elle ne disait mot. Il allait et venait dans la maison du professeur ; il y dînait, il s'y établissait pendant des matinées entières, et non seulement elle n'eût jamais eu le courage de lui adresser la parole quand il ne commençait pas, mais elle n'osait même le regarder. Seulement l'heure de cette visite était le point culminant de la journée de Liliane, et quand Nore ne se montrait pas, la journée était nulle, et quand il était parti, la journée était finie. Lorsqu'il lui adressait la parole, elle était tout émue et elle écoutait mal ; mais, à peine était-il loin, elle se rappelait chaque mot et cherchait à y découvrir un sens caché, comme aussi dans les inflexions de sa voix quelque chose qui ne s'adressât qu'à elle et ne fût que pour elle seule.

Quelques mois de plus font beaucoup quand on a l'âge de Liliane. Ses sentiments pour Schorn n'avaient jusqu'alors pas agité beaucoup les mouvements de sa nature ; ce qu'ils avaient surtout ému, c'était un amas de réflexions, de comparaisons et de désirs les plus métaphysiques du monde, provenant moins de son propre fonds que de ses lectures et de ce qu'elle avait entendu raconter par les grandes personnes et des théories de ses jeunes amies. Une preuve que ces douleurs et ces désespoirs, enregistrés à chaque page de son histoire, ne renfermaient pas une signification plus haute, c'est qu'elle avait continué jusqu'alors à demander à son piano juste ce que cet honnête instrument lui avait donné depuis qu'elle en savait jouer, des sons convenablement liés entre eux, mais qui se gardaient bien d'exprimer une sensation quelconque. Maintenant, c'était autre chose, et elle entendit son père lui parler ainsi :

« Liliane, tu fais des progrès en musique. Décidément tu t'es résignée à suivre mes conseils et tu étudies davantage. Ma fille, l'étude est tout dans ce monde ; tu en reçois en ce moment la preuve. »

Nore se prit à sourire :

« Mon cher professeur, dit-il, je remarque comme vous les progrès de mademoiselle, et elle vient de nous jouer cet adagio de façon à montrer qu'elle le comprend. Mais, permettez-moi de vous le dire, l'étude n'amène pas ces sortes de transformations ; c'est l'âge seulement et peut-être un peu de l'aptitude à s'émouvoir qui tient à beaucoup de circonstances. »

À ce propos, le professeur, qui faisait de la puissance du travail une estime sans doute exagérée, se mit à élaborer une réplique écrasante. Liliane, rouge jusqu'au front et désolée de l'être, quitta le piano, et se réfugia dans sa chambre. Il lui sembla que Nore l'avait devinée, et comme la physionomie qu'elle lui avait vue n'avait pourtant rien de décourageant, elle en conclut qu'il était touché ou allait bientôt l'être, ce qui la fit pleurer, mais pleurer... comme on pleure à cet âge, et comme tombent et mouillent les pluies de printemps.

Il est véritable que Nore la trouvait charmante. Il en parlait ainsi à Harriet :

« Quelle jolie fleur ! Elle s'ouvre à la vie ! Le velouté juvénile recouvre toutes ses petites pensées écloses en bouquet ! Elle a mille idées ; les unes naissent et deviennent papillons, les autres bourdonnent comme de grosses mouches. Je cherche à savoir ce que ça pense, ces petits êtres-là ; mais comment deviner ? Ils ne se connaissent pas eux-mêmes. En réalité, ils croient penser, ils croient vouloir, ils croient chercher, ils croient trouver, mais ils n'ont que des impressions qui leur arrivent toutes faites, vont, reviennent, changent, se transforment, et ils ne sont responsables ni de leurs joies, ni de leurs larmes, ni de leurs affections, ni de leurs dédains.

— Comme vous en parlez ! répondit Harriet, et elle sourit : on dirait, à vous entendre, qu'une jeune fille comme Liliane subit uniquement les influences du sang qui bleuit ses veines et rougit ses joues, et n'a en elle-même aucun moyen d'y résister.

— Je vous avoue, repartit Nore, que je ne crois pas qu'elle en ait beaucoup.

— Oh ! le paradoxe !

— Pas le moins du monde. Considérez qu'aux divers moments de l'existence, la nature est aussi très différemment puissante sur les hommes, et encore plus sur les femmes ; celles-ci, toute leur vie, lui obéissent plus directement, parce qu'elles lui sont liées bien davantage, ne serait-ce que par le don commun de la fécondité. Eh bien, voyez les enfants tout petits, rien n'est pour eux en dehors de l'alimentation et du sommeil. La conscience s'éveille à peine. Chez Liliane elle commence ; elle n'est pas encore. C'est ce que les poètes appellent de la naïveté ; et quand Galatée, à l'aspect du premier berger venu, s'enfuit vers les saules, et, avec un mouvement si joli, se cache de façon à voir et à être vue[1], que son petit cœur bat et que ses yeux sont humides, tout cela est délicieux, mais bien fragile, et n'a pas grande valeur. C'est nous, Harriet, nous seuls qui sentons réellement, qui savons ce que nous voulons, qui avons appris à souffrir, qui souffrons beaucoup, mais aussi nous qui pouvons être très heureux ! Ne le pensez-vous pas ? N'avons-nous pas la plénitude de nos âmes ? Ce qui est fragile et transitoire ne nous apparaît-il pas, comme il l'est en effet, méprisable ? Et ne sentons-nous pas en nous que si nous aimons, ce n'est plus seulement parce que la nature, qui est à l'entour, le réclame de nos sens, mais parce que nos cœurs ont quelque chose de divin et de supérieur à la nature ?

— Oui, mon ami, je le sens, répondit Harriet en lui serrant la main, mais aussi cet amour est bien sévère, quelquefois bien douloureux, et, s'il possède les privilèges de la grandeur, il a part également à ses soucis. Nous ne sommes plus aussi aimables, bien que nous donnions davantage, et cette fleur de pêcher et ce velouté de fruit, dont vous parliez tout à l'heure, et qui a disparu pour jamais, lorsque je le revois sur les joues et sur les idées de Liliane, avouons-le, on ne saurait nier que rien ne le remplace et ne le vaut.

— Ingrate ! répondit Nore ; rien ? Pas même la certitude de bien vouloir et la confiance de l'un dans l'autre ? »

Harriet confessa son tort ; elle n'eût pas voulu changer de destinée. Puis elle ajouta :

« Et quel est le berger, le premier venu, qui fait enfuir Galatée vers les saules ?

— C'est, je le soupçonne, un ami de Conrad, un honnête et digne garçon appelé Schorn, lieutenant dans la garde, et amoureux tout de bon de notre petite belle. Je la blâme très résolument d'être coquette avec lui ; mais elle est si gentille, et il sera si dédommagé plus tard qu'il n'aura pas à regretter ses soupirs d'aujourd'hui. N'importe ! elle est ravissante ! »

Voilà comme tout s'arrangeait ou se dérangeait à Burbach. L'existence marchait, se développait dans des âmes de différentes espèces, de différentes valeurs, mais dignes de ce nom. Au point de vue de la perfection idéale, il y avait, peut-être, beaucoup à dire contre les unes ; les autres suivaient naturellement leur pente. Personne ne voulait faire le mal, même ceux qui erraient dans les sentiers dangereux. Certaines affinités puissantes se jouaient un peu des conventions humaines les plus respectables. N'est-ce pas l'histoire du monde entier ? D'ailleurs si tout se passait ici-bas suivant la régularité inflexible des théories, le moindre des inconvénients, c'est que personne ne vaudrait la peine d'être regardé, rien n'inspirerait ni la curiosité, ni l'intérêt ; il n'y aurait pas de conflits à observer, et, finalement, rien à décrire, rien à apprendre.

CHAPITRE VII

À Florence, la bataille continuait entre Sophie et Conrad. Celui-ci était bien résolu. Il se livrait complètement. Il acceptait du fond du cœur les coups qui pouvaient lui être portés. Mais cependant l'horreur de la souffrance est telle chez ceux qui la ressentent, et en sont encore menacés, qu'il ne pouvait s'empêcher d'en redouter les épreuves et de chercher à s'en éviter les tourments. De là, d'une façon naturelle et inévitable, il aggravait ses dangers de bien des manières.

Il savait, de science trop certaine, qu'on ne lui rendait rien de ce qu'il prodiguait. Il s'imaginait quelquefois passer condamnation sur ce point capital. En aucune sorte ; il était sa propre dupe. Il se disait, il disait quelquefois à Sophie : « Je ne suis pas pour vous ce que vous êtes pour moi. Je l'accepte, mais, du moins, vous tenez à moi ! vous y tenez dans une mesure quelconque, d'une façon ou d'une autre ! Il faut qu'il en soit ainsi ! Si peu que ce soit, faites que je le sache ! Par pitié, par pure compassion, que j'apprenne ce que vous me donnez ! »

Quand elle cherchait à le satisfaire, elle n'arrivait à le calmer que momentanément. Il ne voulait pas de l'amitié, il ne voulait pas de l'affection, il ne voulait pas de la tendresse et il ne demandait pas pourtant de l'amour. Que voulait-il ? Alors, Sophie s'emportait ; il criait grâce et se contentait d'être souffert, et cela allait ainsi jusqu'à la crise prochaine.

Surtout, il ne pouvait se retenir d'établir de constantes comparaisons entre lui et ceux qui avaient été connus de Sophie. Il y avait des moments où sa pensée arrivait à de telles convulsions de frénésie jalouse, que tous avaient été les amants heureux de celle qu'il idolâtrait vainement. Tous avaient été ses amants, tous elle les avait adorés, tous elle les lui avait préférés, ils l'insultaient, ils en avaient sujet, puisqu'ils étaient aimés ; dans quelle abjection ne se sentait-il pas tombé ? Alors, comme il avait quelque lueur passagère qui lui montrait son exagération, il voulait à toute force se calmer, et, faisant lui-même litière de ses tourments, il disait à

Sophie, avec la soumission la plus lâche, en jurant de tout croire :

« Et celui-là, l'avez-vous aimé plus que moi ? »

Jamais elle ne manqua de lui répondre oui ; cela ne voulait pas dire que son goût, à elle, eût été vif ; elle n'aimait pas Conrad et ne le cachait nullement ; mais, quand celui-ci était abandonné à ses transports de désolation, il oubliait de le comprendre. Il partait toujours de cette supposition qu'il était pourtant préféré, et, comme tel, ne voulait pas admettre qu'il y eût eu jamais, dans le passé, des illusions quelconques, parce qu'il en tirait aussitôt la conclusion que ce qui avait été était encore, et qu'il était horriblement et indignement trahi. Ces sortes d'explications dégénéraient constamment en querelles. Sophie y mettait une franchise de fer et d'acier, privilège de l'indifférence. Elle outrait toujours, elle aussi, la vérité, parce qu'elle s'irritait, et, d'ailleurs, supposait de bonne foi que l'absolu avait existé dans ses propres sentiments. Elle n'aimait pas à s'expliquer. Puis, elle ne contemplait pas le mal qu'elle causait tant que la discussion en était à ses débuts, et quand, à la voix altérée de Conrad, à la contraction de ses traits, à la douleur poignante qui éclatait dans son langage, elle apercevait enfin le feu, la flamme, les ravages, la dévastation jetés par elle dans cette âme, alors elle était excitée, elle aussi ; elle était impatiente, ennuyée, et plus elle torturait ce malheureux, plus elle se vengeait de l'ennui qu'il lui causait. Du reste, elle obéissait à cet instinct mystérieux des dieux, des rois et de son propre sexe : elle s'enivrait de la souffrance qu'elle faisait naître comme d'un hommage rendu à sa puissance. À la fin, elle éclatait en menaces : cet amant si misérable se rendait odieux ; un moment allait venir où elle ne pourrait plus même le supporter ; ses instants étaient comptés ; s'il voulait échapper à sa haine, il n'avait qu'à supprimer ses plaintes, ses questions, ses récriminations, ses diatribes. Alors, Conrad baissait la tête, se déclarait content, acceptait tout, fermait les yeux, protestait à Sophie qu'elle était libre d'aimer qui elle voudrait ; que, si elle le faisait, il ne la chérirait pas moins, et quand il avait obtenu une sorte de pardon, il rentrait chez lui épuisé, exténué, avec le sentiment d'un avilissement profond, bourrelé de chagrins. En un mot, Sophie le tuait.

Elle faisait plus que le tuer, puisqu'elle le démoralisait ; elle le rendait honteux de lui-même, et honteux sous le poids des plus horribles concessions qu'il s'imaginait avoir à faire. C'était bien autant que si elles eussent été réelles. Savoir ou croire que tel imbécile, tel drôle, tel pied-plat que l'on méprise de la façon la plus souveraine, vous est préféré par l'être qu'on met au-dessus de tout, et ne se sentir ni assez de force ni assez d'honneur pour se mettre à sourire et briser du bout du pied le piédestal de l'idole, en rabaissant, d'une main équitable, la pauvre femme à côté de celui qui lui plaît ! Quoi de plus bas ? Quand elle s'étend avec complaisance sur ses anciennes illusions en faveur de ce grotesque, et, au lieu de s'en étonner, les regrette à demi ; quand elle repasse dans sa pensée ses impertinences, ses lâchetés, ses grossièretés, sans en rougir, mais, tout au contraire, ajoute en soupirant : « J'ai toujours, au fond du cœur, un souvenir de lui… quoi ! même de l'affection », et qu'on entend de telles paroles, et qu'on ne se lève pas pour sortir et ne revenir jamais ; quand on continue à l'embrasser de toute sa passion, cette frivole, mesquine créature ; quand on s'obstine à l'envelopper avec emportement dans ce manteau d'amour infiniment trop grand pour elle, et dont elle a bien raison de ne pas faire cas, car il ne lui appartient et ne lui revient en aucune sorte ; eh bien ! alors, que dire, sinon qu'on est bien lâche ; et la seule consolation à en évoquer plus tard, c'est que le rival qu'on vous donne est parfaitement incapable, lui, de s'élever à ce degré d'abaissement où vous voilà !

Conrad en était réduit à cette situation. Les épouvantables tableaux qu'il étalait journellement devant ses chimères exaspéraient leurs morsures. En réalité, Sophie n'avait pas la moindre idée de lui donner un rival ; elle ne lui préférait personne ; elle lui disait peu clairement, mais enfin elle lui disait des choses dont il n'aurait pas dû prendre ombrage. Elle avait un moment distingué celui-ci, puis elle avait été préoccupée de celui-là. Elle les jugeait pour ce qu'ils valaient et le déclarait. Mais, comme elle ajoutait toujours que, pour lui, elle n'éprouvait aucune des préoccupations plus ou moins exaltées qui avaient amusé sa fantaisie en faveur de ses rivaux, il s'obstinait à ne prendre que le mauvais côté de ce qu'elle montrait, et s'enfonçait chaque jour dans une situation pire que celle de la veille.

Sophie avait grandement raison ; il allait finir par se rendre odieux et par détruire lui-même, jusque dans sa racine, la bonne volonté qu'elle avait de lui rendre la vie tolérable ; elle lui répétait :

« Calmez-vous, soyez paisible, soyez tranquille ; prenez ce que je vous donne ; ne vous préoccupez pas du reste et attendez l'avenir. »

Mais, sur ce mot, Conrad arrêtait la comtesse et lui répondait :

« L'avenir ? Je ne demande rien d'autre ! Ne m'aimez pas davantage, ne m'accordez pas plus que vous ne faites en ce moment. Ne soyez pour moi, justement, que ce que vous êtes, mais promettez-moi de l'être toujours !

— Je ne peux pas vous l'affirmer, répliquait Sophie. Je souhaite que ce soit, mais je peux changer ; il n'y a pas aujourd'hui de raison pour que je change ; mais cette raison peut naître. Je ne veux pas vous tromper. Je suis lasse de mentir aux autres et à moi-même, à vous, je dirai la vérité. »

Alors Conrad, qui ne se sentait pas dans le cœur de Sophie, qui était jaloux, jaloux de tout, et du passé bien plus que du présent, qui souffrait de mille manières, se voyant suspendu par le plus fragile des liens au-dessus du précipice prêt à le dévorer, Conrad se réfugiait dans une espérance de plus en plus probable, c'était d'échapper, par l'imbécillité ou la mort, à cette horrible situation. Il observait en lui-même, avec une joie réelle, les progrès journaliers de la souffrance physique.

S'il était dans un tel état, il faut avouer que Sophie, de son côté, était à plaindre. Sa tâche était plus lourde qu'elle ne l'avait prévu. Mais pourtant elle ne voulait pas y renoncer. Ce n'était pas pour Conrad, d'abord, qu'elle l'avait entreprise, c'était pour son propre salut. Elle voulait sortir à tout prix de la route où les torts de son caractère et les défectuosités de son esprit l'avaient jusqu'alors engagée, et dont elle appréciait, avec un mépris mérité, les détestables rencontres. Lasse de mentir, de jouer la comédie, de se compromettre, sans avoir à se donner les excuses du vice, ni en ressentir, ni en goûter les entraînements, bien plus éloignée encore de ces sublimes transports de passion qui rendent indifférent au bien comme au mal, elle avait souhaité de se replacer dans une atmosphère libre de tous ces brouillards[1], et n'avait trouvé d'autre chose à faire que de se dévouer à quelqu'un. Elle sentait que son tempérament ne lui permettrait pas le repos, qu'elle était condamnée par lui à agir, et elle avait choisi

Conrad. Mais celui-ci lui rendait les difficultés trop pesantes. Elle était découragée. Après une scène plus violente que les autres, où le pauvre amant s'était montré plus jaloux, plus inconséquent que jamais et finalement plus prosterné, plus abattu, plus impossible à relever d'une manière un peu durable, et comme, après l'avoir consolé et avoir écouté ses assurances enflammées, répétées pour la millième fois, qu'il ne lui demandait rien, elle était là, à le regarder, lui ayant laissé sa main, elle se prit à considérer d'un œil sec et que la pitié, même la plus banale pitié, n'animait plus, ce visage ravagé, ces traits maigris et flétris.

« Je ne peux plus ! je suis à bout ! Je l'abandonnerai, se dit-elle. Je deviendrai ce qu'il faudra devenir ; la tâche est au-dessus de mes forces. »

Elle se disait cela dans un moment où il se calmait un peu lui-même ; et elle s'entourait, sans le vouloir, de cette ceinture de glace dont la rigidité ne pouvait qu'envahir bientôt tout son cœur. Cependant, sur sa prière, elle consentit à venir dans l'atelier pour y voir certaines choses.

Quand elle y fut, elle eut peur de son œuvre : elle aperçut à plein l'assassinat qu'elle commettait. Son intelligence était trop haute pour ne pas découvrir dès l'abord l'épouvantable puissance qu'elle exerçait sur Conrad.

Vingt créations différentes avaient été commencées par l'artiste[1]. Deux statues, des bustes, des bas-reliefs, les produits d'une fécondité merveilleuse et d'une invention intarissable, frappèrent les yeux de Sophie ; mais tout était inachevé, comme glacé et frappé de mort. La statue d'Ossian restait là, imparfaite ; son argile, abandonnée, séchait et se fendait. La main de l'artiste était paralysée par une néfaste influence. Pour bien peu, cette influence allait achever d'éteindre à jamais l'inspiration dans le sanctuaire d'où un monde tout palpitant était pourtant prêt à sortir.

« C'est un vigoureux génie, se disait Sophie, en contemplant l'*Ossian* avec admiration et pitié. C'est un homme ! Il est fort, et même rude, sombre et profond ; pourquoi m'aime-t-il ? J'en fais une femmelette, et tout à l'heure j'en aurai fait un cadavre, pour peu que je continue. »

Elle fut, je le répète, épouvantée du crime qu'elle commettait. Comme elle l'avait déjà senti, mais, cette fois, avec bien plus de conviction, elle résolut de sauver Conrad, et un sentiment nouveau la pénétra ; ce ne fut plus seulement pour elle, pour son avenir, ce fut aussi pour lui qu'elle voulut agir désormais.

« Mon ami, lui dit-elle, écoutez-moi bien. Vous me l'avez répété mille fois : si vous aviez quelque certitude que je ne vous renverrais pas d'auprès de moi, vous pourriez retrouver le calme, sortir des agitations qui nous tuent. Hé bien ! si je vous priais aujourd'hui d'avoir confiance en moi et que je vous promisse ceci : quoi qu'il arrive, d'ici à une année, je ne m'occuperai que de vous et je n'aurai souci que de vous laisser m'aimer ? Si je vous disais cela, seriez-vous heureux ?

— Oui, Sophie, et je vivrais !

— Et, non seulement vous vivrez, mais vous ferez tous vos efforts pour ne plus vous tourmenter ni moi avec vous ; vous comprendrez que vos terreurs m'éloignent plus qu'elles ne me rapprochent, et vous travaillerez, et vous repousserez les suggestions malsaines du chagrin ? Prenez le temps comme il vient, encore une fois, Conrad, prenez la vie comme le Ciel vous l'a faite, et n'en repoussez pas les bonheurs, parce qu'ils vous semblent incomplets ; il est assez temps d'être malheureux quand absolument, et pour des causes trop puissantes, il faut l'être.

— Je serai donc heureux», dit Conrad, et ainsi fut conclue une trêve sur la durée et les résultats de laquelle ils n'osaient plus compter beaucoup ni l'un ni l'autre.

Les transports de félicité où les promesses d'Aurore avaient jeté le prince ne pouvaient durer longtemps non plus. Cette patience, cette modération, cette longanimité olympienne, dans laquelle Théodore assurait vouloir se renfermer, n'avaient guère de chances de se maintenir devant la passion. Voir Aurore, la voir chaque jour, était devenu un besoin pour le prince; bien qu'elle habitât le palais, ce n'était cependant pas facile; la parenté expliquait beaucoup de familiarités et de rencontres; mais tous les regards de la Cour étaient attachés sur les amants, et, aveugler indéfiniment ces regards, c'était l'impossible. Théodore s'en rendait compte, et l'horreur de cet espionnage de chaque minute lui inspirait une colère sourde, d'où naissait, à son tour, une volonté emportée de rompre les obstacles et d'en finir avec les liens. Toutes les figures de chambellans, d'aides de camp, de demoiselles d'honneur, pour discrètes et respectueuses et contenues qu'elles fussent, lui devenaient insupportables. Il y lisait l'appétence de la trahison. Il ne pouvait et ne voulait se fier à personne; comme un animal traqué de toutes parts, il ne sentait que des ennemis. Au temps de ses liaisons anciennes, il n'en allait pas de même. Mais quel rapport avait sa situation d'alors avec celle d'autrefois?

Cet esclavage qui le tenait, la passion qui augmentait, les embarras qui grandissaient, finirent par prendre la forme et le corps d'une résolution à laquelle il n'avait pas songé d'abord. Jean-Théodore était de ces naturels qui peuvent encore se modérer si on les laisse en repos; mais, pour peu qu'on les harcèle, ils deviennent capables de renverser les murailles ou de se précipiter du haut d'un clocher. Il conçut pour la princesse, sa femme, une haine résolue, qui ne ressemblait plus du tout au dédain impatienté avec lequel il l'avait laissée vivre jusque-là, et une belle nuit il se résolut au divorce.

Il fut étonné que cette pensée lui fût si nouvelle. Elle lui parut admirable, d'exécution facile, et, en effet, quand on est bien décidé à passer sur le ventre de tout, les obstacles se simplifient singulièrement; car, parmi ceux qui encombrent la vie humaine, la plupart n'ont d'autre force que notre répugnance à les aborder et notre parti pris de les ménager. Comme Jean-Théodore ne voulait rien ménager du tout et qu'il ne tenait compte ni du scandale, ni de la position de sa fille, ni de quoi que ce fût au monde, à part son amour pour Aurore, il calculait déjà qu'avant trois mois il serait libre de mettre la couronne souveraine sur la tête de celle qu'il chérissait. D'ailleurs, généralement, ce qu'il voulait lui paraissait la chose du monde la plus simple et la plus naturelle; il se laissa donc aller une ou deux fois, devant des personnes de son entourage, à des imprudences de paroles qui furent immédiatement saisies, interprétées, commentées, comprises, et bientôt ce fut le bruit de la Cour qu'un événement considérable allait se passer dans la famille régnante. La princesse étant elle-même une des plus insignes faiseuses de propos qui se trouvassent dans le pays, ses relations avec les héroïnes du genre la servirent merveilleusement en cette rencontre; elle fut des premières averties de ce qu'on disait. Elle poussa des cris aigus et prit l'attitude menaçante d'une personne qui n'était pas résignée le moins du monde. Elle déclara devant ses fidèles qu'elle se défendrait jusqu'à toute extrémité, et qu'elle écrirait à toutes les Cours, et qu'elle demanderait tous les appuis. Elle était protestante, n'importe ! elle s'adresserait même au Saint-Siège ! Maintenant, l'important était de découvrir pour quelle cause le prince voulait une séparation ; très probablement, c'était pour épouser quelque autre femme. Quelle femme ?

Quand le prince vit cette mêlée et les préparatifs qu'on agitait autour de lui, il fit comme les taureaux d'Espagne, il se précipita tête baissée sur le manteau rouge et résolut d'en finir. Mais, avant tout, il fallait prévenir Aurore. Il la trouva dans les larmes. Pendant longtemps, elle ne put reprendre la force de lui parler ; elle le regardait avec ses beaux yeux si doux et si tendres ; elle répondait à la pression de sa main, elle sanglotait et n'était pas en état de rien dire. Pourtant, à la fin, elle se remit. Voilà ce qui venait d'arriver.

Environ deux heures avant la visite du prince, le duc Guillaume était entré chez sa fille. Il avait la physionomie sévère et triste, et, sans s'expliquer autrement, il tira de sa poche un papier plié en quatre et dit à Aurore :

« Lisez ceci ! »

C'était une lettre anonyme, ainsi conçue :

Monseigneur,

Vous passez pour honnête et vous l'êtes peut-être. Mais mademoiselle votre fille l'est-elle ? Ce n'est pas tout que d'appartenir à une bonne maison du côté paternel, il arrive souvent que la bassesse de la mère déteint sur les enfants. Vous ferez bien de surveiller les goûts de la comtesse Pamina, ils tendent trop vers les grandeurs.

UN VÉRITABLE AMI.

Pour dire les choses comme elles étaient, cette épître partait de l'entourage de la princesse, elle en avait connaissance ; elle ne l'avait pas précisément commandée, mais elle la trouvait plaisante et de bonne guerre. C'était à ses yeux une attaque très permise. À la vérité, elle et ses bonnes amies ne faisaient que soupçonner une entente entre la belle cousine et le prince. Mais c'en était assez pour justifier toutes les représailles à leurs yeux. Ce qui est nul finit un jour ou l'autre par tomber dans le pervers.

Le duc ne prenait pas ces sortes de choses légèrement. Il en fut sensiblement touché. Aurore, frappée dans sa sensibilité, dans son affection pour Jean-Théodore, dans son amour pour la mémoire de sa mère, dans son respect pour son père, dans son respect pour elle-même, demeura comme anéantie pendant quelques minutes ; mais cette créature si fine, si gaie, si charmante, était courageuse au plus haut degré. Elle ne fut pas abattue.

« Cette lettre est indigne ! s'écria-t-elle. Que veut-on dire ?

— Je vais vous l'expliquer, répondit le duc. On répand le bruit depuis hier que mon neveu prétend se séparer de sa femme. Probablement on a voulu m'insinuer que vous devez succéder à la princesse actuellement régnante. Je n'en crois rien. Je ne peux rien croire de pareil… Mais, mon enfant, réfléchissez. Je vous laisse en présence de cette grossière insulte pour vous montrer ce que vaut le monde et les précautions qu'il convient de garder avec lui[1]. »

Ayant ainsi parlé, le duc sortit, et ce fut peu après que Jean-Théodore arriva.

Quand il eut pris lui-même connaissance de la lettre, il pâlit de colère, se mordit les lèvres avec force, puis s'écria en levant les épaules :

« Peu importe ! ces scélératesses disparaissent devant ce que nous allons faire.

— Est-il vrai, dit Aurore, que tu veux un divorce ?

— Parfaitement vrai.

— Non ! ce n'est pas vrai ! Renonce à une telle pensée !

— Et pourquoi ?

— Je hais de telles violences ! Est-ce là cet amour calme et pur, silencieux, caché, que tu m'avais promis ?

— Non ! Le bonheur, voilà ce que nous nous sommes promis, et je le veux ! il me le faut ! il te le faut aussi, Aurore ! Je n'ôterai rien à cette femme de ce qu'elle a ; elle restera princesse ; elle aura une grande situation, tous les honneurs, tous les respects ! Que lui faut-il de plus ? De quoi a-t-elle besoin encore ? D'affection ? Tu veux rire ! elle n'y a jamais songé ; moi, je meurs de la passion d'en avoir ! Je te veux ; je veux que nous soyons unis pour tout de bon et à jamais, et je te jure Dieu qu'avant six mois ce sera fait ! »

Quand elle le vit si excité, Aurore se jeta à ses pieds :

« Si tu désires me perdre, lui dit-elle, agis de la sorte ! Mon père ne me pardonnerait pas ! Moi-même, je ne consens à rien ! Je deviendrais l'objet d'une haine juste et universelle ! Je n'oserais plus regarder personne en face ; ta fille me mépriserait... Non, non, non ! Théodore ! épargne-moi ! Pas de honte ! Je n'en admets, je n'en admettrai jamais !

— Est-ce ainsi que tu m'aimes ?

— C'est parce que je t'aime que je repousse toute infamie ! Je t'aime généreux, noble, chevaleresque, comme la nature t'a créé ; mais je ne t'aime pas violent, sans mesure, sans patience, comme tu es quelquefois tenté de te faire toi-même ! Pardonne-moi !

je ne sais pas ce que je dis ! Théodore ! mon Théodore ! Ne me demande pas de me déshonorer !

— Ma chérie, tu t'exaltes et tu ne raisonnes pas. Te déshonorer ! C'est la couronne que je mets sur ta tête, c'est moi que je te donne, c'est la paix, c'est la gloire que je t'apporte !

— Je ne suis pas de naissance princière et je ne veux pas régner !

— Allons donc ! ces règles-là ont reçu tant d'accrocs que tu ne saurais me les opposer sérieusement. Mais voici qui est plus grave et qu'il faut que tu pèses. Avant huit jours, notre intelligence sera publique ; avant quinze, on nous calomniera. Réfléchis ; ou plutôt c'est tout réfléchi : sois ma femme ! »

Il la saisit dans ses bras, la regarda dans les yeux, la serra fortement contre sa poitrine. Elle se dégagea, et se laissant tomber sur un coin du sofa :

« Non ! dit-elle résolument, non ! ne me demande rien de semblable ! J'en ai l'effroi comme d'un crime ! Je ne veux pas chasser une épouse de sa maison, je ne veux pas donner raison aux méchancetés ; je ne saurais pas, je ne peux pas ! Plutôt tout souffrir que de pareilles infamies ! Je n'oserais me regarder moi-même ! Ah ! Théodore, que m'avais-tu promis ?

— Je t'ai promis d'être à toi toujours !

— Non ! tu m'avais promis quelque chose de plus : une vie de douceur, de patience, de bonté ; et voilà, tu viens à moi la colère dans les yeux et dans l'âme ! Je puis être triste, pleurer, et pourtant, résolue comme je le suis dans mon dévouement pour toi, ne pas me sentir malheureuse ; mais entrer dans cette enceinte de vilaines actions où tu veux m'entraîner, non, Théodore, cela n'est pas en mon pouvoir et je te refuse !

— Tu m'abandonnes ?

— Je t'aime plus que ma vie, ingrat ! S'il le faut, je

te la donnerai ; elle est à toi pour toujours ! et c'est dans ce moment de poignante douleur que je te le répète : toujours, toujours ! Je ne suis pas de celles qui changent d'impressions et chez qui la volonté du lendemain est facilement maîtresse de celle de la veille ! Mais je ne t'encouragerai pas à mal faire ; mais je te supplierai, au contraire, de ne t'arrêter qu'au bien. Et tiens ! ne crois pas que je sois sans énergie ! Grâce au Ciel, j'en ai, et tu t'en apercevras ! Tu dis que d'ici à peu de temps on en viendra à calomnier ma tendresse pour toi ? Mon Dieu ! tu vois qu'on a déjà commencé ! J'en ai souffert ; j'en souffrirai ; mais je ne t'en aimerai pas moins ; je serai à toi comme je le suis ; je ne serai jamais à personne d'autre ! As-tu bien entendu ce que je viens de te dire ? Toujours ! toujours ! Et je mourrai n'ayant aimé que toi ! N'est-ce pas de la résolution aussi, cela ? C'est celle que j'ai, celle que je veux avoir ; mais n'exige pas, mon Théodore, si tu ne veux pas troubler tous les moments de notre vie, ce que l'honneur te défend ! »

Il est impossible de rendre le conflit qui se passait dans l'esprit du prince. Il était trop noble pour en vouloir à Aurore de ce qu'il appelait une exagération de sa vertu. Cette fois, c'était bien en effet la vertu, c'était bien l'honneur, c'était bien la magnanimité vraie qui animait la plus angélique des créatures, et ce qu'elle sentait et ce qu'elle exprimait ne ressemblait aucunement au dévouement factice imaginé naguère par la comtesse Tonska. Cette comparaison se présenta à Théodore, et il comprit ce que valait son amie ; mais il n'en était pas pour cela moins désolé. Il avait entrevu depuis plusieurs jours l'avènement d'une félicité complète, la fin de ses ennuis et de ses misères domestiques, et cette auréole romanesque à laquelle il n'était pas insensible et qui allait couronner sa vie ! Tout manquait subitement par les refus de celle qui aurait dû, à son sens, applaudir davantage à sa résolution, comme à une preuve énergique de dévouement et d'amour. Désespéré, attendri, inquiet de l'avenir, il promit pourtant à la chère fille de ne rien décider sans son aveu ; il se laissa même arracher l'engagement de démentir les bruits que l'on pourrait propager au sujet de la question brûlante ; mais il déclara qu'il n'était pas convaincu, qu'il réfléchirait, qu'il trouverait de nouveaux arguments, et qu'alors il faudrait... oui, Aurore, il faudrait accepter tout !

Elle secoua avec douleur sa tête divine et la laissa reposer une minute sur l'épaule de son amant. Ils se séparèrent fort tristes, l'une parce qu'elle n'avait pas reçu une promesse formelle de renoncement, et l'autre parce qu'il voyait s'éloigner le tableau étincelant du bonheur dont il s'était cru si près. Lui, au moins, il avait une consolation : sa résolution obstinée de tout faire pour fléchir Aurore !

CHAPITRE VIII

Laudon trouvait les choses graves; il était troublé dans son équilibre ordinaire. Il ne savait pas pourquoi, mais il voyait tout sous un aspect qui ne lui était pas encore apparu. Liant de son naturel et habile à entrer dans les idées d'autrui, il avait pourtant réussi à se mettre sur un pied d'une certaine intimité avec trois ou quatre personnes de la Cour moins farouches que les autres, tant hommes que femmes, femmes surtout. Ces dernières s'étaient laissées aller avec lui à des confidences, peut-être un peu pour le faire parler lui-même. On l'avait mis au courant des bruits de divorce et des suppositions courantes sur le genre d'amitié du prince pour sa cousine. On lui en présentait les conséquences probables comme des faits déjà réalisés.

Il avait pris d'abord, de premier mouvement et d'abondance de cœur, le parti de Jean-Théodore et celui de la comtesse Pamina. Il l'avait fait parce qu'il détestait les tripotages et éprouvait une répugnance de galant homme pour ces propos qui, en riant, ruinent les réputations. Ensuite il l'avait fait aussi parce qu'il aimait le prince, qu'il trouvait la jeune comtesse aimable, qu'il ne pouvait que respecter profondément son père, dont l'histoire l'avait étonné et touché, attendu que de sa vie il n'avait rien entendu de semblable. Bientôt il se rendit suspect à ses informateurs indignés de son opposition, et qui se montrèrent désormais froids et contraints à son égard. Ces façons l'irritèrent, le jetèrent hors de son indifférence, et il s'en expliqua vivement avec Nore.

«Je crois, Dieu me damne, lui dit-il, que les lieux communs ont raison, et que le monde est pervers.

— Vous avez tort, lui répondit son ami, il est surtout inconsistant. Il prend tout par les petits côtés, il n'a que de petits sentiments, une petite morale, une petite indignation, de petites règles, de petits principes. Si l'on veut vivre avec lui et pour lui, il faut se transformer à son image; si l'on ne veut pas, eh bien! qu'on passe à côté. Alors laissons-le rire ou pleurer, applaudir ou se fâcher, et marchons droit à ce que nous voulons, avec Dieu et notre conscience!

— Croyez-vous qu'il y ait de la vérité dans ces bruits de cour?

— Je l'ignore. Le prince ne m'a pas fait de confidences plus qu'à vous; mais je ne saurais croire qu'un homme de sa sorte se trouve à l'aise au milieu des platitudes qui l'assaillent et lui montent plus haut que le genou. Il doit faire des efforts pour en sortir, c'est probable ; et ses désordres passés, qui s'accordent mal avec un esprit de l'élévation du sien, ses illusions sur des femmes qui n'étaient guère dignes de lui, tout me donne à penser que, s'il en a rencontré une enfin d'une valeur véritable, il n'aura pas résisté à ce charme. Je ne voudrais pas qu'un homme lié, enchaîné comme il l'est, enchaîné à une personne inepte, enchaîné à des devoirs d'un poids incalculable, et ayant à toute minute besoin de consolations et d'encouragements, je ne voudrais pas, dis-je, le placer dans l'intimité d'une Aurore Pamina : une passion mutuelle me semblerait presque inévitable, et alors tous les désastres du monde seraient à prévoir.

— Ainsi vous concluez que le prince est réellement attaché à sa cousine ?

— Je ne conclus rien du tout. De ce qu'une chose est possible, il n'est pas certain qu'elle soit. Ce que je veux dire se résume en ceci : les gens tels que Jean-Théodore sont voués fatalement à trois genres de vie entre lesquels ils sont contraints de choisir : l'ascétisme, et vous savez qu'il n'en est pas là ; un certain désordre, plus ou moins relevé, plus ou moins ennobli, et c'est ainsi qu'il a vécu jusqu'au jour actuel, peut-être il continuera ; ou bien un attachement franc, sincère, omnipotent, en d'autres termes, un malheur ; c'est ce que nous craignons.

— Et une vie d'indifférence, pourquoi n'en parlez-vous pas ?

— Mon cher Laudon, cette invention-là n'a de valeur que pour les natures négatives ; je ne dis pas que ce ne soient pas à beaucoup d'égards les plus favorisées, mais notre prince ne leur appartient pas.

— Vous avez raison. Les natures négatives ! Qu'est-ce que c'est au fond ? »

Nore sourit.

«J'entends bien, poursuivit Laudon; une nature négative, c'est moi, par exemple. Je l'ai cru jusqu'à ce jour et je le suppose encore. Pourtant j'en suis moins assuré qu'autrefois. Depuis quelques mois, je vis dans une atmosphère si différente de ce que j'ai connu et pratiqué, que je ne sais ce que je dois penser de rien. Je me fais l'effet d'une plante de serre chaude sortie de dessous ses vitrines; elle aspire l'air libre, elle n'en meurt pas; elle se développe autrement que les jardiniers ne l'avaient prévu, et elle serait peut-être capable de donner d'autres couleurs à ses fleurs et une autre saveur à ses fruits. Je suis embarrassé du prince, de sa cousine, du duc, de vous, de tout ce que j'entends et de moi-même, avec cela je vais m'en aller, et je pense que si je veux continuer à être raisonnable et sensé comme je l'ai toujours été, il n'est vraiment pas trop tôt.

— Votre grand défaut, reprit Nore, est non de vous considérer comme impeccable, mais de vous parquer dans une sphère où vous croyez ne pouvoir commettre que ces sortes de fautes inoffensives pour la tranquillité et surtout pour le maintien de la situation d'un homme bien placé. Vous n'avez pas eu tort si vous suiviez réellement les suggestions de votre tempérament; mais, à différents signes, je soupçonne que vous marchez simplement sur l'erre[1] de votre éducation. En somme, jugez-en vous-même et faites ce qui vous conviendra; vous êtes l'arbitre unique de votre destinée.

— Je commence à craindre que ma destinée, reprit Laudon, beaucoup plus sagement conduite que la vôtre, par exemple, ne soit infiniment plus sèche, plus stérile et plus ennuyeuse, et ce soupçon, qui ne me serait pas même venu cet automne, ne laisse pas que de me donner du souci. J'ai vécu ces derniers temps hors de ma sphère naturelle. Je vais y rentrer. Alors je me remettrai d'accord avec moi-même. J'ai pris congé du prince. Demain, je pars ; quand vous aurez de mes nouvelles, vous apprendrez que j'ai repris possession de mon sang-froid et, sans compliment, vous n'avez pas peu contribué à me le faire perdre.

— Je vous le rends ! s'écria Nore en riant, et grand bien vous fasse. »

Laudon partit, et, après avoir passé peu de jours à Paris, il alla en Normandie rejoindre Gennevilliers. Il revit Lucie. Ce fut pour lui un plaisir extrême. Le château hébergeait déjà d'autres visiteurs, et entre autres Mme et Mlle de Blanchefort, auxquelles Louis fut présenté. Il les trouva parfaitement bien, et la jeune demoiselle aussi convenablement élevée que peu jolie, de sorte qu'il n'y aurait fait qu'une attention très sommaire si, au bout de deux jours, Lucie, avec laquelle il faisait un tour dans le parc, ne lui avait dit à l'improviste :

« Monsieur de Laudon, il faut vous marier.

— Me marier, madame ? Et pourquoi ?

— Il faut vous marier, lui répondit-elle avec un petit accent décidé, marque de l'aimable autorité qu'elle prétendait sur sa personne. M. de Gennevilliers vous estime beaucoup, et nous serions heureux de vous fixer dans notre intimité. Or, vous ne pouvez pas y être d'une manière durable tant que vous n'avez rien qui vous y retienne et vous prépare un avenir digne de vous. »

Tous ces mots étaient fort raisonnables ; mais, dans l'accent avec lequel ils étaient prononcés, il y avait certainement de la coquetterie. Laudon devint pensif et se mit à chasser les cailloux de l'allée du bout de sa canne.

« Pour me marier, murmura-t-il après un moment de silence, encore faudrait-il savoir avec qui. »

Mme de Gennevilliers sourit.

« Vous êtes donc aveugle et bien ingrat ? Vous ne voyez ici personne que vous puissiez épouser ?

— Ma foi ! non, répondit Louis avec candeur ; je ne suppose pas que vous vouliez parler de Mlle de Blanchefort ? Je ne lui conviendrais aucunement.

— Pourquoi cela ? demanda Lucie d'un ton sec.

— Puis-je être tout à fait sincère et ne vous fâcherez-vous pas ?

— Comment voulez-vous que je me fâche dans une affaire qui, en définitive, n'intéresse que vous et où je ne saurais être qu'absolument indifférente ? »

Cela fut dit aussi avec une expression assez hautaine, car Lucie crut devoir châtier les hésitations de son esclave. Certaines femmes ne comprennent l'amour que sous les formes de la servitude et n'en goûtent les douceurs que par la domination. Mais, à son tour, Laudon fut piqué et répondit d'une façon assez dégagée :

« Entre nous, j'ai le tort de ne pas être frappé de la jolie figure de votre cousine, et même, pour vous tout dire, je la trouve laide.

— Ce n'est pas une raison ; une femme peut être laide et parfaitement élégante, et tenir très bien sa maison, et se faire remarquer dans le monde, ce qui flatte toujours votre vanité à vous autres, messieurs.

— Je désire, non pas que ma femme soit si supérieure, mais qu'elle me plaise un peu.

— Ainsi ma cousine ne vous plaît pas du tout ?

— Comme votre cousine, elle m'agrée infiniment, mais je n'en voudrais pas à un autre titre.

— Vous m'étonnez ; j'avais cru qu'il vous aurait convenu d'appartenir à notre famille... de vivre près de nous... de ne pas vous séparer de M. de Gennevilliers... Je me suis trompée, n'en parlons plus. Peut-être avez-vous raison. »

Il faut avouer que Laudon ne comprit pas du tout de quel bonheur il venait de se priver. Il aurait eu une femme laide et sotte, c'est vrai, mais il aurait pu, pendant tout le reste de sa vie mortelle, se faire diriger par Lucie. C'était la marque suprême de tendresse qu'elle comptait lui départir. Il manqua le paradis, mais il le manqua si bien, que, loin de s'en affliger, il s'en réjouit. Ses yeux n'étaient plus les mêmes. Décidément, il trouvait Lucie froide et composée, il la devinait despotique, il ne lui trouvait plus cette douceur, cette bonté dont il s'était tant infatué autrefois... Et Gennevilliers, qu'il comparait au prince, à Nore, à Conrad, à Coxe, au docteur Lanze, lui fit tout bonnement l'effet d'un sot prétentieux.

Les gens composant la société réunie au château n'étaient pas très propres à le faire revenir des préventions qu'il avait décidément formées pendant son séjour à l'étranger. Braves propriétaires des environs, très occupés d'intérêts qu'ils jugeaient positifs, et n'ayant nulle idée de ce qui se passait dans le monde en dehors du cercle restreint de ce qu'ils connaissaient, ils ne doutaient pas qu'à l'exception de la France l'univers ne fût dans un état voisin de la sauvagerie, et de cette France ils se montraient d'ailleurs très mécontents. Leurs notions sur toutes choses étaient un mélange singulier de dénigrement et de confiance aveugle, et à une foi implicite en eux-mêmes ils joignaient une défiance permanente de tout et de tout le monde. Du reste, parfaitement nuls. Les femmes parlaient chiffons, rêvaient argent et ne s'occupaient que de minces plaisirs, de pauvres coquetteries et d'assez plates médisances, se montrant au surplus vaines et aussi ignorantes que les hommes dont elles étaient entourées. Chaque jour, chaque heure, chaque observation enlevait quelque chose à l'auréole dont Laudon avait enveloppé

Lucie. Mme de Gennevilliers s'était butée à l'aspect de cette résistance qu'elle n'attendait pas, et naïvement trouvait son admirateur ingrat et froid. Comment ! il rejetait avec un dédain si peu dissimulé le moyen qu'elle daignait imaginer de le faire vivre auprès d'elle ! Il ne voulait pas demeurer à jamais sous son influence ! Il n'appréciait pas cette marque de partialité (car elle n'eût jamais consenti à dire plus), qui lui faisait désirer, à elle, son union avec une femme dont bien évidemment il ne pouvait devenir amoureux, afin de lui permettre de lui consacrer à elle-même et sans distraction tout son encens ! Elle ne savait comment qualifier une pareille méconnaissance de ses bonnes intentions, et se déclarait avec dépit qu'elle n'était pas appréciée autant qu'elle l'avait cru. Il ne lui vint pas à l'idée (elle était trop vertueuse) qu'elle offrait peu vraiment à son serviteur, et elle ne songea pas non plus à le ressaisir par quelque concession, si légère fût-elle. L'ingratitude était trop notoire. Elle espéra que, par une conduite justement fière et une attitude glaciale, elle le ramènerait à demander pardon et le ferait trembler. Elle se trompa tout à fait. Laudon se disait :

« En quoi ressemble-t-elle à Harriet ? Qu'a-t-elle de commun avec la grâce enfantine et charmante de Liliane ? Et surtout, si je la comparais à la comtesse Pamina, comme elle perdrait ! Quelle poupée ! Quelle créature impérieuse et maussade ! »

Au bout de quelques jours, il s'ennuya si franchement, il trouva le temps si long et les heures si vides, qu'il en eut assez. D'ailleurs, il ne s'était pas beaucoup contenu vis-à-vis de Gennevilliers et des amis de celui-ci, et avait laissé percer des opinions et des sentiments qui ne lui furent pas comptés pour bons. On le trouva paradoxal ; il n'y a rien de plus mortel. Quand il voulut s'en aller, on le retint juste ce qu'il fallait pour que la politesse fût sauve, mais on ne fut pas fâché de le perdre. Lucie lui fit des adieux irréconciliables, et Gennevilliers lui donna d'un ton supérieur quelques avis bienveillants où perçait l'anathème :

« Je regrette, mon cher ami, dit cet homme remarquable, que nous nous entendions si peu sur les grands et éternels principes. Vous nous reviendrez quelque jour, je l'espère ; il faut attendre : votre esprit sera plus mûr et votre imagination se calmera. Vous trouverez toujours, en Mme de Gennevilliers et en moi, le plus sincère intérêt. »

Laudon ne s'estima en sûreté que lorsqu'il eut perdu de vue pour jamais le nez rouge et la taille plate de Mlle de Blanchefort. Il alla tout droit à Paris, et, arrivé là, il se sentit malheureux. Il ne voulut plus retourner au club. Il ne prit pas plaisir au monde. Il cherchait quelque chose d'autre, et ne savait pas se dire à lui-même ce qu'il souhaitait. De cœur, d'esprit, d'imagination, de volonté, il était désœuvré et ne s'apercevait pas que cet état provenait uniquement de ce que chez lui, cœur, imagination, volonté, esprit, avaient percé la glace de son éducation et de ses premières habitudes, et demandaient un aliment sain et nourrissant. Mais nous le laisserons dans son ennui pour retourner auprès de Nore.

Celui-ci avait la passion de l'examen, et quand une personne quelconque l'intéressait, il ne la perdait, pour ainsi dire, pas de vue. Cette étude n'était ni froide ni didactique ; lorsqu'il y rencontrait des points dignes de sa sympathie, il la donnait ; dignes de son admiration, il admirait. Ce qui l'occupait alors, c'était Liliane. Pour la première fois, un pareil sujet s'était trouvé à sa portée, et sa familiarité, dans la maison du professeur, lui rendait facile de pénétrer la vie transparente de la jeune fille. Il était charmé d'elle ; il la jugeait ce qu'elle était, pure et droite de cœur, une enfant pleine de promesses et ne demandant qu'à les tenir toutes. Il s'asseyait à côté d'elle et causait pendant des heures. Il lui racontait ses voyages, il lui expliquait beaucoup. Il aimait à l'entendre faire de la musique. Après avoir découvert la cause de ses progrès, il jouissait en philosophe du sentiment qu'elle y mettait. Bien souvent, il parlait d'elle à Harriet.

Ce fut en ce temps-là que la bourgeoisie de Burbach donna son grand bal annuel à leurs Altesses Royales et à la Cour. Les riches familles du commerce s'étaient mises en frais ; la noblesse n'avait pas fait moins ; les femmes étaient fort élégantes, les beautés abondaient ; Aurore était la plus ravissante de toutes, et Liliane peut-être la plus touchante. La fête fut magnifique ; hélas ! hélas ! quel jour terrible pour le prince ! Il sut se rendre assez maître de lui pour ne pas s'approcher, même une seule fois, de sa cousine ; mais l'aspect de tant de grâce, de tant de perfections, une taille si divine, des yeux si purs, tout le jeta dans des transports intérieurs de rage et de désespoir de ne pouvoir s'emparer à tout jamais de ces trésors qui, pourtant, se répétait-il, étaient à lui et bien à lui, rien qu'à lui ! Il ne pouvait se retenir, quand d'un regard furtif il avait désaltéré ses yeux, il les avait grisés, de considérer sa compagne officielle, assise dans le fauteuil à côté du sien, et dont la toilette absurde ne le révoltait pas moins que les traits vulgaires de toute la personne, des pieds à la tête ! À cet aspect, il se sentait étouffé par une douleur transformée en indignation contre la Providence, et son supplice fut tellement dur, il éprouva une torture si cruelle, qu'un sourire, le plus tendre et le plus dévoué, d'Aurore ne put le calmer. Il se retira de bonne heure, lorsqu'il eut dit le nombre de paroles nécessaires aux principaux meneurs des deux Chambres, aux chefs de la Municipalité, et dansé avec les femmes qui avaient le droit de prétendre à cet honneur.

Son départ laissa Aurore dans une tristesse douloureuse ; mais elle, femme et douce, savait mieux cacher ses impressions que son royal amant. Elle le connaissait si bien, qu'elle avait deviné les sentiments dont il était agité, et elle souffrait parce qu'il souffrait. Elle prévoyait que le lendemain, elle aurait beaucoup à faire pour lui rendre un peu de sérénité, et s'attendait à voir reparaître avec une nouvelle véhémence ces propositions de divorce qui l'épouvantaient, la désolaient, et auxquelles elle était bien résolue à ne jamais consentir. Elle savait toutefois qu'elle réussirait à endormir l'âme de celui qui l'adorait. Elle pouvait tout, parce qu'elle aimait beaucoup. En situation pareille, quand on n'aime pas, on peut tout pour le mal et trop peu pour le bien. Pendant que l'orchestre jouait, que les valseurs se succédaient en tourbillons au milieu de la foule bourdonnante, Aurore, dominée par ses pensées, était naturellement un peu distraite. Elle avait pourtant accueilli Nore avec sa bienveillance ordinaire ; mais il s'était aperçu qu'elle n'était pas, ce soir-là, tout à fait à elle-même, et il l'avait laissée. Il était allé s'asseoir auprès de Liliane et causait avec celle-ci, quand elle ne dansait pas.

Le lieutenant de Schorn la trouva, lui, plus que jamais, froide, sévère, concentrée. Elle répondait à peine à ce qu'il lui disait ; cependant elle était gaie, nerveuse, agitée. Il n'y comprit rien. Elle refusa plusieurs fois ses valseurs favoris, se dit fatiguée et finit par ne plus bouger d'auprès de Nore, avec lequel le lieutenant la vit engagée dans un entretien probablement intéressant, car tantôt elle baissait la tête, tantôt rougissait ou pâlissait. Il se sentit alors assez triste et ne sut que penser de ce qui arrivait. Il y eut donc bien des gens très malheureux à ce bal.

Le lendemain, vers onze heures du matin, Harriet venait de dire adieu à son père, emmené par le professeur Lanze à quelques lieues de Burbach pour visiter des ruines romaines, et elle se livrait à ses occupations habituelles en pensant à Nore qui, tous les jours, venait la voir vers les deux heures, quand elle vit entrer Liliane et, au premier abord, elle comprit qu'il était arrivé quelque chose dont la jeune fille se montrait fort agitée.

« Qu'avez-vous ? lui dit-elle, qu'avez-vous ? Venez vous asseoir ici. Donnez-moi votre main. Parlez-moi ! qu'avez-vous, Liliane, ma chérie ! »

Elle l'embrassa. Liliane lui jeta les bras autour du cou et cacha son visage contre le sien, car elle était très rouge.

« Que vous a-t-on fait, ma petite enfant ? poursuivit Harriet en la caressant. Vous avez du chagrin ?

— Oh ! ma meilleure amie, je suis au contraire bien heureuse ! Je n'ai que vous auprès de qui je puisse répandre mon cœur. Je suis accourue de suite. Il m'aime, Harriet, il m'aime !

— Tant mieux ! mon enfant, mais qui donc ? répliqua Harriet avec un sourire.

— Wilfrid Nore, et, moi, je l'adore pour la vie ! »

Un flot de glace se serra autour du cœur d'Harriet. Si Liliane n'avait pas eu la tête cachée dans son sein, elle l'eût vue changer de visage et ses yeux se pétrifier d'horreur ; mais elle sentit le spasme qui agitait la pauvre fille de Coxe, et elle crut que celle-ci la serrait entre ses bras dans un élan de sympathie.

Il y eut un moment de silence, délicieux pour l'une, terrible pour l'autre. Mais Harriet savait se vaincre, et quand elle fut bien sûre que sa voix resterait ferme, elle demanda tout bas :

« Wilfrid Nore, dites-vous ?

— Oui, lui ! Qui voulez-vous que j'aime, si ce n'est lui ? Qui est meilleur, plus généreux, plus noble ? Voulez-vous que je vous raconte comment cela s'est fait ?

— Racontez », répondit Harriet.

Liliane se mit auprès d'elle ; cependant, celle qui allait écouter prit son ouvrage et commença à coudre, tandis que celle qui allait parler regardait plus en elle-même qu'autour d'elle.

« Je sentais depuis quelque temps que je songeais à lui. Je n'ai jamais vu ni rêvé un homme comme lui ! Il dépasse tout ce que je pouvais m'imaginer de perfections ! Je le devinais si tendre pour moi ! Cette nuit, au bal, nous avons causé presque toute la nuit. Comme j'étais ennuyée et fâchée quand tous ces personnages si nuls venaient me rappeler un engagement ! Je ne peux plus souffrir la danse ; le plaisir, ce n'est pas le bonheur[1] ! Il m'a dit : "Chère Liliane..." Je vous rapporte ses propres paroles ! "Chère Liliane, celui qui vous obtiendra sera bien à envier !" Mon cœur se gonflait de joie, et j'ai répondu, peut-être avec un peu d'émotion, car ma voix pouvait bien trembler, puisque tout mon corps le faisait : "Pensez-vous vraiment ainsi ? — Oui, a-t-il répliqué, je le pense. — Eh bien, lui ai-je dit, je ne suis plus à moi !" Je ne sais pas comment j'ai eu le courage de lui parler de la sorte ; mais je l'ai eu. Je pensais qu'il allait me demander un nom, ou bien me dire qu'il aimait aussi ; mais il m'a regardée d'un air attendri et a murmuré : "Chère enfant !" mais d'un accent si pénétré, si pénétrant... J'aurais voulu, Harriet, que vous pussiez l'entendre. Il avait tout deviné, et il est si noble, si délicat ! Il m'a épargné la confusion de l'aveu. Là-dessus, il est arrivé des gens qui lui ont parlé, d'autres m'ont emmenée, et, à mon profond chagrin, nous n'avons pu nous rejoindre dans le bal qui était près de finir. Je ne l'ai plus retrouvé que dans un moment et d'une façon qui ne s'effaceront jamais de ma mémoire. »

Ici, Liliane s'arrêta un instant, et Harriet, continuant à coudre, lui dit :

« Continuez.

— Mon père et moi, nous sortions ; j'étais enveloppée de la tête aux pieds ; j'attendais la voiture. Tout à coup une foule de personnes qui sortaient également m'entoura, me pressa, m'enleva ; je ne pus résister et je fus entraînée presque sous les roues des voitures ; alors j'entendis une voix s'écrier : "Que faites-vous là, Liliane ? Imprudente, vous allez vous faire écraser !" C'était Wilfrid. Il me prit par le bras ; oh ! Harriet ! Comme on me poussait de tous côtés, il me prit dans ses bras et m'emporta plutôt qu'il ne m'entraîna hors du tumulte. Nous étions sur la place. Il pleuvait. Je lui dis : "J'ai des souliers de satin, et le pavé est bien humide." J'étais si agitée ! j'avais froid, je tremblais ; je me mis à rire, mais c'était un rire qui me faisait mal. Il me regarda et me dit : "Liliane, ne riez pas ! Tenez-vous en repos, chère enfant !" Il ôta son paletot, et, sans écouter mes refus, il m'enveloppa soigneusement. Alors, il aperçut mon père qui courait, inquiet, de côté et d'autre, et il l'appela. La voiture était tout près ; mais moi, je me sentais m'évanouir. Alors il me reprit et m'emporta. Je ne pus résister, et, au moment où il me déposait sur les coussins, oui, Harriet, j'ai saisi vivement sa main et je l'ai serrée. Mon père le remerciait ; il faisait sombre ; j'ai eu honte ; je me suis cachée ; je n'ai plus rien vu !... Voilà ce qui est arrivé. »

Il y eut un nouveau silence, un peu long, Harriet reprit :

« Les choses ne peuvent rester ainsi. Puisque M. Nore vous a fait entendre qu'il vous aimait, il faut qu'il vous le déclare de façon expresse et demande votre main. Je suis son amie comme je suis la vôtre, et je lui parlerai. Tantôt, vers six ou sept heures, peut-être avant, vous le verrez, et il s'engagera à vous ; en tout cas, la journée ne se passera pas sans que cela soit. »

Liliane se jeta dans les bras d'Harriet qui l'embrassa, et, sur l'observation que Nore allait venir et qu'il était mieux de ne pas le rencontrer en ce moment, elle partit et rentra chez elle, le cœur illuminé de tous les feux de la joie.

Harriet continua à coudre ; de grosses larmes coulaient sur ses joues ; elle les essuyait et poursuivait son travail. Cela dura de onze heures, à peu près, jusqu'à deux. À ce moment, Nore entra. Il était soucieux et quelque chose de contraint paraissait dans ses manières.

« Wilfrid, vous avez quelque chose à m'expliquer.

— J'aimerais mieux vous le taire. Certains récits gagnent à être retardés. Si je vous parle ce matin de ce qui me préoccupe, je ne suis pas bien assuré de vous exposer les choses comme elles sont, par ce motif que je ne les comprends pas encore moi-même.

— Je suis plus perspicace, et j'en sais plus long que vous. Vous avez trop d'honneur pour traîner au point où vous en êtes ; vous me portez trop d'amitié pour me soumettre à une situation que je ne mérite pas… Wilfrid, je ne suis pas fâchée contre vous ; si j'ai consenti à vos désirs, vous savez bien que je prévoyais des difficultés et des peines ; maintenant, pour la seconde fois, je vous fais libre ! Allez répéter à Liliane, et de façon plus claire, ce que vous lui avez dit, cette nuit, de façon obscure.

— Est-ce que Liliane est venue ici ?

— Elle en sort. Elle m'a tout raconté.

— Je suis fâché, dit Wilfrid, d'être obligé par vous de parler de tout ceci. Il ne me coûterait pas grand-chose de me répandre en protestations ; mais, avec vous, je ne veux pas. Je serai vrai, comme je l'ai été toujours. Ainsi donc, donnez-moi du temps ; je vous raconterai tout dans quelques jours.

— Je ne peux pas ! répliqua Harriet d'une voix étouffée. Votre hésitation seule me prouve que je ne dois pas vouloir. Il est des coups que l'on ne saurait attendre. De suite ! de suite ! Tout se supporte, sauf l'incertitude !... Parlez, Wilfrid ! parlez de suite !... D'ailleurs... cette enfant... ! Vous ne devez pas la laisser non plus dans le doute où elle est. »

Nore se taisait. Enfin, il vint à Harriet et lui dit :

« Je ne vous répondrai pas ! Je ne suis pas sûr de moi. Si je déclarais à Liliane que je l'aime, je crois que je mentirais ; mais, si je vous disais que je ne l'aime pas, ce serait peut-être trop. Tout en moi est ébranlé ; je suis troublé ; je ne sais que conclure. Encore une fois, Harriet, laissez-moi du temps. Aujourd'hui, je suis incapable de rien décider, et certes je ne déciderai rien.

— Je vois donc que tout est fini. Donnez-moi la main, Wilfrid. Séparons-nous... ne me répliquez pas, vous l'aimez ! Je le comprends... je vous l'avais toujours dit ! Elle est si jolie !... Et moi... »

Nore lui serra la main d'un air grave et sortit, et elle resta là, avec le sentiment d'être abandonnée, et tombant de si haut, cette fois, qu'elle ne pouvait même essayer de mesurer la profondeur de sa chute.

« Ah ! ce fatal amour, qui me traîne à la tombe ! Mon cœur, mon pauvre cœur, pourquoi l'as-tu conçu ?

Tais-toi ! meurs ! Pourquoi ne pas être restée dans cette triste indifférence, pleine de regrets, peut-être, mais supportable et dont je ne souffrais plus ? À quoi bon ces ivresses d'un moment, suivies d'angoisses qui durent de longs jours, de longues nuits, qui me serrent la gorge et m'inspirent pour tout au monde, occupations, obligations, devoirs, plaisirs, jouissances de l'esprit, distractions de l'intelligence, un dégoût que je ne puis vaincre, qui… oui, qui m'accable, qui m'oppresse et m'étouffe, et m'achève si lentement ? Que faire, sinon me tordre les mains ? Où suis-je ?… Qu'est-ce que je veux ? qu'est-ce que je sens ? qu'est-ce qui me reste ? Que devenir ?… Qu'espérer ? Que vouloir ?… On parle de courage ! N'en ai-je pas eu ? Eh bien ! je n'en ai plus ! J'ai beau chercher dans les cendres de mon bonheur détruit, je n'y retrouve plus rien des sentiments que je devrais avoir, que j'ai eus, et qui m'auraient encore aidée à porter le poids de cette accablante misère ! Je n'ai plus de fierté, je n'ai plus de volonté, je n'ai plus de raison, je n'ai plus même, non, je n'ai plus, en face de ma conscience éteinte, cette pudeur de la souffrance qui répugne à s'avouer… Je suis horriblement malheureuse, et, si désertée de ma force que je ne sais rien faire que de confesser mon impuissance. Ah ! si je peux mourir, et vite, bien vite, si je puis, au moins, devenir folle, perdre le sentiment de ce que j'éprouve, comme j'aurai encore de quoi remercier le Ciel ! Je veux bien souffrir, mais, au moins, que j'oublie pourquoi je souffre ! Que je ne sache plus qu'il existe, lui, que je ne sache rien de lui, que je perde jusqu'à son nom, puisque, lui, je l'ai perdu ! Alors, j'en suis sûre, je serai bien moins à plaindre ! Mais je ne peux pas !… Je ne peux pas ; je ne songe qu'à lui, je ne vois que lui, je ne veux que lui !… Wilfrid ! Ah ! Wilfrid !…

« Trois heures… Il est trois heures… Il fait jour,

grand jour... Les arbres sont toujours les mêmes et voilà des oiseaux... Il y a une heure, une demi-heure, il était là... Il se promenait par la chambre... ici... ce matin... à dix heures, je ne savais rien du tout !... Je ne me doutais de rien !... C'était pourtant arrivé !... Qu'est-ce qui est arrivé ?... Je me trompe, non, je me trompe... il va revenir... je n'aurais pas dû le presser... je n'aurais pas dû l'interroger ! Il n'avait pas envie de me rien avouer ! Il se serait tu. Cette journée se serait passée comme toutes les autres. Je serais heureuse à l'heure qu'il est ; il m'eût bien encore trompée huit jours. J'aurais eu huit jours de plus de bonheur !... J'ai eu tort !... Je lui demanderai pardon... je le supplierai de me tromper... Il peut bien aimer Liliane et ne pas me le dire ! Pourquoi me le dirait-il ?... Il ne va pas l'épouser demain... Il va l'épouser !... C'est elle qui sera sa femme... Elle... elle... qu'est-ce qu'elle fait entre lui et moi ? S'il n'était pas venu ici... Pourquoi y est-il venu ?... Je voudrais dormir... Je ne peux pas rester là... je vais aller par les rues... Je le rencontrerai peut-être. Il ne me parlera pas... c'est égal, je le verrai ! Je veux le voir ! Il faut que je le voie encore ! Je ne veux rien que le voir !...

« Par bonheur, je souffre extrêmement. Je ne crois pas pouvoir souffrir beaucoup plus ; mais, si c'est possible, mon Dieu ! que cela soit, je vous en supplie, soyez bon pour moi, tuez-moi, tuez-moi vite ! Est-ce qu'il sera heureux, lui, après m'avoir fait tant de mal ? L'avais-je mérité ? Pourquoi est-il venu ? Je ne le demandais pas, et, même, je ne le voulais pas !... Il est chez elle en ce moment, je souffre trop[1] ! »

LIVRE IV

CHAPITRE PREMIER

Une neige épaisse était tombée. Il gelait fort; le ciel pur était rigide. Les arbres noirs, dépouillés, restaient immobiles comme des squelettes et semblaient menacer. Quelques sapins élevaient en pyramides leur verdure sombre, et les branches d'en bas, épaisses, lourdes, maussades, pressaient le sol. Personne n'errait dans le parc, personne excepté Nore; il marchait à grands pas. Il ne sentait point le froid. Il allait devant lui, absorbé, et, pendant plusieurs heures, il continua à arpenter rapidement les allées ouvertes dans toutes les directions. Son visage n'était point agité; ses gestes n'étaient ni saccadés ni troublés; il se recueillait, il se consultait, il se dirigeait, surtout il se dominait, et si quelque conflit mettait aux prises ses instincts, ses fantaisies, ses passions, son imagination, son cœur, une force supérieure à tout, sa raison, subissait sans doute les poussées du combat, mais y résistait fortement et poursuivait sa route.

Après quelques heures, et quand sa résolution fut prise, il redescendit vers la ville et entra dans la maison du professeur. C'était l'heure, à peu près, marquée par Harriet pour l'explication due à Liliane. Wilfrid trouva celle-ci dans le salon ; elle rougit en l'apercevant, se leva et se tint debout. D'un air calme et affectueux, il la fit asseoir de nouveau, se mit auprès d'elle et commença ainsi :

« Que pensez-vous d'Harriet ?

— Ce que je pense d'Harriet ? répondit Liliane, surprise de se voir, au moment où elle s'y attendait le moins, détournée de ses idées, qui se portaient toutes sur elle-même. Ce que j'en pense ? c'est qu'aucune femme ne m'a jamais paru plus digne de respect et d'affection. Je ne la connais pas depuis assez longtemps pour savoir tout ce qu'elle est ; mais rien de moins nécessaire. On ne peut se tromper avec elle ; elle porte, dans chacun de ses traits, l'empreinte d'une nature si angélique, que, certainement, le fond de son cœur n'est pas autre que l'expression de son visage.

— Vous avez raison ; pourtant, avouez-le, elle n'est plus très jeune, elle a les traits fatigués ; une mélancolie douce, mais enfin la mélancolie, jette ses teintes sur sa personne. Elle peut vous représenter une image touchante ; mais ce n'est pas celle de la vie joyeuse, et il s'en faut qu'elle ait dans l'esprit rien de semblable.

— Que voulez-vous dire ? s'écria Liliane, de plus en plus étonnée.

— Répondez-moi : comprenez-vous qu'on ait de l'amour pour Harriet ? Et si, par hasard, cet amour était né, comprendriez-vous encore qu'il pût peser beaucoup devant celui que saurait facilement inspirer une créature plus aimable, plus jeune, plus attirante et qui promettrait des félicités tout autres ? Oui, enfin, Liliane, si l'on avait aimé Harriet et qu'on vous vît, pourriez-vous imaginer qu'une minute seulement on balançât entre les deux ? »

Liliane s'effraya ; mais, levant la tête, elle répliqua avec fermeté :

« Je suis une enfant, moi, et elle est une femme. Si quelqu'un l'aimait, comment m'aimerait-il ?

— Très facilement, reprit Nore ! L'amour a bien des formes ; il peut être calme, il peut être ivre ; il peut s'adresser au cœur, il peut ne tenir compte que de la beauté ; quelquefois, c'est un sentiment solide et sérieux ; mais quand vient un caprice, tout est troublé : il devient tempête. Pensez-vous qu'Harriet soit un bien digne objet de caprice ? Et supposez-vous un instant au bal, à côté d'elle… laquelle des deux regardera-t-on ? laquelle plaira, laquelle charmera ? C'est vous et non pas elle !

— Que faites-vous ? s'écria Liliane dans une véritable détresse, et, encore une fois, que voulez-vous dire ?

— Je dis ce qu'il faudrait toujours finir par vous avouer. Je suis venu ici afin d'éviter tout malentendu entre nous. Je vous expose les choses comme elles sont. Je vous mets à côté d'Harriet et je vous compare à elle. Ce sont de ces sortes de pensées qui arrivent à toute minute. N'y donnez pas plus d'importance, d'ailleurs, qu'elles n'en méritent. Ne voyez là qu'un sujet de conversation et une confidence. Vous m'avez dit tout à l'heure que vous ne saviez pas encore beaucoup de la femme dont nous parlons. Je ne vous en révélerai qu'une chose, moi qui la connais depuis des années, elle est née sous une étoile jusqu'à ce jour ennemie. Toutes ses vertus, tous ses mérites, tout son esprit, tout son charme, car elle en a beaucoup, ont échoué constamment sur les récifs d'une destinée revêche, et, quand elle est sur le point d'y échapper, soyez sûre que, par la plus folle générosité, elle ne manquera jamais, soit pour le bonheur, soit pour le salut d'un autre, de se précipiter elle-même dans l'abîme. Aimez-vous les gens malheureux ? »

Liliane répondit d'une voix tremblante :

« Si, pour de pareils motifs que ceux que vous venez d'énumérer, si parce qu'elle n'est plus jeune, parce qu'elle n'est ni assez jolie, ni assez brillante, ni heureuse, quelqu'un m'apportait un cœur qu'il voudrait enlever à Harriet... je lui dirais... je lui dirais...

— Que lui diriez-vous, Liliane ? interrompit Nore vivement, que lui diriez-vous donc ? Ne vous laissez pas toucher ainsi par la douleur que votre imagination prête à votre amie ; vous savez bien qu'il n'est pas question de vous dans tout ceci... qu'il ne peut pas en être question... Liliane... Liliane, vous savez bien que vous n'aimez personne, vous êtes bien trop fière pour cela... chère Liliane... bien !... maintenant, répondez, que diriez-vous ?

— Je dirais que je n'en veux pas ! s'écria la jeune fille en se raidissant.

— Vous êtes une brave enfant, et vous méritez d'être aimée par un homme digne de vous et non par quelque lâche déserteur... Vous le serez, Liliane, croyez-moi, vous le serez ! Quand un jour vous avouerez quelqu'un, et ce sera bientôt... ne me répondez pas, ne parlez pas ! vous êtes trop émue par l'idée d'Harriet ; eh bien, donc, quand, un jour, vous accepterez quelqu'un, vous lui porterez le cœur le plus généreux qu'il puisse souhaiter. Je ne sais si vous faites grand cas de mon amitié, mais à dater de ce moment, Liliane, cette amitié-là vous suivra toujours ; vous êtes vraiment très bonne pour Harriet... et bien que vous soyez si jeune, c'est de l'estime que vous méritez. »

Liliane, désolée, se sentait pourtant grandir devant les éloges de Nore. Comme une plante trop faible, dont un jardinier relève la taille en l'appuyant contre un tuteur, elle était portée et redressée par le soin de celui qui était auprès d'elle, et avide de se montrer forte et désireuse de savoir ce que Nore pouvait penser :

« Que vous a dit Harriet ? lui demanda-t-elle en baissant la tête.

— À moi ? Rien ! Je ne l'ai pas vue aujourd'hui. Mais maintenant vous êtes plus calme ; nous allons, si vous voulez, conspirer ensemble contre cette chère fille. J'ai pour vous trop d'affection pour vous faire des secrets. Sachez-le donc, j'aime Harriet et j'en suis aimé. Elle a beau n'être plus si jeune que vous, n'être pas gaie, n'être pas heureuse, je ne connais qu'elle et ne veux qu'elle seule. Pourtant elle s'imagine, car l'affection est souvent soupçonneuse, que je pourrais me laisser séduire par des charmes plus grands que les siens. Elle est en ce moment dans une de ces dispositions injustes. Je vous en prie, profitez de la première occasion pour lui dire que je vous ai fait confidence du jour prochain de notre mariage ; vous tâcherez de combattre ses tristesses sans cause, et... Liliane, vous pourriez ajouter que si j'avais jamais dû aimer quelqu'un en dehors d'elle, c'eût été vous, et que néanmoins je n'ai jamais rien fait pour vous le laisser croire.

— Rien fait, en vérité, murmura Liliane en s'essuyant les yeux. Laissez-moi, monsieur Nore, je vais aller de suite chez Harriet.

— Alors, dit Wilfrid, je vous remercierai du fond de mon âme, et comptez que ma reconnaissance ne s'éteindra jamais. »

Il serra la main de Liliane et sortit ; il étouffait un soupir. Pour la fille du professeur, elle ne comprenait très bien ni ce qui lui arrivait, ni ce qu'elle ressentait, sauf un seul point. Elle avait peur de se montrer faible et sans orgueil. Le sentiment de sa dignité compromise dominait tous les autres. Elle ne voulait être méprisée de personne, ni d'Harriet, ni surtout de Nore. Elle aimait celui-ci : elle s'aimait davantage encore. Cette préoccupation suprême fait partie essentielle de l'esprit de conservation que ressent avant tout le premier âge. Elle était blessée, elle était un peu irritée ; ces sensations passaient avant la perte des illusions caressées depuis plusieurs semaines. Nore lui avait assuré qu'il n'avait pas vu Harriet ; alors il ne connaissait donc rien des aveux auxquels elle s'était abandonnée le matin, et, en maudissant son imprudence, elle se félicitait pourtant d'avoir le loisir d'en réparer et d'en faire disparaître les effets. Elle ne perdit pas une minute, et pleine de la volonté que Nore ne sût jamais ce qu'elle avait espéré, ce qu'elle avait avoué, elle courut chez sa rivale et la trouva étonnée de la revoir.

« Harriet, lui dit-elle, vous devez être indulgente. Je vous supplie de m'accorder mon pardon. Je suis une étourdie, je suis une folle ! Je vous ai fait de la peine ; mais, d'une part, je me suis trompée de bonne foi, et, de l'autre, je ne savais pas ce que je viens d'apprendre. »

Harriet la regarda sans répondre, et elle poursuivit :

« Je m'étais imaginé que M. Nore pensait à moi. Il n'en est rien ! Ce n'est pas vrai ! Il a été bon, affectueux, rien de plus ! J'avais un roman dans la tête, il faut que je l'avoue, et j'ai donné à ses paroles un sens qu'elles n'avaient pas. Je me suis exaltée moi-même sur des riens. Il m'a dit que celui que j'aimerais serait heureux. Était-ce l'équivalent de m'aimer lui-même ? Je l'ai cru, parce que cela me convenait ainsi ; mais ce n'était pas. Il m'a entourée de soins cette nuit comme une sœur, j'ai cru que c'était comme une fiancée ; mon erreur n'appartient qu'à moi. J'ai eu tort de l'avoir. Ne confiez à personne rien de ce que je vous ai raconté aujourd'hui... à personne ! n'est-ce pas ? J'ai été faible et insensée ; mais ne me faites pas rougir, Harriet, je ne mérite pas un tel châtiment ! Je croyais qu'un homme ne pouvait dire certaines choses sans que ces choses eussent une portée plus grande qu'elles ne l'ont[1]. Maintenant, je le sais : à l'avenir, je me tiendrai sur mes gardes. C'est fini, je vois clair, M. Nore ne songe pas à moi… et moi je ne songe plus à lui… du moins comme je l'ai fait pendant quelques instants.

— Vous l'avez vu, Liliane ? demanda Harriet d'un air triste et méfiant.

— Il est venu tout à l'heure ; il s'est plaint de vous. Il croit que vous n'avez pas confiance en lui. Il m'a annoncé votre engagement. Vous serez heureuse avec lui, Harriet. Il vous aime bien.

— Il ne m'aime pas, répondit Harriet avec découragement. Mais peu importe, ce n'est pas de cela qu'il s'agit. Je ne comprends pas comment vous venez me dire maintenant que vous ne voulez plus de lui, quand ce matin, à cette même place, vous étiez éperdue à son sujet.

— Oh ! éperdue ! s'écria Liliane froissée. Je n'étais pas éperdue ; j'avais cru qu'il m'aimait, j'étais disposée à le lui rendre. Mais que voulez-vous que je fasse, quand il vient me déclarer qu'il ne songe qu'à vous, qu'il n'est lié qu'à vous, et me fait entendre que ce serait le plus noir des crimes que de tourmenter une âme comme la vôtre ? Je reçois une leçon bien sévère pour mon peu de jugement. Vous ne voudrez pas la rendre plus dure ; gardez-moi le secret. Me le promettez-vous ?

— Je ne sais ce que vous me dites. Vous m'assurez que vous n'avez pas compris une première fois ; qui me garantit que vous comprenez la seconde ? M. Nore a trop d'honneur pour s'engager à vous sans vous prévenir qu'auparavant il l'était à moi. Peut-être exigez-vous de lui qu'il n'ait jamais regardé personne. Sais-je les conditions que vous demandez à celui qui vous implore ? Il se peut encore que, par une compassion dont je vous sais gré, mais aussi dont je vous tiens quitte, vous ayez scrupule d'accepter qui me délaisse. Moi, je ne peux faire le malheur de deux personnes, dont j'aime l'une et dont l'autre commence l'existence.

— Vous êtes bien cruelle, chère Harriet, s'écria Liliane en laissant fondre son cœur en deux ruisseaux de larmes, bien dure en vérité, et je ne crois pas le mériter ainsi ! Je suis venue toute franche, tout ouverte, avouant mes torts, voulant les réparer, vous suppliant seulement, en retour, de ne pas m'humilier au-delà du besoin, et vous, que faites-vous ? Vous me repoussez, vous me parlez durement. Je n'ai pas voulu ce qui est à vous ; quand on m'a montré la vérité, qu'ai-je fait aussitôt ? J'ai admis que jamais je ne devais souhaiter que ce fût à moi, et je vous ai rendu de tout mon consentement ce que de fait je ne vous avais jamais pris.

— Vous m'avez tout pris, reprit Harriet, tout ! Son affection d'abord, et enfin ma foi en lui. Je ne sais pourquoi vous le refusez, c'est par quelque caprice d'enfant, par une exagération de sentimentalité. Il vous veut, lui ! il vous préfère à moi, il vous préfère à tout ! voilà seulement ce que vous devriez considérer.

— Si vous l'aviez vu, répliqua Liliane, comme il est entré tout à l'heure chez moi, de quel air froid et résolu ; si vous l'aviez contemplé ne me parlant que d'un ton paternel et protecteur, comme on fait à une pauvre petite pour laquelle on ne saurait jamais éprouver d'amour, parce qu'elle est trop peu de chose ; si vous l'aviez entendu, quand ensuite il s'est exprimé sur vous, vous ne me regarderiez pas ainsi ! Je me suis imaginé que je m'attachais à M. Nore, mais rien de semblable ! j'en suis sûre, et lui, lui certainement n'a jamais voulu de moi. Il me l'a prouvé ; vous devez le croire à votre tour. »

Harriet s'obstinait dans sa contradiction, et cependant elle sentait rentrer dans son sein cette Espérance, souriante déesse toujours bien reçue, quoi qu'on en ait.

« Liliane, dit-elle enfin d'un air grave, je ne me persuade pas que vous soyez si peu sûre de vos sentiments que vous puissiez dans un seul jour les déclarer et les démentir, et pour expliquer ce que j'éprouve, je ne me rends pas compte de ce que je suis ici entre vous et M. Nore.

— Ce n'est pas vous qui êtes entre nous deux, s'écria Liliane, lui prenant les mains avec passion, c'est moi qui, un instant, ai cru, bien à tort, m'être glissée où je n'avais pas de place. Mais tenez, voici M. Nore, il va tout vous faire comprendre.

— Je vous ferai tout comprendre, répondit Wilfrid, à l'une comme à l'autre, et d'abord à vous, Liliane. Depuis un mois, je vous ai vue chaque jour, et chaque jour je vous ai donné, sinon une raison de penser que je m'attachais à vous, du moins une sorte de certitude que cela pouvait arriver. Eh ! oui, il en pouvait être ainsi. Eût-il été bien aisé de se soustraire à la magie que vous exercez sur ce qui vous approche ? Je n'en sais rien ; il paraît que pour moi cela n'a pas été possible, car j'en ai éprouvé l'influence. Ma raison s'est un moment laissée aller à l'autorité que, sans le vouloir, sans le chercher, sans le savoir, vous preniez sur elle. Je n'ai pas couru vers vous ; je me suis endormi un moment, et ne veillant plus sur moi-même, une sympathie bien concevable, et que j'avoue sans aucun scrupule, m'a fait dériver vers vous. Cependant qu'ai-je dit alors qui pût vous sembler de ma part un aveu ?

— Rien, répondit Liliane avec fermeté et en regardant Harriet.

— Qu'ai-je fait? Avez-vous à m'accuser d'un geste, d'un signe?

— Non! répondit encore Liliane en pressant la main de son amie.

— Je ne vous ai pas abusée, je ne vous ai pas jouée, je ne vous ai pas trahie! je ne me suis pas fait un amusement de paroles qui pourtant eussent pu être à demi vraies... J'ai dormi, voilà ma faute, j'ai rêvé un peu, et, dans une sorte de somnambulisme, fait quelques pas dans une direction qui ne m'était pas permise, où vous ne m'auriez pas accueilli, je le sais, Liliane, et certes, je le répète, où je ne voulais pas aller. Pardonnez-moi pour ma franchise comme on pardonne aisément à une faute qui ne vous atteint pas et dont on ne saurait souffrir. »

En prononçant ces derniers mots, il regarda Liliane; celle-ci lui rendit regard pour regard, fièrement, et comprima de sa main le battement de son sein.

« Et maintenant, vous, Harriet, poursuivit Nore, je suppose qu'il ne vous faudra pas beaucoup de temps pour pénétrer ce que je vais vous dire...

— Non, interrompit Harriet avec douceur en lui tendant la main, je n'ai pas besoin d'un mot de plus. Je préfère ne pas aller plus loin aujourd'hui. Demain, je vous écouterai. En ce moment, je suis un peu souffrante et je préfère laisser ce sujet. »

Au bout d'un instant, Liliane sortit, et les deux amants restèrent seuls.

Il fallut plusieurs jours pour rendre à Harriet sa tranquillité première, et d'autant plus que Wilfrid ne voulut couvrir d'aucun déguisement ce qui s'était passé en lui. C'était vrai, et il le dit avec cette sorte d'impassibilité qu'il mettait à s'analyser lui et les autres, que son imagination avait été prise, dominée, distraite un instant, emportée par la jeunesse et la beauté de Liliane. « Mais, ajoutait-il, mon imagination seule s'est laissé captiver. J'eusse été libre de tout engagement que les choses peut-être fussent allées plus avant, et, vraisemblablement aussi, jusqu'à m'engager. Mais ma conviction est absolue : presque aussitôt, je m'en serais repenti, et c'est pour trouver et me démontrer à moi-même toutes les raisons certaines de ce fait que, lorsque vous m'avez révélé votre conversation avec cette jeune fille, je n'ai pas voulu vous répondre à l'heure même. J'étais à ce moment fort peu au clair sur mes sentiments, et, quelque touché que je fusse de votre détresse, je ne vous cache pas que si j'avais été réellement épris d'une autre femme, j'aurais cru nécessaire, pour vous comme pour moi, d'en convenir. D'ailleurs, et sans aucun doute, je me serais méprisé. Mais si j'avais été forcé de reconnaître ma propre faiblesse, il valait mieux l'avouer et vous affliger une seule et unique fois que de compromettre votre vie entière par un regret dont j'aurais traîné la chaîne.

« Je me suis sévèrement examiné, et j'ai trouvé que le mal n'était pas grand. Un attrait n'est pas une passion, un attendrissement n'est pas une attache, et il ne m'a pas fallu beaucoup de peine pour découvrir qu'il y a bien des degrés pour descendre de mon Harriet jusqu'à cette délicieuse et séduisante enfant. Croyez-moi, j'ai plus gagné que perdu à cette courte épreuve, et vous de même. J'ai eu la plus grande occasion d'apprécier à quel point je reconnais la valeur du trésor qui m'est destiné ; je l'ai comparé à ce qui brille, à ce qui chatoie, à ce qui égare, et je vous assure qu'il m'en a paru bien autrement précieux. Jusqu'ici, je m'étais laissé aller à vous chérir, un peu par habitude, un peu par souvenir d'une longue contradiction, un peu par plaisir d'exercer ma volonté, beaucoup par un attachement invincible et un amour le plus sérieux qui soit; mais je ne m'étais pas mis en présence de cette question : Et si tu venais à être touché par une autre? La question s'est présentée; je l'ai examinée, et j'ai connu la valeur de la tentation. Non! Harriet, encore une fois, si je me laissais aller à des folies pareilles, si je vous perdais, je me trouverais bientôt au fond d'un malheur tel, que j'ai été épouvanté d'en deviner, d'en apercevoir l'étendue. Ce serait la ruine et la perte de trois personnes, et j'ai réfléchi moins de temps à savoir si réellement je continuais à vous aimer plus que tout au monde, que je n'ai mis de force et d'attention à m'appesantir sur les conséquences certaines d'un moment d'étourdissement si j'y avais succombé! »

Ces discours étaient si sincères, si sérieux, et il s'y mêla d'abord, de la part d'Harriet, des objections si faciles à réfuter, car elles étaient faites exprès pour l'être, que le calme, la paix, la confiance et quelque chose de plus même, se rétablirent entre les amants. Ce n'était pas un raccommodement. Il y avait là un sentiment plus solennel : c'étaient deux cœurs vrais qui, un instant ébranlés en sens inverse, se rapprochaient, se confondaient avec une puissante certitude de leur cohésion.

La fin des épreuves arriva tout aussitôt. Les affaires d'intérêt de Coxe étaient arrangées; il ne devait plus retourner en Asie, et Harriet ne se trouvait plus hésitante entre ses devoirs envers son père et ses devoirs envers un mari. Les fiançailles ne pouvaient plus être tenues secrètes et elles furent déclarées.

Comme Harriet était heureuse! Et si la conviction de l'amour, sa durée, son abnégation méritent une récompense, comme elle la méritait! Elle l'a eue; elle l'a. Qu'elle soit bénie, elle, et que son mari et ses enfants le soient de même! Il n'y eut jamais au monde plus noble et plus tendre union. Harriet a souffert beaucoup et de toutes manières ; mais aussi, chère Harriet, combien vous avez reçu en dédommagement ! Regrettez-vous vos peines, vos douleurs, vos attentes, vos désespoirs même ? Non, mille fois non ! Si l'aimable femme n'eût pas senti tous ces aiguillons la percer et toutes ces griffes la déchirer, elle ne vaudrait pas ce qu'elle vaut, elle ne serait pas ce qu'elle est, et l'affection qu'elle a pour Wilfrid ne se serait pas emparée si absolument de son être. Pour aimer, il faut avoir souffert[1] ; pour être grand aussi, il faut avoir souffert ; et la faculté de souffrir beaucoup est la plus merveilleuse couronne de ceux qui occupent le premier rang parmi les humains.

Il est impossible de tout dire, et plus difficile de tout expliquer ; mais si l'on s'imagine que, de son côté, Wilfrid n'avait pas eu de longues années bien douloureuses, on se trompe. Nul ne saurait garder en soi une passion forte sans cesse occupée à vivre de lui et à le ronger, sans tressaillir dans sa chair et dans son âme et saigner cruellement. C'est ce qui lui était arrivé. Sans se plaindre, avec une constance inextinguible, il avait supporté le plus poignant des chagrins, celui de croire Harriet tellement obstinée dans son dévouement qu'il ne parviendrait jamais à la vaincre, et n'obtiendrait d'elle que d'invincibles refus. Néanmoins, il s'était acharné sur son désir, et, plus, les jours s'étant accumulés, il avait connu le monde, les hommes, les femmes, et comparé Harriet à ce qu'il rencontrait d'attirant, même de parfait, plus aussi il s'était confirmé dans son amour.

CHAPITRE II

Laudon s'ennuyait donc beaucoup à Paris, et cherchait, avec peine et sans un succès bien marqué, à se faire une existence qui eût le double avantage de répondre aux habitudes ordinaires de sa vie et aux besoins que ses expériences de l'été et de l'automne passés avaient développés en lui. Si on l'a un peu observé, on a vu que la mort de son père lui avait laissé une plus forte impression qu'aucune chose qui lui fût arrivée jusqu'alors. Il avait été aussi dégoûté par les premiers inconvénients de son genre d'existence ; c'est pourquoi, il s'était accommodé d'un compromis agréable, en recherchant l'intimité de Lucie et de Gennevilliers ; ils lui semblaient, en ce temps, réaliser toutes ses idées sur l'amabilité parfaite et la grandeur du caractère. C'était une sorte d'apprentissage ; il avait passé plusieurs mois à se débarrasser de la rouille accumulée sur ses sentiments, et était devenu assez accessible à l'impression des choses supérieures pour apprécier, comme il ne l'eût pas fait dans ses belles années de club, l'intimité de Conrad et surtout celle de Nore. Lorsque après avoir vécu avec ce dernier et s'être laissé gagner à ses opinions et à celles du prince, il avait éprouvé que Lucie ne correspondait plus à ce qu'il admirait, il s'était éloigné d'elle, sans regret, n'ayant plus rien qui occupât son imagination et fît marcher son esprit.

Tandis qu'il était ainsi en suspens, ne sachant de quel côté se tourner, il reçut une lettre d'un homme qui lui avait quelques obligations. C'était le fils d'un de ses fermiers. Ce garçon avait été bien élevé, était sorti de l'École centrale comme ingénieur civil, et avait pris le parti d'aller chercher fortune en Russie. Laudon, intéressé par ses efforts, lui avait avancé de l'argent. Ce fut ce protégé qui, à l'improviste, lui écrivit.

Il lui dit que, se trouvant à Wilna pour la construction d'un chemin de fer, il avait été très étonné de rencontrer dans la rue un homme ressemblant très fort au marquis de Candeuil, un cousin de Laudon, dont on n'avait aucune nouvelle depuis deux ou trois ans. Il s'était informé ; il avait appris que ce personnage était connu sous le nom de Casimir Bullet, et on lui raconta de ses singularités, de son amour pour la solitude et de sa pauvreté, des détails de nature à lui faire supposer que lui-même s'était trompé. Mais une seconde occasion lui ayant fait voir à son aise l'objet de sa curiosité, il était certain désormais de l'avoir parfaitement reconnu, et il croyait devoir en prévenir Laudon. Celui-ci fut vivement impressionné par tous les détails dont la lettre était remplie.

Jusqu'alors, il avait considéré Candeuil comme un homme bizarre et d'un entretien peu commode ; mais, en ce temps-là, Laudon réfléchissait peu. Cette fois, il en fut différemment, et il y songea si bien, que, brusquement, il partit pour Wilna, dans l'intention de voir par lui-même ce que signifiait la retraite de son cousin, son changement de nom, son dénuement inexplicable. Il trouva nécessaire de ne pas abandonner un parent dans une telle situation.

Arrivé à Wilna, il ne perdit pas une minute pour se mettre en relation avec Candeuil, et il se rendit à sa maison située dans un faubourg. Il frappa à la porte, et, sur l'invitation d'entrer, il poussa le battant et se trouva en face de son cousin ; il le reconnut parfaitement, celui-ci le reconnut de même.

« Que viens-tu faire ici ? lui demanda-t-il ; mais il n'y avait rien de malveillant dans l'accent de sa voix.

— Je devrais peut-être, lui répondit Laudon, en s'étonnant du calme répandu sur cette figure austère, je devrais t'inventer quelque histoire pour t'expliquer ma présence ; mais la vérité est que j'arrive de Paris pour toi et pour te voir. On m'a prévenu que tu vivais seul ; je viens te tenir compagnie.

— Sois le bienvenu, répliqua le marquis ; cette fantaisie te passera vite ; tu as tes affaires. D'ailleurs, le confortable de mon appartement ne te captivera pas.

— Tu te trompes, repartit Laudon, en s'asseyant sur un escabeau et considérant la chambre d'un air de vive satisfaction. Comment donc ! mais c'est ici la demeure d'un sage ; le superflu n'y entre pour rien : l'indispensable et des livres ! Enfin, le séjour abstrait de l'Intelligence pure ! »

Candeuil sourit.

« Que fera ici ton élégance ?

— Mon élégance ? Elle et moi, nous avons fait divorce. Je cherche autre chose.

— Que cherches-tu ?

— Et toi, qu'as-tu trouvé ? »

Candeuil appuya la tête sur sa main, et, après un moment de silence :

« Tu es donc changé ?

— J'en conviens, je suis changé. Mais je ne sais pas du tout, en revanche, ce que je suis devenu. »

Et, avec un laisser-aller inspiré par le lieu, par l'influence qui y régnait, par l'aspect du maître, Laudon raconta ce qu'il éprouvait et exposa son histoire des derniers mois. Le nom de Conrad s'étant présenté dans son récit, Candeuil fit un geste de surprise et redoubla d'intérêt. On saura plus tard comment Candeuil n'ignorait rien de ce qui concernait Lanze.

Si l'on a bien compris la nature du stoïcisme professé par le sévère amant de Sophie, on a pu voir que ce n'était pas de l'humeur, ni même de la misanthropie. Le marquis considérait comme également perdues toutes les affections de tous les genres qu'il avait en ce monde, et ne trouvait pas que se rattacher aux branches de l'arbre valût la peine d'un effort quand on n'avait pas les fruits. D'ailleurs, il ne détestait personne et prenait intérêt, dans une limite assez étendue, aux ennuis ou aux souffrances des autres. Il vit l'esprit de Laudon en train d'évoluer sur lui-même et ne cacha pas à son cousin ce qu'il en pensait.

« Sais-tu, Louis ? Je suis, moi, un homme tout d'une pièce et je ne change pas, je ne plie pas, et...

— Et moi, répondit Laudon, si j'étais un homme tout d'une pièce, je serais dans ce moment dans le fumoir de mon club, en attendant de passer chez Flora Mac-Ivor. Tu me permettras de trouver que l'on gagne à ne pas s'obstiner sur une unique idée. Mais nous aurons le loisir de causer de tout cela. »

En effet, ils en eurent le loisir. Laudon se prit d'un tendre intérêt pour Candeuil. Celui-ci ne lui disait pas ses secrets, mais Laudon devinait une âme fortement, trop fortement touchée par de grands regrets, et éprouvait une admiration instinctive pour la façon courageuse dont elle portait sa charge. Le marquis se montrait d'une égalité d'humeur parfaite. Louis, chaque jour, le retrouvait le même ; au bout de peu de temps, il s'aperçut que si la puissance morale était énorme chez son parent, la force physique, tyrannisée à outrance, pliait et pliait douloureusement sous l'oppression. Il vit bien que Candeuil était malade. Une pâleur plombée, des yeux enfoncés dans leurs orbites, et dont un cercle noir faisait ressortir d'une manière inquiétante, tantôt la flamme, tantôt l'expression éteinte, des taches rouges sur les joues, et, quand le stoïque ne s'observait pas, un affaissement complet qui détendait tous ses membres, ses mains froides ou brûlantes, tout indiquait, à l'œil scrutateur de Louis, que Candeuil souffrait et souffrait cruellement. Mais il ne dit rien de sa découverte et attendit. Pendant ce temps, le solitaire, de son côté, l'examinait, l'étudiait en silence et le prit sensiblement en affection.

« Tu n'es pas aussi nul que je le croyais, lui dit-il un soir. Comment me suis-je si longtemps trompé sur ton compte ?

— Parce que je m'y trompais moi-même, répliqua Laudon en souriant. On m'avait donné une manière de vivre que j'avais revêtue docilement ; je la croyais la seule bonne. Heureusement pour moi, j'ai porté cet habit dans des endroits où il s'est déchiré, et j'en ai reconnu la mauvaise étoffe. Je l'ai donc rejeté. J'en cherche un autre ; en attendant, me voilà libre de ses compressions, et, si l'air qui me frappe de côté et d'autre me fait quelquefois frissonner ou me brûle, je n'en suis pas fâché. Je me sens vivre plus que je ne vivais jadis.

— Et que comptes-tu faire de cette belle indépendance ?

— Si je le savais, j'aurais mon nouvel habit. Il n'est pas prêt ; somme toute, je suis avec toi, et, tant que tu ne me repousseras pas, j'y resterai, n'ayant rien d'aussi bon à faire. »

Candeuil allait lui répondre, mais, en ce moment, une toux sèche le prit. Il se leva pour la dissimuler et fit un tour dans la chambre. Au bout de quelques minutes, il parla, et ce fut une sorte de demi-confidence :

« Si j'ai un conseil à te donner, ferme ton cœur. Je ne veux pas dire par là que tu doives rester sans aucune sympathie, sans aucune affection, et que tu feras bien de regarder tous les êtres et toutes les choses avec une absolue indifférence. Bien loin de moi une pareille idée ; mais, quand je te conseille de fermer ton cœur, j'entends seulement qu'il faut le traiter comme ces sources turbulentes sourdant aux pieds des puissantes montagnes. Tant qu'on les laisse libres, elles ne font guère que du mal. Tantôt leur bassin est complètement à sec et une fourmi ne pourrait s'y désaltérer ; tantôt elles bouillonnent avec fureur, déversent des ondes accumulées en dehors de leur sein, les répandent écumantes sur le sol qui les avoisine, les élèvent jusqu'aux cimes des arbres submergés, arrachent gazons, pierres, feuilles, fleurs et fruits, et, dans les étreintes limoneuses de ces eaux furieuses et troublées, emportent tout et surtout elles-mêmes. Non ! Il ne faut pas laisser son cœur courir ainsi. Il faut aimer son pays sobrement, afin de pouvoir lui pardonner beaucoup ; il faut tout aimer de même, au monde, dans le même but, car tout a besoin d'indulgence, et ne t'avise jamais d'apercevoir et de glorifier dans l'excès de l'affection un principe peut-être divin, oui, certainement divin ! céleste, immortel, mais qui ne doit pas toucher les choses de ce monde, parce que aussitôt qu'il les embrasse, il les brûle et les anéantit. Sais-tu l'histoire de Sémélé ? Elle est très vraie ! Cette femme ne s'est pas contentée d'être aimée par Jupiter, comme Jupiter, dans sa raison céleste, avait résolu de l'aimer. Elle lui a dit : "Tu prends forme d'homme ; je ne veux pas ! Tu es Dieu ; je veux être aimée par un Dieu ! Je n'ai pas assez d'un amour de seconde grandeur, je veux savoir ce qu'est l'amour dans son excès, ce qu'il peut être de plus grand, de plus puissant, de plus sublime ! Aime-moi donc en maître de la nature entière !" Et, tu sais, Laudon, ce qui lui arriva, à cette Sémélé, au contact de cette force inouïe ; comment elle n'en supporta, la pauvre enfant, ni les éclairs, ni les éclats, ni la foudre[1] ? Non ! Sois en tout certain que beaucoup c'est bien assez, et que trop ne peut se risquer sur cette planète sans produire de catastrophes, bien qu'on ait une disposition commune à ne vouloir que ce trop.

— Si je te comprends, repartit Laudon, tu prêches d'exemple.

— Il ne s'agit pas de moi ; c'est un conseil que je te donne. »

Ici il fut interrompu par un nouvel accès de toux, et, pendant quelques secondes, il s'appuya d'une main sur le dossier d'une chaise, tandis que, de l'autre, il comprimait sa poitrine. Laudon baissa les yeux. Enfin, Candeuil recommença à marcher et reprit :

« Ce goût de l'absolu, cette passion, ce besoin du parfait, du Toujours, est le sentiment le plus étrange à rencontrer dans la fragile créature humaine. Tout passe hors d'elle, autour d'elle, elle sait que telle que les objets extérieurs la voient et la contemplent elle passera, elle disparaîtra, elle sera anéantie ; et, cependant, plus elle avance vers cette dissolution inévitable, plus elle redouble d'amour pour la brillante clarté, en apparence si étrangère à sa nature. Si je désirais une preuve frappante, sans réplique, que tout ce qui nous semble réel est un mensonge et que nous sommes vraiment des immortels, je la trouverais là ! Oui, nous sommes des immortels, et l'infini que nous sentons, que nous devinons, que nous chérissons, qui nous enivre, certes nous l'aurons ! Mais notre malheur, c'est de trop nous hâter ; nous voulons de suite ce qui ne nous appartiendra que plus tard ; dans la vie actuelle, nous ne devrions pas y songer ; nous ne sommes encore pourvus que de muscles et de nerfs ; nous ne savons produire, avec cet appareil imparfait, que des bonds irréguliers et trop lourds pour nous élancer dans l'espace ; aussi nous retombons bientôt sur le sol qui nous froisse et nous blesse ; nous n'avons pas encore ces ailes légères sur lesquelles nous flotterons un jour, infatigables, à travers les immensités des temps.

« C'est un pur conseil que je te donne, encore une fois ; tâche de ne rien aimer et de ne rien vouloir que dans une limite étroite. Après tout, mon cher Louis, il est inutile d'insister ; tu suivras ton tempérament, et rien ne saurait t'en empêcher. »

Il y eut encore bien d'autres entretiens comme celui-ci. Candeuil s'était de plus en plus accoutumé à la société de Laudon ; il aimait ce parent arrivé à l'improviste ; ce qui était plus extraordinaire de sa part, il le lui laissait voir. Il y avait en lui, non pas un changement, mais un adoucissement de la volonté, et dans son for intérieur, il était content, faut-il l'avouer ? Il était content de ne plus être seul. Il se demandait même par instants, avec quelque inquiétude, si tout à coup son compagnon n'allait pas le quitter malgré ses promesses. Cette faiblesse étant tout à fait neuve pour lui, il ne se serait jamais laissé aller à la manifester par une question. Pourtant Laudon le devinait, et il trouva le moyen de lui dire un jour dans une phrase incidente :

« L'été prochain, nous pourrons, si tu veux, prendre une maison tout aussi philosophique à ton gré par son extrême exiguïté en ce qui te concernera, mais où moi, qui ne me pique pas de tant de vertu, je serai un peu plus au large. »

Candeuil éprouva un grand soulagement à cette parole ; mais il ne répondit pas un mot. Quand un changement pareil arrive dans une âme violente, c'est qu'elle s'affaisse ; Candeuil avait à peu près usé son énergie physique. Ce qui est à remarquer, c'est qu'au contact de cette nature excessive qui s'épuisait, Laudon augmentait de jour en jour les forces de la sienne. Il se croyait nécessaire ; il sentait que, pour remplir la tâche qu'il s'était assignée, il lui fallait du sérieux, de la suite dans les idées, de la résolution, et il retrouvait le modèle de toutes ces qualités dans le temple ébranlé que lui présentait l'âme de Candeuil. Il fut tellement transporté du désir, du besoin de soutenir le malade, de le consoler, s'il était possible, sans lui parler jamais de ce que son ami ne révélait pas, qu'il se fit associer à ses travaux, et il y trouva peu à peu un intérêt dont il n'aurait jamais cru que son esprit fût capable. Il devint cet hiver-là un philologue, afin de pouvoir ranimer chez Candeuil la seule fantaisie qui éclairât encore de quelques lueurs vivifiantes une âme prête à se coucher épuisée sur les débris du corps qu'elle avait trop maîtrisé.

C'est un grand amour que celui de la science. C'est un noble amour et qui n'abandonne ni ne trompe. Il peut embellir les plus brillantes espérances de la jeunesse et cette jeunesse même dans toute sa vivacité, dans toute sa fougue ; il peut, la prolongeant à travers les déceptions de l'âge mûr, la transporter toute pétrie de sa chaleur, bien avant dans les régions froides de la vieillesse ; mais c'est à la condition que cet amour n'aura pas été pris comme pis-aller par une intelligence désespérant d'arriver ailleurs. Candeuil était un savant ; mais il l'était faute d'avoir cru pouvoir devenir un patriote, un homme d'État, un militaire, un amant aimé et heureux. Il avait contracté avec la science un mariage de raison, et, une fois uni à elle, il avait été de plus en plus pénétré des vertus de cette noble épouse, de la vérité de ses charmes et de la sécurité de ses embrassements, sans doute, mais il ne l'avait point aimée ; il lui avait demandé tout :

l'oubli, la paix, et, s'il se pouvait, le bonheur; mais, son propre cœur, il n'avait pas réussi à le tirer vers elle, à le lui remettre en entier, à le lui abandonner. Elle ne put faire grand-chose pour lui. Sa manière bizarre de travailler; ces connaissances vastes et sûres qu'il accumulait dans des manuscrits soigneusement pensés et ensuite jetés au feu, ne pouvaient réussir qu'à le distraire; rien ne le guérissait, et, au moment où vint Laudon, sa confiance dans cette dernière ressource était usée. Resté seul, il eût fermé ses livres. Il ne continua que pour ne pas se démentir devant un témoin.

Au contraire, Laudon s'éprit tout de bon, complètement, de ce que son cousin lui enseigna. Il croyait, en se faisant son élève, lui plaire et donner à son travail un nouveau stimulant; il eut mieux encore pour lui-même que cette satisfaction d'ami; le contact des idées qui lui furent communiquées fit jaillir de son esprit des étincelles, et il se découvrit les dispositions nécessaires pour s'attacher à l'ordre des recherches auxquelles il avait plutôt feint d'abord de s'intéresser qu'il ne l'avait fait réellement. Il est de ces rencontres. On ne sait jamais précisément à quoi l'on est propre quand on n'a pas essayé. Le hasard a fait tant de découvertes dans le monde matériel et en fera tant encore! Il n'est pas moins habile à indiquer à beaucoup d'esprits leur aptitude. Le jugement assez froid de Laudon, son imagination chercheuse et contenue, sa sensibilité vraie mais peu portée aux extravagances, son esprit d'examen, étaient des bases sur lesquelles la passion scientifique trouvait à se mettre à l'aise. Elle ne craignait pas là d'être jamais dérangée par des fantaisies imprévues. Depuis son séjour à Wilna, Laudon a publié des travaux assez importants pour que son nom soit assuré désormais de vivre parmi les hommes qui s'intéressent à l'étude comparée des langues.

Vers le printemps, l'état de santé du marquis devint tout à fait mauvais, et Laudon ne put se faire illusion sur l'imminence du danger. Les symptômes fâcheux se multipliaient si rapidement et le moral du philosophe changeait d'une façon si notoire, qu'enfin Louis s'arma de tout son courage et dit avec fermeté à Candeuil :

«Je veux que tu consultes un médecin.

— J'y consens bien volontiers», répondit celui-ci froidement.

En lui-même, il savait l'inutilité de tout remède et ne voulait pas discuter. On convint que le lendemain le désir exprimé par Laudon serait satisfait, mais la journée n'était pas finie.

La poste arrivait le soir. Les deux amis étaient à deviser sur des sujets d'érudition, quand le valet de chambre de Laudon apporta une lettre. Elle était pour Candeuil. Très rarement celui-ci recevait des nouvelles du monde extérieur; Laudon avait remarqué que deux fois seulement il en était arrivé depuis le commencement de l'hiver. Il observa, et il s'en est souvent rappelé depuis, que les choses ne se passèrent point comme dans les occasions précédentes. Alors, Candeuil avait regardé longuement l'adresse, puis posé le pli sur la table sans l'ouvrir et continué l'entretien, absolument comme s'il ne prenait aucune sorte d'intérêt au contenu du papier dont il ajournait la lecture. Quand il vit cette lettre, au contraire, il la saisit avec une vivacité mal contenue et qui était si en dehors de ses habitudes que Laudon en fut surpris. Il déchira l'enveloppe, lut, et resta dans une sorte de contemplation muette devant ce qu'il tenait sous ses yeux. Laudon comprit qu'un revers de page seulement contenait toute la missive.

Au bout d'un instant, Candeuil mit la lettre sur la table à côté de lui; immédiatement, il l'attira à lui et la relut de nouveau ; puis il sourit, la plia, la posa à la même place et se leva… Tout à coup il poussa un cri déchirant, ressaisit la lettre une troisième fois, la froissa convulsivement, et se frappant la tête de ses deux mains crispées, serait tombé en arrière si Laudon ne s'était jeté sur lui, ne l'avait embrassé de toute sa force et traîné, plutôt que porté, sur son lit. Le domestique était encore dans la maison ; on l'envoya chercher en toute hâte le secours dont il n'était question que pour le lendemain, et, en attendant, Louis déshabilla Candeuil et le coucha. Celui-ci était comme frappé de mutisme, de stupeur, d'insensibilité ; seulement il tenait fortement la lettre entre ses doigts, et Laudon vit très bien qu'il ne fallait pas essayer de la lui enlever.

Quand le médecin arriva, Louis perdait la tête. Il avait le sentiment du plus extrême péril et en fit part au docteur. Celui-ci examina Candeuil et dit :

« Vous ne vous trompez pas. Votre ami n'a plus que très peu de temps à vivre. C'est une organisation usée par quelque cause qui m'est inconnue ; elle a dû recevoir récemment un choc plus fort que sa débilité. Quelques heures… il n'a pas davantage. Je ne saurais ordonner que des calmants ; je ne puis rien changer à la conclusion.

— Faites ce qu'il faut alors pour qu'il souffre le moins possible », murmura Laudon d'une voix étranglée.

Il s'assit près du lit. On appela un prêtre. Laudon éprouva cette fois, devant la religion, des sentiments tout autres que ceux dont il avait si malheureusement accompagné la mort de son père. Vers le matin, Candeuil fit un mouvement. Il tourna la tête et parut chercher dans la chambre comme s'il croyait y voir quelqu'un. Une expression de douleur folle se peignit sur ses traits.

« Que veux-tu ? lui dit tendrement Laudon en se penchant sur lui.

— Sophie », murmura-t-il, et il expira.

Et voilà comme il mourut, pour avoir voulu trop bien une seule chose, et toujours cette chose, et rien que cette chose, devant l'évidente impuissance de l'obtenir jamais. Il mourut, parce qu'il avait cru qu'à défaut de ce qu'on désire, on peut choisir le néant ; il mourut, parce qu'il se considéra comme un Dieu capable de vaincre toutes les révoltes de la chair et du sang, de l'intelligence et du cœur, et de les plier à n'avoir plus de consolations, et à ne pas même en chercher, parce que l'idéal leur était refusé. Enfin il mourut, parce qu'il passa fièrement à côté de la Médiocrité, méconnaissant que cette déesse est l'arbitre du monde, et tient dans ses mains les seuls biens qui puissent être obtenus.

Quand on l'ensevelit, Laudon défendit de lui retirer la lettre, bien certainement meurtrière, que le pauvre stoïque brisé tenait serrée dans sa main. Il eût regardé comme une profanation de la lire, et, s'il faut dire toute la vérité, il prit, à ce moment, l'amour en horreur.

« Il n'y a que la science, se dit-il, et quant au reste, c'est une abominable loterie ; s'il y a des billets gagnants, il n'y en a guère. »

Après les funérailles de Candeuil, Laudon s'en alla, et, fort triste, se dirigea sur Burbach, espérant y trouver quelques distractions dont l'hiver qu'il venait de passer lui faisait sentir le besoin. Il n'était pas tant assombri par la catastrophe finale de l'existence de Candeuil, que par le souvenir de ces quelques mois si austères qui y avaient abouti, et, pourtant, il s'avouait tout ce qu'il devait à cette rude épreuve et la reconnaissance dont il voulait à jamais entourer la mémoire de celui qu'il venait de perdre.

CHAPITRE III

À Florence, un nouvel état de choses s'était établi entre Sophie et Conrad. Celui-ci avait employé son peu de raison et toute sa force à se modérer, à se tranquilliser, à se contenter de ce qu'il possédait, afin de remplir les conditions du pacte conclu avec celle dont le pouvoir sur son âme était si absolu, si effroyable. Il sentait et il s'avouait qu'elle commandait en souveraine sur toutes ses résolutions ; pour peu qu'elle l'eût voulu, elle l'eût rendu capable d'un crime.

« Eh bien, se disait-il, puisque je suis à ce point son esclave, du moins que je lui obéisse dans ce qu'elle m'ordonne de favorable pour moi-même. »

Non sans révoltes, non sans des secousses terribles et douloureuses, et des moments d'indécision où il se voyait sur le point de retomber dans les convulsions qui l'avaient réduit si bas, il parvint à se dominer assez pour se forcer à vivre calme, au moins en apparence, et, il faut l'avouer aussi, Sophie l'aidait de son mieux à se soutenir dans cet état. Elle était devenue patiente, encourageante ; elle ne l'abandonnait pas à des rêveries funestes. Elle avait des mots affectueux qui le relevaient ; bref, elle était une amie, non seulement en paroles, mais en bonne et vraie réalité. Il cessa peu à peu de souffrir d'une manière aiguë, et arriva à une sorte d'engourdissement qui n'était pas, tant s'en fallait, du bonheur, mais qui, du moins, permettait à son esprit de revenir, à son imagination de parler, à son corps de respirer. Il était comme un homme qui a perdu une personne adorée, enlevée par la mort. Peu à peu, celui-ci se remet, et trouve des douceurs là où il ne puisait qu'amertume. Sophie lui avait dit précédemment bien des choses tendres au fond ; il les avait ou mal prises ou insuffisamment appréciées. Dans des promenades qu'ils avaient faites ensemble, il lui était arrivé à elle d'être affectueuse, et il ne l'avait pas assez compris. Du moins, c'était ainsi qu'il envisageait désormais le passé, et, quand il se sentait sur le point de retomber dans son désespoir, il sortait, il allait, comme en un pèlerinage, à ces endroits divers où son souvenir, à elle, était comme empreint. Il allait là, et il s'attendrissait, et il comprenait mieux, et il était reconnaissant, et ému, et remué jusqu'au fond de son être, il se disait :

« Non ! celle qui m'a dit tout cela ne m'abandonnera pas, et, aussi longtemps qu'elle me soutiendra, je pourrai espérer qu'un jour elle m'accueillera ; elle voudra, elle estimera un amour comme le mien ! »

Il reprit le goût de l'existence et sa sensibilité pour la saveur dont elle est pleine. Il aima la musique, que pendant sa période de tortures il avait prise en haine, car elle lui faisait mal ; il put ouvrir un livre sans éprouver une douleur cruelle en y lisant quelque chose de l'amour, ou un complet dégoût lorsque ce quelque chose ne s'y montrait pas. Enfin, il commença à redevenir lui-même et à cesser d'être ce malheureux frappé par le Ciel d'une maladie sacrée, mais horrible et confinant à la folie[1].

Quand Sophie s'aperçut de l'amélioration survenue dans l'âme de Conrad, son premier mouvement fut de s'en étonner. Elle avait désespéré que cela fût possible, et elle eut quelque peine à admettre comment l'amour, l'amour même avait pu être assez fort pour dominer et plier le caractère, réduire des dispositions natives, apprivoiser la passion. Elle éprouva ensuite un soulagement réel à voir que ses entretiens avec son amant n'étaient plus ni assombris, ni enflammés par des explosions de perpétuelle douleur. Devenue plus tranquille elle-même, et après avoir joui quelque temps d'une paix si peu connue d'elle et si douce, la curiosité la prit de savoir si cet état pouvait durer ; elle attendit : il dura. Alors, elle se sentit touchée à son tour par la grandeur de l'effort et la beauté de la victoire, et elle se dit :

« Pauvre Conrad ! non, non ! je ne t'abandonnerai jamais ! »

Et comme elle se livrait à ce sentiment, il lui entra soudain dans l'esprit un doute qui lui eût été au moins indifférent quelques mois en çà, et qui, cette fois, lui causa la sensation la plus voisine de l'inquiétude.

« Qui sait ? se dit-elle. Il n'y a peut-être dans ce qui me charme comme un prodige de l'amour, que seulement un commencement d'indifférence. »

Cette idée l'attrista, et elle devint préoccupée et soucieuse.

« Je ne voudrais pas qu'il cessât de m'aimer. »

Elle fut distraite, ennuyée, sombre à son tour, et, un soir, ce qui n'était pas arrivé depuis longtemps et ce qu'elle avait évité avec un soin scrupuleux, elle se laissa aller à des réflexions amères ; et comme son amant lui répondait avec douceur, elle insista, et, de parole en parole, devint aussi dure, aussi hautaine, aussi froide, plus sèche, oui, plus méchante qu'elle ne l'avait jamais été. Elle traita Conrad comme un ennemi ; elle le déchira à plaisir et lui fit tout le mal dont elle put s'aviser, et, comme elle le tenait terrassé dans ses serres, elle eut satisfaction entière de son procédé ! Hélas ! non ! Pauvre femme, je la calomnie[1] ! elle fut atterrée quand elle vit ce qu'elle avait fait ; elle venait d'arracher, jusqu'au dernier, les bandages qui recouvraient des blessures toujours saignantes ; elle les put voir ; les plaies étaient à vif et combien profondes ! Pour Conrad, il se tenait là devant elle, et elle retrouva sur son front cette expression de désespoir atroce qu'elle connaissait assez et qui, naguère, l'indignait. Mais il n'en fut pas ainsi cette fois ; elle n'en eut pas horreur, elle ne trouva pas cette douleur odieuse ; elle la comprit si bien que jamais elle ne l'avait comprise ainsi ; ce ne fut pas de la pitié qu'elle éprouva ; et, comme Conrad, à bout de forces, se levait et lui tendait la main silencieusement, à demi tourné vers la porte, prêt à rentrer dans l'enfer dont il s'était cru échappé, elle se leva et, se jetant dans ses bras, elle lui cria :

« Ne sois pas malheureux ! Non, ne le sois plus jamais ! Viens, je t'aime ! »

On ne saurait dire que ce qui entra dans l'âme de Conrad, lorsqu'il entendit ces mots, fut une véritable félicité. Peu s'en fallut que, comme don Pierre de Luna, il ne tombât foudroyé. La nature humaine n'est pas de force à subir, sans plier, les grands contrastes. Conrad ne pouvait d'un coup sortir de l'abîme de misères où il s'était vu roulant de nouveau, et se trouver porté sur des cimes que sa résignation elle-même ne lui permettait pas de chercher à apercevoir. Il y était pourtant ! Ce jour-là, il se le disait, mais il ne le concevait pas. Il lui fallut quelque temps pour entrer dans la plénitude de son salut. Pour Sophie, elle se trouvait transportée dans le bonheur. Le rocher de son cœur s'était brisé ; mais, non, son cœur n'avait jamais été un rocher, comme elle s'était attachée à le croire. Seulement il avait une enveloppe de rocher ; pour la première fois de sa vie, elle se prit en gré elle-même, et dans la pleine conscience d'un dévouement vrai, sans bornes, pour celui qui allait devenir son époux, elle écrivit ceci :

Mon ami,

Quand je vous ai annoncé, il y a trois mois, que j'abandonnerais Conrad et ne pourrais soutenir jusqu'au bout mon dernier essai, je me suis trompée, et vous, vous vous trompiez bien plus encore! J'ai du cœur et j'aime qui m'aime.

SOPHIE.

Elle ne connut jamais l'effet meurtrier produit par cette lettre sincère. Son intendant lui manda la mort de M. de Candeuil sans donner aucun détail et comme étant survenue à la suite d'une maladie. La comtesse s'affligea; pourtant elle avait beaucoup à faire et ne pensa à la disparition de son confident qu'avec une demi-distraction. Voilà ce qu'on reçoit quand on donne trop. Sophie chargea ses gens d'affaires de rechercher les héritiers naturels de M. de Candeuil, et ceux-ci, appartenant à une branche de la famille différente de celle de Laudon, entrèrent en possession de leurs biens sans que Louis s'en occupât.

Lorsque la nouvelle du prochain mariage de Conrad avec la comtesse Tonska arriva à Burbach, on peut s'imaginer la façon dont une si grave tragédie du cœur fut représentée sur le théâtre des imaginations de cette capitale. Cette tragédie ne fut considérée comme telle par personne, sauf le prince et Nore. Conrad avait écrit à ce dernier et lui avait raconté, sous l'impression encore brûlante de l'existence qu'il venait de quitter, et ses désespoirs et son fanatisme, et ses résignations si lourdes, et enfin l'explosion de sa joie. Le prince fut touché du bonheur de Conrad; de sa part il y avait peu de mérite à l'être. Sa tendresse pour Aurore l'absorbait, et ses sentiments anciens n'avaient plus de réalité pour lui. Aussi semblait-il avoir à peine connu Sophie, lorsqu'il dit à Nore :

« J'avais mal jugé Mme Tonska. Ce qu'elle fait est très noble. Sincère, elle l'a toujours été d'une certaine façon, mais je ne la croyais pas bonne. D'après ce qui arrive, elle a éprouvé de la peine à le devenir ; elle l'est devenue. Je lui avais annoncé qu'à eux deux ils me vengeraient. Ils ne me vengeront pas, et j'en suis ravi. C'est du fond du cœur que je leur souhaite tout ce qu'on peut désirer d'heureux à des natures généreuses. Dites-le-leur, et que je suis leur ami. »

Quant à Nore, comme il ne croyait pas, par sa propre expérience, qu'on pût rien gagner sans avoir souffert, et qu'il savait au contraire que plus on gagnait, plus cher il fallait l'avoir payé, il se réjouit de voir Conrad au bout de son épreuve, et ce fut ainsi qu'il s'en entretint avec Harriet. Celle-ci certainement pensait comme lui. Elle avait consolé Conrad un moment ; elle le regardait de loin dans son bonheur avec une affection fraternelle. Mais la sympathie du prince, de Nore et d'Harriet, ce fut tout ce que Conrad et sa fiancée obtinrent d'abord à Burbach.

La Cour fut indignée. La princesse laissa tomber quelques paroles précises sur tous les genres de scandale présentés par une pareille union : oubli des rangs, oubli des principes, oubli de ce que la comtesse se devait à elle-même en épousant un artiste, et de ce que l'artiste foulait aux pieds en épousant une femme qui pouvait être suspectée de quelques faiblesses, quand bien même on eût voulu admettre avec les gens les mieux informés que c'était injustement. À ce trait de charité, les chambellans, posés dans leurs cravates, souriaient d'un air incrédule ; les femmes sérieuses revêtaient un air grave et funèbre. Le professeur Lanze non plus ne fut pas content. Il avait dès longtemps émis son opinion sur les femmes nerveuses et romanesques ; modifier sa manière de voir n'était pas dans ses habitudes, de sorte qu'au début il fut assez peu satisfait.

La comtesse, avant d'épouser Conrad, lui avait annoncé sa résolution. Sa connaissance du monde et des jugements qu'on y porte n'avait pas besoin de se mettre en grands frais d'étude pour le concevoir, et elle était assez forte et assez noble pour trouver qu'on ne lui faisait pas trop injustice, même en la calomniant.

« Conrad, disait-elle à son amant quand celui-ci s'indignait, je ne suis pas une victime sans tache de l'hypocrisie ou de la méchanceté ; je suis punie, voilà tout ; je l'ai mérité et vous partagerez ma peine, et vous souffrirez avec moi. J'ai bravé le monde, j'ai eu tort ; mais à ses yeux j'ai un tort plus grave, c'est de cesser de le braver ; le monde ne respecte et n'épargne que ce qui continue. Je lui ai persuadé que je marchais dans une direction, et point du tout, soudain je vais dans une autre. Il me trouve faible et m'attaque. Je lui ai causé de l'étonnement, et pour tout dire je l'ai scandalisé. Il me répond : "D'où vient que tu ne m'étonnes plus ? que tu ne me scandalises plus ? Je ne veux pas t'admettre à la vie que tu réclames, tu n'y as pas de droits, en ayant jusqu'ici voulu une autre." Tout se paie, Conrad, je paierai mes erreurs passées ; elles n'ont pas été ce qu'on croit, mais pourtant j'ai été hors de la vérité, hors de la raison. Je le paierai, je suis prête à le faire. C'est mal se réconcilier avec soi-même que de prétendre défendre ce qui vous avait brouillés. »

La comtesse obtint de son amant de vivre retirés, en dehors de la foule en s'occupant d'eux-mêmes, non seulement pour se mieux donner à leur tendresse, mais pour se faire, autant que possible, oublier.

Sophie avait cherché l'éclat, elle voulut d'autant aimer l'obscurité, afin que la somme qu'une existence féminine en doit avoir fût, après quelques années, complétée. D'ailleurs, elle le sentait, elle avait besoin de repos et presque de sommeil, tant elle aussi elle était épuisée. Après leur mariage, les époux s'établirent dans un pli de montagne, près du lac de Garde ; ils y habitèrent longtemps, calmes, travaillant, heureux, et personne ne les regardait, sauf les amis anciens et sûrs qui venaient les voir, et Liliane qui, tous les ans, accourait avec son mari et ses enfants auprès de sa belle-sœur. D'abord elle en avait eu une sorte de crainte ; désormais elle lui était solidement attachée. Elle avait été une charmante fille, c'était une charmante femme, et le capitaine de Schorn était parfaitement convaincu jusqu'au fond de l'âme des mérites de sa compagne.

Liliane avait passé un moment pénible et éprouvé des tressaillements un peu douloureux lorsqu'elle avait reconnu que Nore ne l'aimait pas. Mais elle était à ce moment de la vie où ces sortes d'expériences n'altèrent pas réellement ceux qui les traversent. Sa fierté avait été mise en jeu de suite. Ce qu'elle avait pris pour des convulsions de son cœur blessé n'étaient que des spasmes de son imagination atteinte. Quelques jours de larmes, quelques jours de mélancolie avaient épuisé son chagrin. Harriet s'était montrée si compatissante et si à propos confiante dans l'énergie et la générosité de sa petite amie, que celle-ci avait grandi dans sa propre estime en se faisant forte, bien que la force qu'elle eût à dépenser ne fût vraiment pas grand-chose. De son côté, Wilfrid avait si obstinément ignoré qu'il eût été l'objet d'une préférence et s'était montré si fraternel, si touché de la valeur et des perfections de Liliane, et avait si bien donné à entendre qu'il ne se fût jamais cru digne de l'attention d'une fille pareille, que l'amour qu'elle avait eu s'était trouvé embaumé dans des aromates tellement exquis, qu'au bout de quelque temps il y avait plaisir à contempler un mort aussi délicieux. On lui avait fait un tombeau ombragé de roses, parfumé de jasmins, rehaussé et ennobli de belles épitaphes, et on ne pouvait s'empêcher de recueillir avec attendrissement un pareil monument dans une jeune et fraîche mémoire. Puis les rosiers poussèrent, les jasmins devinrent de plus en plus touffus et chargés de leurs fleurs blanches et odorantes, si bien qu'on n'aperçut le tombeau qu'à peu près, et peu à peu même il s'effaça, il disparut; rien ne resta que les plantes vivaces qui l'avaient recouvert, l'amitié d'Harriet, l'affection de Nore, le sentiment de s'être soi-même noblement conduite et un grand besoin d'aimer pour de bon, aiguisé par cette déconvenue. En regardant autour de soi, elle aperçut alors le fidèle Schorn qui n'avait rien su de tous ces changements de temps et de l'orage printanier qui avait un instant fait tapage. Il était là, le pauvre Schorn, un peu triste d'être maltraité, ne sachant pas pourquoi, mais attendant avec d'autant plus de patience qu'il n'avait pas eu de soupçons et n'avait conçu nulle jalousie. Seulement il avait pensé que Liliane ne l'aimait pas encore, étant trop jeune, et que rien n'empêchait qu'elle l'aimât un jour, puisque lui-même lui était si attaché. Ce n'était pas une tête ardente que Schorn, c'était un caractère solide et fidèle. Il ne demandait pas de la passion, et il attendait ce qu'on voudrait lui donner pour rendre ce qu'on désirait de lui et qu'il ne disputerait pas. Sans perdre courage, il continuait à aller chez le professeur aussi souvent qu'il le pouvait; il se tenait patiemment dans son coin, épiait chaque mouvement de Liliane, ne s'exaspérait pas contre l'indifférence, s'attristait doucement des boutades, et finit par toucher la jeune fille qui, tout naturellement, un beau jour se dit, faisant une grande découverte :

« Après tout, celui-là pense à moi ? Pourquoi ne penserais-je pas à lui ? »

Elle prit conseil d'Harriet, qui sourit et lui répondit en l'embrassant :

« Mais c'est vrai, pourquoi n'y penseriez-vous pas, Liliane, puisque vous le faites déjà ?

— C'est que ma pensée a été à un autre », répliqua-t-elle d'un air de doute qui n'avait rien de concluant.

Harriet frappa du doigt le front de sa petite amie, et poursuivit :

« Vous aimez M. de Schorn, et, en vérité, vous n'avez jamais aimé que lui.

— Pensez-vous ce que vous dites là ? répliqua Liliane.

— Oui, et vous le savez bien. »

Cette affirmation si positive plut à Liliane ; elle ne souhaitait pas mieux que d'en être persuadée. À dater de ce moment elle le fut, car c'est surtout à son âge que l'on croit ce que l'on veut, et que ce qu'on croit devient tout de suite réel. Désormais, elle se trouva si libre, et si disposée à cesser de l'être, que l'amoureux s'aperçut enfin que sa patience allait porter ses fruits.

Il y eut une partie de campagne où plusieurs jeunes demoiselles et leurs amis, flanqués du nombre nécessaire de parents respectables, allèrent se promener dans la forêt voisine de la Résidence et goûter à la maison du garde. C'était un endroit charmant. La petite habitation, semblable à une chaumière du Moyen Âge, construite en troncs d'arbres où l'art figurait la rusticité, était comme étouffée sous les clématites et dominée par une grande cheminée en briques rouges. Les fenêtres perçaient çà et là à travers les feuillages, toutes garnies de petits carreaux enchâssés dans du plomb ; des deux côtés du perron se dressaient tables et bancs, et des tonnelles au-dessus où s'éparpillaient les fibrilles[1] et les feuilles de la vigne vierge, courant après les fleurs ambrées de l'aubépine. Une clairière peu étendue tournait autour du petit manoir ; des arbres immenses, commençant le fourré du bois, s'arrondissaient si haut et si bien, qu'ils donnaient de l'ombre sans arrêter les rais de soleil, dorant çà et là maison, fleurs, gazon et le reste.

La joyeuse compagnie, après avoir beaucoup erré sous les futaies, contemplé à loisir la fuite des daims et des chevreuils, qui, à leur approche, réunissaient leurs troupes et s'échappaient dans les lointains, vint s'asseoir aux tables. Les dispositions de ces messieurs et de ces demoiselles étaient tournées à une exaltation assez notable. On avait beaucoup parlé des chevaliers de l'ancien temps et des héroïnes dont les palefrois avaient dû si souvent fouler l'herbe de ces parages. On avait discuté sur la façon dont on aimait à cette époque. Généralement, les jeunes filles avaient soutenu l'opinion que, de nos jours, il ne se pouvait plus rien trouver de semblable, ce que ces messieurs avaient contesté avec indignation. Une fois à table, il arriva que les personnes qui s'étaient le moins entendues sur ce point intéressant, s'étaient le plus rapprochées et étaient assises l'une à côté de l'autre. Les pères s'occupaient de leur repas, les mères veillaient à ce que rien ne manquât. Tout allait le mieux du monde.

Liliane et Schorn s'étaient si bien querellés, que celui-ci eut grande envie de faire comme ses camarades et de prendre place à côté de son adversaire. Mais, comme il n'osait risquer un si grand coup, il hésitait, quand Liliane, d'un petit signe de tête imperceptible, d'un signe de la main qui ne le fut guère moins et d'un sourire à ravir les anges, lui prouva qu'il pouvait oser. Alors, quand on fut établi, chacun tira à soi ce qu'il voulut, jambon, gâteaux, confitures, vins du Rhin ou de France, et on continua à discuter et à raisonner et à déraisonner, et les pères allumèrent leurs pipes et les mères prirent leurs tricots, et Schorn (je jure par tous les dieux que ceci est parfaitement véritable !), Schorn rencontra à côté de lui, sur le banc, la petite main de Liliane ; il la prit, il la serra, il la garda quelque temps et on le laissa faire.

On le laissa faire, puissances célestes ! Qu'était-il donc arrivé ? Impossible de savoir ce qui était arrivé ; mais ce qui suivit est encore plus à noter. Par cette soirée délicieuse de printemps, quand on revint vers la ville, il y eut dans la compagnie des cœurs qui achevèrent de s'entendre, et, parmi ceux-là, nous en connaissons deux ; et, comme dans l'obscurité du soir déjà un peu embrunie, qui allait devenir nuit tout à l'heure, et où la clarté de la lune jetait des lueurs pâles, on suivait le sentier par couples distincts, si quelqu'un avait pu s'approcher de Liliane et entendre ce qui se disait à son oreille, on eût recueilli des phrases comme celles-ci, des phrases prononcées bien bas et à voix étouffée par l'émotion du bonheur :

« Je parlerai demain à tes parents.

— Si tu veux.

— Ah ! si je veux ! Tu ne m'aimes donc pas ?

— Je t'aime pour la vie !

— Pour toujours ! Pour la vie ! »

Le lendemain, le lieutenant de Schorn ne manqua pas de se présenter dans sa plus belle tenue devant la redoutable robe de chambre du professeur

Lanze. Il fut également admis en présence du bonnet à coques de Mme la docteur et fit sa demande, et dit ce qu'il avait à dire suivant toutes les formes et tous les rites observés en pareille circonstance. Liliane, consultée, acquiesça à ce qu'on voulut en mettant sa main charmante dans celle de son amant, ce qui prouvait bien, de la manière la plus évidente, qu'elle ne refusait pas de la lui donner, et, quelques minutes après, avec une rapidité inconcevable et bien supérieure à celle de l'éclair, toutes les jeunes filles de la Résidence, depuis l'âge de quinze ans non révolus jusqu'à celui de trente ans accomplis et au-delà, toutes les femmes, toutes les dames, y compris la princesse Amélie-Auguste et Son Altesse Royale, répétaient dans les salons, dans les rues et sur les promenades :

« Mon Dieu ! Est-ce vrai ? Liliane Lanze est fiancée avec le lieutenant de Schorn ! »

Ce fut l'unique conversation de la ville pendant huit jours, et Liliane, une fois fiancée, prit chaque jour une confiance plus grande et un attachement plus vif pour Mme Nore, d'autant plus que Schorn, dont l'opinion faisait loi pour elle, et qu'elle considérait comme un juge sans appel, l'assurait à chaque occasion que Wilfrid était un des hommes les plus distingués et les plus remarquables qu'il lui eût jamais été donné d'approcher.

Voilà deux existences appariées et sauvées. Elles ne seront pas ce qu'on appelle brillantes. Le prince vient de faire Schorn capitaine ; il deviendra major et peut-être colonel ; mais alors il sera vieux. Il n'a pas d'ambition et ne souhaite que de vivre tranquille. Liliane est passionnée pour son mari et ses enfants. Elle a tout ce qu'il lui faut, et un seul danger menace cette nature si délicate et si vive, c'est l'excès du bien et de la sécurité. Qu'elle s'endorme trop, et la Liliane que l'on a connue dans ces pages disparaîtra peu à peu sous la ménagère épaissie, comme il arrive aux fées de se fondre dans le brouillard du marécage. Mais, si elle continue comme elle est maintenant, pleine de dévouement pour ceux qu'elle aime, l'esprit ouvert aux grandes choses, pouvant admirer et haïr, la petite femme de l'officier obscur restera une des Pléiades, et il faut espérer qu'il en sera ainsi.

CHAPITRE IV

L'idée d'un divorce s'étant une fois emparée de l'esprit de Jean-Théodore, y dominait d'une manière absolue. Elle jetait de l'ombre, une ombre épaisse, sur toute autre pensée. Lui ne pouvait songer à autre chose. Encore une fois, il ne voyait rien de plus naturel, de plus légitime, de plus simple, de plus inoffensif. Puisque la princesse, sa femme, ne se souciait aucunement de lui, une séparation de forme n'ajoutait guère à la séparation de fait, et n'y joignait pas même une notoriété déjà complète. Il expliquait, il détaillait tous ces points à Aurore avec la dernière minutie à chaque occasion, et l'occasion il la créait tous les jours. Il protestait sans fin de la volonté la plus ferme de combler l'épouse répudiée de tout ce qu'elle pourrait inventer de plus avantageux. Rien ne lui manquerait au monde, ni à elle, ni à sa vanité, ni à aucune de ses faiblesses. Elle ne perdrait que ce qu'elle n'avait pas et ce dont elle ne voulait pas. Sans cesse, Théodore revenait sur ce genre d'entretien avec Aurore ; il y était intarissable et y portait une agitation, une véhémence qui rendaient la pauvre enfant très malheureuse. Elle cherchait à calmer son ami ; elle n'y réussissait jamais et passait sa vie dans les larmes ; pour lui, ces larmes le mettaient au désespoir, mais ne le persuadaient pas.

Les choses devinrent pires encore. Chacun finit par tomber d'accord que le prince aimait Aurore. Aussitôt, les inductions, les suppositions, les noirceurs se donnèrent carrière et la malveillance s'amusa. Ce n'étaient, dans toute la Cour, que propos courant de l'un à l'autre, et ce train de méchancetés déborda dans la ville. Ce qui fut le plus accablant pour la comtesse Pamina, ce fut d'être assaillie de sympathies intéressées s'empressant de chercher fortune auprès d'elle ; quelques zélés lui donnaient effrontément raison dans ce qu'elle n'avait pas la moindre idée, dans ce qu'elle eût eu horreur de commettre. La bassesse humaine connaît mille moyens de s'exercer ; tous les masques dont elle se revêt portent le semblant d'une vertu. Tandis que la majorité des gens trouvaient agréable et utile de faire parade de leur moralité en laissant carrière à la malignité pure, d'autres, se croyant plus adroits, arboraient le culte de l'indulgence chrétienne, ou celui de la sentimentalité philosophique, et assuraient qu'on doit tout pardonner à l'amour sincère ; quelques-uns allèrent plus loin. Dans une extase de loyalisme, ils déclarèrent le souverain au-dessus des règles ordinaires. C'était la pure doctrine du temps de Louis XIV[1].

Théodore, également insensible aux unes et aux autres de ces agitations, assuré d'Aurore, ne cherchant pas à abuser de son affection, ne rêvait qu'un mariage. Chaque jour, il accourait chez sa cousine, et celle-ci comprenait que c'était entretenir une situation violente. Elle lui disait :

« Restons trois jours sans nous voir, et puis, ensuite,

un peu plus. N'es-tu pas certain que je pense à toi constamment ?

— Oui, je le suis, répondait-il en baissant la tête. Quand tu es là devant mes yeux, je prends patience, et, tu le remarques, je finis par te céder, je t'accorde tout, je ne fais que ce que tu veux. Aussitôt éloigné de toi, je perds la tête. Sais-tu ce que je fais ? J'ai ma montre dans la main ; je compte les minutes qui me séparent du moment où je te reverrai, où tu seras là, comme tu es là, dans mes regards, où je me rassasierai de ton sourire, hélas ! ou de tes larmes ! Seul, c'est-à-dire quand je ne t'ai plus, ma vie est suspendue... Je suis fou d'attente et de chagrin. Mais tu as raison ; je ne dois pas te voir ainsi chaque jour ; je te perds ; je ne viendrai pas demain, je te le promets, Aurore, je te le jure ! » Et le lendemain il revenait.

N'est-il pas étrange qu'un homme de sa sorte, et qui avait si souvent aimé, fût aussi agité, aussi malade, aussi possédé ? Est-ce que le cœur ne s'use pas chez certains êtres ? Mais, alors, il faut que ce soit par l'usage de la même sorte d'amour.

Ce qui attachait Théodore à sa cousine ne ressemblait à rien qu'il eût éprouvé auparavant. On se rappelle que le jour même où il fut quitté par la comtesse Tonska, il put, malgré sa colère et son chagrin, se dominer au point de travailler et de réduire sa passion à une obéissance au moins apparente. Désormais, ce tour de force eût été impraticable pour lui ; il n'y songeait même pas. Séparé d'Aurore, il n'était plus que souffrance ; sa tête se perdait ; pas un sentiment, pas un instinct en lui qui ne se tournât vers elle et n'y restât fixé ; chacune de ses pulsations lui battait jusqu'au fond de la poitrine le nom idolâtré.

Il n'y avait pas moyen de cacher un tel état. Cependant Jean-Théodore était bien forcé de remplir aussi les devoirs de sa situation. Il le faisait avec une décision sombre, une rigueur, une raideur inaccoutumées ; il n'avait qu'un seul instinct ; en toute affaire qu'un seul mobile : s'en débarrasser au plus tôt pour s'isoler dans l'ivresse qui le tuait.

Chaque jour, il écrivait à Aurore au moment où il la quittait. Ces lettres, il les lui remettait quand il arrivait auprès d'elle ; elles étaient chères à la pauvre fille, mais aussi, quel mal elles lui faisaient ! Qu'elles étaient emportées, insensées, frénétiques ! Comme elles lui rendaient évidente toute l'étendue du malheur de celui qu'elle aimait tant ! Elle se disait aussi, de son côté, qu'une telle situation était intenable, ne pouvait durer, et elle ne savait que résoudre. Pourtant, si elle attendait Jean-Théodore avec appréhension, elle le voyait avec bonheur ; puis, les luttes, qui ne manquaient jamais à s'établir entre eux, l'impuissance finale de ses consolations, le découragement le plus amer qui s'emparait d'elle quand il l'avait quittée, c'était un poids trop lourd.

« Pourquoi es-tu malheureuse, ma chérie ? lui disait son amant. Est-ce que je ne respecte pas toutes tes volontés ? Est-ce que je te demande, est-ce que, même, je désire plus que je ne dois ? N'es-tu pas persuadée de mon dévouement aveugle autant que de ma passion ? Et ce dévouement, les sacrifices que tu m'imposes, ô ma bien-aimée ! ô mon Aurore ! est-ce que je ne les fais pas dominer encore, toujours, pardessus mon amour même ?

— J'ai peur de toi, lui répondait-elle ; j'ai peur pour toi ; tu ne peux pas vivre ainsi ! tu ne peux pas m'aimer ainsi ! Ou tu me quitteras, et, tout d'un coup guéri d'un mal si funeste, tu me prendras en haine, et que deviendrai-je ? Ou bien, que sais-je ? tu mourras ! Non, mon bien-aimé, ce n'est pas aimer, ce que tu fais ; on n'aime pas ainsi ! Ce qui doit durer n'a pas cette violence et ne détruit pas tout autour de soi ! »

Cependant ni le prince ni Aurore ne trouvaient les moyens, ne trouvaient la force de mettre fin à un état si horrible ; ils ne voulaient rien de ce qu'il eût fallu vouloir. La catastrophe arriva sans eux.

Un matin, le duc Guillaume entra chez sa fille.

« Mon enfant, dit-il à Aurore, vous savez qui j'ai aimé dans ma vie, et, depuis que votre mère m'a quitté, vous savez aussi sur quel être j'ai reporté toute ma tendresse ; c'est sur vous, sur vous seule, et vous êtes tout pour moi. Que vous soyez une enfant noble, digne et pure, je le sais, Aurore, et il est naturel que je vous voie l'objet des attaques de tout ce monde. »

Aurore regarda son père, et celui-ci lui ayant serré la main, elle se cacha la tête dans la poitrine du vieux duc.

« Bien, ne pleurez pas, ma fille. Il ne faut pas vous affliger. Mais savez-vous ce qu'il faut accepter ?

— Non, dit Aurore, dont le cœur se serrait et prévoyait un grand malheur.

— Il faut accompagner aujourd'hui votre père dans une promenade où il veut vous mener. Il ne vous quittera pas, il vous aimera bien, et si vous voulez pleurer avec lui, vous le pourrez, Aurore.

— Vous allez m'emmener loin d'ici ? s'écria-t-elle.

— Oui, ma pauvre enfant, je veux vous emmener loin d'ici, et j'aurais dû le faire plus tôt. Je n'entends pas qu'on vous tue à coups d'épingle. Et si ce n'est pas pour vous que vous m'obéissez, que ce soit pour moi, Aurore, car chaque blessure qu'on vous adresse m'atteint dans le fond du cœur. »

Le cher vieux soldat avait une expression si poignante en prononçant ces paroles, qu'Aurore frissonna, et l'affection qu'elle avait pour son père contrebalança un instant la révolte de son amour.

« Allons, ma chérie, poursuivit le duc avec une fermeté affectueuse, mettez votre chapeau. Tout est prêt ! »

Tout est prêt !... Aurore poussa un cri et se cacha le visage dans ses mains.

« Non ! non ! je ne peux pas m'en aller ainsi ! Non, mon père, je vous en supplie !... Songez donc...

— Et vous, Aurore, ma pauvre fille, songez à ne pas me dire un mot que vous pourriez regretter demain ! »

Il l'embrassa à plusieurs reprises, lui mit sa pelisse sur les épaules, la prit, la soutint à demi évanouie, et, quand elle revint à elle, la voiture roulait rapidement. Un abîme se creusait entre le passé et l'avenir. Oh ! alors, tout ce qu'elle avait éprouvé, senti dans ces dernières semaines, lui apparut comme une existence de paradis ! Ses souffrances, ses tortures lui étaient venues à côté de celui qu'elle aimait. C'était pour lui, avec lui, auprès de lui qu'elle avait pleuré ; maintenant, elle était seule ! elle ne le reverrait jamais ! Elle était condamnée à quoi !... À un néant plein de menaces, de renoncements.

Le vieux duc lui serrait la main et ne prononçait pas une parole ; mais il la regardait constamment, et avec une tendresse telle, qu'alors elle se jetait à son cou et pleurait.

« Comme il m'aime, lui aussi ! » se disait-elle.

Qui n'eût pas aimé Aurore ?

Après cinq jours de voyage, ils arrivèrent dans une contrée agreste ; des forêts, des champs accidentés, un lac et la mer murmurants, s'étendant sous les fenêtres à perte de vue au-delà d'un petit archipel d'îlots et de rochers. Aurore apprit qu'il n'y avait ni ville ni village aux environs. L'idée de cette solitude lui fit du bien. D'ailleurs, l'habitation qui désormais allait être la sienne était aussi simple que possible : un chalet plutôt qu'une villa[1].

« Ceci nous convient, dit le duc. J'ai donné ma démission de mes emplois pour me consacrer uniquement à vous, et nous ne sommes pas riches. Voici votre chambre, Aurore, et là, regardez dans l'embrasure de la fenêtre, en face de la mer, votre table à écrire et tout ce qu'il vous faut ! S'il vous plaît maintenant d'envoyer quelque souvenir à vos amis, on le fera partir ce soir. »

Le duc sortit et ferma la porte. Aussitôt qu'Aurore se vit seule, elle se laissa tomber à genoux.

« Oh ! mon Dieu ! s'écria-t-elle en serrant ses mains l'une contre l'autre, veillez sur Théodore ! Pauvre, pauvre Théodore ! il ne me voit plus, il ne me parle plus, il ne m'attend plus ! Oh ! mon Dieu ! il m'a perdue pour jamais ! »

Elle sanglota d'abord amèrement ; puis, au bout de quelques minutes, se relevant, elle s'essuya les yeux et écrivit ces paroles :

Mon père m'a emmenée, cher Théodore. Il souffre autant que moi, autant que nous. Je ne sais pas en ce moment s'il a bien fait ; il le croit. Moi, je ne crois qu'une chose, c'est que je t'aimerai toujours, jusqu'à la mort. Ne laisse pas une seule minute cette vérité s'écarter de ta raison. Elle te sauvera de tout. Aussi longtemps qu'un souffle me restera dans la poitrine, je t'aimerai ; n'aie pas peur, tu m'aimeras aussi ; je ne mourrai pas, ne meurs pas ! Gardons-nous l'un pour l'autre ! Aimons-nous, Théodore, à travers tout, malgré tout, demain comme aujourd'hui ! Aimons-nous, ah ! Théodore ! comme tu es malheureux et comme je t'aime ! Obéis-moi toujours, absente aussi bien que présente ; ne divorce pas ; fais en tout ton devoir ; écris-moi ; aime-moi !

A***

Le lendemain, la vie nouvelle dut s'organiser pour la comtesse Pamina. Le duc avait médité depuis quelque temps déjà le parti violent qu'il venait de mettre à exécution ; il avait fait louer cette maison loin des États de son neveu et y avait fait transporter, avec le mobilier nécessaire, ses collections et ses livres. Bientôt ce qui appartenait à Aurore arriva également, et tout fut mis en place.

« Nous ne sommes que de bons bourgeois, dit le duc avec un sourire ; nous n'avons guère à dépenser ; il faut régler tout cela, ma fille ; en ce qui me concerne, je m'en reconnais complètement incapable. »

Aurore avait un caractère si ferme, si contenu, si éloigné du caprice et de la faiblesse, malgré sa grande douceur, sa gaieté native et sa curiosité de vivre, qu'elle ne reculait devant aucune loi de la nécessité. Elle se plia de suite à ses devoirs et les accomplit. Elle se souvenait de ses premières années passées en Dalmatie au sein d'un intérieur modeste et n'avait pas pris, dans la fréquentation de la Cour, des habitudes qu'elle ne pût quitter aisément. Puis elle était si dominée par le sentiment qui la remplissait tout entière que peu lui importait le monde qui était autour d'elle. Seulement elle s'était laissée aller à rêver beaucoup ; et elle avait accueilli la séduction d'une sorte de somnolence morale et de détachement de toutes choses matérielles ; elle y renonça. Elle le fit, certaine d'ailleurs qu'elle ne pouvait en éprouver que du bien, et pour elle et pour les autres.

C'était une nature si droite ! Quelques jours passés, elle se releva, comme ces plantes souples foulées un instant par le pied lourd des troupeaux et qui, tout aussitôt, se redressent et, bien que meurtries, fleurissent. Elle ne voulut aucunement succomber sous le coup qui l'atteignait. Que serait devenu

Théodore ? Que serait devenu son père ? Elle n'était pas exigeante en fait de bonheur, et elle résolut de se contenter de peu, de rien, s'il le fallait. Autant elle était constante dans ses affections, autant elle était limitée dans ce qu'elle en désirait ; et si, au lieu de s'attacher au fougueux Théodore, elle avait été consacrée à un homme calme, paisible, bon et tendre, et qui ne lui eût pas demandé ce que Théodore voulait pour être heureux lui-même, elle n'aurait rien souhaité au-delà. Que l'on suppose un instant les choses arrangées ainsi à Burbach entre le prince et elle ; pas d'amour, seulement une amitié vive : rien de ce qui arrivait n'aurait eu lieu. Les relations modérées auraient établi la sécurité et la durée ; Aurore n'aurait jamais été forcée de partir ; le temps aurait passé doucement sur une liaison inoffensive ; chacun eût été heureux. Mais c'était tout le contraire, et Aurore, triste, exilée, seule par la faute de Théodore, nullement par la sienne, l'aimait pourtant avec résolution et d'une manière inébranlable.

La première lettre qu'elle reçut de son amant en réponse à la sienne n'était, en vérité, qu'un sanglot. Elle n'y comprit, comme il n'y avait en effet autre chose à y voir, que l'expression d'une douleur écrasée et qui ne se possédait en aucune sorte. La seconde ne fut pas plus raisonnable ; seulement, à sa prière réitérée de ne pas songer au divorce, Théodore répondait qu'il était à elle et lui obéirait ; mais, on le voyait de reste, il ne tenait plus à rien au monde. Aurore fit encore une autre observation inquiétante : elle ne reconnut pas l'écriture de son ami. Ce n'étaient plus ces traits décidés qu'elle avait lus tant de fois ; les lignes s'entremêlaient, les caractères se brouillaient les uns aux autres.

« Il est bien malade, certainement », se dit-elle.

Et après avoir réfléchi, elle écrivit à Nore. Celui-ci resta plusieurs jours sans répondre ; cependant, chaque matin, une lettre de Théodore arrivait ; il ne parlait jamais de sa santé, et seulement de son attachement et de l'éternité de sa passion. Après quelque temps, l'écriture des lettres redevint plus semblable à ce qu'elle avait été autrefois, et alors Nore rompit le silence et écrivit à Aurore que le prince avait été souffrant, allait désormais beaucoup mieux, et chaque jour affermissait sa convalescence. Ce fut un triste temps pour Aurore ; mais moins triste peut-être que ce n'eût été pour toute autre. Elle ne se monta pas la tête ; elle ne crut pas que nécessairement celui qu'elle aimait allait mourir ; elle attendit, et pour chaque jour elle prit la somme de peine que le Ciel lui envoyait.

« Je ne serai jamais à lui dans ce monde, se disait-elle ; mais je suis tellement à lui dans l'éternité que je puis vivre sur cette certitude. »

Aurore reconquit une sorte de tranquillité qui indiquait bien sa force ; non pas cette tranquillité résultant de la distraction et que reprennent aisément les natures médiocres, mais bien le calme d'une résolution impérissable. Théodore l'occupait ; elle ne songeait pas à elle-même. Elle savait son ami malheureux ; les lettres qu'elle en recevait journellement le lui montraient tantôt dans une telle exaltation, tantôt dans une prostration si complète, qu'elle en éprouvait pour lui beaucoup de chagrin. Mais elle ne pensait ni qu'il renoncerait à elle, ni davantage qu'elle renoncerait à lui. Cette âme vraiment sublime avait au plus haut degré le trait de la grandeur ; elle ne doutait pas, même quand elle n'espérait pas d'amélioration à un désastre qui eût fait tomber en langueur toute autre créature humaine. Elle se considérait comme une sœur, comme une mère de Théodore ; et cela, se disait-elle, rien au monde ne peut me l'ôter. Je lui voue toute ma tendresse et je m'absorbe si complètement en lui que je n'éprouverai jamais un autre désir que celui de continuer.

Dans ce pays charmant qu'habitaient le duc et sa fille, pays où la nature est si paisible et d'une mélancolie si attendrissante, ils aimaient tous deux à parcourir les sentiers solitaires des bois. Ils allaient marchant l'un à côté de l'autre et parlant volontiers des rapports éternels de l'homme avec ce qui l'entoure ; ils en subissaient avec joie la salutaire influence. Aurore pensait souvent, en contemplant ces arbres qui frissonnaient avec une calme tendresse sous les caresses de la brise, ces grandes herbes inclinées au vent, ces fleurs ouvertes et élevant leurs lèvres tendues vers l'amant que le souffle de l'air leur apportait, ces fraises mûres qui empourpraient les gazons, elle pensait :

« Moi aussi, je suis une plante amoureuse. Je vis, je respire pour l'amour. Chaque pensée que je reçois de lui me rend heureuse ! Je vivrai de lui et n'aurai rien que par lui ! Je passerai comme ce qui végète à cette heure, grandit, verdit, s'épanouit et tombera à l'automne, mais tombera pour regrandir, reverdir, s'épanouir de nouveau à la résurrection du printemps. Pourquoi Théodore et moi devrions-nous mourir et vivre éloignés à jamais ? Non ! j'en suis sûre, mon Dieu, j'en suis bien sûre, nous mourrons pour nous réunir, et ce qui nous sépare à cette heure disparaîtra seul d'entre nous ! »

Elle ne se répétait pas ces mots d'espérance avec une exaltation maladive ; elle les murmurait en elle-même avec une quiétude persuadée, et c'était le fond et le soutien de sa vie.

D'autres fois, elle s'asseyait sur une roche, ou sur le sable blanc, au bord, en face de la mer immense.

Elle voyait les vagues s'élever, se suivre, s'effacer par centaines, et les flocons d'écume former de ruisselantes crinières à ces chevaux turbulents. Les goélands et les mouettes décrivaient au-dessus des ondes leurs cercles de chasse, tantôt perçaient jusque dans la nue, tantôt froissaient de leurs ailes la crête des flots. Au loin passaient des navires, promenant sur l'horizon leurs voiles blanches ou laissant flotter derrière eux leurs panaches de fumée. L'horizon céleste embrassait la vaste scène.

« Comme tout cela vit ! Et, moi, je vis de même, pensait Aurore, et j'irai, comme tout cela, devant moi dans l'existence et sans changer davantage. Ces goélands, ces mouettes avides et criardes, cherchent leur proie dans l'onde, la prennent ou la manquent ; ne sont-ce pas ces mille désirs qui, en somme, ne troublent en rien la sérénité nécessaire des lois inévitables ? »

Une grande partie de son temps se passait à écrire à Théodore. Elle ne se lassait pas de lui prodiguer des paroles de tendresse et d'encouragement.

Wilfrid venait quelquefois au chalet ; il y passait plusieurs jours. Son arrivée était une grande affaire. D'autres fois apparaissait Laudon. L'un ou l'autre étaient également bien venus pour le duc, et tout le temps qu'ils demeuraient ses hôtes, ils jetaient dans la maison une animation et un mouvement qui se continuaient encore après leur départ. Le prince n'avait jamais manqué de leur faire des recommandations à l'infini à l'égard d'Aurore. Ils devaient lui rapporter, jusque dans les plus minimes détails, comment elle était, ce qu'elle faisait et tout ce qu'elle aurait dit. Aurore était pareille, avec moins d'emportement et une retenue qui l'empêchait de trop interroger ; mais ses amis connaissaient sa pensée, et lui apprenaient à l'envi ce qu'elle pouvait savoir, car ils auraient craint souvent de l'affliger sans aucun besoin. Ces voyages de Nore et de Laudon arrivèrent aisément à tenir une place énorme dans l'existence des deux amants. Ce fut peu à peu un soulagement pour Théodore ; mais, comme son imagination ne pouvait pas s'arrêter à des compensations, en réalité si imparfaites, il conçut un projet qu'il communiqua à Aurore, la suppliant de l'approuver. Il voulait faire un voyage dans une capitale voisine ; se déguiser, se dérober, et venir passer deux heures auprès d'elle, dans quelque retraite de ces bois où elle se plaisait tant, et que Nore et Laudon lui avaient décrits avec un enthousiasme qui lui rendit plus poignant encore le désir de les voir.

Aurore ressentit une bien vive tentation cette fois. Il lui fallut un courage extrême pour y résister. Elle écrivit à Théodore de venir, puis, au moment de faire partir la lettre, elle s'arrêta ; resta deux jours à hésiter, et, enfin, sa raison l'emportant, elle déchira ce qu'elle avait écrit, et supplia son amant de renoncer à un projet qui ne pourrait que les rendre plus malheureux l'un et l'autre.

CHAPITRE V

Il ne servirait à rien de le dissimuler ; en apprenant le départ d'Aurore, Théodore avait reçu un coup dont il avait été accablé. Déjà épuisé par les souffrances des temps précédents, il avait succombé et était tombé gravement malade. En proie à de violentes douleurs cérébrales, on avait désespéré, pendant quinze jours, de le sauver, et même, lorsque la science et l'affection du professeur Lanze, servies par la vigueur du malade, permirent d'espérer qu'il vivrait, Lanze, avec une secrète épouvante, s'était demandé s'il serait possible de lui conserver la raison. Peu à peu, ces craintes terribles avaient disparu ; le prince était revenu à la santé, mais affaibli, profondément atteint, et dans un état de mélancolie qui ne paraissait pas devoir se dissiper de sitôt. Le professeur, Nore, Laudon, craignaient qu'un incident imprévu, lié à ce fatal amour qui avait mené leur ami si près de sa fin, ne vînt tout compromettre ; ils le craignaient d'autant plus qu'avec une obstination singulière la pensée de Jean-Théodore, rivée à sa passion, ne contemplait rien qu'à ce point de vue. Le désastre physique auquel il venait d'échapper l'avait rendu encore plus indifférent à ce qui n'était pas lié à l'idée d'Aurore. En de tels cas, ou bien le cœur guérit, change, passe à une autre atmosphère, ou bien il s'enfonce davantage et sans remède, cette fois, dans ce qui le conduit à sa perte. Le précipice est franchi, mais l'homme a gardé ses fers ; il est pris plus que jamais et pour toujours. Jean-Théodore, jusqu'alors violent, vivace, précis, dominateur, croyant à des faits et à des opinions nettement raisonnées, était devenu de tous les hommes le plus superstitieux et le plus adonné aux calculs et aux hypothèses puériles que caresse tout fanatisme. N'ayant pas ce qu'il souhaitait, il ne faisait aucun cas du présent, et ne vivait que dans un avenir dont il prétendait à tout prix s'emparer en le déterminant à sa guise. Il ouvrait la Bible dix fois par jour, et dans un verset placé de certaine façon, il s'annonçait à lui-même les choses prochaines. Quand il rencontrait un sens favorable, à peine se calmait-il ; un sens hostile, il souffrait sans mesure ; un sens inapplicable, il le torturait. Avec les vers de Virgile, il cherchait les mêmes mystères. Était-il dans une rue ? Si je rencontre telles sortes de personnes, se disait-il, tant de soldats, tant de femmes, un homme portant un fardeau, des chevaux en tel nombre, ce sera signe qu'elle sera à moi… L'insuccès, là aussi, le mettait hors de lui-même, et la réussite ne le tranquillisait pas… Il lui fallait sans cesse recommencer. Il examinait pendant des heures les cartes du pays où Aurore résidait. Il en avait des dessins, des peintures. Il lui avait demandé une vue de sa chambre, et quand elle la lui eut envoyée, il passa des nuits en présence de cette feuille de papier placée sur sa table, et la contemplant avec une fixité qui ne manquait pas de donner à tous les objets représentés un relief si vrai, que son imagination enfiévrée en était transportée dans une sorte de réalité. Il connaissait par cœur chacune des stations de la route qu'Aurore avait suivie ; et quand il prenait un livre, au bout de peu d'instants, son attention se détachait du contenu : il formait le nom d'Aurore avec les syllabes des différents mots, puis avec des lettres, et passait des heures dans cette occupation qui lui faisait mal, mais trompait, pourtant, quelques instants, son chagrin. Voilà ce qu'était devenu ce prince hautain, cette organisation impérieuse.

Il dit un jour à Nore et à Laudon :

« C'est une doctrine fière et digne d'un homme brave que de proclamer le pouvoir de se développer soi-même dans le sens de ses propres qualités en supprimant, ou du moins en amortissant sensiblement ses défauts. Je l'ai professée, je la professe encore, et je tiens pour incontestable que, dans le jeu ordinaire des facultés morales, on reste toujours maître de faire beaucoup de soi-même. Cependant j'ai oublié un point. Jusqu'à présent je ne l'avais pas vu, et je reconnais à cette occasion la sagesse des Anciens. Ils avaient su atteindre le fond des choses. On n'est pas grand, on ne le devient pas, quelque effort qu'on y fasse, quand on n'est pas heureux. Être heureux, c'est une vertu et une des plus puissantes, et Cornélius Sylla[1] avait tout à fait raison et parlait comme un maître quand, se vantant d'être heureux autant que prudent, sagace et hardi, il inscrivait parmi ses titres cette qualification : *Felix*. Le bonheur donne à l'âme l'équilibre ; cette énergie manque là où il n'existe pas. Il comble le plus béant, le plus épouvantable de tous les gouffres, et ajoute à la puissance cette saveur vitale qui seule porte l'homme à agir. Faute de bonheur, l'inquiétude, le doute, sont cramponnés sur leur esclave et lui ôtent, avec sa force, le désir même de se grandir. »

En parlant ainsi, il justifiait à l'avance un projet si complètement résolu, qu'il trouva nécessaire de n'en parler à personne et de ne pas consulter Aurore, certain qu'il croyait être de son opposition. Là, il se jugeait libre et ne pensait pas qu'elle eût à réclamer quoi que ce fût contre sa décision.

La princesse Amélie-Auguste venait d'être mariée. Elle avait épousé un agnat[2] d'une maison souveraine, et les augustes époux, après un voyage de noces qui leur avait procuré les hommages de toutes les cours environnantes, étaient de retour depuis six mois dans la Résidence. Le prince Ulric, jeune homme de mérite, froid, très adonné aux études militaires, avait une teinte de religiosité qui le rendait agréable à sa femme, et un goût prononcé pour l'étiquette qui lui avait acquis, de la part de la princesse régnante, autant de sympathie qu'elle en pouvait donner. D'ailleurs, depuis les bruits qui avaient couru au sujet d'Aurore, et surtout depuis son mariage, la princesse Amélie-Auguste s'étant sensiblement éloignée de son père, la princesse régnante lui en avait tenu grand compte, et il s'était formé entre ces deux personnes vertueuses un véritable lien d'intimité.

Jean-Théodore n'y prenait nullement garde. Devenu indifférent à tout, il était d'une douceur et d'une modération qui étonnaient son entourage; on le trouvait baissé. On ne concevait pas pourquoi ce maître, naguère un peu jaloux de son autorité, avait pris à tâche d'instruire lui-même le prince Ulric des principales conditions de l'administration du pays, s'était déchargé sur lui du soin des affaires militaires, l'avait mis dans les places laissées vacantes par la démission du duc Guillaume, et ce qui étonnait peut-être plus encore, s'était fait représenter par lui dans la cérémonie de l'ouverture de la Diète. On se perdait dans les conjectures et les commentaires malveillants, quand un matin le prince fit avertir par les aides de camp et le chambellan de service les différents membres de la famille souveraine d'avoir à se rendre auprès de sa personne.

La solennité de cette invitation causa un grand émoi. Jean-Théodore n'avait jamais rien fait de pareil. Ses mandataires, interrogés avec ardeur, ne purent s'empêcher de dire que Son Altesse Royale paraissait préoccupée; mais comme depuis longtemps on lui voyait une physionomie soucieuse, il n'y avait rien à en conclure; bref, à l'heure assignée, la princesse régnante, la princesse Amélie-Auguste, le prince Ulric et le prince Maurice firent leur entrée dans le grand cabinet où les attendait Jean-Théodore, assis devant une petite table chargée de papiers, et ayant à côté de lui le conseiller d'État, chargé du département de la Justice, baron Muller.

Quand chacun eut pris place selon son rang, le prince, d'une voix nette et douce, s'exprima ainsi :

« Vous avez le droit, comme membres de ma famille, de connaître les premiers l'expression de ma volonté. Je ne l'ai fait entendre à personne, pas même à monsieur le baron que voici. Il assiste à cette réunion, afin d'apprendre lui-même et de vous lire le contenu du libellé que je lui remettrai tout à l'heure. Les circonstances politiques d'une part, l'état de ma santé de l'autre, et plus que tout mon désir de vivre désormais dans la retraite, m'ont dicté la résolution ferme d'abdiquer la couronne. Je puis le faire sans qu'il en résulte aucun inconvénient pour le pays. La princesse héréditaire est unie à un époux digne d'elle et dont les talents et les mérites me sont bien connus. J'ai constaté avec satisfaction l'estime qu'il s'est acquise déjà parmi les hommes considérables qui l'approchent et l'affection dont mon peuple l'entoure. Je n'ai pas besoin, sans doute, de recommander la princesse actuellement régnante au respect de sa fille ; je le ferai d'autant moins que j'observe toute la déférence dont plus que jamais elle s'attache à entourer Son Altesse Royale. Du reste, avant de renoncer à mon autorité, j'ai fixé le douaire et les honneurs de mon auguste épouse, et je ne doute pas que, sur ce point comme sur les autres, et notamment en ce qui concerne les princes Ernest et Maurice, mes volontés ne soient scrupuleusement respectées. Je prie maintenant monsieur le conseiller d'État de vouloir bien donner lecture de l'acte d'abdication que j'ai préparé, et qui va tout à l'heure être mis par moi sous les yeux du Conseil des ministres. »

L'étonnement fut profond dans l'assemblée. La princesse régnante éprouva une joie sensible. Elle était peu capable d'analyser ses sentiments, mais nous pouvons le faire à sa place. Elle devina que Jean-Théodore s'en irait, et qu'elle allait devenir complètement indépendante et tout à fait maîtresse de suivre ses goûts sans entraves, en ayant l'avantage d'être plus victime que jamais. Puis, elle éprouva une sensation de mépris pour l'homme qu'elle redoutait, et ce lui fut agréable. Dans ce conflit intérieur, elle ne trouva à dire d'autre parole que celle-ci :

« Ah ! mon dieu, qui l'aurait prévu ! »

Et elle s'essuya les yeux sans trop savoir ce qu'elle faisait.

La princesse Amélie-Auguste fut ravie de se voir souveraine ; le prince Ulric, au moins autant ; mais il sentit l'opportunité de faire quelques phrases ; il les aligna bien et insista en termes convenables, suppliant son beau-père d'abandonner un projet désolant pour une famille si unie et si dévouée à son chef. Jean-Théodore répondit sur le même ton.

Le prince Maurice, enchanté de se voir hors de tutelle, murmura :

« Je te remercie bien de ce que tu fais pour moi. »

Le conseiller d'État, baron Muller, prévoyant que le nouveau règne ne pouvait moins pour lui que de lui conférer un grand cordon, s'étendit sur la perte que le pays allait faire, et assura la princesse Amélie-Auguste et son époux d'un absolu dévouement. La cérémonie ne fut pas extrêmement longue, et le prince donna l'ordre d'introduire le Conseil des ministres.

Ici les mêmes discours recommencèrent ; on supplia Jean-Théodore de revenir sur sa résolution, et, comme on le trouva déterminé à l'exécuter, on n'eut plus d'autre pensée que de plaire aux nouveaux maîtres. Dans la journée, la grande nouvelle fut répandue par la ville, et le soir des groupes nombreux se formèrent devant le palais. Les journaux furent assez unanimes pour regretter un événement qui privait la patrie d'un chef dont la bonne volonté avait toujours été reconnue, de sorte que Jean-Théodore se trouva, ce qui est assez ordinaire en pareille occasion, beaucoup plus populaire qu'il ne l'avait jamais été. Cependant deux feuilles indépendantes déclarèrent qu'il y avait sous tout cela une intrigue ténébreuse, que le prince n'abdiquait que pour complaire à une grande puissance, et en était dédommagé par des sommes considérables dont on donnait le chiffre. Comme ces révélations circulèrent surtout parmi les basses classes, il est vraisemblable qu'elles servirent à les instruire et à hâter leur perfectionnement moral.

Dans les salons, on fut assez d'accord que Jean-Théodore n'avait pris un parti aussi tranché que pour aller vivre auprès de la comtesse Pamina, et quand on sut qu'il partait, on conclut qu'il courait la chercher. Un homme d'esprit fit là-dessus une épigramme de quatre vers qui fut trouvée piquante. Toutefois, on se trompait; Jean-Théodore, sous le nom de comte de Wœrbeck, partit, à la vérité, mais dans une direction diamétralement opposée à celle des lieux habités par son oncle et sa cousine, et on apprit bientôt qu'il était à Palerme.

Nore et Laudon avaient demandé avec instance à l'accompagner. Il s'y était refusé et les avait envoyés tous deux auprès d'Aurore, afin de lui rendre compte de ce qui se passait. Du reste, il expliqua lui-même à son amie dans ses lettres que ses dispositions ne lui permettaient plus désormais honnêtement de se charger de conduire les autres. Il ne voulut emmener que le professeur Lanze, et encore à cette condition que celui-ci le quitterait aussitôt que le désir lui en serait manifesté, et s'engageait à ne pas le gêner dans sa façon de vivre.

Une fois arrivé à Palerme, le comte s'établit à l'auberge et commença à mener une vie que probablement il s'était préparée d'avance. Il ne sortait jamais; il n'allait rien voir, il ne recevait personne; il parlait fort peu. Tout le jour, il se promenait de long en large dans sa chambre; le soir, il écrivait à Aurore. On peut dire que ces lettres étaient des chefs-d'œuvre d'artifice. Il les recommençait souvent jusqu'à trois fois. Elles étaient parfaitement calmes ; aucune trace de véhémence ne s'y laissait plus apercevoir. On devait les prendre pour les productions d'un esprit un peu chagrin, mais désintéressé et sans passion. C'était en méditant une pensée exprimée par Aurore, une prière qu'elle lui avait adressée, que Théodore avait pris le parti de se réduire à des expressions si peu en accord avec son état actuel.

« Ne me dis pas tant que tu m'aimes, lui avait écrit celle qui était tout pour lui ; est-ce que je ne le sais pas ? Je n'ai besoin que de me considérer moi-même pour le sentir. Je sais que tu m'aimes et que tu ne cesseras jamais de le faire. C'est moins pour moi que pour toi si tu le répètes ainsi ; mais tu t'exaltes, tu te fais mal. Je t'en conjure ; ami de mon cœur[1], ne le fais pas ! »

En dehors du travail un peu laborieux de cette correspondance, il n'avait aucune activité.

Le professeur lui dit bientôt :

« Savez-vous ce que vous faites ?

— Eh bien, donc ! que fais-je ?

— Vous vous tuez.

— Crois-tu réellement, Lanze, à la possibilité de produire sur soi-même un tel résultat en employant seulement les moyens pacifiques ?

— Je vous en fais juge. Vous avez vu mille fois sur le bord de la mer des rochers énormes, d'une masse imposante, d'une carrure massive, des rochers de granit ou de basalte lavés par les flots débiles. Vous les avez vus, malgré leur grosseur, troués en mille endroits, perforés, minés, menaçant de choir, et, n'en doutez pas, un jour arrive, ils tombent, ils sont réduits en sable, ils sont anéantis, et comment voulez-vous que le flot persistant des pensées malsaines, auxquelles vous vous donnez en proie, ne finisse pas par amener à votre égard un résultat tout pareil ? Il se peut que vous résistiez plus ou moins longtemps, parce que votre constitution est robuste, mais à la longue vous succomberez.

— Le crois-tu réellement ?

— J'en suis persuadé.

— Dans ce cas, je te remercie ; j'y songerai. »

Il paraît qu'il y songea si bien, que la fièvre s'établit à demeure. Il prit l'habitude de ne plus marcher et de rester couché sur un canapé, dans une obscurité à peu près absolue, pendant la plus grande partie du jour. Lanze fit une scène violente :

« Vous vous détruisez à plaisir ! » s'écriait-il.

Le prince sourit et lui répondit :

« Cher professeur, tu sais ce que je t'ai annoncé en t'autorisant à me suivre, et tu sais aussi ce à quoi tu t'es engagé. Il est dix heures, c'est le moment d'aller te coucher. Dis-moi bonsoir, adieu, et demain retourne à Burbach où tu as tes affaires et ta famille. »

Le pauvre Lanze tomba dans une douleur bruyante. Il supplia Théodore, il lui serra les mains, il se mit à ses genoux. Celui-ci, qui n'avait plus ni emportements ni impatiences, lui répliqua avec une mansuétude obstinée, l'assura qu'il se trompait, que, lui-même, il se sentait mieux, qu'il était sûr de guérir, mais qu'il voulait être seul, et, devant ce parti bien pris, il fallut s'en aller. Ce fut une séparation déchirante de la part du professeur.

« Je le sais, disait-il en sanglotant, je le sais ! Je ne vous reverrai jamais ! Est-il possible que vous ayez pris une résolution semblable ! Mais on se tire un coup de pistolet, on se poignarde, on en finit de suite, si l'on veut absolument en finir ; on n'est pas son propre bourreau d'une manière aussi cruelle ! Vous avez beau dire, je vous devine, je sais ce que vous préparez, je vois clairement votre but ! »

Le prince embrassa son vieil ami.

« Adieu, lui dit-il ; ne confie à personne ton opinion sur l'état de ma santé, car je t'assure que tu exagères. Tu m'aimes trop pour être à mon égard un vrai médecin. Nous nous reverrons dans quelques mois, et tu seras content de ma bonne mine. »

Quand il se trouva seul, Jean-Théodore éprouva du soulagement. Désormais il en avait fini avec toutes les obligations, toutes les contraintes ; il ne devait plus rien à personne, personne n'avait le droit de lui rien demander. Aurore ? Elle avait choisi. Elle s'était mise à l'écart. Elle rendait au monde ce que le monde exigeait. Le devoir accompli lui tenant lieu de tout, elle ne devait plus prétendre à rien. Elle serait fidèle au souvenir de son amant détruit, comme elle pouvait l'être à cet amant désespéré, souffrant tous les martyres ; eh bien, la joie de ce sacrifice, la douceur de regretter, la conscience heureuse de l'abnégation, c'était plus qu'il n'en fallait pour la consoler de ce que l'absence éternelle aurait pris la place de l'absence illimitée. Adieu, Aurore ! Elle était dans la sphère idéale des natures angéliques, conversant avec le renoncement et la vertu. Elle pouvait y rester et s'y plaire. Pour lui, entouré du vide, impuissant à rien ressaisir de ce qui valait la peine d'exister, se trouvant, se sentant, vérité éclatante ! seul, bien seul à jamais dans le monde, il était libre, il se jugeait tel, et on sait ce qu'il voulait faire.

Ce que le Romain d'Utique s'était infligé dans le ressentiment de la Liberté perdue[1], lui, il se l'imposait dans celui de l'amour enchaîné. Mais il ne voulait pas se déchirer matériellement les entrailles ; il ne voulait pas, à l'aide d'un morceau de fer, se fouiller la poitrine pour en faire sortir le souffle à travers des lambeaux de chair palpitants, et des flots de sang, ruisseau divin de l'existence qui, brutalement dérangé dans son cours, vient se souiller alors au contact profane qu'il ne devait jamais connaître. Non ! S'il mourait, ce n'était pas qu'il eût choisi de ne pas vivre, il mourait, parce qu'il souffrait trop pour continuer, et c'était de la main même de la souffrance qu'il acceptait le coup mortel. Il l'acceptait, il le désirait. Il ne demandait pas de grâce. Il était heureux de n'en pas recevoir. Il ne se tuait pas, il se laissait tomber, sans résister au vertige par lequel il était entraîné.

Un soir, vers minuit, sa situation se montra à lui parfaitement claire. Il était sur son lit. De douces ténèbres l'enveloppaient, un silence profond versait le calme sur ses sens, et il lui sembla que son âme, avertie du prochain départ, rallumait sa flamme plus brillante et éclairait tout à coup l'intérieur de son être. Du même coup, un mieux physique se fit sentir dans ses membres ; l'oppression qui l'étouffait depuis des semaines desserra son étreinte ; sa gorge se dilata ; le sang parut refluer et cesser d'écraser sa poitrine ; son cœur ne lui fit plus mal. Il respira, et, encore une fois, il vit clair en lui-même, absolument comme si le désespoir, avant de l'emporter, lui accordait un dernier moment de conscience entière pour se recueillir, se juger et dire à tout un éternel adieu.

Il lui flotta dans l'esprit comme un sourire : demain, sans doute, dans un moment peut-être, pensa-t-il, une de ces maladies nettement déterminées, qui ont un nom, aura reçu mon corps des mains de la douleur, et un nombre quelconque de jours terminera tout. Je suis au point où le mal moral, après avoir créé le désordre dans les organes et les avoir piqués comme des fruits percés par le ver, les va tenir enfin sous son empire.

Il se laissa aller à la conviction croissante de sa fin

prochaine, et, ce dont il ne s'était pas encore aperçu, car jusqu'alors il n'avait rien raisonné, c'est que, dans l'instinct qu'il en avait et la consolation qu'il en éprouvait, cette fin n'était autre que le plus complet et le plus absolu des anéantissements. Cette nature, si résolument idéaliste jusqu'alors, avait été, en quelque sorte, détachée par le chagrin de ce qui aurait pu se nommer le rocher de sa foi. Il avait vécu dans la certitude de l'immortalité ; toutes ses opinions, toute sa fierté avaient pris leur naissance et leur constante nourriture à cette doctrine, et maintenant, sans le vouloir ni s'en être aperçu, il la reniait, et, s'il voulait si bien la mort, c'est parce qu'il la considérait comme devant lui procurer le bien suprême de ne plus rien sentir, de ne plus être, non ! de ne plus rien être ! Toute vitalité lui était odieuse, parce qu'il ne la concevait pas autrement que venant de l'amour et y retournant. Il ne pouvait plus porter un poids pareil : ce qu'il lui fallait, c'était se dissoudre et disparaître dans le sens le plus absolu du mot.

Une contradiction si criante avec sa conviction de tous les temps se plaça donc en face de son esprit à ce moment suprême. Elle lui fit peur. Elle lui causa une sorte d'horreur dont son orgueil ressentit surtout le choc. Théodore ne s'était jamais considéré comme un accident éphémère parmi les formes de la Création. Il n'avait jamais mis en doute qu'il ne fût doué du pouvoir de sauver, à travers toutes les métamorphoses de la matière, le flambeau de sa conscience. Il jeta un regard étonné, scandalisé, indigné, sur lui-même, sur son mal, sur ce qu'il faisait, sur ce qu'il voulait subir.

« Là où je descends si volontiers, je me trompe, je vivrai ! Et la douleur qui me pousse et marche avec moi, elle sait bien, la cruelle, qu'elle ne va rien perdre de son captif ! Seulement je serai plus loin d'Aurore... Je me sépare d'elle encore davantage... Je lui deviens plus étranger, car les ombres de ceux qui habitent l'autre Empire n'ont plus coutume de venir errer dans celui-ci. Ai-je raison ? Suis-je sage ? Est-ce à propos ce que je fais ? En ai-je le droit ? Je consens à être faible, je le suis : mais à quoi bon ?

« Et quand je serai mort, couché dans ce lit où me voilà à cette heure, mais alors sans mouvement, quand je serai un mort, ai-je dit, oui, un mort, un cadavre, et que mon âme toujours vivante, exilée plus loin, encore plus malheureuse, commencera d'éternels gémissements et qu'on ira crier à Aurore : "Celui que vous aimez n'est plus là !" qu'est-ce qu'elle répondra ? qu'est-ce qu'elle éprouvera ? La glace de la colère se fond autour de mon cœur. J'étais injuste de penser que ta vertu te tiendrait lieu de tout. Mon Aurore adorée, qui est-ce qui t'aura percée de cette blessure et navrée si durement ? Pourquoi seras-tu si pâle ? Parce que ton ami, non, ton ennemi le plus implacable, celui que ton adorable fantôme, en larmes, tel qu'il m'apparaît en ce moment, n'aura pas su attendrir, se sera fait un honneur d'essayer de fuir le chagrin qu'il te laisse, et en aura rejeté tout le poids, augmenté de sa part, sur la fidélité de ta tendresse ! Voilà comme j'aurai aimé Aurore !

« Moi qui ne croyais pas à l'Impossible et voulais tenir pied devant le monstre, c'est pourtant ma lâcheté devant l'impossible qui me détourne vers un faux néant. Je me dis : l'Impossible m'entoure, il me maîtrise, je ne le ferai jamais plier ! Alors je plie moi-même, et c'est à ses pieds que je tombe ! Ah ! pourquoi ? N'ai-je plus d'armes contre lui ? n'ai-je plus de constance ? n'ai-je plus de patience ? Ne puis-je tenir encore quelques jours, quelques semaines, quelques mois ? Sur mon honneur ! ne puis-je pas tenir encore quelques années ? Je m'avoue vaincu, je me renverse moi-même, je me frappe, je t'abandonne, Aurore ; tout ce qui m'aime, oui, tout ce qui m'aime au monde va s'écrier : qu'il était débile, inconsistant, impuissant ! et par-delà les barrières de ce monde actuel, je vais me réveiller tout à l'heure, vivant, trompé dans ma sotte espérance, honteux, seul et plus misérable que jamais, parce que je n'aurai pas su attendre ! Non ! par mon âme immortelle, je ne me tuerai pas ! Je ne veux pas mourir[1] ! »

Ce fut une résolution subite, mais violente, complète. Tout faible qu'il était, sa tête malade remplie d'éblouissements, Théodore quitta son lit : en chancelant, il s'avança vers une fenêtre et contempla le vaste ciel, les armées des étoiles et la mer retentissante, ces images les plus parfaites de la majesté de la vie. Quels conseils imposants et salutaires il reçut de ces géants ! Il écouta. Il murmura avec douceur le nom d'Aurore et il lui sembla que l'infini lui répondait. Une sorte de calme descendit comme la rosée et endormit un peu les souffrances poignantes de son être.

Le lendemain, il écrivit à Lanze de revenir et d'amener avec lui Nore et Laudon. Il était très enclin à se soumettre désormais ; cependant il sentait aussi qu'il ne pouvait pas lutter contre la solitude, et il lui fallait des appuis. Il était là, à peine semblable à un vivant, cherchant désormais à se disputer vaillamment à lui-même, et, comme si la Destinée n'avait attendu, de sa part, que la résolution à laquelle il venait de se vouer et l'acceptation ferme du combat, tout changea pour lui.

Son valet de chambre entra et lui remit un télégramme. Il prit le papier, l'ouvrit et lut :

Burbach, 7 heures du soir.

Ce matin à dix heures, la princesse mère vient d'être frappée d'une attaque d'apoplexie; elle est morte à six.

ULRIC.

Jean-Théodore fut comme galvanisé. Il se leva, s'habilla et sortit[1]. Trois jours après, le docteur Lanze était de retour avec Wilfrid et Laudon. Il fallut quelque temps avant que Théodore pût se rétablir. On a plus vite fait d'amener la souffrance que de la chasser. Enfin, comme le malade se prêtait à sa guérison avec autant de volonté qu'il en avait mis à amener sa perte, ses amis réussirent à le mettre en état de voyager, et, par une soirée inoubliable, il arriva à la porte du chalet.

« Je viens vous demander Aurore, dit-il à son oncle en l'embrassant.

— Me voici, lui répondit-elle.

— Mon Dieu ! que tout est beau ici ! » s'écriait l'amant à chacun de ses pas dans ces lieux animés par celle qui était son univers. La lumière intérieure de son âme, brillante et limpide, semait partout l'éclat des diamants. Quelle félicité commença pour cet homme qui l'avait payée de tant de douleurs ! qui l'avait cherchée toute sa vie, qui l'avait trouvée si tard et qui la savourait si bien ! On ne saurait dire, cependant, qu'il fût plus heureux qu'Aurore. Il l'était autrement; il méritait autrement de l'être; assurément il avait souffert plus qu'elle; mais n'est-ce pas quelque chose de sublime que cette confiance absolue, sans nuages, sans hésitations d'aucun genre qu'ils avaient eue l'un dans l'autre ?

Et Aurore, en apparence plus tranquille, qu'eût-elle fait si Théodore était mort à la peine ? Aurore, cette charmante fille, si souriante, si brillante, si bien faite pour les joies pures de la vie, se serait assise, résignée, à côté du souvenir funèbre et enveloppée dans les voiles noirs[1] de sa passion, se serait évanouie vers les noces éternelles. Elle avait la récompense, comme lui, de la grandeur de son âme, et quand, appuyés l'un sur l'autre, ils se regardaient dans les yeux, si Théodore y avait plus de flamme, Aurore n'y avait pas moins de tendresse.

Le temps passa comme un enchantement, et quatre années déjà s'étaient écoulées depuis les jours sinistres de Palerme. Un soir d'été, Aurore et son mari étaient assis sur le seuil de leur porte, la mer calme et souriante devant eux. Tout était paisible !... Théodore laissa tomber un livre qu'il tenait à la main et se mit à contempler un enfant qui jouait à deux pas dans l'herbe. Aurore suivait son regard et comprenait sans doute la nature de ses pensées, car elle souriait.

Alors Théodore se pencha, attira l'enfant à lui, l'éleva en l'air, le considéra avec une exaltation qui rappelait bien le Théodore d'autrefois, et tout à coup s'écria :

« Va, Renaud, embrasse ta mère, elle ne t'aime pas ! »

Aurore saisit Renaud[2] dans ses bras et le couvrit de baisers.

DOSSIER

CHRONOLOGIE
1816-1882

1816. *14 juillet :* Naissance à Ville-d'Avray de Joseph-Arthur de Gobineau, fils de Louis de Gobineau, capitaine d'infanterie, et d'Anne-Louise Magdelaine de Gercy, fille d'un créole de Saint-Domingue qui passe pour être un fils naturel de Louis XV. Louis de Gobineau et Anne-Louise de Gercy se sont mariés en 1810. Joseph-Arthur est leur premier enfant.

1820. *6 octobre :* Naissance de Caroline, sœur de Gobineau. Elle sera, vers l'époque de son adolescence, atteinte d'une maladie de la colonne vertébrale qui la condamnera à l'infirmité.

1822. Naissance de Suzanne, fille adultérine de Mme de Gobineau et de Charles de La Coindière, précepteur de ses enfants. À l'exception de brèves allusions dans quelques lettres, Gobineau semble avoir toujours ignoré cette sœur, gênante pour la réputation de sa famille.

1830. Mme de Gobineau, condamnée pour escroqueries à dix ans de prison, se réfugie en Suisse avec son amant et ses enfants.

1831. Louis de Gobineau, qui est un légitimiste convaincu et n'a dû se montrer que peu favorable à la monarchie de Juillet, est admis à faire valoir ses droits à la retraite. Il se fixe à Lorient, puis à Redon. Mme de Gobineau et ses enfants se sont installés à Bienne (Suisse). Gobineau y suit, sans doute sous la conduite de La Coindière, des études incohérentes et y apprend l'allemand.

1833. Louis de Gobineau obtient le retour de ses enfants, Arthur et Caroline, auprès de lui.

1833-1835. Gobineau suit des études au collège de Lorient.

Son père le destine à la carrière militaire, mais il échoue au concours de Saint-Cyr.

1835. *Octobre :* Gobineau vient tenter fortune à Paris. Il ne peut guère y compter que sur l'appui de son oncle Thibaut-Joseph, qui lui offre une pension de cent francs par mois. De toutes ces années à Paris, nous avons un témoignage, parfois décousu ou fantaisiste, grâce aux lettres qu'il envoie à son père et à sa sœur, demeurés à Redon. Ces lettres montrent la faible estime dans laquelle il tient son père, l'affection profonde qu'il éprouve pour sa sœur (qui demeurera jusqu'à sa mort sa correspondante la plus fidèle) et l'oubli dans lequel il souhaite laisser tomber sa mère. Celle-ci est entrée à cette époque comme dame de compagnie chez la femme du banquier Pillet-Will. Elle sera emprisonnée de 1841 à 1848.

1836. Employé comme surnuméraire à la Compagnie française d'éclairage par le gaz. Mais il apprend l'anglais, le persan, rêve de conquérir Paris, et surtout d'épouser Amélie Laigneau, qu'il a laissée à Lorient et dont les parents ont des visées plus ambitieuses. Amélie Laigneau deviendra finalement baronne de Saint-Martin ; Gobineau livre trop peu ses peines de cœur pour qu'on mesure quelle déception et quelle blessure d'amour-propre lui infligea cet échec.

1837. Fréquente le salon de Mme de Serre, veuve d'un ancien ministre de Louis XVIII. Il est l'ami de son neveu Hercule et rencontre le peintre Ary Scheffer. Publication d'un fragment de poème, *Dilfiza*, et d'un premier article.

1838. Il rencontre l'actrice Marie Dorval, fait des traductions, écrit des articles, notamment dans la *Gazette de France*. Ses lettres reflètent à la fois une grande confiance en soi et un pessimisme profond sur l'état de la société.

1839. Il entre comme auxiliaire à l'administration des Postes.

1840. Avec Maxime Du Camp, Hercule de Serre et quelques amis, il fonde la société des *Scelti*, ou *Cousins d'Isis*, qui a pour but d'aider ses membres à faire carrière. Lui-même se déclare *condottiere*. Dans ses lettres à sa sœur, qui est d'une piété profonde, il manifeste des idées qui s'écartent déjà de l'orthodoxie catholique.

1841. Premier article important : *Capo d'Istria*, dans la *Revue des Deux Mondes*. Se passionne pour la Renaissance italienne. Article sur la Grèce dans *L'Union catholique*.

1842. Article sur Hoffmann. Amitié avec Adelbert von Keller, érudit allemand qui le soutiendra fidèlement dans ses travaux.

1843. *Scaramouche* dans *L'Unité*. Tocqueville lui commande un travail sur « l'état des doctrines morales au XIXe siècle ». Articles dans *L'Unité*, collaboration avec *La Quotidienne* où il doit s'occuper de politique étrangère.

1844. *Les Adieux de Don Juan*, poème. Articles sur Balzac.

1845. Article sur les « Œuvres de M. de Stendhal » dans *Le Commerce* (14 janvier), où il se montre un admirateur de *La Chartreuse de Parme*. Articles dans la *Revue Nouvelle* (« Une littérature nouvelle est-elle possible ? » et « Des buts techniques de la littérature »).

1846. *Les Aventures de Jean de La Tour-Miracle, surnommé le Prisonnier chanceux* (roman-feuilleton) dans *La Quotidienne*. *Chronique rimée de Jean Chouan*. *10 septembre* : il épouse Clémence Monnerot, née à la Martinique le 20 août 1816. Les circonstances de cette union sont un peu mystérieuses : on a dit qu'en épousant Clémence, Gobineau avait honoré la promesse qu'un de ses amis n'avait pu tenir. Il semble en tout cas que les époux furent d'abord heureux, avant que le caractère hautain et prétentieux de Clémence autant que l'humeur ombrageuse d'Arthur n'altèrent leurs rapports.

1847. *Mademoiselle Irnois* dans *Le National*. *Nicolas Belavoir* (roman-feuilleton) dans *L'Union monarchique*. *Ternove* (roman-feuilleton) dans le *Journal des Débats*. *Les Conseils de Rabelais* dans *Le Courrier français*. *L'Aventure de jeunesse* dans *La Gazette de Metz*.

1848. *La Belle de Féverolles* dans *Le Conservateur*. La révolution de Février empêche que sa tragédie, *Alexandre le Macédonien*, soit jouée à la Comédie-Française. Comme beaucoup de légitimistes, il s'est rallié à la Révolution ; mais les journées de Juin, qui verront descendre les « blouses sales » dans la rue, lui inspireront un effroi et un dégoût dont toute son œuvre portera la marque. *13 septembre* : naissance de Diane, sa première fille, qui héritera, en l'aggravant encore, la hauteur de caractère de ses parents.

1849. Nommé chef de cabinet d'Alexis de Tocqueville, ministre des Affaires étrangères. La *Revue provinciale*, qu'il avait fondée l'année précédente avec Louis de Kergorlay, cesse de paraître en août : il y a défendu l'idée de décentralisation qui lui tiendra toujours à cœur. *L'Abbaye de Typhaines*, dans *L'Union*. *9 novembre* : nommé premier secrétaire de la légation de France à Berne.

1850. En Suisse, il revoit les lieux où il a grandi, mais fortifie surtout ses préventions contre la démocratie.
1851. Travaille à un « gros livre » sur les « races humaines ». Voyage en Italie. Mission de chargé d'affaires à Hanovre.
1852. De Berne, il accomplit de brefs voyages, mais travaille surtout d'arrache-pied à son livre sur les races.
1853. Parution des deux premiers volumes de l'*Essai sur l'inégalité des races humaines*, chez Firmin-Didot.
1854. Nommé premier secrétaire à la légation de France de Francfort.
1855. Désigné comme secrétaire d'une mission en Perse, il s'embarque à Marseille le 10 février avec sa femme et sa fille Diane. Visite Alexandrie, Le Caire, connaît ensuite jusqu'à Téhéran les joies et les difficultés de la vie de caravane. Pendant ce temps, l'oncle Thibaut-Joseph est mort, instituant Arthur son légataire universel (c'est avec l'argent de cet héritage que Gobineau et sa femme achèteront le château de Trye). Publication à Paris des deux derniers volumes de l'*Essai sur l'inégalité des races humaines.*
1856. Gobineau travaille à son *Mémoire sur diverses manifestations de la vie individuelle.* Voyages depuis Téhéran, étude sur les Afghans ; mieux que les Persans, décidément bien métissés, ceux-ci lui paraissent garder dans ce berceau de l'aryanisme quelques traits de race pure.
1857. *23 mars :* Naissance (à Paris) de sa seconde fille, Christine. Rentrée en France, Clémence de Gobineau a acheté le château de Trye, près de Gisors (Oise). Gobineau s'en déclare « enchanté » : n'est-ce pas là, dans ce pays de Gournay, qu'il va bientôt reconnaître le berceau de ses ancêtres ? Hélas, l'entretien du château se révélera une charge trop lourde pour les époux. En attendant, il croit avoir trouvé le secret des écritures cunéiformes.
1858. En avril, Gobineau est de retour à Paris. *15 octobre.* Mort à Redon de Louis de Gobineau. *Lecture des textes cunéiformes.*
1859. *Trois ans en Asie*, récit de voyage (l'une de ses meilleures œuvres), paraît chez Hachette. Mission à Terre-Neuve de mai à octobre afin de délimiter les zones de pêche.
1860. Reçu par Napoléon III. Élu conseiller municipal de Trye-Château. Publication de *Voyage à Terre-Neuve* dans la Bibliothèque des chemins de fer de Hachette.
1861. Nommé ministre plénipotentiaire de France à Téhéran, il s'embarque le 28 septembre.
1862. Mission à Téhéran. Travaille toujours aux écritures cunéiformes, dont il attend une consécration de savant.

1863. Retour de Téhéran. Nommé maire de Trye-Château.

1864. Publication du *Traité des écritures cunéiformes*, qui sera sévèrement jugé par les spécialistes. Nommé ministre plénipotentiaire en Grèce. Il va y passer quatre années qui seront parmi les meilleures de sa vie.

1865. *Les Religions et les philosophies dans l'Asie centrale.* Gobineau travaille à une *Histoire des Perses.* Premier séjour à Corfou. Commence à pratiquer la sculpture.

1866. Voyage dans les Cyclades. Sculpte les médaillons des sœurs Dragoumis, Zoé et Marika, qui lui inspirent une grande tendresse et avec qui il entretiendra une correspondance suivie après son départ d'Athènes (« Lettres athéniennes »). Nouveau séjour à Corfou. Travaille à l'*Histoire des Perses.*

1867. Achève le *Mémoire sur diverses manifestations de la vie individuelle* (publication posthume), traité philosophique particulièrement confus, imprégné de philosophie allemande. Sculpte les bustes de *L'Amour* et de *La Nuit.* Voyage à Naxos, Antiparos et Santorin. Diane, qui a épousé un officier danois, le baron Ove de Guldencrone, a un premier enfant : Wilhelm. Il mourra prématurément, ainsi que ses quatre frères et sœurs.

1868. Caroline de Gobineau entre en religion, à Solesmes, sous le nom de mère Bénédicte. Gobineau s'indigne de l'attitude des Grecs qui violent les accords les liant à la Grèce. Son attitude peu diplomatique lui vaut d'être, contre son gré, nommé ministre de France à Rio (il ambitionnait un poste dans un État allemand ou à Constantinople). Il quitte Athènes le 11 septembre après avoir confié à Mme Dragoumis son amour pour Zoé, la plus jeune de ses deux filles. Chez la princesse Mathilde, il rencontre Renan, qui montre de la bienveillance pour ses travaux et lui promet de l'aider à publier son *Histoire des Perses.*

1869. *L'Aphroëssa*, recueil de poèmes. Rend visite à sa sœur à Solesmes avant de s'embarquer, fin février, pour Rio. Il a là-bas une activité intense, écrit *Adélaïde* (publication posthume), *Akrivie Phrangopoulo*, le poème de *Beowulf*, fait de la sculpture. Sa santé, déjà fragile, est pourtant délabrée par le climat, et il ne rencontre, hormis l'empereur Dom Pedro II, aucun Brésilien qui vaille. L'*Histoire des Perses* est enfin publiée chez Plon.

1870. Ayant obtenu un congé, Gobineau rentre de Rio en mai. Élu conseiller général du canton de Chaumont-en-Vexin (Oise). Trye est occupé par les Allemands ; l'attitude bienveillante de Gobineau à l'égard de l'occupant lui vaut l'hostilité de ses administrés. Amer, dépourvu de ressources, il espère obtenir un nouveau poste et craint d'être renvoyé à Rio.

1871. Fin février ou début mars, il commence *Les Pléiades.* Assiste au soulèvement de la Commune et confond dans un égal mépris les Versaillais et les insurgés. Pendant toute cette année, il réside tantôt à Trye, tantôt à Paris ou à Versailles où il a été chargé de mission par le Conseil général de Beauvais. Après avoir espéré entrer à l'Académie française, il y renonce, sur les conseils de l'historien Auguste Mignet.

1872. En mai, nommé ministre de France en Suède et Norvège. Le 10 juin, il commence la seconde partie des *Pléiades.* Les *Souvenirs de voyage* sont publiés chez Plon. Fin juin ou début juillet, il rencontre la comtesse de La Tour, née Mathilde de Brimont, femme du ministre d'Italie à Stockholm ; c'est le début de sa dernière grande passion. Écrit *La Danseuse de Shamakha,* la première des six *Nouvelles asiatiques.*

1873. En mai, il commence la troisième partie des *Pléiades.* Le 11 juin, il met le mot « fin » au bas du manuscrit. En juillet-août, voyage en Norvège, où il scelle avec la comtesse de La Tour le « pacte de Norvège ». La comtesse s'engage à l'aider à mourir ; on peut supposer que le pacte avait aussi pour but d'engager Gobineau à rester avec elle dans les limites d'une tendre affection. À l'automne, il cherche un éditeur pour *Les Pléiades* (voir notice).

1874. Travaille à un buste, *L'Amour blessé,* en lequel il voit une figuration des *Pléiades.* Celles-ci paraissent en avril, en Suède et à Paris, chez Plon (voir notice). Sans doute ébauche-t-il un autre roman, *Les Voiles noirs.* Sa passion pour la comtesse de La Tour, mais aussi des questions d'intérêt, ont aggravé sa brouille avec sa femme. Avec ses filles Diane et Christine, ses rapports ne sont guère meilleurs.

1875. Sans abandonner ses occupations de sculpteur, il travaille à l'*Histoire d'Ottar Jarl, pirate norvégien,* vaste généalogie par laquelle il espère établir qu'il descend en droite ligne d'Ottar, donc du dieu Odin. Séjourne à Carlsbad.

1876. Il met en vente le château de Trye, mais devra attendre deux ans pour trouver un acquéreur. Sa rupture avec sa famille est définitive. Voyage en Russie et en Turquie avec son ami, l'empereur du Brésil Dom Pedro II; puis il rentre par l'Italie où il rencontre Richard Wagner. Ce long voyage lui vaut de sévères remontrances du ministère et explique peut-être sa mise à la retraite l'année suivante. Les *Nouvelles asiatiques* sont publiées chez Didier.

1877. Rappelé en février de Stockholm, il est mis à la retraite en avril par le duc Decazes. *La Renaissance*, dédiée à la comtesse de La Tour, est publiée chez Plon. Il s'installe à Rome, avec l'espoir d'y faire une carrière de sculpteur.

1878. Sur les conseils de Renan, il commence à traduire le *Kousch Nameh* et travaille à un grand poème, *Amadis*, dont il a publié la première partie, en 1876, à la Librairie des Bibliophiles, qui chante la décadence de l'humanité.

1879. Passe la plus grande partie de l'année à Rome. L'*Histoire d'Ottar Jarl* est publiée chez Didier; une fois de plus, Gobineau sera déçu par l'accueil sceptique que rencontrera son ouvrage.

1880. De santé de plus en plus fragile, atteint de troubles de la vue, il se soigne à Carlsbad. Rencontre de nouveau Richard Wagner à Venise : c'est le début de leur amitié.

1881. Il termine *Amadis*, qui sera publié en 1887, chez Plon, avec une préface de la comtesse de La Tour. Séjourne au printemps à Bayreuth, chez les Wagner, et pendant l'été au château de Chaméane (Puy-de-Dôme) chez la comtesse de La Tour. Ébauche une *Histoire des Mérovingiens* et un recueil de *Nouvelles féodales*.

1882. Séjourne de nouveau à Bayreuth au printemps et l'été à Chaméane. Il en part aux premiers froids pour l'Italie, est pris d'un malaise sur le quai de la gare de Turin et y meurt le 13 octobre. Il est enterré à Turin. Sa dernière lettre, d'une écriture presque illisible, est pour la comtesse de La Tour et sa fille Jeanne.

NOTICE

PUBLICATION ET ACCUEIL

À Zoé Dragoumis, Gobineau écrit le 11 juin 1873 qu'il a « mis le mot fin en bas de la dernière page » des *Pléiades*, et le 20 juin : « Je vous dirai que j'ai fini *Les Pléiades*. C'est le livre de moi que j'aime le mieux, avec *L'Aphroëssa*[1], et à peine le livre était-il fini et le manuscrit complet que j'ai trouvé un éditeur, et même deux, ici, à Stockholm. Le livre est déjà commencé à imprimer, bien que je corrige encore la IIIe et la IVe partie, et tout sera prêt à la fin d'octobre. »

Le manuscrit, conservé à la Bibliothèque Nationale et Universitaire de Strasbourg (ms 3485, Gobineau 6) porte la trace de nombreuses additions, corrections et ratures. Les pages dont le style paraît le plus travaillé sont les moins retouchées, paradoxe qui s'explique par le fait que Gobineau a dû les réécrire quand elles devenaient trop peu lisibles.

L'espoir de Gobineau de voir *Les Pléiades* rapidement publiées va être déçu. Le 25 octobre 1873, il écrit à Dom Pedro : « L'impression des *Pléiades* a été retardée par l'absence de caractères ponctués étrangers au suédois. Il a fallu en faire venir de Francfort », puis le 12 décembre à sa femme : « Après des ennuis sans fin causés par la difficulté d'imprimer à Stockholm, mes éditeurs veulent faire imprimer *Les Pléiades* à Paris. C'est excellent qu'ils aient eu cette idée qui facilitera la vente et ici et en France. J'écris aujourd'hui à Plon pour qu'il s'en charge et lui envoie une lettre où mes éditeurs le demandent.

1. C'est une habitude de Gobineau de préférer le dernier ouvrage qu'il vient d'écrire. *L'Aphroëssa*, recueil de pièces en vers, a été publiée chez Maillet, à Paris, en 1869.

J'ajoute que c'est toi qui corrigeras les épreuves et qu'on n'aura rien à m'envoyer. Tu me feras seulement parvenir les bonnes feuilles à mesure du tirage et en double exemplaire. Je ne vois pas pourquoi Plon refuserait d'imprimer. Cela ne lui coûtera rien, au contraire. Néanmoins pour hâter l'affaire et obtenir que, consentant, il hâte l'impression, je serais bien aise que tu ailles voire Mme Plon dès ton arrivée à Paris. Plus le livre paraîtra vite, mieux cela vaudra. » Après un nouveau retard dû à la poste qui égare pendant un mois le manuscrit entre Stockholm et Paris, l'impression est achevée en deux mois, de février à avril 1874. L'édition originale, entachée de très nombreuses fautes, porte la mention des deux éditeurs, suédois et français. Dans la notice de son édition, Jean Gaulmier pose sans pouvoir la résoudre la question des passages du manuscrit (« utilisé pour l'impression, comme le prouvent les noms des typographes qui y figurent ») non rayés par Gobineau et pourtant absents de l'édition. Le temps ayant sans doute manqué pour que les épreuves voyagent entre Paris et Stockholm afin de permettre à Gobineau de procéder lui-même à ces suppressions, la première hypothèse qui vient à l'esprit est qu'elles sont dues à Mme de Gobineau, puisque son mari lui a confié la tâche de corriger les épreuves. Elle s'en était fort bien acquittée, du reste, pour plusieurs ouvrages antérieurs : l'*Essai sur l'inégalité des races*, l'*Histoire des Perses*, *Souvenirs de voyage*. Jean Gaulmier juge toutefois improbable qu'elle ait assumé seule la responsabilité de graves suppressions[1] et suppose qu'elle a été aidée par une main compétente. Seule ou non, il faut admettre qu'elle a veillé à l'impression d'une œuvre où Gobineau rêve, par le biais d'une transposition romanesque assez transparente, de se libérer par tous les moyens des chaînes de la vie conjugale.

Tirées à 1 750 exemplaires, *Les Pléiades* reçurent de la critique et du public un accueil discret. Aux articles de Barbey d'Aurevilly (18 mai 1874[2]) et de Robert Bulwer Lytton (1er septembre 1874) évoqués dans notre préface, on peut ajouter ceux d'Albert Sorel (26 avril 1874) et de Lescure (17 mai 1876) qui pense, comme Lytton, qu'il s'agit d'« un roman qui n'est pas un roman, mais plutôt un voyage au pays romanesque[3] ». On pren-

1. Nous donnons celles qui nous paraissent les plus importantes, p. 149, n. 1, et p. 275, n. 1.

2. Voir documents, p. 435.

3. Voir dans notre bibliographie, la liste et les références des articles consacrés aux *Pléiades*. La Bibliothèque Nationale et Universitaire de Strasbourg conserve dans son Fonds Gobineau un important dossier de presse, avec des comptes rendus d'ouvrages de Gobineau, dont dix-neuf ont trait aux *Pléiades* (ms 3541, Gobineau 67).

dra une idée de la faible notoriété du roman de Gobineau peu après sa mort en consultant la *Grande Encyclopédie* d'André Berthelot (1886) qui, à l'article GOBINEAU, cite de lui six ouvrages (*Trois ans en Asie*, *Religions et philosophies dans l'Asie centrale*, *Traité des inscriptions [sic] cunéiformes*, *Histoire des Perses*, *Essai sur l'inégalité des races humaines* et *Souvenirs de voyage*), mais point *Les Pléiades*.

Les Pléiades ont connu après 1920 des rééditions plus ou moins fautives jusqu'à l'édition procurée par Jean Mistler en 1946, avec une excellente préface, des notes et un relevé exhaustif des variantes pour le premier chapitre (variantes choisies pour le reste du roman). Plus récemment, Jean Gaulmier a fourni une édition encore plus complète, avec un choix étendu de variantes. La science de la notice et des notes en fait une somme[1]. Il va de soi que la présente édition lui doit beaucoup.

LES PLÉIADES SONT-ELLES UN ROMAN À CLEFS?

Quand il livre, dans sa biographie de Gobineau, les clefs des personnages des *Pléiades*, Ludwig Schemann tient assurément ses sources de Diane de Guldencrone (1848-1930), la fille aînée de Gobineau[2]. Ce qu'elle a dû confier oralement à l'érudit allemand, elle l'écrit le 25 juin 1924 à sa sœur Christine (1857-1944), dans une lettre qui est avant tout une charge violente contre le roman, et le complète dans une nouvelle lettre à la même, envoyée quelques jours plus tard, le 1er juillet. Elle écrit notamment dans la première lettre : « Non, je n'aime pas du tout *les Pléiades* et je serais tout près de dire que ce livre est une mauvaise action. Qu'est-ce qu'il prouve, en somme ? Et en quoi tous ces personnages, dominés par leurs passions et leur égoïsme, sont-ils intéressants ? C'est écrit avec esprit, il y a des passages très amusants, toutes les remarques sont justes, comme satires de l'humanité, mais les deux derniers livres sont absurdes et à supprimer. Je connais tous les modèles : le prince, c'est l'empereur dom Pedro, avec un mélange de Charles XV ; Conrad Lanze, c'est Bohn — il a eu une aventure de jeunesse analogue. L'Anglais, c'est un mélange de quelques amis que mon père a eus ; Laudon, c'est Rochechouart. Les femmes sont des types généraux, *personne* n'est sympathique. Aurore Pamina, pâle, banale, figure de convention, c'est Zoé Dragoumi.

1. Voir dans notre bibliographie le détail des éditions du roman.
2. L. Schemann, *Gobineau. Eine Biographie*, t. II, Strasbourg, Trübner, 1916, p. 371-372.

Schorn, c'est Ove. Liliane, c'est tout le monde. Je ne vois pas la moindre *Pléiade* — c'est-à-dire assemblée d'élite — dans tous ces fantoches-là. Ils ne font rien d'héroïque, ils n'ont pas même la notion du devoir : chacun court après sa chacune, dans le but de se satisfaire personnellement, comme si c'était pour ça que nous sommes créés et mis au monde. En un mot, c'est un mauvais livre. » Dans la seconde lettre, elle ajoute : « J'ai passé six ans à Paris dans l'œuvre des cercles catholiques, dont il a caricaturé les personnages en M. de Gennevilliers (par parenthèse, Mme de Gennevilliers ressemble à Mme Delaroche, petite-bourgeoise, point du tout catholique : c'est toujours à elle que Lucie me fait penser !). Mes messieurs et dames des cercles catholiques, sous les ordres d'Albert de Mun et du marquis de La Tour Du Pin, étaient charmants ; j'en ai gardé un excellent souvenir et je les ai trouvés très supérieurs à tous les Lanze, Nore et Laudon et à leurs prototypes. Du reste, papa savait très bien qu'en moi il avait trouvé un canard : dès l'époque de ma première communion, il s'est visiblement aperçu que je lui tournais dans la main ; lui, qui s'était occupé de moi avec exagération depuis ma première enfance, à Francfort, en Perse et même encore à Trye, la première année, quand il m'a vue emballée par Lacordaire et Montalembert, qu'il ne pouvait pas souffrir, et surtout devenant enthousiaste de Joseph de Maistre, il m'a complètement lâchée, intellectuellement parlant. [...] Non, sapristi ! Si mon père a aimé les Pléiades, s'il y a logé Mme de La Tour, Cosima Wagner, Auguste Sandels, la baronne de Schleinitz[1] (jadis la petite bûche) et les Dragoumis et autres étoiles, il n'y a pas trouvé de place pour sa fille, futur auteur de *l'Achaïe féodale* et de *l'Italie byzantine*[2], que toutes ces héroïnes auraient peut-être eu de la peine à faire tenir debout ! Et voilà pourquoi je me fiche des Pléiades, selon le comte de Gobineau ; je les ai vues de trop près, et des étoiles par terre, ça fait piètre figure[3]. »

Glissons sur l'immense et naïf orgueil de Diane de Guldencrone et sur ce vieux ressentiment envers son père qui obscurcit son jugement littéraire. Même si la formulation brutale de ses équivalences est inacceptable, tout n'est pas à rejeter d'emblée dans les sources qu'elle dénonce. Le prince Jean-Théodore doit peut-être quelques traits à l'empereur du Brésil

1. Il semble pourtant que ce soit après la publication des *Pléiades* qu'il ait rencontré la *comtesse* de Schleinitz, fervente admiratrice de Wagner.

2. *L'Achaïe féodale, étude sur le Moyen Âge en Grèce (1205-1456)*, E. Leroux, 1886. *L'Italie byzantine. Essai sur le haut Moyen Âge (400-1056)*, E. Leroux, 1914.

3. Lettres citées par Marie-Louise Concasty, « À propos des *Pléiades* », *Études Gobiniennes*, 1970, p. 251-252.

Dom Pedro II, avec qui Gobineau noua une amitié vive et durable pendant son séjour au Brésil (1869-1870), encore que celui-ci ait dû l'impressionner par sa culture littéraire plus que par son aptitude aux passions amoureuses. Quant à Charles XV, roi de Suède, il mourut le 18 septembre 1872, trois mois après l'arrivée de Gobineau à Stockholm ; leurs relations brèves et tout officielles suffirent-elles à influencer le romancier des *Pléiades*[1] ? Nous ignorons quelle aventure de jeunesse a pu connaître le peintre allemand Guermann Bohn (1812-1899), élève d'Ary Scheffer, dont Gobineau devint l'ami à Paris, en 1839 ou 1840, et qui fit comme lui partie de la petite société secrète des « Scelti » ou « Cousins d'Isis ». Le commandant de vaisseau Lindsay Brine (1834-1906), Anglais distingué que Gobineau prit en amitié lors de son voyage à Naxos (1867), lui avait à l'évidence inspiré Norton, le héros d'*Akrivie Phrangopoulo*, deuxième nouvelle des *Souvenirs de voyage*; il a dû inspirer aussi la figure de Wilfrid Nore tant Norton et Nore présentent (au-delà de leurs patronymes) de frappantes parentés. Mais Jean Gaulmier suggère également, parmi les modèles possibles de Nore, Robert Lytton, fils du célèbre romancier Edward-George Bulwer Lytton[2]. On imagine assez bien que le comte Julien de Rochechouart, qui faisait partie de la légation française lors du second voyage de Gobineau en Perse (1862-1863), ait inspiré le personnage de Laudon ; auteur d'un ouvrage intitulé *Souvenirs d'un voyage en Perse* (Challamel aîné, 1867), ce jeune homme vouait une grande admiration à Gobineau et son goût pour les sciences humaines se retrouve peut-être dans la vocation finale prêtée à ce calender trop français pour connaître le bonheur en amour. Admettons aussi que la brune Zoé Dragoumis, dont Gobineau demanda la main à la fin de son séjour à Athènes (1868) comme s'il se sentait déjà affranchi des liens du mariage, a fourni des traits à la blonde Aurore Pamina — même si, à l'époque où il compose *Les Pléiades*, Gobineau espère plutôt de la comtesse de La Tour la délivrance que lui offrirait un amour fou[3]. Le baron Ove de Guldencrone (1840-1880) était le mari de Diane; on aurait mauvaise grâce, dans ces conditions, à discuter de son identification avec Schorn, aussi hâtive qu'elle paraisse.

La seconde lettre de Diane dégage l'inspiration générale du roman plus qu'elle n'impose catégoriquement des modèles. Il

1. On peut aussi, avec Jean Gaulmier (*Œuvres*, Pléiade, t. III, p. 985), songer à Georges V de Hanovre, à qui Gobineau dédia l'*Essai sur l'inégalité des races*.
2. Voir *Œuvres*, Pléiade, t. III, 1987, p. 980-985.
3. Voir pour plus de détails p. 303, n. 1.

nous paraît que le personnage de Gennevilliers offre un type de conservateur libéral assez répandu pour n'être pas ramené à un modèle unique, quel qu'il soit[1]. L'histoire du duc Guillaume de Wœrbeck (livre III, chap. 5) est certes calquée sur l'histoire réelle du prince Gustave de Saxe-Weimar, petit-fils du grand duc Charles-Auguste qui se retira du monde après avoir vu mourir la jeune femme qu'il avait épousée contre les convenances de son rang[2]. Mais faut-il inférer d'une similitude de destinée une identification des figures ? Jean Gaulmier pense en outre que la figure d'Harriet Coxe peut avoir été inspirée par la douce et possessive Henriette Renan. Ernest Renan avait envoyé à Gobineau un exemplaire de la plaquette qu'il avait fait imprimer en mémoire de sa sœur, *Henriette Renan. Souvenirs pour ceux qui l'ont connue* (1862), puis un autre en 1872. On peut, à l'appui de cette hypothèse, noter qu'au cours de l'entretien d'Harriet avec Conrad (p. 247-250), Gobineau écrit à plusieurs reprises « Henriette » sur le manuscrit avant de corriger en « Harriet ».

Aveuglement littéraire ou reste d'un respect filial ? Diane semble ignorer que son père anime, par ses idées, ses sentiments ou ses espérances, la plupart des belles figures masculines qu'elle qualifie de « fantoches ». Faut-il, pour éclairer le personnage du sculpteur Conrad Lanze, évoquer le peintre Guermann Bohn quand on sait que Gobineau était lui aussi sculpteur ? S'il n'a pas créé le père de Conrad à son image, au moins lui prête-t-il[3] le genre de fulminations avec lesquelles il scandalisait jusqu'aux légitimistes. Emporté comme un pur Aryen et vouant à l'amour une énergie que ne mérite pas la société moderne, le prince Jean-Théodore réalise les rêves du romancier, tandis que la leçon de stoïcisme de Candeuil (personnage assez singulier pour décourager la recherche d'un modèle réel) fait plus ou moins écho à celle qu'impose Gobineau dans ses périodes de découragement[4]. « L'amour passe avant toute chose, puis vient le travail, et ensuite il n'y a rien[5] », écrit à peu près Gobineau au prince d'Eulenburg-Hertefeld. Deux raisons de vivre, fussent-elles de valeur inégale, et le vertige du néant : voilà déjà de quoi puiser en soi la diversification d'un univers romanesque.

1. Voir p. 200, n. 1, et *Œuvres*, t. III, p. 970-976.
2. Voir *ibid.*, p. 986-987.
3. Voir livre II, chap. 2.
4. Voir p. 242, n. 1.
5. Lettre du 5 avril 1877. On ne connaît pas l'original français de cette lettre, citée en allemand dans la brochure du prince d'Eulenburg-Hertefeld, *Eine Erinnerung an Graf Arthur Gobineau*, Stuttgart, 1906, p. 23.

BIBLIOGRAPHIE

ÉDITIONS DES *PLÉIADES*

Les Pléiades, Stockholm, Jos Müller et Cie ; Paris, E. Plon et Cie, 1874 (édition originale).
Les Pléiades, coll. « La Bonne Compagnie », éditions « Au Sans Pareil », 1921.
Les Pléiades, Crès, 1924.
Les Pléiades, La Nouvelle Revue Française, 1933.
Les Pléïades, texte établi, annoté et présenté par Jean Mistler, coll. « Grands et petits chefs-d'œuvre », Monaco, Éditions du Rocher, 1946 (2e édition mise à jour en 1957).
Les Pléiades, avec une préface de Robert Kemp, Imprimerie Nationale, A. Sauret, 1953, 2 vol.
Les Pléiades, J.-J. Pauvert, 1957.
Les Pléiades, avec une préface de Roger Vailland, Le Livre de Poche, 1960.
Les Pléiades, avec une préface de Jean Mistler, Plon, 1963.
Dans Gobineau, *Œuvres*, édition publiée sous la direction de Jean Gaulmier, « Bibliothèque de la Pléiade », Gallimard, 3 vol. *Les Pléiades* figurent dans le tome III (publié en 1987), texte présenté, établi et annoté par Jean Gaulmier.

CORRESPONDANCE DE GOBINEAU [1]

À son père et à sa sœur Caroline (plus tard mère Bénédicte). BNU Strasbourg, ms 3518, 3519 et 3520.

1. Nous nous limitons aux ensembles, manuscrits ou édités, auxquels nous faisons référence ou allusion dans notre préface ou dans nos notes.

À sa sœur :
Comte de Gobineau-Mère Bénédicte de Gobineau, *Correspondance (1872-1882)*, publiée et annotée par A.B. Duff, avec la collaboration de René Rancœur, Mercure de France, 1958, 2 vol.
À sa femme :
BNU Strasbourg, ms 3522.
À sa fille Diane :
BNU Strasbourg, ms 3523.
À Marie et Zoé Dragoumis :
BN Paris, nouv. acq. françaises, ms 13787, 13788 et 13789.
Publications partielles :
Lettres à deux Athéniennes (1868-1881), éd. de Mme Méla, Athènes, Kauffmann, 1936.
Lettres inédites de Gobineau à la bien-aimée athénienne (1868-1870), publiées par A.B. Duff dans *Hommes et mondes*, octobre 1954.
« Nouvelles lettres athéniennes (1868-1869) », publiées par J. Mistler dans la *Revue des Deux Mondes*, octobre 1954.
À la comtesse de La Tour :
BNU Strasbourg, ms 3517.
Parmi les publications partielles :
« Lettres de Gobineau à la comtesse de La Tour (1872-1882) », publiées par J. Mistler dans *La Table Ronde*, avril et mai 1950.
Briefwechsel mit Adelbert von Keller, publié par L. Schemann, Strasbourg, K. Trübner, 1911.
Correspondance avec Alexis de Tocqueville :
Tocqueville, *Œuvres complètes*, tome IX (texte établi et annoté par M. Degros, introduction par J.-J. Chevallier, avertissement de J.-P. Mayer), Gallimard, 1959.
Correspondance entre le comte de Gobineau et le comte de Prokesch-Osten (1854-1876), publiée par Clément Serpeille de Gobineau, Plon, 1933.
Dom Pedro II et o Conde de Gobineau, *Correspondencias ineditas*, par Georges Raeders, édition bilingue, São Paulo, Companhia Editora Nacional ; Brasiliana, Bibliotheca Pedagogica Brasileira ; série V, vol. 109, 1938.

OUVRAGES SUR GOBINEAU OU SUR *LES PLÉIADES*[1]

André (Sylvie) : *Gobineau et la féminité. Contribution à une mythologie comparée du Féminin/Masculin au XIXe siècle*, Pise, Editrice Libreria Golardica, 1987.
André (Sylvie) : *Gobineau. Parcours mythiques d'une œuvre*, « Circé », Lettres Modernes, 1990.
Boissel (Jean) : *Gobineau, l'Orient et l'Iran*, tome I (1816-1860), Klincksieck, 1974.
Boissel (Jean) : *Gobineau (1816-1882). Un Don Quichotte tragique*, Hachette, 1981. Réédité sous le titre : *Gobineau. Biographie. Mythes et réalité*, Berg International, 1993.
Buenzod (Janine) : *La Formation de la pensée de Gobineau et l'« Essai sur l'inégalité des races humaines »*, Nizet, 1967.
Gaulmier (Jean) : *Spectre de Gobineau*, Pauvert, 1965.
Gaulmier (Jean) : *Gobineau et sa fortune littéraire*, coll. « Tels qu'en eux-mêmes », Bordeaux, Guy Ducros, 1971.
Rey (Pierre-Louis) : *L'Univers romanesque de Gobineau*, « Bibliothèque des Idées », Gallimard, 1981.
Riffaterre (Michael) : *Le Style des « Pléiades » de Gobineau. Essai d'application d'une méthode stylistique*, Genève et Paris, Droz-Minard, 1957.
Smith (Annette) : *Gobineau et l'histoire naturelle*, Genève et Paris, Droz, 1984.
Voir aussi l'ensemble des *Études Gobiniennes*, neuf numéros parus de 1966 à 1978 chez Klincksieck.

ARTICLES SUR *LES PLÉIADES*

Barbey d'Aurevilly (Jules) : « Les Pléiades », dans *Le Constitutionnel*, 18 mai 1874 ; recueilli en partie dans Barbey d'Aurevilly, *Le XIXe siècle. Des œuvres et des hommes*, choix de textes établi par J. Petit, Mercure de France, 1966, t. 2.
Berselli Ambri (Paola) : « *Les Pléiades* di Gobineau », Estratto da *Convivium* XXXII, n° 1, 1964, Casa editrice prof. Riccardo Patron, Bologna.
Blanchet (André) : « Avez-vous lu *Les Pléiades* ? », dans *Études*, septembre 1953.
Bulwer Lytton (Robert) : « A Novelty in French Fiction », dans *The Fortnightly Review*, 1er septembre 1874, vol. XVI, Londres.

1. Nous nous bornons aux ouvrages plus ou moins récents.

Cocteau (Jean) : « Éloge des *Pléiades* », dans *La Nouvelle Revue Française*, n° spécial consacré à Gobineau, 1er février 1934[1].
Concasty (Marie-Louise) : « À propos des *Pléiades* », dans *Études Gobiniennes*, Klincksieck, 1970.
Forsyth (Jonathan) : « L'épisode italien des *Pléiades* », dans *Études Gobiniennes*, 1974-1975.
Guise (R.) et Graner (M.) : « *Les Pléiades*, roman-feuilleton ? » dans *Études Gobiniennes*, 1974-1975.
James (Henry), « Recent novels », dans *The Nation*, New York, 1er octobre 1874. (Cité en traduction dans Gobineau, *Œuvres*, Pléiade, t. III, p. 953-954.)
Lacretelle (Jacques de) : « Gobineau romancier : *Les Pléiades* », dans *Europe*, n° spécial consacré à Gobineau, 1er octobre 1923.
Lescure (M. de), « *Les Pléiades* », dans *La Presse*, 17 mai 1876.
Moreau (Pierre) : « *Les Pléiades* ou le poème du moi », dans *Études Gobiniennes*, 1968-1969.
Morland (Jacques) : « Gobineau romancier : *Les Pléiades* », dans *Mercure de France*, mai-juin 1905.
Pichois (Claude) : « En marge des *Pléiades*. Notes sur le "passéisme" de Gobineau », dans *Études Gobiniennes*, 1974-1975.
Prévost (Jean) : « Gobineau et l'amour », dans *La Nouvelle Revue Française*, 1er février 1934.
Rey (Pierre-Louis) : « Le temps dans *Les Pléiades* », dans *Études Gobiniennes*, 1971.
Rey (Pierre-Louis) : « Les incertitudes amoureuses de Gobineau. Réflexions sur quelques variantes des *Pléiades* », dans *Études Gobiniennes*, 1974-1975.
Rey (Pierre-Louis) : « Les voix narratives des *Pléiades* », dans *Arthur de Gobineau cent ans après (1882-1982)*, Colloque du Centenaire, Minard, 1990.
Simon (Pierre-Henri) : « *Les Pléiades*, par le comte de Gobineau », dans *Le Monde*, 28 août 1963.
Sorel (Albert) : « *Les Pléiades* », dans *Le Moniteur Universel*, 26 avril 1874.
Souday (Paul) : « *Ternove, Souvenirs de voyage* et *Les Pléiades* », dans *Le Temps*, 2 mars 1922.

1. Ce numéro, intitulé *Gobineau et le gobinisme*, a été reproduit par les Éditions Gallimard en 1991.

DOCUMENTS

Parmi les comptes rendus qui suivirent immédiatement la publication des Pléiades, *Gobineau releva celui de Barbey d'Aurevilly, dont il ignorait jusqu'au nom. « Plon m'écrit qu'un M. Barbey d'Aurevilly a écrit dans* Le Constitutionnel *les choses les plus violentes contre* Les Pléiades *et il m'avertit que j'ai là un bonheur inouï attendu que Victor Hugo et Alexandre Dumas fils ont sollicité cette faveur de ce même monsieur et que moi, je l'ai eue tout droit sans qu'on l'ait demandée pour moi », écrit Gobineau à la comtesse de La Tour le 26 mai 1874. Tout n'est pourtant pas négatif dans cet article, même si celui qui voulait entrouvrir le soupirail de l'Enfer (comme il est dit dans* Le Dessous de cartes d'une partie de whist*) ne pouvait adhérer à une féerie où le Mal s'efface grâce à la volonté de quelques âmes d'élite. Gobineau rencontrera Barbey quatre ans plus tard chez Théodore de Banville en compagnie de François Coppée, puis chez ce dernier avec Paul Bourget. L'estime qu'ils conçurent aussitôt l'un pour l'autre influence certainement le compte rendu que donne Barbey de* La Renaissance *(*Le Constitutionnel *du 16 septembre 1878) : Gobineau y est comparé à Montesquieu et à Shakespeare ; mais Barbey doit y avouer qu'*Amadis, *le grand poème épique de Gobineau, « n'est pas un chef-d'œuvre ».*

Il y a sept ans qu'a été publiée la première édition critique des Pléiades *par les soins de Jean Mistler (1946) quand paraît dans* Études *l'article d'André Blanchet. Depuis le numéro spécial de* La Nouvelle Revue Française *consacré à Gobineau en février 1934 et qui comprenait entre autres les noms d'Alain, de Jean Cocteau et de Jean Prévost, aucun texte (si l'on excepte la préface de J. Mistler et le répugnant chapitre, sur la « morale aristocratique » des* Pléiades, *d'un pamphlet publié sous l'Occupation*[1]*) n'avait mis au jour la singularité du roman.*

1. Louis Thomas, *Les Précurseurs. Arthur de Gobineau, inventeur du racisme (1816-1882)*, Mercure de France, 1941.

BARBEY D'AUREVILLY : *LES PLÉIADES*

(*Le Constitutionnel*, 18 mai 1874)

I

Ce n'est pas — comme on pourrait le croire — un livre d'astronomie ; c'est tout simplement un roman. L'auteur, qui n'en a pas cherché le titre dans la lune, mais à côté, est un diplomate pourtant, et des plus positifs, de notre globule terraqué. C'est un diplomate, et, si je ne me trompe, en fonctions dans ce moment même ; mais qui ne se soumet pas à la loi de ce beau silence conservateur qui régit la diplomatie comme La Trappe. Talleyrand, — trappiste singulier ! — qui n'avait que des monosyllabes quand il parlait, n'écrivait pas de son vivant, et ce fut sa gloire et presque son esprit... Il avait des secrétaires, même pour ses billets du matin ; et si ses *Mémoires* ne sont pas une mystification dernière, qu'on se rappelle qu'il leur infligea diplomatiquement trente ans de silence avant de paraître. Ces trente ans sont passés, mais le silence dure toujours !

Gobineau, le comte de Gobineau, n'est point un diplomate de cette haute école du silence. La Trappe l'attraperait ! et nous aussi ; car il est spirituel. Ce n'est point une momie cerclée des bandelettes... de ses décorations. Il se permet d'être vivant. Ses secrétaires cachettent ses dépêches, mais il les écrit. Entre dépêches, il écrit aussi des livres, et des livres majestueux encore ! avec lesquels, pour un homme vivant, il semble trop ajuster l'Académie des Inscriptions, ce cimetière orné de ces momies dont il n'est pas... Il a, en effet, écrit une *Histoire des Perses* d'après les auteurs orientaux, grecs et latins, et les manuscrits inédits ! et les monuments figurés ! et les médailles ! et les pierres gravées ! Et encore une autre *Histoire des religions de l'Asie centrale*, dont Renan, à ce qu'il paraît, est très content, ce qui la compromet un peu... Il y a même quelque chose de lui sur les écritures cunéiformes ! Aujourd'hui, pour se dégourdir de ces graves travaux qui finiraient par ankyloser Arlequin, il nous donne, à nous, superficiels, qui ne sommes pas des Renan (Dieu merci !), un roman, sous ce nom astronomique et surprenant de *Pléiades*. Un roman aussi étonnant que son titre, dans lequel le bout de l'oreille du diplomate qui n'est pas un âne perce sous la peau du romancier qui n'est pas un lion, car nous y avons une petite cour d'Allemagne et l'histoire de cœur d'un souverain qui abdique, non par amour de son peuple, mais par amour d'une petite personne de sa cour, absolument comme il le ferait dans un opéra-comique de M. de Saint-Georges. Tout le monde n'est pas Sylla. Il y a quelque temps, le roi Amédée abdiqua en Espagne et filait avec sa jeune femme au bras. Touchante image domestique ! Les romans contemporains doivent ressembler à l'histoire contemporaine ; mais avec l'idéal en plus. L'idéal, pour Gobineau, n'est pas, lorsqu'on est souverain, de s'en aller avec une femme, mais de s'en aller pour une femme.

Vraiment, il faut avoir beaucoup d'esprit pour écrire ces choses-là, surtout quand on est diplomate et qu'on ne les écrit pas en caractères cunéiformes !

II

Mais l'esprit y est, dont j'enrage. J'aurais aimé qu'il n'y fût pas. Je les aurais préférées sans esprit, toutes ces bergeries. Gobineau a résolu un très joli, mais très impatientant problème : celui de raconter sans aucune niaiserie des actes niais. Il aurait pu déshonorer ces niaiseries, ces sensualités sentimentales, qui, pour être sentimentales, n'en sont pas moins des sensualités, et qui font qu'un homme qu'on veut faire admirer se décoiffe d'une couronne pour se couronner d'un jupon. Il aurait pu nous donner un roman mordant et profond, qui aurait coupé non plus dans le vif, mais dans cet *énervé* et ce *lâche* de la nature humaine qui a remplacé le *vif*; mais il n'a su être ni le Tacite ni le Juvénal du roman. Cette belle place littéraire à prendre aurait pu le tenter cependant, car Gobineau est un esprit sérieux, de philosophie stoïque, et le stoïcisme est pour lui — il le dit en termes formels dans une thèse qui a de la fierté — un des plus nobles buts de la vie. Je ne crois pas même qu'il soit pour lui de but plus élevé, quoique, pour moi, il y en ait un ; mais Gobineau, qui ne nous a pas donné un seul signe de christianisme dans tout ce livre des *Pléiades*, ne se doute pas de celui-là !... Pour peu qu'on plonge et qu'on pénètre dans tous les endroits de son roman et qu'on cherche à l'éclairer par les idées morales de l'auteur, on ne trouve guères, sous des formes élégantes, qu'un stoïque en lui (voir son personnage de Candeuil). Il ne l'est pas, bien entendu, à la manière de Talleyrand, dont l'imperturbable visage, disait l'empereur Napoléon, ne trahissait rien de ce qui se passait intimement *derrière* lui, mais utopiquement, sinon réellement, à la manière de Zénon et d'Épictète. Et c'est là le contraste... piquant (piquant pour lui!) de la nature de ce diplomate romancier, d'être, dans son livre, tout à la fois Zénon et Céladon, stoïcien et berger.

Car il y est berger ! La fade bergerie qui, du reste, n'y est pas la seule, et qui est la conclusion de son roman, cette berquinade amoureuse et transie d'un *roi épousant une bergère*, d'un homme à qui l'auteur avait d'abord accordé de la force d'esprit et de caractère et qui devient le *pastor fido* d'une fillette, de pasteur de peuple que Dieu l'avait fait, n'est pas non plus la seule conclusion de ce roman, qui en a plusieurs, parce qu'il a plusieurs sujets. Or, avoir plusieurs sujets pour un même livre, c'est comme avoir plusieurs têtes pour le même organisme. Disons-le tout de suite : c'est une monstruosité, une monstruosité en art comme en histoire naturelle. Ce livre n'est point un simple recueil de nouvelles. Il a des prétentions plus hautes : c'est un roman. Mais quelle qu'en soit l'exécution, la conception de ce roman est une idée fausse. Le diplomate, l'homme politique dominant l'artiste a-t-il cru faire une application heureuse du vieil axiome, qui n'en peut mais, de *diviser pour régner*? Eh bien, qu'il le sache ! ce n'est point à une telle condition qu'on peut régner sur l'imagination humaine. L'imagination a besoin d'unité. Elle a besoin, pour gagner ses batailles, de concentrer ses forces sur un point donné, comme le génie de la guerre pour gagner les siennes, et l'invention de Gobineau les éparpille !

Il a intitulé son livre : *Les Pléiades*, — allégorie enfantine, qui n'est pas même juste. Car pourquoi les *Pléiades*, et non pas la *Pléiade*? Est-ce qu'il va nous donner plusieurs livres comme celui-ci ?... Une Pléiade — si je l'entends bien ! — se compose de six ou sept étoiles, et vraiment nous n'avons guères davantage dans le livre qui porte ce nom. Gobineau, qui pense, et avec juste raison, qu'on ne peut plus s'intéresser à l'histoire de la décrépitude et de l'avilissement continu des peuples actuels, et que le seul intérêt et le seul mérite appartiennent à quelques individualités supérieures, — étoiles (pour parler son langage) pointant encore dans un firmament dévasté, — nous a fait un livre à plusieurs héros, dont il a décrit les passions et développé les caractères. Mais il nous a trop parqués dans un monde d'aristocratie humaine créé par lui, et qui, en somme, n'est pas le monde de la réalité... « Il n'y a pas de minuit tissé d'étoiles », disait magnifiquement lord Byron. Les créatures inférieures, ténébreuses, misérables, imbéciles, brutales et perverses, qui sont le fond commun de l'humanité et se mêlent au jeu de son action, et le troublent et le souillent ou l'empêchent, je les cherche en vain dans ce livre, où je ne vois que des étoiles... Livre plus orageux et plus passionné, il est vrai, mais aussi chimérique, aussi fabuleux que le livre de l'*Astrée*, et, comme on ne s'intéresse pas à l'impossible, tout aussi vide d'intérêt que lui !

Et qu'on me comprenne bien ! Je parle de l'intérêt qui vient de l'ensemble du livre ; je ne parle pas de l'intérêt spécial, individuel, détaché de chaque histoire de ce Décameron d'histoires, quoique cet intérêt-là l'auteur l'ait bien dispersé en l'étendant à plusieurs héros placés tous au même plan, en un parallélisme qui leur fait tort les uns aux autres, dans ce livre sans perspective, sans hiérarchie, sans unité ; car toute hiérarchie bien faite s'achève et se couronne par l'unité, tout ce qui n'est pas unitaire dans les œuvres ou les institutions des hommes, tout ce qui s'y rencontre de multiple étant anarchique en plus ou en moins. Dans ce livre, à oligarchie de héros, de Gobineau, tous les héros ne sont pas des chevaliers Grandisson ou des Washington, — ce chevalier Grandisson de l'histoire, — mais s'ils ne sont pas tous des perfections absolues, au moins ils y sont des distinctions très grandes. Hommes et femmes : Louis de Laudon, Wilfrid Nore, Conrad Lanze, le vieux Coxe, Jean-Théodore, Harriet, Aurore, Liliane, etc., sont des patriciens et des patriciennes de l'humanité, à blason dans la tête et dans le cœur ; et ce sont, ne l'oubliez pas ! malheureusement, les *seuls* êtres *actifs* du livre des *Pléiades*. Tous s'y développent en s'y exhaussant. Tous y accomplissent merveilleusement leurs courbes humaines. Tous s'y conduisent en étoiles. Tous y sont des astres qui savent leur métier, âmes d'élite et de bonne compagnie ! C'est le contraire des moutons qui faisaient rêver Fontenelle, et parmi lesquels il n'y en avait peut-être pas un de tendre. Parmi ceux-ci, il n'y en a peut-être pas un de dur !

J'ai rêvé aussi comme Fontenelle mais autrement ; j'ai cru longtemps qu'il y en avait un. Ce n'était pas, il est vrai, un mouton de ce troupeau d'étoiles. C'était, ma foi ! plutôt quelque chose comme une chèvre capricieuse, fantasque, entêtée, enragée, endiablée, quoique du Nord, comme cinquante chèvres de Calabre, et qu'on aurait pu prendre, à certains moments, pour une tigresse, — une tigresse qui n'était pas marquée de la petite vérole comme Mirabeau, mais qui savait encore mieux que lui, ce grand comédien, jouer aux autres et se jouer à soi la comédie ! La comtesse Tonska est le chef-d'œuvre des *Pléiades*. C'est le caractère le mieux venu, le mieux suivi, le plus étudié de tout le roman. Elle est très moderne et très de son pays, cette

Slave, cette Polonaise mêlée de Russe, et elle fait beaucoup d'honneur à l'ethnographie de Gobineau, qui n'a pas voyagé et qui n'est pas diplomate pour des prunes ; car ce n'est pas une prune que cette femme-là ! J'ai le malheur et la dépravation de l'aimer. Seulement, voyez la bergerie éternelle ! la chèvre et la tigresse s'apprivoisent, la femme fausse devient vraie, la comédienne devient public, l'insensible imperméable à l'amour (c'était si joli et si atroce !) finit par être pénétrée par le sentiment qu'elle inspire. Le peu de fer qu'il y avait dans la ouate plus ou moins enflammée de ce livre s'amollit et se fond, — et *tout est bien qui finit bien !* comme dit Shakespeare, et eux, tous ces êtres distingués, — distingués à impatienter ! — finissent délicieusement par des mariages d'amour, comme dans les Contes de fées, et ils poussent le bonheur jusqu'à n'avoir pas beaucoup d'enfants, car Jean-Théodore, qui a abdiqué par amour, n'en a qu'un. Certes ! le romancier, par trop aristocrate, qui a trié sur le volet de son roman de tels personnages et de telles aventures, est un optimiste, à coup sûr ; mais, allez ! il n'est pas que cela. Tous les contrastes dansent des mazurkas superbes dans Gobineau ! Après le diplomate, nous avons vu le savant ; avec le stoïcien, le berger. Voici l'optimiste, et vous allez voir le misanthrope. Car il est misanthrope, Gobineau, comme doit l'être tout homme de cœur et d'esprit qui a passé trente ans, et on les a passés deux fois quand on est diplomate, quand on a aux mains — à ses blanches et irréprochables mains — de la malpropreté des hommes et des affaires, de cette infâme cuisine politique qui fait mal au cœur aux estomacs les plus solides ; il est misanthrope, et c'est la plus belle plume de son aile que cette misanthropie, qui donne à son accent toute sa profondeur et à son talent toute sa vérité.

III

En douteriez-vous ?... Voici comme il s'exprime. Écoutez ! Je ne cite pas beaucoup d'ordinaire, mais je me fais un rude plaisir en vous citant cela : « Je voudrais — dit-il au commencement de son livre — qu'au lieu de cette scène de repos nous puissions voir ici à plein, des yeux du corps, les royaumes du monde et leurs magnificences. Mais regardons-les des yeux de l'esprit. Contemplons ces multitudes qui grouillent et s'amassent, pomponnées, ornées, parées ou en guenilles. N'excluons personne. Reconnaissez-vous la barbarie toute pleine, non pas cette barbarie juvénile, brave, hardie, pittoresque, heureuse, mais une sauvagerie louche, maussade, hargneuse, laide et qui *tuera tout et ne créera rien*? Admirez, du moins, sa masse! Sa masse, en effet, est énorme; admirez la belle ordonnance de sa division en trois parties; en tête, la tribu bariolée des imbéciles. Ils mènent tout, portent les clés, ouvrent les portes, inventent les phrases, *pleurent de s'être trompés*, assurent qu'ils n'auraient jamais cru... Voici maintenant les drôles! Ils sont partout, sur les flancs, sur le front, à la queue... et leur unique affaire est d'empêcher rien de s'arranger ni de s'arrêter avant qu'ils ne soient assis eux-mêmes. À quoi sert qu'ils soient assis? À peine une de leurs bandes se déclare-t-elle repue, que des essaims affamés et pareils viennent, en courant, *prendre la suite de son commerce.*

«Et maintenant, voilà les brutes. Les imbéciles les ont déchaînées; les drôles poussent leurs troupeaux innombrables. Vous me demandez ce que je fais de ce pandémonium? J'en fais ce qu'il est, l'hébétement, la destruction et la mort... Je n'aperçois qu'un monde d'insectes de différentes espèces et de tailles diverses, armés de scies, de pinces, de tarières et d'autres instruments de ruine, attachés à jeter à terre mœurs, droits, lois, coutumes, ce que j'ai respecté, ce que j'ai aimé; un monde qui brûle les villes, abat les cathédrales, ne veut plus de livres, ni de musique, ni de tableaux, et *substitue à tout la pomme de terre, le bœuf saignant et le vin bleu.* Voudriez-vous épargner cette tourbe, si vous teniez entre les mains un moyen sûr de la détruire? C'est votre affaire! En ce qui me concerne, prêtez-moi pour un instant les foudres de Jupiter, je n'anéantirai que ce qu'il faudra de la masse irresponsable des brutes. Elle n'est pas faite pour rien discerner; je ne lui reconnais pas d'âme, et ce n'est pas sa faute quand on ne la contient pas. Et non plus pas de sévérités outrées contre les drôles! *Je ne vous assure pas qu'ils soient le sel de la terre, mais ils en sont la saumure.* On en peut, à la rigueur, *faire façon*, et en pendant quelques-uns d'entre eux de temps à autre, le reste se peut employer, sinon dans les voies honnêtes, du moins dans les voies utiles. D'ailleurs, il faut en convenir, sans trop se faire prier, la planète les produit naturellement! Le monde, quoi qu'il fît, ne parviendrait pas à s'en défaire, *ni peut-être même à s'en passer!* (trait adorable de mépris!)

«Quant aux imbéciles, je serais impitoyable. Ce sont les vaniteux et sanglants auteurs, les moteurs uniques et détestables de la décrépitude universelle, et la pluie de mes carreaux de feu labourerait sans pitié ces crânes pervertis. Non, une telle bande ne mérite pas de vivre; non, cette vermine croissante ne peut exister et laisser le monde vivre ordonné à côté d'elle. Les époques grandioses et florissantes furent celles où de pareils reptiles ne rampaient pas sur les marches du pouvoir ! »

Tel est le style de Gobineau quand il se mêle d'être misanthrope. Eh bien, la main sur le cœur, comme l'y mettait Talma dans *Manlius* (laissez-moi vous l'y mettre !), que dites-vous de cette misanthropie ? Pour un diplomate qui doit être la discrétion même, quelle indiscrétion ! Pour un glaçon de diplomate, quelle flamme indignée ! Pour un diplomate épinglé, musqué, monosyllabique et cravaté de blanc comme Talleyrand, quelle magnifique débagoulade ! quel rugissement ! quelle gueule de lion ouverte à la Mirabeau ! Après un si terrible passage :

Il faisait des passages,
MOINS content qu'aucun des sept sages,

vous ne pouvez plus douter, j'imagine, qu'il y ait un misanthrope, et le plus corsé, et le plus bronzé et le plus carabiné des misanthropes, dans l'auteur singulier de ces singulières *Pléiades*, dans le berger de ces *Pléiades* qui a cessé d'être tendre, dans le stoïque de ces *Pléiades* qui a cessé d'être impassible, et un misanthrope par-dessus et par-dessous toutes les autres choses qu'il est dans son livre, ce kaléidoscope qui tourne tout seul ! Jamais la misanthropie d'Alceste, qui n'est après tout qu'une boutade de salon laquelle n'a jamais crevé le plafond, jamais celle de La Rochefoucauld, qui n'est que de l'égoïsme aux caillots biliaires dans le ventre, ni celle de La Bruyère qui n'est qu'un chagrin d'homme vieilli, faisant payer au monde le regret caché de n'être plus jeune, ni celle de Rousseau qui n'est que la révolte d'un laquais contre sa livrée, ni celle plus cruelle de Chamfort qui hachait, avec les couteaux à dessert des soupers qu'il faisait chez les grands seigneurs de son temps, la gorge d'une société assez bête pour la lui tendre, comme il se la hacha à lui-même avec son rasoir pour s'éviter l'échafaud, ni enfin aucune des misanthropies célèbres qui ont laissé leur empreinte sur notre littérature et l'ont marquée ou du sillon brûlant de la colère ou du sillon froid du mépris, n'ont l'étoffe, l'étendue, le complet, et, qu'on me permette ce mot ! le *radicalisme* intégral de cette misanthropie, qui ne tombe plus ici maigrement sur une société ou sur l'homme d'une société, mais sur l'humanité tout entière, et que dis-je ? sur l'essence même de l'humanité ! Le misanthrope que voici n'est ni d'une caste, ni d'un salon, ni d'une cuisine, ni d'une bâtardise, ni d'une vieillesse, ni d'une laideur, ni d'une infirmité, ni d'une humeur quelconque, ni de tout ce qui fait d'ordinaire les misanthropies, même les plus farouches et les plus sauvages, mais c'est le misanthrope désintéressé, le misanthrope absolu, le misanthrope de l'Histoire ! Par ce temps d'inepte philanthropie, c'est le misanthrope de la Philanthropie se détachant, pour le juger, de l'insolent tout le monde, et les gens d'esprit qu'il venge des sots par sa misanthropie — des sots, ces affreux étouffoirs par le nombre ! — doivent ardemment l'en remercier.

IV

Du reste, c'est probablement cette misanthropie éloquente qui fait de l'auteur des *Pléiades* l'optimiste que je lui ai reproché d'être. Quelquefois les antithèses s'engendrent. À le bien prendre, un misanthrope n'est qu'un optimiste renversé, un optimiste désespéré, qui jette les hauts cris. Par dégoût du monde tel qu'il est, dégoûtant moralement, intellectuellement, esthétiquement, de toutes les manières, l'esprit donne un coup de pied à cette fange, comme à un tremplin, et remonte, pour se désouiller, vers les sphères bleues et constellées. Afin de mieux fuir cette démocratie dévorante qui s'étend sur le monde comme le cancer dont il doit mourir, on se réfugie et on se calfeutre dans l'aristocratie des exceptions humaines. On monte dans les Pléiades. On invente des sociétés idéales et l'on écrit des pages charmantes, mais charmantes comme la femme qui caresse sa chimère. Malheureusement, c'est une chimère ! Et ce n'est pas tout. Dans le monde trop rare qu'on a inventé, dans cette bergerie céleste où du moins on voudrait un loup, on introduit les deux choses les plus rares, et qu'on voit le moins présentement dans ce monde qu'on méprise et qu'on a raison de mépriser, — le stoïcisme, qui est le christianisme de ceux qui ne sont pas chrétiens, et l'amour, qui n'existe plus que de nom dans une société athée à tout, jusqu'à l'amour !

Ainsi, résultat singulier au milieu de toutes ces singularités, la misanthropie de l'auteur des *Pléiades*, qui n'est peut-être que de l'aristocratie naturelle exaspérée, est encore la meilleure explication qu'il y ait à donner de son livre. Je l'ai dit : au point de vue de la Critique littéraire et de la construction de l'ensemble, c'est un livre mal fait ; il n'en faut plus parler. Les diplomates, ces hommes de l'action, n'ont guères le temps, je crois, de s'asseoir dans leur rêve et de le réaliser comme les artistes qui ne bougent pas du fond du leur. Mais si le livre est littérairement manqué, l'homme qui l'a écrit a des facultés littéraires quelquefois puissantes, souvent délicieuses, lorsqu'il échappe à quelques affectations de style retrouvées ici et là dans des phrases trop coquettes, et qui sont (ces affectations) la conséquence forcée de l'*exquisité voulue*, du trop de raffinement dans la conception et dans les sentiments. L'air ne suffit pas à Gobineau, il lui faut de l'éther ! Et, remarquez-le bien toujours ! c'est encore ici que sa misanthropie, qui le fait se retrouver si homme d'accent à quelques endroits de son livre, l'arrache à cette sirène dangereuse, mais qui, au moins, a le charme de n'être pas vulgaire, qu'on appelle la préciosité. Gobineau est un écrivain de belles pages. Il a le brillant des détails. S'il n'a pas l'imagination créatrice du poète, c'est-à-dire du faiseur, il a celle de l'expression, qui est aussi de l'imagination de poète, mais de poète qui sent et qui vibre au lieu de créer. À sa misanthropie on comprend qu'il soit observateur ; il n'est même misanthrope que parce qu'il a observé, et cette observation, très spirituellement pénétrante, est, au fond, celle d'un moraliste qui fait prévoir le moraliste futur. Je crois que là est la vraie pente, la vraie vocation de cet esprit qui s'est plus cherché que trouvé en ces tâtonnements de talent qui, pour les autres, auraient été des réussites. Il y a, si je ne me trompe, dans Gobineau, un La Bruyère enveloppé qui ne demande qu'à sortir avec armes et bagages, c'est-à-dire avec ses différences de style et d'originalité. Les quelques portraits qu'on rencontre dans les *Pléiades* montrent bien qu'il aurait, s'il la développait, la puissance du portrait. Qu'il descende donc de ses *Pléiades*, qu'il replace ses pieds sur le terrain de la réalité (cela ne lui sera pas difficile puisqu'il est diplomate !), et qu'il nous fasse une galerie de portraits ou un volume de *Caractères* !... Par sa fonction, Gobineau côtoie l'histoire de tous les jours. Qu'il nous donne donc de l'histoire, mais de l'histoire vivante, et non plus de l'histoire morte, de l'histoire cadavre, que toutes les académies du monde qui se croient des thaumaturges ne sont pas capables de ressusciter ; qu'il nous peigne les figures historiques qu'il rencontre et qu'il juge à travers sa diplomatie. Je m'imagine que ce serait infiniment piquant, et cela pourrait être grandiose. Qu'il écrive même, s'il veut, comme Talleyrand, ses *Mémoires* ; mais qu'il ne mette pas, comme Talleyrand, trente années à les publier.

Jules Barbey d'Aurevilly

ANDRÉ BLANCHET : AVEZ-VOUS LU « *LES PLÉIADES* » ?

(*Études*, septembre 1953)

Non, n'est-ce pas ? Ne soyez pas confus. Les manuels n'en disent mot. Aucune étude, que je sache, n'a été consacrée à ce roman qui n'eut d'ailleurs, quand il parut il y a tantôt quatre-vingts ans, aucun succès, et qu'on tint longtemps pour une fantaisie négligeable du docte comte de Gobineau. Nom suspect, comme chacun sait : l'auteur de l'*Essai sur l'inégalité des races humaines* n'a-t-il pas inspiré à Nietzsche son apologie de la violence et son messianisme du Surhomme ? Ne passe-t-il pas en Allemagne pour le prophète du racisme et le précurseur de Hitler ? Nous nous heurtons ici à une montagne de livres. Contournons-la prudemment. Dans *Les Pléiades*, les chimistes des idées ont cherché du racisme. Ils en ont trouvé, bien entendu. C'est cette dispute autour du doctrinaire qui a fait tort au romancier. Traiter *Les Pléiades* comme un essai manqué, c'était le plus sûr moyen de n'y pas voir un roman réussi [1].

Mais voici que, de nos jours, l'attention se reporte de l'idéologue au littérateur. « On a voulu sauver ce qui valait le moins », remarque Alain, qui fait de Gobineau peintre du cœur « l'égal des plus grands ». Quant à Jean Prévost, amant lucide de *La Chartreuse de Parme*, il voit dans Stendhal et Gobineau — avec quelque excès, tout de même, me semble-t-il — « les deux plus grands prosateurs, les plus prompts et les plus fermes du XIXe siècle, les deux intelligences les plus originales

1. Le comte Arthur de Gobineau (1816-1882) est surtout connu par son *Essai sur l'inégalité des races humaines*, publié dès 1853, mais qui ne retint l'attention des Français qu'après 1900, quand déjà ce livre étrange, que certains disent génial et d'autres insensé, était l'objet, en Allemagne, d'une exploitation délirante. Deux excellents ouvrages ont été consacrés, en français, à Gobineau essayiste : *Le Comte de Gobineau et l'Aryanisme historique*, par Ernest Seillière, Plon, 1903, et *La Vie et les Prophéties du Comte de Gobineau*, par Robert Dreyfus, Cahiers de la Quinzaine, 1905.

Les fonctions diplomatiques de Gobineau, très diverses mais toujours modestes, lui laissèrent le loisir d'écrire des souvenirs de voyage, des romans et des nouvelles. Certains de ces récits sont d'un charme très vif, mais il ne se trouvera personne, je pense, pour les égaler aux *Pléiades*.

Publié en 1874, ce dernier roman n'eut d'abord que peu de succès. Il déconcerta. Aujourd'hui, les différentes éditions courantes (Plon, Crès, Gallimard) en sont épuisées. Mais nous avons, depuis 1946, la belle édition critique de M. Jean Mistler (Éditions du Rocher, Monaco).

et les plus méconnues[1] ». Tout dernièrement enfin, le *Figaro littéraire* demandait à ses lecteurs de désigner les douze plus beaux romans du XIXe siècle. À l'étonnement général, le jury retint *Les Pléiades*[2].

Lisons *Les Pléiades* (quel joli titre[3] !) comme un roman veut être lu et comme les enfants lisent *Peau d'Âne*, je veux dire sans nous soucier de l'auteur et en nous laissant prendre naïvement au récit.

Il était six heures du soir à peu près, peut-être six et demie. La malle-poste filait entre la double ligne des chalets avec une verve renouvelée ; nous sautions sur les inégalités du pavé...

Enfin la machine roulante contint sa turbulente gaieté...

Conrad Lanze sauta à terre, et moi, riant de bon cœur à le voir saupoudré de poussière et blanc comme un pierrot, certain d'être tout semblable, je me battis de mon mouchoir, je frappai des pieds, je soufflai et exprimai avec passion le désir de trouver un bassin d'eau où plonger la tête et les mains...

Une fois à table, Lanze me proposa de demander du vin d'Asti, de ce petit vin mousseux, me dit-il, célébré par *la Chartreuse de Parme*, et qu'il fallait absolument connaître...

— Avouez, me dit-il, que tels que nous voilà attablés ici, nous sommes dans un des jours heureux de la vie, et au moment le plus heureux peut-être d'un pareil jour.

Déjà la magie opère. Nous ne sommes plus dans notre fauteuil, mais dans une diligence, sur une route d'Italie, vers 1850, écoutant trois jeunes gens — un Français, un Anglais, un Allemand — que le vin mousseux met en veine de confidences et qui pétillent en se racontant leur vie. Qu'il fait bon s'attarder avec eux, à l'étape, dans cette auberge, jusqu'au petit jour ! Allégro de la voiture, effervescence du récit : le beau départ ! Mais quelles illusions ! C'est le pas, c'est l'accent (cotillon simple et souliers plats) de l'éternelle Perrette. Même façon de porter la vie comme si elle était moins un fardeau qu'un jouet. Quels dangers attendent nos voyageurs — nous en tremblons pour eux — à cet âge où tout les précipite à la rencontre de l'amour ! Gare à la casse, belle jeunesse ! Nous apprenons bientôt que l'Anglais et l'Allemand ont été déjà au moins effleurés par l'amour, et c'est dans leur cœur une peine secrète, comme un doigt d'amer mêlé au vin d'Asti ;

1. *Nouvelle Revue Française*, février 1934. Ce numéro spécial contient une bibliographie.

2. *Le Figaro littéraire* des 6 et 13 décembre 1952.

3. Surtout si l'on écrit Pléïades avec un tréma, comme le fait M. Jean Mistler reprenant un vieil usage. Ainsi écrivaient les dictionnaires Richelet en 1680 et de Trévoux en 1732, — et l'Académie elle-même en 1772.

tandis que le Français, Louis de Laudon, fait gentiment sonner le grelot de sa petite tête.

Ils se séparent. Devrons-nous les quitter ? L'auteur a pitié de nous. Une page tournée, et nous suivons l'Anglais en Orient : le voilà pris entre deux jeunes filles. Nous revenons au Français : ce jeune blasé flirte médiocrement dans quelque domaine marécageux de l'Île-de-France. Nous rattrapons l'Allemand : ce sentimental, il fallait s'en douter, s'est laissé prendre au lasso d'une femme, une Polonaise languide et impérieuse. À l'approche de ces jeunes gens, des jeunes filles en bouton ouvrent leurs pétales, les imprudentes, et commencent à se faner. Chacune de ces vies noue et dénoue son problème, dévale vers sa fin. Maintenant qu'il les a fortement dessinés, l'auteur rapproche tous ces destins épars, les fait se heurter dans un carambolage d'une complication et d'une simplicité étourdissantes. Grêle et rapide au début, le roman se charge d'affluents, s'alentit, s'élargit avec majesté. Un moment vient où nous percevons toutes à la fois, comme dans un riche contrepoint, ces voix distinctes. Nous tenons alors le tableau complet, le chant divers et un de l'amour. Un certain prince apparaît enfin, qui résume et magnifie tout le reste, et en qui la folie de l'amour, devenue beauté, atteint à une stridence douloureuse, grandiose. Point d'orgue. FIN. Je reprends possession de mon fauteuil, de mes membres, de ma vie à moi. On dira ce qu'on voudra, je viens de lire un *vrai* roman.

Un *grand* roman ? Oui, suis-je aussitôt tenté de répondre, si j'en crois la houle de sentiments et la multitude de réflexions que le livre refermé continue d'émouvoir en moi. Mais le moment est venu de la relecture.

Le petit choc ravi se renouvelle. Et l'analyse, loin de tuer mon plaisir, le redouble. Un tel signe ne trompe pas. On m'avait parlé d'un doctrinaire plus ou moins teuton, et je trouve un conteur de race, de race gauloise, la race fine et agile de Marie de France, de La Fontaine, de Stendhal. Remarquez la première page : le mot s'efface et court dans la phrase comme le furet dans le bois joli. Il est partout et nulle part. Il ne fait pas la roue comme chez Chateaubriand, il ne tache pas la page comme dans *Salammbô.* Ai-je parlé de phrases ? Il n'y a pas de phrases, au sens qu'a pris chez nous ce vocable un peu gourmé qui évoque le nombre, l'équilibre savant et l'application, et qui appelle l'appréciation des connaisseurs. On ne dira jamais de notre auteur, comme de l'excellent Buffon, qu'il est un « phrasier ». Style et malle-poste cahotent, avec la même

« verve ». Le livre entier est d'ailleurs bâti avec un laisser-aller de grand seigneur : transitions ironiques, chapitres rattachés vaille que vaille, comme avec des rubans. Miracle, pourtant ! Cinq ou six intrigues entrelacent leurs fils, et tout est clair.

On dira que, diplomate, Gobineau montre la volubilité un peu facile des antiques « causeurs de cheminée » et le style brillanté de ces Messieurs de la Carrière. Oui, mais ni complaisance, ni clichés. Pas d'effets de jabot. Rien de M. de Norpois.

Aucune page n'a la suffisance d'un morceau d'anthologie ? Oui encore, mais c'est que chacune d'elles glisse, chasse vers la suivante. Cette prestesse, je l'accorde, sent parfois son feuilleton, genre dans lequel Gobineau s'exerça d'abord. Mais pourquoi nier le plaisir que nous donnent un Eugène Sue et un Alexandre Dumas ? À leur école, il apprit du moins l'a b c du métier, qui est d'enchanter l'attention.

Gobineau dépasse de tous côtés ces manœuvres. Il surclasse aussi quelques maîtres. Trop longtemps tenue, une même note fatigue, comme nous fatigue un Voltaire au rire mince faisant craquer ses éternelles allumettes. On voit les limites de Voltaire, non celles de Gobineau, lequel dispose de l'octave entière. Son roman est varié comme la vie. Au simple agrément du début succède le charme, puis l'émotion profonde. D'abord sec comme le cœur de Laudon, le style des *Pléiades* s'attendrit, se gonfle à l'approche de l'amour, halète et tremble dans la souffrance, s'élargit en ondes quand enfin l'amour heureux submerge tout. Et s'il nous paraît à la fin d'un tour moins sûr et surtout d'un ton moins plaisant, prenons-y garde : c'est que, Français, nous préférons trop souvent l'ironie d'un esprit qui se garde par crainte d'être dupe, à la générosité d'un cœur qui se donne et court ainsi tous les risques, celui d'être refusé, celui, plus redouté encore, du ridicule.

Ce que j'aime plus que tout dans *Les Pléiades*, c'est cet élargissement progressif. Au début, le Français donne la note, il siffle et persifle. Intimidés par ses roulades, ses deux amis, oiseaux d'un chant plus pur et plus secret, imitent de leur mieux ce merle parisien. Puis ils se décident à être eux-mêmes, et la situation se renverse : c'est maintenant Laudon qui se met à leur école. Il a assez de grandeur native pour reconnaître, dès qu'elle apparaît, la grandeur. Son éducation salonnarde avait refoulé en lui l'instinct, qui était généreux. Au contact des autres et au feu de la souffrance, le vernis craque, la vraie nature se libère. Ainsi des autres personnages, qui s'avancent vers une zone d'eux-mêmes toujours plus authentique. Ce freudisme avant la lettre — mais freudisme inversé, puisque c'est le meilleur, ici, qui était refoulé et qu'il s'agit d'amener au jour — me paraît le ressort central du roman. Ainsi entendue, la psychologie des profondeurs offrirait aux romanciers d'aujourd'hui des ressources dont il faut bien constater qu'ils n'abusent pas.

Les Pléiades progressent, non pas, comme les mauvais romans, du malheur au bonheur, mais d'un certain bonheur à un autre bonheur, du bonheur faux au bonheur vrai. « C'était une femme heureuse », nous dit-on de la princesse régnante, en conclusion d'un portrait féroce. Son cas est désespéré : elle se *croira* toujours heureuse. Mais voici Laudon. Lui aussi déclare d'abord : « Je m'estime fort heureux. » Mais d'où vient ce ton désinvolte, cette ironie agressive, ce persiflage ? C'est qu'il soupçonne son bonheur d'être faux et, pour échapper au désespoir, disqualifie ce qui lui manque. Pour guérir, il lui faudra renoncer à ce petit jeu. Autre « nature négative », mais plus noble : comprenant que tout est vain de ce que prise le monde, Casimir Bullet fuit le monde ; mais son stoïcisme, qui n'est pas sans grandeur, reste stérile. Le prince, lui, va plus loin : poussant jusqu'au bout du tunnel, du désespoir à l'espérance et de la solitude au don de soi, il voit poindre un bonheur qu'il n'avait pas soupçonné. Le périple est achevé. Mais entre les deux bonheurs, le médiocre et le grand, entre la lumière artificielle et la nouvelle aurore, il a dû passer par la nuit. « Pour aimer, il faut avoir souffert ; pour être grand aussi il faut avoir souffert ; la faculté de souffrir beaucoup est la plus merveilleuse couronne de *ceux qui occupent le premier rang parmi les humains.* » Le roman ne cesse de monter jusqu'à ce sommet qui condamne les médiocres et sacre les « fils de Rois ». À la fin, les étoiles de première grandeur, qui d'abord ignoraient leur vraie nature, l'ont reconnue à l'approche des autres. Leur ensemble forme une constellation. Et c'est le sens du mot « Pléiades ».

À mesure qu'on relit, un plan nouveau, des nuances apparaissent, et ce sentiment nous envahit, le seul qui comble, qu'on en découvrirait toujours davantage. Je ne puis donner qu'un échantillon des détails qu'une lecture ralentie nous permet maintenant de cueillir au passage, avec ravissement. Partout, des notations de la psychologie la moins pesante, la plus malicieuse, la plus vraie.

Deux coups de crayon, et voici le chambellan de Lehne, entremetteur de cour :

C'était un brave homme, doux, obligeant, parfaitement honnête, et la preuve en était qu'il n'avait aucune fortune... Il était le modèle des époux, et on n'avait jamais eu à le suspecter du moindre égarement ; mais il aimait ceux des autres ; il mettait de la passion à montrer aux autres la mauvaise route, et pour peu qu'on l'en priât et même de son propre mouvement, il servait de guide dans les sentiers réprouvés, de sorte qu'avec lui il n'était plus moyen d'en sortir. Cette singulière disposition naturelle ne lui ôtait rien de la gravité solennelle, du sourire dignement bienveillant, de l'air compassé qui impressionnaient tout le monde et lui auraient valu plus de considération s'il n'avait été trop public qu'en dehors de ses aptitudes spéciales il était parfaitement nul.

C'est enlevé et percutant comme un portrait de Molière, intérieur et savamment filé comme du Proust. Voyez maintenant ces deux jeunes filles. Un illuminé les a endoctrinées. Mais leurs parents et la cour les obligent à s'habiller « d'une tout autre manière que sainte Paule ou sainte Monique ». Ce sont des persécutées.

Quand Son Altesse et sa confidente eurent beaucoup pleuré et déclamé contre l'injustice et l'aveuglement des esprits engagés dans les voies du siècle, elles résolurent de dîner ensemble, et se donnèrent le plaisir d'un repas tout à fait conforme aux saines doctrines en ce qu'il n'y parut rien qui ait eu vie. Elles firent entrer modestement dans leurs petites bouches une quantité étonnante de gâteaux au beurre et de confitures, avec des flots de thé et de lait. Et toujours dissertant sur les habitudes bien connues des vrais chrétiens, lesquels vivaient, comme on sait, au fond des déserts, seul séjour possible pour une âme pieuse, elles avaient enfin l'ineffable bonheur de se sentir dans un tel état de sainteté qu'elles en pleuraient d'attendrissement l'une sur l'autre.

Pas trace d'ironie grinçante. Mais quel humour ! Et dans la moquerie quelle tendresse ! Sous l'air compassé, le portraitiste a surpris la grâce invincible de l'âge. L'une de ces jeunes filles, nous l'apprenons plus loin, a *cru* aimer un jeune homme, un peu comme nos midinettes s'embrasent pour une photo d'acteur. Mais qu'un bel officier se présente et, tout de bon, lui parle mariage, ce premier grand amour s'efface lentement, sûrement, recouvert par les fleurs et couronnes de mille bonnes raisons sous lesquelles l'inconstante se dissimule à elle-même son humiliante infidélité.

... L'amour qu'elle avait eu s'était trouvé embaumé par des aromates tellement exquis qu'au bout de quelque temps il y avait plaisir à contempler un mort aussi délicieux. On lui avait fait un tombeau ombragé de roses, parfumé de jasmins, rehaussé et ennobli de belles épitaphes, et on ne pouvait s'empêcher de recueillir avec attendrissement un pareil monument dans une jeune et fraîche mémoire. Puis les rosiers poussèrent, les jasmins devinrent de plus en plus touffus et chargés de leurs fleurs blanches et odorantes, si bien qu'on n'aperçut le tombeau qu'à peu près, et peu à peu même il s'effaça, il disparut ; rien ne resta que les plantes vivaces qui l'avaient recouvert..., le sentiment de s'être noblement conduite, et un grand besoin d'aimer pour de bon, aiguisé par cette déconvenue.

Ces ruses de la nature, Flaubert aussi les dénonce, mais en disséquant ses héroïnes. Sa psychologie sent la table d'opération de son chirurgien de père. Il ignore l'art de révéler une jeune fille à elle-même en empruntant si bien les couleurs de son imagination qu'elle se voie forcée d'en sourire.

Nous voilà donc loin du racisme. Il faut y venir pourtant. Ce que je vais dire relève moins de la littérature que de l'histoire des idées.

Ici, une surprise nous attend. Gobineau (sa correspondance le prouve) s'était proposé d'écrire moins un roman qu'une thèse, une thèse armée de toutes ses idées sociales, chargée de toutes ses colères politiques, et qu'il ferait exploser au nez des « imbéciles » dans le ciel tragique de 1871. Quelque chose subsiste du premier dessein. Sous le grêle clavecin du début et, à la fin, sous les longs traits de violon, une oreille attentive entend sourdement gronder l'imprécation et l'orage. En première lecture, je vous défie bien d'être sensible à la passion politique. Mais il en va du lecteur assidu comme du spectateur qui revoit au théâtre une pièce déjà connue : les personnages qui s'agitent au premier plan le requièrent moins, et il remarque maintenant la toile de fond. Les idées ne sont certes pas l'essentiel d'un roman, mais elles lui confèrent une troisième dimension et des prolongements inattendus.

Un paysage de catastrophe, telle est la toile de fond des *Pléiades.* C'est qu'au moment où il commence à écrire, en mars 1871, à Paris, Gobineau a sous les yeux les premières barricades de la Commune. Tout semblait perdu. À l'arrière-plan de son œuvre, comme de celles de Taine et de Renan, il faut voir les Tuileries en feu. Est-ce que nos œuvres, à nous aussi, de 1944 à 1950, n'ont pas arboré les couleurs du désespoir ? Les responsables de la défaite, ce ne sont pas seulement, pour Gobineau, les gens du peuple et les pétroleuses, mais ceux qu'on appelait alors les Notables et qu'il préfère appeler les Imbéciles. Et le mot sonne un peu comme le fameux « Imbéciles ! » de Bernanos après une autre défaite. Même colère, même dégoût.

Contemplons ces multitudes qui grouillent et s'amassent, pomponnées, ornées, parées ou en guenilles. *N'excluons personne.* Reconnaissez-vous la barbarie toute pleine ?... Sa masse est énorme ; admirez la belle ordonnance de sa division en trois parties. En tête la tribu bariolée des *imbéciles* ! Ils mènent tout, portent les clés, ouvrent les portes, inventent les phrases, pleurent de s'être trompés, assurent qu'ils n'auraient jamais cru. Voici maintenant les *drôles* ! Ils sont partout, sur les flancs, sur le front, à la queue... Et maintenant voilà les *brutes*. Les imbéciles les ont déchaînées ; les drôles poussent leurs troupeaux innombrables...

Je ne perçois qu'un monde d'insectes... armés de scies, de pinces, de tarières et d'autres instruments de ruine, attachés à jeter à terre mœurs, droits, lois, coutumes, *ce que j'ai respecté, ce que j'ai aimé* ; un monde qui brûle les villes, abat les cathédrales, ne veut plus de livres, ni de musique, ni de tableaux, et substitue à tout la pomme de terre, le bœuf saignant et le vin bleu. Voudriez-vous épargner cette tourbe si vous teniez entre les mains un moyen sûr de la détruire ? C'est votre affaire ! En ce qui me concerne, prêtez-moi pour un instant les foudres de Jupiter. Je n'anéantirai que ce qu'il faudra de la masse irresponsable des brutes... Et non plus, pas de sévérités outrées contre les drôles...

Quant aux imbéciles, je serais impitoyable. Ce sont les vaniteux et sanglants auteurs, les moteurs uniques et détestables de *la décrépitude universelle*, et la pluie de mes carreaux de feu labourerait sans pitié ces crânes pervertis. Non, une telle bande ne mérite pas de vivre ; non, cette vermine coassante ne peut exister et laisser le monde vivre ordonné à côté d'elle.

« La décrépitude universelle. » Gobineau retrouvait la conclusion de son *Essai*. Les événements, hélas, illustraient sa thèse : l'Europe vieillie agonisait dans la boue. Mais l'homme souffre trop ici pour que l'auteur se livre à un claironnant : « Je l'avais bien dit ! » Voilà qui nous plaît. Nous plaît aussi un accent personnel dont était dépourvu l'*Essai*. Dans cet ouvrage écrit presque vingt ans plus tôt, le ton objectif du savant pouvait faire croire à une indifférence olympienne. À peine le mot final laissait-il percer quelque émotion : « La prévision attristante, disait-il, ce n'est pas la mort (des peuples), c'est la certitude de n'y arriver que dégradés. » Sous le masque d'un personnage de roman, Gobineau peut se permettre enfin de laisser hurler sa souffrance intime. Ce qui fait espérer que certaines invectives contre la France ne sont, chez lui comme chez Bernanos, que l'envers ou la pudeur de l'amour.

Sa rage n'épargne personne. Ne parlons pas des révolutionnaires. Les conservateurs le font rire qui, les yeux au ciel — un ciel auquel la plupart ne croient pas — invoquent « les grands et éternels principes ». Gobineau annonce ici les très laïcs « bien-pensants », ceux-là mêmes que Sartre nommera les « salauds ». Restent les chrétiens. « Je suis catholique », déclare Gobineau, mais je nie que la religion puisse rajeunir un peuple vieilli. Le christianisme procure le paradis aux individus dans l'autre monde, où voyez-vous qu'il l'ait jamais promis aux peuples pour ce monde-ci ? En ces mêmes années, des aristocrates chrétiens conseillaient d'« aller au peuple » ; et méditant, lui aussi, sur la Commune, le comte Albert de Mun fondait les « Cercles ouvriers ». Gobineau n'est pas son homme. Il proclame la vanité des bonnes intentions comme des bonnes œuvres de ces bons Messieurs. Voici l'un d'eux, Henry de Gennevilliers. La caricature est réussie, mais c'est ici qu'apparaît le pamphlet :

> Il passait sa vie à chercher la solution des problèmes sociaux. Il s'inquiétait de statistique, d'économie politique, d'institutions charitables en faveur desquelles il dépensait beaucoup. Il organisait des sociétés d'ouvriers pour l'instruction des basses classes, favorisait les lavoirs, les ouvroirs, les caisses d'épargne. Il était un membre actif de la Société de Saint-Vincent-de-Paul et de celle de Saint-François-Régis pour la régularisation des mariages ; mais surtout il prêchait la transformation morale des prolétaires qui, à l'aide de saines doctrines..., devaient un jour devenir sobres, chastes, patients, désintéressés, tout à fait désabusés sur les bals publics et irréconciliables ennemis du cabaret.
>
> Le tout reposait sur un fond de sable composé d'une grande douceur d'âme, d'une honnêteté timide, du culte pieux de la phrase... Gennevilliers était maire de son village, conseiller général de son canton et député de son arrondissement.

N'attendant rien de l'avenir, lui non plus, Léon Bloy appelait de tous ses vœux, dans les mêmes années, la fin du monde, que son imagination flamboyante se représentait comme une apocalypse à grand spectacle. Gobineau songeait plutôt à un abâtardissement progressif. Quelques violents soubresauts, toutefois, précéderaient le sommeil final. C'est ainsi qu'en prophète assez proche ici de Dostoïevski, il décrivait les régimes matérialistes et dictatoriaux qui ont sévi ou sévissent sous nos yeux

> ... une organisation dans laquelle les peuples, bien nourris, bien repus, bien vêtus, formeront un vaste, un immense troupeau de bétail, admirablement dirigé, entretenu, engraissé d'après les règles les plus savantes, et seront menés de haut par des pasteurs tout puissants, devenus des dieux mortels auxquels on ne pourra pas répondre, contre lesquels il sera insensé de discuter, qui auront tous les droits, qui appliqueront toutes les disciplines, et que béniront d'un hosannah perpétuel les générations de brutes entretenues par leurs soins.

Et cela même ne durera pas. Rien donc, ni religion, ni œuvres sociales, ni dictature, ne sauvera « le grand corps malade du monde européen ». À la « sénilité » on n'opposera jamais que des « emplâtres ». Désespoir ? Non, *Les Pléiades* débouchent dans l'espérance. Tout est perdu pour les peuples, mais de la masse se détacheront quelques *individus* qui sauveront l'honneur de l'espèce en essayant du moins de mourir proprement.

Sursaut d'une volonté seule et libre devant la fatalité qui accable les masses ? Voilà qui nous rappelle quelque chose. Ne nous étonnons pas si la révolte d'André Malraux, déçue et altière, survole l'histoire, et se nourrit d'une méditation incessante sur les civilisations mortes ou mourantes. Malraux a beaucoup lu *Le Déclin de l'Occident* d'Oswald Spengler,... lequel avait beaucoup lu Gobineau. Malraux représente assez bien parmi nous ce « Titan indigné » qu'aimait à se dire, en souriant, le Gobineau du temps des *Pléiades*, mais c'est un Titan qui ne sait plus sourire.

Quant à cette existence toute neuve qui surgit au-delà du désespoir, nous connaissons cela! Depuis 1942, un certain existentialisme nous en a rebattu les oreilles. « La vie humaine commence de l'autre côté du désespoir », dit l'Oreste des *Mouches*. Curieux destin des doctrines! Sartre n'a peut-être jamais lu Gobineau, mais son théâtre est saturé des idées de Nietzsche,... lequel s'est inspiré de Gobineau. Le Surhomme n'est pas sans parenté avec les « fils de Rois ». En sorte qu'Oreste, qui se croit si jeunet, se trouve être un barbon.

Tous ces noms nous égarent. L'œuvre de Gobineau est la boîte de Pandore. Mais les mille et une idées qui en jaillissent ont pris chez de très libres disciples des développements monstrueux où nous ne reconnaissons plus le vrai Gobineau, celui qui se révèle malgré lui sous l'anonymat des personnages d'un roman. Détachée de lui, réchauffée par le nationalisme allemand, telle de ces idées a pu germer en racisme et en pangermanisme ; en telle autre on peut reconnaître l'amorce de la « morale des Maîtres », de Nietzsche ; sa façon de séparer si totalement la religion de la politique semble parfois annoncer Maurras ; son aristocratisme... Nous n'en finirions pas.

L'œuvre n'est donc pas sans danger. Mais la lecture des *Pléiades* prémunit du moins contre certaines simplifications.

Gobineau, type premier du « catholique anti-chrétien » ? Le mot est de M. Robert Dreyfus. Il appelle quelques nuances. Gobineau met « la religion à part », c'est vrai : à part de la vie sociale. Mais une telle tendance a été représentée de tout temps parmi les catholiques. On trouve chez Léon Bloy (pour ne nommer aucun catholique d'aujourd'hui) la même conviction, aussi étroite et aussi fausse, que le christianisme ne peut rien pour les sociétés en détresse, qu'on perd son temps dans les « œuvres », et que l'idée d'un progrès social est une grotesque niaiserie. Ici, évidemment, s'arrête la ressemblance. Gobineau n'a rien d'un mystique ! Toutefois, dans *Les Pléiades*, la prière apparaît quand les cœurs sont remués jusqu'au fond, et Laudon entrevoit pour lui le passage d'une religion conventionnelle à une piété plus personnelle ; enfin c'est la foi dans l'éternité qui sauve le prince du suicide et qui dénoue la crise.

Tendance aristocratique ? Tous les pessimismes en sont là. Religieux ou politiques, tous, même le sartrisme, tiennent pour le petit nombre des élus. Par ailleurs remarquez donc comment, dans *Les Pléiades*, les prétentions aristocratiques se trouvent joliment raillées. Les plus grands sots y sont des princes et des princesses ; et la plus sotte de tous, la princesse régnante, une véritable dinde, voit ainsi la zoologie humaine et le sacro-saint fixisme social :

> Le degré d'intérêt qu'elle portait aux mortels se mesurait sur leur situation à la Cour... : les Empereurs et les Rois représentaient les Grands mammifères ; les gentilshommes s'associaient aux quadrupèdes de moindre taille ; ce qui était fonctionnaire non-noble dans l'État s'assimilait naturellement aux oiseaux et aux poissons, et tout le reste était insecte... Néanmoins, il ne lui tombait aucunement dans l'esprit d'incriminer un négociant sous prétexte que c'était une fourmi, ni un artiste parce qu'il était l'équivalent d'un hanneton. Ce n'était pas elle qui avait arrangé les choses ainsi ; elle se bornait à adorer les ordonnances de la Providence divine et à en admirer les œuvres.

Le racisme ? On en trouve des traces fort nettes dans *Les Pléiades*. Mais le roman tout entier s'oriente vers autre chose : il nous crie que les « fils des Rois » ne naissent pas tels, mais se font eux-mêmes ; et que la vraie grandeur n'est pas raciale mais spirituelle. Et le spectacle est presque amusant d'un auteur attentif à camoufler de son mieux le démenti que la vie donne à sa théorie.

Existentialisme avant la lettre ? Si l'on veut, puisque *Les Pléiades* posent le problème de la possibilité de l'amour et celui de notre réconciliation avec ce monde. Mais tandis que l'existentialisme canonise l'« échec », l'échec est surmonté dans le roman, lequel se clôt sur la découverte de l'amour et la louange de la création.

Si, malgré les lourdes thèses qui lui furent consacrées, Gobineau reste un inconnu, c'est parce qu'au lieu de le chercher là où il est, dans ses œuvres d'imagination, on l'a identifié à un système en partie détaché de lui, celui de l'*Essai*, et à des disciples qui le trahissent bien davantage encore. Je vois en lui un de ces hommes-carrefours qui reçoivent de toutes mains les idées, et qui les sèment à tous les vents. Sa vie demeure en deçà de ces élucubrations brillantes qui ne lui coûtaient guère, et qui lui ont valu des milliers de fanatiques, alors qu'il méritait d'avoir quelques amis.

Reste en lui une part inviolée et inépuisable. L'art seul peut la suggérer. Vous la trouverez dans *Les Pléiades*.

André Blanchet

NOTES

Page 27.

1. Dans *La Chartreuse de Parme* (chap. XVIII), Fabrice del Dongo demande qu'on lui apporte « force *nébieu d'Asti* » dans sa cellule afin de s'attirer la sympathie des geôliers. « C'est un assez bon vin mousseux qu'on fabrique en Piémont dans la patrie d'Alfieri », commente Stendhal.

Page 28.

1. Allusion à *Guillaume Tell* (1804), de Schiller, et à l'opéra du même nom (1829), de Rossini.

2. Le djérid est le nom arabe d'une course de cheval qui consistait pour les cavaliers à jeter et à rattraper en plein vol des lances sans fer.

Page 29.

1. Est-ce Lanze ou Laudon qui prononce cette phrase ? L'alternance des répliques l'attribue normalement à Lanze, ce que dément la réplique suivante. Cette incertitude témoigne de la difficulté qu'il y a à individualiser ceux qui vont s'appeler bientôt « fils de Roi ». La distinction entre « force » et « violence » semble héritée de Joseph de Maistre, qui écrit au sujet de la première République française : « On croit ce gouvernement fort, parce qu'il est violent ; mais la force diffère de la violence autant que de la faiblesse » (*Considérations sur la France*, chap. IV, Slatkine, Genève, 1980, p. 106). Voir à ce sujet P.-L. Rey, *L'Univers romanesque de Gobineau*, p. 177.

Page 30.

1. « Notre vie est semblable à une chambre obscure, les images d'un autre monde s'y retracent d'autant plus vivement qu'elle est plus sombre », écrit Jean-Paul dans ses *Pensées*, traduites en français en 1829. Claude Pichois nous l'apprend dans *L'Image de Jean-Paul Richter dans les lettres françaises*, Corti, 1963, p. 355, et relève dans son article « En marge des *Pléiades* » d'autres occurrences, dont une dans la correspondance de Gobineau, de cette expression qu'on retrouvera p. 99 et qui apparaît comme un cliché de l'époque romantique.

Page 32.

1. Eurysthée : roi légendaire de Mycènes qui imposa à Héraklès (Hercule) douze travaux dans l'espoir de se débarrasser de lui.

Page 35.

1. Favonius : vent d'ouest printanier souvent célébré par les poètes latins.
2. « L'épithète de *louables cantons* est celle dont se qualifiaient jadis, dans les documents publics, les cantons suisses confédérés » (note de l'édition de J. Mistler).

Page 36.

1. De retour à Berne, Gobineau décrit à sa sœur Caroline, le 14 octobre 1850, ce qu'il a vu au cours du voyage qui les a conduits, sa femme et lui, de l'autre côté des Alpes : « Là, plus de ces chalets fastidieux blancs à volets verts, toujours les mêmes, objets de l'extase du philanthrope qui se contente de voir le mur et qui ne va pas compter les puces qui sont dedans; mais de bons paysans, nud pieds, misérables et gais, des chaumières en loques, pas de bancs verts pour vous indiquer les points de vue; des montagnes abruptes, le Rhin, un torrent qui coule sur du gravier. Enfin quelque chose de mâle [*lecture peu sûre*], de beau et qui n'a pas cet aspect vénal et banal qui rend odieux le reste de la Suisse. Mais une fois passé Coire, une fois entré dans la vallée de Domleschgk, là je ne trouve plus de mots pour peindre mon admiration. Dans l'espace de deux heures toutes les pointes des rochers inférieurs couronnés de ruines féodales, derrière d'immenses pans de montagnes, toujours le Rhin qui coule au pied, des champs de maïs qui annoncent le voisinage de l'Italie et des paysans sauvages qui ne parlent plus l'allemand, mais le romansch et qui ont gardé le souvenir des anciens Étrusques chassés de l'Italie par les Gaulois cisalpins lors de leur grande invasion, quand

Rome commençait à peine. » Dans une autre lettre, datée de « novembre 1850 », il écrit : « Les rives du Lac Majeur qui appartiennent à la Suisse sont ineptes et ennuyeuses à périr ; on a une navigation de deux heures, entre des montagnes insipides qui ne disent rien du tout, mais quand on arrive à Arona et que le lac s'élargissant n'appartient plus qu'à l'Italie, ayant le Piémont à droite et le Milanais à gauche, alors on a véritablement un beau spectacle et on devine qu'à gauche, les plaines lombardes vont commencer tandis que de l'autre côté s'élèvent les Alpes de la Savoie et le Simplon. C'est vraiment charmant, je l'avoue, mais toutefois inférieur, de toute la tête, à sa réputation et je ne donnerais pas deux sous pour aller le revoir. »

2. Les *Lettres d'Italie*, du président de Brosses (1709-1777), comptent parmi les plus célèbres « Voyages en Italie ».

Page 38.

1. *Humilitas :* Charles Borromée (1538-1584) fit de vains efforts pour réformer l'ordre monastique d'origine lombarde des *Humiliati*.

2. Dans la lettre de « novembre 1850 » à sa sœur, déjà citée, Gobineau écrit : « Je m'arrêtai à Tresi, puis je pris une barque et j'allai à l'*Isola Bella*. Tu sais ces parcs de quarante pieds de long sur 12 de large, dans lesquels on construit en plâtre un temple grec que l'on intitule fastueusement : *temple de Diane à Éphèse*? L'Isola Bella est absolument dans ce goût et avec 30 sous de rocaille et douze sous de plâtre dans un cornet, on en fera autant. Comme pour donner un démenti au climat méridional, ces fameuses terrasses qui sont très mesquines, sont toutes noires ; les statues qui les surmontent, ont toutes les bras, les jambes, la tête, ou au moins le nez cassé. Il n'y a qu'une chose assez frappante. C'est lorsqu'on tourne le coin de la plus belle terrasse pour aller débarquer, on a sous les yeux un mur couvert d'astragales et d'enroulements pompeux, puis l'on vient donner du nez sur d'ignobles masures, et des enfants jouent à côté des mauvais chiffons troués qui sèchent et immédiatement à côté de la porte du Palais Borromeo. C'est une scène tout italienne et frappante et charmante. » (Notre transcription des lettres de Gobineau diffère par quelques détails de celle qui est donnée dans les notes de l'édition de la Pléiade, p. 1020-1021.)

Page 39.

1. Allusion à *La Chartreuse de Parme*, de Stendhal, et à *Titan* (1803), de Jean-Paul Richter.

Page 40.

1. Allusion à l'« Histoire des trois calenders, fils de Roi, et de cinq Dames de Bagdad », tirée des *Mille et Une Nuits*, un des livres préférés de Gobineau. Dans la traduction de Galland, par laquelle il les connaissait, cette histoire se trouve vers le début de l'ouvrage, après l'« Histoire du jeune roi des îles noires » (à laquelle Gobineau fera allusion p. 240). Les calenders (derviches nomades chez certains peuples musulmans) expliquent dans leurs histoires respectives pourquoi ils sont devenus borgnes de l'œil droit. Dans la traduction de Jamel Eddine Bencheikh et André Miquel des *Mille et Une Nuits*, l'épisode est intitulé « Le Portefaix et les trois Dames » et les trois calenders y sont borgnes de l'œil gauche (Folio, t. III, 1996, p. 11-98 et particulièrement p. 26). L'intérêt de Gobineau pour ces derviches nomades date de son premier voyage en Orient. Il écrivait au retour : « Il existe une classe d'êtres qui fait d'un déplacement constant à peu près le but de sa vie. Ce sont les derviches, qui, n'ayant le plus souvent d'autre occupation, ne se bornent pas à parcourir la Perse, et vont, sans hésiter, à Calcutta, à Constantinople, au Caire, et cela d'autant plus aisément que leurs pérégrinations ne leur coûtent absolument rien. J'en ai vu et pratiqué beaucoup, et je les tiens, en général, pour très intéressants à connaître » (*Trois ans en Asie (de 1855 à 1858)*, dans *Œuvres*, Pléiade, t. II, 1983, p. 322).

Page 42.

1. Voir p. 78, n. 2.

2. Sur le manuscrit, Gobineau avait écrit, avant de biffer « [...] de fils de Roi. Un Roi moderne peut-être et très souvent n'est en effet qu'un aventurier et moins encore, laissons cela. Mais le fils de Roi, celui qui a trouvé [...] »

Page 43.

1. Rollon, Jarl de Rouen, est un cousin d'Ottar Jarl, nommé Eudes ou Odon dans la chronique française (voir Gobineau, *Histoire d'Ottar Jarl*, Didier, 1879, p. 15), dont la descendance est censée aboutir à Joseph-Arthur de Gobineau. Les Amâles sont une dynastie qui a régné sur les Goths jusqu'au VIe siècle. Quant aux Mérovingiens, Gobineau commence, aux derniers mois de sa vie, à leur consacrer une Histoire que doit compléter un recueil de *Nouvelles féodales*, à peine ébauché.

Page 45.

1. Sur le manuscrit, Gobineau écrit d'abord « coquins » avant de remplacer le mot par « drôles ». Le reste de son œuvre et de sa correspondance est riche d'une extraordinaire variété d'insultes.

Page 46.

1. Il ne s'agit pas là d'une boutade. Gobineau refuse obstinément une âme à ceux qui composent la masse, et appelle « anthropoïdes », dans une lettre à sa sœur, ceux qui lui ont inspiré les figures médiocres de son roman (2 juin 1874).

Page 47.

1. Pléiade : on a compté selon les époques six ou sept étoiles dans ce groupe qui fait partie de la constellation du Taureau. Gobineau écrit « Pléïades », orthographe respectée par J. Mistler dans son édition.

Page 49.

1. Maldonado est une ville de l'Uruguay, encore qu'il existe au Mexique, près d'Acapulco, un cap nommé « Maldonado Punta ».

Page 51.

1. Lapsus ou malice de Gobineau ? On attendrait : vis-à-vis de l'auditeur ou de l'interlocuteur. Même bizarrerie chez Stendhal : « Sa mine souffrante, ou du moins morne et facilement offensante pour le lecteur, empêchait les saillies et toutes les sensations agréables » (*Lamiel*, Folio, p. 205).

2. D'après Robert Kopp (voir Claude Pichois, « En marge des *Pléiades* », art. cité), *Le Palais de la Vérité* est un conte moral de Mme de Genlis qui figure à la fin du tome IV des *Veillées du château ou Cours de morale à l'usage des enfants* (1782).

3. Gobineau, décidément, s'embrouille un peu dans son procédé. Le lecteur ne verra qu'un côté de l'étoffe : il saura ce que pensent les personnages, non ce qu'ils disent réellement et qui aurait pu être du plus grand intérêt. On opposera la technique pratiquée ici par Gobineau à celle dont use Balzac dans un passage célèbre du *Curé de Tours*, où sont livrées en parallèle au lecteur les pensées et les paroles de l'abbé Troubert et de Mme de Listomère.

Page 53.

1. Aux yeux de Gobineau lui-même, l'Angleterre est peut-

être le pays qui échappe le mieux au sombre verdict porté sur l'ensemble des civilisations du globe. « Cette Europe ainsi faite que nous la voyons aujourd'hui, présente partout, jusqu'en Suède, jusqu'en Norvège, une abondance extrême de sang latin. Jusqu'au XVIIe siècle, elle avait pu en préserver jusqu'à un certain point l'Angleterre ; les guerres religieuses et les révolutions politiques de France ont mis fin à cette situation » (*Ce qui se passe en Asie*, Les Cahiers libres, 1928, p. 27). Dans une lettre à Tocqueville du 15 janvier 1856, Gobineau fait l'éloge de la colonisation anglaise aux Indes. Enfin l'Anglais Norton, le héros de la nouvelle *Akrivie Phrangopoulo* (*Souvenirs de voyage*), est avec Nore le type moral le mieux accompli de toute l'œuvre romanesque de Gobineau ; comme celui de Nore, son nom signale son origine normande.

Page 54.

1. L'ancienne capitale de Haroun-Al-Raschid : c'est-à-dire Bagdad.

Page 57.

1. Dans *L'Abbaye de Typhaines*, composée avant 1848, Gobineau a reçu comme tant de romanciers de son époque l'influence de Walter Scott. Il s'en détache ensuite, comme le montrent les lettres à sa fille Diane, pour y revenir avec un vrai plaisir dans les dernières années de sa vie. Sur le point de partir pour l'Italie, il écrit à la comtesse de La Tour (5 août 1878) qu'il emporte « tout Balzac et tout Walter Scott ». Dans des lettres adressées à Dom Pedro en 1879, il parle d'*Ivanhoe* et de *Waverley*. La comtesse de La Tour racontera dans ses souvenirs (inédits, manuscrit conservé à la Bibliothèque Nationale et Universitaire de Strasbourg) qu'il passait des heures, à la fin de sa vie, à lire des romans de Walter Scott.

Page 60.

1. Mountefiks : Tribus arabes nomades, qui circulaient entre l'Euphrate et Bagdad.

Page 65.

1. J. Gaulmier, dans une note de l'édition de la Pléiade, relève que la première mission diplomatique anglaise en Birmanie fut envoyée en juillet 1855 ; les propagandistes de la Bible ayant sans doute suivi à brève échéance, les faits relatés par Nore se situeraient donc vers 1856.

Page 67.

1. Claude Pichois (« En marge des *Pléiades* », art. cité) note que Gobineau traduit très approximativement ces vers extraits du chant VI des *Lusiades*. Il signale que la première citation est tirée de la strophe 27. La seconde vient bien de la strophe 91, comme Gobineau l'a indiqué sur le manuscrit, et non « cent quatre », comme l'ont imprimé ensuite certaines éditions à la suite de l'originale. On ignore à quelle date Gobineau a lu pour la première fois *Les Lusiades* ; il semble au moins que ce soit pendant son séjour à Rio, en 1869-1870, qu'il les ait découvertes *en portugais* (voir sur cette question Daniel-Henri Pageaux, « Gobineau et les cultures ibériques », dans *Arthur de Gobineau cent ans après (1882-1982)*, Colloque du centenaire, Minard, 1990, p. 59-81, particulièrement la note 23).

Page 77.

1. J. Gaulmier se demande s'il faut comprendre que Lord Cecil est le ministre d'Edouard VI, puis d'Elisabeth Ire, ou le politicien du XIXe siècle ami de Gladstone. Suivant le cas, Nore donnerait une image de l'Angleterre encore pure (voir n. 1 de la p. 53), ou de l'alliance de l'Angleterre du passé et de celle du présent. La première hypothèse nous paraît plus crédible.

2. En fonction de ce que le narrateur nous a dit plus haut (voir p. 50-51), Conrad Lanze — pas plus que Wilfrid Nore — ne va raconter réellement ce qui suit.

Page 78.

1. À partir du séjour à Athènes et jusque dans ses dernières années, Gobineau s'adonne régulièrement à la sculpture. À l'époque où il écrit *Les Pléiades*, il sculpte un *Amour blessé* que, dans une lettre à Zoé Dragoumis du 14 avril 1874, il met en parallèle avec son roman. Dans une lettre à sa femme du 2 août 1872, il fait mention d'un buste d'Anna Boleyn dont on n'a pas retrouvé la trace. Voir J. Gaulmier, « Note sur Gobineau et la sculpture », *Études Gobiniennes*, 1973, p. 41-76.

2. Cette rencontre chez un joaillier fait songer à la rencontre, dans *La Princesse de Clèves*, du prince et de Mlle de Chartres. Tandis que le goût des bijoux est reconnu comme caractéristique des races mélaniennes (voir *Essai sur l'inégalité des races*, dans *Œuvres*, Pléiade, t. I, p. 369), les pierres précieuses figurent souvent chez Gobineau le reflet sur terre de la lumière que répandent les étoiles. On le voit à plusieurs reprises dans *Les Pléiades*, ainsi qu'au début d'*Akrivie Phrangopopoulo* où les « flots d'azur » qui enchâssent les Cyclades « en

font, suivant les heures du jour, autant d'améthystes, de saphirs, de rubis, de topazes» (*Mademoiselle Irnois, Adélaïde* et autres nouvelles, Folio, p. 175).

Page 83.

1. Conrad répétera à plusieurs reprises qu'il a peu de goût pour la comtesse ou qu'il ne l'aime pas du tout, affirmations qui apparaissent comme des moyens de se défendre.

Page 91.

1. L'aoul est un de ces villages du Caucase dont l'accès est particulièrement difficile. On verra dans *La Danseuse de Shamakha*, première des *Nouvelles asiatiques*, qu'il symbolise à ce titre, autant que l'île, un territoire censé avoir échappé au mélange des races.

Page 95.

1. Comte immédiat: «ce qualificatif en droit féodal désignait les souverains qui relevaient directement de l'empereur germanique, sans être soumis à un pouvoir territorial intermédiaire, soit ecclésiastique, soit temporel. Lors de la dissolution de l'Empire, remplacé par une Confédération du Rhin (12 juillet 1806), la plupart des "États immédiats" furent "médiatisés", c'est-à-dire soumis à l'autorité des États plus vastes dans lesquels ils étaient enclavés» (note de J. Gaulmier dans l'édition de la Pléiade).

Page 97.

1. «Voilà un garçon qui va épouser une Polonaise! Est-ce qu'on épouse une Polonaise?» (à sa sœur, 14 août 1867).

Page 100.

1. Gobineau, après avoir écrit: «mais une demi-heure après», biffe «mais» sur le manuscrit, exemple assez rare chez lui de correction du premier jet aboutissant à un vrai effet de style.

Page 107.

1. Ce que dit ici de l'amour le docteur Lanze reçoit une sorte de confirmation de Gobineau dans la lettre qu'il envoie le 28 avril 1874 à son vieil ami le comte de Prokesch-Osten, décontenancé que l'amour ait pris une telle place dans un roman qu'il attendait plus austère: «Vous prononcez le mot de *maladie*, c'est parfaitement exact; un amour comme ceux-là

est une maladie, une maladie terrible, telle que les Grecs étonnés l'appelaient *sacrée* et *divine* parce qu'elle était comme incompréhensible, mais c'est la maladie des âmes fortes et la montrer chez les imbéciles, c'est ce que l'histoire ne peut pas faire. Je l'ai donnée aux Pléiades ; ai-je eu tort ? » Après *Salammbô,* Flaubert répondait presque dans les mêmes termes à Sainte-Beuve sur l'amour tel que le concevaient les Anciens (23-24 décembre 1862, voir Flaubert, *Salammbô,* Folio, p. 487).

Page 112.

1. J. Gaulmier signale que le club des Moutards a bel et bien existé. Il groupait, sous la monarchie de Juillet, la jeunesse dorée des familles légitimistes.

Page 115.

1. « Paris, ce tapage, cette boue physique et morale », écrit Gobineau à la comtesse de La Tour (10 janvier 1877). Il n'a cessé de pester contre cette ville qui lui paraît le pire creuset de toutes les races. C'est dire que Laudon trahit ici l'égarement de son esprit.

Page 116.

1. Délassements-Comiques : théâtre spécialisé dans les divertissements légers, voire osés, qui s'ouvrit en 1841 boulevard du Temple, déménagea rue de Provence en 1862, puis boulevard du Prince-Eugène (aujourd'hui boulevard Voltaire) en 1864. En janvier 1874, peu avant la publication des *Pléiades,* il s'installa rue du Faubourg-Saint-Martin, mais disparut peu après.

Page 123.

1. On songe encore à Stendhal : « La peur du ridicule (la *peur,* ce vilain sentiment) vole leur jeunesse à la moitié des jeunes gens de Paris » (*Rome, Naples et Florence (1826)*, Folio, p. 380).

Page 124.

1. L'alfénide est une variété de maillechort imitant l'argent inventée en 1850 par le chimiste allemand Halfen. Le similor est un alliage de laiton et de zinc.

2. Allusion à la mystification dont fut victime le mathématicien Michel Chasles de la part d'un escroc nommé Vrain-Lucas. Celui-ci lui vendit à partir de 1861 des lettres (écrites en français) de Socrate, de Pythagore, de Vercingétorix, de Marie-Madeleine et de quelques autres personnages célèbres. Le scandale éclata quand il lui vendit de prétendues lettres de

Pascal prouvant que celui-ci avait découvert avant Newton la loi de la gravitation universelle. L'Académie des Sciences discuta de leur éventuelle authenticité de 1867 à 1869, Vrain-Lucas fut arrêté et son procès se déroula en 1870. C'est là un des rares indices qui permettent de dater un peu précisément l'intrigue des *Pléiades.*

Page 127.

1. « Codin » est inconnu de tous les dictionnaires.
2. Le trabucco est un cigare de qualité courante.

Page 131.

1. Un pandour est un soldat d'une troupe irrégulière hongroise, du nom d'une ville de Hongrie.
2. Les tjandalas (ou tchandalas) sont en général « les plus noirs des Hindous, et quant à leur dégradation morale, à leur lâche perversité, elle n'a pas de limites » (*Essai sur l'inégalité des races,* dans *Œuvres,* Pléiade, t. I, p. 529).

Page 135.

1. C'est la première fois dans le roman que le narrateur, en tant que tel, se livre à une analyse amoureuse.
2. À fer émoulu : c'est-à-dire avec des armes qui n'ont pas été émoussées.

Page 136.

1. Cette « fameuse anecdote » pourrait, d'après J. Gaulmier (note de l'édition de la Pléiade), venir des *Mémoires* de Saint-Simon (Pléiade, Saint-Simon, t. VI, p. 622) ou des *Mémoires secrets sur les règnes de Louis XIV et de Louis XV* de Duclos.

Page 139.

1. L'Edda, « compilé en Islande d'après des chants et des récits norvégiens, célèbre principalement le Visigoth Théodorik » (*Essai sur l'inégalité des races,* éd. citée, p. 973). Ce souverain du Ve siècle ap. J.-C. tenta de régénérer l'Empire romain en proie à la décadence. Al-Mansour, deuxième khalife abbasside, vint résider à Bagdad vers 762 et donna son essor à la ville.

Page 140.

1. Conseil des Dix : il s'agit du conseil qui siégea à Venise à la suite de l'insurrection populaire de 1310 et dont les attributions étaient principalement policières.

Page 143.

1. Ici se place sur le manuscrit, rayé par Gobineau, un programme rêvé du docteur Lanze, qui pousse beaucoup plus loin que dans le texte définitif l'intransigeance envers la canaille.

Page 144.

1. J. Mistler suggère que Gobineau a pu trouver dans le roman d'Eugène Sue (dont Isidore Ducasse tira son pseudonyme) *Latréaumont* (1838) des détails sur cette conspiration.

Page 145.

1. Chambre étoilée : on désignait ainsi la Haute Cour de justice en Angleterre parce qu'elle siégeait dans une salle décorée d'étoiles.

Page 149.

1. À cet endroit figure sur le manuscrit un développement très travaillé et qui a vraisemblablement été supprimé sur les épreuves (voir notice, p. 425). Nous le donnons sans tenir compte des mots ou passages biffés ou corrigés :

« La colère est une passion plus grande que le monde. Elle transporte l'homme hors de lui-même. Les sots ne la ressentent pas. Elle a des ailes immenses, noires, mais puissantes et emporte celui qu'elle a saisi tellement haut qu'elle le fait planer au-dessus de tous ses intérêts et l'emporte au-delà de toutes ses habitudes. Elle est capable d'amonceler des ruines les unes sur les autres, et d'allumer tel bûcher que tout ce qu'elle y précipite s'y consume en un clin d'œil; mais elle n'est pas propre à l'égoïsme étroit, et elle ennoblit celui qu'elle anime. Si, modéré dans ses élans, le fils de Pélée, l'immortel Achille, avait su étouffer dans son âme divine les transports exaspérés de son incomparable fureur, il n'eût ressemblé qu'à un brave bourgeois assez plat, facile à impatienter et non moins facile à calmer.

« Jean-Théodore, de race héroïque, avait dans le sang autant de virilité native que le barattage des siècles, à travers tant de générations, en a pu laisser de molécules. Il était donc emporté et redoutable dans ses fureurs. Le coup porté par la main débile de son frère lui avait fait éprouver une angoisse si aiguë, il s'était trouvé tellement insulté, affronté, meurtri que la vengeance eût été aussi effrénée qu'immédiate, si le docteur qui le connaissait à fond ne lui eût dit à demi-voix […] »

Page 151.

1. Burbach : cette principauté allemande est imaginaire. Elle représente assez bien ces petits États allemands dont Gobineau gardera la nostalgie après sa mission à Hanovre, en 1851. L'*Essai sur l'inégalité des races humaines* est dédié à Georges V, roi de Hanovre. Mais Burbach doit peut-être aussi aux *Contes* d'Hoffmann, à qui Gobineau a consacré un article en 1842 (recueilli dans Gobineau, *Études critiques, 1842-1847*, éd. de Roger Béziau, Klincksieck (1984) ; voir par exemple la société décrite dans le conte intitulé « Le Cœur de pierre ».

Page 153.

1. Cette date est la seule du roman. « Rien ne vieillit un roman comme le dernier chiffre des dates. Ainsi dans le texte, au lieu de 1835 dire 183. », s'était ordonné Stendhal en marge de *Lucien Leuwen*. Dans *Les Pléiades*, la mention de l'avant-dernier chiffre est elle-même imprudente, si on souhaite à tout prix la recouper avec des allusions à un passé récent, non daté par le romancier il est vrai (voir p. 124, n. 2).

Page 154.

1. *Au poison du langage, ô funeste éloquence !*
Avant de t'exercer, tu t'exhales d'avance.

(« Manfredine », in *Poemi inediti di Arthur de Gobineau*, éd. de Paola Berselli Ambri, Florence, Olschki, 1965).

Page 161.

1. Gobineau prête ironiquement à son personnage un goût immodéré pour les points d'exclamation, dont lui-même fait un large usage dans sa correspondance.

Page 163.

1. Allusion à *Numa Pompilius* (1786), roman dans le genre historique tel qu'on le pratiquait couramment aux XVIIe et XVIIIe siècles, de Florian (1755-1794). Celui-ci est aussi l'auteur des deux romans évoqués ensuite : *Gonzalve de Cordoue*, roman troubadour (1791), et *Estelle et Némorin*, pastorale (1788).

2. Barthold Georg Niebuhr (1776-1831) est l'auteur d'une *Histoire romaine* dont Ludwig Schemann a souligné les parentés d'inspiration avec les thèses de Gobineau, qui la cite du reste à plusieurs reprises dans l'*Essai sur l'inégalité des races*. William Prescott (1796-1859) y est lui aussi cité souvent pour son *Histoire de la conquête du Mexique*.

Page 164.

1. « Résistant à la main » se dit d'un cheval qui résiste à son cavalier.

Page 166.

1. « Hors de l'amour, qu'y a-t-il ? Que peut-il y avoir ? Quelle joie, quels transports de s'y abandonner tout entier, sans rien réserver pour quoi que ce soit qui s'en éloigne » (*Nouvelles asiatiques, Les Amants de Kandahar,* in *Œuvres,* Pléiade, t. III, p. 522).

Page 168.

1. Gobineau affiche à l'occasion sa préférence pour les Normands sur les Saxons : « Les Saxons ont donc été des conquérants brutaux et rien de plus tandis que les Normands brutaux comme eux en qualité de conquérants, se sont en outre montrés fort habiles, fort intelligents et sont devenus très illustres » (à Zoé Dragoumis, 17 mai 1869). Il explique cependant, dans *Ce qui se passe en Asie,* que la décadence anglaise ne date pas de la bataille de Hastings, qui eut pour effet de mêler apparemment sans dommages Normands et Saxons, mais de l'époque plus récente où le sang latin afflua dans l'île (cf. ci-dessus, p. 53, n. 1). Le romancier n'est donc pas trop hérétique en faisant de l'irréprochable Harriet une Saxonne.

Page 171.

1. Comme porté par l'allégresse de sa création (littéraire et sculpturale), Gobineau affiche ici un optimisme dans le domaine des beaux-arts qui paraît contredire ce qu'il affirmait dans l'*Essai sur l'inégalité* : « Ni dans le grandiose, ni dans le beau, nous n'avons rien de comparable aux chefs-d'œuvre des races antiques » (*Œuvres,* Pléiade, t. I, p. 238). Le changement de perspective de l'*Essai* aux *Pléiades,* que nous évoquons dans notre préface, aboutit dans ce cas précis à une véritable contradiction.

2. Gobineau cite inexactement le vers de « L'Espoir en Dieu » (Musset, *Poésies nouvelles*) :

Une immense espérance a traversé la terre.

Page 178.

1. « Espagnole » en effet par son sujet, *Une femme est un diable ou La Tentation de saint Antoine* est en réalité une pièce de Mérimée ; elle figure dans le *Théâtre de Clara Gazul* (1825).

Page 180.

1. Poulo-Pinang : île de la Malaisie, contrôlant le détroit de Malacca.

Page 184.

1. J. Mistler, dans son édition, cite à propos de ce passage une lettre adressée par Gobineau à sa femme le 26 septembre 1872 : « Tu me confonds avec l'odeur qui est dans ma lettre. Je n'ai pas l'ombre d'une odeur chez moi, encore moins dans mon papier. Cela ne m'est jamais arrivé de ma vie et je n'ai nul projet de commencer. Il faut que ce soit le postier de la route qui ait versé son flacon dessus. Pour moi, j'en suis tout à fait innocent. »

Page 191.

1. Gobineau avait d'abord écrit : « Je n'ai pas besoin d'une maîtresse mais je ne puis [...] », avant de corriger sur le manuscrit.

Page 193.

1. Gobineau écrit à Zoé Dragoumis, le 25 novembre 1868, en définissant son état d'esprit qui est proche de celui de Nore : « Si je n'avais pas ce romanesque-là je ne serais pas celui que je suis. »

2. « Pourquoi suis-je moi ? » se demande Julien Sorel dans *Le Rouge et le Noir* (II, 28). Le doute parfois vertigineux sur sa raison d'être au monde qui saisit le héros de Stendhal n'effleure jamais les héros de Gobineau.

Page 196.

1. « Et je vous dis encore : Il est plus aisé qu'un chameau passe par le trou d'une aiguille, qu'il ne l'est qu'un riche entre dans le royaume de Dieu » (Évangile selon saint Matthieu, XIX, 24).

Page 197.

1. J. Gaulmier fait observer que le psaume 86 ne contient que sept versets.

Page 198.

1. Voici un extrait du dialogue entre Raphaël et Béatrice d'Este, appelée « La Dame », dans « Jules II », troisième « scène » de *La Renaissance* (1877) :

« RAPHAËL : Non ! je te le répète, je ne suis pas tout. Je suis la raison peut-être, je suis la modération, je suis le bon jugement, je suis, si tu veux, la sagesse et le goût éclairé ; mais je ne suis pas la profondeur, et surtout je ne suis pas le sublime.

LA DAME : Qui est donc l'un et l'autre ?

RAPHAËL : Michel-Ange.

LA DAME : Michel-Ange ? Cette âme sombre, triste, étroite, obscure, tourmentée ?... Vous n'y pensez pas, Raphaël ! Un tel homme vous être comparé ! Il ressemble au démon des ténèbres, tandis que vous êtes l'image de l'archange dont vous portez le nom. Quelle fantaisie de modestie vous prend à cette heure ? » (*Œuvres*, Pléiade, t. III, p. 768).

Gobineau, qui donne dans la dernière « scène » de *La Renaissance* un émouvant portrait de Michel-Ange, partage l'avis modeste et lucide de Raphaël. On peut s'étonner de le voir prêter à Wilfrid Nore des opinions semblables à celles de « la Dame ».

2. « Encore une transition fort maladroite qui sent le roman-feuilleton », note ici J. Gaulmier dans son édition. Si d'autres interventions du narrateur sont longues et emphatiques, comme celle qui termine le chapitre suivant (chapitre VI), il nous paraît que certaines parodies du roman-feuilleton, comme celle-ci, où Gobineau montre ostensiblement quelle difficulté il a à raconter simultanément plusieurs récits à la fois, sont plutôt d'un heureux effet.

Page 200.

1. J. Gaulmier remarque que ces précisions s'appliquent exactement à Tocqueville en qui il voit, parmi Montalembert et bien d'autres, un des modèles possibles d'Henry de Gennevilliers. Le rapprochement proposé est effectivement troublant. J'avoue que je me résigne mal à l'idée que Gobineau a voulu prendre pour cible Tocqueville, à qui il devait sa carrière, avec lequel il a entretenu une correspondance passionnante et pour qui il semblait, au-delà de leurs désaccords, avoir une réelle estime. Mais peut-être est-ce nourrir trop d'illusions sur Gobineau.

2. C'est l'éloge de Don Quichotte qu'on croit lire ici.

Page 201.

1. L'amour du Moyen Âge est une des constantes de l'œuvre de Gobineau. Il s'exprime particulièrement dans son immense poème, *Amadis*, dont l'édition complète fut publiée à titre posthume (Plon, 1887), avec une préface de la comtesse de La Tour, et qui commence par ces mots « Je suis le Moyen Âge ». Mais c'est surtout le Haut Moyen Âge, celui qui s'achève avec

les conquêtes normandes, que vénère Gobineau. Les siècles suivants ne feront qu'accentuer un déclin dû au mélange des races dont Gobineau convient, quand il ne cède pas aux exigences poétiques du mythe, qu'il s'est produit malgré les résistances de la race blanche en des temps très reculés.

Page 205.

1. Landammans : administrateurs cantonaux en Suisse.

2. Ce n'est pas par hasard que Gobineau situe en Suisse cet épisode qui va fustiger les intérêts terre à terre des Gennevilliers. Lui-même s'est fermement ennuyé lors de sa mission à Berne. Il écrit à Tocqueville le 11 juillet 1850 : « L'esprit joue peu de rôle en Suisse ; ce qui est puissance d'imagination est nul et généralement réprouvé ; mais tout le monde comprend et chérit les jouissances matérielles. » On sait que Stendhal ne pense pas différemment ; ainsi écrit-il au début de *Promenades dans Rome* : « Nous avons désiré cent fois que les habitants de la Suisse parlassent arabe. Leur amour exclusif pour les *écus neufs* et pour le service de France, où l'on est bien payé, nous gâtait leur pays » (*Voyages en Italie*, Pléiade, p. 599).

Page 207.

1. Avenue de l'Impératrice : débaptisée en 1870 pour devenir avenue Ulrich, puis avenue du Bois-de-Boulogne, s'appelle depuis 1929 avenue Foch.

Page 209.

1. J. Gaulmier signale que « le canton suisse d'Appenzell était vers 1850 divisé en deux demi-cantons, Appenzell-Rhodes-Extérieures (Ausser-Rhoden), de religion protestante, et Appenzell-Rhodes-Intérieures (Inner-Rhoden), catholique ».

Page 214.

1. Benedetto Marcello (1686-1739), auteur, entre autres œuvres, de *Parafrasi sopra li Salmi*, recueil contenant cinquante paraphrases de psaumes pour une à quatre voix.

Page 220.

1. J. Gaulmier rappelle qu'une légende attribuait à Mahomet après sa mort une ascension analogue à celle de Jésus.

Page 225.

1. *Dichtung und Wahrheit*, de Goethe, a été traduit en français en 1862 (Hachette) et en 1863 (Hetzel) sous le titre *Vérité et poésie*. À Eckermann, Goethe déclare : « J'ai appelé ce livre :

Vérité et Poésie, parce qu'il s'élève au-dessus du domaine de la réalité matérielle grâce à des tendances supérieures. [...] Un fait de notre vie ne vaut pas en tant qu'il est vrai, mais en tant qu'il signifiait quelque chose» (*Conversations de Goethe avec Eckermann*, à la date du 30 mars 1831). On voit que la signification du titre que Goethe a donné à ses Mémoires est sensiblement différente de celle que lui donne ici Gobineau.

2. Réflexion malicieuse du narrateur. Cette manière de reconnaître qu'on écrit une histoire et d'en exclure (comme s'ils étaient cependant réels) ceux qui n'en font pas partie, apparente Gobineau à certains romanciers du XVIIIe siècle, et particulièrement à H. Fielding.

Page 229.

1. Le «retirement» au sens de «action de se retirer, de faire retraite» n'est pas un mot d'usage courant. Le *Trésor de la langue française* en fournit deux exemples : celui de notre passage et un autre emprunté à Brillat-Savarin.

Page 240.

1. Casimir Bullet fait allusion à l'«Histoire du jeune roi des îles noires» qui, dans la traduction des *Mille et Une Nuits* de Galland, précède immédiatement l'«Histoire des trois calenders, fils de Rois». L'amant de la reine y est, à la suite d'un coup de sabre administré par le jeune roi, frappé d'invalidité aux jambes et privé de l'usage de la parole. Peut-être faut-il donner au conte une signification moins purement morale et spirituelle que celle que lui attribue Gobineau, pudique lecteur de Galland.

Page 241.

1. «De telles phrases, assez déplaisantes dans la bouche de Casimir Bullet, le sont davantage encore dans la correspondance de Gobineau, chargé de représenter à l'étranger le pays qu'il jugeait si sévèrement», écrit en note J. Mistler. «Nous ne partageons pas cette opinion», répond J. Gaulmier, «car de tels propos non seulement sont essentiels pour l'explication psychologique du personnage, mais encore représentent bien la pensée constante de Gobineau.» À coup sûr, Gobineau pense sincèrement les propos qu'il prête à Bullet, ce qui n'empêche pas qu'on soit gêné qu'un ministre de France publie à l'étranger un livre où il traîne son pays dans la boue.

Page 242.

1. J. Gaulmier fait justement observer que le stoïcisme au

vrai sens du terme ne qualifie qu'approximativement la philosophie de Casimir Bullet, car « l'austérité des stoïciens s'accompagne d'une adhésion totale à l'ordre universel des choses, tandis que le renoncement au monde du personnage de Gobineau résulte d'une *révolte* passionnée, bien éloignée de l'ataraxie ». Le « stoïcisme » de Gobineau nous paraît admirablement illustré par la parabole qu'il développe dans une lettre à sa sœur du 5 février 1874 : « Un de mes amis me racontait que, sur les bords de la Plata, s'étendent des plages de boue profonde qui longent les deux rives à de longues distances ; les bœufs sauvages ou à demi, dévorés par la soif, se risquent sur ces fondrières, ils s'y enfoncent ; ils ne peuvent s'en dépêtrer, le soleil sèche la boue autour d'eux ; ils sont incrustés vivants dans une sorte de pierre et ils meurent de soif et de faim, en vue de l'eau d'un côté et des prairies de l'autre. Eh bien ! voilà un peu ce que nous sommes. » Cette évocation, qui pourrait lui inspirer une morale proche de celle d'un Vigny, débouche en fait, au paragraphe suivant de la lettre, sur une révolte individuelle : « Je suis comme le bœuf de la Plata et, quand je considère cela, je t'avoue qu'il me devient assez égal de savoir si le Moloch ou le Jéhovah du Premier Testament s'est amendé avec le temps de manière à devenir le Dieu du Second. J'ai trouvé autrefois tout cela très intéressant. Aujourd'hui, je le répète, cela a beaucoup perdu et je me sens profondément lésé, injustement traité et tournant non pas au captif demandant grâce, mais au titan indigné. » On voit que la révolte de Gobineau est plus véhémente encore que celle qu'il prête dans le roman à Casimir Bullet.

2. Marc-Aurèle (121-180), empereur romain, mena de 169 à 174 une guerre contre les Marcomans. Il est surtout connu aujourd'hui pour ses *Pensées*, rédigées vers la fin de sa vie. Il épousa Faustine la Jeune. Celle-ci eut de nombreux amants, que Marc-Aurèle choisit d'ignorer.

Page 245.

1. Voici un trait de plus qui autorise à penser que Gobineau se reconnaît en Casimir Bullet. Aux sœurs athéniennes, Gobineau écrit le 9 décembre 1868 : « Vous m'avez toujours accusé d'être fanatique. Je ne m'en défends pas », et à sa sœur, le 16 juillet 1874 : « Je ne suis nullement sceptique, mais fort croyant au contraire, et même fanatique, mais pas à ce à quoi tu crois. »

Page 247.

1. « Certes, il y avait beau temps qu'Ossian n'était plus à la

mode », écrit Cl. Pichois. « L'admiration déclarée de Gobineau pour cette œuvre qui connut sa célébrité française sous l'Empire et la Restauration, celle, plus compréhensible, qu'il porte à *L'Astrée*, le marquent vraiment, à l'époque de Zola, du signe du réactionnaire » (« En marge des *Pléiades* », art. cité). J. Gaulmier rappelle qu'à Stockholm, Gobineau signe « Fingal » ses sculptures et certaines de ses lettres.

Page 251.

1. « Quelles machines bizarres que les hommes ! » s'écriait déjà Wilfrid Nore, p. 197. « L'homme est une singulière machine », écrit Gobineau à sa sœur le 28 janvier 1877. Commentant *L'Aphroëssa*, médiocre œuvre poétique de Gobineau, Mérimée n'aime pas « que Geneviève de Brabant, qui ne connaissait pas la machine à vapeur, parle "des ressorts compliqués engrenés dans nos cœurs" » (lettre à Gobineau du 7 février 1869, dans Mérimée, *Correspondance générale*, éd. de M. Parturier, Toulouse, E. Privat, 2e série, tome VIII, 1961).

Page 253.

1. J. Mistler a découvert que l'histoire de Don Pierre de Luna venait des *Scènes de la vie castillane et andalouse* (Charpentier, 1835), de Lord Feeling (1803-1837), Gobineau ayant abrégé les épisodes et changé les noms des personnages. Ce passage constitue un bel exemple de ce qu'André Gide nommera la « mise en abyme ». Au geste de doña Carmen tendant les mains à don Pierre répondra celui de la Tonska ouvrant les bras à Conrad. De même que, dans *La Chute de la Maison Usher*, d'Edgar Poe, le narrateur prend conscience du danger qui le menace dans un livre qui pousse à son terme la situation qu'il est en train de vivre, de même (ou à l'inverse, si l'on veut), Conrad peut reprendre espoir en sachant qu'a été heureusement dénouée une aventure qui semblait encore plus désespérée que la sienne. Le mythe éclaire le roman et l'autorise à se hausser jusqu'à lui.

2. Philippe III régna en Espagne de 1598 à 1621.

Page 260.

1. Serrer son jeu : terme d'escrime signifiant : serrer son adversaire.

Page 263.

1. Sainte-Hermandad : association qui, dans les villes d'Aragon et de Castille, assurait la paix publique.

Page 264.

1. Présides : sortes de garnisons où étaient relégués les condamnés de droit commun.

Page 266.

1. De pareilles réflexions légitiment ce que dit par exemple Jean Prévost quand il range Gobineau avec Baudelaire, Stendhal et Gérard de Nerval parmi les solitaires de l'amour (*La Création chez Baudelaire*, Mercure de France, 1953). Mais on peut aussi songer à *L'Astrée*, d'Honoré d'Urfé : « La plupart des plaisirs d'amour, dit Hylas, sont plus en l'imagination qu'en la chose même » (Courbé et Sommaville, 1647, édit. en 5 vol., t. II, p. 214).

2. « S'accalmir » s'emploie au sujet de la mer pour dire : devenir calme. Appliqué à une personne, ce verbe est rare. Le *Trésor de la langue française* en donne deux exemples : le présent passage et un vers de J. Richepin, postérieur aux *Pléiades*.

Page 269.

1. J. Gaulmier trouve chez Marc-Aurèle, Plutarque, Sénèque, plusieurs sources possibles à cette maxime au demeurant assez banale et vague.

Page 271.

1. « Il y avait aussi devant le trône une mer de verre semblable à du cristal ; et au milieu du trône et autour du trône il y avait quatre animaux pleins d'yeux devant et derrière. / Le premier animal ressemblait à un lion ; le second ressemblait à un veau ; le troisième avait le visage comme celui d'un homme, et le quatrième ressemblait à un aigle qui vole. / Ces quatre animaux avaient chacun six ailes, et ils étaient pleins d'yeux tout à l'entour et au-dedans ; et ils ne cessaient, jour et nuit, de dire : Saint, saint, saint est le Seigneur Dieu tout-puissant, QUI ÉTAIT, QUI EST, et QUI SERA » (Apocalypse de saint Jean, IV, 6, 7, 8).

Page 274.

1. Gobineau songe peut-être à la marquise Balbi, maîtresse du prince dans *La Chartreuse de Parme*, Stendhal ayant lui-même pu s'inspirer du nom de celle qui fut la maîtresse de Louis XVIII pendant l'émigration.

Page 275.

1. On lit ici sur le manuscrit : « elle l'aime… elle l'embrasse…

Je la vois qui l'embrasse... Elle est à lui », sans biffure, et pourtant écourté dans la version originale. Cette suppression, qu'il est difficile d'attribuer à Gobineau (voir notice, p. 425), va dans le sens d'une pudeur toujours plus grande, comme p. 191, n. 1.

Page 276.

1. Nous avons déjà signalé (voir P.-L. Rey, *L'Univers romanesque de Gobineau*, p. 309) l'étrange similitude de cette scène avec celle d'« Un amour de Swann », où Swann souffre devant ce qu'il croit être la fenêtre d'Odette. Il frappe, et se trouve face à deux vieux messieurs. Il s'était trompé de fenêtre (voir Proust, *Du côté de chez Swann*, Folio, p. 270-271).

Page 278.

1. À l'époque où se déroule l'action, c'est-à-dire très approximativement sous le Second Empire, les petits États allemands s'inquiétaient légitimement de leur survie face aux ambitions de la Prusse et de l'Autriche.

2. Sur le manuscrit, Gobineau avait d'abord écrit : « Jean-Théodore ne pouvait compter sur elle et d'ailleurs, à quoi bon ? puisque selon toute vraisemblance, il était le dernier souverain de sa race. / D'un autre côté [...] » Ou bien Gobineau prévoit dès maintenant que Jean-Théodore abdiquera sans laisser la succession à son fils, ou bien, ce qui nous paraît plus vraisemblable, il n'a pas encore inventé l'heureux dénouement qui lui donnera un fils.

Page 280.

1. Gobineau intervient ici à la manière de Stendhal pour guider l'opinion du lecteur à propos de son personnage. Voir par exemple dans *Le Rouge et le Noir* : « Il ne faut pas trop mal augurer de Julien » (I, 8), « J'avoue que la faiblesse dont Julien fait preuve dans ce monologue me donne une pauvre opinion de lui » (I, 22), « Nous avouerons avec peine, car nous aimons Mathilde » (II, 11).

Page 282.

1. Emploi fautif d'« alternative », qu'on trouve aussi chez Proust (*La Prisonnière*, Folio, p. 387) et bien d'autres auteurs. Gobineau n'est certes pas un puriste.

Page 286.

1. Gobineau reprend ici la thèse de son ouvrage *Mémoire sur diverses manifestations de la vie individuelle* (Desclée de Brouwer,

1935), qui l'occupa de longues années après l'*Essai sur l'inégalité des races* et avant *Les Pléiades*. On y lit par exemple : « La vie porte donc avec elle, comme son véhicule indispensable, comme sa caractéristique, la tendance à l'individualité. Hors de là, pas de vie et on peut prononcer hardiment que ce qui n'est pas individuel deviendra mais n'est pas » (p. 222). C'était s'éloigner déjà considérablement de la perspective adoptée dans l'*Essai*.

Page 287.

1. Anania et Sapphira : allusion aux *Actes des apôtres*, V, 1-11.

Page 291.

1. Loges de service : on appelle ainsi les loges réservées à des personnalités.

Page 293.

1. *Fidelio :* J. Gaulmier relève que l'intrigue de cet opéra de Beethoven, « fondée sur le dévouement d'une femme héroïque qui arrache son époux à la prison où il est injustement détenu, illustrant la devise de Beethoven, *durch Leiden Freude* (« par la souffrance à la joie »), résume, pourrait-on dire, la philosophie des *Pléiades*, où Nore, Lanze, Jean-Théodore vont à travers les épreuves au bonheur par l'amour ».

Page 298.

1. Louis Agassiz (1807-1873), géologue et paléontologue suisse, fit des recherches sur les fossiles et l'action des glaciers.

Page 303.

1. Pour la fille aînée de Gobineau, Diane de Guldencrone (lettre à sa sœur Christine du 25 juin 1924, voir notre notice, p. 426), Aurore Pamina, « c'est Zoé Dragoumi » (ou Dragoumis). Mais si elle était d'allure élancée et gracile, Zoé était brune, comme Clémence Monnerot dont Gobineau vantait la beauté à son père au temps où il l'épousa. Le romancier ne se met à « parler » d'Aurore que du moment où il a rencontré la comtesse de La Tour. Il est probable qu'il a dans l'imagination la jeune Grecque (il fit confidence de son amour à Mme Dragoumis avant de quitter Athènes, en 1868), mais que le rôle tenu par Aurore dans le roman correspond à son nouvel espoir d'être aimé. Au demeurant, la comtesse de La Tour ressemble encore moins à Aurore que Zoé : âgée de trente-quatre ans quand Gobineau la connut, elle était brune, bien en chair, vive et très préoccupée d'intérêts pratiques. Nous

sommes forcés de prendre au sérieux le témoignage de Diane, mais nous savons que la création romanesque obéit à des lois plus complexes que celle des simples transpositions, voire des croisements de figures et de rôles. Dans les limites du roman, nous devons constater que le portrait d'Aurore reprend jusqu'à la parodie les portraits féminins des romans-feuilletons de Gobineau, ce qui était peut-être un moyen d'éviter toute identification du personnage avec une femme réelle. Quant au nom de Pamina, il fait évidemment songer à *La Flûte enchantée*, que Gobineau admirait.

Page 308.

1. Pour J. Mistler, cette scène rappelle celle de *Wilhelm Meister*, de Goethe (deuxième partie, livre II), où Hilarie avoue son amour au major (voir Goethe, *Romans*, Pléiade, p. 1110). Mais puisque J. Mistler songe aussi aux *Affinités électives*, nous renvoyons au passage de ce roman (première partie, chap. XII) où Odile (Ottilie) montre son amour à Édouard : « Odile se taisait mais le regardait dans les yeux avec la joie la plus vive. Édouard leva les bras : "Tu m'aimes, s'écria-t-il, Odile, tu m'aimes !" » (*ibid.*, p. 203). Gobineau fut depuis sa jeunesse un grand lecteur et un admirateur de Goethe. À l'époque où il commence *Les Pléiades*, il écrit à Adelbert von Keller : « Je pense beaucoup à un grand roman commencé qui sera mon *Wilhelm Meister* » (16 juillet 1871). Au comte de Prokesch-Osten, il avait écrit de Téhéran le 20 novembre 1862 : « Il m'est tombé sous la main les *Wahlverwandschaften* [*Les Affinités électives*]. Je les relis avec un plaisir extrême. » Le titre des *Affinités électives* conviendrait du reste fort bien aux *Pléiades.*

Page 309.

1. C'est le lecteur de Stendhal qui réapparaît ici.

Page 313.

1. Allusion aux vers de Virgile :

Malo me Galatea petit, lasciva puella,
Et fugit ad salices et se cupit ante videri

(*Bucoliques*, III, v. 64-65)

(Galatée, espiègle jeune fille, lance une pomme dans ma direction, s'enfuit vers les saules et cherche auparavant à être aperçue.)

Page 319.

1. Le brouillard joue un rôle symbolique important dans plusieurs œuvres de Gobineau. Dans *La Danseuse de Shamakha*, le chant d'Omm-Djéhâne s'élève « comme du fond d'un brouillard naît, s'avance peu à peu et se fait reconnaître une apparition éthérée » (*Œuvres*, Pléiade, t. III, p. 345). Dans *Olaf Tryggvason* (poème posthume donné par L. Schemann dans *Quellen und Untersuchungen zum Leben Gobineaus*, tome II, Berlin-Leipzig, 1920, p. 62-85), l'apparition de l'aurore efface les brouillards, ce qui donne tout son sens au prénom de l'héroïne des *Pléiades*. De Bayreuth, après une représentation du *Crépuscule des dieux*, Gobineau écrit à la comtesse de La Tour : « Figurez-vous que ce sont des brouillards qui éteignent la terre. N'est-ce pas curieux, comme dans l'*Amadis* ? » (16 mai 1881).

Page 320.

1. Ce passage peut faire penser à *Lucinde* (1799), de Friedrich Schlegel : « Il vécut et souffrit ainsi de nombreuses années ; en le voyant, on le prenait pour plus âgé qu'il n'était. Ses œuvres étaient conçues avec grandeur et dans le style antique mais leur gravité était effrayante, leurs formes tombaient dans la démesure ; l'antique devenait chez lui de la dureté, et ses tableaux restaient figés, comme en pierre, malgré toute sa profondeur et sa pénétration. Il y avait beaucoup à louer en eux ; seule manquait la grâce : en cela, il ressemblait à ses œuvres » (*Romantiques allemands*, Pléiade, t. I, p. 573). Julius sera ensuite entraîné par Lucinde, non vers l'amour éthéré qui élève la création artistique, mais sur la pente dangereuse de la passion charnelle.

Page 325.

1. Dans *Les Conseils de Rabelais*, nouvelle publiée par Gobineau dans *Le Courrier Français* (22 et 23 octobre 1847), était évoquée sur le mode de la fiction la résolution de Mgr Odet de Châtillon qui abjura la foi catholique pour pouvoir épouser sa maîtresse (situation voisine déjà de celle de Jean-Théodore). François Rabelais lui tenait alors des propos proches de ceux du duc dans *Les Pléiades* : « Que les sots vous doivent condamner, vous le savez, et votre tort est de le mépriser, car les sots, c'est tout le monde en un chacun ; à eux fut donné le royaume du ciel, comme il est écrit, et mieux encore le royaume de la terre ; les sots font la foule, remplissent les rues, les maisons, les couvents, les parlements, les hôtels royaux,

parfois même ils occupent le trône ; c'est pour leur bon plaisir que l'on juge, ruine et pend ; vous avez tort de les dédaigner, ce sont des gens considérables ; quant à ce qui est de moi, je ne les affronte jamais et ne les injurie que de loin » (*Mademoiselle Irnois, Adélaïde* et autres nouvelles, Folio, p. 120-121). Les propos irrévérencieux tenus par « François Rabelais » à propos du « trône » ne pouvaient que plaire aux lecteurs du *Courrier Français,* mais qu'en pensaient les amis légitimistes de Gobineau ? Nous avons vu que sur ce point aussi (voir p. 42 et n. 2), Gobineau n'avait guère changé d'opinion vingt-cinq ans plus tard.

Page 332.

1. Nous suivons la leçon de Jean Mistler. Le manuscrit et les autres éditions donnant « air » qui n'a guère de sens.

Page 341.

1. Gobineau a écrit dans sa jeunesse un poème dramatique, *Les Adieux de Don Juan* (J. Labitte, 1844), dont le héros présentait l'illustration contraire de cette maxime. Parlant du plaisir, Don Juan s'écriait :

> *Sachons lui consacrer et l'esprit et le cœur :*
> *L'esprit, pour en sonder toute la profondeur ;*
> *Le cœur, pour en pouvoir épuiser les délices.*

Page 346.

1. Faut-il souligner le côté très théâtral de ce monologue ?

Page 353.

1. Dans *La Chasse au caribou,* l'honnête Lucy Barton était victime de la même erreur, mais de manière plus irrémédiable que Liliane (voir dans *Mademoiselle Irnois, Adélaïde* et autres nouvelles, Folio).

Page 359.

1. La souffrance, pour Gobineau, vaut suivant celui qui souffre ; dans tous les cas, elle n'est admirable qu'à condition d'être silencieuse. Il s'est toujours montré sévère pour les épanchements romantiques et pour les déclarations qu'on fait « en regardant les étoiles et les larmes aux yeux » (*Scaramouche,* dans *Œuvres,* t. I, p. 12). Il consacre deux articles à Musset dans *Le Commerce* les 24 septembre et 1er octobre 1844 (recueillis dans Gobineau, *Études critiques, 1842-1847,* Klincksieck, 1984) en lui reconnaissant des qualités de vivacité, mais

en condamnant le côté déclamatoire de *Rolla*, par exemple, et en se montrant particulièrement sévère pour la *Confession d'un enfant du siècle*. À cet égard comme à d'autres (Cl. Pichois l'a souligné), les préférences de Gobineau ne sont pas éloignées de celles de Baudelaire. La feuille blanche que Casimir Bullet envoie chaque année à la Tonska est une des belles trouvailles des *Pléiades* et une émouvante expression de la grandeur d'une souffrance qui ne se répand pas en lamentations.

Page 366.

1. Voir Ovide, *Les Métamorphoses*, III, Folio, p. 114-116.

Page 374.

1. Voir p. 107, n. 1.

Page 375.

1. Ici, ainsi qu'une page environ plus loin (« mais, non, son cœur n'avait jamais été un rocher »), on peut se demander si Gobineau adopte de façon maîtrisée le ton d'un causeur ou s'il justifie au fil de la plume le revirement tout à fait inattendu de la Tonska, à moins qu'il ne pousse à la parodie la désinvolture avec laquelle il la fait monter au ciel parmi les « Pléiades ».

Page 383.

1. En cet emploi, « fibrille » est synonyme de « vrille ». Le *Trésor de la langue française* en signale quelques emplois, dont un de Balzac : « Au-dessus, voyez les fibrilles déliées, fleuries, sans cesse agitées de l'amourette purpurine qui verse à flots ses anthères presque jaunies » (*Le Lys dans la vallée*, Folio, p. 120).

Page 387.

1. Gobineau se montrait sévère pour l'absolutisme de Louis XIV. En affaiblissant la féodalité, celui-ci aurait préparé la Révolution de 1789. Voir par exemple *Ce qui est arrivé à la France en 1870*, Klincksieck, 1970, p. 74.

Page 391.

1. Gobineau écrit le 22 août 1873 à Dom Pedro à la suite d'un voyage en Norvège : « Il n'y a pas à proprement parler de villages en Norvège ; toutes les habitations s'isolent. Le Norvégien veut avoir de la place autour de lui, respirer à l'air et être libre de ses voisins. C'est tout à fait l'usage antique, non seule-

ment de la Norvège, mais de la race ariane et j'ai été intéressé à retrouver dans l'habitation norvégienne, toujours en bois comme dans les tems les plus anciens, le souvenir exact et fidèle de l'habitation hindoue et iranienne, comme de l'établissement du roi mérovingien sur la Somme et sur l'Oise. » J. Gaulmier rappelle que ce voyage accompli en compagnie de la comtesse de La Tour a été marqué par ce qu'elle appelle dans ses souvenirs (inédits, Bibliothèque Universitaire de Strasbourg, ms 3568) le « pacte de Norvège », par lequel elle s'engagea à aider son ami à mourir. Au demeurant, le voyage en Norvège n'a pu inspirer *Les Pléiades*, puisque Gobineau a achevé son roman avant son départ ; c'est plutôt que les paysages qu'il y a vus allaient à la rencontre de sa sensibilité et de sa culture.

Page 401.

1. On peut lire dans l'*Essai sur l'inégalité des races* un beau portrait de Sylla : « Mais il apparut une fois, dans l'histoire des peuples en décadence, un homme mâlement indigné de l'abaissement de sa nation [...] » (*Œuvres*, Pléiade, t. I, p. 873).

2. Agnat : en cet emploi, héritier ou successeur en vertu du privilège de masculinité. Voir dans *Histoire de Gambèr-Aly* : « Abdoul-Azym était, en son temps, un très pieux personnage, agnat ou cognat de Leurs Altesses Hassan et Houssein » (*Nouvelles asiatiques*, dans *Œuvres*, Pléiade, t. III, p. 431).

Page 406.

1. J. Gaulmier évoque ici le « Entre ici, ami de mon cœur » de Clélia adressé à Fabrice dans *La Chartreuse de Parme* (chap. XXVIII).

Page 408.

1. Caton d'Utique (95-46 av. J.-C.) se suicida après la défaite de César à Thapsus.

Page 412.

1. L'affirmation de son immortalité par Jean-Théodore doit être rapprochée du « Oui, nous sommes des immortels » de Candeuil, alias Casimir Bullet (p. 366). Si Gobineau croit lui-même à l'immortalité de l'âme, le sombre constat de l'*Essai sur l'inégalité des races* (« Nous mourons ») prend une coloration différente. Il semble en fait que les individus dépourvus d'âme, ou « anthropoïdes », de plus en plus nombreux sur la

surface de la terre, ne soient pas par définition promis à l'immortalité : or, les exceptions n'entraient pas dans le champ de réflexion de l'auteur de l'*Essai*. Les « Pléiades », elles, sont promises à l'immortalité, par naissance mais aussi parce qu'elles savent la mériter ; les paroles de Jean-Théodore pourraient signifier : Pour que mon âme soit immortelle, j'aurai l'énergie de vivre et d'être heureux.

Page 413.

1. Gobineau avait d'abord écrit sur le manuscrit, à la suite de « ULRIC » : « Il poussa un cri, tomba en arrière et s'évanouit. » La version définitive pousse jusqu'à l'indécence la volonté de bonheur de Jean-Théodore.

Page 414.

1. « Les Voiles noirs » est le titre d'un roman commencé par Gobineau à la suite des *Pléiades*. Voir notre préface, p. 10, n. 1.

2. Renaud est le prénom du dernier fils de Hugues IV de Gournay. Il « prit à son tour le fascé de trois pièces chargé de trois corbeaux qui lui venaient des Trye-Dammartin, par les Bôve, en changeant les anneaux dont ceux-ci s'étaient également pourvus en trois corbeaux qu'ils devaient à leurs relations avec l'abbaye de Corbie » (*Histoire d'Ottar Jarl*, éd. citée, p. 127). C'est le blason que Gobineau revendique pour sien. En s'installant à Trye, dans un château qu'il dut revendre ensuite, Gobineau eut le sentiment de retrouver la terre de ses ancêtres. Le tableau généalogique donné à la fin d'*Ottar Jarl* part de Renaud et aboutit à Joseph-Arthur de Gobineau. Ainsi la fin des *Pléiades* semble-t-elle offrir la promesse d'un éternel retour.

LES PLÉIADES

LIVRE I

DU MÊME AUTEUR

Dans la même collection

MADEMOISELLE IRNOIS, ADÉLAÏDE et autres nouvelles : LES CONSEILS DE RABELAIS, SOUVENIRS DE VOYAGE. *Édition présentée et établie par Pierre-Louis Rey.*

COLLECTION FOLIO

Dernières parutions

2765.	Didier Daeninckx	*En marge.*
2766.	Sylvie Germain	*Immensités.*
2767.	Witold Gombrowicz	*Journal I (1953-1958).*
2768.	Witold Gombrowicz	*Journal II (1959-1969).*
2769.	Gustaw Herling	*Un monde à part.*
2770.	Hermann Hesse	*Fiançailles.*
2771.	Arto Paasilinna	*Le fils du dieu de l'Orage.*
2772.	Gilbert Sinoué	*La fille du Nil.*
2773.	Charles Williams	*Bye-bye, bayou!*
2774.	Avraham B. Yehoshua	*Monsieur Mani.*
2775.	Anonyme	*Les Mille et Une Nuits III (contes choisis).*
2776.	Jean-Jacques Rousseau	*Les Confessions.*
2777.	Pascal	*Les Pensées.*
2778.	Lesage	*Gil Blas.*
2779.	Victor Hugo	*Les Misérables I.*
2780.	Victor Hugo	*Les Misérables II.*
2781.	Dostoïevski	*Les Démons (Les Possédés).*
2782.	Guy de Maupassant	*Boule de suif* et autres nouvelles.
2783.	Guy de Maupassant	*La Maison Tellier. Une partie de campagne* et autres nouvelles.
2784.	Witold Gombrowicz	*La pornographie.*
2785.	Marcel Aymé	*Le vaurien.*
2786.	Louis-Ferdinand Céline	*Entretiens avec le Professeur Y.*
2787.	Didier Daeninckx	*Le bourreau et son double.*
2788.	Guy Debord	*La Société du Spectacle.*
2789.	William Faulkner	*Les larrons.*
2790.	Élisabeth Gille	*Le crabe sur la banquette arrière.*

2791. Louis Martin-Chauffier — *L'homme et la bête.*
2792. Kenzaburô Ôé — *Dites-nous comment survivre à notre folie.*
2793. Jacques Réda — *L'herbe des talus.*
2794. Roger Vrigny — *Accident de parcours.*
2795. Blaise Cendrars — *Le Lotissement du ciel.*
2796. Alexandre Pouchkine — *Eugène Onéguine.*
2797. Pierre Assouline — *Simenon.*
2798. Frédéric H. Fajardie — *Bleu de méthylène.*
2799. Diane de Margerie — *La volière* suivi de *Duplicités.*
2800. François Nourissier — *Mauvais genre.*
2801. Jean d'Ormesson — *La Douane de mer.*
2802. Amos Oz — *Un juste repos.*
2803. Philip Roth — *Tromperie.*
2804. Jean-Paul Sàrtre — *L'engrenage.*
2805. Jean-Paul Sartre — *Les jeux sont faits.*
2806. Charles Sorel — *Histoire comique de Francion.*
2807. Chico Buarque — *Embrouille.*
2808. Ya Ding — *La jeune fille Tong.*
2809. Hervé Guibert — *Le Paradis.*
2810. Martín Luis Guzmán — *L'ombre du Caudillo.*
2811. Peter Handke — *Essai sur la fatigue.*
2812. Philippe Labro — *Un début à Paris.*
2813. Michel Mohrt — *L'ours des Adirondacks.*
2814. N. Scott Momaday — *La maison de l'aube.*
2815. Banana Yoshimoto — *Kitchen.*
2816. Virginia Woolf — *Vers le phare.*
2817. Honoré de Balzac — *Sarrasine.*
2818. Alexandre Dumas — *Vingt ans après.*
2819. Christian Bobin — *L'inespérée.*
2820. Christian Bobin — *Isabelle Bruges.*
2821. Louis Calaferte — *C'est la guerre.*
2822. Louis Calaferte — *Rosa mystica.*
2823. Jean-Paul Demure — *Découpe sombre.*
2824. Lawrence Durrell — *L'ombre infinie de César.*
2825. Mircea Eliade — *Les dix-neuf roses.*
2826. Roger Grenier — *Le Pierrot noir.*
2827. David McNeil — *Tous les bars de Zanzibar.*
2828. René Frégni — *Le voleur d'innocence.*
2829. Louvet de Couvray — *Les Amours du chevalier de Faublas.*

2830.	James Joyce	*Ulysse.*
2831.	François-Régis Bastide	*L'homme au désir d'amour lointain.*
2832.	Thomas Bernhard	*L'origine.*
2833.	Daniel Boulanger	*Les noces du merle.*
2834.	Michel del Castillo	*Rue des Archives.*
2835.	Pierre Drieu la Rochelle	*Une femme à sa fenêtre.*
2836.	Joseph Kessel	*Dames de Californie.*
2837.	Patrick Mosconi	*La nuit apache.*
2838.	Marguerite Yourcenar	*Conte bleu.*
2839.	Pascal Quignard	*Le sexe et l'effroi.*
2840.	Guy de Maupassant	*L'Inutile Beauté.*
2841.	Kôbô Abé	*Rendez-vous secret.*
2842.	Nicolas Bouvier	*Le poisson-scorpion.*
2843.	Patrick Chamoiseau	*Chemin-d'école.*
2844.	Patrick Chamoiseau	*Antan d'enfance.*
2845.	Philippe Djian	*Assassins.*
2846.	Lawrence Durrell	*Le Carrousel sicilien.*
2847.	Jean-Marie Laclavetine	*Le rouge et le blanc.*
2848.	D.H. Lawrence	*Kangourou.*
2849.	Francine Prose	*Les petits miracles.*
2850.	Jean-Jacques Sempé	*Insondables mystères.*
2851.	Béatrix Beck	*Des accommodements avec le ciel.*
2852.	Herman Melville	*Moby Dick.*
2853.	Jean-Claude Brisville	*Beaumarchais, l'insolent.*
2854.	James Baldwin	*Face à l'homme blanc.*
2855.	James Baldwin	*La prochaine fois, le feu.*
2856.	W.-R. Burnett	*Rien dans les manches.*
2857.	Michel Déon	*Un déjeuner de soleil.*
2858.	Michel Déon	*Le jeune homme vert.*
2859.	Philippe Le Guillou	*Le passage de l'Aulne.*
2860.	Claude Brami	*Mon amie d'enfance.*
2861.	Serge Brussolo	*La moisson d'hiver.*
2862.	René de Ceccatty	*L'accompagnement.*
2863.	Jerome Charyn	*Les filles de Maria.*
2864.	Paule Constant	*La fille du Gobernator.*
2865.	Didier Daeninckx	*Un château en Bohême.*
2866.	Christian Giudicelli	*Quartiers d'Italie.*
2867.	Isabelle Jarry	*L'archange perdu.*
2868.	Marie Nimier	*La caresse.*

2869. Arto Paasilinna — *La forêt des renards pendus.*
2870. Jorge Semprun — *L'écriture ou la vie.*
2871. Tito Topin — *Piano barjo.*
2872. Michel Del Castillo — *Tanguy.*
2873. Huysmans — *En Route.*
2874. James M. Cain — *Le bluffeur.*
2875. Réjean Ducharme — *Va savoir.*
2876. Mathieu Lindon — *Champion du monde.*
2877. Robert Littell — *Le sphinx de Sibérie.*
2878. Claude Roy — *Les rencontres des jours 1992-1993.*
2879. Danièle Sallenave — *Les trois minutes du diable.*
2880. Philippe Sollers — *La Guerre du Goût.*
2881. Michel Tournier — *Le pied de la lettre.*
2882. Michel Tournier — *Le miroir des idées.*
2883. Andreï Makine — *Confession d'un porte-drapeau déchu.*
2884. Andreï Makine — *La fille d'un héros de l'Union soviétique.*
2885. Andreï Makine — *Au temps du fleuve Amour.*
2886. John Updike — *La Parfaite Épouse.*
2887. Daniel Defoe — *Robinson Crusoé.*
2888. Philippe Beaussant — *L'archéologue.*
2889. Pierre Bergounioux — *Miette.*
2890. Pierrette Fleutiaux — *Allons-nous être heureux ?*
2891. Remo Forlani — *La déglingue.*
2892. Joe Gores — *Inconnue au bataillon.*
2893. Félicien Marceau — *Les ingénus.*
2894. Ian McEwan — *Les chiens noirs.*
2895. Pierre Michon — *Vies minuscules.*
2896. Susan Minot — *La vie secrète de Lilian Eliot.*
2897. Orhan Pamuk — *Le livre noir.*
2898. William Styron — *Un matin de Virginie.*
2899. Claudine Vegh — *Je ne lui ai pas dit au revoir.*
2900. Robert Walser — *Le brigand.*
2901. Grimm — *Nouveaux contes.*
2902. Chrétien de Troyes — *Lancelot ou le chevalier de la charrette.*
2903. Herman Melville — *Bartleby, le scribe.*
2904. Jerome Charyn — *Isaac le mystérieux.*

2905. Guy Debord — *Commentaires sur la société du spectacle.*
2906. Guy Debord — *Potlatch* (1954-1957).
2907. Karen Blixen — *Les chevaux fantômes et autres contes.*
2908. Emmanuel Carrère — *La classe de neige.*
2909. James Crumley — *Un pour marquer la cadence.*
2910. Anne Cuneo — *Le trajet d'une rivière.*
2911. John Dos Passos — *L'initiation d'un homme : 1917.*
2912. Alexandre Jardin — *L'île des gauchers.*
2913. Jean Rolin — *Zones.*
2914. Jorge Semprun — *L'Algarabie.*
2915. Junichirô Tanizaki — *Le chat, son maître et ses deux maîtresses.*
2916. Bernard Tirtiaux — *Les sept couleurs du vent.*
2917. H.G. Wells — *L'île du docteur Moreau.*
2918. Alphonse Daudet — *Tartarin sur les Alpes.*
2919. Albert Camus — *Discours de Suède.*
2921. Chester Himes — *Regrets sans repentir.*
2922. Paula Jacques — *La descente au paradis.*
2923. Sybille Lacan — *Un père.*
2924. Kenzaburô Oé — *Une existence tranquille.*
2925. Jean-Noël Pancrazi — *Madame Arnoul.*

Composition Interligne
et impression Bussière Camedan Imprimeries
à Saint-Amand (Cher), le 3 février 1997.
Dépôt légal : février 1997.
Numéro d'imprimeur : 1/330.
ISBN 2-07-039354-2./Imprimé en France.

71944